历史成败叙事的形态与类型研究

——以太平天国题材为例

吴　云◎著

◆本书由江苏省高校「青蓝工程」项目资助出版

知识产权出版社
全国百佳图书出版单位

图书在版编目（CIP）数据

历史成败叙事的形态与类型研究：以太平天国题材为例 / 吴云著. —北京:知识产权出版社, 2019.1

ISBN 978-7-5130-5964-0

Ⅰ.①历… Ⅱ.①吴… Ⅲ.①叙事文学—文学研究—中国—现代 ②叙事文学—文学研究—中国—当代 Ⅳ.①I206.6

中国版本图书馆CIP数据核字(2018)第271838号

责任编辑：邓　莹　　**责任校对**：谷　洋

封面设计：张　冀　　**责任印制**：孙婷婷

历史成败叙事的形态与类型研究

——以太平天国题材为例

吴　云　著

出版发行：知识产权出版社有限责任公司	网　　址：http://www.ipph.cn
社　　址：北京市海淀区气象路50号院	邮　　编：100081
责编电话：010-82000860 转 8346	责编邮箱：dengying@cnipr.com
发行电话：010-82000860 转 8101/8102	发行传真：010-82005070/82000893
印　　刷：北京虎彩文化传播有限公司	经　　销：各大网上书店、新华书店及相关专业书店
开　　本：880 mm× 1230 mm　1/32	印　　张：14
版　　次：2019年1月第1版	印　　次：2019年1月第1次印刷
字　　数：340千字	定　　价：56.00元

ISBN 978-7-5130-5964-0

前言

本书以一百多年来太平天国成败叙事为切入口，从构成元素、决定力量、目的意义、叙事方向、时空处理方式、角色组合规则、叙事之间的关系等方面探讨历史成败叙事的一般特征以及历史叙事与历史文学叙事的异同，以此为基础，总结太平天国成败叙事的类型及其特征，阐释其原因及意义。

本书共分以下五个部分。

绪论从“历史”与“历史叙事”的概念入手，明确以太平天国成败叙事为研究对象的原因和目的，并交代本书的研究方法。

第一章分四节逐一列举了用结构主义方法推导出的构成历史成败叙事的角色，建立历史成败叙事角色清单。指出所有历史成败叙事都是道德判决后的德才演义，成败不能决定叙事，以道德判决为基础形成的对战争各方的情感才是叙事的决定力量，历史成败叙事的目的不是纯粹反映成败，而是表达出作者对成败双方的态度、定位和看法，总结其经验教训。历史叙事要想突破，就应该舍弃德才角色。在选择角色时，历史叙事与历史文学叙事有所不同，根据某些角色的有无基本可以判断一个叙事是否属于历史叙事。

第二章分三节分别探讨演义方向及其实现方式、时空及角色演义、再演义的方式三个方面，建立历史成败叙事演义方式总表，发现历史成败叙事都是“似真化”叙事，批判了历史叙事研究中的人为历史本体观，指出历史叙事与历史文学叙事在采用形象化的具体方式上会有很大差别，这些差别可以作为区分两者的凭借。有些实现叙事方向的方式本身会造成叙事的“失真”或低俗。本书指出历史成败叙事的时空延展交错，呈现出立体化、多层次、多角度特征，每个历史叙事是当代叙事、历史叙事与往昔叙事的综合体。历史成败叙事中的人物由角色搭配组合而成，从搭配组合方式上可以发现叙事的意义。历史叙事与历史文学叙事在时空处理和角色组合方面的差别不明显。再演义的四种方式是历史成败叙事产生不了精品的重要原因。

第三章从叙事产生的时代角度，将太平天国成败叙事分成亲历历史叙事和后设历史叙事，指出亲历历史叙事全是政治化叙事、后设历史叙事可分为后政治化历史叙事和后娱乐化历史叙事，结合小说作者所处的阵营、社会地位、思想观念等，重点分析亲历历史叙事的六种类型和后政治化历史叙事的五种类型，总结每种类型在角色与行动的选择、演义方式等方面的特征，分析其产生的原因及代表意义。

结论，总结历史成败叙事的一般特征，概括历史叙事和历史文学叙事的异同，归纳太平天国成败叙事各类型的特征和意义。

目　录

绪　论

“历史”最早出现于韦昭所撰的《吴书》，其含义明确，仅指历代史书。❶当代“历史”有多重含义，广义指“一切事物的发展过程”，狭义指“人类社会发展过程”及“关于历史的记述和阐释”，❷西方的history既指“过去发生或做过的事情”，也指“对过去发生或做过的事情的研究”。❸本书中的“历史”首先指“过去发生或做过的事情”，不包括“对过去发生或做过的事情的研究”；再者，不是指普通的“过去发生或做过的事情”，而是特指“人类社会”“过去发生或做过的事情”，不一定是促进“社会发展”的事情，而是能够影响整个社会格局、心理、生活的重大事件及其相关事件；又者只要发生过的都是“过去”的。概括地说，本书中的“历史”就是过去发生的重大社会事件及其相关事件。

中国古代没有将“历史”与“叙事”连在一起使用的典籍。1979年《呼和浩特文艺》刊载了一篇题为《小兄妹卖瓜》的“儿童历史叙事诗”，❹其中的“历史叙事”是指能够反映某个时期某个方面社会生活的文学叙事。后来“历史叙事”又成为历史学界流行语，

---

❶ 邸永君. 小楼昨夜又东风：读史随笔[M]. 北京：民族出版社，2006：234-236.

❷ 辞海编辑委员会. 辞海（上册）[M]. 上海：上海辞书出版社，1999：406.

❸ 王治河. 后现代主义辞典[M]. 北京：中央编译出版社，2005：419.

❹ 聪聪. 小兄弟卖瓜[J]. 呼和浩特文艺，1978（2）.

用来指“历史著作”中的叙事。只要是叙事就存在虚构，“历史著作”也不例外，这一点中国古代文论早有研究，刘勰《文心雕龙》已强调史书“岁远则同异难密，事积则起讫易疏”，[1]即史书会与史实不符。刘知几在《史通》中专列叙事一章，指出史书中有虚构和取舍。[2]后现代历史学家海登·怀特发现历史叙事中存在着与文学叙事一样的隐喻、换喻、提喻、反讽四种话语转义方式，罗曼司、悲剧、喜剧和讽刺四种情节编排模式，表达特定的意识形态内容。[3]历史著作中的叙事、历史文学中的叙事以及两者之外的其他有关历史的叙事，在虚构性这一点上并无本质区别。

本书中的“历史叙事”指所有与重大社会事件及其相关事件有关的叙事，既包括传统意义上的历史叙事，即史书、史论等历史著作中的叙事，也包括历史文学叙事，即小说、剧本、故事等中的相关叙事，还包括介于两者之间的其他相关叙事。重大社会事件有很多种类，本书研究的主要是指由若干利益集团借助武力激烈对抗而产生社会权力变化的重大社会事件，即“历史成败”事件。这样的事件在中国历史上非常多，正如《三国演义》中所说“话说天下大势，分久必合，合久必分”，分分合合、成功失败带着创伤、泪水、苦涩、豪情吸引着、召唤着、魅惑着一代代人，虽说有对“天下大势”不能把握的无奈，却仍抱着“天道远，人道迩”的希冀，或书写创痛，防后人之遗忘，或总结教训，以待来者，或“以史为鉴”，治国安邦，或“借他人之酒杯，浇自己之块垒”，或仅为知

---

[1] （梁）刘勰．文心雕龙（上册）[M]．北京：北京燕山出版社，2001：188.

[2] 刘琳．史通选译[M]．成都：巴蜀出版社，1990：69、76.

[3] [美]海登·怀特．后现代历史叙事学[M]．陈永国，张万娟，译．北京：中国社会科学出版社，2003：369-453.

历史之兴衰，增加谈资，取悦大众，凡此种种，使得中国的历史成败叙事大为昌盛，每一次分合之前、之中、之后以至数代之后都会有大量的叙事文本出现。但在这些叙事文本中，受到关注的仅局限于少数史书以及与之相关的小说，拿三国来说，研究最多的当推《三国演义》，而研究《三国演义》的参照物主要是《三国志》和《三国志平话》，这些研究有的纠缠于《三国演义》和《三国志》及《三国志平话》的关系，肯定或否定其"真实"性，[1]有的集中探讨小说的结构、语言、叙事技巧等特征，[2]有的看中小说中体现的传统文化特点，[3]还有的通过它解释历史小说、章回小说的叙事特质，[4]这些研究都非常深入，但都以《三国演义》为中心，兼及《三国志》《三国志平话》，其他大量作品如野史、笔记、传说等都被忽略了，这些作品虽然不是很有名气，但代表了当时、事后的普通人对历史成败的看法、见解和书写倾向，也能体现文化的母题和特征，因此它们不应该被忽略。

本书以太平天国作为研究历史成败叙事的切入口，因为太平天国是近代最具代表性的历史事件之一，波及范围广、涉及人员多，又由于马克思、孙中山、毛泽东等人的关注引起了长达百年的研究热

---

[1] 蒋大器、张尚德认为它"庶几乎史"，章学诚批评它"七实三虚祸乱视听"。（前者参见朱一玄、刘毓忱. 三国演义资料汇编[M]. 天津：百花文艺出版社，1983：269-272；后者参见鲁迅. 中国小说史略[M]//鲁迅全集第九卷. 北京：人民文学出版社，2005：135.）

[2] （清）毛宗岗. 读三国志法、三国志演义回评[M]//朱一玄、刘毓忱. 三国演义资料汇编. 天津：百花文艺出版社，1983：293-490.

[3] 谭洛非.《三国演义》与中国文化[M]. 成都：巴蜀书社，1992.

[4] 参见许丽芳. 章回小说的历史书写与想像：以三国演义与水浒传的叙事为例[M]. 台北：秀威资讯科技股份有限公司，2007；韩进廉. 中国小说美学史[M]. 保定：河北大学出版社，2004：132-140.

潮，关于它的叙事有数千种之多，这些叙事能为本书提供充足的研究对象，本书参阅其中五百余种叙事，重点研究的有二百多种。这些叙事一般被分为以下几种。

第一，文学叙事。一般认为该类叙事看重艺术性，因而虚构性较强，可按体裁分为：（1）小说，包括章回体小说、文言短篇小说和非章回体长篇小说。章回体小说包括冯文鲁的《曾公平逆纪》、严庭樾的《国朝中兴记》、遭劫余生的《扫荡粤逆演义》、黄世仲的《洪秀全演义》、陈也梅的《洪杨演义》、张恂子的《洪杨豪侠传》、徐哲身的《大清三杰：曾国藩 左宗棠 彭玉麟》、蔡东藩的《清史演义》、陆士谔的《清史演义》、李伯通的《清朝全史演义》、施瑛的《洪杨金田起义》、魏文华的《太平天国全史演义》、李晴的《天国演义》等。文言短篇小说主要集中于王韬《遁窟谰言》《淞隐漫录》，非章回体长篇小说包括南宫搏的《太平天国》、顾汶光、顾朴光的《天国恨》、庐山的《西王妃洪宣娇》、凌力的《星星草》等，该类小说数量最多，高达几十部，总字数在1000万以上。（2）戏剧，包括话剧和戏曲。前者主要有阿英的《洪宣娇》、陈白尘的《大渡河》《金田村》、阳翰笙的《天国春秋》《李秀成之死》、欧阳予倩的《忠王李秀成》、费克的《天京风雨》等。后者种类、数量都很多，比如陶雄的京剧《三世仇》、王易风的晋剧《石达开》、霄雯的粤剧《洪宣娇》、胡明树等的桂剧《金田起义》等。（3）电影剧本，如卓廉操、顾汶光的《洑江遗恨》、葛明初、王建平的《忠王李秀成》等。（4）电视剧及其剧本，比如广西电视台印制的《石达开》分镜头剧本，香港版和央视版的电视剧《太平天国》。（5）连环画，如村晓的《建都天京》、张叶舟的《李秀成大战杭州》、沈起炜的《李秀成》等。

第二，历史叙事。一般认为此类叙事是真实的，它们可分为：

（1）清方[1]史料，包括咸丰、同治的诏书，各将官的奏章，曾国藩、李鸿章等人的日记、书信，奕䜣主持编写的《剿平粤匪方略》、杜文澜的《平定粤寇纪略》、王闿运的《湘军志》、王安定的《湘军记》等记事专著，曾国荃主持编写的《湖南通志》、郭嵩焘的《湘阴县图志》等地方志。（2）太方史料，主要包括太方颁布的《天命诏旨书》《天情道理书》《太平天日》等官书，将领的诰谕、《化民告示》《安民告示》等文书，《李秀成自述》《洪仁玕自述》等各王自述；（3）外方史料，包括麦华陀《英国驻上海代理领事麦华陀致卜鲁斯的信》等各国驻华官员与上级间的往来文书，当时身居中国的军人、传教士、商人、水手写的《太平军纪事》《法使法尔布隆访问天京记事》《史密斯日记》等见闻记、访问记、私人日记，外方报纸上的《太平天国问题通信》等通讯报道等。（4）后世史料，简又文的《金田之游及其他》、罗尔纲的《太平天国史迹调查集》、广西太平天国文史调查团的《太平天国起义调查报告》等。（5）史书，代表性的有赵尔巽主持编纂的《清史稿》、刘成禺的《太平天国战史》、范文澜的《中国近代史》，罗尔纲的《太平天国史》、简又文的《太平天国全史》等。（6）史论，包括马克思、孙中山、毛泽东等对太平天国的概括性论述，彼得·克拉克的《上帝来到广西——试论太平天国形成时期郭士立及汉会的影响》，潘旭澜的《太平杂说》等有关太平天国的论文论著。根据海登·怀特的历史理论，该类叙事也像文学叙事一样具有虚构性，它们要表达特定的意识形态内涵，比如《清史稿》所持的是清王朝的皇家立场，维护的是清王朝的形象，而罗尔纲的《太

[1] 为方便起见，在不引起歧义的情况下，本书将太平天国称为太方、清王朝称为清方、英法美等国称为外方。——笔者注

平天国史》所持的是太平天国立场，维护的是太平天国的形象。该类叙事也会描述人物的言行，比如罗尔纲的《太平天国史纲》中有对冯云山在金田起义前号召会众造反的语言描写，而这些语言是虚构的。

第三，介于文学叙事和历史叙事之间的其他叙事。传统观点认为这类叙事有一定的虚构成分，但比文学叙事的虚构性弱。该类叙事包括：（1）文人笔记，比如汪堃的《遁鼻随闻录》、李圭的《思痛记》、方濬颐的《转徙余生记》等，该类叙事数量非常多，仅笔者阅读过的就有七八十个。（2）野史、轶闻，如进步书局编译所编辑的《太平天国轶闻》、凌善清的《太平天国野史》、宁山民的《太平天国宫闱秘史》、费只园的《清代三百年艳史》等。（3）人物传记、评传，如蓝杜尔的《"常胜军"建立者和首任领队华尔传》、郦纯的《洪仁玕》、苏双碧的《陈玉成评传》等。（4）故事、传说、歌谣、通俗历史读物，故事、传说、歌谣主要是太平天国历史博物馆等单位于20世纪五六十年代在太平天国曾经活动的地区采访得来，收录该类叙事最为齐全的两部书是《虎啸龙吟——太平天国故事选集》和《虎啸龙吟——太平天国歌谣选集》，通俗历史读物如罗义俊、王小方的《太平风云》、张善英的《太平天国群英》、毛应章的《太平天国始末记》等。该类叙事的虚构性比历史叙事更强，不仅体现意识形态、进行言行描写，而且还会进行神化叙事，比如《遁鼻随闻录》中写鬼怪作祟太方女性，有些叙事还增加了历史上并不存在的人物，比如《虎啸龙吟——太平天国故事选集》中出现的太平天国尼姑等。

文学叙事、历史叙事以及两者之间的叙事在本质上是相同的，历史叙事中也有虚构，且虚构的方法与文学叙事极为相似，介于两者之间的叙事中的虚构就更多了，从笔者的阅读感受来说，以上三类叙事在内容和形式两方面有许多共同特征，所以本书拟打通三者界限，将有关太平天国的叙事都视为同一类型的叙事，具体叙事只是该类叙事的变体。

本书无意对太平天国这个历史事件作出评价和判断，而是拟以太平天国成败叙事为个案，研究作为一个类别的历史成败叙事是如何生产的，即它们由什么构成、怎样构成，进而从构成元素和叙事方式方面分析历史成败叙事产生不了精品的原因，并指出历史文学叙事和历史叙事在构成元素和叙事方式上的异同。进而从选用构成元素的倾向、兼及所采用的叙事方式两方面，结合叙事者所处的时代、地域、思想观点、情感态度等来划分太平天国成败叙事的若干类型，并描述这些类型的特征，探讨其代表的意义。

本书在研究方法上受到普罗普《故事形态学》、格雷马斯《结构语义学》、列维－斯特劳斯《结构人类学》以及许子东《为了忘却的集体记忆——解读50篇“文革”小说》的启发，但又与他们的方法有所区别，普罗普《故事形态学》的研究对象是神奇的俄罗斯民间故事，普罗普认为“对于故事研究来说，重要的问题是故事中的人物做了什么，至于是谁做的以及怎样做的，则不过是要附带研究一下的问题而已”，他提出四个命题：第一，角色的功能充当了故事的稳定不变因素，它们不依赖于由谁来完成以及怎样完成。它们构成了故事的基本组成成分。第二，神奇故事已知的功能项是有限的。第三，功能项的排列顺序永远是同一的。第四，所有神奇故事按其构成都是同一类型。[1]他总结了神奇故事的7个角色和31种功能，格

[1] ［俄］弗·雅·普罗普．故事形态学［M］．贾放，译．北京：中华书局，2006：18-20．

雷马斯将之简化为一个句法模型[1]:

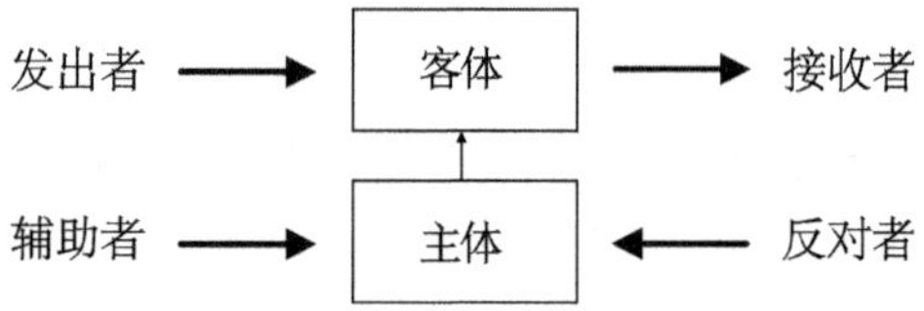

但是这种纯粹的形式研究忽略了内容，克劳德·列维－斯特劳斯批评了普罗普的简单化倾向，[2]在借鉴其研究方法的基础上，他通过对神话结构的分析来认识人类社会的地理图式、宇宙哲学图式、社会学图式、技术经济图式等，将结构与阐释结合起来。许子东解读50篇“文革”小说时，也将结构与阐释相结合，他借用亚里士多德的情节四要素说，将“文革”小说划分成四个叙事阶段，总结5种角色、29个主要功能、4种具体的叙事模式。[3]由于研究对象不同，“文革”小说虽然与普罗普的四个命题中的前两个相吻合，但是功能在作品中的具体叙述顺序并不相同，而且从结构上看，许子东认为“文革”故事虽然源于同一个结构，却有不同的类型。

这些研究都为本书提供了可资借鉴的方法，但是本书的研究对象是太平天国成败叙事，与神奇故事和神话相比，其叙事形态要复杂得多，即使与“文革”小说相比也是如此。从时间上来看，神话与神奇故事中的故事时间是虚拟的，可以自由地表现为一个前后相

---

❶ [法]格雷马斯. 结构语义学[M]. 蒋梓骅，译. 天津：百花文艺出版社，2001：264.

❷ [法]克劳德·列维－斯特劳斯. 结构人类学——巫术·宗教·艺术·神话[M]. 陆晓禾，黄锡光等，译. 北京：文化艺术出版社，1989：117.

❸ 许子东. 为了忘却的集体记忆——解读50篇文革小说[M]. 北京：生活·读书·新知三联书店，2000.

连的线性时间，事件之间构成横向组合关系。“文革”小说中故事时间虽然与历史有一定关系，但由于故事是虚构的，所以故事时间有较大虚拟空间，也可以表现为前后相连的线性时间，事件是线性时间上的点。与它们不同，历史叙事中的故事时间受历史事实的限制，不同的历史事实可能发生于同一时间，当这些历史事实都成为历史叙事的对象时，尽管在叙述时间上前后相连，但它们之间并不构成因果关系，比如，太平军的北伐和西征相继进行，但西征军的节节胜利并没有带来北伐成功，因此它们之间没有因果关系，所以即使叙事时将这两个事件前后相连，仍然是事件的罗列，而非情节，因此就不能用情节四元素作为切分太平天国成败叙事的依据，因为某些叙事的初始情景对另一些叙事来说可能已经是情景急转、意外发现甚至结局了。比如在张笑天的《太平天国》中，对于曾国藩来说，初始情景是他赴湖南任主考，但在《一代儒师曾国藩》中初始情景则是曾家施善救人，曾国藩赴湖南任主考已属于情景急转阶段了。即使勉强将太平天国成败叙事按太平天国的变化分为起义前、从起义与建都，天京事变、中兴、败亡、败亡之后，仍然无法概括出各个阶段的情节功能，因为与神奇故事、神话、“文革”小说不同，许多太平天国成败叙事都是大叙事套着小叙事，相同的事件经常重复出现，比如在李晴《天国演义》中，太平天国起义前广州知府余保纯很荒淫，太平军打到武昌时江南提督双福很荒淫，一个相同事件出现在不同阶段，它不属于某个特定阶段，并不能起到情节功能的作用。

鉴于以上原因，本书的研究不能以情节功能为结构主体，而要寻找新的结构主体。不管对什么进行结构分析，都要求结构元素间是并列的，它们不能相互交叉，但可以组合，而且数量有限，这是本书寻找结构主体时必须坚持的方法论基础。

除了事件，叙事中最为重要的就数人物了。在神奇故事、神话以及“文革”小说中人物的数量都是有限的，而且主次分明，主要人物基本贯穿叙事始终，因此“文革”小说中的人物可以概括为男主人公和女主人公两种角色，由于具体人物由作者命名，不同作品很少存在重名的人物，很少出现同一个人物在一部作品中是一个角色，在另一部作品中就成为另一个角色的问题，角色与人物之间的关系相对单纯，与角色相比，人物只是一个符号，对叙事过程的生成没有作用和价值，因此“文革”小说的研究可以像神奇故事研究一样，重点研究故事中的人物做了什么。但是在太平天国成败叙事中，大部分人物是历史实有的，许多人物存在于不同叙事中，比如洪秀全、杨秀清、曾国藩、洪宣娇等。同一个人物在不同作品中的角色定位常常各不相同，比如：（1）洪宣娇与萧朝贵真心相爱，拒绝杨秀清。[1]（2）洪宣娇同时是杨秀清、萧朝贵、黄玉崑、韦昌辉的情人。[2]（3）洪宣娇被杨秀清诱奸，后因不得专宠打击傅善祥，并参与策划天京事变，害死杨秀清。[3]

洪宣娇在第一个例子中是个有情有义的真爱者，在第二个例子中则是玩弄爱情的淫荡者，在第三个例子中先是淫乱的受害者，后成为淫乱的祸首。仅从爱情这一个方面来看，洪宣娇就扮演了多个角色。另一方面，同一个角色可能由多个人物担任，比如：

（1）陈玉成与曾晚妹相爱，拒绝仪美公主。[4]（2）石达开与黄亚春结婚，拒绝洪宣娇。[5]（3）彭玉麟与颜凝情定情，拒绝宋

---

[1] 陈白尘．金田村[M]//陈白尘剧作选．成都：四川人民出版社，1981．
[2] 南宫搏．太平天国[M]．长沙：岳麓书社，2003．
[3] 张恂子．洪杨豪侠传[M]．合肥：黄山书社，1988．
[4] 张笑天．太平天国[M]．桂林：漓江出版社，1998．
[5] 万伯喜．悲情英雄石达开[M]．北京：华艺出版社，2008．

爱梅。❶

这三个例子中的陈玉成、石达开、彭玉麟与上一组第一个例子中的洪宣娇虽然不是同一个人物，所遇的对象各不相同，但都是对爱情专一、执着，绝不背叛爱人的真爱者。所以历史叙事中的人物与角色的关系错综复杂。而这些错综复杂的关系会不会影响历史成败呢？不会！个人的爱情与历史的成败并没有因果关系，只有一个妻子的统帅不能保证一定打胜仗，有多个妻子的也不一定次次打败仗，相反，打了胜仗的统帅不一定只有一个妻子，打了败仗的也不一定有多个妻子。如果说只有对叙事进程有影响的才是有意义的，那么在历史成败叙事中，只有双方的武力对抗才是值得书写的，但文本叙事的内容远不止于武力对抗，爱情、友情、亲情、智慧、阴谋、胆量等内容都客观存在于叙事中，不容忽视，这些内容围绕的乃是人物，反映的是人物的性格和人品，所以人物是历史虚构叙事中最为重要的内容，把人物写成无才无德的小人，还是写成德才兼备的圣人，对于叙事来说，意义重大。

由于太平天国成败叙事中的人物数量太多，有历史上实有的，也有虚构的，有对成败产生重要影响的，也有对成败几乎没有什么作用的，有贯穿始终的，也有许多阶段性的，叙事中经常有新的人物加入，也有旧的人物退出，而且人物的行动互有交叉，人物之间不是并列关系，因此单纯以人物为主进行结构分析也是行不通的。

在太平天国成败叙事中，不同文本中的不同人物、不同文本中的同一人物、同一文本中的不同人物、同一文本中的同一人物有大量重复的行动，因此可以在大量阅读的基础上将这些行动总结出

❶ 毕珍. 彭玉麟（上、下）[M]. 太原：北岳文艺出版社，1994.

来，比如：（1）洪秀全计赚杨秀清[1]/骆秉章、曾国藩计赚左宗棠。[2]（2）杨秀清计杀曾水源[3]/西太后用计斩肃顺。[4]（3）陈玉成将计就计破六合[5]/彭玉麟空船退敌，解长沙之围。[6]

以上三组例子中的人物虽然不同，但行动相同：用计，从行动结果来看，第一组得到了好的统帅，第二组除掉了自己阵营中的对手，第三组获得了局部战争胜利，三组相同的行动引起的结果各不相同，因而接下去的叙事也不相同，可见行动不能充当情节功能，却具有塑造人物形象的作用，其塑造的形象类型可称为角色。在太平天国成败叙事中，一个角色可能有多个行动，比如：冯云山预感石达开会背离天王，后来石达开果真背离天王，[7] 该例中的行动是正确预言，但与用计一样，其人物也属于智者角色，因此角色的数量少于行动的数量。

在太平天国成败叙事中，有四个判断是确定的：第一，角色及其行动代替了情节性叙事中的功能，充当了叙事稳定不变的因素，成为构成叙事的基本组成成分，它们不依赖于由谁来完成，却与"怎样完成"关系密切。比如在"贼"来时自杀、骂"贼"被杀、奋力杀"贼"力竭被杀，放在情节链条上考察，是没有差别的，都是一个结果：死。但是在太平天国成败叙事中怎样死是很重要的，虽然施行三种方式的主人公都属于忠义者角色，但还没有见到"贼"就

---

[1] 黄世仲．洪秀全演义[M]．北京：人民文学出版社，1984.

[2][3] 张笑天．太平天国[M]．桂林：漓江出版社，1998.

[4] 徐哲身．大清三杰：曾国藩 左宗棠 彭玉麟[M]．长春：时代文艺出版社，1994.

[5] 陈棣生．虎啸龙吟——太平天国故事选集[M]．广州：花城出版社，1991.

[6] 毕珍．彭玉麟（上、下）[M]．太原：北岳文艺出版社，1994.

[7] 万伯喜．悲情英雄石达开[M]．北京：华艺出版社，2008.

自杀，说明既没有胆量面对“贼”，也没有能力伤害“贼”；骂“贼”被杀说明有胆量面对“贼”，但是没有能力杀“贼”，于是用“骂”的方式“伤害”贼，尽管用这个幼稚方式引起的“伤害”对“贼”来说根本无所谓，但是与自杀相比，忠义程度却增加了；奋力杀“贼”力竭而死说明不仅有胆量面对贼，而且有能力杀贼，尽管多杀几个“贼”并不能改变该次战斗的结果，“贼”依然是胜者，但是杀一个抵一个，多杀一个就赚一个，与前两个相比忠义的程度更高，所以在清方有关太平天国的史料中，“贼”来时自杀、骂“贼”被杀、奋力杀“贼”力竭被杀三种方式是泾渭分明、不能混淆的。第二，太平天国成败叙事中角色及其行动的数量是有限的。从行为中归纳出来行动，从行动中归纳出来角色，角色的数量不多，同一个角色的行动也有限，所以可以角色为纲，建立行动清单。第三，角色及其行动的排列组合有规律可循。角色和行动是太平天国成败叙事的基本元素，这些元素的排列组合不是杂乱无章的，虽然文本从表面看来千姿百态，但实际上每一个文本对角色及其行动的选择和排列组合的顺序都不是随意的，选择了相同的角色和行动并进行排列组合的叙事构成同一种类型的叙事，叙事类型的数量也是有限的，因此可以建立太平天国成败叙事模式。第四，所有叙事类型都源于一个类型。所有叙事都由角色清单中的角色及其行动组合而成，因此所有叙事的源头都是同一的，不同叙事类型的差别只是由于选择不同的角色及其行动并进行了不同的排列组合而产生的，因而各个具体的叙事类型都是一个总叙事类型的亚类。

由于划分角色及其行动是一个归纳的过程，为了增加结论的准确性，必须尽可能多地增加研究对象的数量。太平天国作为一个延续了18年，纵横十几个省的重大历史事件，本身非常复杂，关于它的叙事更加复杂，从时间上来说，有的专写起义前，有的专写天京时期，有的专写即将成败至成败之后，也有的从起义前一直叙述到成败之后；从内容上来说，有的专写一个城市的攻守，有的专写某个人的一生，有的专写天京事变，也有的既写攻守又写内斗等；从作者来说，清方的、太方的、外方的、后世亲太的、后世亲清的都有，单从清方的作者来说，有官员、随军幕僚、受害士绅，后世亲太的有20世纪初的、20世纪中叶的、20世纪末的以及21世纪的，有历史学家、文学家、戏剧家、农民等。不同的时间、内容、作者、立场都可能会带来叙事的变化，所以在归纳太平天国成败叙事角色及其功能时不能像普罗普和许子东那样完全采用抽样研究的方式，但是由于太平天国历史成败叙事文本太多，本书不可能穷尽所有叙事，因此只能说本书的研究已经尽可能地扩大了文本阅读范围，并对二百多个叙事进行重点研究。

为了使角色数量尽可能少，不相互交叉，又能自由组合，概括程度是非常高的。但在实际操作时，一方面容易受一些具体人物和事件的干扰，另一方面又容易受主观判断支配，为防止这两种情况出现，在界定角色和行动时本书一直坚持四点：第一，不考虑具体人物；第二，不以是否对叙事进程有必然影响为判断标准；第三，重复性低的，甚至只出现一次的角色与重复性高的角色同等重要；第四，不预设界定的方向和词汇特征，一切以从文本中总结出来的材料为准。建立了角色及其行动清单。从实际推导出的结果来看，构成太平天国成败叙事的角色和行动都与道德和才能有关，其中道德更为重要，对成败各方的道德判断决定着叙事的情感倾向，也决定着对具体道德和才能角色的选择。

与角色和行动相似，太平天国成败叙事的方向及其实现方式、时空处理及角色组合方式、叙事与其之前叙事的关系上都有一些共同特征，它们也都隐藏在表层叙事之下，需要从大量叙事中总结出来，其介绍过程也需要将总结过程反过来，先命名再举例论证。

由于具有相同的角色、共同的叙事方式等，所以可以把太平天国成败叙事看成一个大叙事，就像一种语言一样，角色是其词汇，叙事方式是其语法，每一个具体叙事只是从角色中选择了一些、再从所有叙事方式中选用一些，然后用后者将前者编织起来而已，这个过程与“演义”非常相似，通过叙事方式等“演”出角色代表的意义，因此说太平天国成败叙事都是关于道德和才能的“演义”，更确切地说是道德判决后的德才演义。

虽然所有太平天国成败叙事都是德才演义，但是由于作者所处的时代、阵营、地位、地域、知识水平、历史观等存在差异，所以每一个叙事又有各自特点，同时具有相同经历和思想的叙事者笔下的太平天国成败叙事又呈现出一些共同特征，形成一些叙事类型，不同的叙事类型在角色的选择、叙事方式的选用等方面有所不同，而同一种叙事类型在这两方面则具有共同特征。尽管叙事类型与叙事对象、作者等关系密切，但是本书在概括叙事类型时并非先从叙事对象、作者入手，而是先读作品，从具有相同叙事倾向的叙事中找出共同特征，然后结合作者的情况，归纳出这些特征所属的叙事类型。为明了起见，叙述时将此过程反过来，先介绍叙事类型，然后分析其特征及代表的政治、文化、社会、心理观念。

本书除绪论和结论外，共分三章，主要内容如下。

第一章　角色：历史成败叙事的元素，介绍构成历史成败叙事的角色，建立角色与行动清单，简要评价这些角色对历史成败叙事正反两方面的意义，论述历史叙事的“演义”性质。

第二章　演义：历史成败叙事的方式，介绍历史成败叙事的方向及其实现方式，时空处理、角色组合方式，再演义方式等，剖析这些方式对历史成败叙事的影响，分析历史叙事与历史文学叙事的在使用叙事方式上的异同。

第三章　太平天国成败叙事的主要类型及模式，分别介绍有关太平天国的六种亲历历史叙事和五种后政治化历史叙事的类型及其特征，结合作者、时代等因素分析形成这些特征的政治、社会、文化等原因。

第一章　角色：历史成败叙事的元素

从太平天国成败叙事来看，角色及其行动是构成历史成败叙事的基本元素。角色及其行动需从大量具有纵聚合关系的事例中严格推导出来，推导过程很烦琐，叙述起来会很杂乱，不能一目了然，因此本章叙述时会将推导过程反过来，先列举角色及行动，然后征引文本中的事例。由于许多角色、行动不具有影响历史成败的情节功能，而且在一个文本中相同的角色及其行动会出现于叙事的各个阶段，所以角色、行动之间没有前后顺序上的确定关系，每个角色独立于其他角色，每个行动也独立于其他行动，角色与角色之间、行动与行动之间都是并列关系，它们之间的差别仅在于出现的频率上，有的几乎在每个文本中都会出现，有的只在个别文本中出现，所以列举时大体按照角色和行动出现频率的大小安排其顺序，这是针对大量文本而言的，在具体文本中，情况可能恰恰相反，有些从总体看来重复性很高的角色或行动却很少出现，反之亦然。除了并列关系，有些角色又有二元对立关系，每两个这样的角色构成一组，因此列举角色时可以分组进行，组与组之间是并列的，组的内部既是相对的，又是并列的，角色组与角色之间是门与纲的关系。为了表述的清晰、明了，角色的数量非常少，概括性非常高，这样做就会掩盖角色内部的差异，把角色的复杂性简单化，为防止这种情况，有必要在角色下面列出亚角色，亚角色之间也是并列的，角色与亚角色之间是纲与目的关系。行动是与角色相应的行为，行动是行为，但是不等于行为，行为本身是中性的，没有意义，只有与角色相连时才产生意义，成为行动。比如杀人，这是太平天国成败叙事中最为常见的行为之一，在军事激烈对抗时期，杀人是不可避免的，参战各方都会杀人，但在叙事中，虽然同样是杀人，意义差别却非常大，为民除害的杀人与屠杀人民的杀人意义完全相反，前者是仁正者的行动，后者是残邪者的行动。角色是行动的决定因素，不能离开角色谈论行动，同时，行为对象不同，行动也不同。比如杀死敌人的是忠义者，杀死自己兄弟的则是残邪者，所以单纯行为不能准确地表示并区分行动，必须与主语及宾语结合，因此每个行动都有一个完整的主谓宾结构。由于以角色为门、纲、目，每个亚角色的行动的主语都是该亚角色，所以在列举时可以将主语省略。

在太平天国成败叙事中，不管人物叫什么名字、属于哪个阵营，总是某一个角色或是几个角色的组合，依靠五组角色及其组合就能准确地定位出所有人物，这四组角色分别为：善者/恶者、能者/拙者、民心所向者/民心背离者、天心所向者/天心背离者，每种角色都会有一些亚角色，亚角色又会有一些行动，本章将逐节介绍这些角色及其亚角色，并列举出各个亚角色的行动，然后再对每个行动进行举例说明，文本中可供举的例子非常多，限于论文篇幅，不可能将例子全部举出，同时也没有必要全部举出，只要举出能代表该行动的例子就可以了。为了便于在第三章总结各种叙事类型的特征，本章在介绍每一个角色、亚角色及行动时都会给出一个符号，作为其代码。由于四组角色分别以善恶、能拙、民意、天意为义素，每组都构成二元对立的关系，只要用A、B、C、D四个字母就可以代替所有角色了，因为用A代表善者，恶者就可以用$\overline{A}$表示，其他三组也是如此。角色是亚角色的纲，亚角色隶属于角色，所以表示亚角色时，只要在表示角色的字母后加上阿拉伯数字即可，比如A1、A2、A3……由于每组中的亚角色也构成二元对立关系，每一个亚角色都有一个与之对立的亚角色，所以另一组亚角色可以表示为$\overline{A}1$、$\overline{A}2$、$\overline{A}3$……由于叙事的复杂性，亚角色的概括性依然很强，所以需要在亚角色下划分若干次亚角色，用a、b、c、d……来表示，比如A1a表示亚角色A1的第一个次亚角色，$\overline{A}1a$表示亚角色$\overline{A}1$的第一个次亚角色。每个次亚角色会有若干个行动，行动的数量总和很大，如果把它们从头到尾编排起来，会显得多而杂乱。由于它们都是由次亚角色发出的，每个次亚角色的行动数量是有限的，所以可以通过在次亚角色代码后添加1、2、3……来表示，比如A1a1表示亚角色A1a的第一个行动，$\overline{A}1a2$表示亚角色$\overline{A}1a$的第一个行动。

本章将分四节分别介绍太平天国成败叙事中的角色及其行动。

第一节　A/$\overline{A}$善者/恶者

军事之兴，需要一定理由，故而军队在战前、战中大多要发布檄文，这些檄文耐人寻味。太方在檄文中批判清方“决东海之波涛，洗不净弥天罪孽”，❶曾国藩《讨粤匪檄》开门见山地骂道“逆贼……荼毒生灵数百余万……此其残忍惨酷”，❷双方都极尽渲染之能事，言说对方的“弥天罪孽”，指责对方的“残忍惨酷”，通过述说对方的罪大恶极，凸显自己拯救世人的至善形象。虽然太平天国是一个激烈的军事对抗事件，战争的目的都是最后的胜利，战争的结果是参战各方的成败，但是在檄文中，战争变成了善恶，以善

❶ 杨秀清，萧朝贵.真天命太平天国 左辅正军师东王 杨 / 右弼又正军师西王 萧 为奉天讨胡，檄布四方.太平天国印书（上）[M].南京：江苏人民出版社，1979：109.

❷ 曾国藩.讨粤匪檄[M]//梁忠实.檄文经典.济南：泰山出版社，2003：191.

恶的面目出现。与这两个檄文一样，所有太平天国成败叙事中最为重要的就是关于善恶的书写，善者与恶者是最为重要、出现频率最高的两个角色，也是所含亚角色、次亚角色、行动最多的两个角色。

一、A1/$\overline{\text{A}}$1仁正者/残邪者

《原道救世歌》结尾说“从来正可制邪，自古邪难胜正”，[1]正/邪在太平天国成败叙事中占有重要意义。仁正者/残邪者以对待下级、同级以及自己的方式作为划分依据，仁正者主要指能关心、解救、帮助、保护、爱护、维护人民、下属、爱人、情人、兄弟姐妹、儿女、朋友、敌人等的生命财产、精神心理以及对自己要求严格、谨于礼法、勤劳简朴、不骄不贪的角色，残邪者是指霸占、欺凌、残杀、损害、伤害、虐待、掠夺人民、下属、爱人、情人、兄弟姐妹、儿女、朋友、敌人等的生命财产、精神心理的角色。在叙事中，仁正者和残邪者可能具体表现为某个人、也可能表现某一类人，两个角色是互逆的，但是某些行动没有对应的逆行动，比如挖敌首祖坟是残忍者的一个行动，这个行动的逆行动应该是为敌首建祖坟或者保护祖坟，该行动在叙事中并不存在，因此挖敌首祖坟行动的逆行动是缺失的。鉴于此，本书先介绍仁正者的行动，然后再介绍残邪者的行动。

A1a有情有义者

《裂变》中说：“情啊，是人世间的一条锁链，或者说又是一把金钥匙……”，[2]这里的情感特指男女爱情。根据能否自由平等地对

---

[1] 洪秀全. 原道救世歌[M]//太平天国印书(上). 南京：江苏人民出版社，1979：14.

[2] 彭道诚. 裂变——太平天国[M]. 台北：三民书局股份有限公司，2004：247.

待爱情、情人、性伙伴，可以区分出有情有义者和无情无义者两个角色。有情有义者是指严肃、认真、真诚地对待两性关系的角色。

A1a1因情而爱，是指因对对方产生浓烈的、非功利性的感情而爱上对方。

一见钟情，是指初次见面就被对方外表、性情等所吸引而产生纯洁、暂时与性无涉的爱恋之情，例：苏三娘第一次见到石达开就喜欢上他。❶

因恩生情，是指得到异性恩惠时，因感激而产生爱恋。例：曾水源曾救护西王，西王死后，宣娇对他产生感情。❷因恩生情存在男女差别，一般来说男性接受女性之恩时，不会立即坠入爱河，而女性接受男性之恩时则会立即爱上对方，甚至以身相许，例：石达开救下韩宝英，后者愿以身相许。❸

日久生情，是指在与异性长期相处中产生了纯真感情。例：石达开与黄婉娘青梅竹马、私定终身。❹

钦佩生情，是指因欣赏、佩服、崇拜异性的心地、度量、才华等而对对方产生感情。例：傅善祥因崇拜杨秀清而爱他。❺

怜惜生情，是指因看到异性的柔弱而产生善待、保护对方之情。

---

❶ 宋发清. 天朝大梦（第一部）[M]. 成都：四川人民出版社，1999：133.

❷ 庐山. 西王妃洪宣娇[M]. 长春：北方妇女儿童出版社，1983：7.

❸ 宋发清. 天朝大梦（第一部）[M]. 成都：四川人民出版社，1999：1081.

❹ 宋发清. 天朝大梦（第一部）[M]. 成都：四川人民出版社，1999：189-190.

❺ 阳翰笙. 天国春秋[M]//阳翰笙剧作集（上）. 北京：中国戏剧出版社，1982：309.

例：杨秀清看到傅善祥苍白、纤细，尽量柔和地跟她说话。[1]

A1a2真诚而爱，是指在产生感情的基础上，心诚意笃地对待爱人。

暗暗奉献，是指在所爱者不知情时，暗地里为所爱者默默无私地奉献。例：琳贵妃为咸丰所做的一切不想让咸丰知道，[2]潘氏央求东家营救冯云山，而冯云山并不知情。[3]

赠送珍藏，是指为了表达爱情，赠送、珍藏信物，或者奉献、赠送对方所需。例：冯云山剪下妻子的一绺头发，揣在贴心处，[4]洪秀全太太经常拿出金饰支持丈夫。[5]

请教启蒙，是指有意向所爱者请教，或者向所爱者传授知识、启迪智慧。例：洪秀全对妻子说："当世人间黑暗一片，内祸外患……"妻子说："金石良言，启蒙不浅。"[6]

将尊以求，是指身居高位者爱上低位者，为了不使对方有心理压力，而主动纡尊降贵，借此表达爱意。例：洪珍珠虽为洪秀全的侄女，却"要跪下向英王请福"。[7]

热烈表白，是指将对所爱者的感情坦诚、热烈地表达出来，例：

---

[1] 陈仕元．洪秀全传奇[M]．广州：花城出版社，1990：198.

[2] 宋发清．天朝大梦（第一部）[M]．成都：四川人民出版社，1999：349.

[3][4] 王庆林．天国悲剧[M]．哈尔滨：北方文艺出版社，1998：343-344.

[5] 秦牧．洪秀全[M]．北京：生活·读书·新知三联书店，1950：6.

[6] 陈棣生，利家彭，常国煊．洪秀全[Z]．广州市文化局．新时期粤剧选．内部资料未出版，1989：72.

[7] 魏文华，唐伟．天国少帅——英王陈玉成[M]．太原：北岳文艺出版社，2000：389.

韩宝英以词言情，[1]杨秀清大声夸赞傅善祥，表达对她的喜爱。[2]

托人做媒，是指深爱对方，但又自惭形秽，不敢向对方表白，转而委托别人做媒，曲折表达爱意。例：萧朝贵向冯云山下跪，请他为自己做媒。[3]

免除顾虑，是指为了让对方安心工作，请对方不要挂念，或因为不想让对方为自己担心，于是善意地隐瞒真相或离开。例：西玲不愿拖累连维材，独自住在尼姑庵。[4]

等待思念，是指在所爱者离开之后，为其安危提心吊胆、苦心思念、痴心等待。例：苏三娘焦急地等待丈夫归来。[5]

倾听安慰，倾听是指善于察言观色，在发现所爱者心理异常时，主动引导其说出内心的想法，用心倾听。例：洪宣娇听萧朝贵述说对前妻的内疚、感激之情。[6]安慰是指在得知所爱者遇到了难题，精神上产生困惑之时，用语言或行动去宽慰对方，以减轻其心理负担。例：陈玉成内外交困时，洪珍珠安慰他。[7]

担心挂念，是指牵挂所爱者，担心其在肉体和精神上受到侵害。

---

[1] 彭道诚. 裂变——太平天国[M]. 台北：三民书局股份有限公司，2004：162-164.

[2] 彭道诚. 人祸[M]. 台北：三民书局股份有限公司，2000：35.

[3] 张恂子. 洪杨豪侠传[M]. 合肥：黄山书社，1988：191.

[4] [日]陈舜臣. 太平天国（上、下）[M]. 姚巧梅，译. 北京：中国友谊出版公司，1998：19.

[5] 胥雯. 苏三娘. 广西壮族自治区研究室. 广西粤剧剧目选（第一集）. 内部资料出版社、出版日期不详：54.

[6] 胡仲实. 洪宣娇. 广西壮族自治区戏曲工作室. 油印未定稿. 未出版. 1961：28-29.

[7] 魏文华、唐伟. 天国少帅——英王陈玉成[M]. 太原：北岳文艺出版社，2000：394.

例：萧朝贵妻子被抓后，萧朝贵担心妻子吃不消，[1]傅善祥为杨秀清的安全担心，“决定冒死进谏”。[2]

刺激激励，刺激是指当感觉所爱者没有爱的勇气时，采用否定性的语言形容对方，使其认识到不足，从而醒悟。例：红鸾知道侯谦芳没有勇气带自己离开北王府，讽刺他只顾做当官梦。[3]敢于采用刺激性语言的多是刚烈的女性，其语言和行为是非常现代的。激励是指鼓励所爱者与自己一起为崇高的目标而奋斗。例：杨秀清鼓励傅善祥为天国做贡献。[4]这是“左翼”文学和“十七年”文学叙述爱情的流行方式，其特征是爱情的目标不是男女的结合，而是政治、革命、生产等目标的实现，这是突出政治意识形态的要求。

称颂赞美，是当面或私下夸奖所爱者才华。例：洪宣娇听说萧朝贵杀了李殿元，夸他行。[5]

支援帮助，支援是指得知所爱者将遇到危险，带人马直接支援，或者从侧面进攻敌人，间接支援。例：萧朝贵孤军攻打长沙，洪宣娇侧面进攻，配合丈夫。[6]帮助是指利用自己的才华或金钱为所爱者解决重大问题，例：琳贵妃帮助咸丰维护了他的皇储地位。[7]

顺从宽容，顺从是指不去思考所爱者行为的对与错，完全按所爱

---

[1] 胡仲实．洪宣娇．广西壮族自治区戏曲工作室．油印未定稿．未出版．1961：29.

[2] 彭道诚．人祸[M]．台北：三民书局股份有限公司，2000：251.

[3] 庐山．西王妃洪宣娇[M]．长春：北方妇女儿童出版社，1983：60.

[4] 阳翰笙．天国春秋[M]//阳翰笙剧作集（上）．北京：中国戏剧出版社，1982：310.

[5] 陈白尘．金田村[M]//陈白尘剧作选．成都：四川人民出版社，1981：47.

[6] 胡仲实．洪宣娇．广西壮族自治区戏曲工作室．油印未定稿．未出版．1961：45.

[7] 宋发清．天朝大梦（第一部）[M]．成都：四川人民出版社，1999：349.

者的要求去做，例：听洪宣娇说要与他结成兄妹，虽然内心惆怅，张遂谋还是听从了宣娇的安排。[1]宽容是指在所爱者认识到做错事情之后，能从心理和行动上原谅对方，例：杨秀清的妹妹受夫家虐待，却说“只要他肯改过暂且恕饶”。[2]

保护营救，保护是指为了保证所爱者的安全，不使所爱者受到伤害，暗中采取措施或陪伴在左右，或者故意远离所爱者，以使其免受伤害。例：瑛娘主动与厨子谈话，且总是以林则徐为中心，反复陈述林则徐的善举，为的是感动厨子，使他不会加害林则徐。[3]营救是指得知所爱者面临生命危险时，主动实施救助。例：洪宣娇为丈夫取出身体里的弹片。[4]

同甘共苦，是指与所爱者分享快乐，共对困难，例：宣娇有了成绩就与萧朝贵分享，[5]傅善祥请求和杨秀清一起北伐。[6]

为夫纳妾，是指站在丈夫的立场上来考虑两性关系，认为男人纳妾天经地义，主动为丈夫纳妾。例：黄婉娘说石达开“你精力过人，又有那么多用不完的柔情，不多爱几个俊俏女人，岂不憋出病

---

[1] 宋发清. 天朝大梦（第一部）[M]. 成都：四川人民出版社，1999：1266.

[2] 胡明树、李文钊等. 金田起义（桂剧）. 广西省文联·广西省戏改会印油印本. 未出版，日期不详：27.

[3] 宋发清. 天朝大梦（第一部）[M]. 成都：四川人民出版社，1999：272.

[4] 胡仲实. 洪宣娇. 广西壮族自治区戏曲工作室. 油印未定稿. 未出版. 1961：49.

[5] 胡仲实. 洪宣娇. 广西壮族自治区戏曲工作室. 油印未定稿. 未出版. 1961：28.

[6] 阳翰笙. 天国春秋[M]//阳翰笙剧作集（上）. 北京：中国戏剧出版社，1982：318.

来”，[1]林则徐妻子郑夫人让林则徐娶瑛娘为妾。[2]

羞涩撒娇，羞涩是指在和所爱者相处或得到所爱者的照顾时，喜爱对方，又不敢表白，因而害羞。例：洪宣娇羞涩，要朝贵让自己。[3]撒娇是指为了得到所爱者的爱，或得到陪伴对方的机会，有意缠磨对方。例：珍珠撒娇恳求陈玉成让自己上战场。[4]

A1a3坚贞而爱，是指爱得非常坚决、执着、彻底、无怨无悔，甚至为爱献出生命，外力的阻挠不会使之发生改变，对方的死去也不会使其终止。

任劳任怨，是指为爱承担繁重的任务，但是毫无怨言。例：萧朝贵的妻子玉琴在生活贫穷、公婆生病时苦力支撑家庭。[5]

妻妾和谐，是指两个或多个女子爱同一个人，她们之间也非常友爱、互尊互助、相互学习、互相安慰等。例：红杏、红莲虽然封了王娘，与婉娘平起平坐，婉娘不再把她们当做侍女，不让两人照顾自己，但两人依然用心照顾，[6]洪宣娇祝愿萧朝贵与其妻子团圆。[7]

追随爱人，是指当所爱者遇到危险、处于困境中时，不辞劳苦

---

[1] 宋发清. 天朝大梦（第一部）.[M]. 成都：四川人民出版社，1999：198.

[2] 宋发清. 天朝大梦（第一部）[M]. 成都：四川人民出版社，1999：270.

[3] 胡明树、李文钊等. 金田起义（桂剧）. 广西省文联·广西省戏改会印油印本. 未出版，日期不详：30.

[4] 魏文华，唐伟. 天国少帅——英王陈玉成[M]. 太原：北岳文艺出版社，2000：392.

[5] 胡仲实. 洪宣娇. 广西壮族自治区戏曲工作室. 油印未定稿. 未出版. 1961：29.

[6] 宋发清. 天朝大梦（第一部）[M]. 成都：四川人民出版社，1999：1072.

[7] 胡仲实. 洪宣娇. 广西壮族自治区戏曲工作室. 油印未定稿，未出版. 1961：30.

赶到所爱者身边，例：林凤祥即将战败，洪秀全、杨秀清都见死不救，洪宣娇亲自赶到林凤祥的驻地。[1]

为爱守身，是指在所爱者离开或去世之后，不再嫁人，也不再与其他人发生性关系，例：太平天国失败后，听王妃没有改嫁，[2]方妃爱上石达开，不愿再让洪秀全碰她。[3]

为爱忍辱，是指为了所爱者，不惜迎合、讨好自己深恶痛绝的人。例：方妃为了让石达开能回京，主动向天王撒娇，[4]朱慧芳为了给丈夫报仇，主动迎合东王。[5]

为爱而死，当爱人注定会失败、死亡或者已经死去后殉情，例：林凤祥死后，洪宣娇跳进坟墓中，准备与其长眠一穴；[6]为了所爱者而被杀死，为了所爱者，甘愿付出生命代价，例：为了叶明珠，陈宗扬违抗军令，私自潜回天京，[7]后被杀死。

哀悼祭奠，哀悼是指在所爱者死后伤心痛哭，例：李秀成未婚妻一听说他死了，顿时昏过去；[8]祭奠指为其安排后事，例：萧朝贵死后，洪宣娇让国史馆将其事迹记录下来。[9]

用情专一，是指只爱一个人。例：除了宣娇外，萧朝贵不喜欢任

---

[1] 张笑天. 太平天国[M]. 桂林：漓江出版社，1998：710-728.

[2] 进步书局编译所编辑，韩英编译. 太平天国轶闻[M]. 济南：山东友谊出版社，2000：277.

[3] 彭道诚. 裂变——太平天国[M]. 台北：三民书局股份有限公司，2004：199.

[4] 彭道诚. 裂变——太平天国[M]. 台北：三民书局股份有限公司，2004：64.

[5] 庐山. 西王妃洪宣娇[M]. 长春：北方妇女儿童出版社，1983：85.

[6] 张笑天. 太平天国[M]. 桂林：漓江出版社，1998：745.

[7] 张笑天. 太平天国[M]. 桂林：漓江出版社，1998：683.

[8] 陈仕元. 洪秀全传奇[M]. 广州：花城出版社，1990：101.

[9] 阿英. 洪宣娇[M]// 阿英剧作选. 北京：中国戏剧出版社，1980：414.

何女子。[1]

A1a4无爱义存，是指虽然不爱对方，但会出于道义关心、照顾、体贴对方。

无爱仍尽责，是指虽然不爱对方，仍然尽妻子义务。例：洪宣娇虽然离开丈夫，但经常带孩子去看丈夫，还送礼物给萧朝贵的侍妾。[2]

无爱仍关心，是指虽然不爱对方，却仍关心对方身体、精神健康。例：洪宣娇不喜欢杨秀清，但觉得杨秀清一个人太孤单，把秋菊介绍给他。[3]

无爱仍哀悼，是指虽然不爱对方，但是得知对方死去，依然非常伤心，为其痛苦，为其安排后事，哀悼纪念。例：曾国藩虽然不爱春燕了，但得到春燕死讯，还写挽联悼念她。[4]

无爱而友存，是指虽然不爱对方，但也不想伤害对方，和对方保持纯洁的友谊。例：杨秀清向洪宣娇求婚，宣娇拒绝了，同时客观公正评价了杨秀清；[5]陈玉成拒绝娶洪美珠为妻，但不忍伤害她，尊重她自己的选择。[6]

A1b严于律己者

---

❶ 张恂子. 洪杨豪侠传[M]. 合肥：黄山书社，1988：640.

❷ 宋发清. 天朝大梦（第一部）[M]. 成都：四川人民出版社，1999：840-841.

❸ 胡仲实. 洪宣娇. 广西壮族自治区戏曲工作室. 油印未定稿. 未出版. 1961：34.

❹ 王庆林. 天国悲剧[M]. 哈尔滨：北方文艺出版社，1998：85.

❺ 胡仲实. 洪宣娇. 广西壮族自治区戏曲工作室. 油印未定稿. 未出版. 1961：33.

❻ 魏文华，唐伟. 天国少帅——英王陈玉成[M]. 太原：北岳文艺出版社，2000：392.

《太平天国起义记》中说洪秀全在产生革命理想的同时，“人格完全改变”“坐时体直容庄”。[1]坐姿是人对待自己的一个外部表现，透过它可以看出人对自己的要求严格与否，《太平天国起义记》将之与革命理想的产生联系在一起，暗示了历史成败叙事的隐含规则，即成败与人物对自己的要求严格与否是有必然联系的。在太平天国成败叙事中，严于律己者是非常重要的角色，其行动包括勤劳耐苦、俭省节约、无不良嗜好、谦虚谨慎、不计名利等。

A1b1勤劳耐苦，是指勤奋读书、辛勤工作。例：洪秀全放牛时沉浸书中，[2]洪秀全见到人总是“热情地宣传道理”。[3]也指不图安逸，即本可享福之人却亲自劳作或舍逸求苦。例：曾国藩妻子带着儿媳纺纱。[4]

A1b2俭省节约，是指对衣食住行的要求很低，吃粗茶淡饭、穿破衣烂衫、住普通房间、出门轻车简从、不讲排场。例：石达开的内衣带着补丁。[5]

A1b3克制欲望，是指克制、禁止、戒除大烟、酒、赌、色等不良嗜好，其中克制色欲是太平天国成败叙事的一个重点。

拒被追求，是指出于伦理、人格、大局等考虑，拒绝异性的真诚

---

❶ [瑞典]韩山文．太平天国起义记[M]．简又文，译//中国史学会主编．太平天国（六）．上海：上海人民出版社、上海书店出版社，2000：862.

❷ 秦牧．洪秀全[M]．北京：生活·读书·新知三联书店，1950：2

❸ 施瑛．洪杨金田起义[M]．上海：新鲁书店，1951：11.

❹ 费只园．清代三百年艳史（第三卷）[M]．长春：吉林文史出版社，1991：8.

❺ 彭道诚．裂变——太平天国[M]．台北：三民书局股份有限公司，2004：117.

追求。例：石达开因为方妃是天王的妃子，拒绝其求爱。❶

拒被勾引，是指成为别人渔色、勾引的对象时，坚决拒绝。例：胜保利用美人计想使陈玉成投降，第一个美女被陈玉成唾瞎眼睛，第二个刘三姑娘被撞断肋骨。❷

拒绝结婚，是指由于想专心致志练武、打仗、建功立业等，不想因为结婚而丧失斗志，该行动包括两个行为，包括不愿结婚和拒绝别人做媒。例：陈玉成“立志不打灭妖魔，誓不娶亲”；❸李秀成说“匈奴未灭，何以家为”；❹陈玉成看都不看官媒们所呈的美女图。❺

拒收美女，是指不接受上级用来笼络、同级用来拉拢或下级用来巴结而赠送的美女。例：石达开不接受部下所送的美女。❻

厌恶好色者，是指自己不喜欢女色，看到别人好色时，产生反感情绪，甚至讽刺、教训好色者，例：石达开微讽“骄奢好货及色”的陆某。❼

以理制欲，是指当欲望不合时宜地产生时，用理智来克制。例：小猴子人微言轻，还没有能力保护茹花时，只是拥抱、亲吻

---

❶ 彭道诚. 裂变——太平天国[M]. 台北：三民书局股份有限公司，2004：274.

❷ 魏文华，唐伟. 天国少帅——英王陈玉成[M]. 太原：北岳文艺出版社，2000：448-449.

❸ 魏文华，唐伟. 天国少帅——英王陈玉成[M]. 太原：北岳文艺出版社，2000：168.

❹ 黄世仲. 洪秀全演义[M]. 北京：人民文学出版社，1984：104.

❺ 魏文华，唐伟. 天国少帅——英王陈玉成[M]. 太原：北岳文艺出版社，2000：167.

❻ 许指岩. 石达开日记[M]. 上海：世界书局，1928：8.

❼ 许指岩. 石达开日记[M]. 上海：世界书局，1928：25.

茄花。[1]

谨于礼法，是指虽然相爱，但遵守礼法规定的尊卑秩序，例：曾水源喜欢洪宣娇，但因后者是王妃，于是垂手请安。[2]

A1b4谨慎自尊，是指不因自己的地位、才华、功德而骄傲自满，处事谨慎，尽量做到公正、公平。

不事张扬，是指虽然很有才华，地位很高，但是含而不露。例：洪宣娇化名为杨宣娇，依靠自己的能力，成为上帝会中坚分子，但是直到见到洪秀全，无人知道她就是天妹。[3]

自尊自重，是指在遇到调戏时能把握住自己，或者当被丈夫背叛时，能够维护自己尊严，例：杨秀清请洪宣娇去东王府，宣娇暗藏短剑，准备宰了他"既全名节，又图大计"；[4]秋菊命令梁发放尊重；[5]萧朝贵喝醉后，把宣娇当成了"天嫂"，宣娇打了萧朝贵，告诉他自己不是天嫂，而是洪宣娇。[6]

小心谨慎，是指说话或者办事时态度严谨、认真，例：傅善祥办事很谨慎，唯恐做错。[7]

不喜奉承，是指不喜欢别人的恭维，能实事求是地评价自己，

---

[1] 宋发清．天朝大梦（第一部）[M]．成都：四川人民出版社，1999：635.

[2] 庐山．西王妃洪宣娇[M]．长春：北方妇女儿童出版社，1983：7.

[3] 顾汶光，顾朴光．天国恨（第一卷）[M]．贵阳：贵州人民出版社，1982：83.

[4] 庐山．西王妃洪宣娇[M]．长春：北方妇女儿童出版社，1983：214.

[5] 胡仲实．洪宣娇．广西壮族自治区戏曲工作室．油印未定稿．未出版，1961：17-18.

[6] 宋发清．天朝大梦（第一部）[M]．成都：四川人民出版社，1999：519.

[7] 阳翰笙．天国春秋[M]//阳翰笙剧作集（上）．北京：中国戏剧出版社，1982：306.

例：石达开反感桐城文人对自己的阿谀奉承。❶

A1b5不计名利，是指为内心需要和实现理想做事，不在乎功名利禄。

不贪名，是指淡泊功名、拒绝功名、舍弃功名等，例：萧朝贵认为“当王不当王一样打仗”；❷洪仁玕“屡次上表辞让”干王封号；❸洪秀全“不忍以同室自伤大义”，愿“择贤而让”。❹

不贪财利，是指拒绝赠予或不争财利，例：洋将丢乐德克拒绝宁波官绅赠送的巨额钱财；❺得知天将某已入安庆，石达开不愿与之相争，主动避开。❻

A1c真诚待人，是指真挚诚恳地对待同级中的个人。

A1c1相信尊重，例：石达开坚信冯云山“高瞻远瞩，谋略过人”；❼冯云山尊重从劳动群众中产生的领袖杨秀清。❽

A1c2客观公正，包括正确评价、合理建议、向理不向亲等，例：萧朝贵不喜欢杨秀清，但是认为杨秀清做第一王当之无愧；❾石达开制止韦昌辉残忍杀小孩；❿韦昌辉杀了杨秀清之后滥杀无辜，石

---

❶ 许指岩．石达开日记[M]．上海：世界书局，1928：15.

❷ 陈仕元．洪秀全传奇[M]．广州：花城出版社，1990：60.

❸ 张善英．太平天国群英[M]．福州：福建教育出版社，1993：37.

❹ 陈也梅．洪杨演义（六卷）[M]．上海：中华图书局，1924：62.

❺ 进步书局编译所编辑，韩英编译．太平天国轶闻[M]．济南：山东友谊出版社，2000：204.

❻ 许指岩．石达开日记[M]．上海：世界书局，1928：16.

❼ 陈仕元．洪秀全传奇[M]．广州：花城出版社，1990：87.

❽ 秦牧．洪秀全[M]．北京：生活·读书·新知三联书店，1950：29.

❾ 陈仕元．洪秀全传奇[M]．广州：花城出版社，1990：57.

❿ 万伯喜．悲情英雄石达开[M]．北京：华艺出版社，2008：43.

达开打算劝阻；[1]洪宣娇得知天王和北王杀了有功的东王，决定“先除昌辉，我再去简昏君”。[2]

A1c3团结友爱，是指朋友间感情深厚、团结协作。例：洪冯久别重逢“紧紧地握着一双手，欢喜得落下眼泪”；[3]洪秀全“研究和创造传教文书”，冯云山到山区活动。[4]

A1c4收留他人，是指当别人遇到危险、困境的时候，为其提供衣食住行等条件。例：陈玉成被清军追赶，素不相识的胡玉蓉收留了他。[5]

A1c5热情好客，例：石达开初次见到洪秀全和冯云山，就“摆开酒饭，款待洪冯”。[6]

A1c6谦让功劳，是指把功劳让给其他人，例：镇江解围后，陈玉成认为自己功劳不如吴如孝，推后者为头功。[7]

A1c7学习传授，是指向他人学习或请教，或者向他人传授武功或作战经验，例：傅善祥崇拜洪宣娇，想向她学习；[8]李大爹无偿教宣娇武功。[9]

---

❶ 李秀成自述[M]//中国史学会主编. 太平天国（二）. 上海：上海人民出版社，1957：792.

❷ 胡仲实. 洪宣娇. 广西壮族自治区戏曲工作室. 油印未定稿. 未出版，1961：62.

❸ 施瑛. 洪杨金田起义[M]. 上海：新鲁书店，1951：26.

❹ 秦牧. 洪秀全[M]. 北京：生活・读书・新知三联书店，1950：11.

❺ 张笑天. 太平天国[M]. 桂林：漓江出版社，1998：329.

❻ 施瑛. 洪杨金田起义[M]. 上海：新鲁书店，1951：13.

❼ 魏文华，唐伟. 天国少帅——英王陈玉成[M]. 太原：北岳文艺出版社，2000：230.

❽ 阳翰笙. 天国春秋[M]//阳翰笙剧作集（上）. 北京：中国戏剧出版社，1982：300.

❾ 胡仲实. 洪宣娇. 广西壮族自治区戏曲工作室. 油印未定稿. 未出版，1961：6.

A1c8关心照顾，是指当别人受伤或伤心时，对其进行安慰与悉心照料，例：作为兄长，石达开悉心照顾受伤的洪宣娇。[1]

A1c9忠告教训，是指看到他人身上存在的问题，或行为方式的错误，对其提出忠告，或者直接教训，例：宣娇很讨厌杨秀清，但还是苦口婆心劝他不要安富尊荣；[2]洪秀全任人唯亲，封毫无功劳的亲兄弟为王，杨秀清很气愤，扮演天父下凡，使他醒悟。[3]

A1c10支援帮助，是指在他人陷入困境，遇到危险时，伸出支援之手，帮助其渡过难关。支援，例：石达开得知天将围九江告急，改道驰援。[4]帮助，例：萧朝贵为受丈夫虐待的杨长妹打抱不平。[5]营救，例：陈玉成和长工们救老长工。[6]保护，例：胡以晃打死妨碍洪秀全传教的恶霸。[7]

A1c11为人着想，是指站在他人的角度考虑问题，为他人的生命、财产等的安全着想，该行动表现为担心顾念、舍己为人。

担心顾念，例：洪宣娇自己要以身殉国，却让秋菊母子逃出被困的天京城。[8]

---

❶ 宋发清. 天朝大梦（第一部）[M]. 成都：四川人民出版社，1999：1226-1227.

❷ 阿英. 洪宣娇[M]//阿英剧作选. 北京：中国戏剧出版社，1980：431-432.

❸ 陈仕元. 洪秀全传奇[M]. 广州：花城出版社，1990：187.

❹ 许指岩. 石达开日记[M]. 上海：世界书局，1928：16.

❺ 胡明树，李文钊等. 金田起义（桂剧）. 广西省文联·广西省戏改会印.油印本. 未出版，日期不详：27.

❻ 潘益大，张广智. 陈玉成的故事[M]. 上海：上海人民出版社，1977：9.

❼ 徐哲身. 大清三杰：曾国藩 左宗棠 彭玉麟[M]. 长春：时代文艺出版社，1994：54.

❽ 胡仲实. 洪宣娇. 广西壮族自治区戏曲工作室. 油印未定稿. 未出版，1961：66.

舍己为人，是指在遇到危险时，将生的希望留给朋友，却不考虑自身安全，或者为他人舍去自己的物质利益。例：冯云山知道攻打全州会付出惨重代价，却主动请缨以保全杨秀清等人；[1]苏三为帮助别人葬父，将鱼塘押给恶霸。[2]

A1c12主动承担，是指为自己所做的事负责，不愿连累他人，或者主动出面，为他人承担责任，例：洪仁发责备洪宣娇打官差，她说“俗话说得好，‘好汉做事好汉当’”。[3]

A1c13哀悼纪念，是指为他人之死而伤心、痛苦，例：萧朝贵死后，杨秀清伤心落泪。[4]

A1d善待下级者，是指能友善地对待下级的角色。

A1d1关心指导，关心包括关心下级的家庭、婚姻、身体、精神状态等，例：陈玉成了解汪春海的家庭情况，[5]曾国藩询问康福身世。[6]指导包括指导下级练功、骑马、端正态度等，例：陈玉成彻夜教汪春海练习骑马，[7]东王鼓励傅善祥为天国奋斗。[8]

A1d2相信尊重，相信指认为下级有才华、有能力、意志坚决、

---

[1] 陈仕元. 洪秀全传奇[M]. 广州：花城出版社，1990：78.

[2] 钟文典. 太平天国人物[M]. 南宁：广西人民出版社，1984：475.

[3] 胡仲实. 洪宣娇. 广西壮族自治区戏曲工作室. 油印未定稿. 未出版，1961：8.

[4] 陈仕元. 洪秀全传奇[M]. 广州：花城出版社，1990：124.

[5] 刘征泰原著，赫威刚改编. 陈玉成[M]. 郑州：河南人民出版社，1977：34.

[6] 唐浩明. 曾国藩全传（血祭、野焚、黑雨）[M]. 北京：乌兰文艺出版社，2008：14.

[7] 刘征泰原著，赫威刚改编. 陈玉成[M]. 郑州：河南人民出版社，1977：39.

[8] 阳翰笙. 天国春秋[M]//阳翰笙剧作集（上）[M]. 北京：中国戏剧出版社，1982：310.

思想坚定等，例：牛卢三中不是奸细，但李仕昌、丁亚英等都一口咬定他是奸细，苏福伯和苏三娘却相信他。[1]尊重是承认下级合理要求，尊重下级私欲。例：石达开虽然自己拒绝美女，但得知五十余副记室“拥一妖姬而眠”时，却认为无可厚非。[2]

A1d3归功维护，归功是指不抢占下级的功劳，实事求是指出下属的卓越贡献。例；洪宣娇谦虚，说破道州都是姊妹们浴血奋战的结果，自己“实在没有什么劳绩”；[3]石达开为罗大纲请功[4]。维护是指维护下级的经济利益，例：“石达开号召人民参加他的队伍时，参加者每人发谷五十斤养家”。[5]

A1d4赞赏重用，赞赏是指不吝赞美下级的优点、作用、价值，例：洪秀全说冯云山“我若是头，你是头的脑”。[6]重用是在充分相信下级的基础上，将重要的行动交给下级完成，并寄予厚望。例：洪秀全赠剑给陈玉成，在他身上寄托“光复河山”的众望。[7]

A1d5宽容对待，是指对待下级宽容，能原谅下级过失，例：赛尚阿假仁慈，反复说“不忍杀人”，咸丰真仁慈，不忍杀赛，“将学士们会拟的‘大辟’改为‘斩监候’，不久便释放出来”；[8]塔

---

[1] 霄雯. 苏三娘. 广西壮族自治区研究室. 广西粤剧剧目选（第一集）. 内部资料出版社，出版日期不详：91.

[2] 许指岩. 石达开日记[M]. 上海：世界书局，1928：13.

[3] 阿英. 洪宣娇[M]//阿英剧作选. 北京：中国戏剧出版社，1980：404.

[4] 万伯喜. 悲情英雄石达开[M]. 北京：华艺出版社，2008：273.

[5] 广西壮族自治区科学工作委员会、壮族文学史编辑室. 关于石达开. 资料七十七. 原始资料油印本. 未出版，日期不详：6.

[6] 陈仕元. 洪秀全传奇[M]. 广州：花城出版社，1990：91.

[7] 唐浩明. 曾国藩全传（血祭、野焚、黑雨）[M]. 北京：乌兰文艺出版社，2008：6.

[8] 魏文华. 太平天国全史演义（共二册）[M]. 北京：新华出版社，1989：341.

齐布不计前嫌，上任后“遍赏提标兵”“使人人知新提督无修怨之心”。❶

A1d6礼遇下级，是指对待下级很有礼貌，该行动的具体行为包括尊敬拜访、出迎接见。

尊敬拜访，尊称是指有礼貌地称呼比自己地位低的人，例：陈玉成官比李秀成大，但仍喊他“秀成哥”；❷塔齐布的官位比曾国藩高，但“谨事国藩，自比于列将”。❸拜访是指上级降尊纡贵，亲自到下级家中商谈事情或者邀请其出山，例：天王将会议放在了杨秀清的卧室，“扶他靠在床头，为他半盖被，让他半躺着”；❹洪秀全亲自去访石达开。❺

出迎接见，出迎是指亲自出门迎接下级，例；洪秀全听说苏三娘来到，亲自赴迎接风；❻接见，是指不论时间，只要有事，就予接见，例：陈玉成来到天京已是夜里了，天王听说后，马上在“正殿接见”。❼

A1d7营救护持，营救，例：李续宾“曾好几次从危难中救起身

---

❶ 王闿运，郭振墉，朱德裳. 湘军志 湘军志平议 续湘军志[M].长沙：岳麓书社，1983：25.

❷ 潘大林. 天国一柱李秀成[M]. 南宁：接力出版社，1994：39.

❸ 王闿运，郭振墉，朱德裳. 湘军志 湘军志平议 续湘军志[M]. 长沙：岳麓书社，1983：7.

❹ 陈仕元. 洪秀全传奇[M]. 广州：花城出版社，1990：144.

❺ 胡明树，李文钊等. 金田起义（桂剧）. 广西省文联·广西省戏改会印. 油印本. 未出版，日期不详：33.

❻ 胡明树，李文钊等. 金田起义（桂剧）. 广西省文联·广西省戏改会印. 油印本. 未出版，日期不详：65.

❼ 刘征泰原著，赫威刚改编. 陈玉成[M]. 郑州：河南人民出版社，1977：2.

边受伤的士卒，甚至把自己的坐骑让给受伤的士兵骑坐”。[1]护持，例：罗大纲亲自架起被打伤的李秀成，“把他扶上自己战马上，小心护持”。[2]

A1d8为下担责，是将下级的过错揽到自己身上，代替或陪同下级承担责任，例：李秀成把李世贤和阿旺抢劫百姓的责任归于自己，代其受杖。[3]

A1d9哀悼抚恤，例：听说李秀成死了，洪秀全“眼泪夺眶而出”，[4]温绍原为保百姓死而不仆，“恩旨准建专祠”。[5]

A1d10同甘共苦，是指与下同乐、同处军事险境、同吃同住，不搞特殊化等，例：杨秀清参加普通士兵婚礼；[6]天京即将失守，李秀成还坚持指挥士兵作战；[7]洪宣娇拒绝比女兵吃得好。[8]

A1d11反思自责，例：洪秀全曾怀疑杨秀清会篡权，当杨秀清暂时收敛一些时，洪秀全又觉得自己怀疑杨秀清是不对的，感到内疚，希望找机会弥补。[9]

A1d12保全生命，是指在败局无可挽回时，尽量保住下级的生命，例：陈玉成预感将败，散银遣散部下。[10]

A1d13约束警告，是指通过强调军纪、天条，或者规劝、惩罚

---

[1] 潘大林. 天国一柱李秀成[M]. 南宁：接力出版社，1994：42.
[2] 潘大林. 天国一柱李秀成[M]. 南宁：接力出版社，1994：25.
[3] 潘大林. 天国一柱李秀成[M]. 南宁：接力出版社，1994：24.
[4] 陈仕元. 洪秀全传奇[M]. 广州：花城出版社，1990：101.
[5] 陈也梅. 洪杨演义（六卷）[M]. 上海：中华图书局，1924：33.
[6] 陈仕元. 洪秀全传奇[M]. 广州：花城出版社，1990：163.
[7] 潘大林. 天国一柱李秀成[M]. 南宁：接力出版社，1994：133.
[8] 金鸡岭[M]//中国戏剧家协会广东分会编. 粤剧故事集. 广州：花城出版社，1984：182.
[9] 陈仕元. 洪秀全传奇[M]. 广州：花城出版社，1990：113.
[10] 万伯喜. 悲情英雄石达开[M]. 北京：华艺出版社，2008：356.

等方式使下级认识并改正错误。例：李鸿章不让程学启杀死投降各王。[1]

A1d14身正为范，是指为了给下级做榜样，而端正自己的思想言行，例：宝英愿以身相委，众人劝石达开接纳，石考虑到“兵以义动，若自犯之，部下必有缘焉”，不予采纳。[2]

A1e真心为民者，该角色真心实意地为百姓着想，为他们奋斗，替他们解决问题，使他们富裕幸福。

A1e1悯民，是指目睹人民的惨状而引起同情、怜悯之情。例：虽然洪秀全自己的生活也不如意，仍想着“国难民艰”；[3]石达开感叹黎庶“为妖官所苦，可悯哉”。[4]

A1e2救民，是在悯民基础上产生的行动，指采取措施把人民从被压迫、被损害的境遇中解救出来。

立志救民，是指自发产生救民的理想，例：冯云山“欲救万民于水深火热之中”。[5]

受命救民，是指接受上帝或皇帝的命令拯救人民，例：上帝派洪秀全搭救老百姓。[6]

起事救民，是指通过起义或组建团练、军队等方式解救人民。例：李秀成说金田起义是为了“拯救百姓出于水深火热之中”。[7]

---

[1] 陈也梅. 洪杨演义（六卷）[M]. 上海：中华图书局，1924：29.

[2] 许指岩. 石达开日记[M]. 上海：世界书局，1928：21.

[3] 陈棣生，利家彭，常国煊. 洪秀全. 广州市文化局. 新时期粤剧选. 内部资料未出版，1989：96.

[4] 许指岩. 石达开日记[M]. 上海：世界书局，1928：50.

[5] 胡明树，李文钊，等. 金田起义（桂剧）. 广西省文联·广西省戏改会印. 油印本. 未出版，日期不详：3.

[6] 陈白尘. 金田村[M]//陈白尘剧作选. 成都：四川人民出版社，1981：14.

[7] 徐菊华. 引狼入室（京剧）[M]. 沈阳：东北戏曲新报社，1951：35.

精神救民，是指对百姓进行精神启蒙，使之从愚昧不知的精神中解放出来，看到自己所受的压迫和迫害，清醒地知道自己处于困境的原因，产生为解救自身和他人而奋斗的热情。例：冯云山戳穿甘王庙“圣迹”，破除人民迷信心理。❶

制度救民，是指制定、实行有利人民的制度，例：太平天国制定《天朝田亩制度》，该制度“鲜明地反映了贫苦农民渴望取得土地的迫切要求”。❷

救民性命，是指在遇到自然灾害或由战争引起的火灾时，能从水火中解救人民的生命，从土匪、恶霸手中解救人民，或困守孤城，内外绝援时，放百姓逃生等。例：曾国藩曾祖父带家人救溺水之人；❸石达开杀死恶少，救下韩宝英；❹名士张孝慈不忍无辜良民被屠，说服县令放百姓出城。❺

财物救民，是指通过给予百姓钱财、实物等的方式拯救濒临死亡的百姓。例：驻守太平军将有限的军粮分给饥饿濒死之民。❻

政策救民，是指通过减税、免税的方式解救百姓，例：咸丰“免奉天、直隶……三百四十四厅州县卫灾赋”。❼

除害救民，是指通过惩处残害百姓者而解救百姓，包括铲除敌对

❶ 顾汶光，顾朴光．天国恨（第一卷）[M]．贵阳：贵州人民出版社，1982:161.

❷ 卞学左．洪秀全领导的太平天国运动．中共区商业局支部．摘自《文汇报》《解放军报》等报刊有关学习资料．油印本．未出版．1972：3.

❸ 徐哲身．大清三杰：曾国藩 左宗棠 彭玉麟[M]．长春：时代文艺出版社，1994:5.

❹ 万伯喜．悲情英雄石达开[M]．北京：华艺出版社，2008:359.

❺ 陈也梅．洪杨演义（六卷）[M]．上海：中华图书局，1924:83-84.

❻ [英]呤唎．太平天国革命亲历记（全二册）[M]．王维周译．上海：上海古籍出版社，1985：554.

❼ 赵尔巽．清史稿（第四册）[M]．北京：中华书局，1977：728.

势力、惩处害民的贪官污吏奸商、惩处害民下属等。例：太平天国说要赶走、打死“妖狐妖崽”，解救“华裔”，[1]虽然从本质上说太平天国与清朝之间进行的是一场争夺统治权的战争，但是他们都在叙事中把自己打扮成人民救星，把铲除对方视为解救人民。再例：莫子升等人“为逆匪肆劫，吁天发兵剿灭安民”，[2]左宗棠惩处囤积居奇盐商，[3]太平军悬挂害民者头颅。[4]

A1e3惠民，是指在保证人民生命安全的基础上，给人民实际利益，使人民受惠。

教民，是指教人民知识，例：石达开开矿时，晚上“帮助矿工读书识字”。[5]

为民服务，是指帮助百姓做事，例：石达开为剃头匠写对联，[6]太平军帮助农民收割稻谷，并帮助保藏。[7]

济民，是指接济穷人，例：石达开家财万贯，“疏财仗义，扶危济困”；[8]李秀成保证给“老弱病残、贫苦无靠”者发钱济粮。[9]

---

[1] 诛妖檄文. 太平天国印书(下)[M]. 南京：江苏人民出版社，1979：734.

[2] 都察院奏广西举人李宜用等呈控情形折附件二：莫子升等呈. 中国社会科学院近代史研究所近代史资料编辑室编. 太平天国文献史料集[M]. 北京：中国社会科学出版社，1982：58.

[3] 李文澄. 左宗棠[M]. 北京：北京图书馆出版社，2001：175.

[4] [英]呤唎. 太平天国革命亲历记（全二册）[M]. 王维周译. 上海：上海古籍出版社，1985：59.

[5] 广西壮族自治区科学工作委员会、壮族文学史编辑室. 关于石达开. 资料七十七. 原始资料.油印本. 未出版，日期不详：11.

[6] 万伯喜. 悲情英雄石达开[M]. 北京：华艺出版社，2008：147.

[7] [英]呤唎. 太平天国革命亲历记（全二册）[M]. 王维周，译. 上海：上海古籍出版社，1985：656.

[8] 施瑛. 洪杨金田起义[M]. 上海：新鲁书店，1951：12.

[9] 费克，邨夫编剧，费克执笔. 天京风雨（话剧）[M]. 南京：江苏人民出版社，1963：36.

富民，是指采取措施使百姓安居乐业，增加收入，例：黄鼎凤听说农民没有牛耕田，连忙贩回一批牛，低价租给农民，[1]刘蓉借给农民牛和种子。[2]

A1e4亲民，是指感情或行动上亲近人民。

深入百姓，是指走到百姓中间，与百姓近距离接触，倾听百姓心声，同情百姓遭遇，解决百姓难题，例：在武昌，天王亲自“走到百姓们中间”。[3]

尊老爱幼，尊老是指尊敬普通老年百姓，例：吴定规称汪老爹为“老爹”。[4]爱幼是指疼爱普通百姓的孩子，例：忠王背着小囡，送她回家。[5]

待民如客：是指像对待客人那样对待老百姓。例：石达开“烧饭煮菜”招待路过老妇人。[6]

A1e5不扰民，是指不伤害人民、不侵害人民利益。

严禁扰民，指军纪严格，不准扰民，例：杨秀清发布号令：“不许妄杀良民一人”，[7]“严禁官兵不准下乡滋扰”。[8]

---

[1] 广西壮族自治区科学工作委员会、壮族文学史编辑室. 黄鼎凤的故事. 资料六十一. 原始资料. 油印本. 未出版.日期不详：45.

[2] 王闿运，郭振墉，朱德裳. 湘军志 湘军志平议 续湘军志[M]. 长沙：岳麓书社，1983：142.

[3] 李晴. 天京事变[M]. 广州：花城出版社，1981：31.

[4] 刘征泰原著，赫威刚改编. 陈玉成[M]. 郑州：河南人民出版社，1977：60.

[5] 潘大林. 天国一柱李秀成[M]. 南宁：接力出版社，1994：98.

[6] 广西壮族自治区科学工作委员会、壮族文学史编辑室. 关于石达开. 资料七十七. 原始资料. 油印本. 未出版，日期不详：10.

[7] 麦展穗. 天朝基石杨秀清[M]. 南宁：接力出版社，1994：65.

[8] 绍天豫周诲醒四民（贴朱家角）[M]//中国史学会主编. 太平天国（二）. 上海：上海人民出版社，1957：726.

照价付钱，是指买东西时公平交易、不抢不拿。例：太平军买物付钱。[1]

赔偿损失，是指当确实损害了百姓利益时，给予百姓一定补偿，例：太平军没有菜吃，就到百姓地里割了一些白菜，并留下了菜钱。[2]

不助纣为虐，是指拒绝帮助他人做残虐人民之事，例：黄玉崐对于“要他干颠倒黑白、欺压良民的勾当，他总是婉言谢绝的”。[3]

A1e6护民，是指维护人民合法权益，为人民提供保护。例：傅善祥请求东王让夫妻团聚，[4]广西大旱，交不起租税的农民将遭受“侮辱和毒打”，上帝会保护他们。[5]

A1e7宽容民，是指不追究胁从之民的过错。例：刘公出示地方：“曾受伪职等款，总由胁从，概行宽宥”。[6]

A1f宽待敌人者，是指宽容对待甚至优待敌人的角色。

A1f1以德报怨，是指用恩德回报敌人的残虐，例：秦日纲与韦昌辉一起杀了石达开全家，石达开不仅不杀秦母，反而向她下跪，

---

❶ ［英］呤唎．太平天国革命亲历记（全二册）[M]．王维周译．上海：上海古籍出版社，1985：60.

❷ 太平天国历史博物馆．太平天国传说故事[M]．南京：江苏人民出版社，1980：174.

❸ 施瑛．洪杨金田起义[M]．上海：新鲁书店，1951：40.

❹ 阳翰笙．天国春秋[M]//阳翰笙剧作集（上）．北京：中国戏剧出版社，1982：320.

❺ 广西壮族自治区科学工作委员会、壮族文学史编辑室．关于石达开．资料七十七．原始资料．油印本．未出版，日期不详：15.

❻ 姚济．小沧桑记[M]//中国史学会主编．太平天国（六）．上海：上海人民出版社、上海书店出版社，2000：507.

并让韩宝英认她为奶奶；[1]清军向外方开炮，外方还击，但不愿伤害他们。[2]

A1f2善待俘虏，是指不杀害已经投降的俘虏，以及关心照顾俘虏。例：太平军“从来没有虐杀俘虏”；[3]“李秀成营里的俘虏则一个也不杀，何去何从，均任由他们自己选择”；[4]对受伤俘虏张国梁，官军“力为医治，愈则赠资给骑回营”。[5]

A1f3释放敌人，是指把敌人看做一个普通人，不剥夺其生存权和选择权，例：洪秀全将三个清方官员“赏给酒饭，护送出村”；[6]李秀成命人“埋葬了清廷将军瑞昌”。[7]

A1f4礼遇敌人，是指礼貌地对待敌人，例：曾国藩为自己手下败将松绑。[8]

A1f5收殓敌尸，是指当敌人死亡后，找到其身体和头颅，为之装殓，例：看到韦昌辉人头，石达开“怒火千丈拔剑欲砍”，“但几经考虑”，还是命人安葬韦昌辉。[9]

---

[1] 彭道诚. 裂变——太平天国[M]. 台北：三民书局股份有限公司，2004：96.

[2] [英]呤唎. 太平天国革命亲历记（全二册）[M]. 王维周译. 上海：上海古籍出版社，1985：45.

[3] [英]呤唎. 太平天国革命亲历记（全二册）[M]. 王维周译. 上海：上海古籍出版社，1985：440.

[4] 潘大林. 天国一柱李秀成[M]. 南宁：接力出版社，1994：48.

[5] 明心道人. 发逆初记[M]//中国史学会主编. 太平天国（四）. 上海：上海人民出版社，1957：453.

[6] 徐哲身. 大清三杰：曾国藩 左宗棠 彭玉麟[M]. 长春：时代文艺出版社，1994：83.

[7] 欧阳予倩. 忠王李秀成[M]//凤子. 欧阳予倩全集（第2卷）. 上海：上海文艺出版社，1990：13.

[8] 万伯喜. 悲情英雄石达开[M]. 北京：华艺出版社，2008：176.

[9] 陈仕元. 洪秀全传奇[M]. 广州：花城出版社，1990：220.

A1f6不虐敌尸，是指不残忍地对待敌人的尸体，例：彭玉麟不忍挖萧朝贵的尸体。[1]

A1f7尊重敌人，是指客观中肯地评价对方，例：石达开说江忠源“亦奇才也”。[2]

$\overline{A}$1a无情无义者，该角色是有情有义者的逆角色，是性与灵分离的“爱”，指对配偶、情人、性伴侣既没有真正的感情，也没有道义，把对方视为功名利禄的跳板或发泄性欲的工具，心中只有自己，毫无对方，稍不如意，则拳打脚踢，甚至处死，为了满足难以填满的欲壑，频繁更换性伴侣的角色。其“爱”是虚假的、功利的、纯粹肉欲的。在太平天国成败叙事中，该角色的行动主要包括不尊重对方、虐待对方和不忠于对方。

$\overline{A}$1a1不尊重对方，是指只从自我的角度考虑性和爱，将之视为游戏或自我享受，不能严肃、负责、平等地对待对方。

轻视，是指从思想或言语上轻贱对方，例：在洪秀全的意念中，“女人是一种享受，一种需要，同时也是一种值得轻贱的东西”；[3]彭玉麟言语粗俗，称歌伎为“漂亮的小娘们”。[4]

利用，是指性与“爱”的目的是功利性的，例：曾国藩蓄养歌伎班，让将领们发泄性欲；[5]杨秀清利用程岭南监视洪秀全。[6]

物化，把对方视为物，用于赠送、交换、买卖、典当等，例：杨

❶ 毕珍. 彭玉麟（上、下）[M]. 太原：北岳文艺出版社，1994：267.

❷ 许指岩. 石达开日记[M]. 上海：世界书局，1928：3.

❸ 宋发清. 天朝大梦（第一部）[M]. 成都：四川人民出版社，1999：743.

❹❺ 彭道诚. 裂变——太平天国[M]. 台北：三民书局股份有限公司，2004：149.

❻ 张笑天. 太平天国[M]. 桂林：漓江出版社，1998：369.

秀清要将茹花送给洪秀全，[1]侯谦芳要把情人红鸾送给杨秀清享受，[2]鲍超“典妻做赌注”。[3]

调戏，是指想占对方便宜，没话找话，主动套近乎，言语俗逆或轻浮。例：梁亚发说喜欢秋菊，送淫秽画册给她；[4]东王看洪宣娇看呆了，想趁扶起她时揩油。[5]

变态，是指让对方男扮女装或女扮男装，以满足变态性心理，例：杨秀清让男妾“擦粉裹脚，身穿绣花衣服”。[6]

苛刻，例：杨坊请华尔一顿饭要花几百两，却十两银子都不舍得给妻子。[7]

指责，是指遇到问题时，不思从自身找原因，而是不负责任地指责对方，例：曾国藩不知从哪里传染的疥癣，硬说是春燕传给他的。[8]

争风吃醋，是指为争夺同一个性对象而相互矛盾或冲突。例：韦

---

❶ 宋发清. 天朝大梦（第一部）[M]. 成都：四川人民出版社，1999：163.

❷ 庐山. 西王妃洪宣娇[M]. 长春：北方妇女儿童出版社，1983：63.

❸ 魏文华，唐伟. 天国少帅——英王陈玉成[M]. 太原：北岳文艺出版社，2000：119.

❹ 胡仲实. 洪宣娇. 广西壮族自治区戏曲工作室. 油印未定稿. 未出版，1961：18.

❺ 宋发清. 天朝大梦（第一部）[M]. 成都：四川人民出版社，1999：1269.

❻ 进步书局编译所编辑，韩英编译. 太平天国轶闻[M]. 济南：山东友谊出版社，2000：103.

❼ 徐菊华. 引狼入室（京剧）[M]. 沈阳：东北戏曲新报社，1951：17.

❽ 黄世仲. 洪秀全演义[M]. 北京：人民文学出版社，1984：135.

昌辉和杨秀清争红鸾，[1]洪宣娇挑衅傅善祥。[2]

$\bar{A}$1a2虐待对方，残酷地对待配偶、情人、性伴侣等。

性暴力，例：花露莹被洪秀全折磨得非常恐惧。[3]

打骂，例：天王踢中杨长妹的心窝，使其咳血，[4]曾国藩“拳打脚踢”陈香媛。[5]

监禁，例：东王软禁洪宣娇。[6]

致死，例：唐友耕以为小妾与戈什哈有私，斩小妾。[7]

驱使，例：雷以𫄨扭断一个随营军妓的脖子，吓唬、驱逐她们上阵。[8]

报复情敌，例：东王挟恨报复曾水源，污蔑他是“反骨妖人”，将其“斩首示众”。[9]

羞辱，例：杨秀清令宣娇当众下跪。[10]

剥夺话语权，例：洪秀全说“不许王妃过问朝政”。[11]

$\bar{A}$1a3不忠于对方，是指喜新厌旧，不断追求新的、同时抛弃已经玩厌的性伙伴。

---

[1][10] 进步书局编译所编辑，韩英编译. 太平天国轶闻[M]. 济南：山东友谊出版社，2000：12.

[2] 阳翰笙. 天国春秋[M]//阳翰笙剧作集（上）. 北京：中国戏剧出版社，1982：323.

[3] 宋发清. 天朝大梦（第一部）[M]. 成都：四川人民出版社，1999：444.

[4] 李晴. 天京事变[M]. 广州：花城出版社，1981：88.

[5] 彭道诚. 裂变——太平天国[M]. 台北：三民书局股份有限公司，2004：71.

[6] 庐山. 西王妃洪宣娇[M]. 长春：北方妇女儿童出版社，1983：107.

[7] 曾白融. 京剧剧目辞典[M]. 北京：中国戏剧出版社，1989：1068.

[8] 庐山. 西王妃洪宣娇[M]. 长春：北方妇女儿童出版社，1983：122.

[9] 庐山. 西王妃洪宣娇[M]. 长春：北方妇女儿童出版社，1983：196.

[11] 陈仕元. 洪秀全传奇[M]. 广州：花城出版社，1990：184.

喜新厌旧，例：东王得到傅善祥后，厌恶发妻秋菊。[1]

抛弃，例：彭玉麟不顾与寡妇徐氏的白首之约，将其抛弃，导致徐氏投江而死。[2]

背叛，例：韦昌辉的妻子王氏与王艾东私通，[3]王作新小妾勾搭上年轻管家。[4]

$\overline{A}$1b随心所欲者，是指任由自己的性情，毫不约束克制自己，想方设法满足膨胀的私欲。

$\overline{A}$1b1懒惰贪逸，是指成天无所事事，净做一些无关紧要的事、怠于政事、耽于享受等。例：天王替姚姬“描眉涂唇”；[5]曾国藩看歌伎表演；[6]上朝时间已到，咸丰还在琳贵妃房里未起；[7]杨秀清早朝时间去向天王禀事，天王仍高卧未起；[8]胡以晃行军打仗时“动不动弃马乘舆”；[9]洪大全每天在床上由侍女为之洗脸。[10]

$\overline{A}$1b2奢侈浪费，是指衣、食、住、行、用、娱乐等方面标准过高，以致穿锦衣、吃玉食，住豪宅、用金银器具，出行声势浩大，造成浪费。

[1] 胡仲实. 洪宣娇. 广西壮族自治区戏曲工作室. 油印未定稿. 未出版，1961：53.

[2] 黄世仲. 洪秀全演义[M]. 北京：人民文学出版社，1984：158.

[3] 黄世仲. 洪秀全演义[M]. 北京：人民文学出版社，1984：50.

[4] 宋发清. 天朝大梦（第一部）[M]. 成都：四川人民出版社，1999：144.

[5] 宋发清. 天朝大梦（第一部）[M]. 成都：四川人民出版社，1999：809.

[6] 彭道诚. 裂变——太平天国[M]. 台北：三民书局股份有限公司，2004：149.

[7] 宋发清. 天朝大梦（第一部）[M]. 成都：四川人民出版社，1999：332.

[8] 陈仕元. 洪秀全传奇[M]. 广州：花城出版社，1990：174.

[9] 魏文华，唐伟. 天国少帅——英王陈玉成[M]. 太原：北岳文艺出版社，2000：66.

[10] 张恂子. 洪杨豪侠传[M]. 合肥：黄山书社，1988：255.

吃的奢侈，例：东王府“下箸万金”“筵席中天上飞的、水中游的、地上跑的各种美味佳肴应有尽有”；[1]胜保“有四十八名庖丁跟随，每餐数十种佳肴，每肴两盘”。[2]

穿的奢侈，例：有的太平军头目戴在帽子上的珍珠“如在夜间，光射能达五尺以外”。[3]

住、办公地的奢侈，例：天王宫殿方圆十余里，“墙高好几丈”“美轮美奂”；[4]衡阳衙堂“雕梁画栋，建筑宏伟。精雕细刻的大交椅和长案，摆在中央”。[5]

行的奢侈，例：东王出门时光轿夫就有几十人，还有美童开道。[6]

用的奢侈，例：东王物品用金、玉，地毯用黄缎，光内室就有十二个女承宣。[7]

娱乐的奢侈，例：李秀成在家养苏州歌伎。[8]

$\bar{A}$1b3放纵欲望，是指放纵、贪嗜欲望。

---

❶ 进步书局编译所编辑，韩英编译. 太平天国轶闻[M]. 济南：山东友谊出版社，2000：20.

❷ 魏文华，唐伟. 天国少帅——英王陈玉成[M]. 太原：北岳文艺出版社，2000：323.

❸ 进步书局编译所编辑，韩英编译. 太平天国轶闻[M]. 济南：山东友谊出版社，2000：104.

❹ 秦牧. 洪秀全[M]. 北京：生活·读书·新知三联书店，1950：52-53.

❺ 陈仕元. 洪秀全传奇[M]. 广州：花城出版社，1990：111.

❻ 凌善清. 太平天国野史[M]. 徐鸿编译. 济南：山东友谊出版社，2000：484.

❼ 凌善清. 太平天国野史[M]. 徐鸿编译. 济南：山东友谊出版社，2000：405.

❽ 魏文华，唐伟. 天国少帅——英王陈玉成[M]. 太原：北岳文艺出版社，2000：415.

嗜大烟，例："洪仁发半躺酸枝椅吞云吐雾"，[1]陈桂堂"烟瘾发作而死"。[2]

嗜酒，例："清将骄佚，整天酗酒"，[3]宣娇好酒。[4]

嗜赌，例：金田起义之前，炭夫们聚众赌博；[5]张国梁好赌。[6]

嗜色，该行动的行为非常多，包括：逐色，是指追逐、渔猎美色，例：钟芳礼借调教女工，"霸占良家妇女"。[7]

抢色，是指抢走或打算抢走美女。例：胜保派戈什哈抢费氏。[8]

夺色，是指夺人所爱，把别人的妻子、未婚妻、包养的妓女据为己有。例：胡林翼"在京城同一个亲王争一个妓女"。[9]

掳色，是指俘虏漂亮女人，以供淫乐，例：胜保杀了陈玉成，俘虏了他的妻子杨氏，沿途又"猎士妓，掳捻女"。[10]

---

[1] 陈仕元. 洪秀全传奇[M]. 广州：花城出版社，1990：222.

[2] 凌善清. 太平天国野史[M]. 徐鸿编译. 济南：山东友谊出版社，2000：405.

[3] 凌善清. 太平天国野史[M]. 徐鸿编译. 济南：山东友谊出版社，2000：327.

[4] 张恂子. 洪杨豪侠传[M]. 合肥：黄山书社，1988：650.

[5] 陈白尘. 金田村[M]//陈白尘剧作选. 成都：四川人民出版社，1981：8.

[6] 魏文华，唐伟. 天国少帅——英王陈玉成[M]. 太原：北岳文艺出版社，2000：400.

[7] 进步书局编译所编辑，韩英编译. 太平天国轶闻[M]. 济南：山东友谊出版社. 2000：55.

[8] 费只园. 清代三百年艳史（第三卷）[M]. 长春：吉林文史出版社，1991：2.

[9] 魏文华，唐伟. 天国少帅——英王陈玉成[M]. 太原：北岳文艺出版社，2000：133.

[10] 费只园. 清代三百年艳史（第三卷）[M]. 长春：吉林文史出版社，1991：3.

迷色，是指被异性外表之美迷住，兴起淫念，例：桂平知县痴迷于风骚的被告，竟暗示她嫁给自己。❶

偷色，是指背着丈夫或妻子，与他人发生性关系，例：鲁恭敬的爱妾与男童勾搭成奸。❷

玩色，是指把性视为玩乐，例：杨秀清的王娘们“穿戎装佩长剑”，供他取乐。❸

纵色，是性欲没有节制，例：杨秀清广纳姬妾，因此“瞎掉了一只眼睛”。❹

复色，是指为行淫而复原处女，例：“传说侯裕宽有复原处女之说，以致八九岁的幼女也少有幸免者”。❺

恋幼，是指喜欢比自己小很多的女人，例：年老体衰的黄玉崑喜欢年幼的洪宣娇。❻

勾引，是指引诱异性，例：刘三姑娘几次勾引龚得树❼。

嫖娼，例：曾国藩“未进县学之时，确曾频频进出娼家，还曾痴痴地迷恋过衡阳乡间的一个土妓”。❽

---

❶ 张恂子. 洪杨豪侠传[M]. 合肥：黄山书社，1988：307.

❷ 进步书局编译所编辑，韩英编译. 太平天国轶闻[M]. 济南：山东友谊出版社，2000：14.

❸ 宋发清. 天朝大梦（第一部）[M]. 成都：四川人民出版社，1999：1164.

❹ 秦牧. 洪秀全[M]. 北京：生活·读书·新知三联书店，1950：57.

❺ 进步书局编译所编辑，韩英编译. 太平天国轶闻[M]. 济南：山东友谊出版社，2000：100.

❻ 南宫搏. 太平天国[M]. 长沙：岳麓书社，2003：34.

❼ 魏文华，唐伟. 天国少帅——英王陈玉成[M]. 太原：北岳文艺出版社，2000：133.

❽ 王庆林. 天国悲剧[M]. 哈尔滨：北方文艺出版社，1998：84.

自恋，例：小芙蓉“浓妆艳抹”，自我欣赏。❶

性饥渴，例：因为太渴望男人，赖后要将蒙得恩留下。❷

同性恋，例：被天王抛弃的吴春姐和罗秋妹变成同性恋。❸

当众淫乐，是指故意当着别人的面从事性活动，以寻找刺激，例：杨秀清将赤身裸体的袁氏扛回自己房间。❹

性变态，例：宣娇用马鞭打非礼自己的杨秀清，杨秀清却说她是“好马”。❺

乱伦，例：在道光养病的寝宫，奕詝与道光宠妃琳贵妃偷情。❻

A1b4虚荣任性，是指不能正确地评价自己，从自己的主观愿望而非大局出发处理事情。

张扬不羁，即以自我意见作为处事的原则，顺我者昌、逆我者亡，采用的手段又比较外露、简单、粗暴，容易引起他人的反感。例：杨秀清根本不把杀人当做一回事，“只要拂逆他东王意旨的，就是死！”❼

任人唯亲，即提拔、任用关系亲近、而非真正有才德的人。例：天王把五六岁的儿子封为幼天王，让人为他下跪。❽

---

❶ 霄雯. 苏三娘. 广西壮族自治区研究室. 广西粤剧剧目选（第一集）. 内部资料出版社、出版日期不详：68.

❷ 宋发清. 天朝大梦（第一部）[M]. 成都：四川人民出版社，1999：1312.

❸ 宋发清. 天朝大梦（第一部）[M]. 成都：四川人民出版社，1999：797.

❹ 宋发清. 天朝大梦（第一部）[M]. 成都：四川人民出版社，1999：165.

❺ 庐山. 西王妃洪宣娇[M]. 长春：北方妇女儿童出版社，1983：17.

❻ 宋发清. 天朝大梦（第一部）[M]. 成都：四川人民出版社，1999：16.

❼ 阿英. 洪宣娇[M]//阿英剧作选. 北京：中国戏剧出版社，1980：429.

❽ 秦牧. 洪秀全[M]. 北京：生活·读书·新知三联书店，1950:53.

自轻自贱，即自己看不起、轻贱自己，或为了逃避罪责，故意贬损自己。例：何三为了活命，说“我卑鄙，我下流，我偷看女人洗澡！”[1]

狭隘任性，是指气量狭小，斤斤计较，遇到不如意之事，不能冷静客观地分析原因，予以妥善解决，而是为了一时快意，赌气似的采取消极措施。例：宣娇因杨秀清宠爱傅善祥而让韦昌辉杀杨秀清。[2]

A1b5追名逐利，是指为了自己，而非为了国家、人民，一味追求功名，贪图私利。

汲汲于科举，是指一心想通过科举取得功名。例：洪秀全考了十七年也没考中秀才，[3]“多次落第，洪秀全胸中的怒火绝对不比杀人前的马加爵会少一些”。[4]

不择手段，是指采取卑鄙手段获取功名。例：张汉臣为了功名，要将女儿献给天王。[5]

以功为己，是指打仗的目的是为自己，而非为国家、民族、信仰等，或者把所有的成绩、战果、疆域都归为一家所有，例：杨秀清说洪秀全要弟兄们为他一人夺取天下，[6]洪仁发将天国视为洪氏江

---

[1] 陈仕元. 洪秀全传奇[M]. 广州：花城出版社，1990:154.

[2] 秦牧. 洪秀全[M]. 北京：生活·读书·新知三联书店，1950：64.

[3] 潘旭澜. 太平杂说[M]. 天津：百花文艺出版社，2000：28.

[4] 赫连勃勃大王（梅毅）. 极乐诱惑——太平天国的兴亡[M]. 北京：华艺出版社，2008：1301.

[5] 宋发清. 天朝大梦（第一部）[M]. 成都：四川人民出版社，1999：1301.

[6] 阿英. 洪宣娇[M]//阿英剧作选. 北京：中国戏剧出版社，1980：432.

山。[1]

至死眷恋，是指死到临头仍想着功名，例：李续宾临死还抓着“威望冠诸军”的锦幛。[2]

得权而喜，是指得到功名时非常高兴，甚至得意忘形。例：杨秀清听说刘四姐是送王服来的，“精神一振”，马上试穿；[3]洪秀全看到男女状元跪在台下，“乐不可支”。[4]

借机敛财，是指以过生日、入教、贿赂、战争等为借口占有大量钱财，例：李鸿章为母庆寿，收了“十好几间屋子都盛不下”的礼物。[5]

索贿受贿，是指凭借职权向当事人索要贿赂，或者接受当事人的贿赂。例：知府说着“何须破费”“却又示意侍从收下元宝”。[6]

见钱眼开，是指看见钱就非常高兴，例：清军发现太平军扔的钱，“初惊，后笑”；[7]浔州知府听说收了乡绅“四万三千两”，“喜形于色”。[8]

贪得无厌，是指虽然已经非法占有了一些钱财，但仍不满足，

---

❶ 胡仲实. 洪宣娇. 广西壮族自治区戏曲工作室. 油印未定稿. 未出版，1961：63.

❷ 刘征泰原著，赫威刚改编. 陈玉成[M]. 郑州：河南人民出版社，1977：168.

❸ 陈仕元. 洪秀全传奇[M]. 广州：花城出版社，1990：62.

❹ 陈仕元. 洪秀全传奇[M]. 广州：花城出版社，1990：170.

❺ 徐菊华. 引狼入室（京剧）[M]. 沈阳：东北戏曲新报社，1951：4.

❻ 陈棣生，利家彭，常国煊. 洪秀全. 广州市文化局. 新时期粤剧选. 内部资料未出版，1989：78.

❼ 陈仕元. 洪秀全传奇[M]. 广州：花城出版社，1990：122.

❽ 陈仕元. 洪秀全传奇[M]. 广州：花城出版社，1990：35.

例：冯云山把身上的钱全部给了押解衙役，他们还嫌少；[1]陆某“金银重器积置”，仍“日令其部下四出搜索”。[2]

抢劫盗窃，例：洪宣娇说杨秀清“民间的财宝，也差不多给他抢尽了”。[3]

携款逃逸，是指逃跑时仍然想着钱财，不愿舍弃，例：李秀成逃走时“两臂上都戴满了金手镯”，马背上的珠宝值数十万金；[4]白齐文“携带巨财”逃跑。[5]

$\overline{A}$1c待人不仁者，是指对待朋友、陌生人、同级很不友好，甚至伤害他们的利益。

$\overline{A}$1c1轻视鄙视，是指看不起他人，例：杨秀清说韦昌辉“算做什么东西，居然也称为天王党”。[6]

$\overline{A}$1c2猜疑监视，例：洪仁发说杨秀清表面对天王“百依百顺”，实际“很值得怀疑”。[7]

$\overline{A}$1c3明哲保身，是指不答应、不理会友军遇险时的援助请求，导致友军方损失惨重，或者当同级者战败后，不予接纳。例：李秀成在“安庆保护战”时“不发一兵一卒……袖手旁观”，导致陈玉

---

[1] 陈白尘. 金田村[M]//陈白尘剧作选. 成都：四川人民出版社，1981：34.

[2] 许指岩. 石达开日记[M]. 上海：世界书局，1928：24.

[3] 阿英. 洪宣娇[M]//阿英剧作选. 北京：中国戏剧出版社，1980：429.

[4] 进步书局编译所编辑，韩英编译. 太平天国轶闻[M]. 济南：山东友谊出版社，2000：42.

[5] 进步书局编译所编辑，韩英编译. 太平天国轶闻[M]. 济南：山东友谊出版社，2000：61.

[6] 阿英. 洪宣娇[M]//阿英剧作选. 北京：中国戏剧出版社，1980：433.

[7] 陈仕元. 洪秀全传奇[M]. 广州：花城出版社，1990：178.

成全军覆没，[1]清军不让己方溃军入城。[2]

A1c4仗势欺人，利用手中的权势欺负他人。

霸人妻女，是指利用权势将他人的妻女据为己有，例：杨秀清想霸占朋友卢六的未婚妻茹花；萧朝贵战死后，杨秀清想娶宣娇。[3]

借势欺人，是指借助于其他势力或者敌人达到欺负他人的目的，例：杨秀清让萧朝贵孤军攻打长沙，导致萧朝贵战死；[4]继福要借助当知府的姨丈，惩治秀全。[5]

越权行事，是指强行在别人权力范围内行事，在李秀成家，洪仁发喝令侍卫绑人；[6]嫖娼大太监狠狠整治搜查官嫖的捕役。[7]

强买强卖，例：王作新强买雷定春已经买过的土地。[8]

排挤打击，是指为了自己升官发财，或者维护自己原有地位，采取措施，以挤走对方，压制对方发展，例：刘进财“杀了苏三我心欢喜”，因为可以捞到一官半职；[9]罗义江想打死卖艺的洪宣娇。[10]

---

[1] 潘益大，张广智. 陈玉成的故事[M]. 上海：上海人民出版社，1977：96.

[2] 王闿运，郭振墉，朱德裳. 湘军志 湘军志平议 续湘军志[M]. 长沙：岳麓书社，1983：3.

[3] 陈白尘. 金田村[M]//陈白尘剧作选. 成都：四川人民出版社，1981：104.

[4] 陈白尘. 金田村[M]//陈白尘剧作选. 成都：四川人民出版社，1981：98.

[5] 陈棣生，利家彭，常国煊. 洪秀全. 广州市文化局. 新时期粤剧选. 内部资料未出版，1989：84.

[6] 陈仕元. 洪秀全传奇[M]. 广州：花城出版社，1990：235.

[7] 王庆林. 天国悲剧[M]. 哈尔滨：北方文艺出版社，1998：223.

[8] 胡明树，李文钊，等. 金田起义（桂剧）. 广西省文联·广西省戏改会印. 油印本. 未出版，日期不详：12.

[9] 霄雯. 苏三娘. 广西壮族自治区研究室. 广西粤剧剧目选（第一集）. 内部资料出版社，出版日期不详：53.

[10] 顾汶光，顾朴光. 天国恨（第一卷）[M]. 贵阳：贵州人民出版社，1982：8.

$\overline{A}$1c5嫉妒陷害，嫉妒是指看到他人财富多于自己、才华胜过自己、官位高过自己而内心不平衡，例：王作新因为韦昌辉是桂平县的“第一个富户”才要捕他；[1]看到群众欢迎石达开，洪秀全心里不痛快。[2]陷害是指向上级机关告发异己者，例：骆幼林告洪秀全造反，[3]王作新告发冯云山。[4]

$\overline{A}$1c6诱惑腐蚀，是指希望对方沉溺于酒色之中，使其无心发挥政治和军事作用，例：胡林翼邀请曾国藩到妓院吃花酒，[5]李秀成送陈玉成八个歌伎。[6]

$\overline{A}$1c7逼迫虐待，逼迫，是指为战争或个人私利，强迫他人出钱、出力，例：杨秀清逼迫韦昌辉出钱。[7]虐待是指残忍地对待他人，例：李续宾与曾国华因一句话不投机，就愤怒地就责备后者，使其难堪；[8]韦昌辉摔死石达开的儿子。[9]

$\overline{A}$1d唯我独尊者，是指对待下级时，感觉高人一等，不尊重、不公平、不真诚甚至残忍地对待下级。在太平天国成败叙事中，其行动包括傲慢无礼、怀疑监视、利用压制、残忍虐待、误导腐蚀等。

---

[1] 陈白尘. 金田村[M]//陈白尘剧作选. 成都：四川人民出版社，1981：23.

[2] 彭道诚. 裂变——太平天国[M]. 台北：三民书局股份有限公司，2004：189.

[3] 陈仕元. 洪秀全传奇[M]. 广州：花城出版社，1990：11.

[4] 施瑛. 洪杨金田起义[M]. 上海：新鲁书店，1951：40.

[5] 王庆林. 天国悲剧[M]. 哈尔滨：北方文艺出版社，1998：16.

[6] 魏文华，唐伟. 天国少帅——英王陈玉成[M]. 太原：北岳文艺出版社，2000：415.

[7] 陈白尘. 金田村[M]//陈白尘剧作选. 成都：四川人民出版社，1981：36.

[8] 刘征泰原著，赫威刚改编. 陈玉成[M]. 郑州：河南人民出版社，1977：128.

[9] 万伯喜. 悲情英雄石达开[M]. 北京：华艺出版社，2008：252.

$\overline{A}$1d1傲慢无礼，是指轻视、看不起下级，把下级当做奴隶、牛马一样看待和使唤。

轻视驱使，例：杨秀清对刘四姐“爱理不理”，用鼻孔跟刘说话；[1]洪秀全每天在床上由侍女为之洗脸。[2]

挑剔禁止，例：天王“禁止人民用红黄二色”；当王侯的轿子通过时，“小官和老百姓要避走或跪在路旁”。[3]

$\overline{A}$1d2怀疑架空，是指不相信下级的忠心，名义上赋予权力，实则不予实权。例：天王让石达开为辅弼，又将“兵柄以赋秀成，政事一倚仁发、仁达”。[4]

$\overline{A}$1d3利用压制，为了达到自己的目的，利用下级，又唯恐下级功高盖主，撼动自己的地位，于是千方百计打击、压制下级。

操纵，是指让下级为自己出力、拼命、牟利，自己专门控制下级，例：洪秀全说“冯云山、杨秀清他们在外面对付清妖，朕在宫里琢磨他们，让他们……不生二心”。[5]

压功，是指无视、漠视、否定下级取得的战功，例：陈玉成立功反被胡以晃抢白；[6]石达开建立了大功，洪秀全没有及时表扬他。[7]

削权，是指由于种种客观原因，下级虽然竭尽全力，但最后仍然失败了，上级却不考虑实际情况，一味指责下级，并削去下级头

[1] 陈仕元. 洪秀全传奇[M]. 广州：花城出版社，1990：62.

[2] 张恂子. 洪杨豪侠传[M]. 合肥：黄山书社，1988：255.

[3] 秦牧. 洪秀全[M]. 北京：生活·读书·新知三联书店，1950：53.

[4] 罗惇曧，李岳瑞. 太平天国战记·春冰室野乘[M]. 重庆：重庆出版社，1998：9.

[5] 宋发清. 天朝大梦（第一部）[M]. 成都：四川人民出版社，1999：809.

[6] 魏文华，唐伟. 天国少帅——英王陈玉成[M]. 太原：北岳文艺出版社，2000：65.

[7] 彭道诚. 裂变——太平天国[M]. 台北：三民书局股份有限公司，2004：181.

衔，使下级失去威信，无法开展工作。例：得知陈玉成在安庆战败，洪秀全下诏责备陈玉成；[1]曾国藩辛辛苦苦带兵打仗，却被削去兵权。[2]

分权，是指为防下级权力过大，就把权力分散，使下级相互监督、相互牵制。例：洪秀全“为了削弱忠王权力”，封其下级为王。[3]

A1d4残忍虐待，指采用残忍的手段对待下级。

驱死，指驱逐士兵，让其送死，例：唐友耕故意让田勇打头阵送死，[4]“贼威胁新掳之众打仗”。[5]

打骂，例：向荣骂兵弁“混蛋，混蛋！该死，该死！”；[6]吴文镕“性情暴戾”，“属员白事，未及启口先遭斥骂”。[7]

监禁，指当下级及其家人没有犯罪，或犯罪较轻时，故意找茬或有意加重处罚。例：天王让洪仁发将一心一意抗敌的李秀成全家打进天牢。[8]

滥刑，指对没有过错或虽犯错但并不该死的下级施以酷刑或将其杀死。例：乌兰泰因周凤歧战败砍掉其头。[9]

---

[1] 刘刚，焦洁. 太平天国诸王传略[M]. 广州：广东人民出版社，2003：48.

[2] 池子华. 曾国藩传[M]. 合肥：安徽人民出版社，1997：94.

[3] 张京民. 太平天国[M]. 北京：中国社会出版社，2000：728.

[4] 万伯喜. 悲情英雄石达开[M]. 北京：华艺出版社，2008：363.

[5] 张德坚. 贼情汇纂[M]//中国史学会主编. 太平天国（三）. 上海：上海人民出版社，1957：158.

[6] 施瑛. 太平天国建都南京[M]. 上海：新鲁书店，1951：5.

[7] 汪堃. 遁鼻随闻录[M]//中国史学会主编. 太平天国（四）. 上海：上海人民出版社，1957：368.

[8] 陈仕元. 洪秀全传奇[M]. 广州：花城出版社，1990：233.

[9] 石达开（第三集）（电视连续剧分镜头剧本）广西电视台印. 油印本. 未出版. 1984：4.

杀忠，是指想杀或杀死忠心耿耿的下级。例：天王要杀直言进谏的李秀成；[1]连太子指出穆章阿的奸诈，道光却将其踢死。[2]

$\overline{A}$1d5误导腐蚀，是指当下级遇到难题时，不能从大局出发，正确、有效地加以引导，而是为其出歪主意，使其失去斗志。例：听到洪宣娇说杨秀清对她不好，洪秀全没有帮她解决问题，而是为她安排男童。[3]

$\overline{A}$1e残害人民者，是指残酷无情地对待人民的角色。

$\overline{A}$1e1无视民苦，是指明知百姓生活很苦，却视而不见，没有丝毫同情与怜悯，遇到灾荒年份，不仅不赈济灾民，反而强行收租。例：王基自述“从来不问民疾苦，得糊涂处且糊涂”，[4]广西大灾荒，“农民们连树皮野菜都吃不上，地主的租子却一粒也不能少”。[5]

$\overline{A}$1e2精神害民，是指向人民传输错误迷信、荒唐无知的思想，以改变、操纵人民的精神，例：宋徽宗改称皇上帝为“玉皇大帝”，使“天下多惘然不识皇上帝”。[6]

$\overline{A}$1e3制度害民，是指通过实行一定的制度使人民受害或丧失人权，例：嘉庆、道光年间，“地租一般是佃农收获的百分之五十到

[1] 万伯喜. 悲情英雄石达开[M]. 北京：华艺出版社，2008：300.

[2] 黄世仲. 洪秀全演义[M]. 北京：人民文学出版社，1984：3.

[3] 进步书局编译所编辑，韩英编译. 太平天国轶闻[M]. 济南：山东友谊出版社，2000：13.

[4] 胡明树、李文钊等. 金田起义（桂剧）. 广西省文联·广西省戏改会印. 油印本. 未出版，日期不详：46.

[5] 黎钺. 李秀成[M]. 北京：中华书局，1960：3-4.

[6] 洪秀全. 原道觉世训[M]//中国史学会主编. 太平天国（二）. 上海：上海人民出版社，1957：21.

百分之七十，有的高到百分之八十”；[1]粤逆“男女馆设”，不准私住。[2]

A1e4残酷虐民，是害民最重要、最直接的行动。

敲诈，以欺骗方式诈取钱财，例：萧朝贵还清王作新的钱，后者不撕借据，再次索要。[3]

勒索，凭借权力向百姓索要财物，例：黄基看见人犯，第一件事就是勒索钱财；[4]“洪姓的人又到处搜刮银子米粮，欺压老百姓”。[5]

掳掠，指凭借武力直接从百姓手中强行抢财物或掳走百姓。包括：掳粮，例：太平军“开仓抢米”。[6]掳钱，江忠济杀光“二十六户巨商大贾，得银八万余两”。[7]掳物，例：清军掳掠外船。[8]掳人，例：“贼”“喜掳幼孩”。[9]强买，例：官军走卒强买。[10]

焚烧，例：湘军占领天京后，将天京“付之一炬”。[11]

打骂，例：寨主将讨要工钱的李秀成打得“皮开肉绽，遍体

---

[1] 罗尔纲. 太平天国史（全四册）[M]. 北京：中华书局，1991：14.

[2] 谢介鹤. 金陵癸甲纪事略[M]//中国史学会主编. 太平天国（四）. 上海：上海人民出版社，1957：652.

[3] 胡明树，李文钊，等. 金田起义（桂剧）. 广西省文联·广西省戏改会印. 油印本. 未出版，日期不详：13.

[4] 施瑛. 洪杨金田起义[M]. 上海：新鲁书店，1951：42.

[5] 鲁矛. 太平天国英雄的故事[M]. 上海：春秋书社，1951：34.

[6] 张汝南. 金陵省难纪略[M]//中国史学会主编. 太平天国（四）. 上海：上海人民出版社，1957：697.

[7] 万伯喜. 悲情英雄石达开[M]. 北京：华艺出版社，2008：65.

[8] [英]呤唎. 太平天国革命亲历记（全二册）[M]. 王维周译. 上海：上海古籍出版社，1985：45.

[9] 潘钟瑞. 苏台麋鹿记[M]//中国史学会主编. 太平天国（五）. 上海：神州国光社，1952：281.

[10] 方濬颐. 转徙余生记[M]//中国史学会主编. 太平天国（四）. 上海：上海人民出版社，1957：504.

[11] 郭蕴深. 洪秀全[M]. 哈尔滨：哈尔滨出版社，1996：552.

鳞伤”。[1]

残杀，是指杀的手段残忍、杀的多是无辜者、杀的数量多或者把帮助己方的人民杀死，例：英兵或法兵割破妇女的喉咙；[2]英法联军屠戮“男女老少居民”；[3]曾国荃一天之内屠杀安庆居民；[4]戈登军及清军屠杀成千上万的“守军家属”和居民；[5]长沙守军没有想到敌人会突然到来，“民走报寇至，怒其无公文，执将斩之”。[6]

奸淫，例：“清军奸淫妇女”，[7]石达开部下某弁强污寡妇。[8]

驱役，是指为谋私利而强迫人民承担过重体力劳动，或去打仗送死。例：太平军迫令妇女挑砖挖沟，“违者立鞭扑”。[9]

欺占，是指欺负人民，强占其土地、金钱等。例：“地主恶霸和官府勾结，放高利贷，兼并土地，对农民重重剥削”；[10]“常大淳因

---

[1] 费克，邨夫编剧，费克执笔. 天京风雨（话剧）[M]. 南京：江苏人民出版社，1963：43.

[2] ［英］呤唎. 太平天国革命亲历记（全二册）[M]. 王维周，译. 上海：上海古籍出版社，1985：510.

[3] ［英］呤唎. 太平天国革命亲历记（全二册）[M]. 王维周，译. 上海：上海古籍出版社，1985：424.

[4] 刘学慧. 曾国藩[M]. 北京：北京图书馆出版社，2001：823.

[5] ［英］呤唎. 太平天国革命亲历记（全二册）[M]. 王维周，译. 上海：上海古籍出版社，1985：621.

[6] 王闿运，郭振墉，朱德裳. 湘军志 湘军志平议 续湘军志[M]. 长沙：岳麓书社，1983：3.

[7] ［英］呤唎. 太平天国革命亲历记（全二册）[M]. 王维周，译. 上海：上海古籍出版社，1985：95.

[8] 许指岩. 石达开日记[M]. 上海：世界书局，1928：13.

[9] 张汝南. 金陵省难纪略[M]//中国史学会主编. 太平天国（四）. 上海：上海人民出版社，1957：695.

[10] 黎钺. 李秀成[M]. 北京：中华书局，1960：3.

欲拆毁武昌城外民房。民不依。用炮打毁”。[1]

$\bar{A}$1e5帮助害民，是指明知他人的行为将危害人民的利益，却甘心充当其助手，使害民行动得以完成。例：师爷替王作新收租。[2]

$\bar{A}$1e6纵容害民，是指本该保护人民的政府或将领故意让士兵们抢掠、残杀人民，或者对下级的害民行为视而不见，不加制止。例：太平军“开禁放囚，开库掳银”。[3]

$\bar{A}$1e7脱离人民，是指不主动了解、亲近反而远离、脱离人民。例：天王深藏在宫中。[4]

$\bar{A}$1e8不保护民，是指在遇到危险时，不放人民生路，故意让人民受困或遭受刀兵屠戮。例：林凤翔兵临城下，“托明阿急令闭上城门，不准军民离城”。[5]

$\bar{A}$1f虐待敌人者，是指残忍地对待敌人的角色。两军对阵时，为了胜利，任何一方都会以多杀敌人、制服敌人为目标，既不能说是仁义的行动，也不能说是不仁义的行动，但是在太平天国成败叙事中，对敌人是否残忍却是很重要的叙事元素。

$\bar{A}$1f1虐待活敌，是指以非常残忍的方式对待被捉住的活敌。

打敌人，例：曾国荃用锥子刺，又“喝令士兵用刀割忠王”；[6]

---

❶ 鹤湖意意生（王文镕）. 癸丑纪闻录. 上海市文物保管委员会，苏州市文物保管委员会合编. 苏松地区太平天国史料. 未出版. 1962：8.

❷ 胡明树，李文钊，等. 金田起义（桂剧）. 广西省文联·广西省戏改会印. 油印本. 未出版，日期不详：10.

❸ 张汝南. 金陵省难纪略[M]//中国史学会主编. 太平天国（四）. 上海：上海人民出版社，1957：697.

❹ 秦牧. 洪秀全[M]. 北京：生活·读书·新知三联书店，1950：53

❺ 陈也梅. 洪杨演义（六卷）[M]. 上海：中华图书局，1924：81.

❻ 黎钺. 李秀成[M]. 北京：中华书局，1960：35.

清内应张炳垣被打惨死。[1]

侮辱敌人，主要是当着男性敌人的面强奸其母亲、妻子和女儿等，例：韦昌辉令人隔墙强暴仇人梁嘉的母亲。[2]

杀死敌人，例："达家巷有妇女十八人"，合伙纵火焚烧敌人，"事泄皆被磔死"；[3]骆秉章凌迟石达开。[4]

A1f2虐待敌尸，是指残忍地对待敌人的尸体。

烧尸，例：涂振兴将县令贾浩的尸体连同房屋烧得精光。[5]

暴尸，例："贼""尽戕官吏，有自裁者更脔割之，暴骨于市"。[6]

掘尸，例：叶明琛将洪秀全、冯云山老家"掘地三尺，乱挖一气……连洪氏祖坟与冯氏祖坟之外的坟墓，也未能幸免"；[7]"谭绍洸乃掘赵景贤祖坟以泄愤"。[8]

---

[1] 谢介鹤. 金陵癸甲纪事略[M]//中国史学会主编. 太平天国（四）. 上海：上海人民出版社，1957：702.

[2] 宋发清. 天朝大梦（第一部）[M]. 成都：四川人民出版社，1999：69.

[3] 周长森. 六合纪事[M]//中国史学会主编. 太平天国（五）. 上海：神州国光社，1952：170.

[4] 万伯喜. 悲情英雄石达开[M]. 北京：华艺出版社，2008：462.

[5] 陈也梅. 洪杨演义（六卷）[M]. 上海：中华图书局，1924：34.

[6] 张德坚. 贼情汇纂[M]//中国史学会主编. 太平天国（三）. 上海：上海人民出版社，1957：319.

[7] 王庆林. 天国悲剧[M]. 哈尔滨：北方文艺出版社，1998：491.

[8] 冯文兽. 曾公平逆记（内容提要）. 江苏省社会科学院明清小说研究中心，江苏省社会科学院文学研究所. 中国通俗小说总目提要[M]. 北京：中国文联出版公司，1990：1141.

二、A2/$\overline{A}$2 忠义者/奸逆者

曾国藩对李秀成“既深佩其狡猾，更积恨其忠勇”；[1]“秀成早置死生于度外，其愿招降者，乃本其忠厚之念”；[2]“李秀成自述那些自污的话和向曾国藩提出招齐章程乃是一条苦肉缓兵计”；[3]李秀成“确实有过投降变节行为”；[4]“他的最高期望值是，曾国藩真的拥兵称帝，那么他可能就有机可乘……重整太平军”；[5]“李秀成不可能有心思搞假降或者诈降”，[6]以上所举分别代表了19~20世纪上、中、下叶、21世纪初关于李秀成“投降问题”的流行观点。李秀成是否投敌如此受关注，可见其并非单纯的个人问题，而是一个文化心理问题，反映了中国文化界对“忠”的看重，19世纪要建“昭忠祠”，要撰“忠义录”，20世纪以来昭忠祠被毁，但“忠义录”长存。虽然忠义不能决定成功，不忠也不意味着失败，但忠义却是太平天国成败叙事最热门的主题，忠义者是最热门的角色。太平天国成败叙事中的忠义含义很宽泛，臣对君、主，下级与上级，晚辈对长辈，个人对纪律、事业、集体、民族、国家、信仰的忠诚、关心、维护、服从、殉死等都被称为忠义，从对象上来说，忠义包括忠于君主、忠于上帝、忠于上级、孝敬长辈、忠于纪律、忠

---

[1] 李鸿章. 复曾沅帅[M]//李鸿章全集. 长春：时代文艺出版社，1998：3229.

[2] 谢兴尧. 太平天国史事论丛[M]. 上海：商务印书馆，1935：165.

[3] 罗尔纲. 忠王李秀成的苦肉缓兵计[M]//广西太平天国史研究会. 太平天国史研究文选. 南宁：广西人民出版社，1981：205.

[4] 戚本禹. 怎样对待李秀成的投降变节行为？[J]. 历史研究，1964（4）：5.

[5] 潘旭澜. 太平杂说[M]. 天津：百花文艺出版社，2000：254.

[6] 赫连勃勃大王（梅毅）. 极乐诱惑——太平天国的兴亡[M]. 北京：华艺出版社，2008：182.

于反清或剿匪事业、忠于湘军、淮军、太平军、英法联军、忠于汉族、忠于中国等，虽然所忠的对象众多，但忠义的行动有限，文本中的忠义行为很多，但许多行为构成纵聚合关系。根据行动的不同，忠义者可分为刚直不阿者、尽心竭力者、宁死不屈者、不离不弃者、维护团结者、惩治奸逆者、改邪归正者、克情尽忠者、进献财物者。与忠义相逆的是奸逆，它是指臣对君、主、下级与上级、晚辈对长辈的馋惑、蒙蔽、教唆、祸害、出卖、背叛，个人对纪律的漠视、违犯，以及对事业、集体、民族、国家、信仰的出卖和背叛。与忠义者一样，奸逆者也是太平天国成败叙事的热门角色，从根据文本推导的结果来看，奸逆者可分为佞巧献媚者、敷衍塞责者、苟安图活者、犯上作乱者、叛上分裂者、排斥异己者、蒙蔽欺骗者、内奸叛徒卖国者、违法乱纪者。

A2a刚直不阿者，指直言不讳、敢作敢当、不计私利、不怕得罪上级或同僚、提出或做出真正有利于上级、君主、事业、集体、民族、国家、信仰的建议或行为的人，刚正不阿者与正确见解、措施、行动是联系在一起的。总的来说，刚正不阿者的行动可分为进谏和行事两种方式，进谏是采用话语的方式表达合理意见，虽然进谏的对象都是上级，但是触犯的可能是上级，也可能是与进谏者同级的权贵或是众人，还可能是纪律，所以从触犯对象的角度来看，进谏者的行为有犯上进谏、犯众进谏、触犯纪律。从行事前提来看，行动包括擅自行事、忍辱行事和当仁不让。

A2a1犯上进谏者，指知道自己与上级意见不同，但不怕触怒上级，敢于说出自己的意见。

直谏，是指直陈意见，言辞激烈，不顾及上级颜面，例：咸丰刚刚宣布让赛尚阿任钦差剿匪，曾国藩就奏“赛尚阿以宰辅之尊，秉钺南征，是千金之弩轻于一发”，[1]否定咸丰做法。

婉谏，是指委婉含蓄进谏，顾及上级颜面，措辞温和。例：肃顺奏陈“咱们旗人当中，像皇上睿智圣明的，仅仅一人而已……欲平寇乱，非借汉人之力，以汉制汉不可”，[2]肃顺深知咸丰疑忌曾国藩，于是先赞咸丰“睿智圣明”，使咸丰相信自己能够驾驭曾国藩。

迂回进谏，是指先说他事，引起上级共鸣，然后再说出自己对当前事情的正确看法，例：胡以晃想建议天王全师北伐，先说当年在永安“也有些兄弟留恋故土……幸我主万岁与九千岁远瞩高瞻，突围而出……今日天京情状，也与当年在永安时情状相同”，[3]以永安来比金陵，以永安突围来比北伐，既称赞了天王、东王，又曲折表明自己的见解。

A2a2犯众进谏，指进谏者提出的合理建议触犯的是同级、下级中许多人的利益，但为了国家或上级，进谏者甘犯众怒。例：肃顺建议咸丰裁减八旗粮饷，搭配银票给京官发薪俸，受到旗人和京官咒骂，但解决了内务府和户部的燃眉之急。[4]咸丰想节约开支，但知众怒不可侵犯，肃顺心领神会，建议深合咸丰之意，虽遭骂名，但对咸丰尽了忠。

A2a3违规进谏，指无官者、官位低者越级进谏。例：李秀成

[1] 魏文华. 太平天国全史演义（共二册）[M]. 北京：新华出版社，1989：216.

[2] 魏文华. 太平天国全史演义（共二册）[M]. 北京：新华出版社，1989：456.

[3] 李晴. 天京事变[M]. 广州：花城出版社，1981：56.

[4] 魏文华. 太平天国全史演义（共二册）[M]. 北京：新华出版社，1989：455.

甘冒军法处置，越级否定罗大纲的作战方法，[1]军人以服从为天职，下级不得私议军事，李秀成虽然违反军纪，但表达了对天国的忠诚。

A2a4擅自行事，指在未经上级允许、或在上级命令或禁止时，擅自采取有利于上级或者事业、民族、国家等的行动。例：杨秀清“欲借天父附身”令会众信实上帝；[2]天王禁止李秀成出京，李秀成认为“臣不往，则苏杭不守，京师益危”，执意出京。[3]

A2a5忍辱行事者，是指在遭受上级、同僚的歧视、猜忌、打击时，怀着对君主、朝廷等的忠诚，千方百计克服困难，一心一意做事。例：曾国藩受到长沙官场的冷落，埋头办团练；[4]陈玉成在安庆兵败后，被天王“革去了英王的封爵”，仍“死守庐州”。[5]

A2a6当仁不让者，是指在上级遇到无力解决的危险、困难时，主动帮助上级解决问题。例：张亮基把长沙军权让给左宗棠，左宗棠“立即召集将领们开会，研究防守措施”。[6]左宗棠身为布衣，却号令将领，目的是为朝廷剿灭“贼匪”，以尽忠义。

A2b尽心竭力者，是指为了上级、君主、事业、集体、民族、国家、信仰而用尽心思，竭尽全力，鞠躬尽瘁。

A2b1为上担忧，是指看到集体、国家中的阴暗面、君主的对

---

[1] 潘大林. 天国一柱李秀成[M]. 南宁：接力出版社，1994：17-18.

[2] 王一心. 太平天国（第一、二、三卷）[M]. 北京：团结出版社，2000：62.

[3] 罗惇曧，李岳瑞. 太平天国战记·春冰室野乘[M]. 重庆：重庆出版社，1998：20.

[4] 魏文华. 太平天国全史演义（共二册）[M]. 北京：新华出版社，1989：464.

[5] 吴雁南. 陈玉成[M]. 北京：中华书局，1962：28.

[6] 李文澄. 左宗棠[M]. 北京：北京图书馆出版社，2001：79.

立面，预感集体、国家将遭受厄运、君主将受到威胁，积极关注时局发展，思考、寻找避免厄运的办法。例：杨秀清在冯云山被捉后为“如何才能把涣散中的会众团聚起来，挽救拜上帝会组织”陷入忧虑。[1]

A2b2吃苦耐劳，是指为君主、上级、信仰等主动深入苦境、险境，并长期坚持、锲而不舍。例：“冯云山克服人地生疏、职业无定、生活贫困等各种困难……足迹遍及紫荆山区的村村寨寨”；[2]“江南大疫”“军士互传染，死者山积”，面对李秀成60万大军，只有3万兵力的曾国荃坚信“破之必矣”，坚持到底。[3]在这两例中，冯云山遇到的是贫穷，曾国荃遇到的是瘟疫和强敌，他们都在极端困难、危险的情况下长期坚持，表达了对君主、信仰的忠诚。

A2b3奋力作战，是指竭尽全力战斗，其首要目的不是增加个人军功或获得战利品，而是表达对敌人的仇恨和对己方上级、信仰的忠诚。例：罗大纲手起刀落，把阿尔精阿杀了。[4]这个角色在胜利时还常常由集体扮演，以毙贼总数来夸耀集体忠诚，例：“我兵奋勇围截，击中贼目一人落马，并杀毙从贼八九十人。”[5]有时在集体角色中又突出将领的作用和价值，将个人角色与集体角色结合起来，例：“经哈福那、刘开太等督兵击退，俘斩三十余人。”[6]有时强调摧毁了敌人的营垒，例：“酉贼益缮营卡，十七日，军功潘鼎琛把

[1] 张善英. 太平天国群英[M]. 福州：福建教育出版社，1993：52.

[2] 邢凤麟，邢凤梧. 冯云山[M]. 广州：广东人民出版社，1978：31.

[3] 王安定. 湘军记[M]. 朱纯点校. 长沙：岳麓书社，1983：123-124.

[4] 罗义俊，王小方. 太平风云[M]. 上海：少年儿童出版社，1983：32.

[5][6] 向荣. 向荣奏稿[M]//中国史学会主编. 太平天国（七~八）. 上海：上海人民出版社，1957：427.

总徐道奎攻毁之”。[1]

A2b4坚持指挥，是指双方激烈战斗时，将领怀着忠诚，坚守战场，对战争胜负起着非常大的作用。例：“在一次夜战中，陈玉成左臂中弹负伤，但他仍然坚持指挥不下火线”，使“太平军一次又一次击溃了湘军的进攻”；[2]清将刘腾鸿“炮丸中其胁，仆地，弟腾鹤掖之起，激众曰：‘城不下，毋敛我。’军士皆泣”，后将城攻下。[3]这两例中的忠义者都靠人格魅力鼓舞、激励战士。另有一类将领，坚持指挥时凭借的手段是杀人，比如曾国藩喝令：“过旗者斩”，“左砍右杀，撂倒了三四个逃兵”。[4]斩杀退逃者是忠的表现，但其本身是残忍无能的，所以斩杀退逃者通常被用来表现被贬方的将领，用揶揄、嘲讽、反讽等语气创造喜剧的、滑稽的、讽刺的效果。

A2b5拼死杀敌，是指在己方注定失败时，明知不能取胜，仍要困兽犹斗，竭尽全力多杀敌人。例：“闻文昌门轰裂，督练勇书役人等急往策应，与贼战于阅马场，杀贼十数人”，[5]“知府董振铎率领家丁巷战被戕”。[6]练勇临时招募，未经战阵，书役以书写为业，董振铎身为文官，带着家丁与敌人巷战，这些人明知送死却勇往直前，临时拼凑的乌合之众竟能杀贼十数，这些都是为了渲染他们的

[1] 钱勖. 吴中平寇记八卷[M]//《四库未收书辑刊》编委会. 四库未收书辑刊（三辑·十三册）. 北京：北京出版社，2000：135.

[2] 潘益大，张广智. 陈玉成的故事[M]. 上海：上海人民出版社，1977：32.

[3] 王安定. 湘军记[M]. 朱纯点校. 长沙：岳麓书社，1983：54.

[4] 刘学慧. 曾国藩[M]. 北京：北京图书馆出版社，2001：617.

[5] 陈徽言. 武昌纪事[M]//中国史学会主编. 太平天国（四）上海：上海人民出版社，1957：590.

[6] 汪堃. 遁鼻随闻录[M]//中国史学会主编. 太平天国（四）. 上海：上海人民出版社，1957：365.

壮烈而人为设想的，带有强烈的空想色彩。

A2b6败而不馁，是指失败后勇于收拾残局、伺机再起，它是失败后叙事的重要环节。例：向荣兵败后收溃卒迎击“贼”。[1]

A2b7严惩敌人，“名琛檄兵勇合攻罗境，破其垒，贼不盈百，悉诛之，磔凌逆尸，枭首示众”，[2]“毙贼四百余人，生擒长发五十七名，就地枭首”。[3]

A2b8勤奋不怠，是指为了对上级、君主等负责，在思想上、行动上勤于政事、军事，毫不懈怠，它具体表现为不顾辛苦主动制定有利于军事的方针政策、通过亲自考察掌握敌情、预先制定并与将领充分讨论作战计划等。例：“到帅府后，林启容马上召集旅帅以上帅官，介绍了突变的敌情”；[4]“库藏匮乏之际，凡可以搜求裨益财用者，已无不尽心竭力”；[5]“王中丞有龄固守两月有余，餐不尝食，寝不解带，日夕巡徼城上，不归公署。”[6]

A2c宁死不屈，是指宁愿为上级、君主等付出生命代价，绝不求饶或投降，女子为保全贞洁而宁死不屈，也被视为忠。宁死不屈通常发生在关于战败前后的叙事中，从时间上来看，包括临败、败时、败后三个阶段，方式上可简单地分为自杀、被杀、获释，将时

---

[1] 明心道人. 发逆初记[M]//中国史学会主编. 太平天国（四）. 上海：上海人民出版社，1957：456.

[2] 信宜县志[M]//广东地区太平天国史料选编. 广州：广东人民出版社，1986：91.

[3] 张先伦等. 善化县志[M]//光绪三年刻本. 杨奕清，等. 湖南地方志中的太平天国史料. 长沙：岳麓书社，1983：160.

[4] 王运朝. 天国壮歌[M]. 郑州：中州古籍出版社，1991：214.

[5] 曾国荃，等. 湖南通志[M]//光绪十一年刻本. 杨奕清，等. 湖南地方志中的太平天国史料. 长沙：岳麓书社，1983：6.

[6] 佚名. 寇难琐记[M]//南京大学历史系太平天国史研究室编. 江浙豫皖太平天国史料选编. 南京：江苏人民出版社，1983：190.

间与方式结合，可以把宁死不屈分为败前自杀、败时被杀、败时自杀、被俘虏后自杀、被俘虏后被杀、被俘虏后被释等。

A2c1败前自杀，是指在己方败局基本确定时，不愿被俘受辱，更不愿投降敌人，自己了断生命以尽忠。败前自杀的方式有单独自杀、杀家人后自杀、集体自杀等。单独自杀是指未与其他人商量，自己采用自缢、投水、自刭、吞金、服毒等方式自杀。例：清将“纡青夺剑自殉”，[1]“长龄之母年八十余，投水死”。[2]杀家人后自杀通常是官员在失败时怕家人受辱，亲手杀死幼小的孩子和无助的妻子，然后自行了断。例：瑞元“命家人自尽”，幼子哭泣不肯，“拔刀自杀之，乃自刭”。[3]集体自杀是指家人或同村人或同城人一起自杀，例：双福的妻子“率幼女三人投水死”。[4]

A2c2败时被杀，是指敌人已经来到面前，失败已经无可挽回时被敌人杀死。

普通被杀，在叙事中被称为“遇难”或“死”，一般指官员，在死前没有激烈的反抗行为，不管是在出逃中、家里、官府中被杀，只要是在战争中被敌人杀死了，就可称为“忠义者”，都可以用“遇难”“死”“遇害”等字眼来遮掩。例：“咸丰年间死王事者有熊

[1] 胡潜甫．凤鹤实录[M]//中国史学会主编．太平天国（五）．上海：神州国光社，1952：13.

[2] 强汝询．金坛见闻记[M]//中国史学会主编．太平天国（五）．上海：神州国光社，1952：212.

[3] 陈徽言．武昌纪事[M]//中国史学会主编．太平天国（四）．上海：上海人民出版社，1957：591.

[4] 佚名．武昌兵燹纪略[M]//中国史学会主编．太平天国（四）．上海：上海人民出版社，1957：573.

大功、李仕聪等六十三人”；[1]杨辅清被“解到福州，遇害”。[2]

骂敌被杀，有明确的骂敌行为，虽然骂并不能造成实质性伤害，但在清方叙事中，骂是非常重要的行为，例：杨禹甸“以大义呵斥。逆怒，绑甸于柱，用火香焠之，骂不绝口”。[3]

战敌力竭被杀，该行动比前两个行动多了些英雄色彩，是拼死杀敌的结局。例：“最后一批战士，举着刀，高呼‘打倒阎罗妖！’冲过石桥。又是一阵排枪。这批战士，全倒在石桥下。”[4]

抗节不屈被杀，一般指女性在面对敌人淫威时，不愿遭受侮辱，为保贞洁而被杀害。例：陈桂芝“贼至，欲强污之，妇骂贼死”。[5]

A2c3战后被杀、被释、逃脱，是指被俘后不求饶、不妥协、不投降，保持忠心，因而被敌方杀害、释放，被掳后或者不愿苟活自杀，或者先忍辱求活，但不真心从敌，伺机逃脱，如果被抓回，甘受酷刑。被俘后不屈的大多是将领，表示不屈的方式有严词拒绝投降、不下跪、绝食、痛骂、嘲讽、攻击等，采用的方式越多，英雄形象越显高大，例：李秀成对招降他的人说“我早就不打算再活了。你走吧，不要把我惹火了”；[6]“光廷出贼不意，飞足踢其腹，贼帅立毙，被剖腹而死”。[7]在叙事中这样的行为往往伴随着敌方重

---

[1] 郭嵩焘. 湘阴县图志[M]//光绪六年县志局刻本. 杨奕清，等. 湖南地方志中的太平天国史料. 长沙：岳麓书社，1983：179.

[2] 罗尔纲. 太平天国史（全四册）[M]. 北京：中华书局，1991：2215.

[3] 大埔县志[M]//广东地区太平天国史料选编. 广州：广东人民出版社，1986：172.

[4] 罗义俊，王小方. 太平风云[M]. 上海：少年儿童出版社，1983：264.

[5] 方濬颐. 转徙余生记[M]//中国史学会主编. 太平天国（四）. 上海：上海人民出版社，1957：518.

[6] 潘大林. 天国一柱李秀成[M]. 南宁：接力出版社，1994：136.

[7] 王闿运. 湘潭县志[M]//光绪十五年刻本. 杨奕清，等. 湖南地方志中的太平天国史料. 长沙：岳麓书社，1983：175.

要人员的赞赏，例：赵烈文“恭恭敬敬地向李秀成欠了欠身，轻轻退出门去”。[1]被俘不屈者的结局是悲惨的死，通过写面对酷刑时的无畏行为和豪言壮语，可以表现不屈者的忠贞，例：“凤祥在北京西市就义，他被敌人寸磔，‘刀所及处，眼光犹视之，终未尝出一声’。”[2]

被掳不屈的都是朝廷官员以外的人，多为百姓或闲散幕僚，表现他们不屈的方式有我行我素、自杀、哭骂、坚请等。例：何中瀚“城陷，方闭户读书，贼曳之行，则自奋赴水，贼怒杀之”；[3]被掳妇女“有乘间投路旁河渠死者，或哀号不已，怒而被杀者”。[4]叙事中也有被掳后不屈被释放的例子，例：“余”不畏被杀，坚决请求回家，获准，[5]这并非为表现敌人的宽仁而写，目的是表现被掳者的不屈精神和非凡举动。

被掳后忍辱不屈的多是“士”、妇女，因为不想死，故成为被掳者，但又不甘心从敌，于是采用隐瞒、不服从、咒骂、谋杀、逃跑等方式表达对己方的忠诚。隐瞒，是指故意掩饰自己的真实身份、知识才学，例：“余”被掳时说自己“不甚会写字”，[6]张继庚隐瞒

[1] 潘大林. 天国一柱李秀成[M]. 南宁：接力出版社，1994：136.

[2] 罗尔纲. 太平天国史（全四册）[M]. 北京：中华书局，1991：1882.

[3] 王闿运. 湘潭县志[M]//光绪十五年刻本. 杨奕清，等. 湖南地方志中的太平天国史料. 长沙：岳麓书社，1983：176.

[4] 李圭. 思痛记[M]//中国史学会主编. 太平天国（四）. 上海：上海人民出版社，1957：470.

[5] 周邦福. 蒙难述钞[M]//中国史学会主编. 太平天国（五）. 上海：神州国光社，1952：75.

[6] 李圭. 思痛记[M]//中国史学会主编. 太平天国（四）. 上海：上海人民出版社，1957：473.

自己是读书人。[1]不服从，是指不听从敌人安排，保持贞节或良心，例："伪王"要贞妇侍御，贞妇从胸前抽出刃，表示"愿以颈血溅于此地"。[2]咒骂是指用某种不祥之物诅咒敌人或直接骂敌人，例：碧娘"偷偷地用女人经期的秽布做帽子的衬里儿，让他们不得好死"；[3]书生郑之侨参加东试时作诗痛骂太平军"鼠辈"。[4]谋杀是指被掳后寻机杀死敌人，例："九妹觅砒霜勾结伪王娘，将以毙东贼"。[5]逃跑大多出现于清方叙事，是指从太平天国逃回清方，不管成功与否，都说明逃跑者对清方的忠诚，例："余"与同伴逃归。[6]

A2e不离不弃者，是指在灾难前、遇难时、灾难后不抛弃上级、父母等以表现其忠诚的角色，与忠义有关的灾难与胜败双方密切相关，包括由外敌造成的灾难和由内部矛盾造成的灾难，两类灾难都可分为个别打击、军事袭击、军事封锁以及由封锁造成的物资匮乏等。

A2e1灾难前不离不弃，包括：

提醒，是指为上级通风报信，告知上级灾难将临。例：冯云山倡

---

[1] 张继庚．张继庚遗稿[M]//中国史学会主编．太平天国（四）．上海：上海人民出版社，1957：761.

[2] 王韬．遁窟谰言[M]．石家庄：河北人民出版社，1991：188.

[3] 进步书局编译所编辑，韩英编译．太平天国轶闻[M]．济南：山东友谊出版社，2000：288.

[4] 进步书局编译所编辑，韩英编译．太平天国轶闻[M]．济南：山东友谊出版社，2000：218.

[5] 谢介鹤．金陵癸甲纪事略[M]//中国史学会主编．太平天国（四）．上海：上海人民出版社，1957：663.

[6] 李圭．思痛记[M]//中国史学会主编．太平天国（四）上海：上海人民出版社，1957：495.

乱前“粤西绅耆迭次联禀乞究治”。[1]

防范，是在预知危险之后，建议或直接采取适当措施防止危险发生，例：冯云山预知杨秀清有野心，主谋让洪宣娇嫁给萧朝贵以制衡；[2]韩宝英预感石达开会遇难，为让貌似石达开的马生顶替石达开，她嫁给马生。[3]

A2e2遇难时不离不弃，包括：

辩诬，是指在上级受到别人的诬陷时为上级辩解，为其争取清白。例：“张国梁的部属……为张国梁呼冤。”[4]

从死，是指在上级、父母等遇难自杀或被杀时也自杀。例：李续宾失败时“同死者十余人”。[5]

保护，是指灾难发生时陪伴在上级左右，使其免受伤害，或自愿引开、对付敌人，使上级逃走。例：向荣兵败欲寻死，“家人和亲兵日夜不敢离开一步”；[6]温大贺对林凤翔说：“请把黄袍换给我，让我引住清军，将军便好突围，回到天京，再兴雄狮，报仇雪恨”。[7]

营救，是指在上级遇到灾难时，下级前去救护，或上级战败后，生命遇到危险，下级将之救出。例：杨秀清“借‘天父’发令”，

---

[1] 陈徽言. 武昌纪事[M]//中国史学会主编. 太平天国（四）. 上海：上海人民出版社，1957：598.

[2] 简又文. 太平军广西首义史[M]. 上海：商务印书馆，1946：185.

[3] 孙因. 血染大渡河[M]. 太原：北岳文艺出版社，1986：104.

[4] 魏文华. 太平天国全史演义（共二册）[M]. 北京：新华出版社，1989：264.

[5] 李应珏. 皖中发匪纪略[M]//江浙豫皖太平天国史料选编. 南京：江苏人民出版社，1983：276.

[6] 魏文华. 太平天国全史演义（共二册）[M]. 北京：新华出版社，1989：243.

[7] 大鲁. 孤军北伐[M]. 上海：上海人民美术出版社，2000：79.

率兵到花洲营救洪秀全；[1]黄金爱救起受伤的陈玉成，将马让给陈玉成。[2]

照顾，是指发生灾难时，尽量为上级提供较好的饮食条件，或者在上级生病、受伤的时候给予上级理解、安慰、照料。例：向荣病重，“国梁昼夜服侍，衣不解带”。[3]

A2e3灾难后不离不弃，包括：

鼓劲，是指在上级因遭受重大创伤而心灰意冷时，鼓励上级不要气馁，争取东山再起，或者遇到挫折时，安慰、支持上级，使其坚持不懈。例：曾国藩初战兵败自杀，曾国葆苦劝他振作起来，[4]洪秀全初次入广西传教收效很小，伤心欲回，冯云山劝他“如此浅尝辄止，半途而废，岂不可惜？”[5]

追随，是指上级虽然失败或处于劣势，但依然跟随上级，与上级同患难。例：石达开被韦昌辉逼出京“人们立即从四面八方涌了上来”。[6]

处理后事，是指在上级死亡后妥善安置其尸体，例：李续宾的幕僚张启成冒着生命危险，“要找回李续宾的尸首”。[7]

A2f维护团结者，是指出于对上级、君主、事业、民族、国家、

---

❶ 魏文华. 太平天国全史演义（共二册）[M]. 北京：新华出版社，1989：165.

❷ 魏文华. 太平天国全史演义（共二册）[M]. 北京：新华出版社，1989：1115.

❸ 陈也梅. 洪杨演义（六卷）[M]. 上海：中华图书局，1924：113.

❹ 刘学慧. 曾国藩[M]. 北京：北京图书馆出版社，2001：622.

❺ 王一心. 太平天国（第一、二、三卷）[M]. 北京：团结出版社，2000：23.

❻ 李薇. 洪秀全传[M]. 延吉：延边人民出版社，2008：323.

❼ 潘大林. 天国一柱李秀成[M]. 南宁：接力出版社，1994：46.

信仰的忠诚，千方百计维护君臣及同志间关系的角色。

A2f1忍让，是指有能力、有成绩、忠心耿耿的下级在受到上级的怀疑、训斥、漠视、打击时默默忍受、合理申诉、不投敌、不消极怠工。例：李秀成虽受洪秀全的怀疑和监视，却“坚守浦口，多次打退清妖的进攻”；❶胡林翼为了团结，违规给官文的六姨太拜寿。❷

A2f2调和，是指知道上级、同级之间的矛盾，通过语言、行动使双方搁置、化解矛盾，维护内部团结和稳定，一致对外，这样做的目的不是个人私利，而是对君主、国家、信仰的忠诚。例：洪宣娇亲自到安庆去请石达开回朝。❸

A2f3拒篡，是指与君主相比，更有才有德、更能治理好国家，受人拥戴之人拒绝、制止别人怂恿，坚决不篡权。例：曾国藩不接受彭玉麟让他当皇帝的建议，为了不使朝廷怀疑，不敢收留肃顺门生。❹

A2g惩治奸逆者，是指为了使君主、集体、民族、国家、信仰等不受破坏，主动抓捕、惩罚、处置内奸、叛徒、篡权者。从整体上说，在清方看来，太平天国是一群乱臣贼子的胡作非为，称其为“粤匪”“粤逆”“粤寇”，称太平天国政权为“伪”政权，天王为“伪天王”“洪逆”“天逆”，杨秀清为“伪东王”“杨逆”“东逆”，其余各王称呼以此类推，镇压太平天国的行为是“剿匪”行为，是搜捕、惩罚、处置奸人、奸党、奸民、叛逆的行为。在太平天国来看，清王朝本是关外小族，篡夺了中原大族的政权，因而推翻清王

❶ 李薇. 洪秀全传[M]. 延吉：延边人民出版社，2008：376.

❷ 康德. 胡林翼传[M]. 北京：国际文化出版公司，1995：247.

❸ 寒波. 天朝悲歌石达开[M]. 长沙：湖南文艺出版社，1995：372.

❹ 魏文华. 太平天国全史演义（共二册）[M]. 北京：新华出版社，1989：1127-1128.

朝也是为中华民族惩治奸逆的行为。同时，太平天国还认为，清王朝信奉儒学和鬼神，是将天国之人带入邪途的魔鬼，是背叛上帝的逆子，因而推翻清王朝又是为上帝铲除逆子的行为。双方都一厢情愿地把自己想象成君或主，把对方想象成乱臣贼子，所以太平天国成败叙事从整体上说是个大的惩治奸逆的叙事，清王朝和太平天国是这个大叙事的主要角色。另外，太平天国又是与清王朝对抗的政治势力，它们彼此既对立又对等，已经没有隶属关系，虽然口口声声"讨逆""诛妖"，但真正的"逆"和"妖"却存在于自己内部，惩治"逆"和"妖"对于保证内部的稳定是非常重要的，因而在太平天国成败叙事中，除了整体上的惩治奸逆叙事，还有清、太各自内部的惩治奸逆叙事。不管是整体上的，还是各自内部的，也不管奸逆是何种类型，惩治奸逆的行动都是大致相同的。

A2g1排查，是指运用搜查、逻察、检查、威吓等手段查出奸逆，这是惩治奸逆的基础。搜查，是指到奸逆住处或办公处搜索、检查或者对行人进行搜身以发现不轨目的。例："巡抚龚裕大索奸人。"[1]

A2g2揭露，是指在知情后，向上级揭发、告发奸逆者的不忠行为，或者向人民、百姓揭露，激发人民同仇敌忾的热情，齐心协力打败敌人，从而实现对上级、君主等的忠诚。例：向荣"特参藉病久延之都司守备"；[2]杨秀清、萧朝贵在告谕中说："以妖胡制中国，奴欺主

[1] 陈徽言. 武昌纪事[M]//中国史学会主编. 太平天国（四）. 上海：上海人民出版社，1957：583.

[2] 向荣. 向荣奏稿[M]//中国史学会主编. 太平天国（七~八）. 上海：上海人民出版社，1957：165.

也，逆也”。[1]

A2g3量刑，是指在确定奸逆的行为后，诉诸律法，进行惩治。例：审判官“判决了这个在天京内部策划了一年多反革命活动的罪魁祸首以死刑”，[2]骆秉章奏“将石达开极刑处死”。[3]惩罚奸逆的刑罚与残忍者的刑罚一样血腥，但观察角度和所持态度不同，在上两例中，叙事者都流露出欣赏和津津乐道的意味。即使是用重刑惩治内部犯了小错的人，叙事也可以把它处理成忠义行动，比如写到“守天条朝贵杀亲爷”，叙事者议论道“好一个萧朝贵，他想要是自己的亲爷犯了罪便置之不问，那么往后军士们如若违犯了天条，自己自然不能认真办理了”。[4]有的奸逆身处高位，不能对他们量刑治罪，就采用某种变通方法，例：石达开强行向洪仁发、洪仁达借钱借粮，逼其吐出非法财产。[5]有的奸逆只是不愿捐钱，就迫使他们捐钱，例：江忠源为捐钱者和不捐钱者分别挂“乐善好施”“为富不仁”匾额，众乡绅只得捐钱。[6]

A2g4军事镇压，是指通过军事行动对于有一定军事实力的奸逆

---

[1] 杨秀清，萧朝贵.真天命太平天国 左辅正军师东王 杨 / 右弼又正军师西王 萧 为救一切天生天养……太平天国印书（上）[M].南京：江苏人民出版社，1979：112.

[2] 郭存孝.天京锄奸记[M].南京：江苏人民出版社，1979：103.

[3] 骆秉章奏[M]//中国史学会主编.太平天国（二）.上海：上海人民出版社，1957：785.

[4] 张恂子.洪杨豪侠传[M].合肥：黄山书社，1988：418.

[5] 彭道诚.裂变——太平天国[M].台北：三民书局股份有限公司，2004：119.

[6] 宋发清.天朝大梦（第一部）[M].成都：四川人民出版社，1999：709.

者采取强制性措施。例：忠王“统领雄兵百万，剿洗各处妖孽”。[1]清王朝镇压太平天国、太平天国镇压反抗者、双方镇压土匪、天京内讧中石达开准备回京靖难等都执行这一行动。

A2h改邪归正者，是指曾经由于种种原因从敌，后经过教育、招降等弃暗投明或者保持中立，投降后忠心耿耿杀敌立功。

A2h1被迫从敌，是指由于生活艰难、为强势所迫或者由于个人恩怨被官府追杀，于是不得不投奔土匪解决生计或者寻求帮助得以复仇。例：唐友耕父亲被回民杀死，同知袒护仇家，唐友耕深夜复仇，官府追杀，投入匪军，借其势力杀同知及回民无数。[2]

A2h2幡然醒悟，是指意识到自己所处阵营的罪恶，或者是得知了敌对阵营的正义性。例：唐友耕“苦蓝大顺等劫掠无度”。[3]

A2h3立功反正，包括自己带兄弟、情报等主动投降以及已有投降打算时正好遇到招降，于是立功投降。例：唐友耕“欲降清。顺庆知府杨重雅，亦欲招降友耕”，互通声气后“两军夹击蓝大顺所部”。[4]

A2h4离开敌人，指省悟后保持中立，远离战争双方。例：康福发现曾国藩的虚伪和清将的罪恶后，离开了曾国藩，也没跟随细脚仔去重振天国，[5]而是终老田园。

A2h5投降后立功，是指投降后不再反复无常，而是奋力杀敌，建立功勋。例：“友耕奉令助守石柱厅，与团练徐邦道协力战胜石

[1] 化民告示[M]//中国史学会主编. 太平天国（二）. 上海：上海人民出版社，1957：703.

[2] 曾白融. 京剧剧目辞典[M]. 北京：中国戏剧出版社，1989：1067-1068.

[3][4] 曾白融. 京剧剧目辞典[M]. 北京：中国戏剧出版社，1989：1068.

[5] 唐浩明. 曾国藩全传（血祭、野焚、黑雨）[M]. 北京：乌兰文艺出版社，2008：460.

达开”。❶

A2i以忠克情者，是指为了尽忠，经过艰难抉择，最终压制了私人感情的角色。以忠代孝者、为忠择偶者、弃亲尽忠者等都是该角色的变异。以忠代孝是指很有孝心，但为了尽忠只好舍弃孝，使孝服从忠。为忠择偶，如同和亲，是指本来有心上人，但为了平衡政治关系，维护领袖间的和谐，不得不嫁给自己不喜欢但能辅佐君主的人。弃亲、杀亲尽忠是指为了尽忠，在灾难来临时抛弃妻子、儿女，或让他们陪自己去死。以忠代孝者、为忠择偶者包括三个前后相连的情节性行动：孝顺或痴爱、遇到忠与孝、忠与爱的矛盾、以忠代孝或为忠择偶。弃亲、杀亲尽忠在叙事中一般省略掉第一个行动，只保留第二个和第三个行动。

A2i1孝顺或痴爱，例：“曾国藩撕开封口，他才看一行小字，泪水便簌簌落下。原来是母亲江太夫人仙逝了。”❷

A2i2情与忠冲突，例：曾国藩为母亲守制期未满，皇帝却谕令他兴办团练。❸

A2i3以忠克情，例：曾麟书教训儿子“忠于王事才是大孝”，曾国藩遵从父命出山。❹

A2j进献财物者，是指为了营救上级、同志、打赢战争或帮助上级安抚人民，主动进献钱、粮等的角色。例：富民张氏将家中积谷

---

❶ 曾白融．京剧剧目辞典[M]．北京：中国戏剧出版社，1989：1068.

❷ 刘学慧．曾国藩[M]．北京：北京图书馆出版社，2001：543.

❸ 刘学慧．曾国藩[M]．北京：北京图书馆出版社，2001：552.

❹ 魏文华．太平天国全史演义（共二册）[M]．北京：新华出版社，1989：462.

“尽出以献”向荣。❶

$\overline{A}$2a巴结上级者，该角色是上级的侍从、家人、重要部下等，他们服侍、陪伴、照顾、夸赞上级的目的不是为了上级的身心健康、自己阵营的稳定、战争的胜利、事业的发展、信仰的实现，而是为了获得上级的赏识，从而获取权力。

$\overline{A}$2a1巧言令色，是指运用语言使上级高兴，以期上级喜欢，从而赏给自己较多的物质和精神享受，推荐、提拔自己，或者试图消除上级戒备，保住自己利益。

假意关心上级，例：韦昌辉对杨秀清说：“四兄乃天国之栋梁，还应节劳，千万莫累垮了身子。”❷

恭维上级的能力、见识、勇气等优点，例：“文武官员听僧格林沁提起当年的皖北大捷和他一生的战功，都明白他的心思，一时帐内谀声四起。”❸

在上级面前装无知，违心向上级请教，例：北王请教东王“小弟肚肠嫩，实在不知道怎么办才好，还得四兄多多开导”。❹

迎合上级意图，附和上级决策，例：李续宾执意要战陈玉成，“曾国华贼眼一溜”，予以附和。❺

$\overline{A}$2a2献媚取宠，是指用具体行动取媚于上级或敌人。

选送美女，例：邹鸣鹤“他知道自家恩师最喜欢漂亮姑娘，亲

---

❶ 陈徽言. 武昌纪事[M]//中国史学会主编. 太平天国（四）. 上海：上海人民出版社，1957：590.

❷ 王庆林. 天国悲剧[M]. 哈尔滨：北方文艺出版社，1998：896.

❸ 凌力. 星星草（上、下）[M]. 北京：北京出版社，1980、1981：140.

❹ 王庆林. 天国悲剧[M]. 哈尔滨：北方文艺出版社，1998：1044.

❺ 刘征泰原著，赫威刚改编. 陈玉成[M]. 郑州：河南人民出版社，1977：104.

自把他选中的鸳鸯送到赛尚阿的房里”。[1]有的献媚取宠者奉献自己的妻子、情人、女儿、姐妹等，例：舒瞎子求陆建瀛娶自己女儿为小妾。[2]

做玩物，例：蒙得恩做洪宣娇的面首。[3]

送财物，例：侯谦芳向东王进献会说“东王万岁万万岁”的鹦鹉。[4]在太平天国成败叙事中，被送的美女也是被当做物来看待的，只是这个“物”比较特殊，在叙事中出现得又非常多，所以单独列出。

$\overline{A}$2b敷衍懈怠者，是指只考虑自己的生命、官位、金钱等切身利益，对待工作不积极主动、不尽心尽力、敷衍了事、消极应付的角色，其行动包括明哲保身、纵容罪恶、不愿抗敌、拥兵自重、迁延不进、临阵退缩、趋利不前、有钱不献。

$\overline{A}$2b1明哲保身，是指不考虑己方君主、政权前途，无视潜伏的危险，不敢得罪权臣，也不敢支持失意的忠臣，不为君主进献正确、有用的建议，不敢明确支持正确的建议，也不敢指出错误的建议。例：韦昌辉既称赞石达开一鼓作气之策深合兵法，又阐发建都金陵的重要意义，但不拿主意、不表态[5]首席军机大臣祁寯藻“做了几十年的太平官……何曾有过什么良策”。[6]

$\overline{A}$2b2纵容罪恶，是指对自己管辖范围内出现的叛逆、抢劫等各种罪恶行为宽容、放纵，不采取严厉措施制止和惩处。

---

[1] 王庆林. 天国悲剧[M]. 哈尔滨：北方文艺出版社，1998：614.
[2] 彭道诚. 人祸[M]. 台北：三民书局股份有限公司，2000：5.
[3] 南宫搏. 太平天国[M]. 长沙：岳麓书社，2003：191.
[4] 李晴. 天国演义（上、下）[M]. 北京：中国文史出版社，2009：558.
[5] 李晴. 天京事变[M]. 广州：花城出版社，1981：55.
[6] 万伯喜. 悲情英雄石达开[M]. 北京：华艺出版社，2008：61.

纵容叛逆，例：桂平知县贾柱释放冯云山。[1]

纵容贪财，例：曾国藩知道曾国荃及其将士俘获了大量财物，但没有强制他上缴朝廷。[2]

纵容抢劫，例：清溃军将领王鹏飞部下“沿途剽掠”，不加管束。[3]

$\overline{A}$2b3不愿抗敌，是指身为朝廷命官推脱、不情愿出京到前线，身为地方官员不愿承担、推卸防守责任，或者身处前线，不愿意打仗。例：秦日刚奉命“往扰凤阳、庐州一带，不愿北行，奏禀杨贼曰：‘北路官军甚多，兵单难往’”。[4]

$\overline{A}$2b4贪图安逸，是指敌人即将来到，或已经来到，仍然在以嫖妓、纵欲、贪睡、豪饮、附庸风雅等各种方式享受。例：“一直等到中午，这个清朝官吏才离开了他的众多妻妾和鸦片烟枪走出来。”[5]

$\overline{A}$2b5拥兵自重，是指收到朝廷命令或者其他将领的求救信息，出于保存自己实力的目的按兵不动。例：奉调而至的吉顺“按兵观望”。[6]

$\overline{A}$2b6迁延不进，是指奉命抗敌，即将到战场时拖延时间、故意

---

[1] 王庆林. 天国悲剧[M]. 哈尔滨：北方文艺出版社，1998：340.

[2] 唐浩明. 曾国藩全传（血祭、野焚、黑雨）[M]. 北京：乌兰文艺出版社，2008：234.

[3] 胡潜甫. 凤鹤实录[M]//中国史学会主编. 太平天国（五）. 上海：神州国光社，1952：5.

[4] 张德坚. 贼情汇纂[M]//中国史学会主编. 太平天国（三）. 上海：上海人民出版社，1957：50.

[5] [英]呤唎. 太平天国革命亲历记（全二册）[M]. 王维周译. 上海：上海古籍出版社，1985：350.

[6] 佚名. 武昌兵燹纪略[M]//中国史学会主编. 太平天国（四）. 上海：上海人民出版社，1957：570.

逗留不前。例："然粤兵远出（去），官方方暂入城。"[1]

$\overline{A}$2b7临阵退缩，是指不敢面对敌人，在敌人即将来到或者已经来到，但还没有接仗或接仗后不敢与敌血战，反而躲避、退回或逃跑，例：湖南提督"余万清见自己身边只有500名守军，难敌太平军主力，遂借口保护省城，竟逃至衡阳"；[2]"双方的战士都是偷偷摸摸地躲藏在坟墓之后。"[3]

$\overline{A}$2b8趋利不前，是指参加战争不是为了尽忠，而是为了私利，当有利可图时就只顾利益，不顾整个战局。例："〔官兵〕争割贼首，持赴总局献功兵力遂单，贼拥至"；[4]"忠王既抚有苏、杭两省，以为高枕无忧，不以北岸及京都为忧"，迟迟不西进、北援。[5]

$\overline{A}$2b9有钱不捐，是指军队急需补养或救人急需钱粮时，虽然家中有多余的钱粮，却不献出。例：曾国藩为湘军筹饷，抱怨说"杨家储藏的银子，少说也有二十万。捐二万，也太小气了"。[6]在太平天国成败叙事中，各方将、官下令捐资解决经费问题时，不捐即为不忠，捐得少也被认为不忠，叙事时常会附带说明该人钱财来路不

---

[1] 李汝昭．镜山野史[M]//中国史学会主编．太平天国（三）．上海：上海人民出版社，1957：11.

[2] 张京民．太平天国[M]．北京：中国社会出版社，2000：320.

[3] ［美］晏玛太．太平军纪事[M]//简又文译．太平天国（六）．中国史学会主编．上海：上海人民出版社、上海书店出版社，2000：929.

[4] 谢介鹤．金陵癸甲纪事略[M]//中国史学会主编．太平天国（四）．上海：上海人民出版社，1957：650.

[5] 洪仁玕自述[M]//中国史学会主编．太平天国（二）．上海：上海人民出版社，1957：852.

[6] 唐浩明．曾国藩全传（血祭、野焚、黑雨）[M]．北京：乌兰文艺出版社，2008：116.

正，比如所举例子先强调“杨健在湖北巡抚任上贪污受贿”。[1]

$\overline{A}$2c苟安图活者，是指将士在战败时留恋生命，不想自杀尽忠，选择逃跑，被俘、被掳后向敌人哀求活命，该角色可能进一步成为叛徒，可能想做叛徒而不得，被敌人杀死，也可能最终自杀尽忠，因此该角色通常是过渡角色。其行动包括：逃跑、被捉、求饶等。

$\overline{A}$2c1逃跑，包括：

战前逃跑，置将士与百姓不顾，只想自己逃命，例：李秀成不制止部云官等人投降阴谋，“且先逃自己性命要紧”。[2]

败后逃跑，指不顾上级、只顾自己和家人的逃跑，与败后保护上级、寻求再起的逃跑不同，例：“总兵胡林翼被粤将追迫”“逃归故里出（去）了”。[3]

$\overline{A}$2c2被捉，包括逃跑被捉和未来得及跑被捉，例：清巡检张镛被捉。[4]

$\overline{A}$2c3求饶，通过下跪、哀求、许诺等方式请求饶命。例：“李秀成以为中堂要恩赦他”，磕头致谢，声称“待罪将把长江两岸部众陆续收齐投降，酬谢老中堂高恩厚德”。[5]

$\overline{A}$2d犯上作乱者，在太平天国成败叙事中，清太双方都把对方称为犯上作乱者，各自内部也把某些人称为犯上作乱者。

---

[1] 唐浩明. 曾国藩全传（血祭、野焚、黑雨）[M]. 北京：乌兰文艺出版社，2008：116.

[2] 陈也梅. 洪杨演义（六卷）[M]. 上海：中华图书局，1924：28.

[3] 李汝昭. 镜山野史[M]//中国史学会主编. 太平天国（三）. 上海：上海人民出版社，1957：10.

[4] 魏文华. 太平天国全史演义（共二册）[M]. 北京：新华出版社，1989：167.

[5] 魏文华. 太平天国全史演义（共二册）[M]. 北京：新华出版社，1989：1231.

$\overline{A}$2d1恶人造反，是指本来就不是善类，或者身处下层，为非作歹、违法乱纪、妖言惑众，或者无人伦，处心积虑造反，有时正好遇到国家危难，政权衰落、军力下降，于是起而造反。例：洪秀全“素无赖，日事赌博，多蓄亡命……旁观营伍废弛，欲行叛逆”；[1]“满洲鞑子之始末，其祖宗乃一白狐一赤兔交媾成精，遂产妖人”；[2]“有明失政，满洲乘衅，混乱中国”；[3]石达开檄文称清“东方入寇，窃天子乃文之号”，[4]把清比喻成盗寇。

$\overline{A}$2d2天命注定，是指朝廷、皇上没有过错，但是命中注定需要遭受一大劫难，犯上作乱者早已为天选定，起而造反、攻城掠地以及失败都是完成其命中注定使命的必然行为。例：“夏四月庚辰，日见黑晕。己丑，贼陷浦口、滁州”，[5]“石达开把祖坟安葬后，在4月27日晚上，天上有一个星星发病……石达开就捡到一本上帝书（天书）”。[6]

---

[1] 张德坚. 贼情汇纂[M]//中国史学会主编. 太平天国（三）. 上海：上海人民出版社，1957：43.

[2] 杨秀清、萧朝贵.真天命太平天国 左辅正军师东王 杨 / 右弼又正军师西王 萧 为奉天讨胡，檄布四方. 太平天国印书（上）[M]. 南京：江苏人民出版社，1979：108.

[3] 杨秀清、萧朝贵.真天命太平天国 左辅正军师东王 杨 / 右弼又正军师西王 萧 为奉天讨胡，檄布四方. 太平天国印书（上）[M]. 南京：江苏人民出版社，1979：107.

[4] 陈也梅. 洪杨演义（六卷）[M]. 上海：中华图书局，1924：44.

[5] 赵尔巽. 清史稿（第四册）[M]. 北京：中华书局，1977：724.

[6] 广西壮族自治区科学工作委员会、壮族文学史编辑室. 关于石达开. 资料七十七. 原始资料. 油印本. 未出版，日期不详：1.

$\overline{A}$2d3穷极而反，包括：百姓穷极，顺势而反。由于地方官吏欺压、勒索、荼毒人民，使人民受穷、受压迫、无法忍受，人心思变，趁机造反。与解民倒悬的仁义不同，叙事者对穷极而反者并无好感，其造反并没有崇高目的，只是顺应了时代心理而已。例：“民冤莫伸……理数应乱，故一时变取（？）粤东人拥号称尊。”[1]

造反者个人穷极而反，虽有些本领，想往上爬，但投报无门、屡试不售、遭乡绅打击或遭主人虐待，愤而造反。例：“韦姓人少，没有功名，故常被刘姓欺侮”，“这也是韦昌辉决心去参加拜上帝会的原因”。[2]

$\overline{A}$2d4投机而反，是指为了个人飞黄腾达而倡议造反或加入造反组织。例：杨秀清听洪秀全说王气“将应在足下”，于是乐意造反。[3]

$\overline{A}$2d5功高盖主，是指自以为能力已经超过君主，想与其平起平坐或取而代之。

为君主立下汗马功劳，是指以维护君主的名义办成了君主自己未能办成的事情，这是操纵君主和篡权的基础。例：在冯云山被捕后，“洪秀全回广州营救”，结果一无所获，拜上帝会即将解体时，杨秀清代天父下凡稳住了上帝会，用科炭法救出了冯云山。[4]

操纵君主，是指在为君主立下了汗马功劳之后，获得可胁迫君主的极权，这是篡权前的演练。例：天贼进城但不见出，“盖东贼以

[1] 李汝昭. 镜山野史[M]//中国史学会主编. 太平天国（三）. 上海：上海人民出版社，1957：3.

[2] 广西壮族自治区通志馆. 太平天国革命在广西调查资料汇编[M]. 南宁：广西壮族自治区人民出版社，1962：57-58.

[3] 黄世仲. 洪秀全演义[M]. 北京：人民文学出版社，1984：34.

[4] 罗尔纲. 太平天国史（全四册）[M]. 北京：中华书局，1991：1730.

此软禁，使之自死”。[1]

篡权，是犯上作乱的决定性行动，是指逼迫君主承认与自己平起平坐，或武力攻打君主，以取而代之。例：杨秀清逼封万岁。[2]

$\bar{A}$2d6索饷哗变，主要指清方将士在长期得不到薪水的时候，为索饷发生变乱。对于哗变者来说，这本是争取合法权益的行动，但由于不以君主、朝廷的利益为出发点，且直接对抗上级，所以也被官方认为是犯上作乱，该犯上作乱的主角最没有远大目标，“大概是要在散伙之前多抢些金银财物”，[3]故在清方看来危害性最小，也最容易镇压。该行动包括四个亚行动，即：薪饷长期被欠、以聚众闹事的方式索饷，得到部分薪饷，或受到严惩，失败。例：鲍超霆军哗变及被镇压过程为：“欠饷很严重，有的营半年没开过饷了”，[4]执行任务时“突然赖在金溪不走”，[5]曾国藩拟发半饷，宣布“一律不追究”，[6]召回并严惩头目，“这场哗变以惨败告终”。[7]

$\bar{A}$2d7叛上分裂，对上级有意见，或觉得跟着上级没有前途，于是不听上级命令，单独行动，或者拉走部下单干，结果导致内部分裂，有损大局。该行动有四个亚行动，即“受屈”、一意孤行、分裂、损失。

---

[1] 谢介鹤．金陵癸甲纪事略[M]//中国史学会主编．太平天国（四）．上海：上海人民出版社，1957：651.

[2] 张京民．太平天国[M]．北京：中国社会出版社，2000：563.

[3][4] 唐浩明．曾国藩全传（血祭、野焚、黑雨）[M]．北京：乌兰文艺出版社，2008：253.

[5] 唐浩明．曾国藩全传（血祭、野焚、黑雨）[M]．北京：乌兰文艺出版社，2008：252.

[6] 唐浩明．曾国藩全传（血祭、野焚、黑雨）[M]．北京：乌兰文艺出版社，2008. 254.

[7] 唐浩明．曾国藩全传（血祭、野焚、黑雨）[M]．北京：乌兰文艺出版社，2008：255.

“受屈”，其原因有：自以为能力超过上级，却要听命于上级；感觉上级对自己过于严厉，犯点“小错”就受到过分责罚；没有任何过错，却受到上级的怀疑、钳制、打压甚至迫害，觉得上级对不起自己。例：邱二嫂受天王责备，感觉受了“窝囊气”；[1]石达开“证实了洪仁发等有谋害他的意思”。[2]

一意孤行，是指不听忠言，不顾大局，意气用事，坚持分裂。例：众人挽留邱二嫂，后者不听劝告；[3]洪宣娇劝石达开重新回京秉政，石达开不允。[4]

分裂，是指离开上级单独行动，但并不投降敌人，例：邱二嫂离开太平天国，单独与清军作战；[5]石达开“把十万太平军主力带到遥远的广西去”。[6]

损失，指分裂之后，因为力量分散了，在敌人的强大攻势下，力量被削弱直至被消灭，例：邱二嫂力单被赛尚阿剿灭，[7]石达开在紫打地兵败被捕，洪秀全最终自杀，太平天国灭亡。

$\overline{\text{A}}$2e排斥异己者，是指为了个人经济、军事、政治利益，不顾上级、君主、朝廷、信仰等的根本利益，排斥、打击异己的角色。其行动可分为离间、弹劾等八个行动，文本中的排斥异己者，有的只

[1] 李晴．天国演义（上、下）[M]．北京：中国文史出版社，2009：283．

[2] 翁大草．洪杨史话[M]．上海：四联出版社，1954：130．

[3] 李晴．天国演义（上、下）[M]．北京：中国文史出版社，2009：284-285．

[4] 寒波．天朝悲歌石达开[M]．长沙：湖南文艺出版社，1995：372．

[5] 李晴．天国演义（上、下）[M]．北京：中国文史出版社，2009：285．

[6] 翁大草．洪杨史话[M]．上海：四联出版社，1954：130．

[7] 赛尚阿奏麦二邱二嫂等股剿除情形折．中国社会科学院近代史研究所近代史资料编辑室编．太平天国文献史料集[M]．北京：中国社会科学出版社，1982：307．

执行了一个行动，有的会执行两个或更多行动。

$\overline{A}$2e1离间，是指为了达到自己的目的，搬弄是非、挑拨有对立倾向的双方，激化矛盾。

离间上级与上级，是指离间者与其中一个上级有矛盾，为了报复，离间两个上级；或者是因为看不起君主，于是劝上级篡权。例：侯谦芳的情人红鸾被北王抢走，他愤恨不已，向东王夸耀红鸾之美，唆使东王向北王索要，激化东北王矛盾。[1]

离间上级与忠良，是指在上级面前说忠良坏话，使上级怀疑、猜忌忠良。例：赖汉英放流言，说秀清带人自谋生路，实际并非如此。[2]

$\overline{A}$2e2告发，是指抓住一些证据，趁机在上级面前控诉异己者的“不忠”行为或为了私利出卖忠义者。

诬告，是指抓住一些“证据”，指责异己者不忠，并向上级告发。例：王作新因为洪秀全砸了甘王庙，就控告冯云山谋反。[3]

出首，是指把正义一方的行踪报告上级、或者直接将正义一方扭送上级，例：王作新带领巡检司王基“于深夜潜入高坑冲”将冯云山抓走。[4]在太平天国成败叙事中，出首者往往不得好死，例：黄作新“死于天地会绿林豪杰之手”。[5]

$\overline{A}$2e3支使，是指利用手中职权，将可能威胁自己的人支来使去，使其大材小用，发挥不了作用。例：石达开要带兵北伐，杨秀

[1] 李晴. 天京事变[M]. 广州：花城出版社，1981：69

[2] 魏文华. 太平天国全史演义（共二册）[M]. 北京：新华出版社，1989：245.

[3][4] 李薇. 洪秀全传[M]. 延吉：延边人民出版社，2008：45.

[5] 魏文华. 太平天国全史演义（共二册）[M]. 北京：新华出版社，1989：222.

清怕他功劳过大，让他去安徽安民。[1]

$\overline{A}$2e4打击，是指利用手中职权以拘捕、罢官、流放、监视、害命、株连等方式直接迫害忠良。例：穆章阿打击与林则徐有牵连的官员，派人捕杀抗英义勇。[2]

$\overline{A}$2e5挖墙脚，是指用金钱、官位等为诱惑，使异己的得力部下听令于己，或者截留、克扣异己者的军饷，使其军队无法生存。例：户部因为向荣是汉员，就“解拨饷银颟顸迟缓”，“官弁克扣，将帅滥用，兵勇所得无几”，致使兵士常常“枵腹荷戈”。[3]

$\overline{A}$2e6借刀杀人，是指让异己孤军临敌，借敌人铲除异己。例：李泉台想“这城肯定守不住啦……让常大淳那老东西去送死吧”，说服舒兴阿让常大淳独自守城。[4]

$\overline{A}$2e7使绊子，是指明知异己者的行动将是有利于国家的，但因为主观偏见，竭力阻挠，使其行动受阻。例：官文阻挠胡林翼整顿吏弊。[5]

$\overline{A}$2e8落井下石，是指在异己者遇到灾难时，幸灾乐祸，甚至趁机赶走异己者。例：曾国藩的湘勇被绿营兵赶走，鲍起豹假意说“营兵造反”，应该严惩，然后提出“把练勇调出城去”，曾国藩只得离开。[6]

$\overline{A}$2f掩饰欺骗者，是指以忠的面目出现，实际却心口不一、掩饰

---

[1] 李晴. 天京事变[M]. 广州：花城出版社，1981：59.

[2] 魏文华. 太平天国全史演义（共二册）[M]. 北京：新华出版社，1989：3.

[3] 李晴. 天京事变[M]. 广州：花城出版社，1981：72.

[4] 万伯喜. 悲情英雄石达开[M]. 北京：华艺出版社，2008：93.

[5] 康德. 胡林翼传[M]. 北京：国际文化出版公司，1995：206.

[6] 魏文华. 太平天国全史演义（共二册）[M]. 北京：新华出版社，1989：465.

过错，欺骗上级的角色。

$\overline{A}$2f1假救驾，是指为了获得上级的认可和赏识，预先设好圈套，让上级遇到“危险”，再由自己“挺身而出”，经过一番“努力”救下上级。例：咸丰“误杀”赶山羊的老园丁，“救”下道光，道光以为他既忠又孝。[1]

$\overline{A}$2f2假死，是指心中不想死，为逃避因指挥不力、劳师糜饷等引起的受责、受罚，以做出要死的样子、虚言要死等方式为自己博得同情，伪装成“忠”臣。例：刘作肃“明明刚从隐匿的山林里面出来”，见了上级却假哭声称备好绳索，“临危自尽，以报效皇上”。[2]

$\overline{A}$2f3假抗敌，是指为了保住性命或面子，表面抗敌，实际避敌，或者冒险与敌对抗，不顾大局和整体利益。例：周天爵以百余人冒险死守武宣，原因是怕受李星沅揶揄。[3]

$\overline{A}$2f4冒功，有的是指在胜利后，有些人明明临阵逃跑或者根本没有上战场，却报告上级自己取得了丰硕战果。例：收复后“逃性命者，竞相保举，其子弟亲戚有身处数千里外……骤得超擢者”，“在事出力之员，多生缺望”。[4]有的是指自己没能杀死敌人，而将被炮弹、地雷等武器炸死的敌人作为自己的战利品，报功请赏。例：“彭作檀率领五百人……割盲人、残疾人的头”，把兵勇寻宝

[1] 魏文华．太平天国全史演义（共二册）[M]．北京：新华出版社，1989：123.

[2][3] 魏文华．太平天国全史演义（共二册）[M]．北京：新华出版社，1989：194.

[4] 汪堃．遁鼻随闻录[M]//中国史学会主编．太平天国（四）．上海：上海人民出版社，1957：368.

触发地雷而死的人都算作战绩，赛尚阿称杀贼数千。[1]有的是将与敌人交换得来的头颅、耳朵作为战利品。例：清军诸将"到阵前同长毛打话讲好价钱……用这边的火药、盐、布、粮米换回那边的破旧衣服、旧旗和死人耳朵，拿回去交差"。[2]有的是功劳不显著，唯恐被别人掩盖，于是抢在前面，以期首先引起上级注意，获得首功。例：邹鸣鹤在太平军撤离后，抢在向荣之先奏捷。[3]还有的是取得一点小胜利，却夸大其词，渲染功劳之大。例：向荣"每和太平军小有接触"，就"夸大战功""敷衍朝廷"。[4]

$\overline{A}$2g内奸，包括内部内奸、汉奸和卖国贼等。

$\overline{A}$2g1内部内奸，即当叙事以清方或太方为叙事视角时，混入该方内部刺探情报、搞破坏活动、制造矛盾、企图里应外合的角色。其行动包括：

决定做内奸，是指对所属方死心塌地，或为利所诱，甘愿冒险做内奸，例：周锡能被赛尚阿以二品大员说动，答应做内奸。[5]

混入，有的凭借色、假意归顺等混入敌方，例："张继庚因为一时没有被发觉，贼心欢喜，从此便隐藏下来了"。[6]有的做了叛徒后又通过假立功混入，例：周锡能带回十三"弟兄"。[7]有的利用敌人

---

[1] 魏文华. 太平天国全史演义（共二册）[M]. 北京：新华出版社，1989：279.

[2] 魏文华. 太平天国全史演义（共二册）[M]. 北京：新华出版社，1989：255.

[3] 魏文华. 太平天国全史演义（共二册）[M]. 北京：新华出版社，1989：309.

[4] 李晴. 天京事变[M]. 广州：花城出版社，1981：71.

[5] 木克. 太平天国（上）[M]. 沈阳：辽宁美术出版社，2000：115.

[6] 郭存孝. 天京锄奸记[M]. 南京：江苏人民出版社，1979：27.

[7] 木克. 太平天国（上）[M]. 沈阳：辽宁美术出版社，2000：118.

弱点，例：洪秀全知道陆建瀛信佛，令人扮成僧人混进金陵。❶

窃密，是指窃取敌方机密，掌握敌方情况，例：张继庚“出入北王府和各个馆衙，千方百计刺探情报”。❷

结党，是指混入后寻找、拉拢帮凶、组成集团，例“张继庚迫切要找到帮凶”，发现了“奸商吴长嵩”。❸

制造矛盾，是指挑拨离间敌方首领或者敌方与百姓之间的关系，例：张继庚“恶毒地挑拨他们和太平天国其他将领们的关系”。❹

制造混乱，是指放火、暗杀、散布谣言等方式使人心惶惶，例：“石军所扮的和尚，又在城里呼天叫地”。❺

通敌，是指与敌人取得联系，或将己方军资送给敌方，例：张继庚“派金和去江南大营献地图”，❻周锡能“和塞尚阿商议”。❼

颠覆，是指设计并实施从内部夺取政权的措施，例：吴长嵩和张继庚“妄图从堡垒内部颠覆年轻的太平天国中央政权”。❽

里应外合，是指设计并实施内奸打开城门，外敌直接进入的方案，例：张继庚“勾结向荣，妄图里应外合”、❾周锡能和赛尚阿商议“与清兵大军里应外合”。❿

---

❶❺ 陈也梅. 洪杨演义（卷一）[M]. 上海：中华图书局，1924：89.

❷ 郭存孝. 天京锄奸记[M]. 南京：江苏人民出版社，1979：28.

❸ 郭存孝. 天京锄奸记[M]. 南京：江苏人民出版社，1979：29.

❹ 郭存孝. 天京锄奸记[M]. 南京：江苏人民出版社，1979：40.

❻❾ 郭存孝. 天京锄奸记[M]. 南京：江苏人民出版社，1979：35.

❼❿ 木克. 太平天国（上）[M]. 沈阳：辽宁美术出版社，2000：115.

❽ 郭存孝. 天京锄奸记[M]. 南京：江苏人民出版社，1979：30.

被识破，是指内奸被发现，例：杨秀清断定周锡能是奸细。[1]

被严惩或遭到报应，例："叛徒周锡能被斩首示众。"[2]

$\overline{A}$2g2汉奸，即以整个民族、国家利益为叙事视角时，那些对满清和外国人死心塌地、帮助满清镇压汉族同胞的角色。例：曾国藩"支持和效命专制、腐败的卖国清政府"。[3]

$\overline{A}$2g3卖国贼，是指为了私人利益，出卖国家利益、打击民族英雄的角色。例："西太后咬牙道：'宁赠友邦，不给家贼'。"[4]

第二节 B/$\overline{B}$能者/拙者

萧朝贵有一次利用天兄下凡埋怨冯云山、韦昌辉做事无能，说："难道手指甲些事都要朕下来吩咐么？"，又故意说自己和杨秀清没有冯云山、韦昌辉识的字多，逼洪秀全承认自己与杨秀清虽然没有文化，但做事能力超过冯云山和韦昌辉。[5]钱勖感慨"成败之故，虽有天焉，岂非人事哉"，认为李鸿章的胜利在于"皇帝之知人善任"，以及李鸿章"不世出之材"。[6]萧朝贵要让洪秀全承认自己与杨秀清的能力，身为幕僚的钱勖要为主子李鸿章的才华大唱赞

[1] 木克. 太平天国（上）[M]. 沈阳：辽宁美术出版社，2000：123.

[2] 木克. 太平天国（上）[M]. 沈阳：辽宁美术出版社，2000：137.

[3] 王俯民. 历史罪人曾国藩——曾国藩滥杀媚外纪实[M]. 北京：中国广播电视出版社，2000：5.

[4] 魏文华. 太平天国全史演义（共二册）[M]. 北京：新华出版社，1989：1124.

[5] 天兄圣旨[M]//王庆成. 影印太平天国文献十二种. 北京：中华书局，2004：61.

[6] 钱勖. 吴中平寇记八卷[M]//《四库未收书辑刊》编委会. 四库未收书辑刊（三辑・十三册）. 北京：北京出版社，2000：126-127.

歌，在赞扬自己或主子的同时，又贬低对手，可见关于能力、才华的叙事是太平天国成败叙事的重要组成部分，它们构成二元对立的关系，能者/拙者是叙事中的重要角色。能者/拙者也由一些亚角色组成，从文本实际来看，这些亚角色分别为：智者/愚者、勇敢者/胆怯者、孔武者/疲弱者，其语义轴分别为：智慧、勇气和武力。

一、B1/$\overline{B}$1智者/愚者

《石达开日记》的《弁言》说石达开："本膠庠青衿子，颇谙韬略，能持大计"，[1]三个分句概括了太平天国成败叙事中智慧的三个方面，即知识基础、智慧水平及实际能力，具体而言，智者包括如下几类。

B1a好学善读者，是指喜欢读书或者脑瓜聪明，记忆效果好，并受到夸赞。例：洪秀全放牛时沉浸书中；[2]洪秀全在五六年中，把"四书五经、纲鉴策论，全念得百滚烂熟"，私塾先生认为他考上状元没问题。[3]

B1b知识丰富者，尽管人的知识水平并不能决定战争胜负，但在叙事中，知识丰富者却是一个重要角色，比如"云山的知识很丰富"。[4]在太平天国成败叙事中出现最多的知识是历史知识，其他知识包括艺术金石知识、地理知识、军事知识、时事知识等。

B1b1懂历史，历史是相对而言的，对于太平天国成败叙事来说，太平天国已经是历史，而对于太平天国时期的人物来说，太平天国之前发生的事又构成他们眼中的历史。因此有关太平天国中的

---

[1] 许指岩. 石达开日记[M]. 上海：世界书局，1928：1.
[2] 秦牧. 洪秀全[M]. 北京：生活·读书·新知三联书店，1950：2.
[3] 施瑛. 洪杨金田起义[M]. 上海：新鲁书店，1951：2.
[4] 施瑛. 洪杨金田起义[M]. 上海：新鲁书店，1951：20.

历史知识就形成了双层结构，外层是叙事者笔下的历史知识，所有太平天国成败叙事都包括这个行动，都在一定程度上介绍、讲述、评论、借鉴历史知识。内层是作品中人物眼中的历史知识，其懂历史的行为包括：读（听）史、讲史、论史、鉴史。

读（听）史，是指读书者读史，不识字的人听史，目的都是为了获得历史知识，这是后面几个行动的前提。例：李秀成喜欢看“三国”“水浒”。[1]在太平天国成败叙事中，历史并非仅仅指官方修订的史书，也包括历史小说，比如《三国演义》《水浒传》《说岳全传》，还包括文人笔记，如《嘉兴三日》《扬州屠城记》等。

讲史，是指向不识字、或者不了解历史的人讲述历史，例：石达开侃侃而谈“汉儿尽作胡儿语，争向城头骂汉人”的来历。[2]

论史，是指对历史有独特的见解，并通过论述的方式将这种见解表达出来。例：张遂谋说“曹操以天下为己任，取汉献帝而代之……”[3]杨秀清说“古往今来，败者为寇的人也许好话坏话都愿意听；至于胜者为王的人，则大多喜欢歌功颂德啊！”[4]叙事者认为太平军军事上有个失策，对城市随占随弃，又没有留下革命群众，所以敌人可以很快恢复统治机构。[5]懂历史的人物并非真懂历史，而是作者安排其懂历史，让他扮演博学的角色，他只是一个角色而已，到底是不是真的博学，取决于作者的知识水平和认识程度，比如张遂谋说曹操取汉献帝而代之，这是违背历史事实的，虽然如此，他

---

[1] 陈白尘. 金田村[M]//陈白尘剧作选. 成都：四川人民出版社，1981：45.

[2] 阿英. 洪宣娇[M]//阿英剧作选. 北京：中国戏剧出版社，1980：218.

[3] 陈仕元. 洪秀全传奇[M]. 广州：花城出版社，1990：218.

[4] 陈仕元. 洪秀全传奇[M]. 广州：花城出版社，1990：162.

[5] 秦牧. 洪秀全[M]. 北京：生活·读书·新知三联书店，1950：39.

仍然在作品中充当着博学者的角色，一方面，懂历史的人物仅仅是作品意义上的人物，而非历史真实人物，比如杨秀清真实的身份是个烧炭工人，并不识字，而叙事却安排他说出一段关于历史的极有见地、很有概括性的话语，这些话语很明显是作者强加的，与其说它反映了杨秀清的智慧，不如说它反映了作者的智慧，另一方面，在叙事中，历史见地并非仅仅指叙事中人物的历史见地，叙事者也经常跳出来发表对历史的看法，比如最后一例中叙事者直接出面发表对太平天国军事的看法。

鉴史，是指在讲史、论史的基础上，通过历史反思现实，思考治国处事的道理、原则，或者暗示处事的方向、途径。例：张遂谋说史学家以诸葛亮为良相贤臣是腐儒之见，说诸葛亮仅是"'士为知己者死'罢了"，[1]汪堃感慨"古圣王所以消患未蒙而有备无患者，虑至深也"。[2]第一例中，张遂谋通过比较曹操、诸葛亮，委婉劝石达开取昏君洪秀全而代之，第二例是叙事者通过追怀历史，批评现实中有些"守土大吏，养痈不治"。[3]

B1b2懂艺术金石，是指能够理解书法、绘画、金石的奥妙，体会艺术所蕴含的感情。例：傅善祥向侯谦芳等人讲解金石字画的来源。[4]

B1b3懂地理，指了解地形地势及其意义，善于利用地利。例：陈玉成决定在三河与入皖湘军决战，因为他知道"三河地势险要，

[1] 陈仕元．洪秀全传奇[M]．广州：花城出版社，1990：218.

[2][3] 汪堃．遁鼻随闻录[M]//中国史学会主编．太平天国（四）．上海：上海人民出版社，1957：351.

[4] 阳翰笙．天国春秋[M]//阳翰笙剧作集（上）．北京：中国戏剧出版社，1982：287-288.

如三河失守，庐州就失去屏障……”[1]

B1b4懂军事，是指了解前代的军事知识，懂得带兵打仗的原则、道理。例：冯云山夸奖李秀成很懂打仗。[2]

B1b5懂时事，是指善于了解和利用时事特点。例：洪秀全看到了鸦片战争清朝的腐败，“立志要推翻清朝的统治”。[3]

B1c巧用语言者，是指能够巧妙地使用语言的角色。其行动包括出口成章、活用文字、说服有力、幽默风趣、撰写良文。

B1c1出口成章，是指口头语言表达能力强，反应快，且能清楚、明白、高深地表达自己的观点、见解、意图等。例：冯云山引经据典论上帝，[4]这是说话时引经据典。再例：洪秀全吟诵“手握乾坤杀伐权……”，[5]苦姐唱歌“姐妹放脚把兵当。头裹红巾大刀舞哟，三从四德一扫光”，[6]此二例都是借诗歌抒发理想。又例：洪秀全借贺词痛骂知府，[7]石达开作诗，念给林凤翔、李开芳等将领听，吟诵完毕再激励部下，部下情绪高涨，顺利完成任务，[8]此二例都是借诗歌来进行斗争。又例：凤小姐唱“皇天不负郎苦心”，[9]该例是

[1] 苏双碧. 陈玉成评传[M]. 石家庄：河北人民出版社，1985：51.

[2] 陈白尘. 金田村[M]//陈白尘剧作选. 成都：四川人民出版社，1981：45.

[3] 《中国近代史丛书》编写组. 太平天国革命[M]. 上海：上海人民出版社，1973：9.

[4] 胡明树，李文钊，等. 金田起义（桂剧）. 广西省文联·广西省戏改会印. 油印本. 未出版，日期不详：21.

[5] 郦纯. 洪仁玕[M]. 上海：上海人民出版社，1978：2.

[6] 刘征泰原著，赫威刚改编. 陈玉成[M]. 郑州：河南人民出版社，1977：17.

[7] 陈棣生，利家彭，常国煊. 洪秀全. 广州市文化局. 新时期粤剧选. 内部资料未出版，1989：89.

[8] 陈仕元. 洪秀全传奇[M]. 广州：花城出版社，1990：86.

[9] 宋梧刚. 天国龙儿传[M]. 长沙：湖南文艺出版社，1988：39.

借诗词表达对亲人、情人的哀悼、喜爱等情感。

B1c2活用文字，是指通过易字、改序、利用谐音等方式灵活、巧妙、恰当、出神入化地使用汉字，并借此表情达意、进行斗争、保护自我等。例：洪秀全将贡院的匾变成“贝院”，❶洪秀全将“贡院”改成“卖完”，❷左宗棠让曾国藩将“屡战屡败”改成“屡败屡战”，❸曾国藩“把幕侍所写奏折上的‘屡战屡败’改成‘屡败屡战’”。❹第1例如第2例主语、行动相同，但细节不同，第3例和第4例，行动、细节完全相同，但主语不同，因此可见所谓文才并非属于真实历史人物，它可能是作者的才华，也可能是集体的智慧，同一种才华可以用来表现不同的人。

B1c3说服有力，是指施展语言魅力，成功说服他人，使其听从或追随。例：冯云山被罗大纲抓住，反而把罗大纲说动，主动信了上帝教。❺

B1c4幽默风趣，是指说话风趣，引人发笑，其作用是调节气氛、和谐关系、表达情感。例：听人说女子练武是为打丈夫，洪宣娇口念“左劈贪官，右刺污吏，拳打男人欺女人，脚踢女人骂男人！”“引得大家阵阵惊叫大笑”。❻

B1c5撰写良文，是指能卓越地使用书面语言。

---

❶ 陈仕元．洪秀全传奇[M]．广州：花城出版社，1990：5.

❷ 陈棣生，利家彭，常国煊．洪秀全．广州市文化局．新时期粤剧选．内部资料未出版，1989：81.

❸ 李文澄．左宗棠[M]．北京：北京图书馆出版社，2001：96.

❹ 刘洪文．曾国藩大智慧全集[M]．赤峰：内蒙古科学技术出版社，2007：225.

❺ 大鲁．金田起义[M]．程十发、董天野绘图．上海：上海人民美术出版，2000：37.

❻ 陈仕元．洪秀全传奇[M]．广州：花城出版社，1990：10.

快速，例：韩宝英“手写而口左右授，三牍立时并成，顷刻千言，文不加点”。❶

内容宏观，例：洪秀全写出了“太平天国的完整理论”。❷

文采斐然，例：知府赞秀全“字字珠玑文采多妙美”。❸

通俗易懂，因为许多文章是写给没有文化的人看的，所以要通俗易懂。例：洪秀全写的“大抵是通俗的韵文，读起来很顺口”。❹

B1d兴致高雅者，是指具有传统文人热衷的兴趣爱好的角色，他们只是为了兴趣而从事活动，没有任何功利目的。

B1d1吟诗作赋，该行动的目的不是考科举、展才华、表达观点等功利目的，而是一种生命需要，是发自内心的需求。例：别人在关心封王的时候，石达开在观景作诗。❺

B1d2品茶访胜，例：石达开饭后喝清茶，❻石达开寻访赤壁。❼

B1e思想先进者，是指思想、观点、主张等超越凡俗的角色。

B1e1不信、利用迷信，该行动包括以下亚行动：

没有禁忌，洪宣娇说刘四姐男人短命，受到洪秀全批评，刘四姐反倒安慰洪秀全，说自己“百无禁忌”。❽

---

❶ 许指岩. 石达开日记[M]. 上海：世界书局，1928：23.

❷ 施瑛. 洪杨金田起义[M]. 上海：新鲁书店，1951：15.

❸ 陈棣生，利家彭，常国煊. 洪秀全. 广州市文化局. 新时期粤剧选. 内部资料未出版，1989：77.

❹ 秦牧. 洪秀全[M]. 北京：生活·读书·新知三联书店，1950：13.

❺ 陈仕元. 洪秀全传奇[M]. 广州：花城出版社，1990：58.

❻ 胡明树，李文钊，等. 金田起义（桂剧）. 广西省文联·广西省戏改会印. 油印本. 未出版，日期不详：32.

❼ 许指岩. 石达开日记[M]. 上海：世界书局，1928：26.

❽ 陈仕元. 洪秀全传奇[M]. 广州：花城出版社，1990：21.

不迷信，即不迷信鬼神，例：杨秀清怀疑天父降身的真实性。[1]

利用迷信，即利用百姓或他人的迷信心理，为自己牟利，例：“洪秀全考虑到自己以后在‘号召人心’的活动中容易收效”，就“附会一则‘上天受命’的神秘故事”。[2]

B1e2追求民主平等，虽然太平天国运动爆发于19世纪中期，民主平等思想还没有传入中国，但在太平天国成败叙事中，却存在着追求民主平等的行动。例：“《天朝田亩制度》所揭示出来的公有原则和平分土地的方法，对中国近代资产阶级革命而言是一个最彻底最坚决的革命方法”，[3]“太平天国尊重女权，实行男女平等政策”。[4]

B1e3锐意革新，是指发现现实中的不足，为摆脱困境锐意革新。例：李秀成见天京难守，劝天王迁都，[5]曾国藩发现清兵弊端，“不要游族滑弁”，只招“壮健朴实”乡民。[6]

B1e4尊重知识，是指尊重有知识的人及知识本身，例：“太平军一向重视读书人”。[7]

B1e5重视人民，即懂得人民的重要性，依赖和发挥人民的聪明才智。例：陈玉成认为李孟群守不住三河的原因是“百姓们

---

[1] 陈仕元. 洪秀全传奇[M]. 广州：花城出版社，1990：56.

[2] 田原. 洪秀全传[M]. 武汉：湖北人民出版社，1982：18.

[3] 景珩，林言椒. 太平天国革命性质问题讨论集[M]. 北京：生活·读书·新知三联书店，1962：53.

[4] 华岗. 太平天国革命战争史[M]. 上海：上海人民出版社，1955：197.

[5] 王锺麒. 太平天国革命史[M]. 上海：商务印书馆，1931：101.

[6] 萧一山. 曾国藩传[M]. 海口：海南国际新闻出版中心. 1994：76.

[7] 郭存孝. 天京锄奸记[M]. 南京：江苏人民出版社，1979：27.

恨他”。[1]

B1f见解深刻者，是指观察力、理解力、判断力超越凡俗的角色。

B1f1明察秋毫，是指对人、对事感觉非常敏锐，体察非常仔细。

一叶知秋，通过细微小事，知道宏观大局，例：洪秀全看到许多老百姓都吸上鸦片，认识到“要强国富民，就必须把这些帝国主义赶出中国去”。[2]

以点见面，从一个或几个行为，看出全貌，例：知府听说洪秀全袒护凌日坤，即知洪秀全“有邪见异端”。[3]

B1f2见识高深，是指对人心、人性、人事、社会等的认识和见解独到而深刻。

识人之明，是指对他人心理、能力的把握准确、全面而深刻，或对人性、阶级性以及性别的民族性的清醒认识。例：洪宣娇向丫鬟说明烈女与列女的区别，指出一般人所说的烈女“是节烈的烈，是一个歹字旁，放着一把利刀”。[4]

识事之明，是指能够看到事情本身存在的问题，找到克服问题的突破口。例：石达开一针见血指出上帝会教义的局限。[5]

洞察社会，是指对社会的弊端有清醒的认识，并敢于指出这些弊端。例：虽然“清朝明文规定，保护传教”，洪秀全却说“一纸空

---

[1] 刘征泰原著，赫威刚改编．陈玉成[M]．郑州：河南人民出版社，1977：70.

[2] 曾理．太平天国的故事[M]．上海：大东书局，1951：10.

[3] 陈棣生，利家彭，常国煊．洪秀全．广州市文化局．新时期粤剧选．内部资料未出版，1989：82.

[4] 胡仲实．洪宣娇．广西壮族自治区戏曲工作室．油印未定稿．未出版，1961：4.

[5] 施瑛．洪杨金田起义[M]．上海：新鲁书店，1951：13.

文有何用”。❶

看破红尘，是指在对人、事、社会等深入体察的基础上，产生一种无能为力的感觉。例：洪宣娇知道太平天国一定会灭亡，听从了傅善祥的建议，离开天京。❷

预言准确，是指在对人、对事、对社会清醒认识的基础上，预言人、事、社会未来的演变走向，该预言在后来的叙事中又被证实是正确的。例：洪宣娇在天京事变前已经明确说出杨秀清“他要叛变！他要篡夺”。❸

冷静自主，是指遇事客观冷静、深入思考，有自己的主见，不轻易相信他人建议，也不盲从上级指示。例：石达开怀疑冯云山所说的“神道设教，就能拯民济世”。❹

深藏不露，是指内心很有主见，早已发现问题，形成自己的看法，想好了解决的办法，但外表若无其事，城府极深。例：洪秀全、冯云山来访，石达开隐瞒自己身份。❺

B1g视野开阔者，是指见多识广、眼界开阔、胸怀宽广、顾全大局、不斤斤计较的角色。

B1g1阅历丰富，是指经历的事情多，见识广。例：洪宣娇17岁时就只身到广西寻找哥哥洪秀全，路上还智斗地头蛇。❻

B1g2目标远大，是指有长远、宏大的目标，不贪图眼前小利，

---

❶ 陈仕元. 洪秀全传奇[M]. 广州：花城出版社，1990：35.

❷ 南宫搏. 太平天国[M]. 长沙：岳麓书社，2003：550.

❸ 阿英. 洪宣娇[M]//阿英剧作选. 北京：中国戏剧出版社，1980：427.

❹ 施瑛. 洪杨金田起义[M]. 上海：新鲁书店，1951：13.

❺ 胡明树，李文钊，等. 金田起义（桂剧）. 广西省文联·广西省戏改会印. 油印本. 未出版，日期不详：32.

❻ 陈棣生. 虎啸龙吟——太平天国故事选集[M]. 广州：花城出版社，1991:182-186.

不浅尝辄止。例：石达开劝天王不要迷恋天京繁华，而应“直捣燕京”。[1]

B1g3大局眼光，是指着眼于大局，而非仅仅在意私人恩怨。例：吴定规强调九江之仇，陈玉成说顾全大局后再报。[2]

B1h善于做事者，是指擅长处理事情，能够将事情办得非常圆满的角色。

B1h1知己知彼，是指清楚地知道对方各方面的情况，以之作为思考、运用谋略，正确决策的前提和基础，知己知彼是战争各方的一个长期目标，也是各方竭尽全力做好的工作之一，有的太平天国成败叙事就是为知己知彼而产生的，比如张德坚的《贼情汇纂》，成书的目的就是为了“冀效一得，或可为知己知彼之助”。[3]在太平天国成败叙事中，知己知彼是善于做事者的行动之一，是用来塑造善于做事者形象的手段，是指有目的地、深入地了解己方的实力、有利条件、不足之处，同时又有目的地、准确了解对方的实力、有利条件、弱点、疏漏等。具体表现为以下几点。

派遣间谍，例：杨秀清派侯谦芳了解到南京防守的情况。[4]

充分认识己方和对方的优点、长处，例：杨秀清认为向荣“骁勇强悍韧力过人”，[5]杨载福说“陈玉成多谋善战”。[6]

---

[1] 陈仕元. 洪秀全传奇[M]. 广州：花城出版社，1990：161.

[2] 刘征泰原著，赫威刚改编. 陈玉成[M]. 郑州：河南人民出版社，1977：42.

[3] 张德坚. 贼情汇纂[M]//中国史学会主编. 太平天国（三）上海：上海人民出版社，1957：27.

[4] 李晴. 天国演义（上、下）[M]. 北京：中国文史出版社，2009：447.

[5] 陈仕元. 洪秀全传奇[M]. 广州：花城出版社，1990：151.

[6] 刘征泰原著，赫威刚改编. 陈玉成[M]. 郑州：河南人民出版社，1977：103.

知道己方与对方的弱点与不足，例：吴如孝说太平军三次让过李续宾，对方一定“兵骄将傲”。❶

准确判断、掌握对方的动向，例：汪春海发现一支为数不多的马队，以为是李续宾，陈玉成说不是，果然不是。❷

准确分析敌我形势，例：陈玉成手指地图，分析面临的“三大劲敌”。❸

B1h2防患未然，是指在社会发生重大变革或不利之事发生之前就早早做好准备，以有效应变或防止不利之事的产生。例：生逢乱世，石达开读书、练剑早已做好起事准备。❹

B1h3使用谋略，是指凭借智慧、使用计谋战胜对手，按照情节的过程，它包括设计制定、实施运用、取得胜利、总结归纳。

设计制定，是指在知己知彼的基础上，根据实际情况，利用经验或在一定事物的启发下想出、提出、制定出破敌之策。例：冯云山活用草船借箭，借得江中源十万支箭。❺

实施运用，是指在设计制定的基础上，让计谋付诸实践。例：太平军用铁罗汉迷惑敌人，耗费敌人火药。❻

取得胜利，是指由于对方正好中计，所以取得胜利，胜利有时表

---

❶ 刘征泰原著，赫威刚改编．陈玉成[M]．郑州：河南人民出版社，1977：80.

❷ 刘征泰原著，赫威刚改编．陈玉成[M]．郑州：河南人民出版社，1977：151.

❸ 刘征泰原著，赫威刚改编．陈玉成[M]．郑州：河南人民出版社，1977：39.

❹ 胡明树，李文钊，等．金田起义（桂剧）．广西省文联·广西省戏改会印．油印本．未出版，日期不详：36.

❺ 陈仕元．洪秀全传奇[M]．广州：花城出版社，1990：100.

❻ 郭存孝．天京锄奸记[M]．南京：江苏人民出版社，1979：15.

现为夺得的地盘的大小及重要性，有时表现为对战略物资的夺取，有时还表现为杀死对手的官职大小及人数。例：太平军四面合围，陈玉成劈死李续宾。[1]

总结归纳，是指胜利之后对经验的总结，例：太平军从作战经验中总结出来要“向敌人的弱点进军”。[2]

以上是使用谋略的过程。如果从谋略本身来看，所有的谋略都是为了造成假象、欺骗对方，使对方丧失警惕、失去有利条件，从而转败为胜。这些谋略从方式上可以分为迷惑、伪装、诱惑、瓮中捉鳖、将计就计、设伏回击等。

迷惑，是指故意造成假象，使对手信以为真，例：杨秀清想出“声东击西，攻虚避实”的妙计”。[3]

伪装，是指通过假装受伤、装死、装成对手、装成百姓、装残疾等方式转移对手注意力，骗取对手信任，以逃避对手的折磨、打击，或伺机给予对手致命打击。例：石达开为小长工出主意，让他装鸡盲骗财主婆，财主婆无可奈何，只能让他干轻活了。[4]

诱惑，是指以利益引诱对手，使其丧失斗志，从而取胜，根据利益的不同，可将诱惑分为物质诱惑、官职诱惑、美女诱惑和胜利诱惑。物质诱惑是让对手获得小利，趁其争抢之时，打其措手不及，例：肖三娘、宋永珍往清兵阵地扔钱，趁清兵捡拾

---

[1] 刘征泰原著，赫威刚改编．陈玉成[M]．郑州：河南人民出版社，1977：169.

[2] 秦牧．洪秀全[M]．北京：生活·读书·新知三联书店，1950：31.

[3] 杨叶．太平天国[M]．北京：通俗读物出版社，1955：9.

[4] 陈棣生．虎啸龙吟——太平天国故事选集[M]．广州：花城出版社，1991：102-104.

之机，把他们“杀得一败涂地”。[1]权力诱惑是指向对手承诺保其为官，以诱惑其加入或叛变。例：洪秀全恭维杨秀清一禾四穗，贵不可言，杨秀清信以为真，做起皇帝梦，加入拜上帝会。[2]美女诱惑是指美人计，例：清方奸细红鸾周旋于杨秀清、韦昌辉之间。[3]

瓮中捉鳖，是指把对手围堵在一个狭小的圈子里，无法获得外援，待对手精疲力竭时，一举将其歼灭，例：陈玉成首先大败胜保，以切除李续宾退路，使其孤立无援。[4]

将计就计，是指发现了敌方的计谋，不予点破，装作不知道，采取欺骗性行为，使敌方上当，从而胜利。例：当得知有奸细时，洪秀全和杨秀清故意放风说提前起义，奸细将错误信息传递给清方，清方中计，导致兵匪自相残杀，在清方损失惨重时，太平军一举战胜敌人。[5]

设伏回击，是指预先设置伏兵，或者诈败，在敌人毫无心理准备时突然杀出，使敌人措手不及，从而获得胜利，例：三河之战前，汪春海想出在烟墩岗设伏之策。[6]

B1h4有效调度，是指作为主将，能够将任务合理分派给手下将领，使其为共同目标奋战。例：陈玉成让洪三娘带领女兵负责打回

---

[1] 陈仕元. 洪秀全传奇[M]. 广州：花城出版社，1990：122.

[2] 黄世仲. 洪秀全演义[M]. 北京：人民文学出版社，1984：35.

[3] 彭道诚. 人祸[M]. 台北：三民书局股份有限公司，2000：256-258.

[4] 刘征泰原著，赫威刚改编. 陈玉成[M]. 郑州：河南人民出版社，1977：89.

[5] 陈仕元. 洪秀全传奇[M]. 广州：花城出版社，1990：49-50.

[6] 刘征泰原著，赫威刚改编. 陈玉成[M]. 郑州：河南人民出版社，1977：86.

江上敌人，自己与吴如孝等开赴庐州。[1]

B1h5随机应变，是指能够根据实际情况，灵活机动地改变既定策略，采取有效行动。例：收藏的枪支被官兵发现，杨秀清马上向秦日纲使了个眼色，两人把官兵捉住。[2]

B1h6果断敏捷，是指遇到敌情时，能够快速、果断地做出决定，并及时采取行动。例："杨秀清见知府身边暂无衙役"，迅速挟持他，顺利脱险。[3]

B1h7实事求是，指能够从己方的实际情况出发考虑对敌策略、措施和办法，既不因为妄自尊大而轻举妄动，也不因妄自菲薄而畏首畏尾。例：萧朝贵请求单军攻长沙，洪秀全劝他不要冒险轻入。[4]

B1h8利用条件，是指善于审时度势，并加以利用。

发现并利用地理优势，例：吴如孝略一浏览就发现三河"易守难攻"，[5]冯云山选择金田村为根据地很有见地，[6]石达开听说向荣将至，抢占地利，以逸待劳，向荣发现地势失宜，急令停军。[7]

善于选择时机。例：冯云山抓住时机，设立拜上帝会组织。[8]

---

[1] 刘征泰原著，赫威刚改编．陈玉成[M]．郑州：河南人民出版社，1977：44-45.

[2] 陈仕元．洪秀全传奇[M]．广州：花城出版社，1990：46.

[3] 陈仕元．洪秀全传奇[M]．广州：花城出版社，1990：37.

[4] 阿英．洪宣娇[M]//阿英剧作选．北京：中国戏剧出版社，1980：406.

[5] 刘征泰原著、赫威刚改编．陈玉成[M]．郑州：河南人民出版社，1977：69.

[6] 秦牧．洪秀全[M]．北京：生活·读书·新知三联书店，1950：15.

[7] 大鲁．金田起义[M]．程十发、董天野绘图．上海：上海人民美术出版，2000：82-83.

[8] 秦牧．洪秀全[M]．北京：生活·读书·新知三联书店，1950：16.

B1h9稳重冷静，是指遇到敌情时，不慌不忙、不急不躁、仔细分析、小心决策。例：杨秀清听说妹妹受婆家虐待，一边安慰妹妹不要心焦，一边想办法惩治恶妹夫。[1]

B1h10发扬民主，是指遇事与众人商量，集思广益，从善如流。例：关于先打李续宾，还是先打胜保，陈玉成要部将们充分发表意见。[2]

B1h11处事公道，是指不徇私情，客观公允。例：杨秀清“号令严明，处事公正”。[3]

B1h12乐观自信，是指充分相信自己和己方的才华与能力。例：洪秀全看到紫荆山的地理形势，自信地说“定然风雨会八方”。[4]

B1h13用人之明，是指对部下的优点和缺点都有清醒的认识，给予其合适的位置，布置适当的工作，使其能扬长避短，为己方的胜利做贡献。例：咸丰以取得湘潭大捷的塔齐布代替鲍起豹，使其从守备“超擢大帅”，士民“以为皇上知人能任”。[5]

B1h14思虑周全，是指考虑问题、做出决策时能兼顾各种情况。

多手准备，例：杨秀清两手准备，一方面保证冯云山安全，另一

---

❶ 胡明树，李文钊，等. 金田起义（桂剧）. 广西省文联·广西省戏改会印. 油印本. 未出版，日期不详：26.

❷ 刘征泰原著，赫威刚改编. 陈玉成[M]. 郑州：河南人民出版社，1977：39-44.

❸ 施瑛. 洪杨金田起义[M]. 上海：新鲁书店，1951：54.

❹ 胡明树，李文钊，等. 金田起义（桂剧）. 广西省文联·广西省戏改会印. 油印本. 未出版，日期不详：17.

❺ 王闿运，郭振墉，朱德裳. 湘军志 湘军志平议 续湘军志[M]. 长沙：岳麓书社，1983：7.

方面做好起义准备。❶

面面俱到，例：陈玉成从切断外援、诱敌深入、设伏拦击等各个角度做了严密的布置，使“李续宾完全成了瓮中之鳖”。❷

区别对待，不搞一刀切。例：谢妃认为如果将张继庚供出的人通通斩首，就会错杀好人，建议各王商议后再做决定。❸

做好思想工作，例：洪秀全听从萧朝贵建议要砸甘王像，冯云山拦住并宣布“甘老大的十大罪状，叫大家知道”。❹

考虑深刻，例：部下已经加固炮台，陈玉成认为还不够，还要筑炮垒，两者相结合，才能战胜敌人。❺

B1h15重视敌人，是指从思想上看重而非看不起敌人，只有这样才能切实制定出克敌制胜的策略。例：杨秀清认为向荣“骁勇强悍韧力过人”。❻

$\bar{B}$1a不善读书者，包括：

不喜欢读书。例：洪仁发、洪仁达“畏学堂如牢狱，见书头准疼”。❼

脑子不灵活、学习不得法、读死书。例：洪秀全读了十几年的书，写出的文章连“自己也觉得东扯西拉，驴唇不对马嘴”。❽

$\bar{B}$1b知识贫乏者，是指没有文化的角色。没有文化并不意味着

---

❶ 陈白尘. 金田村[M]//陈白尘剧作选. 成都：四川人民出版社，1981：28.

❷ 《陈玉成》编写组. 陈玉成[M]. 上海：上海人民出版社，1972：24.

❸ 陈仕元. 洪秀全传奇[M]. 广州：花城出版社，1990：184.

❹ 施瑛. 洪杨金田起义[M]. 上海：新鲁书店，1951：35.

❺ 刘征泰原著，赫威刚改编. 陈玉成[M]. 郑州：河南人民出版社，1977：19.

❻ 陈仕元. 洪秀全传奇[M]. 广州：花城出版社，1990：151.

❼ 王庆林. 天国悲剧[M]. 哈尔滨：北方文艺出版社，1998：35.

❽ 李晴. 天国演义（上、下）[M]. 北京：中国文史出版社，2009：19.

不能取得胜利，但在太平天国成败叙事中，知识贫乏者却总是被嘲讽、揶揄或怜悯。

$\overline{B}$1b1胸无点墨，例：甘王庙的老巫婆“不识得字”。[1]

$\overline{B}$1b2不懂历史，是指根本不知道历史，或者稍微知道一点历史知识，却没有独立的历史见解，更谈不上以史为鉴了。例：韦昌辉不理解“汉儿尽作胡儿语，争向城头骂汉人”的历史典故。[2]

$\overline{B}$1b3不懂艺术金石，是指不能够理解书法、金石等的奥妙。例：赖汉英称鼎为香炉。[3]

$\overline{B}$1b4不懂医学，是指不知道现代医学看病的方法，以致闹出笑话。例：洪宣娇为人动手术，姨妈说“为什么开肠破肚不死人”。[4]

$\overline{B}$1c拙于言语者，是指不善于使用语言的角色。

$\overline{B}$1c1下笔无言，是指身为文人，理当下笔千言，实际上却写不出文章来。例：洪秀全到了考场，头脑空空，什么也想不起来。[5]

$\overline{B}$1c2粗词劣语，是指虽然对出或写出了诗文，但要么是恶俗不堪，要么粗鄙浅白。例：洪秀全出联考新秀才继福，继福对出俗恶不堪的“早登粪屋惊醒一桶屎虫”。[6]

$\overline{B}$1c3粗野无文，是指平常说话比较粗野，甚至低俗，没有文采。例：洪宣娇念“羽翼未成难展翅，何况扶摇欠长风”，洪仁发

---

[1] 施瑛. 洪杨金田起义[M]. 上海：新鲁书店，1951：36.

[2] 阿英. 洪宣娇[M]//阿英剧作选. 北京：中国戏剧出版社，1980：405.

[3] 阳翰笙. 天国春秋[M]//阳翰笙剧作集（上）. 北京：中国戏剧出版社，1982：293.

[4] 胡仲实. 洪宣娇. 广西壮族自治区戏曲工作室. 油印未定稿. 未出版，1961：22.

[5] 李晴. 天国演义（上、下）[M]. 北京：中国文史出版社，2009：19.

[6] 陈棣生，利家彭，常国煊. 洪秀全. 广州市文化局. 新时期粤剧选. 内部资料未出版，1989：86.

说“你摇、你疯吧！”“（对宣娇）呸！”。[1]

$\overline{\text{B}}$1d思想落后者，是指思想、观点、见解、主张等比较落伍的角色。

$\overline{\text{B}}$1d1迷信封建，迷信，是指相信超自然的神秘力量，并用它作为自己的精神支柱、行动指南甚至工具。迷信主要表现为：相信命运，例：艄公相信逃过风浪是蟒神在帮助自己。[2]相信神仙、菩萨、上帝，例：听到太平军到南京的消息，陆建沄和祥厚、祁宿藻“求神保命”。[3]相信妖怪、妖法，例：府台传令“各家杀公鸡，滴血碗内”。[4]相信灵异，即相信不可能的事情，例：洪秀全说他梦见宝剑，与他人一起寻得，“夜辄放光，愚民信以为真”。[5]

封建，指制定、执行严格的等级制度，人为制造不平等，用封建思想衡量人与事等。例：“太平天国仍然是个封建国家、君主专制国家”，[6]即使是高级将领，如果“碰上东王府的官员而没有表示一定的尊敬，就要遭鞭打责罚”。[7]

$\overline{\text{B}}$1d2因循守旧，是指虽然发现现实中的问题，但是不愿承认，消极回避，不思改变，依然按原有的方式行事。例：咸丰害怕曾国藩权力过大，听信人言，“再不肯把地方督抚大权交给手握重兵的

---

❶ 胡仲实. 洪宣娇. 广西壮族自治区戏曲工作室. 油印未定稿. 未出版，1961：8.

❷ 徐文. 曾国藩情事[M]. 哈尔滨：北方文艺出版社，1997：3.

❸ 郭存孝. 天京锄奸记[M]. 南京：江苏人民出版社，1979：10.

❹ 周邦福. 蒙难述钞[M]//中国史学会主编. 太平天国（五）. 上海：神州国光社，1952：47.

❺ 汪堃. 遁鼻随闻录[M]//中国史学会主编. 太平天国（四）. 上海：上海人民出版社，1957：353.

❻ 史式. 太平天国不太平[M]. 重庆：重庆出版社，2004：178.

❼ [美]史景迁. “天国之子”和他的世俗王朝：洪秀全与太平天国[M]. 朱庆葆，计秋枫等，译. 上海：远东出版社，2001：372.

曾国藩”。[1]

$\overline{B}$1e见解庸劣者，是指观察力、理解力、判断力水平较低，不能准确辨别、判断的角色。

$\overline{B}$1e1感知粗疏，是指对人、对事观察、体会得比较粗略，不能从现象看到实质。例：检官捉拿洪秀全的时候，发现韦昌辉出现在洪秀全的住处，但是他们没有怀疑洪秀全。[2]

$\overline{B}$1e2见识低浅，是指对人心、人性、人事、社会等的认识和见解不正确、不准确、不全面。该行动包括不察人心、不察人事、不察社会三个亚行动。第一是不察人心，是指不能够准确地把握他人的心理，不能对他人的言论给予恰如其分的衡量和评价，轻易相信他人的言论。例：杨秀清逼天王让位，天王假意答应，杨秀清信以为真。[3]第二是不察人事，是指不能发现事情的实质及其存在的问题。例：郑祖琛“年老昏聩，素性柔懦，最恨地方官查拏逆犯”。[4]第三是不察社会，是指对社会的黑暗没有清醒的认识，仍然希望通过个人努力实现个人价值，或遇到难题时，试图通过合礼、合法的斗争来解决。例：韦昌辉说“清朝明文规定，保护传教”，希望借此营救冯云山，当然是无法实现的。[5]

$\overline{B}$1e3轻信盲从，是指遇事时不能冷静客观地深入思考，轻易相信他人的主意，盲目服从上级指示。例：黄基听了王作新提出的勒索烧

---

[1] 朱亚洲. 曾国藩传[M]. 呼和浩特：远方出版社，2002：74.

[2] 陈仕元. 洪秀全传奇[M]. 广州：花城出版社，1990：34.

[3] 陈仕元. 洪秀全传奇[M]. 广州：花城出版社，1990：203.

[4] 汪堃. 遁鼻随闻录[M]//中国史学会主编. 太平天国（四）. 上海：上海人民出版社，1957：354.

[5] 陈仕元. 洪秀全传奇[M]. 广州：花城出版社，1990：35.

炭工人的建议，称赞“好主意”，马上带人进山勒索。[1]

$\overline{B}$1e4浅白外露，是指没有城府，不懂装懂，故弄玄虚，自我炫耀，没有真正认识到问题的实质，没有做出准确的判断，没有提出真正解决问题的策略，就急于表达自己的观点和看法。例：王作新自以为“我们读书人读过几年书……当然想得周到”，结果弄得大败。[2]

$\overline{B}$1f眼界狭小者，是指见识少、眼界小、心胸狭隘、斤斤计较的角色。

$\overline{B}$1f1阅历短少，是指经历的事情少、见识少或做出的事情简单幼稚、荒唐好笑。例：约翰想与李鸿章妻握手，后者大惊小怪。[3]

$\overline{B}$1f2目标短浅，是指只顾眼前小利，浅尝辄止，安于现状，没有长远、宏大的目标。例：洪秀全进入南京后，不思乘胜进攻，反而大兴土木。[4]

$\overline{B}$1f3眼光偏狭，是指做事情的出发点不是大局，而是与个人休戚相关的人和事。例：苏三娘参加起义军之初只想着为丈夫报仇。[5]

$\overline{B}$1g不善做事者，是指不会处理事情，不会带兵打仗，经常失败，或一战即败的角色。

$\overline{B}$1g1不知敌情，是指对自己以及敌人的行踪、军事实力、有利条件、不足之处都没有清醒的认识，这是错误决策的前提和基础。

---

[1][2] 施瑛. 洪杨金田起义[M]. 上海：新鲁书店，1951：58.

[3] 徐菊华. 引狼入室（京剧）[M]. 沈阳：东北戏曲新报社，1951：6.

[4] 陈仕元. 洪秀全传奇[M]. 广州：花城出版社，1990：161.

[5] 胡明树，李文钊，等. 金田起义（桂剧）. 广西省文联·广西省戏改会印. 油印本. 未出版，日期不详：65.

例：“贼渡湘西走”，官军却不知其所往，追错方向，使贼“从容以去”。[1]

$\overline{B}1g2$疏于防范，是指没能在社会发生重大变革或不利之事发生之前做好准备，以致不能有效应变或防止不利之事的产生。例：萧朝贵围长沙，“衢巷间妇女嬉游，酒食过从盛于平时，忘其为围城焉”。[2]

$\overline{B}1g3$使用拙策，是指努力设计、实施计谋，最后却以失败告终。

设计制定，是指在没有充分了解敌人或是迷信的基础上想出、提出、制定出破敌之策。例：张继庚“唆使米行奸商、地痞流氓反对太平军”。[3]

实施运用，是指实际贯彻执行错误计谋，例：米行奸商偷袭太平军。[4]

失败失利，是指贯彻实行错误计谋的结果是利益的丧失甚至完全失败。例：米行商人被“打得狼狈鼠窜”。[5]

$\overline{B}1g4$束手无策，是指遇到紧急情况时，想不出任何办法，一步步陷入敌人的圈套，最终大败。

失魂落魄，是指遇到紧急情况时心理非常害怕，甚至恐惧。例：灵山知县听说苏三娘要攻打县城，吓得浑身发抖。[6]

焦急不安，是指在遇到紧急情况时想想办法，却又实在想不出办法，只有干着急。例：祁寯藻眼看南京将被占领，毫无办法，急得吐血。[7]

黔驴技穷，是指没有想出任何办法。例：得知金田起义爆发，军

---

❶❷ 王闿运，郭振墉，朱德裳．湘军志 湘军志平议 续湘军志[M]．长沙：岳麓书社，1983：4.

❸ 郭存孝．天京锄奸记[M]．南京：江苏人民出版社，1979：19.

❹❺ 郭存孝．天京锄奸记[M]．南京：江苏人民出版社，1979：20.

❻ 霄雯．苏三娘．广西壮族自治区研究室．广西粤剧剧目选（第一集）．内部资料出版社，出版日期不详：69.

❼ 郭存孝．天京锄奸记[M]．南京：江苏人民出版社，1979：16.

机大臣何汝霖只会磕头说“臣罪该万死”。[1]

消极等死，是指遇到紧急情况时，不主动想办法，自暴自弃，等着送死。例：知县说自己“官微兵少，只准备麻绳一条”，留作“临危上吊”。[2]

正中敌计，是指正好陷入敌人设计的圈套。例：陈玉成诱敌深入，刘连升毫无知觉，还“乘胜追击”。[3]

竭力挣扎，是指在孤立无援或暂时失败后明知最后仍将失败，还要做最后一搏，尽管这搏斗对大局没有丝毫影响。例：骆秉章、罗绕典“未能谋兵事”，只会“筑土城，禁讹言”。[4]

落荒而逃，是指在失败后慌慌张张地逃跑，例：李续宾发现追兵，抄近路，正好进入陈玉成埋伏圈。[5]

B1g5优柔寡断，是指在遇到紧急情况时，感觉迟钝，反应迟缓，谨慎小心，犹豫不决，出尔反尔。例：向荣发现有利地势被石达开抢占后，急令停军，但已经来不及了，败阵。[6]

B1g6争强好胜，是指明明能力不足，却以为自己能力很强，心想建立大功。

狂妄自大，是指轻视、嘲笑、贬低敌方和己方的有能力者。例：

---

[1] 陈仕元. 洪秀全传奇[M]. 广州：花城出版社，1990：53.

[2] 陈仕元. 洪秀全传奇[M]. 广州：花城出版社，1990：68.

[3] 刘征泰原著，赫威刚改编. 陈玉成[M]. 郑州：河南人民出版社，1977：139.

[4] 王闿运，郭振墉，朱德裳. 湘军志 湘军志平议 续湘军志[M]. 长沙：岳麓书社，1983：3.

[5] 刘征泰原著，赫威刚改编. 陈玉成[M]. 郑州：河南人民出版社，1977：163.

[6] 大鲁. 金田起义[M]. 程十发、董天野绘图. 上海：上海人民美术出版社，2000：82-83.

李续宾狂笑说吴定规“不过尔尔”。[1]

盲目自信，是指过分高估自己的能力，自以为一定会战胜敌人，于是主动请缨。例：乌兰泰以为是立功的好机会，主动请求去打太平军。[2]

自作聪明，是指自以为智谋出众，认为自己的计谋完美无缺，其他人都比不上自己，因此“当仁不让”，在后来的叙事中会发现事实并非如此。例：曾国藩问破敌之计，“李续宾傲然站起”，说水陆并进一定能打败陈玉成。[3]

自我夸耀，是指自己夸赞自己计谋“出众”“必胜无疑”。例：廖达章说“安下雕弓擒贼首，驱兵直上龙虎头，堂堂参将我廖某，威名鼎鼎震廉州”。[4]

$\overline{B}$1g7指挥不力，是指作为将领指挥不动部下，或者指挥时顾此失彼。例：刘连升大叫“顶住”，自己却“抢先奔逃”。[5]

$\overline{B}$1g8急躁冲动，是指做事前没有深思熟虑，而是凭着一时感觉，意气用事，方式简单粗暴，效果不好，甚至导致失败。例：肖三娘因为洪秀全说了杨秀清坏话，就要回广西。[6]

$\overline{B}$1g9虑事不周，是指处理问题时没能兼顾各种情况，把问题简

---

[1] 刘征泰原著，赫威刚改编. 陈玉成[M]. 郑州：河南人民出版社，1977：124.

[2] 大鲁. 金田起义[M]. 程十发、董天野绘图. 上海：上海人民美术出版社，2000：64.

[3] 刘征泰原著，赫威刚改编. 陈玉成[M]. 郑州：河南人民出版社，1977：101.

[4] 胥雯. 苏三娘. 广西壮族自治区研究室. 广西粤剧剧目选（第一集）. 内部资料出版社，出版日期不详：76.

[5] 刘征泰原著，赫威刚改编. 陈玉成[M]. 郑州：河南人民出版社，1977：141.

[6] 陈仕元. 洪秀全传奇[M]. 广州：花城出版社，1990：136.

单化。例：张继庚供出了很多同党，杨秀清准备全部杀掉。[1]

二、B2/$\overline{B}$2英勇者/胆怯者

罗尔纲在评价太平天国革命的意义时说“太平天国革命的英勇业绩……激荡着中国人民不屈不挠、再接再厉地向帝国主义和封建主义进行英勇的斗争”。[2]《湘军记》则盛赞湘军“楚师初兴，众才三旅”，却能“死绥赴敌，沛然莫御”。[3]分别以太平天国和湘军为主角的历史书不约而同地盛赞自己喜爱一方英勇顽强、不怕死。其实，不仅历史书是这样的，所有太平天国成败叙事都会涉及人物的勇气和胆量。以有/无勇气、胆量可以划分出英勇者/胆怯者两个角色。

在太平天国成败叙事中，英勇者包括：勇于抗争者、勇入险境者、勇于战斗者、勇于自杀者、虽败犹勇者等亚角色。

B2a勇于抗争者，是指敢于反抗强权，敢于与有权势的人争辩的角色。

B2a1敢于维权，是指敢于在强权者面前维权，或向强权者索要自己应得的权利。例：卢六不怕王作新，坚决向他索要工钱。[4]

B2a2敢于争辩，是指敢于发表自己的看法，敢于与强权者争论问题。例：卢六说王基不分是非曲直。[5]

B2a3敢于造反，是指敢于骂强权者，或者敢于搞破坏，例：王

---

[1] 陈仕元. 洪秀全传奇[M]. 广州：花城出版社，1990：183.

[2] 罗尔纲. 太平天国史（全四册）[M]. 北京：中华书局，1991：89-90.

[3] 王安定. 湘军记[M]. 朱纯点校. 长沙：岳麓书社，1983：4.

[4] 胡明树，李文钊，等. 金田起义（桂剧）. 广西省文联·广西省戏改会印. 油印本. 未出版，日期不详：14.

[5] 胡明树，李文钊，等. 金田起义（桂剧）. 广西省文联·广西省戏改会印. 油印本. 未出版，日期不详：52.

作新骂卢六是“反骨的奴才”，卢六骂王作新是“鬼东西”，[1]洪秀全敢砸贡院的匾，使之变成“贝院”。[2]

B2b勇入险境者，是指知道前面的路充满危险，但并不害怕，反而迎难而上的角色。

B2b1只身（孤军）赴险，是指单独或只带少数人员深入险境。例：储玫躬“独率十余人卒与寇遇”。[3]

B2b2带头冲锋，是指在两军激烈对抗时，能勇敢地冲在最前面。例：陈玉成驰向前方，带头冲锋。[4]

B2b3舍己担险，是指把安全留给他人，把危险留给自己。例：听说官府带人抓洪秀全，洪宣娇让洪秀全先走，自己来对付。[5]

B2b4遇险不惧，是指遇到危险时丝毫不畏惧。例：杨秀清在洪秀全面前一下子拔出宝剑，洪秀全现出“泰山崩于前而面色不变的沉着态度”。[6]

B2c勇于战斗者，是指敢于参加战斗，在战斗中非常主动、尽力、无所畏惧，不怕牺牲的角色。

B2c1不怕炮火，例：“洪三娘在炮位之间奔走指挥。女兵们冒着炮火……”[7]

---

[1] 胡明树，李文钊等. 金田起义（桂剧）. 广西省文联·广西省戏改会印. 未出版，日期不详. 油印本：14.

[2] 陈仕元. 洪秀全传奇[M]. 广州：花城出版社，1990：5.

[3] 王闿运，郭振墉，朱德裳. 湘军志 湘军志平议 续湘军志[M]. 长沙：岳麓书社，1983：6.

[4] 刘征泰原著，赫威刚改编. 陈玉成[M]. 郑州：河南人民出版社，1977：47.

[5] 陈仕元. 洪秀全传奇[M]. 广州：花城出版社，1990：13.

[6] 陈仕元. 洪秀全传奇[M]. 广州：花城出版社，1990：146.

[7] 刘征泰原著，赫威刚改编. 陈玉成[M]. 郑州：河南人民出版社，1977：109.

B2c2奋勇杀敌，是指不依赖武器，竭尽全力、面对面地与敌人对打。例：汪春海等将士冲上城楼与清兵展开肉搏战，“直杀得清兵连滚带爬，狼狈奔逃”；[1]看到自己人被抓，上帝会教徒毫不畏惧赤手空拳和拿着武器的兵勇打起来。[2]

B2c3与敌偕亡，例：苦姐“抱起炸药包”“毅然跳进了身边的大火”。[3]

B2d勇于自杀者，是指有胆量自杀的角色。例：阿弼听说自己的头可以救石达开，马上抽剑要自刎；[4]三姑娘明知酒里有毒，但还是痛快地喝了下去。[5]

B2e虽败犹勇者，是指虽然失败了，仍然不妥协，坚持抗争、战斗的角色。

B2e1败而犹战，是指失败后仍坚持战斗，直到牺牲为止。例：天京陷落时，“城内一万多太平军全部英勇牺牲，没有一个人向敌人投降”。[6]

B2e2坦然受擒，是指失败后被敌人抓住时，心境坦然，不向敌人摇尾乞怜。例：石达开为保全三军，主动受擒。[7]

B2e3敢于骂敌，是指面对敌人时，敢于骂对方以解恨。例：

---

[1] 刘征泰原著，赫威刚改编．陈玉成[M]．郑州：河南人民出版社，1977：48.

[2] 大鲁．金田起义[M]．程十发，董天野绘图．上海：上海人民美术出版社，2000：40.

[3] 刘征泰原著，赫威刚改编．陈玉成[M]．郑州：河南人民出版社，1977：117.

[4] 顾汶光．大渡魂[M]．贵阳：贵州人民出版社，1984：237.

[5] 鄂华．翼王伞[M]．长春：时代文艺出版社，1985：372.

[6] 王林．洪秀全的故事[M]．武汉：群益堂，1956：63.

[7] 顾汶光．大渡魂[M]．贵阳：贵州人民出版社，1984：227.

“爽被执，大骂不屈死”。[1]

B2e4傲气凛然，是指在面对敌方或己方的打击、折磨时，绝不屈服，表现出傲气与傲骨。例：卢六说“宁可杀身不后悔，大丈夫宁死岂皱眉”，被命令跪下时，倔强不屈。[2]

B2e5临刑不惧，指受刑时不害怕。例：石达开受凌迟时，虽“汗下如雨”，却不服软。[3]

$\overline{B}$2胆怯者的亚角色包括：不敢反抗者、临阵退缩者、不敢战斗者、不敢自杀者、败而犹怯者等。

$\overline{B}$2a不敢反抗者，是指虽然受到不公正对待，但不敢表示自己的不满，更不敢报复，只是逆来顺受。

$\overline{B}$2a1不敢否定，是指虽然受委屈、无法施展才华，但仍不敢否定强势的思想、观念、做法等。例：胡元炜挨了江忠源一顿臭骂，尽管知道他骂得没道理，却“忍气吞声”。[4]

$\overline{B}$2a2不敢争辩，是指受到冤枉、误解时，不敢为自己辩白。例：韦昌辉被王基抓进官府，由于怕挨打，“愿认错愿惩罚”。[5]

$\overline{B}$2a3不敢造反，是指害怕担当罪名，失去现有好处，或者担心不能成功，因此不敢背叛朝廷，不敢揭竿起义。例：石达开等人因为冯云山被捕都要“揭竿而起”的时候，只有洪秀全、韦昌辉胆小

---

[1] 施建烈，刘继会. 纪（无锡）县城失守克复本末[M]//中国史学会主编. 太平天国（五）. 上海：神州国光社，1952：252.

[2] 胡明树，李文钊，等. 金田起义（桂剧）. 广西省文联·广西省戏改会印. 油印本. 未出版，日期不详：51.

[3] 顾汶光. 大渡魂[M]. 贵阳：贵州人民出版社，1984：265.

[4] 大鲁. 上游争夺战[M]. 上海：上海人民美术出版社，2000：33-34.

[5] 胡明树，李文钊，等. 金田起义（桂剧）. 广西省文联·广西省戏改会印. 油印本. 未出版，日期不详：54.

怕事。[1]

$\overline{B}$2b临险退缩者，是指看到危险就畏缩不前或干脆放弃的角色。

$\overline{B}$2b1知险恐惧，是指得知有危险时心里害怕。例：太平军声势浩大，“早吓慌了广西巡抚邹鹤鸣”。[2]

$\overline{B}$2b2临险退缩，是指面对危险时，不敢前进，反而后退。例：寇“与官军未尝短兵接，相顾愕欲退”。[3]

$\overline{B}$2b3临险脱逃，是指危险来临时，为活命而逃离。例：洪仁发、洪仁达听说官府来抓洪秀全，都从后门逃跑；[4]李续宾骑马，带着大群步兵“狼狈窜出”。[5]

$\overline{B}$2b4知险不前，是指面对困难时既不前进，也不后退，而是原地不动。例：陈国栋“畏首畏尾”，不敢进攻。[6]

$\overline{B}$2b5色厉内荏，是指表面很强大，实际不堪一击，遇到对手时明明心里害怕，想逃跑，嘴上还很强硬。例：两个公差被洪宣娇踢倒，说着“有胆量的你就等着”，“逃窜下”。[7]

---

[1] 陈白尘. 金田村[M]//陈白尘剧作选. 成都：四川人民出版社，1981：19-21.

[2] 大鲁. 金田起义[M]. 程十发，董天野绘图. 上海：上海人民美术出版社，2000：63.

[3] 王闿运，郭振墉，朱德裳. 湘军志 湘军志平议 续湘军志[M]. 长沙：岳麓书社，1983：24.

[4] 陈仕元. 洪秀全传奇[M]. 广州：花城出版社，1990：14.

[5] 刘征泰原著，赫威刚改编. 陈玉成[M]. 郑州：河南人民出版社，1977：159.

[6] 大鲁. 金田起义[M]. 程十发，董天野绘图. 上海：上海人民美术出版社，2000：71.

[7] 胡仲实. 洪宣娇. 广西壮族自治区戏曲工作室. 油印未定稿. 未出版，1961：7.

$\overline{B}$2c不敢战斗者，是指不敢面对面地与敌人打斗。

$\overline{B}$2c1不敢临敌，是指不敢与敌人对阵。例：绿营、八旗兵“望见夷船，卷包而遁”。[1]

$\overline{B}$2c2依赖武器，是指完全依靠武器来战斗，躲在掩体之后，不敢离开掩体。例：华尔的洋枪队武器先进，但是“胆子小”，只会依赖武器，“不敢冲锋”。[2]

$\overline{B}$2c3被逼上阵，是指本身不想与敌对战，只是迫于上级的压力，不得不参加战斗。例：清兵们被“廖达章舞鬼头刀”驱逐上阵。[3]

$\overline{B}$2c4溃不成军，是指失败时不能及时整合队伍，也不思反击敌人，而是各自逃命。例：湘军被杀得“溃不成军，在草丛里乱钻”。[4]

$\overline{B}$2c5孤注一掷，是指在失败前明知是死路一条，但不愿束手待擒，而是把所有的力气都用上，与敌人做最后的斗争。例：李续宾拔剑，要“与陈玉成决一死战”。[5]

$\overline{B}$2d不敢自杀者，是指面对失败，不敢自己结束生命者。其行动见奸逆者。

$\overline{B}$2e不敢担责者，是指不敢承担责任，害怕别人连累自己的角色。例：洪仁发、洪仁达听说弟弟起义，吓得“屁滚尿流”，声明

[1] 秦牧. 洪秀全[M]. 北京：生活·读书·新知三联书店，1950：7.

[2] 大鲁. 东南战役[M]. 上海：上海人民美术出版社，2000：72.

[3] 霄雯. 苏三娘. 广西壮族自治区研究室. 广西粤剧剧目选（第一集）. 内部资料出版社，出版日期不详：75.

[4] 刘征泰原著，赫威刚改编. 陈玉成[M]. 郑州：河南人民出版社，1977：141.

[5] 刘征泰原著，赫威刚改编. 陈玉成[M]. 郑州：河南人民出版社，1977：134.

不认识弟弟。[1]

$\overline{B}$2f败而犹怯者，是指失败后更加胆怯的角色。

$\overline{B}$2f1卑躬屈膝，是指被敌人抓住后非常恐惧，没有骨气，向敌人下跪、求饶。例：刘连升被擒而吓死。[2]

$\overline{B}$2f2害怕受刑，是指害怕受到敌人的刑罚。例：张继庚被审讯时，吓得“脸青发抖”。[3]

$\overline{B}$2f3兵败自杀，是指兵败时不思东山再起，而是简单地结束自己的生命。例：杭州巡抚王有龄上吊而死。[4]

三、B3/$\overline{B}$3孔武者/疲弱者

虽然太平天国战争时已经大量使用火器，个人的武艺在火器面前微不足道，但是太平天国成败叙事却很关注人物的身体是否强健、武艺是否高强，并由此而形成孔武者/疲弱者两个角色。

B3孔武者，是指身体好、有武艺、善骑马的角色。

B3a身体强壮者，例：石达开的身影如“岩峰似的”。[5]

B3b力大无比者，例：谭绍光“拉着大牯牛的尾巴足足倒退三十步”。[6]

B3c身体灵活者，例：萧朝贵身上背着伤员仍能与敌战斗。[7]

B3d武艺高强者，包括：

[1] 秦牧．洪秀全[M]．北京：生活·读书·新知三联书店，1950：30.

[2] 刘征泰原著，赫威刚改编．陈玉成[M]．郑州：河南人民出版社，1977：149.

[3] 陈仕元．洪秀全传奇[M]．广州：花城出版社，1990：182.

[4] 大鲁．东南战役[M]．上海：上海人民美术出版社，2000：55.

[5] 宋梧刚．天国龙儿传[M]．长沙：湖南文艺出版社，1988：1.

[6] 华岗．太平天国革命战争史[M]．上海：上海人民出版社，1955：7.

[7] 陈棣生．虎啸龙吟——太平天国故事选集[M]．广州：花城出版社，1991：93.

剑术高，在太平天国成败叙事中，有武艺者使用最多的武器是剑，例：洪宣娇剑术不凡，[1]苏三娘剑术水平高。[2]

骑术好。例：吴定规骑马穿火圈。[3]

射箭准。例：苏三娘一箭射死刘进财。[4]

拳脚好。例：洪宣娇“将两个公差一一踢倒在地”。[5]

B3e杀敌迅猛者，是指快速、果断地杀死大量敌人。例：陈玉成将李续宾劈成两段，[6]杨秀清出奇兵杀了敌人好几万人。[7]

B3f以弱胜强者，是指在人数较少、兵力较弱、物资匮乏、鞍马劳顿时战胜敌人。例：陈玉成指挥卫队，“纵马冲进清军营盘，杀得绿营兵狼奔豕突，溃不成军”。[8]

$\overline{\text{B}}$3疲弱者，与孔武者相对，是指身不强、体不壮、无力战胜敌人的角色。

$\overline{\text{B}}$3a身体羸弱者，指身体瘦弱、经常生病或被酒色烟瘾淘空了身

[1] 陈棣生，利家彭，常国煊. 洪秀全. 广州市文化局. 新时期粤剧选. 内部资料未出版，1989：70.

[2] 胡明树，李文钊，等. 金田起义（桂剧）. 广西省文联·广西省戏改会印. 油印本. 未出版，日期不详：63.

[3] 刘征泰原著，赫威刚改编. 陈玉成[M]. 郑州：河南人民出版社，1977：23.

[4] 胥雯. 苏三娘. 广西壮族自治区研究室. 广西粤剧剧目选（第一集）. 内部资料出版社，出版日期不详：61.

[5] 胡仲实. 洪宣娇. 广西壮族自治区戏曲工作室. 油印未定稿. 未出版，1961：7.

[6] 刘征泰原著，赫威刚改编. 陈玉成[M]. 郑州：河南人民出版社，1977：169.

[7] 秦牧. 洪秀全[M]. 北京：生活·读书·新知三联书店，1950：59.

[8] 刘征泰原著，赫威刚改编. 陈玉成[M]. 郑州：河南人民出版社，1977：90.

体。例：杨秀清因为经常服用大补药，“结果损伤了一只眼睛”。[1]

$\overline{B}$3b武艺粗浅者，是指稍懂武艺，但是不精，打不过武艺精湛者。例：洪宣娇要与骆幼林比武，骆幼林“夹着尾巴溜走”。[2]

$\overline{B}$3c不堪一击者，虽然人多势众，但是一战即溃。例：陆建瀛十万大军“一碰就给打得粉碎”，[3]清兵被洪宣娇、秦日纲等杀得鬼哭狼嚎。[4]

第三节 C/$\overline{C}$民心所向者/民心背离者

太平天国成败叙事普遍认为民心向背决定战争胜负，因而许多文本特别注重人民对战争各方的情感、态度和所作所为，当然写民的目的不是表现民，归根结底还是表现战争各方，民只是表现成败双方的一个视角而已。再者，由于立场、态度及意识形态的差异，民在太平天国叙事中是个变动的群体，以太平天国及其人物、事件为正面主角和以清方及其人物、事件为正面主角的叙事都把民分为良民、愚民、难民、奸民四类，借以反映民心向背的是良民。良民所指在以太平天国及其人物、事件为正面主角的叙事和以清方及其人物、事件为正面主角的叙事中也是完全不同的，在前者中，良民是指贫民、渴望解放的人、具有平等思想和民族意识的人，在后者中，良民是指士绅、本分的人、具有忠君节烈思想的人，虽然良民所指不同，但良民的动作是相似的，借这些动作可以把成败双方分为被民爱者和被民恨者。

[1] 凌善清. 太平天国野史[M]. 徐鸿编译. 济南：山东友谊出版社，2000：283.

[2] 陈仕元. 洪秀全传奇[M]. 广州：花城出版社，1990：11.

[3] 秦牧. 洪秀全[M]. 北京：生活·读书·新知三联书店，1950：38.

[4] 陈仕元. 洪秀全传奇[M]. 广州：花城出版社，1990：122.

C民心所向者，是指被良民喜爱、拥护、赞成、传送、保护等角色。其亚角色包括被民相信者、被民亲近者、被民投附者、被民帮助者、被民铭记者。

C1被民相信者，是指所言所行能启发人民，让人民产生认同感的角色。

C1a被民信服，是指能将话说到人民心坎里去，使人民产生思想认同和情感共鸣，人民对其产生信任，相信其能胜利。例：乡民看了《奉天讨胡檄》，“都觉得这文告道出了自己心里话”。❶

C1b被民呼应，是指人民在信服的基础上，当人物发言结束时，用呼声回应人物的观点、感情、看法。例：洪秀全起义前，问地容不容，“大伙齐声呐喊：‘地容啊！’呼声如山崩地裂”。❷

C1c被民佩服，是指由于能完成普通人无法完成的工作，得到老百姓的钦佩和叹服。例：百姓认为“抚台精通奇门，推测阴晴，屡试不爽”。❸

C1d被民敬仰，是指由于能够秉公办事、知人善任或者帮百姓除恶，得到百姓的崇敬和仰慕。例：洪秀全立签除奸后，“村民们对秀全十分敬仰”。❹

C1e被民模仿，是指由于言行具有榜样示范作用，百姓们自觉向其学习。例：洪秀全点了六乌庙却安然无恙，老百姓不再惧怕六乌

---

❶ 大鲁. 金田起义[M]. 程十发，董天野绘图. 上海：上海人民美术出版社，2000：60.

❷ 陈棣生. 虎啸龙吟——太平天国故事选集[M]. 广州：花城出版社，1991：40.

❸ 周邦福. 蒙难述钞[M]//中国史学会主编. 太平天国（五）. 上海：神州国光社，1952：49.

❹ 陈棣生. 虎啸龙吟——太平天国故事选集[M]. 广州：花城出版社，1991：33.

神，“和太平军一样，昂首阔步地走过去”。[1]

C1f令民感动，是指所作所为对百姓很有好处，让百姓心存感激。例：得到左宗棠资助的举子们感动得“热泪盈眶”。[2]

C1g令民安心，是指切实保护人民利益，百姓不再害怕或躲避。例：“华尔但令协防，民心始安”。[3]

C2被民亲近者，是指被民心理和行动上主动接近的角色。

C2a受民同情，是指由于面临艰难处境，从而被善良的人民同情。例：同村人为洪秀全荒废学业可惜，让他做塾师。[4]

C2b被民迎接，是指受到百姓爱戴，在到来时，被百姓欢迎。例：“城里百姓纷纷摆设香案迎接英王”，[5]民“焚香跪迎”张国梁。[6]

C2c被民争观，是指受到人民的喜爱，人民迫切地想见到。例：“多少人涌向街头，都争看这标致、威风的女状元的风采”。[7]

C2d被民慰问，是指摆脱困境后，人民来看望，向其问好。例：冯云山出狱后，众人欢呼，纷纷向他问好。[8]

---

[1] 陈棣生. 虎啸龙吟——太平天国故事选集[M]. 广州：花城出版社，1991：50.

[2] 李文澄. 左宗棠[M]. 北京：北京图书馆出版社，2001：412.

[3] 姚济. 小沧桑记[M]//中国史学会主编. 太平天国（六）. 上海：上海人民出版社、上海书店出版社，2000：485.

[4] 秦牧. 洪秀全[M]. 北京：生活·读书·新知三联书店，1950：2.

[5] 陈棣生. 虎啸龙吟——太平天国故事选集[M]. 广州：花城出版社，1991：149.

[6] 解涟. 遭乱纪略[M]//中国史学会主编. 太平天国（五）. 上海：神州国光社，1952：84.

[7] 陈棣生. 虎啸龙吟——太平天国故事选集[M]. 广州：花城出版社，1991：200.

[8] 陈白尘. 金田村[M]//陈白尘剧作选. 成都：四川人民出版社，1981：32-33.

C2e被民视为亲人，是指为人民办了实事，被人民看成一家人。例："从此以后，百姓不怕太平军了，把太平军队伍看成是自家人。"❶

C2f被民担心，是指由于生病、被捕、行为出格等原因，使百姓担心其安全。例：洪秀全点了六乌神，"当地群众看了都为洪秀全耽心"。❷

C2g被民拒绝感谢，是指在受到民帮助后，要感谢民，民却不愿接受。例：漆家老人为太平军出了个上上策，太平军"要重谢老人，老人千万不要"。❸

C2h被民感谢，是指为人民做了实事、好事，被人民感谢。例：听翼王说要将地主的庄园分给贫苦农民，"所有的贫苦百姓都一齐上前向翼王叩谢"。❹

C2i被民报答，是指不仅被人民口头感谢，而且用行动表示感谢。例：少女愿终身侍候左宗棠。❺

C2j被民宽容，是指没有被人民出首，也没有被人民故意找茬。例：太平军覆灭后，没有人找"太平官"的"错头"，直到他老死。❻

---

❶ 陈棣生. 虎啸龙吟——太平天国故事选集[M]. 广州：花城出版社，1991：608.

❷ 陈棣生. 虎啸龙吟——太平天国故事选集[M]. 广州：花城出版社，1991：50.

❸ 陈棣生. 虎啸龙吟——太平天国故事选集[M]. 广州：花城出版社，1991：392.

❹ 陈棣生. 虎啸龙吟——太平天国故事选集[M]. 广州：花城出版社，1991：109.

❺ 李文澄. 左宗棠[M]. 北京：北京图书馆出版社，2001：163.

❻ 陈棣生. 虎啸龙吟——太平天国故事选集[M]. 广州：花城出版社，1991：206.

C2k被民挽留，是指由于执行任务需要离开，而百姓舍不得其走，请求其留下。例：一群百姓求太平军千万不要撤退。[1]

C2l人民回归，是指被掳走或主动躲避的人民主动归来。例：趁“贼”允许出城之际，逃回来的人很多。[2]

C2m使民高兴，是指为百姓做了实事，使百姓很开心。例：一个妇女拿到太平军留下的银子，非常高兴。[3]

C3被民投附者，是指被人民主动投靠、依赖、加入等的角色。

C3a民盼望，是指人民渴望其赶紧来到，以便获得解救或跟随而去。例：“三合镇百姓日夜盼望天军打回庐州”，[4]全城百姓盼望清军救兵。[5]

C3b民联络，是指人民主动与其联络，希望能加入。例：“乌龙会”“暗中派人与太平军联络”。[6]

C3c民求助，是指人民恳求其为他们解决困难、铲除恶人、报仇雪恨等。例：难民胡大新上书宫保大人，请求援助。[7]

C3d民参军，是指人民愿意并主动成为其士兵或为成为士兵而高

---

[1] 陈棣生. 虎啸龙吟——太平天国故事选集[M]. 广州：花城出版社，1991：129.

[2] 陈徽言. 武昌纪事[M]//中国史学会主编. 太平天国（四）. 上海：上海人民出版社，1957：594.

[3] 陈棣生. 虎啸龙吟——太平天国故事选集[M]. 广州：花城出版社，1991：363.

[4] 刘征泰原著，赫威刚改编. 陈玉成[M]. 郑州：河南人民出版社，1977：37.

[5] 解涟. 遭乱纪略[M]//中国史学会主编. 太平天国（五）. 上海：神州国光社，1952：50.

[6] 陈棣生. 虎啸龙吟——太平天国故事选集[M]. 广州：花城出版社，1991：442-443.

[7] 胡潜甫. 凤鹤小草[M]//中国史学会主编. 太平天国（五）. 上海：神州国光社，1952：31.

兴。一种是自己本人参军，例：陈玉成因为能参加太平军而“激动得涌出热泪”。❶另一种是送子参军，例：十个长工为报答忠王的恩情，决定送子参军。❷

C3e民反正，是指人民误入歧途后想改邪归正。例：汤培南力求反正，❸“黄得生在仪征思反正”。❹

C3f民服务，是指人民主动发挥聪明才智，为其做事。例：祖孙俩专门为太平军刻印。❺

C3g民庆祝，是指人民为其胜利、继位等事而狂欢、庆贺等。例：三河之战胜利后，“人们摇旗，舞矛，举刀，搂抱，笑声四起，欢声一片”。❻

C4被民帮助者，是指得到人民的人力、物力支援、援助、营救和保护的角色。其行动包括被民救护和民助战斗。

C4a被民救护，是指当生命遇到危险时，得到人民爱护、保护、营救等，该行动的亚行动包括民为之求情、被民营救、被民保护。

C4a1民为之求情，是指犯过失时，人民为其请求减刑或免于惩罚。例：听说冯云山被捕，“众人都嚷了起来，群情非常

❶ 陈棣生. 虎啸龙吟——太平天国故事选集[M]. 广州：花城出版社，1991：141.

❷ 陈棣生. 虎啸龙吟——太平天国故事选集[M]. 广州：花城出版社，1991：635.

❸ 卞乃譝. 从军纪事[M]//中国史学会主编. 太平天国（五）. 上海：神州国光社，1952：92.

❹ 倪在田. 扬州御寇录[M]//中国史学会主编. 太平天国（五）. 上海：神州国光社，1952：105.

❺ 陈棣生. 虎啸龙吟——太平天国故事选集[M]. 广州：花城出版社，1991：323.

❻ 刘征泰原著，赫威刚改编. 陈玉成[M]. 郑州：河南人民出版社，1977：170.

激愤”。[1]

C4a2被民营救，是指当被敌人捉拿或围困时，人民积极想办法或采取措施将其救出。例：听说一支太平军被围困，“乌龙会”组织500名勇士，想“把太平军引救出来”。[2]

C4a3被民保护，是指遇到危险、陷入困境或尸体可能被屠戮时，人民保护其人身或尸体安全。例：山民把清将郝光甲的尸体藏在石穴中，偷偷送回庐阳。[3]

C4b民助战斗，是指人民主动帮助其战斗。

C4b1民侦查报信，例：汪老爹为太平军送信。[4]

C4b2民带路，例：“有很多穷人偷偷地跑到石达开军营，主动要给翼王带路。”[5]

C4b3民进献，包括进献钱、粮、盐、食物、武器或武器原料、谋略等，例：“乡民逾山负米，夜纳营中”；[6]居民“裹升米斗粟以

[1] 大鲁．金田起义[M]．程十发，董天野绘图．上海：上海人民美术出版社，2000：21．

[2] 陈棣生．虎啸龙吟——太平天国故事选集[M]．广州：花城出版社，1991：443．

[3] 胡潜甫．凤鹤实录[M]//中国史学会主编．太平天国（五）．上海：神州国光社，1952：20．

[4] 刘征泰原著，赫威刚改编．陈玉成[M]．郑州：河南人民出版社，1977：126．

[5] 陈棣生．虎啸龙吟——太平天国故事选集[M]．广州：花城出版社，1991：485．

[6] 胡潜甫．凤鹤实录[M]//中国史学会主编．太平天国（五）．上海：神州国光社，1952：17．

饷”三元。[1]例：“士民争舆木器投城缺处，顷刻积如山”；[2]贺天雄老人向左宗棠进献禁烟之策。[3]

C4b4民指点，是指人民出于喜爱，向其传授对战争胜负很有帮助的武功、技能或心态。例：老渔夫张阿三教陈玉成水性。[4]

C4b5民祈胜，例：老百姓“暗地里求神拜佛，要天老爷兴云作雾帮助太平军”。[5]

C4b6民助守城，例：“满城百姓各在各坊上城头守夜。”[6]

C4b7民牺牲，是指人民主动牺牲自己利益、与敌人同归于尽或因为献策而献身，例：民自觉焚屋以坚壁清野抗贼，[7]王忠和恶人小王同归于尽，[8]清兵将为太平军献计的一家老少“统统杀害了”。[9]

C4b8民内应，是指陷于敌方的人民主动与其里应外合。例：

---

[1] 倪在田．扬州御寇录[M]//中国史学会主编．太平天国（五）．上海：神州国光社，1952：111.

[2] 强汝询．金坛见闻记[M]//中国史学会主编．太平天国（五）．上海：神州国光社，1952：199.

[3] 李文澄．左宗棠[M]．北京：北京图书馆出版社，2001：396.

[4] 魏文华，唐伟．天国少帅——英王陈玉成[M]．太原：北岳文艺出版社，2000：108.

[5] 陈棣生．虎啸龙吟——太平天国故事选集[M]．广州：花城出版社，1991：485.

[6] 解涟．遭乱纪略[M]//中国史学会主编．太平天国（五）．上海：神州国光社，1952：47.

[7] 强汝询．金坛见闻记[M]//中国史学会主编．太平天国（五）．上海：神州国光社，1952：195.

[8] 陈棣生．虎啸龙吟——太平天国故事选集[M]．广州：花城出版社，1991：254.

[9] 陈棣生．虎啸龙吟——太平天国故事选集[M]．广州：花城出版社，1991：392.

“邑人甘绍盘黄文谦复谋内应”，[1]“里人张子滨约为内应”。[2]

C4b9民奋战，是指人民参加其战斗时，能奋不顾身，全力以赴。例：军民“在硝烟中奋战。一根根长矛刺透湘军的心脏，一块块砖石砸烂湘军脑瓜”。[3]

C4b10民助撤，是指当其由于战斗需要，不得不撤离时，人民自愿提供帮助。例：太平军要挖港撤围而走，“附近的百姓”自带工具，“从四面八方涌来援助”。[4]

C5被民铭记者，是指人民非常喜爱，希望将其永远记在心里、不愿忘记的角色。

C5a被民颂扬，是指人民在被其感动或钦佩的基础上，主动将其智慧、善良、勇敢等美好品质加以歌颂和赞扬。该行动的亚行动包括：被民歌颂、被民传扬、被民神化。

C5a1被民歌颂，是指被人民称赞、被人民用诗词或匾额等形式称颂、被人民歌唱或使民改变事物的名称或生活习俗，难民胡大新称赞秦定三“数十万生灵皆出自明公威德”，[5]百姓送匾额称颂左宗

---

[1] 胡潜甫. 凤鹤实录[M]//中国史学会主编. 太平天国（五）. 上海：神州国光社，1952：19.

[2] 胡潜甫. 凤鹤小草[M]//中国史学会主编. 太平天国（五）. 上海：神州国光社，1952：26.

[3] 刘征泰原著，赫威刚改编. 陈玉成[M]. 郑州：河南人民出版社，1977：130.

[4] 陈棣生. 虎啸龙吟——太平天国故事选集[M]. 广州：花城出版社，1991：392.

[5] 胡潜甫. 凤鹤小草[M]//中国史学会主编. 太平天国（五）. 上海：神州国光社，1952：37.

棠，[1]在皖北，农民口唱赞歌“英王来了分到田”；[2]人们为了纪念陈玉成的胜利，将其洗马的水塘称为“洗马塘”。[3]

C5a2被民传扬，是指人民主动将其事迹讲给周围人或后代听，使其影响更大。例：人民将“左宗棠为‘黄牛’治病的故事”传扬开来。[4]

C5a3被民神化，是指被人民视为超自然的力量，具有超自然的能力。例：“人们传说虎将军是个大神人。”[5]

C5b被民留别，送别，当其不得不离开时，人民依依惜别。例：石达开至江山“居民皆设香案相送”。[6]被民挽留，人民尽力想使其留下来，例：左宗棠与百姓辞行，百姓一齐拥过来挽留。[7]

C5c被民思念，是指被人民记在心中，不愿忘掉。其亚行动包括被民想念、被民念念不忘。例：“太平军走，人们都想瘦了。”[8]

C5d被民悲悼，是指当其死去后，人民为其悲伤、痛心、沉痛地悼念。

C5d1民悲痛哀悼，例：南京市民听到李秀成被杀的消息，“大家罢市。无数人民哭泣着焚化纸钱。对这位革命领袖的牺牲，表示

---

[1] 李文澄. 左宗棠[M]. 北京：北京图书馆出版社，2001：189.

[2] 魏文华，唐伟. 天国少帅——英王陈玉成[M]. 太原：北岳文艺出版社，2000：433.

[3] 陈棣生. 虎啸龙吟——太平天国故事选集[M]. 广州：花城出版社，1991：143.

[4] 李文澄. 左宗棠[M]. 北京：北京图书馆出版社，2001：285.

[5] 陈棣生. 虎啸龙吟——太平天国故事选集[M]. 广州：花城出版社，1991：218.

[6] 许指岩. 石达开日记[M]. 上海：世界书局，1928：50.

[7] 李文澄. 左宗棠[M]. 北京：北京图书馆出版社，2001：189.

[8] 陈棣生. 虎啸龙吟——太平天国故事选集[M]. 广州：花城出版社，1991：601.

哀悼”。[1]

C5d2民安葬祭奠，例：“九乡义士恸赵公枉死于公事，作文以奠之。”[2]

C5d3民建庙供奉，例：士绅和众多百姓出于感谢，要为左宗棠建“生人祠”。[3]

$\overline{C}$民心背离者，是指人民不愿拥护、不愿听从、不愿合作的角色。

$\overline{C}$1民不认同者，是指人民不认同其政治、经济、外交、战争等观点、做法的角色。

$\overline{C}$1a民害怕，是指民在知道其残忍、狠毒等特性之后，对其战战兢兢，心里恐惧。例：见“贼”至，“予心怯窘”。[4]

$\overline{C}$1b 民不相信，是指人民在亲眼所见、亲耳所闻之后，认识到其宣传是错误的，不再相信其谎言。例：“清军的恶毒宣传，不攻自破，再也没有人相信了。”[5]

$\overline{C}$1c民埋怨，是指人民对其所作所为非常不满，于是通过语言表达出来。例：杨秀清作恶多端，“民怨已经沸腾得很！”[6]

$\overline{C}$1d民哀叹，是指对其行为没有达到人民的心理需求，使人民

---

[1] 汪永泽. 太平天国革命的故事[M]. 南京：民丰印书馆，1951：29.

[2] 李汝昭. 镜山野史[M]//中国史学会主编. 太平天国（三）. 上海：上海人民出版社，1957：16.

[3] 李文澄. 左宗棠[M]. 北京：北京图书馆出版社，2001：411.

[4] 姚济. 小沧桑记[M]//中国史学会主编. 太平天国（六）. 上海：上海人民出版社、上海书店出版社，2000：447.

[5] 陈棣生. 虎啸龙吟——太平天国故事选集[M]. 广州：花城出版社，1991：608.

[6] 阿英. 洪宣娇[M]//阿英剧作选. 北京：中国戏剧出版社，1980：429-430.

感到失望、伤心。例：群公为赵公不幸冤死，哀叹“天眼不开不救公”，借以表达对官府办事不公的怨愤之情。[1]

$\overline{C}$1e民断定，是指人民在掌握其行动规律的基础上，认定其将会实行恶劣行径。例：“老百姓看太平军一走，料那‘贼九子’必来荼毒地方。”[2]

$\overline{C}$1f民愤怒，是指人民对其行为产生极大反感。例：“衙门官吏，合党分肥，乡民忍其勒剥，虽合邑切齿，敢怒不敢言。”[3]

$\overline{C}$1g民反对，是指人民认为其策略、办法不合理，予以否定。例：黄监生、张秀才等反对甲书，坚决要求革除。[4]

$\overline{C}$1h民声讨，是指人民公开指出、批评其行为的不合理。例：解涟指责陆建瀛“提重兵不一战，未十日而金陵陷”。[5]

$\overline{C}$1i民失望，是指人民本来对其抱有很大希望，但其表现令人民失望。例：居民对于官军的失败感到失望。[6]

$\overline{C}$2被民远离者，是指由于人民对其不认同，于是不愿意归其统治，希望远远从其逃离的角色。其行动包括民躲避、民藏匿、民思归、民逃亡、民不与交往等。

---

❶ 李汝昭. 镜山野史[M]//中国史学会主编. 太平天国（三）. 上海：上海人民出版社，1957.

❷ 陈棣生. 虎啸龙吟——太平天国故事选集[M]. 广州：花城出版社，1991：415.

❸ 李汝昭. 镜山野史[M]//中国史学会主编. 太平天国（三）. 上海：上海人民出版社，1957：15-16.

❹ 李汝昭. 镜山野史[M]//中国史学会主编. 太平天国（三）. 上海：上海人民出版社，1957：17.

❺ 解涟. 遭乱纪略[M]//中国史学会主编. 太平天国（五）. 上海：神州国光社，1952：83.

❻ 倪在田. 扬州御寇录[M]//中国史学会主编. 太平天国（五）. 上海：神州国光社，1952：106.

$\overline{C}$2a民躲避，是指听说其即将到来，人民赶紧躲起来。例：“贼大至，余叔侄辈趋避草田间。”[1]

$\overline{C}$2b民藏匿，是指听说其即将到来，人民把金银细软、粮食等都藏在地窖、夹墙、山里等处，以防被掳走。例：贼大至时，“余”家将百数十箱细软藏在僻静处。[2]

$\overline{C}$2c民思归，是指被掳或被迫之人，不愿留在其军中，坚决要求回家。例：五叔舍命要求“我要回去”。[3]

$\overline{C}$2d民逃跑，是指身处其中，寻机逃走。例：“城中被掳男女无时不思逃窜。”[4]

$\overline{C}$2e民不与贸易，是指为了防止被其掳走或抓丁，人民不与其做买卖。例：百姓不愿卖豆腐给太平军。[5]

$\overline{C}$3民不效力者，是指人民虽然身处其军中，但是不为其出谋划策、不帮助其打仗、不为其提供条件等的角色。

$\overline{C}$3a民隐忍，是指虽心里不情愿居于其军中，却默默忍受，并不十分表现出来，同时也并不积极为其做事。例：被掳的“人民妇孺，诚属流离困苦中苟延残喘而已”，如果无法逃归，“亦必隐忍相随不为尽力”。[6]

---

❶❷　李圭．思痛记[M]//中国史学会主编．太平天国（四）．上海：上海人民出版社，1957：468.

❸　李圭．思痛记[M]//中国史学会主编．太平天国（四）．上海：上海人民出版社，1957：471.

❹　滌浮道人．金陵杂记附续记[M]//中国史学会主编．太平天国（四）．上海：上海人民出版社，1957：624.

❺　潘钟瑞．苏台麋鹿记[M]//中国史学会主编．太平天国（五）．上海：神州国光社，1952：289.

❻　张德坚．贼情汇纂[M]//中国史学会主编．太平天国（三）．上海：上海人民出版社，1957：293.

$\overline{C}$3b民隐瞒，是指由于不愿意为其服务，从而故意向其隐瞒自己的才华或己方的真实情况。例：“余”告诉贼“不甚会写字”。[1]

$\overline{C}$3c民不帮助，是指人民不给予军事上的支援和帮助，例：百姓们不支持李孟群率领的清军。[2]

$\overline{C}$3d民不予，是指人民不为其提供住处、食物等条件，拒绝将其所要的东西交出。例：雷庙的庙祝让穷人捐钱，“他们说年成不好，吃还没有得吃，那有钱捐来打醮”。[3]

$\overline{C}$4被民憎恶者，是指被人民深恶痛绝的角色。

$\overline{C}$4a被民控告，是指由于其做出了让人民无法容忍的事情或者严重侵害了人民利益，人民将其告到主管机关。例：“民不堪其扰，上揭抚司。”[4]

$\overline{C}$4b被民痛恨，是指人民因对其强烈不满而产生仇恨心理。例：“农村中到处深藏着对地主阶级的仇恨和对满清统治者的不满。”[5]

$\overline{C}$4c被民指责，是指人民指出并责备其所言所行的错误之处或其无能之处。例：《金坛围城纪事诗》指责“参军竟把苍生误”。[6]

$\overline{C}$4d被民讽刺，是指人民对无能、恶劣之徒加以嘲讽、揶揄、取笑等。

---

[1] 李圭. 思痛记[M]//中国史学会主编. 太平天国（四）. 上海：上海人民出版社，1957：473.

[2] 刘征泰原著，赫威刚改编. 陈玉成[M]. 郑州：河南人民出版社，1977：70.

[3] 胡明树，李文钊，等. 金田起义（桂剧）. 广西省文联·广西省戏改会印. 油印本. 未出版，日期不详：41.

[4] 张德坚. 贼情汇纂[M]//中国史学会主编. 太平天国（三）. 上海：上海人民出版社，1957：289.

[5] 秦牧. 洪秀全[M]. 北京：生活·读书·新知三联书店，1950：5-6.

[6] 于桓. 金坛围城纪事诗[M]//中国史学会主编. 太平天国（五）. 上海：神州国光社，1952：221.

传唱，即百姓编写、吟唱讽刺歌谣。例：“人民更把官吏看做洋奴，四处揭帖哄闹，小孩子们也纷纷唱着民谣道：‘百姓怕官，官怕洋鬼，洋鬼怕百姓’。”[1]

文人做讽刺诗词，有人冒着杀头危险撰写对联讽刺清军。[2]

人民用给事物命名的方式讽刺，例：百姓称温绍原为“烂乌龟”，将他淹死的地方戏称为“乌龟塘”。[3]

被人民讥笑，例：“当地群众”“用‘黄晋架大炮——空吓人’”“讥笑那些专摆空架子威风的人”。[4]

$\overline{C}4e$被民咒骂，例：长沙绅民骂曾国藩无能，白吃饷银，欺君、欺民。[5]

$\overline{C}4f$民盼其死，是指人民希望其死亡或永远消失，以免祸害人民。例：“余”听说贼首死“方窃喜”。[6]

$\overline{C}5$被民反抗者，是指人民由于对其不满意，故意与其对着干。

$\overline{C}5a$被民自发反抗，是指人民出于个人的愤怒、怨恨等单打独斗，没有组织地对其进行反抗。其亚行动包括民欺骗、民破坏、民复仇。

民欺骗，是指人民故意向其撒谎，以躲过其审查，帮助其对立

---

[1] 秦牧. 洪秀全[M]. 北京：生活·读书·新知三联书店，1950：7.

[2] 陈棣生. 虎啸龙吟——太平天国故事选集[M]. 广州：花城出版社，1991：506.

[3] 魏文华，唐伟. 天国少帅——英王陈玉成[M]. 太原：北岳文艺出版社，2000：331.

[4] 陈棣生. 虎啸龙吟——太平天国故事选集[M]. 广州：花城出版社，1991：429.

[5] 魏文华，唐伟. 天国少帅——英王陈玉成[M]. 太原：北岳文艺出版社，2000：87.

[6] 李光霁. 劫余杂识[M]//中国史学会主编. 太平天国（五）. 上海：神州国光社，1952：314.

者。例：农民们装扮成送葬的，在棺材里放上腐烂的肉，瞒过清兵，将粮盐送给太平军。❶

民破坏，是指人民故意破坏其军事设施，使其战斗力降低。例：一个小姑娘将清兵的大炮引线用盐卤泡湿，使之点不着。❷

民复仇，是指当人民受到其迫害后，以武力对其进行报复。例：袁得胜因“贼戮其父母，欲复家仇，愿募勇三千人”。❸

民殴打，是指当其与人民面对面时，人民对其进行殴打。例：吴调鼎“怒殴贼”。❹

民反击，是指人民受到其虐待时，奋起对其进行攻击。例：“勇成群抢掠，民愤，格杀孔多。”❺

民不从，是指人民不听从其非分要求。例：“贼”“闯入女馆，欲行奸者，妇女号呼不从”。❻

民谋杀，是指人民有预谋地将其杀死，例：“朱九妹私藏红粉，欲害东王。”❼

民逐杀，是指人民追逐并将其杀死。例：民逐杀强污民女的

---

❶ 陈棣生. 虎啸龙吟——太平天国故事选集[M]. 广州：花城出版社，1991：373-374.

❷ 陈棣生. 虎啸龙吟——太平天国故事选集[M]. 广州：花城出版社，1991：460.

❸ 胡潜甫. 凤鹤实录[M]//中国史学会主编. 太平天国（五）. 上海：神州国光社，1952：17.

❹ 胡潜甫. 凤鹤实录[M]//中国史学会主编. 太平天国（五）. 上海：神州国光社，1952：10.

❺ 胡潜甫. 凤鹤实录[M]//中国史学会主编. 太平天国（五）. 上海：神州国光社，1952：18.

❻ 陈徽言. 武昌纪事[M]//中国史学会主编. 太平天国（四）. 上海：上海人民出版社，1957：596.

❼ 沈懋良. 江南春梦庵笔记[M]//中国史学会主编. 太平天国（四）. 上海：上海人民出版社，1957：440.

官兵。[1]

民拒绝，是指人民决定其所作的安排。例："余"拒绝接受贼为"余"安排的妻子。[2]

民自杀，是指人民以结束生命的方式对其进行反抗。例：武昌城"自死者几十万"。[3]

民劝说，是指人民劝其放弃错误的言行。例："余"留书给"贼"首，劝其"与官兵连为内应"或"反戈杀贼，投军营效力赎罪"。[4]

$\overline{C}$5b被民自觉反抗，是指人民出于公愤自觉、有组织地对其加以反抗。其亚行动包括民聚集、抵御、进击、恐吓等。

民聚集，是指人民聚集在一起，这是自觉反抗的前提。例："各乡镇设立公局，互相保护。"[5]

民抵御，是指人民聚集在一起对其进行防守性抗击。例："董率团练，首尾八年，三被贼围，力筹守御。"[6]

民进击，是指人民自觉地向敌人发动进攻。例："沙溪穷人……

---

[1] 倪在田. 扬州御寇录[M]//中国史学会主编. 太平天国（五）. 上海：神州国光社，1952：132.

[2] 李圭. 思痛记[M]//中国史学会主编. 太平天国（四）. 上海：上海人民出版社，1957：486.

[3] 佚名. 武昌兵燹纪略[M]//中国史学会主编. 太平天国（四）. 上海：上海人民出版社，1957：572.

[4] 李圭. 思痛记[M]//中国史学会主编. 太平天国（四）. 上海：上海人民出版社，1957：494.

[5] 解涟. 遭乱纪略[M]//中国史学会主编. 太平天国（五）. 上海：神州国光社，1952：83.

[6] 强汝询. 金坛见闻记[M]//中国史学会主编. 太平天国（五）. 上海：神州国光社，1952：191.

成群结伙到处吃‘大户’，开仓分粮食。”[1]

民恐吓，是指其行为引起人民极大反感，人民对其进行威吓。例：里七桥群众聚集，“扬言官兵复来，誓将首状之家，先行诛戮抄烧”。[2]

第四节 D/D̄天心所向者/天心背离者

洪秀全说“道之大原出于天，谨将天道觉群贤”，[3]《东南纪略》追问“呜呼生民涂炭之祸，天为之与，人为之与？”，[4]由此可见“天”在太平天国成败叙事中的重要地位。叙事中出现的“天”并非是与“地”相对的概念，而是由天命、运数、鬼神、巫术、谶纬、打卦、风水等引起的超现实、超自然、非人为的神秘力量，而这些神秘力量又与被认为与人的活动、战争的胜败有着密切的关系，即所谓“不正天所恶，能正天所亲”，[5]把这句话反过来说即是“天所恶不正，天所亲能正”，归根结底，写天的目的是写人，是为了表现人、论述人、证明人。根据与天的关系，人可以分为天心所向者和天心背离者两个角色。

---

[1] 陈棣生. 虎啸龙吟——太平天国故事选集[M]. 广州：花城出版社，1991：442.

[2] 李汝昭. 镜山野史[M]//中国史学会主编. 太平天国（三）. 上海：上海人民出版社，1957：8.

[3] 洪秀全. 原道救世歌[M]//太平天国印书(上). 南京：江苏人民出版社，1979：10.

[4] 佚名. 东南纪略[M]//中国史学会主编. 太平天国（五）. 上海：神州国光社，1952：241.

[5] 洪秀全. 原道救世歌[M]//太平天国印书(上). 南京：江苏人民出版社，1979：11.

D天心所向者，是指被神秘力量喜爱，得到其恩赐、指点、帮助等的角色。

D1天赐者，是得到上天恩赐的角色，根据恩赐内容的不同，该角色的行动可分为：天赐贵相、天赐奇能、天赐宝地、天赐使命、天赐胜利等。

D1a天赐贵相，是指相貌身材奇特，非同一般，具有“富贵之相”，当然每个作者对“富贵之相”的看法不同，描述也不相同，甚至完全相反，但其充当的功能都是一样的。

D1a1面相好，例：曾国藩出生时“头角峥嵘”，[1]洪秀全长得是“天庭广宽，地阁丰隆，眉侵入鬓，眼似流星，长耳宽颐，丰颧高准”。[2]

D1a2身材伟，例：石达开有“龙凤之姿”，[3]杨秀清“身材魁梧，肩宽腰圆”。[4]

D1a3身体奇，例：“国藩长至八岁，满身鳞鳞之疾，愈加利害，还是小事，最奇怪的是，两试掌上，并无一条纹路。”[5]

D1b天赐奇能，是指拥有奇才、异能。其亚行动包括：有智慧、跑得快、力气大、会法术、能望气、善医卜。

D1b1有智慧，包括：

---

❶ 徐哲身. 大清三杰：曾国藩 左宗棠 彭玉麟[M]. 长春：时代文艺出版社，1994：7.

❷ 黄世仲. 洪秀全演义[M]. 北京：人民文学出版社，1984：10.

❸ 石达开（第三集）（电视连续剧分镜头剧本）广西电视台印. 油印本. 未出版. 1984：8.

❹ 陈棣生. 虎啸龙吟——太平天国故事选集[M]. 广州：花城出版社，1991：64.

❺ 徐哲身. 大清三杰：曾国藩 左宗棠 彭玉麟[M]. 长春：时代文艺出版社，1994：8.

少年聪明，具有超常的记忆力和领悟力。例：洪大全的聪明是天赋的，“六岁就把四子书读完”，[1]“秀全小的时候十分聪明”，[2]左宗棠聪明颖悟异常，[3]“福基九岁时就能解《周易》”。[4]

成人后具有不是学来的超人智慧，例：天王“聪明天亶”“非凡庸所能窥测”，[5]杨秀清“虽目不识丁，而具大智慧，极工心计”。[6]

D1b2有异能，例：村人相信“秀全能叫河水倒流”，[7]刘山“眼睛好，白天能看到天上的星”。[8]

D1b3会法术，例：“我主能驱鬼逐怪”“能令哑者开口，疯瘫怪疾，信而即愈”，[9]太平庵中的尼姑会做法事，能喷焰火，[10]“有包拯清者，能妖法”。[11]

D1b4能望气，是指善于通过观察天象预测天气或预言未来。

---

[1] 张恂子. 洪杨豪侠传[M]. 合肥：黄山书社，1988：241.

[2] 王林. 洪秀全的故事[M]. 武汉：群益堂，1956：5.

[3] 李文澄. 左宗棠[M]. 北京：北京图书馆出版社，2001：12.

[4] 进步书局编译所编辑，韩英编译. 太平天国轶闻[M]. 济南：山东友谊出版社，2000：220.

[5] 李秀成覆英教士艾约瑟杨笃信书[M]//中国史学会主编. 太平天国（二）. 上海：上海人民出版社，1957：729.

[6] 简又文. 金田之游及其他[M]. 上海：商务印书馆，1946：28.

[7] 花县民间文学三套集成工作领导小组编. 中国民间故事集成广东卷花县资料本.内部资料.未出版，1987：P22.

[8] 陈棣生. 虎啸龙吟——太平天国故事选集[M]. 广州：花城出版社，1991：396.

[9] 洪仁玕自述[M]//中国史学会主编. 太平天国（二）. 上海：上海人民出版社，1957：850.

[10] 陈棣生. 虎啸龙吟——太平天国故事选集[M]. 广州：花城出版社，1991：565.

[11] 冯文兽. 曾公平逆记（内容提要）. 江苏省社会科学院明清小说研究中心，江苏省社会科学院文学研究所. 中国通俗小说总目提要[M]. 北京：中国文联出版公司，1990：1141.

例：抚台预言“四更起雾，次辰雾散”，皆得验证。[1]

D1b5善医卜，是指善于医术、占卜。例：洪秀全用一张灵符治好了石达开的母亲。[2]

D1c天赐宝地，是指出生地或者祖坟所在地有好风水。例：石达开得到地理先生指点，占了个好祖坟。[3]

D1d天赐使命，是指被天选中以完成重要任务。

D1d1天赐真理，是指在天的指引下，得以知道或领悟真正的道理。例：“我怀大道得真传”，[4]石达开捡到一本上帝书，得知真道。[5]

D1d2天赐名，是指天直接或通过暗示的方式为其起名字。例：“皇上帝”，为“真主”命名“天王大道君王全”。[6]

D1d3天赐宝物，是指天送给其不同寻常、具有神力的物品。例：猿猴指引左宗棠找到一千多件兵器。[7]

D1d4天赐神性，是指人或人所拥有的普通事物被天或神赋予了超越其本性的特征。例：太平军将官的剑能使胎儿安全降生，“剑出鞘，必杀人”，[8]“兹我天王口为天口，言为天言”。[9]

---

[1] 周邦福. 蒙难述钞[M]//中国史学会主编. 太平天国（五）. 上海：神州国光社，1952：53.

[2] 饶任坤，莫乃群. 太平天国在广西调查资料全编[M]. 桂林：广西人民出版社，1989：74.

[3][5] 广西壮族自治区科学工作委员会、壮族文学史编辑室. 关于石达开. 资料七十七. 原始资料. 油印本. 未出版，日期不详：1.

[4] 太平救世歌. 太平天国印书(上)[M]. 南京：江苏人民出版社，1979：143.

[6] 太平天日. 太平天国印书(上)[M]. 南京：江苏人民出版社，1979：41.

[7] 李文澄. 左宗棠[M]. 北京：北京图书馆出版社，2001：71.

[8] 陈棣生. 虎啸龙吟——太平天国故事选集[M]. 广州：花城出版社，1991：540.

[9] 吴容宽. 诏书盖玺颁行论. 太平天国印书（下）[M]. 南京：江苏人民出版社，1979：457.

D1d5天赐使命，是指天让其完成独一无二、不可替代的任务。例：洪秀全、杨秀清、罗亚旺等自称“想我等皆有天命之分”。[1]

D1d6天赐祥瑞，例：“天王有天份”，进城时“天空起红云，落下鹅毛喜雪”。[2]

D1e天赐胜利，是指在战争前于短期内获得本不可能获得的军事力量，在战争中取得依靠本身力量不可能取得的胜利，在战争后夺取了本不可能夺取的领土。

D1e1天赐工具，例：天父默中让太平军得到益阳等处舟楫，不让太平军攻下长沙。[3]

D1e2天赐将帅，例：金田团营前，东王一直生病，几成废人，团营当天，突然耳聪目明，指挥团营。[4]

D1e3天赐胜利，例：能很快从广西打到金陵，“非天父天兄欲使我主建天京于金陵乎？”[5]

D2天亲者，是指被神秘的超自然力量相信、喜爱、亲近的角色。其行动包括被天信任、被天喜爱、与天交流、得知天机。

D2a被天信任，例：石达开受冤死寡妇的鬼魂信任。[6]

---

[1] 北京太平天国历史研究会编印. 太平天国史研究通讯（29），油印本. 未出版. 日期不详：5.

[2] 陈棣生. 虎啸龙吟——太平天国故事选集[M]. 广州：花城出版社，1991：387.

[3] 天情道理书. 太平天国印书(下)[M]. 南京：江苏人民出版社，1979：521.

[4] 天情道理书. 太平天国印书(下)[M]. 南京：江苏人民出版社，1979：520.

[5] 建天京于金陵论. 太平天国印书(下)[M]. 南京：江苏人民出版社，1979：418.

[6] 许指岩. 石达开日记[M]. 上海：世界书局，1928：13.

D2b被天喜爱，例：朱仙梦入仙境，得丽人所赠金钏，[1]韩延吉被杀时“老天也为之变色，居然一声晴空霹雳”。[2]

D2c得见天颜，例：“洪仁玕染病见天。”[3]

D2d与天交流，例：“洪秀泉……能与鬼说话。”[4]

D3天启者，是指命运已被神秘力量预先排定，或受到神秘力量的启发，从而能够预知并把握未来的角色。

D3a天启示命运，是指在其还没有出现，或是刚刚出生，或是年幼时、做梦时，超自然的神秘力量已经通过某种方式将其命运排定。

D3a1神启示富贵，例：天王和幼主都遇到天启，证明天王是太阳。[5]

D3a2神启示名号，例：太平军还没有萌芽时，士子制艺中已包含太平天国的国号、王号。[6]

D3a3神启示兴衰，例：明朝人黄孽禅师诗中已“寓意太平朝的兴衰交替”。[7]

---

[1] 王韬. 淞隐漫录[M]. 北京：人民文学出版社，1983：38.

[2] 陈棣生. 虎啸龙吟——太平天国故事选集[M]. 广州：花城出版社，1991：316.

[3] 太平天日. 太平天国印书(上)[M]. 南京：江苏人民出版社，1979：45.

[4] 洪大泉自述[M]//中国史学会主编. 太平天国（二）. 上海：上海人民出版社，1957：777.

[5] 钦定英杰归真. 太平天国印书(下)[M]. 南京：江苏人民出版社，1979：763.

[6] 凌善清. 太平天国野史[M]. 徐鸿，编译. 济南：山东友谊出版社，2000：267.

[7] 凌善清. 太平天国野史[M]. 徐鸿，编译. 济南：山东友谊出版社，2000：268.

D3b天启示灾难，是指在灾难还没有到来前，神秘力量以某种方式启示某人。例：知府扶乩得语“天光日色如灰”，正好应验。❶

D3c天启示行动，是指神秘力量通过某种方式启示某人采取相应行动，以顺应命运安排，获得荣华富贵，或者远离灾祸，全身保命。

D3c1天启示完成使命，例：石达开得到天书后就招集人马训练，几个月后，洪秀全、杨秀清等果然来“找他商量去破清朝”。❷

D3c2神启示远离灾难，例：傅玉林遇神人，“知地方将有劫数”，“避去，得免于难”。❸

D3d得天传授，是指得到神秘力量的指点，获得神奇能力或非同寻常的知识。例：李秀成得到一神秘老人的指点，学了七天七夜，得以知道天文。❹

D4天助者，是指得到神秘力量的帮助，从而克敌制胜的角色。

D4a天威吓敌人，是指当遇到危险时，超自然力量出面吓唬敌人。例：贼围长沙时，“一道士立城上，贼俱坠死”。❺

D4b天提供便利，是指天为其提供天气、地形等有利条件，从外部保证其胜利。

D4b1天提供天气便利，例：石达开带兵“攻打皇帝宫殿时，海

---

❶ 潘钟瑞. 苏台麋鹿记[M]//中国史学会主编. 太平天国（五）. 上海：神州国光社，1952：271.

❷ 广西壮族自治区科学工作委员会、壮族文学史编辑室. 关于石达开. 资料七十七. 原始资料. 未出版，日期不详. 油印本：1.

❸ 汪堃. 遁鼻随闻录[M]//中国史学会主编. 太平天国（四）. 上海：上海人民出版社，1957：411.

❹ 李秀成自述[M]//中国史学会主编. 太平天国（二）. 上海：上海人民出版社，1957：793.

❺ 汪堃. 遁鼻随闻录[M]//中国史学会主编. 太平天国（四）. 上海：上海人民出版社，1957：409.

与河结冰，他的骑兵可以冲过去，所以打进了皇宫”。[1]

D4b2天提供有利地形，例：李秀成溃败时，天上降下许多像龙、像虎的土墩，正好为李秀成用来隐身。[2]

D4b3天提供超人力量，例：杨秀清穿着神风鞋乘风将兵器运到金田。[3]

D4c天打击敌人，是指超自然力量帮助其打击内奸、攻打敌人、使敌人就范。例：天父突然下凡审讯周锡能。[4]

D5天从者，是指天服从其安排、听从其命令、按照其意志行动、给予其法术以认可和通行的角色。

D5a使用法术，例：“余”与他人“联名延僧设醮”求天“免众劫”。[5]

D5b操纵天气，例：赖汉英操纵天气，打败数倍于己之敌。[6]

D5c符咒灵验，例：太平军剪成红头蜂正好能破洋人的纸人，又将洋人全部刺死。[7]

D6天救者，是指在遇到生命危险时，由天出面保护并使其成功脱险的角色。

---

❶ 广西壮族自治区科学工作委员会、壮族文学史编辑室. 关于石达开. 资料七十七. 原始资料. 油印本. 未出版，日期不详：8.

❷ 陈棣生. 虎啸龙吟——太平天国故事选集[M]. 广州：花城出版社，1991：451-452.

❸ 陈棣生. 虎啸龙吟——太平天国故事选集[M]. 广州：花城出版社，1991：65.

❹ 太平天日. 太平天国印书(上)[M]. 南京：江苏人民出版社，1979：96.

❺ 方濬颐. 转徙余生记[M]//中国史学会主编. 太平天国（四）. 上海：上海人民出版社，1957：522.

❻ 张恂子. 洪杨豪侠传[M]. 合肥：黄山书社，1988：522.

❼ 陈棣生. 虎啸龙吟——太平天国故事选集[M]. 广州：花城出版社，1991：445.

D6a天提供条件，是指超自然力量为其成功脱险提供有利条件。例：“凡官军欲败或贼降至，辄有大雨解之，历试不少爽”。[1]

D6b天提供援助，是指超自然力量为其成功脱险提供帮助。例：参戎与贼战，败将自杀，忽见其妻乘巨鸟飞下，助其脱险。[2]

D6c天使成功脱险，是指角色利用超自然力量提供的保护和援助成功脱离险境，生命得到保障或者尸体得以保全。例：“鸟叫烟抽伏地”，成功救下许多百姓。[3]

D7天佑者，是指受到超自然力量暗中保佑、免于灾难的角色。

D7a天使免遭疾病，是指在超自然力量的护佑下，当瘟疫泛滥时不被传染，或者穿上、佩戴具有超自然力量的事物，就不生病或者病而自愈，无需药物治疗。例：天降大疫，韦正的天诛教中人无一染者，[4]穷人穿上忠王的袍子病就好了。[5]

D7b天使免受兵祸，是指在战争时期，在超自然力量保佑下，某地不被敌人占领。例：“端木夫子卜衢州五千年无兵燹”，果然石达开围城而未破，解围而去。[6]

D7c渡过难关，是指在困厄时却能无须忍饥受冻，需要钱就能得到钱，需要食物就能得到食物，需要住处就得到住处。例：“主”

---

[1] 倪在田．扬州御寇录[M]//中国史学会主编．太平天国（五）．上海：神州国光社，1952：126．

[2] 王韬．淞隐漫录[M]．北京：人民文学出版社，1983：19．

[3] 陈棣生．虎啸龙吟——太平天国故事选集[M]．广州：花城出版社，1991：521．

[4] 明心道人．发逆初记[M]//中国史学会主编．太平天国（四）．上海：上海人民出版社，1957：451．

[5] 陈棣生．虎啸龙吟——太平天国故事选集[M]．广州：花城出版社，1991：538．

[6] 方濬颐．转徙余生记[M]//中国史学会主编．太平天国（四）．上海：上海人民出版社，1957：522．

身无分文时，“天父上主皇上帝化醒舟人”，使“主”遇到四个义士，渡过难关。[1]

D7d天使不遭报应，是指行为触犯某些鬼怪的利益，本该遭到报应，却能安然无恙。例：“主”打烂非常灵验的象王庙而毫发无损。[2]

D7e天使获得功绩，是指在超自然力量护佑下取得本无法取得的成绩。例：骆秉章奏称捉住石达开是“仰赖天威”。[3]

D8天化者，是指具有神性，不同于凡人的角色。其行动包括神灵所化和化为神灵。

D8a神灵所化，是指虽今世为凡人，但前世并非凡人，是有神灵化成的。

D8a1星宿下凡，例：左宗棠出生时，奶奶梦见神人“牵牛星”降临。[4]

D8a2英雄转世，例：石镇仑“面黑如漆，短须绕颊，根根倒竖”，如同张飞。[5]

D8a3神物托生，例：“清朝官员来挖石的祖坟，挖出一对凤凰。”[6]

D8b化为神灵，是指凡人突然具有了神性，或者生前、死后变成神灵。

---

[1] 太平天日. 太平天国印书(上)[M]. 南京：江苏人民出版社，1979：47.

[2] 太平天日. 太平天国印书(上)[M]. 南京：江苏人民出版社，1979：48.

[3] 石达开自述〔附〕骆秉章奏[M]//中国史学会主编. 太平天国（二）. 上海：上海人民出版社，1957：785.

[4] 李文澄. 左宗棠[M]. 北京：北京图书馆出版社，2001：11.

[5] 张恂子. 洪杨豪侠传[M]. 合肥：黄山书社，1988：342.

[6] 广西壮族自治区科学工作委员会、壮族文学史编辑室. 关于石达开. 资料七十七. 原始资料. 油印本. 未出版，日期不详：7.

D8b1死前化神灵，包括：

人在生前化成神物，例：洪秀全小时候变成没有尾巴的蚺蛇。[1]

人出生后获得了神性，改变了举止。例："主自是志度恢弘，与前迥不相同。"[2]

使用过的物品获神性，例：太平军铸造的铁牛能镇住潮水，保护百姓，成为神牛。[3]

D8b2死后化鬼神，是指灵魂不灭，或者化为仙人或神。例：某参将忠死，但事迹未得认可，于是魂魄不散，[4]朱仙乘鹤仙去。[5]

D8b3死后化奇物，例："荷妹和穷人的鲜血，长出了鲜荷花。"[6]

$\overline{D}$天心背离者，是指违背超自然力量的愿望，未完成其交给的使命，因而不能得到天的欢心，被天厌弃、惩罚、处置等的角色。

$\overline{D}$1天生丑陋者，是指生来相貌奇丑、凶恶、奸诈。例：罗大纲面目异常凶恶，[7]李鸿章"尖嘴猴腮、满脸麻皮、皮包骨头"。[8]

$\overline{D}$2天降灾异者，是指在神秘力量支配下，遭受灾难、眼见异物

---

[1] 陈棣生. 虎啸龙吟——太平天国故事选集[M]. 广州：花城出版社，1991：3.

[2] 太平天日. 太平天国印书(上)[M]. 南京：江苏人民出版社，1979：42.

[3] 陈棣生. 虎啸龙吟——太平天国故事选集[M]. 广州：花城出版社，1991：580.

[4] 倪在田. 扬州御寇录[M]//中国史学会主编. 太平天国（五）. 上海：神州国光社，1952：115.

[5] 王韬. 淞隐漫录[M]. 北京：人民文学出版社，1983：39.

[6] 陈棣生. 虎啸龙吟——太平天国故事选集[M]. 广州：花城出版社，1991：457.

[7] 张恂子. 洪杨豪侠传[M]. 合肥：黄山书社，1988：103.

[8] 陈棣生. 虎啸龙吟——太平天国故事选集[M]. 广州：花城出版社，1991：543.

的角色。

$\overline{D}$2a天降灾害，是指神灵或上帝降下干旱、水涝、地震、蝗虫等自然灾害或瘟疫以示惩罚。例：“[咸丰]二年壬子秋，旱。七月……粤贼逼省垣。”[1]

$\overline{D}$2b天落异物，是指从天上降落下不祥之物。例：杨秀清刚刚建成伪府，空中忽然降下一个大火球，杨伪府“顷刻灰烬”，烧死者不计其数。[2]

$\overline{D}$2c天生怪物，是指天安排人或动物生出非人或非物的东西。例：某生员妻生人首猴身怪物。[3]

$\overline{D}$2d天相异常，是指日、月、星、辰、云、雾等发生变化。例：寇将至时，“太白昼见”。[4]

$\overline{D}$2e天气反常，是指天气异于往常。例：金陵不该寒冷时却“大雪与冰雹交下”。[5]

$\overline{D}$2f人体异变，是指人无缘无故改变了性别或容貌变丑。例：十九岁刑姓由男变女，城破后数千幼童被阉割。[6]

$\overline{D}$2g生物异常，突然出现不祥的动植物，或者动植物突然出现

---

[1] 童秀春. 续修宁乡县志[M]//杨奕清，等. 湖南地方志中的太平天国史料. 长沙：岳麓书社，1983：189.

[2] 汪堃. 遁鼻随闻录[M]//中国史学会主编. 太平天国（四）. 上海：上海人民出版社，1957：398.

[3] 汪堃. 遁鼻随闻录[M]//中国史学会主编. 太平天国（四）. 上海：上海人民出版社，1957：411.

[4] 童秀春. 续修宁乡县志[M]//杨奕清，等. 湖南地方志中的太平天国史料. 长沙：岳麓书社，1983：189.

[5] 潘钟瑞. 苏台麋鹿记[M]//中国史学会主编. 太平天国（五）. 上海：神州国光社，1952：271.

[6] 汪堃. 遁鼻随闻录[M]//中国史学会主编. 太平天国（四）. 上海：上海人民出版社，1957：410.

异常行为。例：浔州两蛟相斗，雷雨大作；[1]岳州府署大堂下枫树自焚。[2]

$\overline{D}$2h物品异行，是指没有生命的物品突然产生奇异的行为。例："道光二十九年广西提督署前旗竿夜鸣"，牲祭不止，[3]该例是旗、印等权力符号产生奇异行为。再例：咸丰十年嘉兴东门"土牛忽崩坼，人以为不祥，至夏四月二十六日果不守"，[4]这是神像、钟鼓等信仰的象征产生奇异行为。

$\overline{D}$3天作祟者，是指被鬼怪神灵等光顾、惊扰、作践、处死等的角色。

$\overline{D}$3a出现，鬼魂出现，例：陆建瀛出师祭旗时有白衣女魂坐旗上。[5]妖怪出现，例：西王府前出现白毛怪，伪都尉受惊吓。[6]神人出现，例：宫中白天也经常见神秘人物出现。[7]

$\overline{D}$3b哭叫，例：贼中每到黄昏"鬼声啾啾"，以致"夜不敢

---

[1] 汪堃．遁鼻随闻录[M]//中国史学会主编．太平天国（四）．上海：上海人民出版社，1957：405.

[2] 汪堃．遁鼻随闻录[M]//中国史学会主编．太平天国（四）．上海：上海人民出版社，1957：406.

[3] 汪堃．遁鼻随闻录[M]//中国史学会主编．太平天国（四）．上海：上海人民出版社，1957：405.

[4] 梅元鼎录．太平军得失嘉兴记实[M]//江浙豫皖太平天国史料选编．南京：江苏人民出版社，1983：266.

[5] 汪堃．遁鼻随闻录[M]//中国史学会主编．太平天国（四）．上海：上海人民出版社，1957：407.

[6] 沈懋良．江南春梦庵笔记[M]//中国史学会主编．太平天国（四）．上海：上海人民出版社，1957：445.

[7] 沈懋良．江南春梦庵笔记[M]//中国史学会主编．太平天国（四）．上海：上海人民出版社，1957：447.

眠”。[1]

$\overline{D}$3c强奸，例：“伪宫”中出现数十貌似官兵的鬼祟，强奸宫人。[2]

$\overline{D}$3d致死，例：刑房师爷被韩延吉讨命勾魂暴死。[3]

$\overline{D}$4应天之谶者，是指在某人的行为、结局没有出现之前，超自然力量就通过童谣、占课、扶乩等方式暗示其无可逃脱的灾难，而这些灾难后来皆变成现实。

$\overline{D}$4a应官位谶，例：邹中丞曾得书“官列四品，洪水为灾”，都应验。[4]

$\overline{D}$4b应刀兵谶，例：咸丰即位时，有童谣唱“一人一口起干戈（咸），二主争山打破头（丰）”，登基不到一年，洪秀全就起义了。[5]

$\overline{D}$4c应死亡谶，例：汉口演水浒斩麒麟，“未几青中丞竟应其谶”。[6]

$\overline{D}$4d应败亡谶，例：善于扶乩的某巨公，凡用笔在舆图上点着之处，先后都失守。[7]

$\overline{D}$5天劫者，是指厄运上天排定，无论怎样努力都无法改变。根

---

[1] 李圭. 思痛记[M]//中国史学会主编. 太平天国（四）. 上海：上海人民出版社，1957：481.

[2] 沈懋良. 江南春梦庵笔记[M]//中国史学会主编. 太平天国（四）. 上海：上海人民出版社，1957：447.

[3] 陈棣生. 虎啸龙吟——太平天国故事选集[M]. 广州：花城出版社，1991：316.

[4][7] 汪堃. 遁鼻随闻录[M]//中国史学会主编. 太平天国（四）. 上海：上海人民出版社，1957：409.

[5] 魏文华. 天国虎将[M]. 长春：长春出版社，1990：2.

[6] 汪堃. 遁鼻随闻录[M]//中国史学会主编. 太平天国（四）. 上海：上海人民出版社，1957：406.

据厄运的类型，可将该角色的行动分为天定必乱、天定必败和天定必死。

$\overline{D}$5a天定必乱，是指由于其气数将近，使天重新选定王者，使其良臣丧命、人民愚昧，注定其遭受兵祸离乱，例：“玄机道人”预言“四十年以后，中国必将大乱，两广一带，有王气”“那清朝恣睢暴戾，气数当尽”。[1]

$\overline{D}$5b天定必败，是指在军事对抗时，天注定其失败。例：赖文光认为自己的失败是“予军心自乱，实天败于予”。[2]

$\overline{D}$5c天定必死，是指天注定其死亡的时间和方式。例：悍“贼”杨四和尚头大五斗，临阵时马突然倒毙，乡勇趁机割下杨首级。[3]

$\overline{D}$6天阻挠者，是指在军事对抗时，超自然的力量设置障碍阻挠其行动，使其无法得逞。

$\overline{D}$6a阻挠军事，是指通过改变风向、下雨等方式阻止其军事行动。第一是使其由胜转败，例：“贼冲突出围，我军乘势追剿”，“值大雨，伏贼突起，戕总兵董光甲等”。[4]第二是使其彻底失败，例：石达开退走时，河海都解冻，化冰为水，所以许多士兵淹死，石达开本人也被淹死了”。[5]第三是阻止进攻，例：贼“于城外焚毒

---

[1] 张恂子. 洪杨豪侠传[M]. 合肥：黄山书社，1988：29.

[2] 赖文光自述[M]//中国史学会主编. 太平天国（二）. 上海：上海人民出版社，1957：863.

[3] 汪堃. 遁鼻随闻录[M]//中国史学会主编. 太平天国（四）. 上海：上海人民出版社，1957：402.

[4] 张先伦，等. 善化县志[M]//杨奕清，等. 湖南地方志中的太平天国史料[M]. 长沙：岳麓书社，1983：157.

[5] 广西壮族自治区科学工作委员会、壮族文学史编辑室. 关于石达开. 资料七十七. 原始资料. 油印本. 未出版，日期不详：8.

烟闷垛勇”“复北风大作，反扑威垒”。[1]

$\overline{D}$6b阻挠作恶，例：贼欲挖刘同缨的坟墓，刚一下铲，就“头眩而倒”。[2]

$\overline{D}$7天惩罚者，是指当违背天的意愿时，受到天的报复和惩罚的角色。按惩罚的方式，可将该角色的行动分为罚战乱、罚残疾、罚失败、罚死亡、罚转世。

$\overline{D}$7a罚战乱，例：因为“人非天命之人，国非天命之国”，所以人间弑杀频仍。[3]

$\overline{D}$7b罚残疾，例：“东贼子死，泪下如雨，目遂失明。”[4]

$\overline{D}$7c罚失败，例：陈亚贵聚党掳掠，最终被剿灭，“天降之罚，不爽毫厘”。[5]

$\overline{D}$7d罚死亡，罚早死，例：咸丰中年夭折，“即是天命既讫之征”。[6]罚横死，例：“雷火下击，霹雳交加，徐姓震死，身如焦炭”，[7]石狮子显灵，砸死李鸿章。[8]

$\overline{D}$7e罚转世，使其托生为丑恶事物，例：邬兰泰死后化作蝗

---

[1] 张先伦，等. 善化县志[M]//杨奕清，等. 湖南地方志中的太平天国史料 长沙：岳麓书社，1983：159.

[2][4][7] 谢介鹤. 金陵癸甲纪事略[M]//中国史学会主编. 太平天国（四）. 上海：上海人民出版社，1957：653.

[3] 建天京于金陵论[M]//太平天国印书（下）. 南京：江苏人民出版社，1979：417.

[5] 天情道理书[M]//太平天国印书(下). 南京：江苏人民出版社，1979：525.

[6] 诛妖檄文[M]//太平天国印书(下). 南京：江苏人民出版社，1979：734.

[8] 陈棣生. 虎啸龙吟——太平天国故事选集[M]. 广州：花城出版社，1991：546.

虫，[1]清军的精血变化成“五色蛇”，被咬后必死。[2]

尽管太平天国成败叙事的数量众多，人物难以计数，叙事出发点、立场、视角也有很大差别，但所有叙事都是对以上角色的叙述，所有人物都是由以上角色组合而成，不仅太平天国题材是这样，陈胜吴广、黄巢、李自成、捻军、义和团等历代农民起义成败，安史之乱、武则天称帝等政变成败，抗前秦战争、抗金战争等的叙事都是这样，[3]因而以上角色是所有历史成败叙事共有的角色。

从太平天国成败叙事来看，四组角色在出现的频率上是有很大差别的，出现最多的是$A/\overline{A}$善者/恶者。$C/\overline{C}$民心所向者/民心背离者、$D/\overline{D}$天心所向者/天心背离者是$A/\overline{A}$善者/恶者的变形，只要得到民心的一定是善者，只要失去民心的一定是恶者，得到天（包括鬼神、天气、神秘意志等）的青睐和帮助的一定是善者，受到天的厌恶和惩罚的一定是恶者，这两组角色也属于善恶范畴，是善恶的特殊表现。四组角色中有三组是善恶及其变形，由此可见历史成败叙事名义上是关于成败的叙事，实际主要是关于道德的叙事，体现了道德先行的特点，所有历史成败叙事都是道德判决后的叙事，道德判决后的叙事首要表现的仍是道德。这样做无疑将历史成败简单化、幼稚化了，但是历史成败叙事就是如此“单纯”、如此“幼稚”：某方胜利理所当然，因为该方道德高尚；某方失败罪有应得，因为该

[1] 陈棣生. 虎啸龙吟——太平天国故事选集[M]. 广州：花城出版社，1991：503.

[2] 凌善清. 太平天国野史[M]. 徐鸿编译. 济南：山东友谊出版社，2000：272.

[3] 该论断是在参阅了近二十个其他历史成败叙事的基础上得出的，姑举三个叙事：姚雪垠. 李自成[M]. 北京：中国青年出版社，1977；柏杨：淝水之战[M]. 北京：中国友谊出版公司，1990；李以从.安史之战演义[M]. 沈阳：春风文艺出版社，1988. 其他叙事详见本书参考文献中当代文献的第十部分。

方道德败坏；某方虽然胜了也不光彩，因为该方道德败坏，只是侥幸取胜而已；某方败了也很光荣，因为该方道德高尚，只是一时疏忽被敌人钻了空子而已；某人胜利了早在意料之中，因为他是“好人”；某人失败了毫不稀奇，因为他是“坏蛋”；某人胜利了令人痛恨，因为他是“坏蛋”；某人失败了令人惋惜，因为他是“好人”。不管是清方，还是太方；不管是文人叙事，还是民间叙事；不管是历史叙事，还是文学叙事，善与恶、好与坏都是虽然直白但却直接，虽然简单但却有效的评价标准。这并不足为奇，因为“中国是伦理本位的社会”“道德是一切意识形态的中心”，道德的评判和约束能力远远超过法律，成为一切社会生活包括政治的评价标准，[1]要想得到认可、肯定，一切社会生活都要符合道德的标准与尺度，即使不符合也要假装符合，否则就会受到排斥和批判。

在所有与道德有关的角色中，A2/$\overline{A}$2忠义者/奸逆者出现的频率最高，而且在160多年来太平天国成败叙事中从没有中断，可见历史成败叙事对“忠义”的看重。“忠义”是封建制度的产物，维护的是封建统治阶级的利益，[2]按说早就应该随着封建王朝的覆灭而瓦解，但恰恰相反，普通封建文人讲忠义、中兴名臣讲忠义、李秀成讲忠义，辛亥革命时期的革命党人黄世仲也谈忠义，抗日战争时期的太平天国历史剧也谈忠义，当代历史学家罗尔纲也谈忠义，就连潘旭澜也谈忠义。所有的历史叙事都是历史与现实的结合，历史成败叙事对“忠义”的看重说明现实生活中“忠义”观并没有消失。

当代有些学者非常关注小说中妇女、情爱对革命题材小说主题

---

[1] 沈善洪，王凤贤. 中国伦理思想史[M]. 北京：人民出版社，2005：21-23.

[2] 沈善洪，王凤贤. 中国伦理思想史[M]. 北京：人民出版社，2005：30.

的意义，[1]其实妇女与情爱对政治书写的意义并非到了现代才得以凸显，《长恨歌》《长生殿》《桃花扇》等历史文学叙事都将女性作为重点表现对象。在太平天国成败叙事中，情爱包括色情和爱情。[2]色情叙事伴随太平天国成败叙事始终，其对应的角色$\overline{A}2a$无情无义者、$\overline{A}2b$随心所欲者一直是反面人物必备的“专利”，只要是反面人物就会好色，真正好色的自不必说，即使不好色也得给他加上好色这一条，比如曾国藩，没有确切的证据证明他娶过小妾、玩过妓女，也未能逃掉好色，[3]似乎不让人物好色就不足以体现其罪大恶极，不写人物好色，作者们就没有激起读者同仇敌忾的信心。这是一个世界性的文化心理，不管是基督教还是佛教都曾认为色欲是罪恶的，是应该戒除的。宋明理学主张“存天理灭人欲”，色欲作为人欲之一被禁锢在了地狱。虽然弗洛伊德学说使人们承认了性的合理性，但有爱情基础、有节制、分场合的性爱才能得到社会承认，

---

[1] 刘剑梅《革命与情爱》一书集中探讨了“革命加恋爱”这一主题与创作模式，认为“它是对一系列政治事件具体的文学反映”，它一再重复，“正是中国现代知识分子的一种人性困境”（［美］刘剑梅. 革命与情爱：二十世纪中国小说史中的女性身体与主题重述[M]. 郭冰茹，译. 上海：上海三联书店，2009：1.），黄子平、王斑、周蕾等都在各自作品中提出过革命与性别、情爱等关系的洞见。（参见黄子平. “灰阑”中的叙述[M]. 上海：上海文艺出版社，2001；［美］王斑. 历史的崇高形象：二十世纪中国的美学与政治[M]. 孟祥春，译. 上海：上海三联书店，2008；［美］周蕾. 妇女与中国现代性：西方与东方之间的阅读政治[M]. 上海：上海三联书店，2008.）

[2] 本书中的色情与爱情相对，是指没有恋爱基础、纯粹追求肉欲满足，或有恋爱基础但是属于乱伦的男女之情，以及同性恋感情等。爱情特指符合人伦、有恋爱基础、灵肉一致的男女之情。

[3] 不止一个叙事写到曾国藩好色，比如《裂变》中的曾国藩离不开妓女陈香媛，张笑天《太平天国》中的曾国藩在国丧期间纳了小妾赵曼。（参见彭道诚. 裂变——太平天国[M]. 台北：三民书局股份有限公司，2004：155；张笑天. 太平天国[M]. 桂林：漓江出版社，1998：1234.）

以性为游戏、霸占异性、背叛配偶等仍受到社会谴责。

虽然在太平天国时期，社会依然很封闭，现代意义上的妇女解放运动还没有开始，缺乏男女自由恋爱的土壤，男女结合基本秉承父母之命、媒妁之言，或荒唐的进贡、奖励、随意匹配，但在许多太平天国成败叙事中，能否自由平等相爱却是衡量、表现人物的重要方面。以自由恋爱为基础的爱情叙事起源于清末王韬的笔记小说，流行于20世纪所有关于太平天国成败的小说、戏剧、电影、电视剧等文艺作品，在最近十年作品中仍是有增无减。

虽然披上了自由恋爱的外衣，太平天国成败叙事中爱情叙事仍有鲜明的男性中心主义倾向。在执行因恩生情动作时，男性因接受女性之恩会长期停留在感动阶段，不会立即坠入爱河，而女性接受男性之恩时则会心迷意乱，立即爱上对方，甚至以身相许；降尊以求者大多是女性，洪宣娇、洪珍珠、洪仪美、韩宝英、胡林翼夫人、左宗棠夫人等在不同的作品中都执行过该行动，而执行该行动的男性微乎其微；在请教启蒙时，启蒙者一般由男性充当，女性则充当请教者；许多女性为夫纳妾，却没有一个男性为妻子找情人，相反，只要得知妻子有情人，肯定会拳打脚踢甚至杀死，而这是被赞成的……究其原因，虽然妇女地位有所改善，但整个社会仍是男性社会，思想意识维护的仍是男性利益。同时，历史是女性很少涉足的话语领域，除凌力、凯萨琳·彼得森等少数几个女性创作过太平天国成败叙事之外，其他叙事都出自男性之手。在男性心目中，优秀男性是刚强、理智、克制、以事业为重的，女性、爱情只是事业的点缀，优秀女性是柔弱、感性、热烈、以爱情为重的，男性、爱情是生活的重心。因此在男性想象中，有情有义的男性肯定会得到女性无私的奉献，又肯定会有意克制、转移、忽视对女性的喜爱，用其他方式回报女性，得到的女性帮助越多说明该男性越有魅力，男性越不接受或越不在意说明男性越正派、越有能力；而有情有义的女性得到男性无私的奉献时，肯定会敏锐地感受到，并产生甜蜜感情、依赖心理，很少主动克制感情；男性又认为女性一定要低于男性，一旦反过来，女性就必须抛弃优越性，重新“正”过来，所以地位高的女性必须降尊以求才能获得爱情，而男性本来就该高高在上，喜欢女性是该女性的福分；在男性看来，女性“头发长见识短”、无智无识，男性知识渊博、思想先进，男性启蒙女性理所当然；20世纪80年代以后叙事中出现为丈夫选小妾并且妻妾和睦，男性则见一个爱一个，女性众星拱月般地托起男性，这些纯粹是男性的一厢情愿，因为在爱情的排他性上，男性与女性是相同的。刻画女性“美德”，流露出了男性作家对古代一夫多妻制度的留恋，表面上塑造的贤良美貌的女神，实则是让女性充当男性神坛上的祭品，是新时期的《列女传》。

$C/\overline{C}$民心所向者/民心背离者贯穿于太平天国成败叙事始终，是$A2e/\overline{A2e}$真心为民者/残害人民者两个亚角色的反角色，真心为民者/残害人民者反映的是清、太及外方对待人民的态度和方式，$C/\overline{C}$民心所向者/民心背离者反映的是人民对清、太及外方的态度。不管是真心为民者/残害人民者还是民心所向者/民心背离者反映的都是传统民本思想，即使是到了20世纪，倡导“以人为本”，[1]太平天国成败叙事保留的依然是民本思想。

《管子·牧民》中说“政之所兴，在顺民心。政治所废，在逆

---

[1] “以人为本”不同于“以民为本”，前者“把‘民’与‘官’都视做‘为本’的平等对象”，后者“站在‘官员’的立场上讲要以平民百姓为‘本’”。（参见薛德震.“以民为本”与“以人为本”不是一回事[N].新华日报，2010-03-30.）。

民心”，《左传》中说“民弃其上，不亡，何待”，这些先秦时期的名言正好对应真心为民者/残害人民者、民心所向者/民心背离者两个方面，说明太平天国成败叙事中所出现的民本思想并没有超过传统民本思想之处，真心为民摆出的是一副救世主姿态，A1e1悯民、A1e2救民、A1e3惠民、A1e4亲民、A1e5不扰民、A1e6护民、A1e7宽容民都被当成人物的美德而非本职工作，其前提都是人物与人民地位的不平等，角色高高在上，人民匍匐在下，角色是施与者，人民被动地接受。其中悯民是虚无的，喊喊口号而已；救民本身自相矛盾，本来人民虽然过得不太如意，但也不至于遭受流离失所之灾，“被救”之后却死的死、伤的伤、饥不果腹、衣不蔽体！惠民的欺骗性也很明显，明明是抢来的钱粮，分给百姓一些就被称为惠民，本属于百姓的耕牛，再借给百姓也是惠民，仿佛中国的一切都是清方或太方的，人民只是清方或太方的仆人而已！亲民近似于作秀，到百姓中走一遭或者抱抱百姓的孩子、搀起百姓中的老人就是亲民！由这些可以看出所谓真心为民只是“表现”正面人物的需要，其出发点是正面人物而非人民。同样残害人民者也是“表现”反面人物的需要，出发点是反面人物也非人民。

民心所向者/民心背离者表面上是人民的行动，事实上表现的中心仍然是清方、太方、外方或三方中的人物，民只是一个借口、一个幌子，一个吹嘘自我、贬低对手的招牌，反正真正的民“无智无识”，想让他们想什么就让他们想什么，想让他们做什么就让他们做什么，所谓C1被民相信者、C2被民亲近者、C3被民投附者、C4被民帮助者、C5被民铭记者不管是清方、太方还是外方，没有任何一方能真正承担得起，但为了粉饰他们，不光他们自己，就是后世的人也将这些亚角色大书特书。

D/$\overline{D}$天心所向者/天心背离者反映的是中国固有的天命思想。通过叙述天道来表现人道在中国古代叙事中很普遍，[1]并非历史（包括历史成败）叙事的专利。天心所向者/天心背离者在太平天国时期的叙事中出现得非常多，本章第四节所列的亚角色、行动差不多来自这一时期，因为此时科学思想还没有广泛传入，中国人仍保留着传统思想。20世纪上半叶，这些角色锐减，因为科学对迷信的取代使20世纪新兴知识分子摒弃了天人合一的观念，拥有现代质的叙事不仅不信天意，而且还要破除迷信，关于天意的叙述退居于老派知识分子的叙事中。在历史叙事领域，鲁迅、郁达夫、郭沫若等新文学家的作品中看不到天意的影子，即使以神话为题材，表现的也是人的思想行为，天心所向者/天心背离者只能在凌善清、张恂子、陈也梅等人笔下看到。从1950年到1980年之前，天人合一的思想在历史叙事中回避性地存在，因为马克思主义的传播使大部分知识者彻底摒弃了这一神秘思想，经过思想改造的知识分子在叙事中自觉祛除天道，但是在清末和民国时期一直没有言说机会的农民获得了话语权，无论在现实生活题材方面，还是在历史题材方面，翻身做主人的他们都快乐地编织着故事，[2]相对来说，他们受传统影响更深，天人合一思想是他们根深蒂固的思想之一，为了忠于叙述者，他们的故事被完整保留下来，对于其中的天心所向者/天心背离者角色，批

---

[1] 龚鹏程. 中国小说史论[M]. 北京：北京大学出版社，2008.

[2] 讲故事曾是20世纪50~80年代之前一种非常流行的叙事方式，县、乡、村、工厂、学校都有专门编故事、讲故事的故事员，学校还经常搞讲故事比赛，创办《革命故事会》，介绍优秀故事员。当时所讲的故事基本都是革命故事，既包括战争革命故事，也包括社会主义革命故事。除革命故事外，历史故事是又一讲述重点，1960年前后，在太平天国、捻军、义和团活动过的地区，都有人专讲关于这些运动的故事，也有专人搜集、整理、刊载、出版这些故事。在文学荒芜的年代，这些故事在普通百姓中起着教育思想和娱乐身心的双重作用。本书参阅的讲故事材料较多，详见参考文献中第十部分。

评家们大都有意予以回避。[1]1980年之后，中国人思想再次趋于多元化，天人合一思想也悄悄抬头，知识者笔下也出现了天心所向者/天心背离者角色，虽然数量很少，但总归没有消失。

$B/\overline{B}$能者/拙者不是善者/恶者的变形，因为善者不等于能者、恶者不等于拙者，能者/拙者具有相对的独立性。但这种独立性也是有限度的，虽然能拙比善恶对战争胜负的影响更大，但在叙事中才能却要服从于、服务于道德，道德是灵魂，才能只是技艺，无德而有才，即使胜利也不值一提；有德而无才，即使失败也精神可嘉。在历史成败叙事中，成败本身不能决定叙事，不管是胜者还是败者，都可以被叙述成有德有才者、有德无才者、无德有才者、无德无才者，它们与胜败结合就构成历史成败叙事的八种角色模式：有德有才的胜者、有德无才的胜者、无德有才的胜者、无德无才的胜者、有德有才的败者、有德无才的败者、无德有才的败者、无德无才的败者。不同的角色模式代表不同的形象特征、表达叙事者不同的感情倾向，有德有才的胜者拥有最光辉、最完美的形象，有德无才的胜者是美中不足的形象，无德有才的胜者是小人得志的形象，无德无才的胜者是令人痛恨的形象，有德有才的败者是最悲壮的形象，有德无才的败者是令人同情的形象，无德有才的败者是令人唾弃的形象，无德无才的败者是荒谬可笑、罪有应得的形象。虽然太平天国运动最后的胜利是清方的，但是这八种德才角色模式在清方、太

[1] 20世纪50年代以后出版过好几本太平天国传说故事集，其序言或前言都表示了对这些故事的赞赏，都没有涉及天意问题（参见广西壮族自治区人民出版社．太平天国故事歌谣选[M]．南宁：广西壮族自治区人民出版社，1961：前言；太平天国历史博物馆．太平天国歌谣[M]．上海：上海文艺出版社，1962：前言；中国科学院江苏分院文学研究所编．太平天国歌谣传说集[M]．南京：江苏文艺出版社，1960：代序）。

方、亲清方、亲太方叙事中都存在，因为太平天国运动持续18年，中间经过无数次成败，有时清方胜利、有时太方胜利，截取阶段不同，胜利方就不同。从太平天国成败叙事来看，不管成败结果如何，所有历史成败叙事都是道德判决后的德才演义，[1]即先进行道德判决，然后选择适当的道德和才能角色，结合成败的结果，呈现出八种角色模式中的一种或若干种，借此表达对历史成败双方的态度、看法、定位等意义。因为所有历史成败叙事都是道德判决后的德才演义，所以历史成败叙事的模式化非常严重，所有叙事都是同一个叙事，只不过所写的对象不同、叙述的时间不同、选取的具体角色不同而已。这对历史叙事来说还不算什么，但是对于历史文学叙事来说却是有害的。文学的生命在于独创性，模式化的文学不可

[1] 黄霖、杨绪容、谭帆三位先生对“演义”的考辨颇有见地（见黄霖、杨绪容. “演义”辨略[J]. 文学评论，2003（6）；谭帆. “演义”考[J]. 文学遗产，2002（2）），纠正了将“演义”视为“历史演义”“讲史演义”专称的错误做法。谭帆先生认为“演义”包括“演言”和“演事”，分别是对义理、正史及现实人物故事的通俗化阐释或叙述；在小说领域，是指通俗小说文体，历史演义仅是演义小说的一个组成部分；在历史小说领域，它最初的含义是“正史”的通俗化。显然谭帆先生是将“演义”视为“通俗化”了，而这有待商榷。谭帆先生的主要论据是蒋大器、张尚德等对《三国志通俗演义》“文不甚深，言不甚俗”“以俗近语，隐括成篇”，但是仔细阅读原文，这些话应是对书名中“通俗”一词的阐释，而非指代“演义”之意。谭帆先生虽然追溯了“演义”的起源和流变，但他对引文中“演义”的词义要么没有解释，要么带有先入为主之见，没有真正解释清楚各个“演义”的具体意思，当然也就不能正确总结出“演义”一词的含义。“演义”由“演”、“义”两字合成，“演”的本意是“水土气通为演，演犹润也”（《史记·本纪第四》），引申为“广、远”（见《汉书·志第七上》“师古曰：‘演，广也，更广其文也’”，《文选·西征赋》“小雅曰：演，广远也。”），推演、演述、演说、敷演、演绎、操演、演证等义都是“广、远”意的进一步引申。“义”早在《周易》中就大量出现，指礼义（《第三十七卦》“家人女正位乎内，男正位乎外，男女正，天地之大义也”）、道义（《系辞上》“成性存存，道义之门”、道理（《说卦》“和顺於道德而理於义”）、义气（《说卦》“立人之道，曰仁与义”）等，《史记·自序》说“昔殷道绝，文王演《周易》”，演《周易》的原因是“道”之绝，目的就是得出“义”，通过推演方式得出礼义、道义、道理、义气等，虽

能进入优秀作品行列，同时，“文学是人学”，只有写出活生生的人，文学才有存在的价值，而人的性格是复杂的，不能单纯用道德和才艺来衡量，道德判决后的德才演义会把人简单化，变得生硬、刻板，因此要想成为优秀作品，历史成败叙事的角色就要突破德才局限，叙事本身就要突破道德判决后的德才演义这种方式。对于历史叙事来说，把成败问题叙述成德才演义本身就违背了历史学的“科学”性质，科学应看重“真”“假”，而非“好”“坏”，因此真正的历史叙事也应舍弃德才角色、抛弃道德判决后的德才演义方式。

在B/$\overline{B}$能者/拙者中有许多亚角色没有决定胜负的功能，B1a好学善读者、B1b知识丰富者、B1c巧用语言者、B1d兴致高雅者、$\overline{B}$1a不善读书者、$\overline{B}$1b知识贫乏者、$\overline{B}$1c拙于言语者、B3b力大无比者、B3d武艺高强者、$\overline{B}$3b武艺粗浅者等只为人物存在，不为事件存在，带有

（接上注）然没有用“演义”命名，《周易》实则是“演义”之作，“演”是其方式，“义”是其目的。随着时间的推进，“演”的手段也变得多种多样，演说、演证、演述、注释等都被采用，“义”的范围也越来越大，意义、旨意、意思、方法、规律、特点等都可以涵盖在内，比如《晋书·列传第五二》“今粗取足以演八略之旨”，《三国志·吴书一六》“好《太玄》，论演其意”等。“演”的对象可以是文字材料，如佛经、四书五经、诗词歌赋、历史书等，也可以是人物、事件、山川等，但无论“演”什么、怎么“演”，一定演出“义”来，即演义有明确的功利目的。《三国志通俗演义》即是如此，开篇第一回即是“宴桃园豪杰三结义”，鼓吹兄弟之“义”。关于《三国志通俗演义》之演“义”特点，蒋大器通过论述“史”能使“义存”，而《三国志通俗演义》“庶几乎史”（蒋大器. 三国志通俗演义序. 朱一玄、刘毓忱. 三国演义资料汇编.[M]. 天津：百花文艺出版社，1982），间接赞扬该书“演义”之功，张尚德认为该书能使人“入耳而通其事，因事而悟其义”（张尚德. 三国志通俗演义引[M]//三国演义资料汇编.），直接称赞其“演义”之效，因此“演义”既不应等同于“历史演义”“历史小说”，也不是“通俗化”同义词。本书标题中的“演义”即是指运用语言、文字、图画、声音、动作等手段，通过推演、增饰、改编、删减等方法实现（或一定程度上实现）者的功利目的，获得意义的写作方式及用这种方式形成的叙事文本，强调的是太平天国成败叙事对历史的推演方式及其功利目的。由于论文篇幅所限，本书不能详细论述“演义”的含义及其流变，只能做一简要说明，目的是对明确本书标题中“演义”的内涵，以免产生歧义。

很大的表演性，比如其中的B1d兴致高雅者，兴致高不高雅与成败没有任何关系，但许多叙事偏偏喜欢写某将领在指挥战斗的间隙与人下一盘棋、和友人品一回茶、或者吟诵一下诗歌、写写毛笔字等，这种与成败没有关系的角色可称为表演性角色。这种角色在有关历史的叙事中源远流长，《三国演义》中尤其突出，在当代有关历史的小说中被发扬光大。B3b力大无比者、B3d武艺高强者、$\overline{B}$3b武艺粗浅者三个在《三国演义》中非纯粹表演性角色[1]在太平天国成败叙事中变成了表演性角色，因为三国时期需要单打独斗，阵前挑战、骂城等行为确实存在，但太平天国时期这种方式早已摒除，太平军直到从长沙撤除，清方都没有摸清太平天国主要将领的情况，因此将领力气大不大、武艺强不强都不影响成败。

在进行B/$\overline{B}$能者/拙者叙述时，包括太平天国题材在内的历史成败叙事往往会突显叙述者自己的能力，让自己扮演B1e思想先进者、B1f见解深刻者、B1g视野开阔者三个角色，特别是在自己一方失败时，有些叙述者马上身兼二职，同时扮演叙述者和指导员的角色，他充分了解敌我双方的特点，通观全局、高屋建瓴，早已制定出克敌制胜之策，如果采用他的决策，那历史肯定要改写，比如陈徽言。[2]其实这些都是事后诸葛亮式的做法，假如历史能够重演，他们的策略也不一定就能取得胜利。凸显叙事者自己的能力体现了中国人探究历史成败的兴趣，也体现了历史叙事者的自信。

---

[1] 由于三国时期战争的主要方式还是人与人的搏斗，所以武艺、气力等对战争胜负影响很大，而《三国演义》中使用力大无比者、武艺高强者、武艺粗浅者角色不仅仅是解释胜负的需要，也是表现人物、吸引读者的手段，带有很强的表演性，因此称为非纯粹表演性角色。

[2] 陈徽言. 武昌纪事[M]//中国史学会主编. 太平天国（四）. 上海：上海人民出版社，1957：581.

历史叙事与历史文学叙事是长期备受关注的学术问题，中国传统文论家看到了小说对历史的借鉴，海登·怀特认为历史叙事与文学叙事并无本质差别，只有程度差异，王靖宇发现中国早期历史中有很多文学化的叙述方式，[1]这些揭示的都是历史叙事与历史文学叙事的相同之处，它们冲击了认为历史学是真实的、文学是虚构的传统观点，美国历史学家柯文通过对义和团的研究揭示了历史叙事与其他叙事的某些区别，[2]维护了历史学的独立价值。从太平天国成败叙事来看，在角色与行动的选择方面，史书、史论明显不同于其他叙事，它们很少选择A2a有情有义者、B1d兴致高雅者、B3d武艺高强者及D/$\overline{D}$天心所向者/天心背离者中的大部分亚角色及行动，从这一点来看，原被当做历史叙事的野史、笔记、传记等与小说、戏剧等更为相似，所以它们不应属于历史叙事，而应该属于历史文学叙事，历史叙事仅仅是出自历史学者之手、以研究历史为目的的史书和史论中的叙事。

不管是《太平天国全史》，抑或《太平天国史》都没有关于有情有义者的叙述，即使写到洪宣娇嫁给萧朝贵等事件，也仅仅是其政治意义，并不关注当事人的情感，写石达开的王娘们在他投降前

---

[1] ［美］王靖宇．历史·小说·叙述——以晋公子重耳出亡为例．关于《左传》文学性的阐述[M]//中国早期叙事文研究．上海：上海古籍出版社，2003：45.

[2] 柯文认为有事件、经历和神化三种历史，历史学家叙述的是事件历史，他说“对历史的理解和解释，对事情的结果的预知，对于整个事态的全方面的了解——是我作为一个历史学家数十年来一直认为最突出和最重要的特点”。（参见［美］柯文．历史三调：作为事件、经历和神话的义和团[M]．杜继东，译．南京：江苏人民出版社，2000：12）。

跳河而死也仅具备忠义意义。[1]在有情有义者缺失的同时，$\overline{A}$2a无情无义者却是存在的，只是不像文学叙事中那么多而已，洪秀全打骂妻子、占有88个女人是重点强调的对象。[2]历史成败叙事只写色情几乎不写爱情，这与二十四史是一脉相承的，一方面是中国古代没有产生爱情的土壤，“男女授受不亲”，女子地位低下，太平天国时期依然如此，另一方面是因为历史学的傲慢偏见，认为只有具有政治意义、影响历史进程的事件才有书写价值，纯真的爱情没有功利性，不影响历史进程，因而一般不会进入历史学书写范围；色情是功利的，与权力有关的色情是对权力的炫耀、滥用和祸乱，不管古代还是当代的历史学家都会将之视为失败的原因之一，因而都会对色情进行书写。

在有关能力的角色和行动中，历史叙事一般不会采用B1d兴致高雅者、B3d武艺高强者，即使写人物吟诗作赋也是为了便于分析其政治观点的，[3]没有关于人物表演武术，技压群雄的情节，这与二十四史有所不同，《史记》中不仅让项羽在四面楚歌之际从容悲歌“力拔山兮气盖世”，让刘邦在回乡时狂歌《大风歌》，还让李广忙中偷闲，射虎自娱，在被俘虏的紧要关头像表演惊险特技一样充分施

[1] 简又文认为洪宣娇嫁给萧朝贵是洪秀全为了“培植萧氏以分杨氏之权”采取的政治行为（参见简又文. 太平军广西首义史[M]. 上海：商务印书馆，1946：186）。罗尔纲《太平天国史》中说在“敌人想生擒”石达开时，他的多个王娘投河自杀，这里主要赞赏的是这些王娘对天国及石达开的忠诚（参见罗尔纲. 太平天国史[M]. 北京. 中华书局，1991：1831）。

[2] 比如罗尔纲说“洪秀全是一发火就打老婆的人”，指出洪秀全的无情无义，又将之归因于脾气不好（参见罗尔纲. 太平天国史[M]. 北京. 中华书局，1991：1667）.

[3] 罗尔纲认为洪秀全打砸六乌庙是重要的革命行动，为更好地说明这一点，《太平天国史》引用了洪秀全“举笔题诗斥六乌”一诗（参见罗尔纲. 太平天国史[M]. 北京. 中华书局，1991：1641）。

展武功从万众中逃回。其原因之一是太平天国时期普遍使用火器，个人的武艺在武器面前不堪一击，双方拼的是武器、智慧和人数，关注成败结果及其原因、意义的历史叙事也就不会关注个人的武功了，兴致高不高雅对成败也没有影响，当然也被剥离了。原因之二是历史叙事的自觉转向，《左传》《战国策》《史记》等早期历史叙事都很有文学性，那时文学与史学一家，[1]在叙事中加入一些人物的才艺展示增加了叙事的生动性，后来文学独立了，形象性、生动性成为其专利，历史学也自觉将抚琴高歌、打拳射箭之类的小点缀渐渐去掉。缺少B1d兴致高雅者、B3d武艺高强者成为历史叙事区别于非历史叙事的另一重要标志。

虽然天命叙事是中国叙事的重要特征，但不同文体对天命角色的选择不同。从清末民初太平天国成败叙事来看，《清史稿》与其他叙事明显不同，拿《文宗本纪》来说，其中的天命叙事包括：咸丰上承天命、天亶圣聪、敬天祈神、天降灾难、天象启示灾难或胜利、天不遐寿等，涉及的行动仅仅是D1e天赐胜利、D2a被天信任、D3b天启示灾难、$\overline{D}$5a天定必乱、$\overline{D}$5c天定必死了几个，其中的天仅指天象和抽象的精神，而与其前后产生的《遁窟谰言》《洪秀全演义》《太平天国野史》等作品都包括大量与天有关的行动，天既包括天象和抽象精神，也包括鬼怪、灵异、图谶等，这些"天"及其行动带有明显的传奇性，由此可见《清史稿》在天命叙事时的克制与"求真"倾向，这使《清史稿》与《左传》《史记》等早期历史

[1] 王富仁、柳凤九认为"'小说'和'历史'是在一种统一文体中逐渐分化而成的"，在史传文学阶段，两者还是浑然一体的（参见王富仁、[韩]柳凤九. 中国现代历史小说论（一）[J]. 鲁迅研究月刊，1998（3））。

叙事看起来有些不同，因为后者中有些天命叙事很有传奇性，[1]王靖宇曾认为这是早期叙事文文学性的体现，[2]这是在拿文学的框子套历史，而当时文学并没有产生，而且现在也很少能找到它们参阅的原始资料，无法进行比较，从叙事本身来看，他们认为自己讲述的是史实，不然《史记》中就不会专门记述天象、灾异等与人事的对应关系了。[3]随着时间的推移，人们发现灾异、灵怪等大多是想象的，“求真”的历史叙事就自觉舍弃了这些内容，但天象确实存在、抽象精神既不能证其有，也不能证其无，因此在历史叙事中被保留了下来。不管是早期历史叙事，还是《清史稿》，天命叙事都有“求真”性。

[1] 比如《史记·高祖本纪》中说刘媪“梦与神遇”，有“蛟龙与其上”，遂生刘邦，这个叙事就很有传奇性[（汉）司马迁．史记[M]．天津：天津古籍出版社，1997：263]。

[2] [美]王靖宇．历史·小说·叙述——以晋公子重耳出亡为例．关于《左传》文学性的阐述[M]//中国早期叙事文研究．上海：上海古籍出版社，2003：43-46.

[3] 参见《史记·天官书》和《史记·封禅书》[（汉）司马迁．史记[M]．天津：天津古籍出版社，1997：1085-1193]。

附录：历史成败叙事角色清单

A/$\overline{A}$善者/恶者

A1/$\overline{A}$1忠义者/奸逆者

A1a刚直不阿者

A1a1犯上进谏者

A1a2犯众进谏者

A1a3违规进谏者

A1a4擅自行事者

A1a5忍辱行事者

A1a6当仁不让者

A1b尽心竭力者

A1b1为上担忧

A1b2吃苦耐劳

A1b3奋力作战

A1b4坚持指挥

A1b5拼死杀敌

A1b6败而不馁

A1b7严惩敌人

A1b8勤奋不怠

A1c宁死不屈

A1c1败前自杀

A1c2败时被杀

A1c3战后被杀、被释、逃脱

A1e不离不弃者

A1e1灾难前不离不弃

A1e2遇难时不离不弃

A1e3灾难后不离不弃

A1f维护团结者

A1f1忍让者

A1f2调和者

A1f3拒篡者

A1g惩治奸逆者

A1g1排查

A1g2揭露

A1g3量刑

A1g4军事镇压

A1h改邪归正者

A1h1被迫从敌

A1h2幡然醒悟

A1h3立功反正

A1h4离开敌人

A1h5投降后立功

A1i以忠克情者

A1i1孝顺或痴爱

A1i2情与忠冲突

A1i3以忠克情

A1j进献财物者

$\overline{A}$1a巴结上司者

$\overline{A}$1a1巧言令色

$\overline{A}$1a2献媚取宠

$\overline{A}$1b敷衍懈怠者

$\overline{A}$1b1明哲保身

$\overline{A}$1b2纵容罪恶

$\overline{A}$1b3不愿抗敌

$\overline{A}$1b4贪图安逸

$\overline{A}$1b5拥兵自重

$\overline{A}$1b6迁延不进

$\overline{A}$1b7临阵退缩

$\overline{A}$1b8趋利不前

$\overline{A}$1b9有钱不捐

$\overline{A}$1c苟安图活者

$\overline{A}$1c1逃跑

$\overline{A}$1c2被捉

$\overline{A}$1c3求饶

$\overline{A}$1d犯上作乱者

$\overline{A}$1d1恶人造反

$\overline{A}$1d2天命注定

$\overline{A}$1d3穷极而反

$\overline{A}$1d4投机而反

$\overline{A}$1d5功高盖主

$\overline{A}$1d6索饷哗变

$\overline{A}$1d7叛上分裂

$\overline{A}$1e排斥异己者

$\overline{A}$1e1离间

$\overline{A}$1e2告发

$\overline{A}$1e3支使

$\overline{A}$1e4打击

$\overline{A}$1e5挖墙脚

$\overline{A}$1e6借刀杀人

$\overline{A}$1e7使绊子

$\overline{A}$1e8落井下石

$\overline{A}$1f掩饰欺骗者

$\overline{A}$1f1假救驾

$\overline{A}$1f2假死

$\overline{A}$1f3假抗敌

$\overline{A}$1f4冒功

$\overline{A}$1g内奸

$\overline{A}$1g1内部内奸

$\overline{A}$1g2汉奸

$\overline{A}$1g3卖国贼

A2/$\overline{A}$2仁正者/残邪者

A2a有情有义者

A2a1因情而爱

A2a2真诚而爱

A2a3坚贞而爱

A2a4无爱义存

A2b严于律己者

A2b1勤劳耐苦

A2b2俭省节约

A2b3克制欲望

A2b4谨慎自尊

A2b5不计名利

A2c真诚待人

A2c1相信尊重

A2c2客观公正

A2c3团结友爱

A2c4收留他人

A2c5热情好客

A2c6谦让功劳

A2c7学习传授

A2c8关心照顾

A2c9忠告教训

A2c10支援帮助

A2c11为人着想

A2c12主动承担

A2c13哀悼纪念

A2d善待属下者

A2d1关心指导

A2d2相信尊重

A2d3归功维护

A2d4赞赏重用

A2d5宽容对待

A2d6礼遇下级

A2d7营救护持

A2d8为下担责

A2d9哀悼抚恤

A2d10同甘共苦

A2d11反思自责

A2d12保全生命

A2d13约束警告

A2d14身正为范

A2e真心为民者

A2e1悯民

A2e2救民

A2e3惠民

A2e4亲民

A2e5不扰民

A2e6护民

A2e7宽容民

A2f宽待敌人者

A2f1以德报怨

A2f2善待俘虏

A2f3释放敌人

A2f4礼遇敌人

A2f5收殓敌尸

A2f6不虐敌尸

A2f7尊重敌人

$\overline{A}$2a无情无义者

$\overline{A}$2a1不尊重对方

$\overline{A}$2a2虐待对方

$\overline{A}$2a3不忠于对方

$\overline{A}$2b随心所欲者

$\overline{A}$2b1懒惰贪逸

$\overline{A}$2b2奢侈浪费

$\overline{A}$1b3放纵欲望

$\overline{A}$2b4虚荣任性

$\overline{A}$2b5追名逐利

$\overline{A}$2c待人不仁者

$\overline{A}$2c1轻视鄙视

$\overline{A}$2c2猜疑监视

$\overline{A}$2c3明哲保身

$\overline{A}$2c4仗势欺人

$\overline{A}$2c5嫉妒陷害

$\overline{A}$2c6诱惑腐蚀

$\overline{A}$2c7逼迫虐待

$\overline{A}$2d唯我独尊者

$\overline{A}$2d1傲慢无礼

$\overline{A}$2d2怀疑架空

$\overline{A}$2d3利用压制

$\overline{A}$2d4残忍虐待

$\overline{A}$2d5误导腐蚀

$\overline{A}$2e残害人民者

$\overline{A}$2e1无视民苦

$\overline{A}$2e2精神害民

$\overline{A}$2e3制度害民

$\overline{A}$2e4残酷虐民

$\overline{A}$2e5帮助害民

$\overline{A}$2e6纵容害民

$\overline{A}$2e7脱离人民

$\overline{A}$1e8不保护民

$\overline{A}$2f虐待敌人者

$\overline{A}$2f1虐待活敌

$\overline{A}$2f2虐待敌尸

B/$\overline{B}$能者/拙者

B1/$\overline{B}$1智者/愚者

B1a好学善读者

B1b知识丰富者

B1b1懂历史

B1b2懂艺术金石

B1b3懂地理

B1b4懂军事

B1b5懂时事

B1c巧用语言者

B1c1出口成章

B1c2活用文字

B1c3说服有力

B1c4幽默风趣

B1c5撰写良文

B1d兴致高雅者

B1d1吟诗作赋

B1d2品茶访胜

B1e思想先进者

B1e1不信、利用迷信

B1e2追求民主平等
B1e3锐意革新
B1e4尊重知识
B1e5重视人民
B1f见解深刻者
B1f1明察秋毫
B1f2见识高深
B1g视野开阔者
B1g1阅历丰富
B1g2目标远大
B1g3大局眼光
B1h善于做事者
B1h1知己知彼
B1h2防患未然
B1h3使用谋略
B1h4有效调度
B1h5随机应变
B1h6果断敏捷
B1h7实事求是
B1h8利用条件
B1h9稳重冷静
B1h10发扬民主
B1h11处事公道
B1h12乐观自信
B1h13用人之明
B1h14思虑周全
B1h15重视敌人
$\overline{B}$1a不善读书者
$\overline{B}$1b知识贫乏者
$\overline{B}$1b1胸无点墨
$\overline{B}$1b2不懂历史
$\overline{B}$1b3不懂艺术金石
$\overline{B}$1b4不懂医学
$\overline{B}$1c拙于言语者
$\overline{B}$1c1下笔无言
$\overline{B}$1c2粗词劣语
$\overline{B}$1c3粗野无文
$\overline{B}$1d思想落后者
$\overline{B}$1d1迷信封建
$\overline{B}$1d2因循守旧
$\overline{B}$1e见解庸劣者
$\overline{B}$1e1感知粗疏
$\overline{B}$1e2见识低浅
$\overline{B}$1e3轻信盲从
$\overline{B}$1e4浅白外露
$\overline{B}$1f眼界狭小者
$\overline{B}$1f1阅历短少
$\overline{B}$1f2目标短浅
$\overline{B}$1f3眼光偏狭
$\overline{B}$1g不善做事者
$\overline{B}$1g1不知敌情
$\overline{B}$1g2疏于防范

$\overline{B}$1g3使用拙策

$\overline{B}$1g4束手无策

$\overline{B}$1g5优柔寡断

$\overline{B}$1g6争强好胜

$\overline{B}$1g7指挥不力

$\overline{B}$1g8急躁冲动

$\overline{B}$1g9虑事不周

B2/$\overline{B}$2英勇者/胆怯者

B2a勇于抗争者

B2a1敢于维权

B2a2敢于争辩

B2a3敢于造反

B2b勇入险境者

B2b1只身赴险

B2b2带头冲锋

B2b3舍己担险

B2b4遇险不惧

B2c勇于战斗者

B2c1不怕炮火

B2c2奋勇杀敌

B2c3与敌偕亡

B2d勇于自杀者

B2e虽败尤勇者

B2e1败而犹战

B2e2坦然受擒

B2e3敢于骂敌

B2e4傲气凛然

B2e5临刑不惧

$\overline{B}$2a不敢反抗者

$\overline{B}$2a1不敢否定

$\overline{B}$2a2不敢争辩

$\overline{B}$2a3不敢造反

$\overline{B}$2b临险退缩者

$\overline{B}$2b1知险恐惧

$\overline{B}$2b2临险退缩

$\overline{B}$2b3临险脱逃

$\overline{B}$2b4知险不前

$\overline{B}$2b5色厉内荏

$\overline{B}$2c不敢战斗者

$\overline{B}$2c1不敢临敌

$\overline{B}$2c2依赖武器

$\overline{B}$2c3被逼上阵

$\overline{B}$2c4溃不成军

$\overline{B}$2c5孤注一掷

$\overline{B}$2d不敢自杀者

$\overline{B}$2e不敢担责者

$\overline{B}$2f败而犹怯者

$\overline{B}$2f1卑躬屈膝

$\overline{B}$2f2害怕受刑

$\overline{B}$2f3兵败自杀

B3/$\overline{B}$3孔武者/疲弱者

B3a身体强壮者

B3b力大无比者

B3c身体灵活者

B3d武艺高强者

B3e杀敌迅猛者

B3f以弱胜强者

$\overline{B}$3a身体羸弱者

$\overline{B}$3b武艺粗浅者

$\overline{B}$3c不堪一击者

C/$\overline{C}$民心所向者/民心背离者

C1被民相信者

C1a被民信服

C1b被民呼应

C1c被民佩服

C1d被民敬仰

C1e被民模仿

C1f令民感动

C1g令民安心

C2被民亲近者

C2a受民同情

C2b被民迎接

C2c被民争观

C2d被民慰问

C2e被民视为亲人

C2f被民担心

C2g被民拒绝感谢

C2h被民感谢

C2i被民报答

C2j被民宽容

C2k被民挽留

C2l人民回归

C2m使民高兴

C3被民投附者

C3a民盼望

C3b民联络

C3c民求助

C3d民参军

C3e民反正

C3f民服务

C3g民庆祝

C4被民帮助者

C4a被民救护

C4a1民为之求情

C4a2被民营救

C4a3被民保护

C4b民助战斗

C4b1民侦查报信

C4b2民带路

C4b3民进献

C4b4民指点

C4b5民祈胜

C4b6民助守城

C4b7民牺牲

C4b8民内应

C4b9民奋战

C4b10民助撤

C5被民铭记者

C5a被民颂扬

C5a1被民歌颂

C5a2被民传扬

C5a3被民神化

C5b被民留别

C5c被民思念

C5d被民悲悼

C5d1民悲痛哀悼

C5d2民安葬祭奠

C5d3民建庙供奉

$\overline{C}$1民不认同者

$\overline{C}$1a民害怕

$\overline{C}$1b 民不相信

$\overline{C}$1c民埋怨

$\overline{C}$1d民哀叹

$\overline{C}$1e民断定

$\overline{C}$1f民愤怒

$\overline{C}$1g民反对

$\overline{C}$1h民声讨

$\overline{C}$1i民失望

$\overline{C}$2被民远离者

$\overline{C}$2a民躲避

$\overline{C}$2b民藏匿

$\overline{C}$2c民思归

$\overline{C}$2d民逃跑

$\overline{C}$2e民不与贸易

$\overline{C}$3民不效力者

$\overline{C}$3a民隐忍

$\overline{C}$3b民隐瞒

$\overline{C}$3c民不帮助

$\overline{C}$3d民不予

$\overline{C}$4a被民憎恶者

$\overline{C}$4a1被民控告

$\overline{C}$4b被民痛恨

$\overline{C}$4c被民指责

$\overline{C}$4d被民讽刺

$\overline{C}$4e被民咒骂

$\overline{C}$4f民盼其死

$\overline{C}$5被民反抗者

$\overline{C}$5a被民自发反抗

$\overline{C}$5b被民自觉反抗

D/$\overline{D}$天心所向者/天心背离者

D1天赐者

D1a天赐贵相

D1a1面相好

D1a2身材伟

D1a3身体奇
D1b天赐奇能
D1b1有智慧
D1b2有异能
D1b3会法术
D1b4能望气
D1b5善医卜
D1c天赐宝地
D1d天赐使命
D1d1天赐真理
D1d2天赐名
D1d3天赐宝物
D1d4天赐神性
D1d5天赐使命
D1d6天赐祥瑞
D1e天赐胜利
D1e1天赐工具
D1e2天赐将帅
D1e3天赐胜利
D2天亲者
D2a被天信任
D2b被天喜爱
D2c得见天颜
D2d与天交流
D3天启者
D3a天启示命运
D3a1神启示富贵
D3a2神启示名号
D3a3神启示兴衰
D3b天启示灾难
D3c天启示行动
D3c1天启示完成使命
D3c2神启示远离灾难
D3d得天传授
D4天助者
D4a天威吓敌人
D4b天提供便利
D4b1天提供天气便利
D4b2天提供有利地形
D4b3天提供超人力量
D4c天打击敌人
D5天从者
D5a使用法术
D5b操纵天气
D5c符咒灵验
D6天救者
D6a天提供条件
D6b天提供援助
D6c天使成功脱险
D7天佑者
D7a天使免遭疾病
D7b天使免受兵祸

D7c天使渡过难关

D7d天使不遭报应

D7e天使获得功绩

D8天化者

D8a神灵所化

D8a1星宿下凡

D8a2英雄转世

D8a3神物托生

D8b化为神灵

D8b1死前化神灵

D8b2死后化鬼神

D8b3死后化奇物

$\overline{D}$1天生丑陋者

$\overline{D}$2天降灾异者

$\overline{D}$2a天降灾害

$\overline{D}$2b天落异物

$\overline{D}$2c天生怪物

$\overline{D}$2d天相异常

$\overline{D}$2e天气反常

$\overline{D}$2f人体异变

$\overline{D}$2g生物异常

$\overline{D}$2h物品异行

$\overline{D}$3天作祟者

$\overline{D}$3a出现

$\overline{D}$3b哭叫

$\overline{D}$3c强奸

$\overline{D}$3d致死

$\overline{D}$4应天之谶者

$\overline{D}$4a应官位谶

$\overline{D}$4b应刀兵谶

$\overline{D}$4c应死亡谶

$\overline{D}$4d应败亡谶

$\overline{D}$5天劫者

$\overline{D}$5a天定必乱

$\overline{D}$5b天定必败

$\overline{D}$5c天定必死

$\overline{D}$6天阻挠者

$\overline{D}$6a阻挠军事

$\overline{D}$6b阻挠作恶

$\overline{D}$7天惩罚者

$\overline{D}$7a罚战乱

$\overline{D}$7b罚残疾

$\overline{D}$7c罚失败

$\overline{D}$7d罚死亡

$\overline{D}$7e罚转世

第二章　演义：历史成败叙事的方式

太平天国运动历时18年，纵横18省，其中所包含的大小事件数不胜数，将这些事件全都真实地反映出来，只能是痴心妄想，因而所有相关的文字都是在以管窥豹，反映的仅仅是整个豹身上的一个小点，而且还是经过装饰的小点，装饰者则是相关文字的作者。任何文字，哪怕是一首诗、一句话，甚至一个称谓，都能看出作者的功利目的，因而所有叙事都是演义，都想通过对德才角色的书写推演出自己需要的意义。为此，作者们除了精挑细选第一章所列举的角色及其行动之外，还会为自己的创作设定一些具体的方向、有意识地使用一些方法，有意思的是，尽管许多作者声称要使自己的作品与众不同，演义的方向、采用的手段、方法又大致相同。这些方向、手段、方式反映了作者与其设想的读者之间、角色与角色之间、角色与行动之间、行动与行动之间、演义与演义之间的关系，它们与角色及行动一样来自对文本的整理、归纳、总结、命名，为了把它们条理清晰地呈现出来，本章仍然将推导的过程倒过来，先命名，然后举例论证，并且用符号加以编号，为了与第一章相区别，本章采用Ⅰ、Ⅱ、Ⅲ分别表示演义方向手段、角色组合法、再演义法，在各符号下采用1、2、3为各自的具体方法编号，若具体方法下还有更具体的方法，则用ⅰ、ⅱ、ⅲ继续编号。

第一节　演义方向及其实现方式

演义的目的是演出意义，意义不会凭空产生，必须靠演才会生成，电影、电视靠演员、道具、解说员等来演，文学、历史学靠文字、图表、照片、实物等来演，不管凭借何种工具，太平天国成败叙事的演义方向主要包括认知化、似真化、情感化和形象化。

一、认知化

张德坚说希望《贼情汇纂》能起“知己知彼之助”，[1]《太平风云》说该书要向少年朋友们“介绍了这次震撼中外的农民革命的一些重要事件”，[2]可见作者对认知化的看重。认知化是迄今所发现的大部分太平天国成败叙事的共同特征，[3]许多虚构性极强的作品也试图从某个侧面反映太平天国，以达到认识太平天国的目的。所谓认知化是指借助一定手段，将有关太平天国的知识传达给读者的一种创作倾向。它以两个假设为前提，一个假设是历史确实存在，可以作为知识讲述，另一个假设是太平天国知识有意义，需要讲述。由于构成太平天国的事件太多，每个作品都有所取舍，在取舍之间，意义也就显现出来了，认知内容是意义的构成部分，认知化则是

[1] 张德坚. 贼情汇纂[M]//中国史学会主编. 太平天国（三）. 上海：上海人民出版社，1957：27.

[2] 罗义俊，王小方. 太平风云[M]. 上海：少年儿童出版社，1983：1.

[3] 不追求认知化的是极少数后设娱乐化作品（该概念留待第三章阐述），其目的是偷悦作者，比如梁柱生的《飞旋的砂锅》，所谓虚构性极强的作品，即以太平天国成败为背景，主要人物、事件都无可考之处的叙事，比如宋梧刚的《天国龙儿传》、[美]凯萨琳·彼得森的《太平天国》等。

意义产生的直接手段。相对而言，太平天国时期及稍后的笔记、文书以及后世的历史书认知化程度最强，使用手段最多，小说、传说故事、电影、电视剧认知化程度稍差。本节暂不关注认知内容，仅考察认知化手段。总体而言，这些手段包括介绍、说明、录制、注释、过程化、议论、论证、图表、解说等。

I 1 i 介绍，是指在叙事过程中，当出现新人物、事物、事件及特殊称谓而作者又自以为读者对此一无所知时所采用的叙述方法之一，其特点是抓住一些主要方面，简略交代整体特征。介绍的方式包括叙述者介绍和人物介绍两类。前者是指通过叙述者之口介绍，它又可分为直接介绍和自问自答，直接介绍是指叙述者直接把相关的知识介绍给读者，例：《天国演义》介绍官禄埠的地理位置及与世隔绝的生活，[1]《花溪日记》向读者介绍“贼”的特殊称谓。[2]自问自答，是指叙述者先将要介绍的事物、名称等说出来，询问读者这是什么，然后再由自己介绍。例：土营士兵，杀人一万，自伤三千，叙述者问“你道为何？原来……”[3]先说洪秀全是“客家”人，然后用“——原来……”介绍“客家”的成因和特点。[4]人物介绍是指借助人物之口介绍，例：通过未了禅师之口介绍明末英雄屈大均、翁山。[5]后两种方式主要存在于小说、故事等文学色彩较强且距离太平天国事件较久的文本中，它们比直接介绍多了变化和生动性，严肃的历史书以及急于反映真相、表现个人强烈情感和主观意

---

[1] 李晴. 天国演义（上、下）[M]. 北京：中国文史出版社，2009：2.

[2] 冯氏. 花溪日记[M]//中国史学会主编. 太平天国（六）. 上海：上海人民出版社、上海书店出版社，2000：661.

[3] 张恂子. 洪杨豪侠传[M]. 合肥：黄山书社，1988：616.

[4] 李晴. 天国演义（上、下）[M]. 北京：中国文史出版社，2009：1.

[5] 李晴. 天国演义（上、下）[M]. 北京：中国文史出版社，2009：31.

志的时人记载很少使用这种方法。

Ⅰ1ⅱ说明，是历史书常用的方式，指按照一定体例，分门别类地解说与太平天国相关的各个方面。与介绍相比，说明更全面、更有计划性、系统性和条理性，它不是随文穿插的，本身就是作品主体。比如《太平天国史》分四部分、八十二卷详细说明太平天国各方面的情况。

Ⅰ1ⅲ举录，是指列举事件涉及的人员，对事件中出现的数字加以实录式呈现。例：《杭城再陷纪实》记录在杭州陷落时死难的重要官员的姓名、官职、死亡方式。[1]

Ⅰ1ⅳ注解，是指对正文中出现的一些专有名词、特殊事件在页下或文尾以注的形式进行解释，例：《天国演义》第19页用页下注的形式介绍八股文出题的知识，[2]对于琳贵妃与咸丰的关系，《天朝大梦》以在文后加按语的形式加以注解。[3]注解本是历史叙事常用的方式，但是20世纪80年代之后的小说（比如《天朝大梦》《天国演义》《天国悲剧》等）中也经常使用这种方式，体现了小说对历史学的自觉借鉴，目的是增强历史叙事的“真实”感、厚重感。

Ⅰ1ⅴ过程化，是指试图连接一些自以为重要的事情将一个或大或小的事件的全过程反映出来。例：《杭城再陷纪实》将杭州城从备战、迎战、失守整个过程反映出来。[4]

---

❶ 华学烈. 杭城再陷纪实[M]//中国史学会主编. 太平天国（六）. 上海：上海人民出版社、上海书店出版社，2000：629.

❷ 李晴. 天国演义（上、下）[M]. 北京：中国文史出版社，2009：19.

❸ 宋发清. 天朝大梦（第一部）[M]. 成都：四川人民出版社，1999：35.

❹ 华学烈. 杭城再陷纪实[M]//中国史学会主编. 太平天国（六）. 上海：上海人民出版社、上海书店出版社，2000：627-629.

I 1vi议论，是指就与太平天国有关的人物、事件发表看法，以影响读者，使其产生与作者相近的看法。例：“太平天国是中国历史上规模最大的一次农民革命。”[1]

I 1vii论证，是指提出论点并加以证明，以强化论点的可靠性和说服力。相对而言，纯历史类作品较多采用论证方式，但文学性较强的作品也并非完全排斥论证。论证的方式主要有反驳、引证和例证。反驳，是就敌对阵营提出的观点进行否定和驳斥，例如《太平天国革命亲历记》对一般洋人的言论进行反驳，《太平天国全史》反驳了太平天国革命是一场农民革命的观点，两者都在反驳的过程中表明作者的观点，将“真实知识”传授给读者。引证，是指引述太平天国时期的笔记、文牍、后世的地方志、野史、历史书，以及相关理论书籍来支持自己的观点，并向读者传授知识。例：“马克思写道：‘中国的连绵不断的起义……’”以此来证明太平天国是一场具有世界反响的政治运动。[2]例证，是指通过举例子证明自己的观点，无论在历史学还是文学作品中，例证都是一个比较常用的论证方法，文学作品中的每个人物都是例证，其存在价值在于能证明作者的观点，例：《人祸》主题是揭示太平天国失败的原因在于内乱，在于统治者内部的争权夺利、尔虞我诈，于是作品中出现了洪秀全、杨秀清、韦昌辉等奸诈、狡猾、好利、忘义等形象。历史作品除了以具体人物作为例证外，还经常用群体人物及其行动作为例证，例：为了证明人民群众对太平天国发挥的重大作用，罗尔纲说“在江西方面，人民群众踊跃‘蓄发助战’……”。[3]

---

[1] 罗义俊，王小方. 太平风云[M]. 上海：少年儿童出版社，1983：1.

[2] 罗尔纲. 太平天国史（全四册）[M]. 北京：中华书局，1991：120.

[3] 罗尔纲. 太平天国史（全四册）[M]. 北京：中华书局，1991：9.

I 1viii图示，是指运用示意图或表格的形式呈现有关太平天国的知识，图表是历史叙事中常用的认知化方式，文学叙事中很少使用。例：《贼情汇纂》中有太平天国的号帽图、军中号衣图、胜旗图、腰牌图等。❶

I 1ix解说，是指电视剧或电影通过画外音的方式将有关知识传递给观众。例：电影《石达开》第三集开头安排画外音“金田起义之后，洪秀全指挥天军沿大湟江东下……”❷

使用认知化方式传授的认知内容并非都是真实的，比如《洪杨豪侠传》先写陈玉成、李秀成出人意料地从城内冲出，好像飞人一样，然后介绍“……这便是太平军从背后杀来的原因”，❸陈玉成、李秀成有没有事先进入城中，没有相关记载，至于其从背后杀来的原因更是空中楼阁了。另外，有些方式的使用有利于叙事过程的展开，但有些方式的使用与太平天国成败毫无关系，比如《洪杨豪侠传》向读者介绍江浙人杰地灵的情况，风景如何秀丽，状元如何之多，而这些只是为了引出郑祖琛的父亲，与太平天国的成败没有任何关系，❹同时这样的知识对于读者来说并无新鲜感可言，因而这种介绍只是作者为了拉长作品篇幅，生搬硬凑上去的，不仅不会给读者带来获取知识的满足感，反倒像长在健康机体上的毒瘤，使整个作品臃肿不堪。再如《天朝大梦》引证《清代野史》《慈禧大传》等内容，以期告诉读者咸丰可能与琳贵妃发生过乱伦关系，而《清

❶ 张德坚. 贼情汇纂[M]//中国史学会主编. 太平天国（三）. 上海：上海人民出版社，1957：148-149.

❷ 石达开（第三集）（电视连续剧分镜头剧本）广西电视台印. 油印本. 未出版. 1984：1.

❸ 张恂子. 洪杨豪侠传[M]. 合肥：黄山书社，1988：617.

❹ 张恂子. 洪杨豪侠传[M]. 合肥：黄山书社，1988：2.

代野史》与《慈禧大传》本身就是主观推测的产物，用这样的作品来作为自己论点的根据，只能让读者产生毫不可信的感觉。再者两人是否有乱伦关系既不能影响整个太平天国的进程，也并不能令读者加深对历史的理解，而作者偏偏煞有介事地花大量篇幅交代两人的关系，极力渲染两人的畸恋，带给读者一种低俗的感觉。

二、似真化

《天国演义·关于本书》中说“作者以一个历史学家的诚实与严谨，按历史的本来面目，将历史写成历史，将农民写成农民”，《太平天国起义记》作者也声称作品的来源乃是“个人所知，得自信而有据之”，[1]两部作品不约而同地标榜自己的作品是真实的，是不受主流意识形态影响的。事实上，任何有关太平天国的叙述都存在虚构，完全真实的叙事是不存在的，因而作品中的真实只是一种模拟的、近似的真实。与所有叙事作品一样，历史成败叙事总是试图让读者相信自己所叙是最真实的，因而似真化是所有太平天国成败叙事的共同追求。所谓似真化是指极力使作品产生真实感的叙事倾向。从作品来看，常见的似真化方法包括告知、假托、限制、实映和旁观。

I 2 i 告知，是指作者告诉读者自己写的都是真实的事情。告知的一种方式是声明，即作者在序、跋中向读者强调自己所叙的真实性，寻求读者的信任，声明的内容包括声明来源或声明方法。声明来源主要是强调材料来源的可靠性，例：《洪杨金田起义》声明参考的是罗尔纲、范文澜、华岗等人的历史书，[2]《思痛记》声明该文

[1] [瑞典]韩山文. 太平天国起义记[M]. 简又文，译//中国史学会主编. 太平天国（六）. 上海：上海人民出版社、上海书店出版社，2000：833.

[2] 施瑛. 洪杨金田起义[M]. 上海：新鲁书店，1951：2.

所叙皆为自己亲身经历之事。[1]声明方法主要是指声明不增删、少评价，如《太平天国起义记》说“著者尽献其所闻，力免删润”，[2]《洪杨豪侠传》声称该书的写作“先去掉成见，是非功过，一听读者批判”。[3]告知的另一种方式是暗示，即将真实性隐含于书名、标题之中，例：《杭城再陷纪实》《武昌纪事》《虎穴生还记》等文题都提示读者文章是根据自己所见所闻写成的，《太平天国史》《太平天国全史》书名中都含有“史”，利用“史”是真实的、正确的心理定式，使读者感觉其叙事可信。

I 2 ii 假托，是指托某个实有人物之名，表明所叙皆出于该人亲眼所见、亲耳所闻、亲身经历等。它分为以下几种情况。

假托亲历，即制造假象，让读者感觉作品中的所有事情都是作者亲身经历的。例：《镜山野史》的作者是安化县人，粤兵围攻长沙时他并没有在现场，但他以确切的时间、地名、确定无疑的语气创设亲历记的幻觉。[4]

假托目证，指叙述不真实的事件时，人为地为其安上目击者，让读者感觉作者并非胡言乱语。例：洪秀全生病升天本是他功名心太重，受到打击后心绪不宁导致癔症，他却自称是上帝接他上了天堂，为了让太平天国的人民深信不疑，《王长、次兄亲目亲耳共证福音书》假称洪仁发、洪仁达两人曾亲见洪秀全升天、亲听上帝对他

---

[1] 李圭．思痛记[M]//中国史学会主编．太平天国（四）．上海：上海人民出版社，1957：465.

[2] [瑞典]韩山文．太平天国起义记[M]．简又文，译//中国史学会主编．太平天国（六）．上海：上海人民出版社、上海书店出版社，2000：833.

[3] 张恂子．洪杨豪侠传[M]．合肥：黄山书社，1988：2.

[4] 李汝昭．镜山野史[M]//中国史学会主编．太平天国（三）．上海：上海人民出版社，1957：5.

说话。[1]

假托转述，即叙述者没有直接参加太平天国，也没有目睹太平天国事件，于是假称自己所叙的蓝本是太平天国时期的人亲自记述或讲述的事情，自己只是转述而已。例：《洪秀全革命之真相》所依据的是洪仁玕的记录，[2]《关于太平军的传说》中说该故事是一位75岁老人所讲的，这个老人的姑姑、外祖父都是太平军，他的故事又是从姑姑处听来的。[3]

假托抄录，即言明所述之事、所说之言是从某人文字中抄来，或者就是当事人的语言记录，没有进行加工。例：李汝昭介绍曾国藩失败情况之前，先强调消息来源于“杨一青举子抄来的札”。[4]

假托摹写，是指声称自己虽然没有得到原件，但亲眼目睹过原件，能够模仿原件将其内容、格式完全表现出来。例：《贼情汇纂》摹写俘获的太平天国文书。[5]

假托神灵，即为了让读者相信自己叙述的真实性而假冒自己见过神灵，自己的一言一行都是天意，并且有实物、实例为证。例：洪秀全自己被上帝任命为“天王大道君王全”，家人在其门口果然捡

---

[1] 王长次兄亲目亲耳共证福音书[M]//太平天国印书(下). 南京：江苏人民出版社，1979：709-717.

[2] [美]罗孝全. 洪秀全革命之真相附米赫士跋[M]. 简又文，译//中国史学会主编. 太平天国（六）. 上海：上海人民出版社、上海书店出版社，2000：821.

[3] 广西壮族自治区科学工作委员会、壮族文学史编辑室. 关于石达开. 资料七十七. 原始资料. 油印本. 未出版，日期不详：16.

[4] 李汝昭. 镜山野史[M]//中国史学会主编. 太平天国（三）. 上海：上海人民出版社，1957：13.

[5] 张德坚. 贼情汇纂[M]//中国史学会主编. 太平天国（三）. 上海：上海人民出版社，1957：33.

到这7个字，[1]为了让读者相信洪秀全起义并非因为清王朝的过错，而是源自劫数，汪堃称在洪秀全父亲墓中挖出龟壳。[2]

假托遗证，即虽然所叙并非真实之事，但还要说某某地点、事物、习俗是太平天国的遗物或遗俗，它见证了叙事的内容或者得名于太平天国事件和人物，这是没有经历过太平天国的人在讲述太平天国故事时经常使用的一种假托方法。例：为了证明洪秀全一纸诉状解决了卢李两姓不可调和的纠纷的能力，叙述者说当初作为卢李双方争论焦点的水陂现在仍存在。[3]

Ⅰ2ⅲ限制，是指有意识地将叙事控制约束、控制在可信的范围内。

叙述视角的限制，是指打破全知全能型叙述方式，采用第一人称或第三人称限制叙述。前者如《难中记》完全写“予”“我”的所见所闻，没有发生视角越界现象。[4]后者如《洪秀全革命之真相》中说“关于该领袖（洪秀全）之行状，述辞人之言即止于此”，可见其采用的是第三人称限制叙事，只复述自己从洪仁玕笔记中见到的内容。[5]限制叙述能给人以说真话的感觉，这也是为什么《石达开日记》选择第一人称限制视角的原因以及有些读者误将其视为真的石

---

[1] 太平天日[M]//太平天国印书(上). 南京：江苏人民出版社，1979：41.

[2] 汪堃. 遁鼻随闻录[M]//中国史学会主编. 太平天国（四）. 上海：上海人民出版社，1957：410.

[3] 广西壮族自治区通志馆. 太平天国革命在广西调查资料汇编[M]. 南宁：广西壮族自治区人民出版社，1962：50.

[4] 张尔嘉. 难中记[M]//中国史学会主编. 太平天国（六）. 上海：上海人民出版社、上海书店出版社，2000：633-642.

[5] [美]罗孝全. 洪秀全革命之真相附米赫士跋[M]. 简又文，译//中国史学会主编. 太平天国（六）. 上海：上海人民出版社、上海书店出版社，2000：822.

达开日记的原因，总体看，限制叙述在太平天国成败叙事中所占的比例很小，大部分仍然是全知叙述。

叙述情感的限制，是指叙述时尽量不流露出叙述者的感情倾向，其形式表现为编年纪事体，即以年、月、日的先后为顺序，以此记录有关太平天国或清方的“重要”事件。例：整个《粤逆陷宁始末记》都采用大事记的形式，[1]《太平天国史》卷二是以纪年的形式列举关于太平天国的重大事件。[2]

Ⅰ2ⅳ实映，是指如实反映，不因叙述者的好恶而故意隐瞒或夸大其词。

不隐恶，即如实反映叙述者自己比较喜欢或赞同一方的罪恶行径。例：身为士，清王朝知识分子都有忠于朝廷的思想，但《难中记》《花溪日记》等的作者分别反映了“兵勇之勒索愈甚”[3]及张玉良不接纳逃兵，致使逃兵投敌[4]的阴暗面，罗尔纲等历史学家虽然感情上倾向于太平天国，但也没有回避天京事变，一定程度上揭示了其“真相”。

不移易，是指保持原作、原物的本来面目。例：张德坚称自己引用的“贼”之文书时格式、改易文字及错别字等一如原样。[5]

Ⅰ2ⅴ旁观，是指叙述者不偏不倚，同时审视双方，既写其优

---

[1] 陈锡麒. 粤逆陷宁始末记[M]//中国史学会主编. 太平天国（六）. 上海：上海人民出版社、上海书店出版社，2000：647-653.

[2] 罗尔纲. 太平天国史（全四册）[M]. 北京：中华书局，1991：95-170.

[3] 张尔嘉. 难中记[M]//中国史学会主编. 太平天国（六）. 上海：上海人民出版社、上海书店出版社，2000：634.

[4] 冯氏. 花溪日记[M]//中国史学会主编. 太平天国（六）. 上海：上海人民出版社、上海书店出版社，2000：667.

[5] 张德坚. 贼情汇纂[M]//中国史学会主编. 太平天国（三）. 上海：上海人民出版社，1957：33.

点，也写其不足。例：《太平军纪事》认为“党人”与清军同样可鄙可笑。[1]

为创造似真效果，每个作品都会使用一个或一些似真化的方法，以上这些方法可能在同一个作品中同时使用，但是无论使用多少方法，都不可能达到完全的真实，后设历史叙事常常引用太平天国时期的史料以证明自己的“真”，事实上史料本身就不是“真”的，许多史料完全相反或针锋相对，有些自己就暴露了其“假”，比如《贼情汇纂》在序中反复声明其所据的是自己亲身经历的、采访所得的，并且列举了采访人员的姓名，仿佛是真实无疑的了，但作者又坦言已经“删所诬”，即去掉了“污蔑”官军与官员的言辞，[2]由此可见，似真化只是想让读者相信的一种手段，“真”是虚假的、只是幻影而已。

三、情感化

在太平天国成败叙事中，同一个行为在不同作品中成为截然相反的两个角色的行动，例：由于受到战争文学的影响，看到“扫荡”，许多读者的脑海中会出现在狐假虎威的汉奸带领下，日军开着军车、牵着狼狗、端着机枪开进村庄，然后抢粮、抢钱、强奸，临走前再放一把火，在熊熊的火光中离去的场面，因此该词通常是与残忍联系在一起的，有些太平天国成败叙事也用这个词反映清军的残忍狠毒，但是在桂剧《苏三娘》中，正面英雄人物苏三娘要到

---

[1] [美]晏玛太. 太平军纪事[M]. 简又文，译//太平天国（六）. 中国史学会主编. 上海人民出版社、上海书店出版社，2000：929.

[2] 张德坚. 贼情汇纂[M]//中国史学会主编. 太平天国（三）. 上海：上海人民出版社，1957：29.

恶人刘进财的村庄“扫荡”，[1]只因为苏三娘是“义军”领袖，她的“扫荡”就变成正义行为了。由此可见作者的情感倾向对叙事的重要意义，可以说情感是选择、支配角色与行动的最根本、最具决定性的因素。《裂变》的作者感叹“有人对天京内讧的历史事件采取扼腕兴叹的笔调来陈述；有人则用气愤填膺的语气来描绘；有人却以幸灾乐祸的心情来发泄”，[2]同样是关于天京内讧的叙事，其千差万别的根本原因就是情感的差异，情感不仅是叙事的决定因素，也是达到叙事目的的手段，完全不动感情的作品是不存在的。情感化是指鲜明地体现作者情感的叙事倾向，太平天国成败叙事中出现的情感主要包括两个相对的系列，即肯定性情感系列与否定性情感系列，前者包括热爱、尊敬、崇拜、赞赏、喜欢、认同、同情、怜悯等，后者包括憎恨、厌恶、失望、怨恨、责备、鄙视、否定、无奈等。情感不会孤立地存在，“以善恶为褒贬，以贞淫为黜陟，俾愚顽易于观感，妇稚得以兴奋”，[3]情感与善恶褒贬密不可分，情感化很大程度上体现为褒叙和贬叙。

I 3 i 褒叙，是指竭力呈现某方、某人、某事的善良与能力的叙述方式，其目的是将作者对某方、某人、某事的肯定性情感传达出来，并影响读者使之形成近似情感。从太平天国成败叙事来看，褒叙可分为夸叙、录叙、叹叙、引叙、饰叙、难叙。

I 3 i 1夸叙，是指对某方、某人、某事进行夸说，与之相对应的情感是热爱。夸叙包括夸赞、夸耀、夸张、神化等。

---

❶　霄雯．苏三娘．广西壮族自治区研究室．广西粤剧剧目选（第一集）．内部资料出版社、出版日期不详：61．

❷　彭道诚．裂变——太平天国[M]．台北：三民书局股份有限公司，2004：2．

❸　王韬．遁窟谰言[M]．石家庄：河北人民出版社，1991：4．

I3i1i夸赞，是指通过叙述者或人物之口对仁正者、忠义者、能者及其行为进行概括性的赞美。根据夸赞者与被夸赞者之间的不同关系，可以将夸赞以下几种。

叙述者夸赞，是指由叙述者来夸赞人物的美貌、人品、才华等，这是所有夸赞方式中最为直接的一种，能给读者先入为主的印象，使读者对被夸赞者产生良好印象和情感倾斜。例：左宗棠“前额饱满，二目锐利，双眉又密又黑，现出刚毅的性格”，[1]胡以晃的家中陈设“显得贵而不骄，富而脱俗”。[2]

敌对者夸赞，是指敌方人员真心佩服并夸赞某人的人品、能力、才华等。例：知府赞秀全“字字珠玑文采多妙美”，[3]陈玉成夸赞温绍原“如此好官，天下罕有，死后尚且这样爱民，生前德政不问可知”。[4]在太平天国时期，由于双方都极端仇视敌对者，加之彼此并不交流，根本无法得知敌对者是否夸赞过己方人员，所以敌对者夸赞在清太双方的官书、文书、书信等叙事中是不存在的。

同方者夸赞，是指夸赞者与被夸赞者属于同一阵营，通过夸赞强调某人的人品、能力等，间接表达作者对被夸赞者的热爱之情，由于夸赞者与被夸赞者可能面对面，因此同方者夸赞包括当面夸赞，也包括背后夸赞。当面夸赞，例：傅善祥嫂嫂当面夸赞她漂亮又有能力，[5]许乃钊对向荣“知辔驾楚之法”“极口称善”。[6]背后

---

❶ 李文澄. 左宗棠[M]. 北京：北京图书馆出版社，2001：2.

❷ 李晴. 天国演义（上、下）[M]. 北京：中国文史出版社，2009：163.

❸ 陈棣生，利家彭，常国煊. 洪秀全. 广州市文化局. 新时期粤剧选. 内部资料未出版，1989：77.

❹ 陈也梅. 洪杨演义（六卷）[M]. 上海：中华图书局，1924：32.

❺ 阳翰笙. 天国春秋[M]//阳翰笙剧作集（上）. 北京：中国戏剧出版社，1982：303.

❻ 陈也梅. 洪杨演义（六卷）[M]. 上海：中华图书局，1924：17.

夸赞，例：洪宣娇与秋菊谈话称赞李秀成“他主张突围，是完全有道理的”，[1]“林夫人倾家劳军，向公赞道‘这位诰命真是巾帼丈夫’”。[2]

自我夸赞，是自己夸赞自己，该行为在太平天国各个阶段都存在，洪秀全、萧朝贵、杨秀清、向荣、曾国荃等都曾夸赞过自己，后世的作品也经常使用这种方法。例：洪宣娇说自己“胸襟胜男子，雄略敌万人”。[3]

第三方夸赞，指由既不属于清方，也不属于太方的人员高度评价清方或太方人员的人品、能力等，第三方人员可能是还没有加入太平军的普通群众，也可能目睹太平天国运动的外国人。例：私塾先生说洪秀全一定能考上状元，[4]美国人说洪秀全是“自有中国以来第一人也”。[5]

叙述者夸赞能直接影响读者，但有偏袒之嫌，由作品中的人物充当夸赞者，会给读者客观真实的感觉，但这个真实只是一种感觉而已。

I 3 i 1ii夸耀，是指对某件事津津乐道、反复述说、细致描摹、多方渲染，以达到炫耀目的。根据夸耀者与被夸耀者的关系，夸耀可以分为叙述者夸耀和自我夸耀。

叙述者夸耀，指叙述者在叙述过程中，特意减慢叙述速度，详

---

[1] 胡仲实. 洪宣娇. 广西壮族自治区戏曲工作室. 油印未写稿，未出版，1961：65.

[2] 陈也梅. 洪杨演义（六卷）[M]. 上海：中华图书局，1924：94.

[3] 胡明树，李文钊，等. 金田起义（桂剧）. 广西省文联·广西省戏改会印. 未出版，日期不详. 油印本：56.

[4] 施瑛. 洪杨金田起义[M]. 上海：新鲁书店，1951：2.

[5] 陈也梅. 洪杨演义（六卷）[M]. 上海：中华图书局，1924：95.

细、饱含感情地描摹某个动作，勾画某事的过程，具体、全面地交代事情的结果。例：整个《太平天日》都是对洪秀全的神奇经历、无上权能的夸耀，对皇上帝接洪秀全上天一事，叙述得尤其详细，其目的是通过夸耀，使太平天国成员对洪秀全产生既崇拜又敬畏的感情，不敢背叛太平天国。❶再例：林祥突然跃上垒墙，举刀跳荡砍击，举旗高呼，割下敌将首级，❷林祥是作者虚构出来的一个清方将领，作品用一系列动作如冲入、砍杀、举旗、大喊等充分表现了他对朝廷的无上忠诚、对敌人的切齿痛恨、他的勇敢无畏、不怕牺牲以及过硬的军事素质等。

自我夸耀，是指叙事中的人物自己炫耀自己，以表明自己恪尽职守、尽心尽责、忠心耿耿，以便得到上级宽容、信任、提拔、恩赏，或者宣扬自己得天之助，具有无限权能、超人智慧、非凡才华，自己所做的事是别人无法做成的，以便使他人相信、追随、忠诚于自己。例：向荣一路尾追太平军，从没有对太平军造成过致命打击，为了逃避指责，他经常在奏章中夸耀自己取得的胜利，比如"杀贼四十余人，立将土城拆毁十余丈，夺获六百余斤大炮二尊，器械二十余件"，❸通过具体数字，向荣试图向咸丰表明自己能力很强，也非常尽心。再例：石达开说自己"语诸同行者不可戕杀良民，亦不必过事搜刮"，❹这里石达开是在向读者夸耀自己的仁义，以获得读者的同情和理解，但是句子本身却暗示了其仁义的虚伪实

---

❶ 太平天日. 太平天国印书(上)[M]. 南京：江苏人民出版社，1979：35-50.

❷ 陈也梅. 洪杨演义（六卷）[M]. 上海：中华图书局，1924：103.

❸ 向荣. 向荣奏稿[M]//中国史学会主编. 太平天国（七~八）. 上海：上海人民出版社，1957：31.

❹ 许指岩. 石达开日记[M]. 上海：世界书局，1928：2.

质，不是“严禁搜刮”，而是“不必过事搜刮”。虽然这些自我夸耀在后世人眼中荒唐可笑，但是在其原始文本中并不可笑，而是一种叙述策略，一种能给人物自己带来实利的叙述策略，从历史来看，向荣、石达开的自我夸耀都在一定程度上实现了其目的，向荣的自我夸耀，使他没有像塞上阿那样被咸丰逮到京城治罪，石达开的自我夸耀使他得到了百姓的认可。虽然后世对这些自我夸耀进行戏仿时，可能产生反讽的效果，但是本源的自我夸耀并没有任何反讽之意。

I 3 i 1iii夸张，是指夸大其词，把微不足道的事情说得极为重要，把平淡无奇的人物说得光辉灿烂、高大完美。例：林凤翔在孤立无援、身受重伤的情况下，“一人斩首三千余级”，[1]这是在极力夸说林凤翔的英勇顽强，为其牺牲抹上一层浓厚的悲壮色彩，以使读者佩服、喜欢他，但是项羽尚且仅仅“杀数十百人”，[2]林凤翔居然“一人斩首三千余级”，夸张过度造成了失真，令读者感到虚假，作者的目的反倒达不到。这种对所爱者武功的夸张在清方记载中也同样存在，如“巡道王寿同……杀贼十数人”，[3]虽然没有林凤翔例夸张得厉害，但夸张方式及作用是相同的。

I 3 i 2神化，是指叙述者将自己喜欢的人物说成是神所赐、得到神的保佑、死后变成神，以使读者仰慕和崇拜。例：洪秀全发病时得到天父垂青，成为天父第二子，[4]通过神化，洪秀全变成了受

---

[1] 陈也梅. 洪杨演义（六卷）[M]. 上海：中华图书局，1924：90.

[2] （汉）司马迁. 史记[M]. 天津：天津古籍出版社，1997：237.

[3] 陈徽言. 武昌纪事[M]//中国史学会主编. 太平天国（四）. 上海：上海人民出版社，1957：590.

[4] [瑞典]韩山文. 太平天国起义记[M]. 简又文，译//中国史学会主编. 太平天国（六）. 上海：上海人民出版社、上海书店出版社，2000：843.

命于天、拯救人间的天子，取得了起义、称王的天然合法性，虽然后世会认为这是无稽之谈，但在当时却是非常有效的宣传方式，太平天国从无到有，自始至终，靠的就是这种人为的神化。再例：温绍原战死后为让“贼”勿屠百姓，“神光凛冽，灵风肃然”“僵立不仆”，“温公祠”建好后“每遇旱灾水溢，赴祠祈祷，无不有应”，[1]温绍原是清方叙事精心打造的“好官典型”，他不仅顽强抗“贼”，死后还能成为神，震慑“贼”，使“贼”乖乖就范，又能保护百姓。读到这样的叙述，读者可能会想：既然成了神灵，威力如此之大，那他为什么不能战胜“贼”呢？那样不是更能保护百姓了吗？所以神化是一望即知其假的叙事方式，从中可以看出叙述者对人物的有意美化。

I 3 i 3录叙，是指运用语言文字将一些重要人物的言行以及一些重要事件的经过记录下来，形成文本，以宣扬该人物的先进事迹、聪明智慧，便于激发读者学习该人物的热情、了解该事件的重要意义。例：《小沧桑记》记录“绅董”设法安置难民之事，[2]在作者看来，在兵荒马乱的时代，能够不顾个人利益，安置难民是难能可贵的仁义行为，符合儒家的思想标准，对这样的事情加以记录，一来是希望使该行为青史留名、不致淹没；二来树立典型，使看到该文的人在仰望典型的过程中，主动去模仿典型。当然这两点都只是善良的愿望而已，由于其主人公名不见经传，故而该事没有也不可能被写入官修历史；再者，“绅董”也是人，他们也爱惜身家性命，“贼”没来前还有可能做做善举，为自己积点德，但是当“贼”来

[1] 陈也梅. 洪杨演义（六卷）[M]. 上海：中华图书局，1924：32-33.

[2] 姚济. 小沧桑记[M]//中国史学会主编. 太平天国（六）. 上海：上海人民出版社、上海书店出版社，2000：445.

到后，为了保护财产，“绅董”可能跑得比普通人更早、更快，作者津津乐道眼见的一次“绅董”义举，正好说明这样的事情太少了。再例：《天父下凡诏书》第一部详细记载天父下凡审讯周锡能之事，包括事件的整个过程以及天父与周锡能的对话等，通过该记录，太平天国“趁机宣扬万事有天作主，这对于当时革命群众有莫大的鼓舞作用”。[1]

I 3 i 4叹叙，是指为表达对某人、某些人、某集团的同情与怜悯而进行感叹的叙述方式，叹叙的感情强烈而直接。例：富礼赐看到两个太平军的“小奴才”，感叹他们“再不能看见其家庭或父母了”，“虽然他们衣食丰足，但这生活真苦了”，[2]通过感叹既表达了作者自己的人道主义精神，也表明太平天国儿童的悲惨处境，从一个侧面反映了太平天国的不合理之处。再例：由于“义民之死难者不下十数万人”，《难中记》感叹“噫！惨矣！”，[3]该例通过感叹表达了作者对战争受害者的同情，同时从人民的角度批判太平天国给人民带来的灾难，这是许多有关太平天国的笔记经常采用的叙述方法，比如作者看到杭州城有六七十万人坐困危城，无路可逃，感叹“其数也夫！”，[4]与前例类似。

I 3 i 5引叙，是指为了表达对某人思想、言论的认同，在叙述过程中引用该人以及关于该人的言论，引叙不同于引证，它不是为

---

[1] 天父下凡诏书[M]//中国史学会主编. 太平天国（一）. 上海：上海人民出版社，1957：95-104.

[2] 富礼赐. 天京游记[M]. 简又文，译//太平天国（六）. 中国史学会主编. 上海：上海人民出版社、上海书店出版社，2000：945.

[3] 张尔嘉. 难中记[M]//中国史学会主编. 太平天国（六）. 上海：上海人民出版社、上海书店出版社，2000：633.

[4] 华学烈. 杭城再陷纪实[M]//中国史学会主编. 太平天国（六）. 上海：上海人民出版社、上海书店出版社，2000：629.

了证明某事的真实性，而是出于认同或喜欢想把引用的内容保存下来。例：李汝昭引用义士们为抗甲书而死的赵公而作的祭文，[1]该例中作者对反抗甲书的行为是认同的，而赵公是反抗甲书的烈士，引用祭文意在告诉读者，赵公是当之无愧的勇士，而且持此想法的并不仅是作者，而是很多人。再例：洪仁玕在自述中引用洪秀全的诗句“手握乾坤杀伐权，斩邪留正解民悬……”，[2]据洪仁玕说该诗是洪秀全在病中所作，在被捕将被杀死时，洪仁玕依然引用这首具有神秘意义的诗作，意在向清方表明洪秀全走上造反之路，确实是天意所为，自己是绝对相信这一点的，委婉地表达对洪秀全的崇拜之情，同时表明能为洪秀全的事业而死，自己无怨无悔。

I 3 i 6饰叙，是指出于对叙述对象的认同、喜爱，而在叙事中故意对其言行、名称进行修饰，以表现其尊贵、仁义、聪慧、有能力。

I 3 i 6 i 敬称，是指用带有敬意的称谓来指称某人或某些人，以表达对该人或该群体的热爱、崇敬、尊敬之情。例：包立身聚众抗“贼”，使之屡败，被称为“义士”。[3]包立身是清朝文人笔记塑造出的民间抗“贼”英雄，这些笔记的作者大多没有参加过对“贼”的抵抗，反倒是在“贼”来前就想一死了之或逃之夭夭，实在逃不了就成为俘虏，虽然没有为“贼”出谋划策，也没有帮助“贼”做事，但内心是惶恐不安的，隐隐感觉自己对不起皇帝、对不起朝

[1] 李汝昭．镜山野史[M]//中国史学会主编．太平天国（三）．上海：上海人民出版社，1957：16-17.

[2] 洪仁玕自述[M]//中国史学会主编．太平天国（二）．上海：上海人民出版社，1957：848.

[3] 张尔嘉．难中记[M]//中国史学会主编．太平天国（六）．上海：上海人民出版社、上海书店出版社，2000：636.

廷，于是当得知有人竟能出面抵抗“贼”时，他们热烈地歌颂他，给予他很高的荣誉和声名，称其为“义士”就是这种叙事心理的一种反映。再例：“当今天父上主皇上帝开天恩，差我主为天下太平主”。❶这句话中的“天父上主皇上帝”指“上帝”，“我主天下太平主”即洪秀全，这种尊敬性的称呼是太平天国公文中必须采用的，目的是表达对“上帝”和洪秀全的无限崇敬之情。太平天国非常看重敬称，专门颁行《太平礼制》，对各种敬称加以规定，并在各种公文中加以使用。

I 3 i 6 ii 开脱，是指叙述对象的言行并不高尚、出现错误或者导致失败，但叙述时却将这些都处理为事出有因，而不是因为叙述对象无德无能。使用开脱法频率最高的是失败叙事，这种叙事不以结果论人、叙事，而是相反，带给读者的感受是败而有德、败而有才、败得令人惋惜、虽然失败依然光荣。战败开脱叙事的方式主要有以下几种。

将失败归因于偶然的失误、敌人的阴险狠毒或者一些突发情况的出现等，以表明叙述对象是有才华和德行的。例：《洪秀全传奇》中说在攻打全州之前，冯云山做了充分、周全的准备，本应该一举攻下的，但是太平军内部出现了内奸何三，他向刘四姐传递了错误情报，冯云山根据错误情报做出了错误决策，结果大败。❷全州之败是太平天国早期一次意义重大的惨败，因为南王冯云山在全州受重伤，后在蓑衣渡死去。除全州知府的求援信外，全州之败的真相并没有记录，关于全州之败的叙事基本上都是想象和推测的结果，该

❶ 太平天国癸好三年新历[M]//太平天国印书(上). 南京：江苏人民出版社，1979：127.

❷ 陈仕元. 洪秀全传奇[M]. 广州：花城出版社，1990：99.

文说全州之战是冯云山指挥的，本是为了表现冯云山维护大局、自我牺牲的崇高精神，[1]但是如何既表现冯云山的高尚情操，又表现他的智慧和才华呢？为此叙事者安排了两个虚构性人物何三和刘四姐，何三叛变是一个偶然发生的、无法预料的事件，何三利用刘四姐传递错误情报可见叛徒的可恶与狡猾，而冯云山一贯谨慎小心，这一次却大意失荆州令人扼腕叹息。这样通过这一失败战事既称颂了冯云山的才智德行，也表达了对他的深切同情。

将失败归因于天意，例：湘军正乘胜追击时“南风陡作，人力难施”，结果大败而归，曾国藩感叹说“非战之罪，如此西南风是天不欲遽灭此贼也，国运至此，臣子何以生为”，[2]湘军第一次主动出兵攻打太平军致败的客观原因是湘军刚刚组建，从将领到士兵都缺乏指挥和战斗经验，而太平军已经经历过多次战争，积累了丰富经验，但作者却将失败原因归结到天意上，这就为失败找到了一个“合理”的理由，委婉地表明曾国藩并不是无能之人，湘军也并不缺乏战斗力。再例：萧朝贵领军围攻长沙，被清军炮伤致死，于是太平军全军进攻长沙，但最终没有攻下，从客观原因看，长沙守军准备较充分，作战较勇敢，每次城垣被攻破时都有将士迅速堵上，各路人马配合也较密切，而太平军冒险轻进，等到全军到达长沙时，长沙援军都已到齐，双方实力已基本相当，因而失去了有利时机，而太平天国官书《天情道理书》却说“攻破城垣数次而不遽进城者，此亦由天父默中使成而然也。若进长沙驻扎日久，则益阳等处江河船户不免为妖魔哄吓，远遁他方，我百万雄师何由得舟楫之

---

[1] 陈仕元. 洪秀全传奇[M]. 广州：花城出版社，1990：81-82.

[2] 陈也梅. 洪杨演义（六卷）[M]. 上海：中华图书局，1924.

便而沿流以破武昌乎？”，[1]进不了城，被说成了不想进城，而且打出天父的大旗，说得神乎其神，欺骗那些迷信的人，使其迷信“天父”，跟定太平军。

将失败归因于善良、仁义，例：向荣失败是因为“派军四出救援，大营兵力单薄”，[2]向荣虽久经沙场，但和太平军交锋时，充分暴露了他军事上的无能，虽然也有过胜利的时候，但这些胜利对大局没有根本影响，大多数战役都以失败而告终，作者却把他的失败归结为援助友军，使他变成虽败仍令人钦佩的大善人。

将失败归因于士兵太少、太疲劳，例：天京失陷时太平军与清军的人数比为1∶5，而且由于受饥饿所困，能作战的太平军“只有三四千人”，[3]“怎奈官军不满三千，更兼连日辛苦，未免困乏，敌兵蓄锐多日，又仗着水势”，[4]这两例采用的是同一种叙述方式，当计算己方或自己喜欢、认同一方的人数时只算精壮，而计算敌方或自己厌恶、憎恨一方的实力时，则把所有人都算上，由经过加工过的数字比，来表明己方或自己喜欢一方的失败是由“客观原因”造成的，并非他们缺少能力和智慧。另外，第一例中提到饥饿，第二例中提到困乏，都在为失败找借口，因为虽然太平军粮食断绝，但粮食断绝只是失败的必要条件，并非充分条件，当初在永安时，太平军也是弹尽粮绝，却能突破强敌封锁，第二例中说连日辛苦也是如此。这种失败叙事在城市被攻陷时经常被使用。

将失败归因于武器太差，例：在高桥，太平军士兵“大多仅以竹

---

[1] 张汝南. 金陵省难纪略[M]//中国史学会主编. 太平天国（四）. 上海：上海人民出版社，1957：521.

[2] 陈也梅. 洪杨演义（六卷）[M]. 上海：中华图书局，1924：107.

[3] 罗尔纲. 太平天国史（全四册）[M]. 北京：中华书局，1991：170.

[4] 陈也梅. 洪杨演义（六卷）[M]. 上海：中华图书局，1924：64.

矛为武器”，而英法联军拥有一门火箭炮和两门野战炮，士兵手中还有枪，“武器粗劣的太平军自然无法抵挡欧洲的大炮和精良的武器，结果，一百余人被杀，其余均被驱出”，[1]该例通过对比表明作者的态度，即太平军虽然失败了，但那不是太平军本身不尽心、不勇敢，而是因为对手的武器太先进。

将失败归因于主动放弃，例：冯云山曾多次参加科举考试，但是连秀才都没有考上，《洪秀全传奇》却叙述他看透了官场黑暗，不仅自己无意于科举，还劝洪秀全不要再考，[2]这样就使冯云山摆脱了无能形象，变成了品性高洁、思想睿智的高人，同样的叙述方式在洪秀全、左宗棠、彭玉麟等人物身上都发生过。

将失败归因于社会腐败，例：洪秀全的文章被头名秀才骆幼林盗用，[3]洪秀全多次参加科举考试都没有考中秀才，有些作品将之处理为不愿考、根本没有考，有些作品认为是清朝科举考试已经完全腐败，贫寒子弟根本无法考中，也有很多作品说他考中了，但被有权有势的人顶替了，本例是这种说法的一个变体，这几种叙述都试图表明洪秀全是有才能、有学问的，只是社会腐败，才使他沉于下僚。

开脱是饰叙中使用最多的一种叙述技巧，除失败叙事经常采用外，错误言行叙事也经常采用。但是如果将多个作品对照来看，就会发现许多开脱使用的并不高明，带有明显的虚伪性，成为伪饰。例：叙述者想为洪秀全没有考上秀才开脱，安排头名秀才盗用他的

---

[1] ［英］呤唎. 太平天国革命亲历记（全二册）［M］. 王维周译. 上海：上海古籍出版社，1985：364.

[2] 陈仕元. 洪秀全传奇［M］. 广州：花城出版社，1990：1.

[3] 陈仕元. 洪秀全传奇［M］. 广州：花城出版社，1990：3.

文章，为了证明“真实”性，就说“那时，头名试卷是公开张贴的”，为了使读者对自己的开脱信以为真，假借“当时”习俗，反而变成此地无银三百两了，[1]再例：冯云山明知攻打全州凶多吉少，打仗又非己所长，为不使天国易将换帅，自己去替东王送死，临死前还不忘将天国重任托付李秀成，[2]通过为冯云山全州之死开脱，塑造了一个拥有高风亮节的道德完人形象，但这个形象却给读者一种非常虚假的感觉，如果他和杨秀清很要好，很佩服他，为他送死还能说得通，而该文中冯云山并不喜欢更不认同杨秀清，若说为了不使天国易将换帅吧，他又将重任托付李秀成（当然这也纯粹是虚构的），说明他已经预测到易将换帅在所难免，在这种情况下，偏偏为杨秀清送死，让人匪夷所思。因此，开脱的使用往往带给读者一种生编乱造的感觉，有损作品的真实感。

I 3 i 6iii转移，是指在叙述人物的失败时，将重点转移到失败前的紧张准备、作战时的奋勇顽强、失败前的个人风采或人格魅力等方面，以使读者原谅并同情叙述对象的失败。具体地说转移主要包括以下几种情况。

重点写失败前的准备与抵抗，例：《武昌纪事》花大量篇幅交代在武昌被太平军占领之前，武昌布政使、巡抚、各级将领等率领全城百姓所作的各种努力，给读者的感觉是官员们已经尽了最大努力了，至于最后失守，那只能说是因为敌人太强大了，清方的兵力太少了。[3]

---

[1] 陈仕元．洪秀全传奇[M]．广州：花城出版社，1990：3．

[2] 陈仕元．洪秀全传奇[M]．广州：花城出版社，1990：81-82，104．

[3] 陈徽言．武昌纪事[M]//中国史学会主编．太平天国（四）．上海：上海人民出版社，1957：583-590．

重点写将领个人的神勇，例：张国樑“打死敌兵无数”，被拦阻时“瞋目大呼，连人和马冲杀过来，玉刚见此神威，不觉退后数步”，[1]这次交锋虽然清军惨败，但是从作品中却读不出遗憾、失望与悲观，相反读者能读出悲壮之感，对张国樑勇气与武艺产生佩服之情。

重点写失败前将领的善良、仁义，例：天京陷落前，李秀成不惜得罪洪仁发、洪仁达，坚决、果断地放平民出城逃生，[2]这样叙述使读者不去过分关注失败的结局，不去考虑天国在最后阶段军事上的无能，而不自觉地崇拜、敬佩李秀成的仁义，在失败的背景上美化人物。

开脱与转移能把失败一方写得非常善良、有才华，令人敬佩不已，使其最后的失败显得悲壮、豪迈、英雄气十足，是热爱、同情失败者叙事的至上法宝，不仅太平天国成败题材、只要与战争胜负有关的叙事都会突出使用这种方法，《三国演义》中塑造刘备、诸葛亮，《刘胡兰》中塑造刘胡兰，《英雄儿女》中塑造王成都采用这种方法。

I 3 i 7难叙，是指通过写人物所遭受的灾难，从而对其表示强烈同情与理解的叙述方式。难叙利用的是人们同情弱者的心理，太平天国时期的文人笔记最喜欢使用难叙方式，有许多作品的题目就带有“难”字或暗含“难”意，比如《难中记》《蒙难述钞》《虎穴生还记》《虎口日记》《劫余杂识》等，不仅如此，难叙在后世太平天国成败叙事中所占的比重也很大，其主要方式包括概述、详叙和渲染。

---

[1] 陈也梅.洪杨演义（六卷）[M].上海：中华图书局，1924：110.

[2] 潘大林.天国一柱李秀成[M].南宁：接力出版社，1994：121-122.

概述，是指用简短的语言将人物的悲惨身世交代出来，例："杨秀清是一个孤儿，五岁丧父，九岁丧母……"❶，通过这段简短的叙述，使读者对杨秀清的身世有了大致了解，因为他的身世太悲惨，读者就容易对他产生同情。再例："贼"来后"闻警屡迁，由近及远，已在千里之外，流离辛苦不可殚述，于今五年矣"，❷这几句话带着感伤的情调述说着自己逃难时的悲惨处境，很容易让读者对叙述者产生同情。

详叙，是指通过带有复杂情节的叙事详细表现苦难及其过程。例：19岁的三妹深爱着谭绍光，两人已经订婚，但恶霸蓝如鉴卑鄙地强奸了她，带着血泪和仇恨，三妹上吊自尽，谭绍光痴情寻觅，两人却失之交臂，三妹的父亲因此发疯，哥哥因此被关进大牢，家破人亡。韦昌辉兄弟恰巧见到吊着的三妹，将她救下，谭绍光为了给三妹报仇找到杨秀清，最后终于战胜了蓝如鉴，救出三妹的哥哥，❸设计三妹一家与蓝如鉴的血海深仇，意在向读者说明太平天国起义前穷人的悲惨处境，引起读者对穷人的同情，激起读者对太平天国起义合理性的认同。

渲染，是指精雕细描人物受苦受难场面，带着血淋淋的色彩，以博取读者的同情。例：杭州"城陷几两旬，尚有伏尸侧而掘食其肉者，悲惨之情，目击泪下"，❹通过"伏尸侧而掘食其肉"的细节描

---

❶ 麦展穗．天朝基石杨秀清[M]．南宁：接力出版社，1994：1-2.

❷ 张汝南．金陵省难纪略[M]//中国史学会主编．太平天国（四）．上海：上海人民出版社，1957：635.

❸ 顾汶光，顾朴光．天国恨（第一卷）[M]．贵阳：贵州人民出版社，1982：1-28.

❹ 李圭．思痛记[M]//中国史学会主编．太平天国（四）．上海：上海人民出版社，1957：490.

写刻画了受害百姓凄惨的生活，激起读者对战争受害者的同情，从他们的角度控诉了战争的罪恶。再例：在石达开、黄再忠、韦普成三人受刑前，叙述者介绍凌迟的特点，突出要“割满一千刀”“要一块一块地碎割”，然后一点一点地、精细入微地描述割的过程以及受害者的身体和精神痛苦，同时详细介绍每一步的残忍之处，比如第一步是割奶头，叙述者评价说“这是人体最敏感的地方，也是牵动五脏六腑最痛的地方，鲜血迸射出来，翼王听到离他最近的黄再忠的牙齿咬得‘格格’震响”，[1]其他文本在写凌迟的时候并没有说先割奶头，作者之所以把第一步想象成割奶头，是为了表现石达开等人临死前所受的钻心苦痛和不畏痛苦的坚强意志，以引起读者对他们的同情和崇敬之情。

Ⅰ3ⅱ贬叙，与褒叙相对，是指当反感、痛恨某人或某集团时，运用一些方式达到对其进行贬低的目的。贬叙方式包括骂叙、揭叙、讽叙、反讽、责叙、笑叙、否叙、庆叙等。

Ⅰ3ⅱ1骂叙，是贬叙中最直截了当的方式，情感倾向体现得最鲜明、最充分。作为军事、政权绝对对立的双方，清方和太方之间以及各自内部各派别之间都以骂的方式贬低对方、抬高自己，在清方和太方的文件及记录中存在大量的骂叙。骂叙的方式包括以下几种。

直骂，即采用直白的语言直接痛骂，例：“粤贼之起如毒蛇，如猛兽，如飞蝗，如聚蚁”，[2]该例连用四个比喻，用四种吃人、害人动物将“贼”的恶毒本质形象地表现出来，读者一见就能看出

---

[1] 万伯喜. 悲情英雄石达开[M]. 北京：华艺出版社，2008：460-461.

[2] 姚济. 小沧桑记[M]//中国史学会主编. 太平天国（六）. 上海：上海人民出版社、上海书店出版社，2000：443.

作者憎恨“贼”的强烈情感。再例：《觉梦录》骂上海保甲的管事人“如聋如瞽”，[1]《觉梦录》的作者与上海保甲的管事人同属于清方阵营，但是前者对后者内部派别林立、争强斗气、鱼肉人民的恶行非常不满，所以骂后者为聋子、瞎子。又例：“忆自胡奴窃居中国，形同禽兽，性若犬羊，结窟穴于幽州”，[2]该例将清朝统治者骂为禽兽、犬羊，以表达对其痛恨之情。

名骂，即用为人物起外号的方式达到骂人目的。例：太平军中有个坏家伙，名叫“尖嘴鼠”，[3]该例是通过起外号的方式表达对该人的厌恶之感，这种方式在太平天国成败叙事中非常常见，“剥皮”“铁公鸡”“大头”“尿九子”“老奸”“黄尾蜂”等都是为太平天国时期人物所起的外号。再例：清方称太平军为“贼”，太平天国称清方为“妖”，《贼情汇纂》在太平天国的各种名称前都加“伪”字，行为前加“僭”字，[4]这些污蔑性的称呼很明显地表露了作者的态度以及所处的阵营。

I 3 ii 2揭叙是指通过叙述、记录、议论、感叹等方式，有意暴露、揭示某人或某集团的错误言行和罪恶本质。

叙述式揭叙，例：《难中记》说“兵勇之勒索愈甚”，[5]石达开

[1] 曹晟．觉梦录[M]//中国史学会主编．太平天国（六）．上海：上海人民出版社、上海书店出版社，2000：539.

[2] 贬妖穴为罪隶论[M]//太平天国印书(下)．南京：江苏人民出版社，1979：449.

[3] 陈棣生．虎啸龙吟——太平天国故事选集[M]．广州：花城出版社，1991：219.

[4] 张德坚．贼情汇纂[M]//中国史学会主编．太平天国（三）．上海：上海人民出版社，1957：44.

[5] 张尔嘉．难中记[M]//中国史学会主编．太平天国（六）．上海：上海人民出版社、上海书店出版社，2000：634.

将“百姓抗衡者杀得血流漂忤（杵）”，[1]此二例都采用叙述的方式揭示人物的性格特征，第一例揭示的是己方中败类对百姓的残害，指出他们不能保民反而害民的本质，第二例揭示的是太方将领的残忍狠毒，站在人民的立场批评其残害百姓的行为。

记录式揭叙，例：作者痛恨俞湖主动将征册献给“贼”，对其行为加以记录，[2]《小沧桑记》记录“文士某”献女与贼，并扬扬自得的丑态，[3]记录式揭叙全部存在于太平天国时期，作者都是经历过太平天国事件的人，目的是通过将无才、无能、无德、无耻之人的行为记录下来，以便后人知道内情，并使该人遗臭万年。

议论式揭叙，例：“可恨者君明臣不良，贪民不安，最贪者惟府县两官”，[4]该例通过议论揭示了叙述者所认定的造成太平天国叛乱的罪魁祸首，表达了对他们的不满和对其误国的愤怒。《贼情汇纂》认为杨秀清诰谕中所说的“不可害民”，实质是“假仁义欺人”，[5]该例通过议论揭示了杨秀清诰谕的虚伪本质，提醒读者不要被其言辞所骗。

感叹式揭叙，例：“嗟！如此守御，焉能进城！”，[6]通过感叹揭示巡抚无能。

---

[1] 李汝昭. 镜山野史[M]//中国史学会主编. 太平天国（三）. 上海：上海人民出版社，1957：12.

[2] 陈锡麒. 粤逆陷宁始末记[M]//中国史学会主编. 太平天国（六）. 上海：上海人民出版社、上海书店出版社，2000：651.

[3] 姚济. 小沧桑记[M]//中国史学会主编. 太平天国（六）. 上海：上海人民出版社、上海书店出版社，2000：451.

[4][6] 李汝昭. 镜山野史[M]//中国史学会主编. 太平天国（三）. 上海：上海人民出版社，1957：3.

[5] 张德坚. 贼情汇纂[M]//中国史学会主编. 太平天国（三）. 上海：上海人民出版社，1957：46.

I 3 ii 3讽叙，是指通过讽刺方式表达作者对叙述对象的轻视、厌恶之情。讽叙方式包括以下几种。

直讽，即用语言直接讽刺或者描述叙述对象荒唐、无知、无耻、无能的行为。例：贩卖人口的梁先生在别人都走了之后，“还蹲在草丛里，扒拉那两锭银子呢”，[1]赞嗣君如果遇到传教士就笑口欢迎，原因是“可以缕述天王升天的故事”，[2]这两例通过描述人物行动来讽刺，前者讽刺人贩子爱财如命的本质，后者讽刺赞嗣君的无知和妄自尊大，体现了叙述者对他的轻蔑。再例：李汝昭说“粤兵远出（去），官兵方暂入城”，[3]说“于是膏粱子弟亦进谈兵，婪谲小人咸来献策……片言偶合，即是参谋”，[4]这两例通过概述人物的行为进行讽刺，前者讽刺了官兵畏敌如虎、胆怯如鼠、无德无能而又投机取巧的特征，后者讽刺了不学无术、贪图名利之人借战乱投机钻营的丑恶面目。

反讽，一种反讽体现为先让人物自我声明很有能力、无往不胜、德高望重等，然后再交代其失败的结局、败坏的品德，人物自我声明与叙述者交代之间造成巨大差异，产生强烈的讽刺效果。例：得知太平军进攻江南大营，“向荣恶狠狠地：‘来吧，来吧，洪秀全啊洪秀全，战场上看是你死还是我死！’对总兵和春说：‘效忠大清的时刻已到’”，[5]向荣这段话说得信誓旦旦、底气十足，好像一

---

[1] 李晴. 天国演义[M]. 北京：中国文史出版社，2009：63.

[2] 富礼赐. 天京游记[M]. 简又文，译//中国史学会主编. 太平天国（六）. 上海：上海人民出版社、上海书店出版社，2000：947.

[3] 李汝昭. 镜山野史[M]//中国史学会主编. 太平天国（三）. 上海：上海人民出版社，1957：11.

[4] 曹晟. 觉梦录[M]//中国史学会主编. 太平天国（六）. 上海：上海人民出版社、上海书店出版社，2000：538.

[5] 陈仕元. 洪秀全传奇[M]. 广州：花城出版社，1990：192.

下子就能消灭洪秀全一样，结果当看到太平军后，他赶紧逃跑，作品借此讽刺了向荣的色厉内荏、虚张声势等特点。再例：李殿元打算擒贼先擒王，把住唯一出口，保证让洪秀全插翅难逃，[1]该例中李殿元的计谋似乎很有道理，应该万无一失，结果偏偏让洪秀全逃走了，他的计划泡汤了，其自以为是、才智不足的特点也得以显现。另一种反讽体现为人物自我夸耀的内容是反动的、错误的，夸耀本身就构成反讽。例：王基自述“升官发财有门路，得来全不费工夫，从来不问民疾苦，得糊涂处且糊涂”，[2]该例中王基引以为豪的门路是以损害人民利益为代价的，是反动的，其夸耀只能引起读者反感。

反语，是指用一些含有褒义的词语来形容或者描述反面人物形象，例：“怯于对外作战的清兵，在屠杀老百姓这一点上，却表现了无比的‘勇敢’，真个打得有声有色”，[3]清兵欺软怕硬，见了洋人变成绵羊，见了百姓变成老虎，叙述者却故意说他们“勇敢”“打得有声有色”，以讽刺他们祸害人民的罪恶。再例：杨秀清“风度很倜傥地”走进西王府，[4]这是写杨秀清移情别恋，把发妻赶出家门后，来到洪宣娇家寻找妻子时的形态，在该剧中，他是个反面人物，叙述者偏偏安排他在犯错之后“风度很倜傥”，可见叙述者对他的讽刺之情，表现了他的虚伪、张扬等性格特征。

I 3 ii 4责叙，是指以指责或抱怨的方式表达对叙述对象的不满、

---

❶ 大鲁. 金田起义[M]. 程十发，董天野绘图. 上海：上海人民美术出版社，2000：49.

❷ 胡明树，李文钊，等. 金田起义（桂剧）. 广西省文联·广西省戏改会印. 油印本. 未出版，日期不详：46.

❸ 施瑛. 太平天国建都南京[M]. 上海：新鲁书店，1951：5.

❹ 阿英. 洪宣娇[M]//阿英剧作选. 北京：中国戏剧出版社，1980：430.

痛恨等情绪。责叙的主要方式包括指责和抱怨。

指责，客观上对某人或某集团特别不满，而用语言指出其缺点、不足，责备其不尽责、无能、无德等。例：“国梁道‘陆制军真无用之才，守着如坚此城，竟耐不到半年三月’”，[1]该例中张国梁指出并责备陆建瀛的无能。

抱怨，与指责相比，抱怨带有个人色彩，通常是自己的利益无法保证或满足时，对官府、上级、同级者表达不满。例：《觉梦录》作者对上海保甲的管事人倒行逆施非常愤怒，抱怨他们纵容部下，“不责而加之以赏”。[2]

I 3 ii 5笑叙，是指对叙述对象加以嘲笑、调侃，以表达轻视、鄙夷、憎恨感情的叙述方式。

嘲笑，主要用于取笑叙述者所反感或憎恨的人物，包括敌人、恶人、官员等。例：洪秀全出联考新秀才继福，继福对出俗恶不堪的“早登粪屋惊醒一桶虫”，[3]该例中继福是豪绅的儿子、知府的外甥，在阶级斗争至上的年代，他属于阶级敌人，叙述者通过语言描写，嘲笑了作为头名状元的他无知无识、粗鄙浅陋。再例：清军在炮火的掩护下，看起来很勇猛，“但一到城墙上便停止在那里了”，[4]该文以一个外国人的眼光叙事，在其眼中，清军是胆怯的、令人鄙视的，于是用一个细节嘲笑清军的无能。

---

[1] 陈也梅. 洪杨演义（六卷）[M]. 上海：中华图书局，1924：97.

[2] 曹晟. 觉梦录[M]//中国史学会主编. 太平天国（六）. 上海：上海人民出版社、上海书店出版社，2000：839.

[3] 陈棣生，利家彭，常国煊. 洪秀全. 广州市文化局. 新时期粤剧选. 内部资料未出版，1989：86.

[4] [美]晏玛太. 太平军纪事[M]//中国史学会主编. 太平天国（六）. 上海：上海人民出版社、上海书店出版社，2000：931.

调侃，叙述者站在旁观者的立场看人物，目的是为了，让读者开心。例：周武想使用暗器梅花针，被道人识破，道人使用法术攻击周武，“说时迟那时快，周武也来不及施出他白莲教看家本领来”，[1]周武是作者虚构出来的一个人物，叙述者对他既没有反感，也没有仇恨，只是把他当做喜剧角色，似乎很有本事，但在高手面前，只有乖乖受擒。

Ⅰ3ⅱ6否叙，是指对叙述对象的思想言行等进行否定的叙述方式。例：《觉梦录》说“以捍卫井邑之谋，付之若辈，譬之吹钟求鸣，撞笛求响，曰不能，是诚不能也”，[2]作者认为保甲中有些人才能平庸，仅凭借逢迎拍马窃取了军事权力，依靠他们，保家卫国的理想绝对不能实现，因而在叙述中对保甲能保家卫国的说法进行否定。再例：富礼赐认为赞嗣君的帽子并无美感，[3]作为反感太平天国的外国人，富礼赐对太平天国的许多方面持怀疑和否定态度，否定赞嗣君帽子的美感只是反感的外在表现而已，反映的是对太平天国的厌恶之情。

Ⅰ3ⅱ7无奈叙，是指叙述一些无可奈何之事，以表达对战争、敌人的彻骨痛恨。例：李汝昭说曾国藩等人带兵数百万，合剿天京，但消息泄露，结果大败，无可奈何，只得感叹“大纲不张，朝纲愈挫”，[4]看到别人纷纷逃走，而自己家族没有迁徙之资，只得“听天

---

[1] 张恂子. 洪杨豪侠传[M]. 合肥：黄山书社，1988：24.

[2] 曹晟. 觉梦录[M]//中国史学会主编. 太平天国（六）. 上海：上海人民出版社、上海书店出版社，2000：539.

[3] 富礼赐. 天京游记[M]. 简又文，译//中国史学会主编. 太平天国（六）. 上海：上海人民出版社、上海书店出版社，2000：947.

[4] 李汝昭. 镜山野史[M]//中国史学会主编. 太平天国（三）. 上海：上海人民出版社，1957：14.

命而已”，[1]这两例表面上都把战争的责任推到“大纲”或“天命”上，实质上想表达的还是对太平天国造反以及清军无能的怨愤之情。

在太平天国成败叙事中，褒叙与贬叙都很直白，褒叙用褒词，贬叙用贬词，比如看到冯云山的励志对联，王作新想出一条“毒计”，[2]清朝“代代贤王”，[3]“毒计”“贤王”这些词语本身具有强烈的感情色彩，看到这样的词语就能直觉地知道叙述者对人物的定位和态度，也就直觉地将人物归入某个类别，这样读者读到的不是鲜活的、独一无二的性格，而是某个类型的推演，不管人物叫什么名字，有什么具体行为，都难以脱离类型的本质规定性，所以有些作品虽然写的人物不同、具体事件不同，但本质上是相同的，这些作品也就成了同质异文的关系。

四、形象化

“要把人物创造出来，让他用他的语言动作，一步一步，在观众面前介绍出他自己”，[4]“它以生动娴熟的文学语言，塑造了各具特色的人物形象”，[5]这两个引文一个是作者自述、一个是他人评述，一个说的是戏剧、一个论的是小说，但都强调了要使作品形象生动。所谓形象化，就是指用一些手段使失去生命的历史人物成为有言语有行动，仿佛仍活着的人物，使僵硬的历史事件变成曲折动人

[1] 张尔嘉. 难中记[M]//中国史学会主编. 太平天国（六）. 上海：上海人民出版社、上海书店出版社，2000：634.

[2] 施瑛. 洪杨金田起义[M]. 上海：新鲁书店，1951：39.

[3] 李汝昭. 镜山野史[M]//中国史学会主编. 太平天国（三）. 上海：上海人民出版社，1957：3.

[4] 欧阳予倩.《忠王李秀成》弁言、《忠王李秀成》自序. 苏关鑫. 欧阳予倩研究资料[M]. 北京：中国戏剧出版社，1989：164.

[5] 李晴. 天国演义[M]. 北京：中国文史出版社，2009.

的情节，使刻板的历史变成生动的故事。形象化的具体方法主要有演述化、人物化、脸谱化、言行化、情境化、细节化、心理化、传奇化、媚俗化、雅化。

I 4 i 演述化，是指用模糊的形象与叙述者的叙述或画外音相结合的方式将概念、判断、看法表现出来，例：萧三娘把欺负她的洋人打倒，“便有一些农妇、村女，用嘴唾他，直唾得他用手捂脸，挣扎不得”，其他洋人想拔剑帮忙，“早有几个年轻的农夫挺身过来，夺过他手中的短剑，劈劈啪啪，掴了他几个清脆的耳光；还有的愤然叫道：‘官府老爷怕你番鬼，我哋唔怕！’这时，一个戈什哈打扮的人过来假装解劝，向那洋人媚笑赔礼，也挨了一些村妇唾了满脸，尴尬万状。那三个洋人一面不时回头，用拳头做出恐吓的姿势，一面向墟外大路飞跑。那戈什哈模样的人讨好地随后赶去，却被那挨了窝心脚的洋人回身一脚，踢倒在地。农夫村妇们远远看到，笑个不停”，[1]“一些农妇、村女”“几个年轻的农夫”都不是确定的人物，形象很模糊，他们是百姓的代表，同样洋人、戈什哈都不是具体的人，甚至连名字都没有，分别代表了侵略中国的洋人和无能的官员，这一段文字演述了“官府怕洋人，洋人怕百姓”这句话。

I 4 ii 人物化，是指为历史上的某个事件、某种社会状况创设具体人物，由人物行为组成事件过程、由人物呈现社会状况、或借人物之口反映社会状况。

创设人物，为将某种观念推演出来而创设一些虚构性人物，例：为了反映农村的凋敝，《天国演义》创设钟四、梁先生、阿桃等人

[1] 李晴. 天国演义[M]. 北京：中国文史出版社，2009：50.

物，[1]马克思主义历史学家认为经济基础决定上层建筑，太平天国的爆发与经济发展水平有密切的关系，起义之前农村经济倒退，越来越多的农民失去土地，无法继续生存，只能揭竿而起，这些人构成了太平天国的主力军。钟四、阿桃就是根据这种看法设计出来的人物，钟四本来有土地，但由于地主豪绅官府的欺压掠夺，不仅失去了土地，而且还不得不出卖亲生女儿，阿桃就是钟四被迫出卖的女儿，她的悲惨命运形象地说明当时社会的罪恶和起义的合理性，而梁先生则是压迫、欺骗农民，使农民陷入绝境的地主、豪绅、恶霸的走狗和代表，与钟四、阿桃一样都是根据历史判断虚构出来的人物。

安插人物，是指为史料或前人作品中提到而又没有具体说明行动主体的事件安上行为主体。例：翼王招抚并成立土营，[2]土营确实存在于太平天国历史中，但是到底是谁成立的，太平天国史料中没有确切的记载，这类无头事件就为演义作者提供了推演的便利，可以随便为其安插、设计人物，使一个枯燥、纯粹的历史事件变得有血有肉，该文作者比较赞赏石达开，就让石达开来充当土营的成立者，既交代了土营的成立这件事，又有利于表现石达开的聪明才智。同样，骆秉章命令向肖朝贵开炮[3]也属于这种方式，萧朝贵中炮身亡是历史事实，但是到底是谁发的炮、是谁命令发的，历史上都没有记载，由于该文作者认为骆秉章是清朝官员中很有能力的一个，于是将他安排为该事的发令者。

引申人物，是指将史料或前人作品中出现过，而又只有一个模

---

[1] 李晴. 天国演义［M］. 北京：中国文史出版社，2009：2-4.
[2] 张恂子. 洪杨豪侠传［M］. 合肥：黄山书社，1988：613.
[3] 陈仕元. 洪秀全传奇［M］. 广州：花城出版社，1990：123.

糊面影的人物进一步虚构、具体化，使之成为个性鲜明的人物形象。例：野史中有方妃，《洪秀全传奇》为其取名方小兰，说她在武昌主动求见天王，因为祖父母被清兵杀死，为了报仇，请求参加太平军，[1]将史料或野史甚至前代文学作品中一个形象模糊的人物精雕细描，变成一个有名有姓、形象鲜明的人物，是大量存在于太平天国成败叙事中的一种人物化方式，仅一个方妃就有《洪秀全传奇》中的与清军有血海深仇的方小兰，《天国演义》中被掳后不甘受选妃所辱、跳河维护尊严的方明仪，《裂变》中的虽然没有具体名字但身为女主角、为理想奔赴天国、为爱人石达开甘愿舍生的方妃等，这些形象各不相同，但都比原始形象鲜明、形象、完美。

借助人物，是指作者想表达一些观点、看法，却不让叙述者直接说，而是安排作品中人物来代替作者发言。例：历史书中对起义前社会经济状况的论述，在《天国演义》中通过洪镜扬、冯云山等人之口说出，[2]在叙事性作品中，如果叙述者直接议论的比重过大，就会形同历史书，令读者感到枯燥乏味，失去阅读兴趣，借助人物之口说出的效果要比由叙述者说出好得多。

I 4iii外形化，是通过描写人物的容貌、身材、体态等使读者对人物产生直观印象，在太平天国成败叙事中，外形化常常表现为脸谱化，“好人”长得好，坏人长得丑，由此构成四种现象：同人反形、异人同形、类人共形、形神划一。

同人反形，指同一个历史人物的外形完全相反。例：杨秀清“三十余岁，面色黄黑，眉骨高耸，须黄微白，指爪约皆三四

[1] 陈仕元. 洪秀全传奇[M]. 广州：花城出版社，1990：138.

[2] 李晴. 天国演义[M]. 北京：中国文史出版社，2009：8.

寸”，[1]杨秀清“虎背蜂腰，浓眉大眼，阔嘴鹰鼻，身材魁伟”，[2]这两例都是对杨秀清的外形描写，向荣奏稿中的杨秀清像个不见天日的妖怪、阴险狠毒的食尸鬼，骨头突出，形同骷髅，指甲很长，仿佛专门用来抓取撕扯尸体，《天国演义》中的杨秀清却是身体结实、长相出众的男子汉。同人反形的原因是作者在操纵人物，可以让他变丑或变美，丑与美取决于作者的爱憎，由于太平天国时期还没有照相术，不管是写的还是画的人物形象都不同于真实人物，都是在主观判断基础上的生编乱造。

异人同形，是指不同的历史人物拥有大致相同的外形。例：左宗棠“天额饱满，二目锐利，双眉又密又黑，现出刚毅的性格”，[3]罗大纲“剑眉浓髭剽悍的神采之中，透着善良；秀气的两眼之中，满含智慧”，[4]左宗棠与罗大纲分别属于两大阵营，也没有正面交过手，结果在出自不同作者的不同文本中，两人的外形却非常相似，说明关于太平天国成败叙事中外形描写具有单一性、交叉性等特点。

类人共形，是指为同一类人安排带有近似或相同特征的外形。例：“王作新獐头鼠目，黄齿青唇，脸上一层厚厚的烟釉；王德钦肥头大耳，生就一副油光蟹壳脸；“黄尾蜂”面色青白，目有邪光，一望而知是个好色之徒，[5]王德钦、“黄尾蜂”都是王作新的家奴、打手，其相貌虽然与主人有差别，但都属于奸恶的类型，再

---

[1] 向荣. 向荣奏稿[M]//中国史学会主编. 太平天国（七~八）. 上海：上海人民出版社，1957：176.

[2] 李晴. 天国演义[M]. 北京：中国文史出版社，2009：100.

[3] 李文澄. 左宗棠[M]. 北京：北京图书馆出版社，2001：2.

[4] 李晴. 天国演义[M]. 北京：中国文史出版社，2009：261.

[5] 李晴. 天国演义[M]. 北京：中国文史出版社，2009.

例：咸丰皇帝“怒容满面，一双金鱼眼盯着俯首的文武百官”，[1]吉志元“面黄露肉，广额塌鼻，大嘴尖颏，目有凶光”，[2]前者嘲笑清方的最高统治者，后者讽刺太方的中层将领，它们出自不同的作品，作者的政治观、历史观完全相反，但它们却非常相似，都勾画了令人生厌的形象，可见在不同作品中，不同的叙述对象之间也有类人共形现象，类人的形成与作者的主观判断关系密切，类人与作者之间的关系是确定的。

形神划一，是指根据对人物精神的判断刻画人物的外在形象。例：韦昌辉“白皙斯文，心底城府很深，是一个野心很大，见机灵便的人”，[3]在阶级斗争至上的年代里，韦昌辉一直被视为混入革命队伍的地主阶级的代表，他处心积虑，默默寻找机会，窃取革命政权，“白皙斯文”与他的出身及阴暗心理密切吻合，“白皙”意味着他不是劳动人民，不属于老百姓之一员，是革命队伍中的异己分子，“斯文”说明他有城府，表面文质彬彬，实则野心勃勃，“斯文”是其野心的面具。可见历史成败叙事先有对人物性格的判断，然后根据性格塑造人物相貌。

I 4iv言行化，是指根据历史书或者作者的判断，为人物添加上语言、行为的叙述方式。

言语化，言语包括人物的独白、人物间的对白、人物的书画等。例：粥店主人张四伯说十四年前闹饥荒时，米价上涨，一直未落，“到处都发生暴动，到处都有饥民抢粮”“大财主温四公”“请来

[1] 陈仕元. 洪秀全传奇[M]. 广州：花城出版社，1990：53.

[2] 张德坚. 贼情汇纂[M]//中国史学会主编. 太平天国（三）. 上海：上海人民出版社，1957：71.

[3] 秦牧. 洪秀全[M]. 北京：生活·读书·新知三联书店，1950：26.

官兵，杀了很多穷人”，[1]该例通过人物的独白将历史书中关于太平天国起义前的社会状况做了形象化说明。再例：曾五公与冯云山谈论官兵捉百姓事，拜会事，[2]该例通过对白说明当时尖锐的阶级矛盾和太平天国起义的必然性。又例：冯云山屋内悬挂“‘还我河山’横匾”，[3]孙中山认为太平天国是民族革命，在该例中，叙述者用冯云山的匾额来形象地说明这个论断。

行为化，通过人物的行动来表现人物的性格或者表达作者的意图。例：杨秀清私自派林凤祥北伐，[4]该书认为杨秀清是天京事变的罪魁祸首，他独断专行、刚愎自用、越级行事、打压异己、拉帮结派，该例是根据这个判断为他添加的具体行为。再例：朝贵死后，宣娇拒绝搬到东王府，也拒绝帮助东王理政事，[5]在该剧中，洪宣娇是个忧国忧民的女英雄形象，她武艺高强、医术高明、见识高远、用情专一，为了表现她的完美无缺，该书安排她洁身自好，多次拒绝杨秀清的引诱。

I 4 v情境化，是指人为地为人物设置情境，在情境中表现人物特殊的语言、行为等。例：《洪杨豪侠传》安排江焕文无故磕头的情境，再让周武顿足，急切不知所言，来体现周武急躁、厚道、重

---

[1] 胡明树，李文钊，等. 金田起义（桂剧）. 广西省文联·广西省戏改会印. 油印本. 未出版，日期不详：3.

[2] 胡明树，李文钊，等. 金田起义（桂剧）. 广西省文联·广西省戏改会印. 油印本. 未出版，日期不详：4.

[3] 胡明树，李文钊，等. 金田起义（桂剧）. 广西省文联·广西省戏改会印. 油印本. 未出版，日期不详：16.

[4] 陈也梅. 洪杨演义（六卷）[M]. 上海：中华图书局，1924：49.

[5] 胡仲实. 洪宣娇. 广西壮族自治区戏曲工作室. 油印未定稿. 未出版，1961：55.

义的特点。[1]再例：《天国演义》第52回写北伐军的惨败，为了渲染其悲壮，作品设置了天寒地冻、大雪纷飞的情境。[2]

Ⅰ4ⅵ细节化，是指通过一些细致入微的描写表现人物心理或反映作者观点。例："凌妃披甲带剑，正和几个女兵一面说笑、嗑瓜子儿，一面跺脚取暖。见赖后姑嫂来到，慌忙来迎，跪拜于石板小道之侧"，[3]凌妃虽然披甲带剑，却仍和女兵们一起玩笑，一方面说明天王府并没有什么危险、不需要高度警惕，女兵的设置似乎多余；另一方面这些天王的女人们精神空虚，无所事事；再一方面表明天国等级森严。再例：富礼赐特别指出赞嗣君有一顶龙冠，"这是用硬纸做里，外做金色"，即这是一顶假冒的龙冠，作者以此来表现赞嗣君的虚荣与滑稽可笑。[4]

Ⅰ4ⅶ心理化，是指通过心理分析或心理展示表现人物性格。例：只想捞钱的桂平知县王烈没有收到王作新的钱，"便默念道：我王烈十载寒窗……"，气王作新拿《大清律例》压他，恨王作新小气，将此心理与其动作"便将那状纸放在一旁"相配合，活画出王基贪婪的嘴脸。[5]再例：当天王将李秀成的家人关押后，作品揭示了李秀成既不愿回去，又勇于回去的复杂心理，[6]不愿回去是因为害怕回去后自己也被抓，勇于回去是因为他"忠心报国，热血一腔"，即使被抓也在所不辞，借此表现他与"忠王"称号相符的

[1] 张恂子．洪杨豪侠传[M]．合肥：黄山书社，1988：43.

[2] 李晴．天国演义[M]．北京：中国文史出版社，2009：618.

[3] 李晴．天国演义[M]．北京：中国文史出版社，2009：626.

[4] 富礼赐．天京游记[M]．简又文，译//中国史学会主编．太平天国（六）．上海：上海人民出版社、上海书店出版社，2000：947.

[5] 李晴．天国演义[M]．北京：中国文史出版社，2009：175.

[6] 陈仕元．洪秀全传奇[M]．广州：花城出版社，1990：235.

“忠”心。

I 4vⅲ传奇化，是指有意为作品设置离奇的情节、神奇的人物、奇特的关系、神秘的自然、盖世的绝技等，《洪杨豪侠传》夸耀该书写法之奇，“乃奇峰突起”“文情如火如荼”“奇诡之至”“波诡云谲”，[1]可见传奇化对历史演义的重要意义。

情节离奇化，是指故意使情节奇特、不合常理，或者故意使用巧合，使情节突然改变或逆转。例：李秀成死去后又突然出现在大家面前，[2]陈玉成碰巧看到何三暗杀肖三娘，[3]叶苓皇后为控制洪秀全，天天让喝毒药，[4]以上三例分别用死而复生、刺杀、投毒等奇特之事使情节离奇化。情节离奇化具有两面性，一方面能使作品生动，另一方面也会使作品显得虚假。例：石达开装死，引诱守城清兵，守城清兵真的下城寻找石达开尸体，全部被杀，石达开不费吹灰之力占领岳阳城，[5]虽然清军腐败、无能，但起码也知道兵不厌诈，看到强悍的石达开突然销声匿迹，他们竟然一点都不怀疑，全都急不可耐地跑过去，好像傻瓜一样，这让读者感到不可思议。再例：同是李晴的作品，《天京之变》中谢妃怀的是天王的孩子，[6]而在《天国演义》中，怀的却是曾水源的孩子，后者还增加了曾水源与她生死相恋，赖后同情他们，偷偷为他们安排幽会机会，小产后，她又被打入冷宫，备受折磨，又在赖后等人的帮助下逃出天京

---

[1] 张恂子．洪杨豪侠传[M]．合肥：黄山书社，1988：26.

[2] 陈仕元．洪秀全传奇[M]．广州：花城出版社，1990：101.

[3] 陈仕元．洪秀全传奇[M]．广州：花城出版社，1990：154.

[4] 太平天国电视连续剧（香港版）第42集．1988．http://v.youku.com/v_playlist/f1223156o1p0.html：148.

[5] 陈仕元．洪秀全传奇[M]．广州：花城出版社，1990：119.

[6] 李晴．天京事变[M]．广州：花城出版社，1981：99.

等情节，[1]原有的故事只是将野史中抽象的事件变成了具体事件，后者却具有紧张激烈的矛盾冲突，曲折动人的故事情节，感人至深的爱情神话。前者仅仅能表现天王的狠毒，而后者不仅能表现这一点，而且可以从中看出表面上天王很有威严，实际上众叛亲离，与前者相比，后者似乎多了些可读性，但增加了不真实感，天王府戒备森严，谢妃哪能轻易逃出？天京城所有人都要入馆，人们没有私产，包括房屋，而且到处都有东王安插的眼线，谢妃即使离开天王府，又在哪儿与曾水源幽会？又说赖后与凌妃等人合力为谢妃伪造冷宫被烧的场景，放其逃生，似乎可能性也很小，要知道她们共有一个丈夫呀！女人真心诚意帮助其情敌是非常罕见的，因此离奇的情节并没有真正使作品生动，因为生动要以真实感为基础，而它们恰恰失去了“真实感”。

人物神奇化，是指通过描述人物奇异出生、特殊出身或神秘行踪等使人物非同一般的倾向。例：郑祖琛的母亲求观音、其父又亲眼见菩萨放光，后来生下郑祖琛，[2]本例中郑祖琛的出生被神奇化，在某些作品中，洪秀全、石达开、洪天贵福、曾国藩等的出生也被神奇化，出生的神奇化为人物也为整个作品染上一层神秘色彩。再例：危急时刻，一个老和尚“像从雪地里冒出来的一般，站立在她的面前”，[3]该例中的老和尚被神秘化，他来无影，去无踪，却总在关键时刻出现。《李秀成自述》中七天点化李秀成的高人、《天情道理书》中的天父、天兄、《曾国藩全传》中点醒曾国藩的世外高人等都是这种被神秘化的人物，在叙事中，只要能与这些神秘人物

---

[1] 李晴. 天国演义[M]. 北京：中国文史出版社，2009：624-629.

[2] 张恂子. 洪杨豪侠传[M]. 合肥：黄山书社，1988：5.

[3] 李晴. 天国演义[M]. 北京：中国文史出版社，2009：629.

交往、得到其指点或帮助的人物都是具有非凡能力的，也都是幸运的、光荣的。

关系奇特化，是指故意改变人物之间正常关系的倾向。例：在《地狱门口的上帝——太平天国败亡写真》中，洪仁玕的初恋情人是洪宣娇，他费尽周折到南京去的目的之一就是寻找洪宣娇，结果他所见到的洪宣娇却是冒牌的，是洪秀全的干妹妹，真洪宣娇早已离世。[1]有许多太平天国成败叙事为洪宣娇设计了离奇经历以及她与他人的奇特关系，《天国演义》中说她是洪秀全母亲的养女，在萧朝贵死后，她与黄启芳长期生活在一起，后来又喜欢上石达开，抛弃了黄启芳，与傅善祥一起嫁给石达开。在《天朝大梦》中，她本姓黄，与洪秀全、杨秀清等结拜为异姓兄妹，在冯云山的安排下，她嫁给了粗俗、幼稚、鲁莽的萧朝贵，但在一次比武中，与张遂谋两情相悦，虽仅限于精神恋，但足以使她彻底厌倦萧朝贵，并与他分居，后来石达开又救了她，她又发现自己真正爱的人是石达开，与此同时，杨秀清、洪秀全等都对她垂涎欲滴，而石达开周围也是妻妾成群，还有干女儿、苏三娘等暗恋者，男女关系错综复杂！在南宫搏的《太平天国》中，她又成了洪秀全被卖掉的妹妹，十几岁就被卖艺班班主强暴，萧朝贵是真心爱她的情哥哥，她又与杨秀清发生男女关系，韦昌辉也喜欢她，为了救出冯云山，她再次勾引黄玉昆，与萧朝贵成亲后，仍经常与杨秀清偷情，朝贵死后，她又与韦昌辉坠入爱河，韦昌辉杀死杨秀清后，她又喜欢上了李秀成，同时又宠幸许多男人……以上三例只是有关洪宣娇的人际关系网中很少很短的几根，每部作品总想写得与众不同，于是就拿这些“历史

[1] 王云高. 地狱门口的上帝——太平天国败亡写真[M]. 北京：中国青年出版社，1999：136.

人物”开涮，为他们安上许多离奇的关系，但这样做的效果并不好，这些离奇的关系大多围绕男女关系建立，本身并没有什么高尚的内涵，有些流于低俗，把作品变成三角、四角甚至N角恋爱的展览，背离了反映历史的使命，使读者一见而知假话连篇，失去阅读的兴趣。

自然神秘化，是指有意将自然写得既神秘莫测又与人情相通的倾向。例：粤兵攻长沙时“乌云满天，星月无光”，异光流泻，❶该例中的乌云、星月、异光都很有灵性，好像早已深知太平军将要攻打长沙一样，这也是神化的一种方式，通过自然来表现社会，表现人，表现作者的感情，一般来说，当作者赞成的一方遭受损失时，天气会呈现阴天、雨雪、奇寒等特点，生物也会出现畸形、异变，当作者赞成的一方得到好处时，天气会出现晴朗、温暖等特点，生物也会出现祥瑞，这种叙述在太平天国史料中经常见到，虽然20世纪后，科学昌明，天人合一、靠自然来表现社会的思想已经被打破，但是在许多作品中，这种思想还会变相存在，比如，北伐军将要失败时，《天国演义》渲染北国的雪下得极大，《大渡魂》感叹大渡河突然暴发山洪，使石达开部队被困在了紫打地等。

技艺绝妙化，是指让人物掌握某种出神入化的技艺的倾向。例：萧三娘使用独特的柳叶剑、龙凤镰镖，轻功非同寻常，❷周武会运气、运火，用武功为江焕文疗伤，吐出“紫黑色的一个血块”，❸

❶ 李汝昭.镜山野史[M]//中国史学会主编.太平天国（三）.上海：上海人民出版社，1957：5.

❷ 李晴.天国演义[M].北京：中国文史出版社，2009：50.

❸ 张恂子.洪杨豪侠传[M].合肥：黄山书社，1988：44.

在太平天国时期，火器已经广泛使用，个人的武功再强也比不过一发炮弹，在清方和太方的原始史料中，也没发现关于某人身怀盖世武功的记载，即使洪秀全声称上帝赠他斩妖剑，也没说自己武艺绝伦，文学作品中的武功高人系出自作者的想象，是传奇化的一种方式，这种方式使用的频率非常高，几乎每部文学作品中都会有关于盖世绝技的描写，比较常见的有绝世的剑术、妙手回春的医术、精湛的骑术等。

I 4ix媚俗化，是指为取悦大众读者，故意写一些通俗或低俗的情节或人物。

言情化，是指通过书写男女情事表现作者思想观点的倾向。例：王韬的笔记小说通过言情表现女性在太平天国时期的忠贞不渝和“逆”的可恨，[1]《洪杨豪侠传》通过洪宣娇与杨秀清的感情纠葛揭示太平天国败亡的原因，《天国恨》通过谭绍光与三妹的曲折动人的爱情故事，表现贫穷百姓金子般的心灵、严肃、纯洁、高尚、人格的尊严等。总体而言，太平天国成败叙事中的言情化有以下特点。

第一，悲剧是最常见的形式。例：在《天国恨》中，王作新家的丫鬟春雪得到卢六的同情，悄悄爱上他，王作新想利用她陷害卢六，聪明的卢六识破王作新的伎俩，以为春雪是王作新的爪牙，春雪伤心而归，又听王作新说要将卢六送入大牢，春雪不顾生命安危为卢六报信，但阴差阳错，没能如愿，卢六被捕并死于狱中，春雪

---

[1] 比如《贞烈女》中的周丽卿与冯叔衡“琴瑟甚相得”，“贼”来时周丽卿勉励丈夫报效朝廷，被掳后义正词严向“贼”言明自己对丈夫的忠贞之情，最终感动了“贼”，夫妻“伉俪如初”，该爱情故事主要表现了周丽卿的忠贞［参见（清）王韬. 遁窟谰言[M]. 石家庄：河北人民出版社，1991：187-188］，这样的故事在《遁窟谰言》《淞隐漫录》中还有很多。

为之守贞，并继承他的遗志，加入拜上帝会，光荣、悲壮地死于一次战斗中。该例中的春雪甘愿为爱抛离一切、奉献一切，演绎了可歌可泣的爱情神话，同样，张笑天《太平天国》中的洪宣娇与林凤翔、石益阳与李秀成、曾晚妹与陈玉成，《天国演义》中的石达开与洪宣娇、傅善祥，庐山《洪宣娇》中的洪宣娇与曾水源的爱情都属于这种类型，青春靓丽的才子佳人、曲折动人的故事、哀感顽艳的情感、无可挽回的悲剧是它们的共同特征，也是它们吸引读者的手段。

第二，男女关系畸形、复杂。例：在《洪杨豪侠传》中，洪宣娇是萧朝贵的妻子，杨秀清一直垂涎于她，得手后又去宠幸傅善祥，还同时蓄养侯裕宽夫妇，洪宣娇争风吃醋，被韦昌辉利用，成为天京事变的工具。该例中洪宣娇、萧朝贵、杨秀清、傅善祥、侯裕宽夫妇构成多组三角恋爱的关系，杨秀清与洪宣娇又构成“兄”与“妹”、“大伯”与“弟媳”的乱伦关系，杨秀清与侯裕宽又构成同性恋关系，多角恋爱中夹杂畸形恋爱是这类男女情爱叙事的重点。这种情爱叙事也是一种重要的叙事倾向，《天国恨》《星星草》、张京民的《太平天国》、南宫搏的《太平天国》、张笑天的《太平天国》《天国悲剧》《天朝大梦》等作品中都存在这种叙事，其中有些作品，比如《太平天国》《天朝大梦》等的多角恋爱关系非常复杂，畸形恋爱也无奇不有。

第三，女体及性描写的低俗化。例：《天国演义》描写由近乎赤裸到完全赤裸的舞妓，[1]《血锈》中对曹贵妃的描写从洗浴开始，重

---

[1] 李晴. 天国演义[M]. 北京：中国文史出版社，2009：621-622.

点写的是她的胸部，[1]《天朝大梦》中描写石达开与黄婉娘的性事。[2]虽然《太平天国轶闻》《洪杨豪侠传》等作品中也有关于美女和性的描写，但20世纪40年代的6个太平天国历史剧以及50~70年代的太平天国叙事中，美女并不是很多，也很少露骨的身体和性事描写，特别是50~70年代作品中的女性，大多是受苦受难、有血海深仇、能力超群、本本分分的，她们在战场上厮杀，女性特征被掩盖，是英雄、高大的男性化的女性，如苦姐、洪三娘等。[3]而到了80年代以后，小说中的美女越来越多，越来越妩媚，穿得越来越少，越来越显出女性特征，作品中关于女体及男女性心理、性事的描写也越来越露骨。

武侠化，是指在叙事中有意借鉴武侠小说的方式、技巧，使政治变成仇杀、军事变成武打的倾向。太平天国成败叙事的武侠化主要表现在以下几点。

第一，暗含武侠小说的主题。陈平原先生认为武侠小说有三大主题："平不平""立功名""报恩仇"，[4]虽然太平天国成败叙事的

[1] 孙方友．血锈[J]．福建文学，1995（4）：24.

[2] 宋发清．天朝大梦（第一部）[M]．成都：四川人民出版社，1999：201-202.

[3] 刘征泰原著，赫威刚改编．陈玉成[M]．郑州：河南人民出版社，1977：116.

[4] 陈平原．千古文人侠客情[M]．北京：新世界出版社，2002：115.

目的千差万别，其主题并非像武侠小说那样单纯和超时代，❶但是“平不平”“立功名”“报恩仇”却是许多叙事中推动人物行动的原动力。例：由于铜陵城内严重不平等，以徐仁一家为代表的穷人备受压迫，为解救贫民，铲却不平，太平军准备攻取铜陵，❷因为“广西寇发”，为平叛乱、报效皇帝、建功立业，湘军组建，❸张复生与地主王龙祥有“三世”不共戴天之仇，参加太平军后带队伍回家报仇雪恨。❹在上三例中，“平不平”“立功名”“报恩仇”不仅是人物或军队行动的原动力，还决定了三部作品的内容和结构。❺以“平不平”“立功名”“报恩仇”为主要内容的并不止于引文所出的三部作品，大部分叙事都包含着其中的一个、两个或三个主题内容，清太双方的叙事都把自己写成铲却人间不平、吊民伐罪、解救人民的善人，攻打对方既是除掉乱贼、妖孽，得到皇帝、天父封赏，建立功业，又是报仇雪恨，而后世不管是将之视为民族革命运动还是农民

❶ 从太平天国运动产生直到当下，叙事者的籍贯、阵营、文化、地位、地域、职业、信仰、时代等对太平天国成败叙事的主题都有很大影响，造成了主题间的巨大差异。这些主题大多包括展示太平天国运动过程、确定清、太双方的性质、探讨双方成败的原因、总结双方成败的经验教训等，总之围绕的中心都是太平天国这个具体历史事件。而武侠小说虽然以某个时代、某个重大历史事件为背景，但不以反映该时代，展示该事件的过程、确定其性质等为叙事目的，因此其主题是超时代的。

❷ 严朴. 取铜陵（新京剧）[M]. 上海：新华书店华东总分店，1950：1-18.

❸ 曾国荃. 湘军记叙. 湘军记[M]. 朱纯点校. 长沙：岳麓书社，1983：1.

❹ 严朴. 取铜陵（新京剧）[M]. 上海：新华书店华东总分店，1950：1-40.

❺ 《取铜陵》写的是太平军攻取铜陵，先写铜陵的“不平”，再写实现“平”的过程；《湘军记》交叉写叛乱分子的罪恶和湘军平定叛乱中发展壮大、最终功成名就的过程；《三世仇》前半部写的是张复生家的“三世仇”，后半部写的是张复生带领太平军复仇的过程。

革命运动的叙事都将清朝视为汉族仇敌，因此可以说大部分太平天国成败叙事都暗含武侠小说的主题。

第二，重单打独斗描写。例：周武与道人较量，[1]张玉良战冯云山，将之擒获，[2]太平天国战争普遍使用枪炮，面对面、单打独斗的场面已经很少出现，而且太平天国行动诡秘，以至于仗打了两三年，清朝仍然不知道太平天国主要领导人物，包括经常带兵打仗的石达开、李凤祥、罗大纲等人的真面目，各个笔记上描述的长相相差很大，甚至连名字也写错，直到《贼情汇纂》问世，这种情况才得以改变，但是叙事还是热衷于写单打独斗的场面，甚至还要让双方的将领们在阵前互通姓名，[3]明显不符合历史实际，但这并没有影响作者们写单打独斗的热情，因为这样写可以表现人物的勇气、智慧、武艺、仁义等品格。

第三，重武艺表演，在武侠小说中，侠客要有武艺，[4]精湛的武术表演必不可少，它们不在打斗中完成，而是通过练习武艺或武术比赛表现出来，在太平天国成败叙事中同样如此。例：洪宣娇与张遂谋表演剑术，两人分别使用传说中的“洛神剑法”和“逍遥剑法”。[5]在太平天国成败叙事中的武术表演包括骑马、棍棒、剑术、刀术、拳术、轻功、内功等，既包括单人表演，也包括双人或多人比武表演，它们与战争胜负并没有直接联系，也并没有历史记载表明人物会某种武艺，它的出现完全来自作者的主观想象。

---

[1] 张恂子. 洪杨豪侠传[M]. 合肥：黄山书社，1988：24.

[2] 陈也梅. 洪杨演义（卷一）[M]. 上海：中华图书局，1924：52.

[3] 陈也梅. 洪杨演义（卷一）[M]. 上海：中华图书局，1924：75.

[4] 陈平原. 千古文人侠客情[M]. 北京：新世界出版社，2002：91.

[5] 宋发清. 天朝大梦（第一部）[M]. 成都：四川人民出版社，1999：500-502.

I 4 x 雅化，是指为了迎合一部分知识层次较高的读者、并显示叙述者知识素养而有意在作品中使用诗词、韵语，这一特点也受到传统历史叙事的影响。❶例：《天国演义》在每回开头引用古诗词，结尾使用作者自己创作的诗句，来暗示该章内容和叙述者的情感倾向，如第52回先写北伐将领在天寒地冻的环境中艰苦抗敌、最后壮烈牺牲，再写天王府内发生的一幕幕宫廷惨剧，以及谢妃庆幸逃脱之事，开头引用李白《北风行》中的“燕山雪花大如席，片片吹落轩辕台”暗示前者，表达叙述者对北伐战士的同情与崇敬，引用韦庄《小重山》中的“夜寒宫漏永”暗示后者，隐含叙述者对洪秀全的不满和对后妃们的深深同情，结尾用“雪骤风狂，密林悲失偶；雷鸣电闪，小榭喜偷香”，再次暗示叙述者的情感态度，❷这些诗词的使用使作品具有浓郁的书卷气。再例：萧朝贵假装天兄下凡为韦正及韦元玠题诗“年宵花景挂满堂，玠人此钱自由当。为子监生读书郎，正人子前二萧凉”，❸这首诗不仅不符合七言诗平仄规律，而且如同天书，无法真正搞懂它的意思。萧朝贵没有文化，不会做诗，但还是要打肿脸充胖子，硬要作诗，可见，会做诗哪怕说个顺口溜对于太平天国成员来说也是非常重要的，“作诗”，用“诗”的形式传播思想意图是太平天国领袖的重要任务，洪秀全就做了大量“诗歌”，比如五百首如同顺口溜、意思又非常晦涩的天父诗，

---

❶ 中国具有强大的诗骚传统，吟诗作赋一向被认为是高雅的象征，诗词与叙事相结合是中国叙事文的重要特征，《三国演义》《红楼梦》等中都有大量诗文，虽然叙事特别是小说叙事在现代确立了自己的独立地位和价值，许多小说不再靠诗词装点门面，但历史叙事依然故我，仍非常看重对诗词的使用，这一点在《李自成》《康熙大帝》等非太平天国成败叙事中表现得也很突出。

❷ 李晴. 天国演义[M]. 北京：中国文史出版社，2009：618-629.

❸ 天兄圣旨[M]//王庆成. 影印太平天国文献十二种. 北京：中华书局，2004：34.

培养起了太平天国成员对“诗歌”的偏好，其他成员要想获得太平天国成员的认同，也就要像洪秀全那样适时展露自己的“作诗”才华。偏爱“顺口溜”不仅在太平天国时期存在，20世纪50年代末、60年代初出现了创作与接受的第二个高峰期，从太平天国成败叙事来看，大量顺口溜类型的诗歌就出现于这个时候，《虎啸龙吟——太平天国诗歌集》收录了许多这样的作品，可以说顺口溜是诗词雅化的变体。

与第一章中的角色和行动一样，虽然认知化、似真化、情感化、形象化四个演义方向及其手段是从太平天国成败叙事中总结出来的，但是它们并非仅仅适用于太平天国题材，而是历史成败叙事的共同特征，历史成败叙事的意义（包括政治的、思想的、审美的、娱乐的等）在运用这些手段实现这些方向的过程中得以实现。

从太平天国成败叙事来看，在实现每个演义方向的具体方式中总有一些会给叙事本身带来负面影响，它们可能使叙事失去“真实感”，比如传奇化；可能使人物千篇一律、失去个性，比如人物化中的异人同形；还可能使品位低俗不堪，如形象化中对女性及性的露骨描写等。没有“真实感”、人物千篇一律、品位低俗是包括历史叙事之内所有叙事的致命伤，人物、事件可以虚构，但要符合自身逻辑，人物可以很少，但要鲜活有个性，爱情可以描写，但要写得高尚。虽然舍弃这些不一定能成为优秀的叙事，但要想成为优秀的叙事，起码要达到这些要求。历史成败叙事要想有所突破，就要抛弃这些手段，寻求更好的方式。

从演义方向及其手段来看，历史叙事与历史文学叙事并没有本质区别，历史叙事也有情感判断和形象表现，历史文学叙事也非常看重认知化、似真化、情感化，这说明两者都是在“演”，将许多与成败无关的情感、虚假的真实、臆想的形象等强加到成败身上，使原本就复杂的历史变得更加复杂。基本能够把历史叙事与历史文学叙事区分开来的是形象化，虽然历史叙事中也有人物形象，但主要采用的是Ⅰ4ⅲ外形化、Ⅰ4ⅳ言行化、Ⅰ4ⅵ细节化及Ⅰ4ⅶ心理化，一般没有Ⅰ4ⅰ演述化、Ⅰ4ⅱ人物化、Ⅰ4ⅷ传奇化、Ⅰ4ⅸ媚俗化、Ⅰ4ⅹ雅化，即只为经过考证的人物添加上外貌、语言、行动、细节、心理；既不会有意添加模糊的形象，也不会虚构出史料中没有出现过的形象，也不会为史料中有姓无名的人物添上名字；既不写离奇的情节、神秘的人物、奇异的关系、神秘的自然，也不为取悦于读者而描写男女情事或武术打斗，即使运用诗词也不是为了高雅，因为只有引用没有创作，所引都出自史料，据说都是人物所写，目的都是更好地分析人物的思想情感。而历史文学叙事中没有一个形象化方式不被使用，它们尤其热衷于Ⅰ4ⅱ人物化、Ⅰ4ⅷ传奇化、Ⅰ4ⅸ媚俗化，随意增加人物，有时竟至于作品中连一个太平天国史料中出现过的人物都没有或者只有一个人物，而该人物根本不是史料中描述的样子，多数人物是通过创设、安插、引申等人物化方式想象出来的；故意使情节离奇化、人物神奇化、关系奇特化、自然神秘化、技艺绝妙化；故意渲染可歌可泣的爱情、展现各种畸形的男女关系，露骨地描写女人和性事，带有强烈的武侠小说倾向。

海登·怀特的历史叙事理论传入中国之后被许多研究者奉为圭臬，他们有的概括、提炼、引申、介绍怀特的观点，[1]有的运用怀特理论分析、评价中国历史叙事中的文学性、或分析虚构叙事的历史

---

[1] 这样的论文非常多，姑举三例，如：王岳川. 海登·怀特的新历史主义理论[J]. 天津社会科学，1997（3）；林庆新:历史叙事与修辞——论海登·怀特的话语转义学[J]. 国外文学，2003（4）；侯春慧. 海登·怀特后现代历史叙事多话语层面与阐释模式[J]. 河北学刊，2009（3）。

性，[1]只有少数人批评过怀特理论，但要么没有触及其内容，要么批评得不对，要么批评的理论基础本身就站不住脚。[2]从太平天国成败叙事来看，历史叙事与历史文学叙事并无本质不同，都是对历史的“演义”，“演义”的方向也大致相同，因此从强调历史叙事的虚

---

[1] 比如：张海波，刘卫平. 论历史叙事的主观倾向性——以《史记·孝景本纪》为个案分析[J]. 商洛学院学报，2010（2）。除国内研究者外，美籍华人王靖宇先生也用海登·怀特的理论研究《左传》，如历史·小说·叙述——以晋公子重耳出亡为例（见中国早期叙事文研究[M]. 上海：上海古籍出版社，2003），王靖宇先生不仅赞成怀特的观点，而且还表示自己“早年亦曾对历史写作与故事讲述（story-telling）之间的关系作过简单探讨”。

[2] 邵立新从怀特的理论基础、研究方式、论证方法等方面否定了怀特的理论，称其为骗人的魔术（邵立新理论还是魔术——评海登·怀特的《玄史学》[J]. 史学理论研究，1999（4）），该文打的是外围战，没有触及怀特理论的内容缺陷。黄芸基本肯定海登·怀特的理论，只在文末指出怀特理论“过于强调历史叙事的意义和阐释的随意性和主观性”（黄芸. 真实·虚构·意义——海登·怀特的历史叙事理论评析[J]. 学术论坛，2007（12）），怀特确实强调了历史叙事的主观性，但没有强调其随意性，从太平天国成败叙事来看，历史叙事都带有很强的主观性，无论怎样强调也不算过分。叶凯认为怀特等人的理论“容易让人产生历史等同于文学等同于虚构的盲目认识”，认为文学虚构只是是历史叙事的文本表达形式，“意识形态则是作为话语的历史文本所固有的”（历史“虚构”与文学虚构——对新历史主义的一个批评[D]. 杭州：浙江大学，2008），王同斌否定了怀特等人历史与叙事等同观，认为“历史叙事和文学叙事毕竟是根据不同故事基础上的两种叙事方式，前者是对历史上已发生之事的叙事，是对过去历史的“再现”，而文学则更多的是文学家的一种主观创造，在某种程度上是‘创造’故事”（王同斌. 历史与虚构——历史叙事和文学叙述比较[D]. 西安：西北大学，2009）。以上两篇硕士论文产生于前后相连的两年，标题、观点都很接近，它们对历史叙事与文学叙事的区分对于纠正历史等于文学的观点很有意义，但是用意识形态区分历史叙事与文学叙事似乎不能成立，从太平天国成败叙事来看，不管是历史叙事还是历史文学叙事都有意识形态目的，说文学虚构是历史叙事的文本表达形式也不恰当，文学虚构与历史学虚构并不完全相同，至于说历史叙事“再现”故事，历史文学叙事“创造”故事，则又落入了再现论与表现论、真实与虚构的泥潭，历史叙事也“创造”故事，历史文学叙事也“再现”故事。

构性来看，怀特说历史叙事是“作为文学虚构的历史文本”并没有错，但是历史叙事毕竟不同于历史文学叙事，虽然“演义”的方向相同，但是具体手段存在差异，借助于这些手段，可以区分历史叙事和历史文学叙事，如果叙事中出现Ⅰ4ⅰ演述化、Ⅰ4ⅱ人物化、Ⅰ4ⅷ传奇化、Ⅰ4ⅸ媚俗化、Ⅰ4ⅹ雅化，基本就可以断定该叙事属于历史文学叙事。除形象化手段可以起到该作用外，似真化的手段Ⅰ2ⅱ假托，Ⅰ2ⅲ限制中的采用限制视角也是历史文学叙事区别于历史叙事的重要手段。

第二节　时空及角色演义

太平天国是中国历史上规模最大、持续时间最长、波及范围最广的农民运动，其涉及的以及历代作者虚构的时间、空间、人物、事件构成每一个关于太平天国成败叙事的资料集，对于太平天国成败叙事的写作来说，困难不是材料的缺乏，而是由材料过多和过于纷杂带来的甄别、取舍、组装的艰难，每个写作太平天国成败叙事的作家都希望与众不同、推陈出新、独具一格，于是他们小心翼翼地选择、组装材料，虽然他们组装出的“物品”（叙事文本）表面看千差万别，但其制作工艺却大致相同，它们在时空处理和角色组合方面有许多相似处。

一、时空的延展交错

叙事是人为的、平面的、静止的、有限的、简单的，而生活（包括历史）是自为的、立体的、变动的、广大的、杂乱的，所以任何叙事都要涉及时空处理问题。太平天国成败叙事大多是为了“真实”地反映或长或短的某段历史，想尽可能地接近历史的“本来面貌”，“场景广阔，事件纷繁”[1]成为时空处理的目标，叙事者们使用前叙、后叙、广叙、选叙等手法使时空延展交错，呈现出立体化、多层次、多角度特征。

Ⅱ1ⅰ前叙

对于太平天国成败叙事的写作来说，时间是非常复杂的，既包括事件实际发生的时间、发生前的时间、发生后的时间，也包括写作的时间，还包括故事中的时间，而叙事时间只能是前后相连的线性时间，不同叙事在整合事件时间、写作时间、故事时间时产生一些共同倾向，前叙与后叙是其中常见的两种。

前叙就是把本不该属于叙事范围的“过去”之事当做“当时”之事来叙述，这里所说的“过去”与“当时”都是相对性概念。根据两者之间的关系，前叙可分为融昔、推前、提前、预叙、导叙等。

Ⅱ1ⅰ1融昔，是指在太平天国成败叙事中融入太平天国之前的事件、观念、文学等，在中国历史背景上观照太平天国，使太平天国与其之前的历史、文化产生联系。

模仿古文，施瑛说“我写这部《太平天国演义》，是想和《三国演义》《东周列国志》《两汉隋唐演义》一样……”[2]对古代小说特别是《三国演义》《水浒传》的模仿是许多太平天国成败叙事的共同特征，模仿的对象主要集中在人物形象和创作方法两方面。

第一模仿古文中的人物形象，例：明知杨秀清想要篡权，天王亦不加防范和制止，他说“吾决不忍以同室自伤大义，倘不获已，唯有披发入山，择贤而让，多戮功臣，朕不为也”，听到北伐败讯，

[1] 李晴. 天国演义[M]. 北京：中国文史出版社，2009.

[2] 施瑛. 洪杨金田起义[M]. 上海：新鲁书店，1951.

又哭道“何天不祐皇汉也”，曾国葆等败退时“带了合城军民走入省城”，[1]该例中的洪秀全、曾国葆都是对《三国演义》中刘备的模仿。再例：罗泽南分别向王鑫、寿章等授计“吩咐如此如此”，[2]不言明计谋，故弄玄虚，以胜利来显示罗泽南计策之妙，该例中罗泽南的原型是诸葛亮。又例：《洪杨豪侠传》以孙二娘为原型创造齐二寡妇形象，[3]朝贵要一拳将邱二打死，说话直爽、性格急躁，其原型是李逵。[4]总体而言，《三国演义》中的刘备、关羽、张飞、诸葛亮、曹操，《水浒传》中的李逵、孙二娘等是太平天国成败叙事中主要人物的原型。除对单个人的模仿之外，《三国演义》《水浒传》中的人物也以集体形式出现于太平天国成败叙事之中，例：余廷璋说冯云山是大元帅，石达开、萧朝贵、杨秀清、韦昌辉、秦日纲对应关、张、赵、马、黄，[5]《三国演义》中著名的“五虎上将”作为一个集体被平移到《金田村》中，无独有偶，《洪秀全传奇》中的杨秀清也说冯云山是诸葛亮、萧朝贵是张飞、石达开是关云长，[6]可见《三国演义》五虎将模式对太平天国成败叙事的重要影响。拿萧朝贵来说，许多作品都认为他是老实人，事实上从《天兄圣旨》来看，他是个颇有心机之人，而历史学家、作家都相信他是一个鲁莽、急躁、孔武、没有心眼的老实人，原因来自《三国演义》《水浒传》等传统小说的影响，《三国演义》中四肢发达头脑

---

[1] 陈也梅. 洪杨演义（卷二）[M]. 上海：中华图书局，1924：62，93.

[2] 陈也梅. 洪杨演义（卷一）[M]. 上海：中华图书局，1924：77.

[3] 张恂子. 洪杨豪侠传[M]. 合肥：黄山书社，1988：20.

[4] 李晴. 天国演义[M]. 北京：中国文史出版社，2009：151.

[5] 陈白尘，金田村[M]//陈白尘剧作选. 成都：四川人民出版社，1981：15.

[6] 陈仕元. 洪秀全传奇[M]. 广州：花城出版社，1990：56.

简单、勇而无谋、憨厚、急躁、鲁莽、忠诚、骁悍、粗中有细的张飞形象影响了《水浒传》中的李逵，也为中国人提供了一个思维定式，似乎这个形象是必须存在的，而根据其表现，太平天国首义诸王中杨秀清、韦昌辉、石达开活的时间比较长，他们或阴险、或磊落，但都很精明，而先死的冯云山只身在广西传教，又是知识分子，也不容易与张飞的形象挂起钩来，出身山民，带兵打仗、急躁冒进的萧朝贵就成了张飞性格的首要人选，所以他的性格是作者强加在他身上的。从中可见“合理”推想的虚伪和真实，虚伪是因为它不是真的历史事实，真实是因为它储藏了文化持久不变的因子，在叙事中，由于“合理”推想的存在，使形象变成了用模子刻出来的人物，这也是关于太平天国成败的叙事没有突出个性的原因。

第二模仿古文的文体形式，例：《天国演义》采用章回体、话本体形式，回目采用七至九言对偶句，部分章回用“话说……”开头，回尾用“欲知后事如何，且听下回分解”作结，第八十一回用两句带有历史感的诗句结尾，使历史与现实区分开来，这是对《三国演义》以及其他历史演义小说文体的借鉴，利用历史演义小说是历史的通俗化的思维定式，使作品产生一种“真实”感，但是在当代语境下，后现代历史学宣称“一切历史都是叙事”，所有有关历史的文字都是关于历史的叙事，都存在虚构，连“历史”都是虚假的了，何况“历史”的演义呢！因此，这种文体产生的真实感已不复存在。再者，它在元末到清末之间的通俗性是与历史书及古典诗文比较而言的，在当代，它的通俗性特征也不复存在，反倒程式化倾向被凸显，使读者产生僵化之感。

借古塑人，是指通过历史溯源、知识、见解、历代诗文等来表现人物的非凡出身、博学睿智、果断灵活等正面特征。例：《太平天国起义记》重点是表现洪秀全革命的原因及心理，但是文本开头却是对洪氏世系的追溯，并一直追溯到宋代，而据简又文考证，这种追溯并没有确切的证据，[1]这是人为地为洪秀全创造显赫的家世，为其涂脂抹粉。同样，《难中记》也将作者的家事追溯到明代，表明自己出自良善人家。[2]再例：石达开以明太祖伐元证明自己北伐主张的正确性，[3]张遂谋借评价曹操与诸葛亮两人的高下，委婉劝石达开取洪秀全而代之，[4]杨秀清论“曹操何曾是奸佞，刘玄德屈居一隅也只为懦弱无才能”，[5]以上三例都通过人物对历史的引用或议论强化了其性格特征，前两例表现了人物的历史文化水平和远见卓识，后者反映了杨秀清像曹操一样的“奸雄”性格，这些语言和见解都是作者为人物添加的，有的添加得很不恰当，比如第三例，杨秀清自言识字不多，作品竟安排他文绉绉地大谈历史，而且还很有见地，让读者很容易感觉作者的作假。

吸收古论，是指保留甚至赞赏一些古代流行的思想、观念等。例：石达开至江山“居民皆设香案相送”，议“元元黎庶，各有天良，而为妖官所苦，可悯哉”，[6]冯云山引述孟子民本思想“民为邦本。得民心者得天下，失民心者失天下”。[7]再例：玄机道长说“我想天下者，原是天下人之天下，惟有德者居之”，[8]前半部分化用

[1] [瑞典]韩山文．太平天国起义记[M]．简又文，译//中国史学会主编．太平天国（六）．上海：上海人民出版社、上海书店出版社，2000：835．

[2] 张尔嘉．难中记[M]//中国史学会主编．太平天国（六）．上海：上海人民出版社、上海书店出版社，2000：633．

[3] 李晴．天国演义[M]．北京：中国文史出版社，2009：480．

[4] 陈仕元．洪秀全传奇[M]．广州：花城出版社，1990：219．

[5] 胡仲实．洪宣娇．广西壮族自治区戏曲工作室．未出版，1961：40．

[6] 许指岩．石达开日记[M]．上海：世界书局，1928：50．

[7] 李晴．天国演义[M]．北京：中国文史出版社，2009：59．

[8] 张恂子．洪杨豪侠传[M]．合肥：黄山书社，1988：29．

《原君》，最后一句化用《论语》，玄机道长的话一定程度上代表了作者的意愿和想法，可以看出他对德政思想的看重。又例：洪秀全说“夜退日升，天之道也；兴衰隆替，史之常也”，[1]该例隐含的是天人合一的哲学观及历史循环论，天道决定人道，天之道决定史之常，历史的转变不是矛盾发展的必然结果，不是文明与进步的促进，而是同一社会形态的不断循环，是“分久必合，合久必分”的趋势，这曾是构成《三国演义》的思想基础，也是构成古代大部分历史演义小说的基石。

Ⅱ1ⅰ2推前叙，太平天国起义发生于1851年，但是太平天国成败叙事涉及的时间比它要早得多；从个人来看，具有历史意义的太平天国时间应该从其参加太平天国运动、并且有确定记载的时候开始，但在相关叙事中，该时间也被大大提前；从事件来看，一个重大的太平天国事件应该有确定的发生时间，但在相关叙事中，该事件也被提前。这些被提前了的时间要靠一定的人物、事件、情节来支撑、充实，这些大多没有文字可以凭借，只有依靠作者的想象和虚构，而想象和虚构又不能凭空进行，作者们凭借的大多是某个时期某位或某些历史学家或者叙述者本人以时代意识为基础、根据“真实”的史料对人物、事件做出的判断，在该判断基础上再推想前面发生的事情，这就形成了推前叙事。推前叙事的显著特征是执果导因，根据结果推导原因，叙事时反过来，先叙述原因，再得出结果。推前叙主要包括：来历推前、性格推前、思想推前、行为推前、才艺推前等。

来历推前，根据作者或历史学家对人物的判断，想象人物的来

[1] 李晴. 天国演义[M]. 北京：中国文史出版社，2009：56.

历和出身。例：洪秀全是金龙下凡，[1]洪秀全为乌龟所化，[2]僭主洪秀全是个23岁的青年，“因为用功过度而缺少休息，使他显得早衰”，[3]这些都是对洪秀全来历的想象，带有强烈的魔幻或杜撰色彩，分别代表了不同时代、不同意识形态、不同语境对洪秀全出身的奇特想象，第一例想象的主体是20世纪60年代洪秀全家乡的人，所处的语境是太平天国运动已经作为中国历史上规模最大的农民运动受到政界和学术界的高度赞扬，洪秀全已经被当成了伟大的革命领袖，因此他家乡的人们怀着崇敬和赞赏之情描画他们心中的“神”，将他想象成“金龙”。第二例与第一例一样魔幻，但想象的主体是封建文人，因为痛恨洪秀全，又无法解释他为什么有那么大的胆量和能力造反，于是把他想象成妖物所化。第三例出自对太平军有好感的外国人之手，因而将洪秀全想象成一个有魄力、有能力又有实干精神的青年。但事实上，洪秀全不是金龙转世，不是江湖术士，也不是有魄力的实干家，而是一个屡试不中的乡村塾师，因此对于人物来历的推前叙述反映的是作者对叙述对象错误的、带有偏见的想象，它大多不具有“历史”的真实性，但含有叙述的真实性，反映了叙述者思想和情感的真实。

性格推前，例：在冯云山入狱、洪秀全回广东的时候，韦昌辉联合石达开招兵买马单干，开始时石达开不答应，韦昌辉假意说这样做不但不与拜上帝会分离，而且还能为起义打基础，石达开就答

---

❶ 陈棣生. 虎啸龙吟——太平天国故事选集[M]. 广州：花城出版社，1991:3-4.

❷ 汪堃. 遁鼻随闻录[M]//中国史学会主编. 太平天国（四）. 上海：上海人民出版社，1957：410.

❸ [法]加勒利，伊凡. 太平天国初期纪事[M]. [英]约·第克森弗，译补. 徐健竹，译. 上海：上海古籍出版社，1982：22.

应了，[1]叙述者根据石达开和韦昌辉在天京事变中的表现和两人的“阶级”成分，对之前的事情进行“合理”的推想，这个“合理”带有明显的时代特征、个人色彩和主观能动性，推想韦昌辉与石达开，而不是与杨秀清、萧朝贵一起单干，反映了以阶级论人的时代特点，韦昌辉和石达开都是富人，所以他们不会和穷人一条心，遇到困难时，他们就出现了动摇，两人中，韦昌辉是提议者，是主谋、罪魁祸首、革命投机分子、见机行事的小人，而石达开是被欺骗者、胁从者，罪恶要比韦昌辉小得多，这次事变是天京事变的前奏，目的是说明韦昌辉是潜藏在革命队伍内的异己分子，石达开是危险分子。再例：在攻打全州之前，冯云山明知凶多吉少，但出于对杨秀清的爱护和对天国稳定的担忧，毅然挑起重担，结果牺牲，[2]这是对冯云山在全州阵亡的推前叙述，借此表现杨秀清独断专行、刚愎自用，冯云山顾全大局、舍己为人的性格特征。历史上的冯云山真是这样的吗？不一定！从《天兄圣旨》来看，自从萧朝贵取得了代天兄传言的权力之后，冯云山就很少有机会参与太平天国重大问题的决策了，他也没有指挥过可圈可点的军事行动，文本之所以会这样塑造冯云山形象，主要原因是冯云山是太平天国最先牺牲的一位王爷，同情弱者的惯性使小说作者以及历史学家都倾向于塑造冯云山的完美形象。对人物性格的推前叙述大多属于一致性推前叙述，这样做容易造成人物性格的一成不变、单调乏味，“好人”从来都“好”，“恶人”从来就恶，扼杀了人性的复杂多变，以致使作品呆板、僵化。

思想推前，例：金田起义前，洪秀全就羡慕历史上的名臣贤相，

[1] 施瑛．洪杨金田起义[M]．上海：新鲁书店，1951：50.

[2] 陈仕元．洪秀全传奇[M]．广州：花城出版社，1990：79.

愿意为百姓做一番事业，[1]洪秀全第二次入桂就制定太平天国的理想：有田同耕，有饭同食，有衣同穿，有钱同使，[2]洪秀全早就立志当英雄，“状元及第”对他来说无所谓，[3]这三个出自不同作品的例子拥有同一个叙述对象洪秀全，《金田起义》中的洪秀全一心为国为民，《洪杨金田起义》中的洪秀全提出了富有号召力的政治理想，《洪宣娇》中的洪秀全则是个英雄，这些都是作者在对洪秀全的主观判断，而所举的三例都是对种种“洪秀全思想”的推前想象和叙述，这些叙述使洪秀全变成了一个伟大的人物，但是每一种思想都有一个萌芽、生长、反复、成熟的过程，把成熟的思想当成萌芽期的思想会让读者感到虚假和不可能。

行为推前，例：冯云山在起义前接触介绍清兵暴行的禁书，对清王朝产生痛恨之情，[4]金田起义前，陈玉成参加打神像，[5]洪秀全骗人“若信从，死后可入天堂，若不信从，定入地狱受苦，愿入教者须缴金一两”，[6]冯云山有没有看到禁书、陈玉成参加太平军之前有没有打过神像，洪秀全有没有骗过人，这些都是无可查证的，既不能证明它们不存在，也不能证明它们确实存在。

才艺推前，例：石达开未出武昌已知定鼎南京，巩固江南，直上燕京的大势，同时认为“四川一隅难敌天下”，[7]该书作者偏爱石

---

[1] 大鲁．金田起义［M］．程十发、董天野绘图．上海：上海人民美术出版社，2000：3.

[2] 施瑛．洪杨金田起义［M］．上海：新鲁书店，1951：28.

[3] 胡仲实．洪宣娇．广西壮族自治区戏曲工作室．油印未定稿．未出版，1961：13.

[4] 李晴．天国演义［M］．北京：中国文史出版社，2009：30.

[5] 陈仕元．洪秀全传奇［M］．广州：花城出版社，1990：29.

[6] 陈也梅．洪杨演义（卷一）［M］．上海：中华图书局，1924：5.

[7] 陈仕元．洪秀全传奇［M］．广州：花城出版社，1990：142.

达开，认为他是太平天国各王中最有学识、最有智慧、最超脱的一个，该例是在这一判断基础上的推前叙述，让石达开说出作者认为正确的、能保证最后胜利的行军路线，仿佛石达开是圣人一样，听从他的就能保证胜利，不听从他的就一定会失败，实际上石达开并非如此英明，他非常迷恋四川，并最终导致败于大渡河，作者的偏爱与人物的实际行为发生了冲突，使人物失去了真实性。再例：曾国藩“四岁授以孝经，即能成诵”，[1]曾国藩是进士出身，该文据此推测他小时候的智慧，虚构出四岁成诵，又因为他是忠君的中兴名臣，作品又推测他四岁就能诵读《孝经》。类似的叙述还有很多，比如洪秀全过目不忘、韩宝英三岁成诵等。推前叙述往往是人为想象、建构、误解的结果。

Ⅱ1ⅰ3移前叙，是指人为地使事件发生的时间提前，与推前叙述的差别在于移前叙述中的事件是真实存在的，只是发生的时间被提前了，推前叙述中的事件不是真实存在的，所依据的事件也不一定是真实存在的，有时仅是作者的情感而已。例：从《李秀成自述》来看，封洪仁发、洪仁达是石达开回朝之后，封陈玉成、李秀成之前，但是《洪秀全传奇》说封洪仁发、洪仁达时，天京事变还没有发生，在封两人时，又将王分为五个等级，同时加封李秀成、陈玉成，封安王、福王之事如果是在石达开回朝后，还可以解释为洪秀全被外姓王之间的争斗吓怕了，恐怕石达开取而代之，所以才封安王、福王来牵制石达开，洪秀全有一些“情有可原”，但是把封王之事移前，就使加封安王、福王的行为完全失去了合理性，有力地表现洪秀全的阴狠和他对于天京事变不可推卸的责任。[2]

---

[1] 陈也梅. 洪杨演义（卷一）[M]. 上海：中华图书局，1924：68.

[2] 陈仕元. 洪秀全传奇[M]. 广州：花城出版社，1990：186.

Ⅱ1ⅰ4预叙，即先提到后面将发生的事情，暂不详细叙述，等到故事时间进行到事情发生时再详细叙述。例：在写太平军攻打南京时，就指出“后来曾国荃攻打南京”也采用了地道法，[1]金田起义之前就介绍张嘉祥“最后身败名裂，浮尸清流”，并说“这是后话”，[2]预叙破坏了拟真性，自我暴露了虚构的本质，提示读者文本的叙述者只是故事的组织者、编造者。

Ⅱ1ⅰ5导叙，即先叙述其他人和事，以引出所要表现的人和事。

类导叙，即从与之相似的人物或事件引入叙事。例：钟四到三元里打工，为洪秀全带来三元里的消息，[3]三元里人民抗英斗争与太平天国起义没有直接关系，但是罗尔纲《太平天国史》把它当做太平天国爆发的背景之一，认为它们都表现了对外国侵略者毫不屈服的反抗斗争，具有精神上的相似性。再例：在写洪秀全革命之前，先写英雄李大爹的革命活动及官差对他的追捕，[4]李大爹是三合会会员，由他引出洪秀全就暗示着太平天国运动是对前人斗争的继承与超越，具有革命合理性和正义性。除天地会英雄、三元里人民外，在太平天国成败叙事中，充当类导叙的人物还有明末的抗清英雄吕留良、屈大均、翁山等。有意思的是后世为太平天国设想的先人全是太平天国否定的对象，可见类导叙也只是叙事者的一腔情愿。

连导叙，即通过叙述与表现对象有关联的人和事引入故事。例：《洪秀全演义》从穆彰阿惑主，道光皇帝踢死连太子写起，[5]为了引

---

[1] 张恂子. 洪杨豪侠传[M]. 合肥：黄山书社，1988：615.

[2] 施瑛. 洪杨金田起义[M]. 上海：新鲁书店，1951：38.

[3] 李晴. 天国演义[M]. 北京：中国文史出版社，2009：40.

[4] 胡仲实. 洪宣娇. 广西壮族自治区戏曲工作室. 未出版，1961：6-7.

[5] 黄世仲. 洪秀全演义[M]. 北京：人民文学出版社，1984：1-4.

出郑祖琛，《洪杨豪侠传》从其父母写起，[1]第一例中作者借鉴《水浒传》的观点，通过一个虚构事件，引出太平天国起义，表达了乱自上作的观点。第二例中郑祖琛在整个太平天国成败叙事中作用并不太大，但作品却花了大量篇幅来介绍郑祖琛的父母，偏离了叙事的重心，使作品变得非常散漫。

Ⅱ1ⅱ后叙，即叙述太平天国失败之后、具体历史事件结束之后、具体人物消失之后的事件，或者将具体事件发生的时间有意移后叙述等。后叙主要包括融今、延后、推后、移后。

Ⅱ1ⅱ1融今，是指在叙事中融入写作时的社会流行思想、观点、言语、行为等。

流行话语，例：施瑛称洪秀全是“知识分子”“中农身份”，称王作新是王“剥皮”，[2]“知识分子”是现代出现并流行的词语，古代没有这个词，有知识的人被称为“士”，“中农身份”是阶级论时期的标志性词语，“剥皮”也是阶级斗争至上时期的流行词语，这些词语在太平天国史料中都没有出现过，都属于创作所处时代的流行话语。

流行思想，每个时代都会在作品中自觉不自觉地融合进社会主流思想。一类流行思想是社会政治思想，例：“君臣共议大事，议事时诸臣皆有座位，扫去一人独尊的习气，其有请见论事者，一体官民免拜跪”，[3]“五四”新文化运动的两面大旗是民主与科学，接受了民主思想的作者陈也梅用民主思想来观照太平天国，人为替太平天国施行了民主。再例：冯云山一开始在城市传教，因为没人

[1] 张恂子. 洪杨豪侠传[M]. 合肥：黄山书社，1988：3.

[2] 施瑛. 洪杨金田起义[M]. 上海：新鲁书店，1951：1，37.

[3] 陈也梅. 洪杨演义（卷一）[M]. 上海：中华图书局，1924：95-96.

相信，心想“跟这些城里人宣教，就是有人听信，也搞不出什么大事来的。倒不如在广大的山村中，穷苦的老百姓受够官府压迫，心里充满愤怒，都在想寻找一条活路。如果我到那里去工作，正像在干枯的草原上放起火来，一定可以烧得烟焰冲天哩！”，[1]冯云山自小生活在农村，起义前没有在城市生活的经历，他到广西的第一站是洪秀全在农村的表兄黄盛均家，洪秀全回广东后，为了解决生计问题，他来到能为他提供住处的农家，后来在曾家做塾师，白天教书、晚上传教，说他先在城市传教，因遇挫折才回到农村，是对中国共产党所走道路的缩微反映和人为迁移，是对毛泽东农村包围城市革命思想的形象演绎。由以上二例可见，在不同时代、不同社会背景中，作者们在太平天国成败叙事中融入的思想是有很大差别的，但它们又有一点相同，即都将太平天国当成当时社会中最具代表性的政治势力来塑造。[2]另一类流行思想是人格思想，例：洪宣娇说与男子相处“是我洪宣娇一个人的事，于别人是没有什么相关的！我并不怕那些谣言”，[3]该洪宣娇简直就是娜拉，充分表达了女性个性主义的觉醒。但是，这种思想直到“五四”时期才引起广泛关注，把几十年后才出现的思想强加在从来没有接触也不可能接

[1] 施瑛. 洪杨金田起义[M]. 上海：新鲁书店，1951：17.

[2] 在20世纪，太平天国先后被当做资产阶级革命党、国民党、共产党的先辈，如孙中山自称为“洪秀全第二”；蒋介石称太方人员为“洪杨诸先民”（转引自简又文. 太平军广西首义史[M]. 上海：商务印书馆，1946；叶青说“毛泽东主义”是“太平天国洪秀全的再版”（转引自胡为雄. 毛泽东思想研究史略[M]. 北京：中央文献出版社，2004：10）；太平天国历史博物馆称“太平天国农民革命英雄们”是“伟大的革命先驱者”（太平天国历史博物馆. 太平天国歌谣[M]. 上海：上海文艺出版社，1962：前言）。除了直言外，融入流行话语、思想、情节、形象、行为等也很容易使读者通过联想把清方、太方及其人员看成某某或其前身。

[3] 阿英. 洪宣娇[M]//阿英剧作选. 北京：中国戏剧出版社，1980：426.

触这些思想的人身上，使她脱离了所在的社会背景，变成了水中之花，虽然美丽娇艳，但是没有根基。

流行情节，例：弟兄们要砍王作新，冯云山不许，最后通过公审的方式处决王作新，说王作新看到人多“早已嚇得魂飞天外”，“只是跪在地上，簌簌地抖个不停”，穷人们“争着上前控诉他的罪状”，“控诉的人说到愤激处，各是血泪交并”，控诉完毕，云山指着王作新骂道：“你这个恶霸，全身沾满了老百姓的鲜血，今日恶贯满盈，死有余辜”，“于是由杨秀清下令”，把王作新“五马分尸”，王作新被处决后，“群众满怀高兴，在那里庆祝”，[1]这是在阶级斗争至上时流行的公审恶霸地主情节模式，人民掌权、审判恶霸、恶霸乞怜、判决、执行死刑、人民高兴等必备功能一个不少，该叙事只是把发动公审、执行判决的共产党员变成了太平天国领袖而已。再例：王作新令师爷为自己物色并拖回来佃户的女儿，[2]该例与《白毛女》的情节完全相同，恶霸、帮凶、弱者三者之间的关系是确定不变的。

流行形象，例：黄基手下的兵丁被愤怒的烧炭工人追打，边逃边骂：“奴才，拜上帝会的！”“全家杀得，千刀万剐的！老子们要的钱，看那个还能少得一分一毫！”，[3]黄基及其兵丁虽然比阿Q富裕得多、有地位得多，但其精神胜利法是一样的，他们就是许多阿Q。再例：“王作新这恶霸又毒又辣。送财礼结官府媚上欺下；开当铺放高利剥削成家”“办团练养家丁当做爪牙”“横行称霸”“欺

[1] 施瑛．洪杨金田起义［M］．上海：新鲁书店，1951：69-70.

[2] 胡明树，李文钊，等．金田起义（桂剧）．广西省文联·广西省戏改会印．油印本．未出版，日期不详：11.

[3] 施瑛．洪杨金田起义［M］．上海：新鲁书店，1951：9.

孤寡夺田地任意搜刮”“追租谷逼债款捆送官衙”“说他是活阎王半点不差”，[1]士绅王作新成为地主恶霸的典型，与刘文彩、黄世仁非常相似。

流行行为，例：连环画《金田起义》中，洪秀全等人站在高高的庙台之上，洪秀全高举双手，面向群众讲话，台下头戴斗笠，手拿锄头的群众仰面注目，凝神静听，[2]领袖站在高处讲话，群众怀着崇敬的心情仰望、呼应领袖，这是深印在20世纪五六十年代人们心中的典型行为，它的原型是开国大典时万众仰望毛主席。再例：《天京锄奸记》中吴长嵩“串联了一帮狐朋狗党，组成了以张继庚、吴长嵩为首的反革命集团”，以杨秀清为首的太平天国领袖非常重视该事件，经过一番斗智斗勇，终于将所有反革命分子抓捕归案，保证了新生政权的稳定，该例中的太平天国被当成了新中国，张继庚等人被当成了国民党残余势力，反革命与镇压反革命行为是对解放初期国内镇压反革命分子行为的迁移使用，它们使作品具有了强烈的时代性。

Ⅱ1ⅱ2延后，是指在具体历史事件结束之后，或人物结局确定之后，叙述并没有停止，而是继续进行，从而使故事时间向后延续。延后包括类延后与顺延后。

类延后，把太平天国人物的思想、精神、行为延续到后世寻求救国救民道路的革命者身上。例：在天京即将被攻破的时候，洪秀全说“如今天京危在旦夕，它日必有继吾志之人，中国的一寸土地

[1] 胡明树，李文钊，等. 金田起义（桂剧）. 广西省文联·广西省戏改会印. 油印本. 未出版，日期不详：9.

[2] 大鲁. 金田起义[M]. 程十发，董天野绘图. 上海：上海人民美术出版社，2000：15.

也不许外敌侵略，英国人已占据我们的香港，总有一天，要归还我们！”，[1]把太平天国与后世历次反侵略战争联系起来，也与当代中国成功收回香港联系起来。康福的儿子继承叔叔康禄的遗志，“走上了驱除鞑虏，恢复中华的伟大革命道路”，培养了在辛亥革命中大名鼎鼎的黄兴。[2]类延后在历史的长河中界定太平天国革命的意义和价值，形象地说明了太平天国对后世的重要影响。

顺延后，不是叙述太平天国及其人物对后世的影响，而是讲述太平天国人物及其后代的结局，是顺承太平天国史料而进行“合理想象”的结果。例：在《天国龙儿传》中石达开死后，他有一个儿子没有死，被一对山民夫妇领养，长大后成为一个身强体壮的后生。在骆秉章的奏稿中石达开之死是确定无疑的，其子石定忠后来也死了，但这并没有阻止人们对大渡河后石达开经历的推想，《翼王伞》推想石达开本人没有死，《天国演义》推想洪宣娇找到了石达开的儿子，把他抚养成人。[3]再例：善祥偷偷离开天京，嫁给了钱江，两人一起救走洪宣娇。[4]善祥是太平天国真实存在的人物，在《天父圣旨》《金陵癸甲纪事诗》中可以看到她的名字，但迄今没发现记载她在天京事变后行踪的可靠资料，这并未能阻止作家们对其行踪的种种猜测和讲述，除成为钱江夫人外，在张笑天《太平天国》中她还为杨秀清守尸、被韦昌辉关押、与谭绍光结合、为天王做掌朝仪等，在《天国演义》她追随石达开，为他生儿育女，在《悲情英雄石达开》中她出面为石达开大骂曾国藩，并为救石达开

[1] 陈仕元. 洪秀全传奇[M]. 广州：花城出版社，1990：243.

[2] 唐浩明. 曾国藩全传（血祭、野焚、黑雨）[M]. 北京：乌兰文艺出版社，2008：447.

[3] 李晴. 天国演义[M]. 北京：中国文史出版社，2009：957.

[4] 南宫搏. 太平天国[M]. 长沙：岳麓书社，2003：550.

而死等。凡此种种，都是史无记载、无可查证的，它们反映了创作者的主观意志。

Ⅱ1ⅱ3移后，是指将具体、确定性的历史事件的发生时间向后移。例：洪秀全在岳阳与石达开讨论接家眷的问题，❶从《天兄圣旨》等太平天国实录来看，洪秀全的家眷早在起义之前就已经被接到广西，而该文将这件事的时间推后了一年多，目的是表现洪秀全公而忘私、与民共难的仁者特征，是作者对历史事件的有意改造，但这一改造并不成功，因为作为造反者，官方不会让他的家属平安留在家中，冯云山的家人就因为接晚了而全部遇害，因此说他到岳阳后才考虑接家眷，而且还能接来，违背了常识，让读者感到作者在作假。

Ⅱ1ⅲ广叙，即不仅仅写太方、清方的人和事，还要写他们之外的人和事；不仅写人物行踪所及之处，还写他们行踪未及之处。前叙和后叙使太平天国成败叙事中的时间被拉长、穿插、移易，广叙使叙事的空间扩大、交错。广叙包括背景广叙、进程广叙、影响广叙。

背景广叙，是指叙述背景时不是就事论事、就人论人，而是从整个农村、整个中国甚至整个世界的角度入手。例：海宁直到咸丰十年才陷落，但《花溪日记》却从道光二十九年写起，主要内容包括虫旱洪涝接连不断、天象异常、噩耗频传等，❷“那时候不是旱灾，便是虫灾”“广大的农村里……只好拼命找寻树皮草根来吃”，

❶ 陈仕元. 洪秀全传奇[M]. 广州：花城出版社，1990：128.

❷ 冯氏. 花溪日记[M]//中国史学会主编. 太平天国（六）. 上海：上海人民出版社、上海书店出版社，2000：657-658.

“有几亩薄田的庄稼人，总是被逼得把亲生儿女出卖”，[1]这两例出自不同时期、不同政治观、不同身份的作者之手，但两者都采用演述手段，介绍了太平天国革命爆发的大背景，这个背景中没有洪秀全及其党人，是关于背景的广叙，表明太平天国革命并非一个偶然事件，而是一个具有历史必然性的事件，即使不爆发太平天国运动，也会有其他运动发生。

进程广叙，是指在叙述太平天国进程时加入对其他人事的叙述。例：《天朝大梦》中林则徐的行为不仅包括前去镇压太平天国，而且包括与太平天国没有关系的虎门销烟、被贬流放新疆等，并由他引出林夫人、瑛娘，叙述了他们之间的感情纠葛，张笑天的《太平天国》在历代出现的太平天国人物之外添加了许多新的人物，如仪美公主、曾晚妹、胡玉蓉等，每一个人物又有许多行动，其中最主要的是感情活动，而这些与太平天国的成败并没有直接关系。这些人物往往是采用树木分叉的方式想象出来的，以一个人物（包括前人虚构出来的人物）为树干，生发出新的人物，后来的作者再以新的人物为树干，再次生出新的人物。同时，人物的行动并不仅仅局限于军事与政治斗争，还包括友情、爱情、钩心斗角等，这些都是造成太平天国成败叙事篇幅越来越长，内容越来越多的重要原因。

影响广叙，是指太平天国成败叙事并不仅仅局限于双方之间的斗争、纠葛，还包括他们对其他人的影响，在叙事时，影响叙述经常有意突破国界限制，带有全球特征。例：太平天国运动被美国人西西波林比喻成美国的南北战争，[2]“从马克思引用过的米淇尔的调查

[1] 施瑛. 洪杨金田起义[M]. 上海：新鲁书店，1951：3.

[2] 陈也梅. 洪杨演义（卷二）[M]. 上海：中华图书局，1924：74.

报告证明，米淇尔的叙述，就是当时中国社会经济的特点……”，[1]这些叙述突出强化和表现了太平天国的世界意义。

Ⅱ1iv选叙，是指仅仅选择与叙事主要对象有关的时间、空间内发生的事情，将与该对象无关的时间、空间内发生的事情省略或根本不加叙述。从太平天国成败叙事来看，所有历史成败叙事都运用了选叙方式，因为叙事根本无法将所有的时间和空间毫无遗漏地表现出来，同时只有有选择的叙事才能突出所“演”之“义”，通常选叙谁，谁的意义就能够得到凸显，相反谁被省略掉，谁的意义就被屏蔽，选叙的方式包括省叙、速叙、慢叙等。

Ⅱ1iv1省叙，是指不叙述与所“演”之“义”无关的时间、空间内发生的事。比如《清史稿》不叙述繁荣时期的天京，《太平天国史》也不叙述被太平天国占领之外省份，连环画《东南战役》为了夸耀李秀成的战功，根本不提金田起义的情况等。

Ⅱ1iv2速叙，是指用极俭省的语言叙述出较长时间、较大空间内的人和事，被速叙的都是叙述者认为无关紧要或有损叙事对象形象的人和事，例：施瑛的《太平军西征北伐》仅用几百字的篇幅叙述从太平天国起义到北伐3年多时间、从广西到南京几千里空间内发生的事情。

Ⅱ1iv3慢叙，是指用极大的篇幅，叙述短时间内、很小的空间内发生的人和事。被慢叙的总是意义最大的，慢叙是“演”出“义”的最直接方式。例：为了说明洪秀全等人的封建性，《太平杂说》花好几节专写太平军在天京时期各方面活动情况。

以上方法使历史叙事的时空表现出穿插交错、加长增广的特点，

[1] 景珩，林言椒．太平天国革命性质问题讨论集[M]．北京：生活·读书·新知三联书店，1962：112.

偏离了历史本身，从中可以清楚地看到历史叙事的虚构本质，也给历史叙事带来了无法克服的矛盾，不使用这些方法就无法叙事，使用了这些方法就不再是本真的历史。在这些方法中，有些使叙事简单化，比如推前叙；有些暴露了叙事的虚假，比如预叙；有些使叙事流于模仿，比如融昔对某些叙事的借鉴；有些使叙事成为思想的传声筒，比如在叙事中融入流行思想等，这不仅使历史叙事失去个性，而且成为现实叙事的附庸，失去其独立价值，对于历史叙事还是历史文学叙事来说都是致命的。从处理时间和空间的方式上来说，两者并没有本质不同，历史叙事中也有时间被前叙或后叙的情况，历史文学叙事中尽管能通过模糊、穿越等方式处理时间和空间，却不能随意改变确定性的历史时间，只是相对来说历史文学叙事处理时间、空间的自由度大一些而已。

另外，柯文先生认为“历史学家知道结果，这使他们解释历史的过程在一些重要方面完全不同于历史事件的直接参与者（他们一般不花费许多时间和精力去了解他们亲自参与的事件的起源）解释历史的过程”，[1]历史学家会根据事件结果推测起因，结论中又“体现出了他们对后果的预知”。作为历史学家，柯文先生试图找到历史叙事与其他叙事的差别，从而确认历史叙事的独立性，上面的引文是他将历史叙事与直接参与者的叙事比较后得出的结论，但是从太平天国成败叙事来看，这个结论并不正确。虽然历史事件的直接参与者不知道整个事件最终的结果，但是他们知道自己写作之前的事件的结果，因此他们也可以根据结果推测事件的起源，也会表达他们对事件后果的预知，推前叙、提前叙、预叙、导叙等不仅是历

---

[1] ［美］柯文．历史三调：作为事件、经历和神话的义和团［M］．南京：江苏人民出版社，2000：9．

史叙事的特点，也是事件的直接参与者叙事的特点，从这一点上来说，历史叙事与历史事件的直接参与者叙事的区别仅仅在于前者基于整个历史事件的全局把握、后者基于阶段性事件的全局把握。

二、人物与角色的搭配组合

对于纯虚构叙事来说，人物只是角色的符号，对于历史叙事来说，情况要复杂一些，虽然有些人物是虚构的，仅扮演符号功能，但有些人物是真实存在的，有确定的姓名和行为，不是单纯的符号，如果一个人物在不同作品中的形象是完全一样的，情况也会简单一些，关键问题是其形象并不完全一致、甚至是截然对立。人物与角色及其行动之间存在一定关系，由角色及其行动搭配组合而成。搭配组合方式包括添减、集中化、系统化、重复化、转变化。

Ⅱ2ⅰ添减，是指在以前历史叙事基础上添加没有的、或者减除已有的角色、行动、人物。添减的内容几乎包含第一章所有角色及其行动，减除与添加相对，添加的内容都会成为减除的内容，因此本书详论添加，略谈减除。从内容上看，添加大致分为以下几类。

Ⅱ2ⅰ1加善/恶，例：陈玉成为防止滥封王，拒绝接受封王诏旨，[1]洪秀全打甘王庙为何震川报仇，[2]第一例，陈玉成受封为英王是真，但没有史料能够证明他为了防止滥封王而拒绝接受封王，该例是为了强调陈玉成对天国的忠诚而添加的直言敢谏行为。第二例洪秀全打甘王像是真，但其目的是破除偶像，树立其权威，而《天国演义》却在此基础上虚构出何震川与寡嫂两情相悦，被试图霸占

[1] 魏文华，唐伟. 天国少帅——英王陈玉成[M]. 太原：北岳文艺出版社，2000：387.

[2] 李晴. 天国演义[M]. 北京：中国文史出版社，2009：158-159.

寡嫂的乡绅诬陷，被迫出走，但乡绅勾结州官，要将嫂子嫁给甘王，洪秀全等人决定打甘王像解救何嫂，此时何嫂已自尽，为替何震川报仇，洪秀全等人打了甘王庙。这不仅使普通的、纯粹的历史事件变得形象、生动，表现了乡绅与州官的罪恶，体现了阶级的对立和冲突，而且有力地表现了洪秀全的仁正者形象。再例：韦昌辉拒不实行《天朝田亩制度》，[1]林凤翔兵败时与两个美女饮酒，而且想逃回天京。[2]第一例，作者认为《天朝田亩制度》是一个先进、科学的制度，推行它的人有拯救百姓之心，不愿推行的人自私自利，无视人民疾苦，韦昌辉出身地主家庭，作者认为他没有同情人民之心，因而为他添加该行为。第二例，林凤翔兵败是真，被捉被杀也是真，但是兵败时有没有荒淫、有没有想逃回天京的想法无从查证，当是作者的主观臆断，因为讨厌林凤翔，就让他思想、行为恶劣。

Ⅱ2ⅰ2加智/愚，例：李以文（李秀成）识破陆建瀛的伪装，一枪将他刺死，[3]陈玉成建议石达开实行照章纳税之法，[4]第一例李秀成在天京事变后才脱颖而出，所有太平天国史料，包括《李秀成自述》中都没有关于李秀成攻打南京的记录，更没有他此时的表现，识破陆建瀛的伪装是叙事者为他添加的智慧。第二例石达开在安徽实行照章纳税之法，获得人民认同，保证了税源的稳定，这些都是

[1] 阳翰笙．天国春秋[M]//阳翰笙剧作集（上）．北京：中国戏剧出版社，1982：291．

[2] 凌善清．太平天国野史[M]．徐鸿，编译．济南：山东友谊出版社，2000：384．

[3] 张恂子．洪杨豪侠传[M]．合肥：黄山书社，1988：619．

[4] 魏文华，唐伟．天国少帅——英王陈玉成[M]．太原：北岳文艺出版社，2000：66．

实有之事，但是没有任何证据证明这个措施是陈玉成想出来的，太平天国成败叙事往往会有意地美化作品的主人公，该作品也是如此，想借添加的智慧美化陈玉成。再例：廖达章夸自己计策高妙，一定叫苏三娘全军覆没，结果他自己全军覆没。[1]廖达章是作者虚构出来的人物，他的行为更是虚构的，通过该例，作品表现了清朝将领外智实愚的特点。

Ⅱ2ⅰ3加勇/怯，例：在《天国恨》中，洪宣娇只身赴广西，在张笑天《太平天国》中，陈玉成第一个登上桂林城楼。第一例，据钟文典考证，太平天国时期并没有洪宣娇这个人，她是个虚构的人物，她只身赴广西则是虚构基础上的虚构，为虚构人物增加了勇气。第二例，陈玉成第一次建立值得一提的功劳是在第二次攻打武昌时，在此之前的行为都是作者人为添加的。再例：余万清听说“南康城池已被敌人陷去”“魂不附体”，[2]“全都弃甲丢盔，没命飞奔”，[3]曾国藩听说石达开将至被吓跑，[4]这三例出自不同时期的作品，都描写了清方将领或士兵的胆怯行为，都是对清军的主观判断和表现。

Ⅱ2ⅰ4加才/拙，例：“教中一切书籍皆出自以晃手笔”，[5]石达开回京靖难的通牒书由韩宝英写就，[6]瓮飞旋练就如同杂技般的砂锅

---

[1] 霄雯．苏三娘．广西壮族自治区研究室．广西粤剧剧目选（第一集）．内部资料，出版社、出版日期不详：80.

[2] 陈也梅．洪杨演义（卷二）[M]．上海：中华图书局，1924：35.

[3] 施瑛．太平天国建都南京[M]．上海：新鲁书店，1951：4.

[4] 彭道诚．裂变——太平天国[M]．台北：三民书局股份有限公司，2004：73.

[5] 陈也梅．洪杨演义[M]．上海：中华图书局，1924：11.

[6] 彭道诚．裂变——太平天国[M]．台北：三民书局股份有限公司，2004：56.

杀敌法，[1]两例分别为人物添加上文才和特技，从中都可以看出作者对他们的偏爱。又例：武昌总督舒兴阿“除了捕贼，连小仗都没打过一回”，看到太平军到来后不知所措，[2]骆秉章的儿子骆幼林不会写文章，窃取洪秀全的考卷当上头名秀才，[3]洪秀全读书只是“生吞活剥”而已，考试时看到题目就懵了，结果名落孙山。[4]第一例，根据《武昌纪事》的记载，第一次被太平军攻打时，武昌的总督是双福，而非舒兴阿，文中说他从没打过仗，看到太平军就心慌意乱、不知所措当是作者有意为他添加的行为，但作者的讽刺对象又不仅局限于他，而是所有清朝官员。第二例中的骆幼林是虚构人物，作者让他身为头名秀才却不会写文章，以此来讽刺清朝科举制度的黑暗。第三例与第二例相反，洪秀全变成了连文章都写不出来的人，以表明作者对他的判断：无才无能，只是善于用梦骗人而已。

Ⅱ2ⅰ5加勤/惰，例：为防止反革命颠覆活动，“天王命令东王做好战斗准备”，组成突击队，[5]天王夜里还“神色坚定地考虑着整个战局”，听说陈玉成来到，马上召见，[6]李秀成金田起义前在看书。[7]据《金陵省难纪略》看，洪秀全在定都天京后就不再过问政事，但是前两例都说洪秀全勤于政事，这是在为他涂脂抹粉。第三例，根据《李秀成自述》，李秀成是在太平军路过他的家乡时才加

[1] 梁柱生. 飞旋的砂锅[J]. 故事世界. 2008（24）：14.

[2] 万伯喜. 悲情英雄石达开[M]. 北京：华艺出版社，2008：92.

[3] 陈仕元. 洪秀全传奇[M]. 广州：花城出版社，1990：3.

[4] 李晴. 天国演义[M]. 北京：中国文史出版社，2009：5，19.

[5] 郭存孝. 天京锄奸记[M]. 南京：江苏人民出版社，1979：66.

[6] 刘征泰原著，赫威刚改编. 陈玉成[M]. 郑州：河南人民出版社，1977：2.

[7] 陈白尘. 金田村[M]//陈白尘剧作选. 成都：四川人民出版社，1981：15.

入的，《金田村》却说他在金田起义前看书，人为地建构他爱学习的形象。

Ⅱ2ⅰ6加胜/败，太平天国成败叙事中胜败与历史记载中的胜负并不完全相同，作者们经常根据自己的意图安排胜负。例：李秀成去天京之前“把军务交给谭绍洸，且与锦囊一个”，谭绍洸大胜，[1]太平军攻下桂林，并在此休整七天。[2]第一例，为了表现李秀成的神机妙算而安排谭绍洸的胜利。第二例，明显违背历史事实，不管从清方记录还是从太平天国记录，桂林城都没有被攻破，《悲情英雄石达开》却改变这一历史，安排太平军攻下桂林，以此来表现太平天国军事实力的强大。再例：廖达章本想将苏三娘一网打尽，却落入苏三娘的圈套，自相残杀，大败而归，[3]该例通过作者人为添加的失败表现了清军将领的无能。

Ⅱ2ⅰ7加人，虽然太平天国人物非常多，光《贼情汇纂》上有名有姓的就有几千人，与之相应，清方人员也非常多，尽管如此，太平天国成败叙事中还是经常出现作者虚构的新人物，如洪宣娇、钱江，由于他们产生较早，以致后来真假莫辨，已经被许多作品当成真实的历史人物了，除他们外，每个叙事作品中都会出现一些新人物，如《天国春秋》中傅善祥的嫂子，[4]《洪宣娇》中的秋菊，[5]《裂

---

[1] 陈也梅. 洪杨演义（卷二）[M]. 上海：中华图书局，1924：75.

[2] 万伯喜. 悲情英雄石达开[M]. 北京：华艺出版社，2008：66.

[3] 霄雯. 苏三娘. 广西壮族自治区研究室. 广西粤剧剧目选（第一集）. 内部资料，出版社、出版日期不详：81.

[4] 阳翰笙. 天国春秋[M]//阳翰笙剧作集（上）. 北京：中国戏剧出版社，1982：287.

[5] 胡仲实. 洪宣娇. 广西壮族自治区戏曲工作室. 油印未定稿. 未出版，1961：18.

变》中曾国藩的小情人陈香媛[1]等。

Ⅱ2ⅰ7减除，例：苦姐、洪三娘等与男人一起打仗，不谈恋爱，[2]这些女性都是受苦受难、有血海深仇、能力超群、本本分分的，她们没有爱情或爱情平淡，爱情的归宿是婚姻，这些女性是穿着女性服装的男性。再例：《洪秀全传奇》减去了其他文本中傅善祥抽烟、藏宝、恃宠而骄等缺点，减去了天兄下凡，减少了杨秀清下凡的次数，减去了天京之后杨秀清对洪宣娇的痴迷和诱骗，萧朝贵没有下过凡，没有扮过天兄，减去的都是对塑造太平天国人物形象不利的行动，减除后，人物形象会显得高大完美。又例：除了几次著名的、决定双方胜负和最终命运的战役外，以太方为主的作品，很少写到清方的胜利，同样，以清方为主的作品，也很少写到太方的胜利，这样做的目的是通过为主的一方不断的胜利强化该方更得天意、民心，更有策略、勇气，更团结的形象特征。

Ⅱ2ⅱ集中化，一种是性格的集中，是指写"好人"时就为其安排众多优点，写"坏人"时就为其安排众多缺点，使得"好人"完美无缺，"坏人"无恶不作。例：在《洪杨演义》中，李秀成聪慧，能像诸葛亮一样"师心自造"螃蟹阵；[3]有先见之明，得知林凤翔入直隶时已知其必败；[4]尊重百姓，"若见年老的人反下马握手为礼"；[5]仁义，"所过秋毫无犯"；[6]受民拥戴，"人民皆呼万

[1] 彭道诚. 裂变——太平天国[M]. 台北：三民书局股份有限公司，2004：155.

[2] 刘征泰原著，赫威刚改编. 陈玉成[M]. 郑州：河南人民出版社，1977：116.

[3] 陈也梅. 洪杨演义（卷二）[M]. 上海：中华图书局，1924：13.

[4] 陈也梅. 洪杨演义（卷二）[M]. 上海：中华图书局，1924：83.

[5] 陈也梅. 洪杨演义（卷二）[M]. 上海：中华图书局，1924：43.

[6] 陈也梅. 洪杨演义（卷二）[M]. 上海：中华图书局，1924：84.

岁，甚至有人用香花恭迎者”；[1]有指挥才华，早已料到李孟群要攻武昌；[2]算无不胜，谭绍洸凭借他留下的锦囊就大获全胜[3]等。这个李秀成已是正义和智慧的化身，近似神仙，但到了20世纪80年代以后，作家们还要在此基础上为他增加孝顺长辈、温文尔雅、博学多闻、文采斐然、风流倜傥、怜香惜玉、温柔多情等优点（比如《忠王李秀成》），把他变成一个十全十美的高大全形象。同样在《一代儒师曾国藩》中，曾国藩又被作者塑造成聪明、仁义、正直、专情、体贴、勤奋、博学、忍辱负重、不计名利、一心为国为民的完美无缺的形象。

再例：《天国演义》中的洪秀全学习上生吞活剥、一知半解，[4]考秀才时搜肠刮骨、生拼硬凑；[5]爱情上，亲眼看着心上人阿桃掉进火坑；[6]待人上，看上了谢细妹，就生生拆散她与曾水源；[7]私生活上，没有性能力后就用牙齿和手折磨十几岁的女孩子；[8]能力上，文，只能写自以为是的“诗”，武，手无缚鸡之力，既不能与敌拼杀，更不会带兵打仗，他是个无德、无才、无能又残暴、专横、荒淫、粗野之人。同样，在《汉奸刽子手曾国藩》中，咸丰愚蠢无能，简单幼稚，得知太平天国起义的消息就束手无策，只知向程朱道学求救，脾气暴躁，向大臣问政时没有得到满意答案，就气急败坏，口出秽言，眼看控制不了局面就一味享乐、专玩女色、不理朝

[1] 陈也梅. 洪杨演义（卷二）[M]. 上海：中华图书局，1924：43.
[2] 陈也梅. 洪杨演义（卷二）[M]. 上海：中华图书局，1924：44.
[3] 陈也梅. 洪杨演义（卷二）[M]. 上海：中华图书局，1924：75.
[4] 李晴. 天国演义[M]. 北京：中国文史出版社，2009：5.
[5] 李晴. 天国演义[M]. 北京：中国文史出版社，2009：19.
[6] 李晴. 天国演义[M]. 北京：中国文史出版社，2009：4.
[7] 李晴. 天国演义[M]. 北京：中国文史出版社，2009：279.
[8] 李晴. 天国演义[M]. 北京：中国文史出版社，2009：836.

政。[1]李秀成与曾国藩、洪秀全与咸丰分别代表了太平天国和清方的大臣和帝王，构成两两相对关系，但从以上四例来看，不管是大臣还是皇帝，其“好”与“坏”并不取决于他们本来的历史行为，而是来源于作者的建构，建构的方式是集中，集中的材料是现成的，作者只要根据不同的时代要求将这些材料搭配组合就可以了。

集中化的另一种是矛盾与纠葛的集中，即将各种矛盾或纠葛集中在某一个人身上，使之成为众目注视的中心与焦点。例：《天国恨》中赖三妹、范汝增、冯云山、卢六、春雪、林绍璋、翠妹仔、韦昌辉等人都与王作新有矛盾，王作新成为封建地主阶级的典型代表，作品通过他反映了地主阶级的反动本质。再例：《天朝大梦》中洪宣娇、黄婉娘、红莲、红杏、苏三娘、环环、琳琳、韩宝英等女性与石达开都有感情纠葛，她们爱他、佩服他、崇拜他、信任他、支持他、保护他，众星拱月地环绕着他，使他成为中心、焦点。这种集中方法使人物性格表现比较充分，能产生以一代万的作用，但是又由于矛盾或纠葛过于集中，使得作品显现出明显的人为倾向，减弱了作品的真实感。

鲁迅曾批评《三国演义》“至于写人，亦颇有失，以致欲显刘备之长厚而似伪，状诸葛之多智而近妖”，[2]集中化是造成这种情况的重要原因。从太平天国成败叙事来看，虽然历史叙事声明自己客观公正，但仍会像历史文学叙事一样采用集中化手法，在情感判断的基础上，使恶人一无是处、好人完美无缺。

Ⅱ2iii系统化，是指人物成对、成组、成群出现，使每一个人物

[1] 范文澜.汉奸刽子手曾国藩的一生[M].上海：新华书店，1949：1-2.

[2] 鲁迅.中国小说史略[M]//鲁迅全集（第九卷）北京：人民文学出版社，2005：135.

都属于一个或若干个集团，提到某个人物就能带出许多相关人物，为其找到相应的集团。系统化的方式主要有组群化、区同化、矛盾化和衬托。

Ⅱ2iii1组群化，是指让人物成对、成组、成群出现，使单个人物属于某个组群，既有个人特征，又有组群的共同特征。从整体上来看，太平天国人物可分为四大组群，即清方组群、太方组群、外方组群和人民组群，其中清方组群和太方组群最为重要，是叙事的中心。除了这些宏观的组群外，还有一些其他小组群。例：石达开提出北伐主张，洪宣娇补充，胡以晃支持，[1]得知前有敌人占领要隘截击，后有敌人断绝后路，苏火保请求拼命冲锋，苏福伯主张不能硬拼，苏三娘决心不能鲁莽，听取苏福伯建议，寻找小路绕过要隘。[2]这两例形成的组群较小，一般2~3人，第一例是正确主张者组群，由一个人充当正确意见的提出者，另一人加以补充完善，再一人出面称赞表示支持。第二例是从善如流者组群，一个人先提出错误意见，另一人提出正确意见，再由从善如流的领导或将领判断后者可行，于是加以实行。

Ⅱ2iii2区同化，是指在各个组群内部，人物之间既有相同点，又有不同处，相同点构成他们的类特征，不同处构成他们的个性特征。例：占领天京后，陈玉成忙着准备迎接天王，李秀成却忙着保护地图册籍，评点者说“寥寥数十言，已将陈、李二人个性分别清楚”，[3]在该书中陈玉成、李秀成都是被美化者，例中的行为也是作

[1] 李晴. 天国演义[M]. 北京：中国文史出版社，2009：479-480.

[2] 霄雯. 苏三娘. 广西壮族自治区研究室. 广西粤剧剧目选（第一集）. 内部资料，出版社，出版日期不详：78.

[3] 张恂子. 洪杨豪侠传[M]. 合肥：黄山书社，1988：620.

者人为添加的，两人都是太平天国的优秀战士，都勇敢无畏，但两人又有很大区别，陈玉成看重权力，眼中只有权力的符号——洪秀全，而李秀成却看重文化，眼中只有文化的符号——地图册籍，这个细节的不同预示着他们不同的追求和命运，后来陈玉成比李秀成先封王，与天王的关系融洽，受到天王信任，而李秀成更有自己的主见，经常拂逆天王意愿，虽然有卓越功劳，但得不到天王的由衷信任。区同化使人物同中有异，异中见同，使同一文本中的人物既复杂多样又类型突出，但是人物之间的区别并非一定真实地存在于人物身上，它们是作者想象的结果，其真实只存在于作品之中。

Ⅱ2iii3矛盾化，是指突出表现同一组群内人物之间的冲突、倾轧与斗争。例：在《天国演义》中，洪秀全与杨秀清、韦昌辉与杨秀清、韦昌辉与石达开、洪秀全与韦昌辉等之间矛盾重重，尔虞我诈。在《太平天国全史演义》中，向荣、乌兰泰、李兴沅、巴清德等之间也是矛盾尖锐，相互怄气使性。这些矛盾有些是历史上真实存在的，有些是作者有意添加的，历史上真实存在的矛盾有时被作者有意夸大，有时又被作者有意淡化或减除，一般来说，作者会为被他轻视、讨厌的人物添加或夸大矛盾，使之经常处于矛盾的旋涡中，与各色人等都矛盾重重；又会为自己所认同、喜爱的人物淡化或减除与他人的矛盾，即使不得不写矛盾，也会让其充当矛盾中的无辜者、受屈者。

Ⅱ2iii4映衬化，是指在表现某人物前先叙述其他人物，通过其他人物来表现该人物。衬托包括反衬、正衬、垫衬、群衬等。

反衬，是指为表现某人物的某种角色及其行动而叙述他人与之相反的角色及其行动。例：被骗进县衙后，洪秀全还心中窃喜，而杨秀清已有不祥之感，[1]姨妈认为英国人之所以能战胜中国是因为擅长妖术，洪宣娇认为荒唐可笑。[2]这两例都是以愚蠢反衬聪慧，第一例《洪杨演义》贬洪赞杨，为杨秀清添加的智慧通过洪秀全的愚蠢表现出来。第二例姨妈也是作者添加的人物，她的主要功能是反衬洪宣娇，文中让姨妈多次说无知、幼稚的话，再由宣娇一一驳斥，组成n反n正结构，充分表现洪宣娇的博学多闻，另外，姨妈的身份是道台姨太太，是与清政府有密切关系的，可以看成清方官员的附属符号，拿她来反衬洪宣娇也就是拿整个清方官员反衬洪宣娇。

正衬，是指为表现某人物的某种角色及其行动而叙述他人与之相似而又略逊一筹的角色及其行动。例：为了彻底消灭李续宾，陈玉成定计，然后由汪春海追赶、吴定规埋伏、汪老爹放水，把李续宾赶得无路可走，最后陈玉成出现，大喝、刀劈李续宾，[3]该例中陈玉成作为卓越主将出现在开始和结尾，开头定计，高屋建瓴、通盘把握、智谋超群、料事如神；结尾杀敌，英武高大、雄姿英发、剑术高超、疾恶如仇，而这一形象是通过吴如孝、汪春海、吴定规等将领衬托出来的，这些将领表现得也很出色，但是都比不上陈玉成，他们与陈玉成之间构成正衬关系。再例：杨秀清向李秀成问计，[4]在《洪杨演义》第一部分杨秀清是被当做一个智者来塑造的，而在该例中他还要向李秀成问计，由此可见李秀成的智慧是绝高的，他是智者中的智者。又例：石达开虽以文章自负，也深服韩宝英“手写

[1] 陈也梅．洪杨演义（卷一）[M]．上海：中华图书局，1924：19.

[2] 胡仲实．洪宣娇．广西壮族自治区戏曲工作室．油印未定稿．未出版，1961：20.

[3] 刘征泰原著，赫威刚改编．陈玉成[M]．郑州：河南人民出版社，1977：163.

[4] 陈也梅．洪杨演义（卷二）[M]．上海：中华图书局，1924：10.

而口左右授，三牍立时并成”，[1]该例是以能者衬托能者，石达开已颇具文才，他还会在韩宝英面前自惭形秽，可见韩宝英堪称文字的天才。

以上各例都是以相对之弱衬相对之强，除此之外，正衬还可能表现为势均力敌，特别在相貌和武艺上，比如：桂平守备钟俊与林凤翔大战十余回合不分胜负，[2]洪宣娇与张遂谋比武时不分胜负，[3]这些都是武艺超群者角色之间的正陪衬，前者通过钟俊表现林凤翔，同时也通过林凤翔表现钟俊，后者洪宣娇与张遂谋也是相互证明。像反衬一样，正衬的内容也是无所不包，任何一个角色都能构建正衬。

垫衬，是指为了塑造某人的某种角色而故意贬低另一个人。例：陈玉成“好名，人或攘其功则切齿相报”，[4]“石达开搞分裂，逃跑了”，[5]洪宣娇得知洪仁发将韦昌辉部下杀得落花流水时，愤怒责备洪仁发为何搞株连。[6]第一例出自《石达开日记》，说陈玉成心胸狭隘、睚眦必报，是为了衬托石达开的宽和、仁义、与世无争。第二例出自《陈玉成》，说石达开离开天京搞分裂是为了衬托陈玉成的团结。第三例洪仁发虽然坏，但没有任何可靠记载中出现过他屠杀韦昌辉一家之事，这样写的目的是表现洪宣娇的客观公正、疾恶如

---

[1] 许指岩. 石达开日记[M]. 上海：世界书局，1928：23.

[2] 陈也梅. 洪杨演义（卷一）[M]. 上海：中华图书局，1924：36.

[3] 宋发清. 天朝大梦（第一部）[M]. 成都：四川人民出版社，1999：509.

[4] 许指岩. 石达开日记[M]. 上海：世界书局，1928：20.

[5] 刘征泰原著，赫威刚改编. 陈玉成[M]. 郑州：河南人民出版社，1977：3.

[6] 胡仲实. 洪宣娇. 广西壮族自治区戏曲工作室. 油印未定稿. 未出版，1961：62-63.

仇等特征。三例中的陈玉成、石达开、洪仁发都被有意贬损，并分别被当做石达开、洪秀全、洪宣娇的垫脚石，为垫衬而存在的人物在不同的作品中是很不相同的，同一个人物在一个作品中可能为垫衬他人而存在，在另一个作品中可能就成为他人垫衬的对象。

群衬，是指通过群众、人民的态度、评价、行为衬托某人或某集团的某种角色特征。例：听了冯云山的演讲，“前面广大的群众，忽然像海浪似的汹涌起来……异口同声，发出雷吼一样的声音道：‘我们要活下去！我们要杀妖魔！’”，[1]“兵士、民工们消极怠工，懒懒散散，三五个一起，半躺的，坐的，你一言，我一语，尽是怨愤之声”，议论“天下间当王的是不是都要建王宫，讲享受……”，[2]宣娇打官差前，邻里质问官差“你们这是做什么”，宣娇打了官差之后，邻里大笑官差。[3]第一例中群众是冯云山的回音壁，专门用来制造冯云山的回声，以反复的震荡表现冯云山英明伟大、可亲可敬。第二例中群众是天平，用来衡量洪秀全的仁德斤两，他们的失望表现了洪秀全的懒惰、虚伪、劳民伤财等角色特征。在任何一种社会和意识形态下，群衬都是太平天国成败叙事的重要方式，只是对于不同阵营的作者来说，群众的组成成分会有所不同，拥护清方的作者笔下的群众主要指乡绅，拥护太方的作者笔下的群众主要指穷人。

Ⅱ2iv重复化，是指在一部作品中，重复出现相似的角色、行动、情节、语言、情感等，以强化某种见解、主张或看法。

---

[1] 施瑛．洪杨金田起义[M]．上海：新鲁书店．1951：65．

[2] 陈仕元．洪秀全传奇[M]．广州：花城出版社，1990：165．

[3] 胡仲实．洪宣娇．广西壮族自治区戏曲工作室．油印未定稿．未出版，1961：7．

Ⅱ2iv1角色及行动重复，例：《天国演义》萧从龙、曾天养、苏三相都被地主迫害，身世凄惨，[1]《洪杨演义》中“杨秀清、萧朝贵、冯云山、林凤祥、铁玉纲、陈玉成、李秀成诸人都是臂力绝人，精通拳棒”，[2]前者通过诸角色的重复强化了阶级对立意识，后者意在表明太平天国人才辈出，个个武艺超群。

Ⅱ2iv2情节重复，例：周武两次卖解，[3]《洪秀全传奇》中两次写到冒充洪秀全，一次是冯云山，另一次是杨秀清，情节的重复会使作品单调、枯燥，缺乏生气和灵性，虽然前者的评点者极力夸赞说“此是作者有意相犯处”，但读来还是有乏味之感。

Ⅱ2iv3语言重复，例：“杀得清兵鬼哭狼嚎”“把清兵杀得七零八落”“把清兵杀得一败涂地”“杀得清兵人仰马翻”，[4]“千里寻兄江湖闯，你比男儿还要强”，“表妹只身江湖闯，可算女中一豪强”，[5]前例的四句话表示太平军英勇善战，大胜清兵，清兵无能，被打得落花流水，只用其中的任何一句话，都能表达该意思，但是该书作者非常偏爱太平军，似乎觉得不反反复复强调就无以表达这种感情。后例引用部分分别出自洪秀全、冯云山之口，作者安排他们两人使用差不多的语言夸赞洪宣娇，是想用重复的手段强化洪宣娇的女英雄形象。虽然两例都在一定程度上实现了各自的目标，但是都让读者感到作品不够凝练。

总的来说，太平天国成败叙事中很多重复，但是效果并不理想，

---

[1] 李晴. 天国演义[M]. 北京：中国文史出版社，2009：263.

[2] 陈也梅. 洪杨演义（卷一）[M]. 上海：中华图书局，1924：5.

[3] 张恂子. 洪杨豪侠传[M]. 合肥：黄山书社，1988：32.

[4] 陈仕元. 洪秀全传奇[M]. 广州：花城出版社，1990：122.

[5] 胡明树，李文钊，等. 金田起义（桂剧）. 广西省文联·广西省戏改会印. 油印本. 未出版，日期不详：23.

比如《天国演义》写了钟阿桃、萧从龙、卢六、林凤翔、曾天养等人的血泪故事，目的是强化社会的丑恶、阶级的对立、人民的凄惨，以证明太平天国起义的天然合理性，但是《白毛女》仅用一个人的故事，就很好地表达了主题，因为把笔墨集中在白毛女一个人身上，使她个性鲜明、形象突出，典型性很强，而演义中的人物非常多，作者把笔墨平均分成若干份，人物之间又大同小异，因此读者在读完文本后不能形成一个鲜明、突出的印象，而是形成一个模糊的形象群，每个形象的差异根本没法一一记住，甚至连名字也分不清楚，因此，20世纪90年代后，虽然有关太平天国成败的小说动辄就是几十万甚至上百万字的长篇，却并没有增加什么新花样，只是重复的东西更多了，而作品的接受效果却变差了。

Ⅱ2v转变化，是指在同一部作品中有意安排同一个人物在两个或两组对立角色间转换。例：洪秀全的父亲本来胆小怕事，后来跟随儿子“把反清烈火点燃”，[1]从定都天京到战胜江南江北大营，都是天王在怀疑、压制、打击东王，战胜江南江北大营后杨秀清把各王支走，先斩后奏，只斩不奏，让堂妹杨长妹充当卧底，伺机刺杀天王，为了让杨长妹忠于自己，答应做了皇帝之后就封她为皇后。[2]随着环境、思想、经历等的变化，人会不断变化，一成不变的人是假的，是臆想的，但是变化是有过程的，是由量变到质变的，太平天国成败叙事往往出现两个极端，要么人物一成不变，从头到尾，除了时间和地点变化外，人物的思想、言行没有任何变化，要么转变突兀，没有任何铺垫，人物突然从一个角色转变成另一个角色，

[1] 陈棣生，利家彭，常国煊．洪秀全．广州市文化局．新时期粤剧选．内部资料未出版，1989：93．

[2] 陈仕元．洪秀全传奇[M]．广州：花城出版社，1990：214．

例一中的洪秀全父亲、例二中的杨秀清都是如此，由于他们角色的转变过于生硬，因而往往不能令人信服，给读者的感觉是作者在操纵人物，他们先在心中对人物有一个主观设计，什么时候是什么角色，什么时候是另一种角色，然后根据自己的设计堆砌种种材料，建构起一个角色和另一个角色，而由一个角色到另一个角色的转变过程则被忽略了。

从现有的太平天国成败叙事来看，一方面，历史成败叙事必须依赖以上人物与角色、行动的搭配方式才能建构人物；另一方面，这些方式并不能给历史成败叙事添彩，有些方式会使人物极端化，比如集中化，使“好人”完美无缺，“坏人”如同魔鬼；有些方式使整个叙事单调乏味，比如重复化，在反复重复中使读者厌倦；有些方式会使人物失真，不仅失去历史真实，而且失去人的真实，比如转变化，它让人物成为作者的木偶，不是自己成长起来的，而是作者操纵的。所以历史叙事要想有所突破，必须抛弃某些方式，寻求更好的方式。

从人物与角色、行动的搭配组合来看，历史叙事与历史文学叙事的差别主要集中于添减上，总体而言历史叙事使用减的方式较多，要把许多找不到可信证据的人和事减除掉，虽然能使用添加方式，但绝不能添加胜/败，也不能添加人，而历史文学叙事可以使用各种添加方式，可以把任何有影没影的人和事添加到太方或清方身上。集中化、系统化、重复化、转变化是历史叙事与历史文学叙事共同使用的方式。

第三节　再演义：演义之树的生成

《洪杨豪侠传》第一回说关于太平天国的小说，有的“把太平天国骂一个狗血喷头”，有的“把洪秀全、杨秀清恭维得和蜀汉时代的昭烈帝、武乡侯一般无二”，[1]而《洪杨豪侠传》与两者完全不同，一段近似元叙事的文字道出关于成败叙事的逆反本质，即逆反、逆反、再逆反。从金田起义至今，有关其成败的叙事用连篇累牍、汗牛充栋来形容是绝不过分的，它们有的标榜“实录”、有的标榜“历史”、有的标榜“合理想象”“还原真实”“客观公正”，有的还抨击其他叙事虚假，来证明自己“真实”等，但事实上没有一个作品不受意识形态、作者感情影响、更没有一个作品没有虚构成分，所有作品都是真真假假、虚虚实实的。后现代主义历史学中历史叙事是对历史的虚构，其实所有历史叙事都是对历史的虚构。从历史叙事与历史之间的关系来看，有些是直接关系，有些是间接关系，具有直接关系的是与历史同步产生的笔记、文书等，后来产生的地方志、历史书、论文、歌谣、故事、小说、戏剧、电影、电视剧、评书等与历史都是间接关系，这些叙事都需要用一些方式处理与其之前作品的关系，因为它们既是对历史的演义，同时也是对其之前的叙事作品的再演义，本节所要探讨的是再演义的方式。从太平天国成败叙事来看，再演义方式主要包括异向演义、同向演义、生发演义和融合演义。

---

[1] 张恂子. 洪杨豪侠传[M]. 合肥：黄山书社，1988：2.

一、异向演义

异向演义是指有意使思想、结构、人物、角色、行动等与之前的作品不同的演义方式。所有太平天国成败叙事的作者都有追求异向演义的愿望，因为叙事意义存在的前提之一是与众不同，每个作家也都会认为自己的作品别具一格、且更真实地表现了历史原貌，没有一个作家声明自己的作品没有任何新意，因此异向演义是所有再演义作品的共同特征。异向演义的方式包括逆反和改变。

Ⅲ1ⅰ逆反，是指故意与已有叙事相反的叙事方式，具体包括创作目的的逆反、情感态度的逆反、人物角色的逆反、人物关系的逆反、具体事件的逆反等。

Ⅲ1ⅰ1创作目的的逆反，例：《洪秀全演义》因不满“曾氏《大事记》”等“取媚当王，遂忘种族”而作，“皆洪氏一朝之实录，即以传汉族之光荣”，[1]《洪杨豪侠传》开篇言明该书不为反映真实，只为“给诸位酒后茶余消遣”。[2]每一个太平天国成败叙事都有明确的创作目的，而且大多是对前人创作目的的逆反，拿所举两例来说，《洪秀全演义》明言其与《大事记》的编写目的截然相反，《大事记》为清朝统治者服务，《洪秀全演义》为太平天国英雄歌功颂德，为推翻清朝制造舆论。《洪杨豪侠传》创作之前的有关太平天国的笔记、方志、史书及《洪秀全演义》等小说都声明自己所写是“实录”，《石达开日记》的作者甚至伪装成石达开，目的都是为了让读者相信作品是真实的，但《洪杨豪侠传》却故意抛弃这种似真性，追求作品的娱乐效果。

Ⅲ1ⅰ2情感态度的逆反，例：汪堃认为清朝君明臣贤，国泰民

---

[1] 黄世仲. 洪秀全演义[M]. 北京：人民文学出版社，1984：3.

[2] 张恂子. 洪杨豪侠传[M]. 合肥：黄山书社，1988：1.

安，理应盛赞，而太平军妖言惑众，图谋不轨，罪不容诛，❶华嘉认为清王朝“把个好好的国家沦为帝国主义的半殖民地”，而太平军有“鲜明的政治纲领和目标”，令“清军官兵闻风丧胆，狼狈败逃”。❷这两例都是对清方和太方的总体评价，感情倾向鲜明，对比强烈，前者热爱清方、痛恨太方，后者痛恨清方、热爱太方。再例：钱勖说李鸿章“是又天之终不忍于吴民，假手于公而出之水火也”，❸民歌说“私通外国李鸿章，他是乌龟贼强盗”，❹这两例都是关于李鸿章的评价，前者热烈歌颂他，后者无情痛骂他。在太平天国成败叙事中，几乎每个历史人物，都得到过不同作者完全相反的评价和爱憎情感。

Ⅲ1ｉ3人物角色的逆反，是指叙事中对同一个人物的角色定位完全相反。人物是叙事的三要素之一，作者创作目的、情感倾向的逆反，必然体现在人物身上，这就出现了同一个人物所扮演的角色完全相反的情况。综观太平天国成败叙事，几乎每个人物的每种角色都曾经在其他叙事中被否定，并变成与之相反的角色，即使有个别角色暂时还没有出现逆反角色，未来还有可能出现。例：韦昌辉令壮士杀死杨秀清，杨死后，他非常伤心，❺韦昌辉亲自“将杨秀清首

❶ 汪堃．遁鼻随闻录[M]//中国史学会主编．太平天国（四）．上海：上海人民出版社，1957：351．

❷ 华嘉．序言．陈棣生．虎啸龙吟——太平天国故事选集[M]．广州：花城出版社，1991：1．

❸ 陈徽言．武昌纪事[M]//中国史学会主编．太平天国（四）．上海：上海人民出版社，1957：13-127．

❹ 太平天国历史博物馆．太平天国诗歌选[M]．上海：上海人民出版社，1978：196．

❺ 陈也梅．洪杨演义（卷二）[M]．上海：中华图书局，1924：59．

级砍下，又杀了女官”，还要将杨秀清余党一网打尽。[1]杀杨秀清是天京事变的核心事件，只要写到天京事变就会涉及，不同的处理方法塑造出不同的人物形象，上两例中的韦昌辉的角色完全相反，前例中是忠义者、仁正者，后例中是奸逆者、残邪者。再例：洪秀全考试时“一切顺心顺手”“第一个交卷”，结果文章被头名秀才剽窃，[2]洪秀全的考卷答得一塌糊涂，“驴唇不对马嘴”。[3]洪秀全多次参加秀才考试，都没考中，对此不同作品有不同看法，前例认为洪秀全聪明绝顶、文采斐然、字字珠玑，但是官场太黑暗，科举制度太腐烂，因而洪秀全屡试不中。后例的看法正好相反，洪秀全只不过是井底之蛙，因为身处穷乡僻壤，才“算是一名神童”，功名心很强，能力实在有限，所以连个秀才也没考上。同一个洪秀全在两部作品中扮演了截然相反的智者/愚者角色。

Ⅲ1ⅰ4具体事件的逆反，是指有意使事件的过程、结局、影响等与已有叙述相反。例：在天京事变之前，陈玉成“一刀杀死了胜保”，[4]天京事变之后，陈玉成被胜保俘虏，在延津被胜保部下凌迟而死，[5]后例所写符合历史事实，前者却不顾历史事实，不仅将事件的时间提前，而且将事件的结果颠倒过来。

Ⅲ1ⅱ改变，是指有意使自己作品中的人物、事件、艺术形式不同于前人前代作品中相应的人物、事件和艺术形式。

Ⅲ1ⅱ1人物的改变，是指改变人物间的关系、人物的经历、思想、行为、结局等。

---

[1] 王一心. 太平天国[M]. 北京：团结出版社，2000：911.
[2] 陈仕元. 洪秀全传奇[M]. 广州：花城出版社，1990：3.
[3] 李晴. 天国演义[M]. 北京：中国文史出版社，2009：19.
[4] 陈仕元. 洪秀全传奇[M]. 广州：花城出版社，1990：193.
[5] 罗尔纲. 太平天国史[M]. 北京：中华书局，1991：2009.

人物间关系的改变，例：韦昌辉家与石达开家只隔着半条街，和石达开总角之交，[1]周锡能的舅舅是张嘉祥。[2]第一例，根据罗尔纲的研究，韦昌辉、石达开的籍贯分别是桂平县和贵县，作者却使他们变成乡邻，一起长大的挚友，这样改写并非出于无意，而是有意为之，因为两人都是富人，但作品中的石达开比较厚道、忠诚，韦昌辉比较钻营、自私，这为他们后来在天京事变中的表现奠定基础。第二例，在太平天国时期的文献中找不到任何能够证明周锡能是张嘉祥外甥的说法，作者之所以把两人连在一起，隐含着两人臭味相投之意，因为两人都是叛徒。人物关系的改变是太平天国成败叙事最常用的方法之一，在太平天国时期，有些笔记强调杨秀清霸占萧朝贵的妻子，后世的作品中，杨秀清打算强占韦昌辉的小妾，傅善祥在张笑天《太平天国》先被杨秀清霸占，后又嫁给谭绍洸，而在《悲情英雄石达开》中她又为石达开殉情，洪宣娇在《西王妃洪宣娇》中与曾水源生死相恋，在《天朝大梦》中又先后恋上张遂谋、石达开，而曾水源在《天国演义》中又恋上谢细妹。如果把所有作品放在一起，读者将会被人物之间错综复杂的关系搞得晕头转向，人物之间的真实关系已被种种改变叙述覆盖得严严实实，真实的关系反倒少有人提及了。

人物经历的改变，例：同样是李晴的作品，《天国演义》中方妃的出场与《天京之变》却截然不同，在《天京之变》中方妃的父亲、姑母被清兵所杀，本人被掳，被太平军救下，为了报仇她主动留在太平军中，后成为方妃。[3]而在《天国演义》中她在父亲去世

---

[1] 陈也梅. 洪杨演义（卷一）[M]. 上海：中华图书局，1924：7.

[2] 陈仕元. 洪秀全传奇[M]. 广州：花城出版社，1990：54.

[3] 李晴. 天京之变[M]. 广州：花城出版社，1981：78-79.

后，只身到南京寻找姑母，滞留于此，太平军打进南京，她被迫进入女馆，被迫参加选妃，由于不堪受辱，跳河逃生。[1]

人物思想的改变，例：洪秀全“不忍循异族剃发制度”“乔扮道装”，热心于推翻异族统治，[2]洪秀全想“等我将来科举及第，做了大官，一定替穷苦的庄稼人抱不平”，[3]洪秀全看透“科场昏暗”，认为“这昏糊的功名，不要也好！”，根本不参加科举考试。[4]以上三例都是关于洪秀全创立拜上帝教之前思想的叙述，它们出自不同时期的作品，第一个是民族革命思想、第二个是达则兼济天下的儒家民本思想、第三个是社会革命思想，洪秀全仿佛一块泥巴，叙述者可以根据自己的意愿随便捏弄。与洪秀全一样，其他人物也是如此，比如石达开，有的说他具有民族思想，有的说他具有爱国思想，有的说他具有个人主义思想，有的说他具有迷信思想，洪宣娇的思想就更多了，爱情至上的、家庭至上的、女权主义的、民族主义的、爱国主义的、民本的、民主的，等等。每一个叙述历史的作家一定程度上都写出了自己的思想，每一个时代的作家也会不自觉地反映时代的思想，一方面每一个作家每一个作品在主要人物的思想上都会与其他作品形成差异，另一方面同一个时期的作品，对人物思想的塑造又共同体现了时代思想的特征，反过来，可以从人物的思想推导作家的思想、从时代人物的思想推导出时代的思想。

---

[1] 李晴. 天国演义[M]. 北京：中国文史出版社，2009：492-493，540-541.

[2] 陈仕元. 洪秀全传奇[M]. 广州：花城出版社，1990：10.

[3] 施瑛. 洪杨金田起义[M]. 上海：新鲁书店，1951：3.

[4] 胡仲实. 洪宣娇. 广西壮族自治区戏曲工作室. 油印未定稿. 未出版，1961：12.

人物行为的改变，例：洪秀全是病死的，[1]“天王见大势已去，服毒自杀了”，[2]洪秀全看到李秀成对自己忠心耿耿，觉得自己死了或许天国还有希望，因而自刎而死，[3]这三例都产生于20世纪八九十年代，都表现了洪秀全作为革命领袖对革命失败的痛苦、绝望之情，但洪秀全死的方式是截然不同的，第一例沿用的是李秀成、洪福瑱等的说法，第二例进行改写，将病死改成服毒，使被动死亡变成主动死亡，加重了洪秀全对天国的绝望之情，第三例，又将服毒改成自刎，使其自杀行为更显悲壮，不仅表达了对自己统治天国的绝望，而且表现了他临死前的醒悟，表达了对李秀成的内疚又信任之情，这是一抹人为的亮色，硬生出来的高尚的尾巴。

人物结局的改变，历史上实有且有准确记录的人物的结局通常没有转变，但一些当时文献中没有准确记录其结局的以及虚构的人物的结局在再演义时往往发生改变。例：身在天京的“洪宣娇”只是洪宣娇的替身，后者早已消失了，洪宣娇追随石达开，最终自杀殉情，[4]虽然罗尔纲、钟文典都坚持认为洪宣娇在历史上是不存在的，却不能阻止作家们对她的偏爱，总想在她身上翻出点新意，除了为她安排扑朔迷离的身世、错综复杂的爱情、精妙绝伦的武艺、绝顶聪明的脑瓜外，她的结局也是作者们关注的重点，总试图摆脱已有叙事的限制，为其编造出不一般的结局。太平天国成败叙事中女性的结局往往是改变的重点，苏三娘、红鸾、韩宝英等都是如此。

Ⅲ1ⅱ2事件的改变，是指使历史上有记载的事件或已有的虚构

[1] 罗义俊，王小方. 太平风云[M]. 上海：少年儿童出版社，1983：245.

[2] 李威周，毛华敬. 忠王李秀成[M]. 济南：山东人民出版社，1981：116.

[3] 陈仕元. 洪秀全传奇[M]. 广州：花城出版社，1990：245.

[4] 寒波. 天朝悲歌石达开[M]. 长沙：湖南文艺出版社，1995：401.

事件的主体、性质、时空等发生转变，使之不同于原有叙述中的事件。

主体的改变，即改变事件的施动者、受动者，例：张炳垣借张子朋挑拨东王、北王，是水营事件的罪魁祸首，[1]罗尔纲《太平天国史》认为张子朋仗着韦昌辉的势力，盛气凌人，以致与唐正财发生冲突，这本是太平天国内部的矛盾，是性格的冲突，但《天国春秋》为了表达对内奸张炳垣的痛恨之情，让他来充当该事件的幕后黑手。再例：与冯云山一起被抓的是萧朝贵的妻子玉琴，[2]与冯云山一起被抓的是卢六，不是萧朝贵的老婆，作者这样改是为了夸大萧朝贵对革命所作的贡献，树立他侠骨柔肠的性格特征。

性质改变，从宏观来看，整个太平天国运动就是一个大事件，在叙事中它的性质至少发生了五次大转变，在太平天国文书及一些同情太平军的外国人杂记中，它是一个救世运动、宗教运动、民族运动；在清方文书、史志、笔记中，它是乱臣贼子的造反运动；在以孙中山为代表的资产阶级革命者笔下，它是种族革命；在阶级斗争至上时期作品中，它是阶级斗争、反侵略战争，也是女性解放战争；在后现代作家作品中，它是与清朝入关一样的夺权运动。从微观上来看，太平天国历史上的许多事件也被人为地改变性质，例：贵县来土之争由来已久，原因是来人与土人在经济利益方面的相互争夺，但《桂剧金田起义》却认为是大财主煽惑的结果，[3]这一改变

---

[1] 阳翰笙. 天国春秋[M]//阳翰笙剧作集（上）. 北京：中国戏剧出版社，1982：291.

[2] 胡仲实. 洪宣娇. 广西壮族自治区戏曲工作室. 油印未定稿. 未出版，1961：30.

[3] 胡明树，李文钊，等. 金田起义（桂剧）. 广西省文联·广西省戏改会印. 油印本. 未出版，日期不详：36.

就使原来的经济斗争变成阶级斗争、意识形态斗争，与该剧创作时的时代主流思想取得一致。太平天国事件的性质虽然表面上取决于叙事者的意识形态，实际却取决于叙事者所处的时代、阵营的主流思想。

时空的改变，例：历史书中说杨秀清逼洪秀全在杨生日那天封万岁了，但是还没有到杨秀清的生日，洪秀全就采取了行动，因而册封仪式没有发生，但《洪秀全传奇》却说在杨秀清生日前，洪秀全没有做好准备，因而利用禅让仪式擒拿杨秀清，这个改变有利于改变洪秀全置身事外的传统看法，把天京事变的开端看成杨秀清和洪秀全两个本质上相同，都想当皇帝的人的较量。[1]

Ⅲ1ⅱ3艺术形式的改变，是指有意打破演义文体或某些叙事规约的限制，使作品的艺术形式有别于之前作品，获得艺术的独立性。例：传统章回小说的章回数是偶数，而《天国演义》共八十一回，传统演义小说看重“三”，比如三顾茅庐、三气周瑜等，但有些作品有意打破“三”叙述的限制，比如张笑天《太平天国》中石达开两次拜访左宗棠，《悲情英雄石达开》中洪秀全两次拜访石达开。

马振方先生曾批评熊召政的历史小说《张居正》“悖逆历史，厚诬了多位古人，也粉饰了明代改革巨匠张居正”，认为历史小说“不能无中生有地丑化或美化历史人物，更不能颠倒本来存在的美和丑”，[2]从太平天国成败叙事来看，所谓“丑化或美化”其实是异向演义之逆反手段的体现，是历史叙事的共同特征，拿洪秀全来说，由救世者到逆贼到革命者再到反动暴君，一正一反、一美一丑，其间包含的“丑化或美化”是显而易见的，这一点从李秀成、

[1] 陈仕元. 洪秀全传奇[M]. 广州：花城出版社，1990：214.

[2] 马振方. 在历史与虚构之间[M]. 北京：北京大学出版社，2006：64.

石达开、韦昌辉、杨秀清等人身上也可以清楚地看到，任何一个被反复书写的人物都曾被表现成截然相反的形象，不管批评家们愿不愿意，事实上每一个历史叙事中都存在“丑化或美化”的问题。同样，其他异向演义方式也存在于每一个历史叙事作品中，因为只有与其他作品相异，才有独创性和存在的价值，对历史的不同看法决定异向演义的方向，对于批评家来说，重要的不是禁止叙事者们进行异向演义，而是找出异向，分析产生异向的原因及其现实意义。

二、同向演义

因为表现对象都是确定的，与纯虚构叙事相比，太平天国成败叙事之间的相似性要多一点。虽然叙事的生命在于独创性，但如果一味求异，那么作品就可能不再是太平天国成败叙事了，因此，作家们在进行求异演义的同时，也在进行求同演义。作品中的主要人物应该是太平天国时期的，主要事件是有关清方和太方成败的，也就是叙事中出现的人物、事件都要有一定的历史基础，这使得所有太平天国成败叙事成了一个集合，该集合是开放的，包括写了一些太平天国时期人物和清太双方成败的内容。此外，叙事中的延叙、同叙也体现了求同演义的特点。

Ⅲ2ⅰ延叙，是指前代作品中出现的思想观点、人物行为在再演义作品中再次出现，在同一个社会语境下，延叙很常见，在政治思想、文化观念发生变化时，延叙依然存在。从时间上看，延叙可分为延续和遥承。

Ⅲ2ⅰ1延续，是指虽然社会形态、政治文化思想、审美观点等都已经发生变化，但叙事仍然沿用在其前一个社会形态中产生的叙事内容、方式等。例：《天国演义》中，萧从龙、曾天养等都善良、正直，都受到地主的残酷剥削、压迫、折磨，最终都杀死地主，[1]该例中地主扮演残邪者角色，雇农扮演善良者角色，两者之间构成对立关系，反映的是阶级论思想，而阶级论在改革开放之后就已经受到广泛批评，被许多作品舍弃，《天国演义》出版于2009年，仍旧继承了阶级论思想。再例：1986年王庆成带回了《天兄圣旨》，从该文献中可以看出萧朝贵在起义前和起义初期的重要作用和智慧，洪秀全、冯云山都要受萧朝贵指挥，然而许多作家在推前叙述时仍然认为冯云山起的作用非常大，是智慧的化身，是让洪杨双方都口服心服的人物。延续使每一个作品都带有新时期特征，又同时带有上一个时期的特征，每一个作品都是一个新旧叙事的混血儿。

Ⅲ2ｉ2遥承，是指延叙的不是该叙事上一时代的叙事，而是上一时代之前的叙事，再演义与演义之间至少相隔了一个时代。例：《天国演义》中的知非子神机妙算，[2]这类角色在清末、民初作品中比较常见，如《起事来历真传》中的林青、《洪杨豪侠传》中的赖道人熟悉奇门遁甲、阴阳八卦、麻衣相术，但是随着科学思想的普及，知识者大多不再塑造这种角色，新中国成立后直到“文革”结束，马克思主义无神论思想深入人心，在文人叙事作品中，神机妙算角色已经消失，但到了20世纪80年代后这种角色又重新出现在文人作品中。再例：林凤翔、李开芳被凌迟时，“已有一些人从棉袄里取出了温热的馒头，打算挤到高台下接那滴下的热血”，[3]革命者为解放人民而英勇献身，愚弱的国民却麻木残忍，不光要当看客，还要抢吃革命者的鲜血，这是鲁迅在《药》中着力表现的国民性弱

[1] 李晴. 天国演义[M]. 北京：中国文史出版社，2009：90.
[2] 李晴. 天国演义[M]. 北京：中国文史出版社，2009：13.
[3] 李晴. 天国演义[M]. 北京：中国文史出版社，2009：623.

点，但是在社会主义现实主义与社会主义浪漫主义相结合成为唯一创作方式的时期，批判与暴露是被禁止的，直到改革开放，作者批判社会的能力才再次焕发光彩，体现了文学对上上时代遥远继承的特点。当然，就该例来说，遥承得并不成功，不是推陈出新，而是简单挪用。又例：《三国演义》《隋唐演义》等历史演义小说都采用章回体的形式，但这种形式在80年代被打破，《星星草》《天国恨》等都抛弃了这种呆板形式，但是1989年出版的《太平天国全史演义》、2009年出版的《天国演义》等仍采用章回体小说的形式，体现了艺术上对传统的遥远继承。

Ⅲ2ⅱ同一，是指人物扮演相同角色、具有相同思想行为。

Ⅲ2ⅱ1相同人物间同一，是指与其之前作品中相同的人物性格、行为、思想保持一致。例：四姑娘最早出现于《石达开日记》，是一个虚构人物，但是这个虚构人物却备受叙事者们喜爱，20世纪的众多作品中都有她的影子，在《太平天国野史》中她叫韩宝英，在张笑天《太平天国》中她叫石益阳，在《翼王伞》中她叫覃三妹，有时她是渔民的女儿，有时是大家闺秀，有时又是穷秀才的独生女，虽然姓名不同、出身各异，但是她的美貌、智慧和她对石达开的忠诚是始终如一的，这个虚构性的形象在叙事中保持着同一性。

Ⅲ2ⅱ2不同人物之间同一，是指同一阵营人物、不同阵营人物的不同个体人物之间构成同一关系。

同阵营人物之间同一，例：八旗兵在天京被太平军攻破时“全数做了刀头之鬼，不曾走得一个”，[1]听说冯云山被捕，众人“（都怒不可遏地摩拳擦掌，嘈杂地叫喊）走！走！……打进桂平县去”，[2]

[1] 张恂子. 洪杨豪侠传[M]. 合肥：黄山书社，1988：617.

[2] 许指岩. 石达开日记[M]. 上海：世界书局，1928：18.

这两例分别表现了清方和太平天国的普通士兵或教众，这些人物之间没有任何差别，说相同的话、做相同的动作、扮演相同的角色，千人一面、众口一词。

不同阵营人物间同一，清方与太平天国作为两个对立的阵营，其主要人物的言行本应是截然对立的，但事实并非如此，在一些叙事文本内部他们的言行反倒是相同的；另外，综观太平天国成败叙事，除由作者情感差异而引起的表面差异外，清方和太方并没有本质区别，反倒有很多相同之处。例：在《太平军纪事》中“党人”与清军士兵一样贪生怕死，都不敢站起身来真刀真枪地干一场，行为完全一致，[1]在《洪杨演义》中百姓积极响应天王，[2]又踊跃帮助温绍原守城，[3]在《天朝大梦》中咸丰与洪秀全一样好色。这三例都是在同一个叙事中清太双方的某人或某些人的行为相同，三个叙事的作者既有外国人，也有中国人，写作时采取的都是旁观立场，对双方一视同仁，认为清方和太方是两个争权夺利的政治集团，对立而又同一，他们缺点与缺点相同、优点与优点相同。相对而言，试图以旁观立场表现太、清双方的作品，更看重对各自缺点的表现，《太平军纪事》《天朝大梦》都是如此。再例：林凤翔、李开芳被杀时天降大雨，好像为二人哭泣，[4]武昌被“贼”攻打时，“夜微雨，时人

[1] [美]晏玛太. 太平军纪事[M]. 简又文，译//中国史学会主编. 太平天国（六）. 上海人民出版社、上海书店出版社，2000：929.

[2] 陈也梅. 洪杨演义（卷二）[M]. 上海：中华图书局，1924：25.

[3] 陈也梅. 洪杨演义（卷二）[M]. 上海：中华图书局，1924：30.

[4] 李晴. 天国演义[M]. 北京：中国文史出版社，2009：623-624.

以为天泣”；[1]沈葆桢夫人“文武全才，颇有韬略”“登城守御”，[2]在《天朝大梦》中，洪宣娇剑术超凡、博览群书，能带兵打仗。一二例中清太双方都受到上天的同情，三四例中清太双方都有文武双全的女英雄。在大部分太平天国成败叙事内部，清太双方是截然不同的，通常一方为正义方、一方为罪恶方，两者行为形成对比，正义方仁正、忠孝、有能力、受到百姓和上天喜爱，罪恶方残邪、奸逆、愚笨、遭百姓与上天唾弃，但是跳出一个作品之后，就会发现清方与太方都有可能是正义方，也都有可能是罪恶方，身为正义方的清太双方是同一的，身为罪恶方的清太双方也是同一的，这就造成了在不同作品中清太双方实质相同的现象，其实不仅是清太双方，包括外方在内，都是相同的，比如《洪秀全传奇》说清兵想要侮辱民女刘四姐，清朝笔记说太平军想要侮辱民女，《引狼入室》说洋枪队要侮辱民女，清太外三方行为都是完全一样的。

三、生发演义

生发演义是指再演义时为已有的叙事增加新的内容、或使已有叙事更加复杂、充实、详尽。生发演义的方法主要有臆叙和蔓叙。

Ⅲ3ⅰ臆叙，是指对于已有叙事中已经出现但仅仅一带而过、没有详细说明的人物、事件、思想等进行推测性叙述的方式。

Ⅲ3ⅰ1人物臆叙，例：清朝笔记中记载黄玉昆的女儿是石达开的王娘，她死在天京事变中，这是一个语焉不详的叙述，黄玉昆的女儿叫什么，长相、性格、才艺如何，什么时候嫁给石达开的、夫妻感情如何等都没有介绍，但她为再演义提供了一个进行臆叙的线

---

[1] 佚名. 武昌兵燹纪略[M]//中国史学会主编. 太平天国（四）. 上海：上海人民出版社，1957：570.

[2] 陈也梅. 洪杨演义（卷二）[M]. 上海：中华图书局，1924：93.

索，作家们各显神通，为这个蒙着神秘面纱的女人设计了种种名字、长相、人品、才艺以及与石达开的关系，比如在《天国恨》中她叫黄倩文，是讼师独生女儿、掌上明珠，琴棋书画无所不通，虽不会武功，但非常勇敢，对石达开一见钟情，当石达开面临两难选择，不能娶洪宣娇时，她主动追求石达开，后者被感动，两者结合；在《天朝大梦》中，她叫黄婉娘，她长得美，又有三寸金莲，特别会撒娇发嗲，与石达开青梅竹马，如愿成为夫妻，婚后特别贤惠，细心揣摩丈夫心思，主动为丈夫纳妾，又博古通今，研读历史，为丈夫决策提供参考意见；在《悲情英雄石达开》中，她叫黄春娥，与石达开家住得很近，两人青梅竹马，自由恋爱，结合后恩爱非常，她没有读过书，也不会武功，但非常善良，为革命牺牲了自己的大儿子，经常劝丈夫娶他喜欢的洪宣娇。石达开的这些黄姓王娘各不相同，都是以笔记为基础进行臆叙得来的。作家彭道诚先生曾批评某些臆叙"虚构得没有谱了"，[1]其实他自己也在根据已有的叙事进行臆叙，如《裂变》以《太平天国野史》和其他一些小说中的方妃形象为基础，臆叙出一个为石达开殉情的方妃形象，又以四姑娘为原型，臆叙出由石达开的女儿变成其妻子的韩宝英形象，可见他采用的正是他批评的方式。除文学作品外，太平天国时期的文人笔记中也有人物臆叙，如《遁鼻随闻录》《发逆初记》等对天意的推测、对洪秀全等人相貌、职业、性情等的想象都是臆叙。史书中也有人物臆叙，如《太平天国史纲》中，冯云山看到群情激愤，就说"众兄弟们，请听我说。现在，妖魔就要杀来了，

[1] 彭道诚. 裂变——太平天国[M]. 台北：三民书局股份有限公司，2004：2.

我们就要下地狱了……”[1]这是出自历史学家著作中的一段语言描写，这些语言是在太平天国时期的文献中是找不到的，是罗尔纲先生想象的，因而该段属于臆叙。可以说人物臆叙是所有太平天国叙事都没能避免的一种方式，有些臆叙甚至达到了狂欢化的程度，比如沈懋良作为一个封建文人，被俘虏后感到很痛苦，对太平天国充满憎恨之情，于是在作品中肆意虚构，比如假借蒙得恩之口说萧有和是洪宣娇与杨秀清之子，又说赖后本姓黄，是赖汉英的妻子，被洪秀全据为己有，宫女穿开裆裤，幼天王好淫，逼死幼女无数，[2]虽打着笔记的幌子，其实是毫无节制的胡编乱造，这样的作品让读者感到非常虚假，没有真实感。

Ⅲ3ⅰ2事件臆叙，例：野史说洪仁发、洪仁达控制粮食，不发军粮，《洪秀全传奇》说他们与清军勾结，将军粮高价卖给清军，[3]《裂变》又虚构出一个专门负责与清军勾结的假国宗，由控制粮食到通敌倒卖粮食，再到集团作案，洪仁发、洪仁达控制军粮叙事像滚雪球一样越滚越大，牵涉的人越来越多、情节越来越复杂，洪仁发、洪仁达的罪恶越来越大。再例：野史上说天王府曾发生过火灾，张笑天的《太平天国》认为是洪秀全使用权谋故意放的，《天国演义》推测是赖后为救谢妃故意放的。关于失火事件，张笑天的《太平天国》和《天国演义》都是对野史的臆叙，前者表现了洪秀全的阴狠、毒辣，后者体现了赖后的善良、聪明，谢妃的悲惨、对爱情的执着。

Ⅲ3ⅰ3思想臆叙，例：《洪秀全演义》以孙中山关于太平天国

---

[1] 罗尔纲. 太平天国史纲[M]. 上海：商务印书馆，1947：49.

[2] 沈懋良. 江南春梦庵笔记[M]//中国史学会主编. 太平天国（四）. 上海：上海人民出版社，1957：433-443.

[3] 陈仕元. 洪秀全传奇[M]. 广州：花城出版社，1990：227.

性质的论述为基础，把洪秀全写成民族革命战争英雄；《太平天国史纲》以马克思唯物主义历史观及毛泽东关于太平天国的论述为基础，论述了太平天国革命前夕民不聊生的社会图景，《洪杨金田起义》再把《太平天国史纲》的论述以简单易懂的语言叙述出来，而《天国演义》又以一个虚构的人物阿桃将之演义出来。[1]太平天国成败叙事都受作者所持有的政治、社会、历史等的思想观点影响，某种程度上都是对某种或某些思想的臆叙，也就是说这些叙事都是先有思想、后有叙事的，这也是为什么虽然作家很努力地发挥想象力，力图与众不同却终不可得的原因之一，因为大多数作品都只是思想的演义而已。

Ⅲ3ⅱ蔓叙，是指将在以前作品中出现过形象的基础上生发出新的人物，好像在藤上长出蔓一样，不断地蔓延，而且蔓上还会长出新的蔓，然后还会继续延伸，使整个叙事越来越长、越来越繁茂。例：萧三娘是《天国演义》之前许多作品中都有的一个人物，《天国演义》在她的基础上一方面蔓叙出她的父亲萧从龙，又由他蔓叙出地主黄伯麒、黄伯麒的小老婆、丫头等人；另一方面又蔓叙出无耻的洋人，在短短四回的篇幅中，以一个萧三娘为基础就重新创设了近十个人物，让这些人物发生各种各样的关系，并通过这些关系反映社会方方面面的情况，比如通过萧从龙、黄伯麒、黄伯麒的小老婆、丫头之间的错综复杂关系，表现了地主阶级的恶毒，穷人的善良及反抗精神，通过萧三娘与洋人的关系表现了洋人在中国为所欲为的罪恶行径、无耻下流的丑恶面目，以及萧三娘美丽动人、武艺高强、自尊自爱的美好品格。再例：《天朝大梦》由和冯云山一起被抓，瘐死狱中的卢六，引出卢六的未婚妻茹花，由茹花引出调

[1] 李晴. 天国演义[M]. 北京：中国文史出版社，2009：48.

教茹花准备献给天王的袁氏，再由袁氏的丈夫蒙得恩引出他的相好玉蝉等，作品用这些男女形象表现了太平天国各王的荒淫无耻和他们对普通教众的欺骗。蔓叙是增加作品篇幅、扩大作品容量的重要方法，同时蔓叙也使作品中的人物之间形成线索，使错综复杂的人物关系有迹可循，但是过度的蔓叙又会使作品长而无当、情节重复、内容空洞。

四、融合演义

融合演义是指在叙事时多方借鉴，移用、挪借其他作品中的叙事元素，将多种来源的叙事拼接在一起，构成一个融合性的叙事文本。融合演义的方式有移借和拼合。

Ⅲ4ⅰ移借，是指从所处时代、以前各时代或者以前太平天国成败叙事中转移、借用情节、话语、行为、细节、思想等的方式。

Ⅲ4ⅰ1情节移借，例：廖达章设计要与刘仕臣两面夹击苏三娘，苏三娘虚晃一下，趁着黑夜抽身而走，廖刘相互打起来，[1]张嘉祥和知府偷袭太平军，结果太平军撤走，张嘉祥和知府双方“杀得尸横遍岭”，[2]这两例写的都是同一阵营中的两股势力约好攻打对立阵营，却被对立阵营利用，导致自相残杀，虽然人物不一样，但情节是完全相同的。再例：石达开从土匪手中救下韩宝英，[3]洪宣娇坠入水中，林凤翔赶到，将她救起，[4]英雄救美是一个通用情节，只要表现美女英雄的，一般都会移借这个情节。又例：闵树坤、闵树乾是亲兄弟，但分属清方和太方两个阵营，两人都试

---

[1] 霄雯．苏三娘．广西壮族自治区研究室．广西粤剧剧目选（第一集）．内部资料，出版社，出版日期不详：80-81.

[2] 陈仕元．洪秀全传奇[M]．广州：花城出版社，1990：50.

[3] 许指岩．石达开日记[M]．上海：世界书局，1928：21.

[4] 张笑天．太平天国[M]．桂林：漓江出版社，1998：111.

图劝说对方，但谁也劝服不了谁，最后属于太方的一个在对抗中死去，[1]唐浩明《洪秀全全传》中康福、康禄也是亲兄弟，分属清方、太方，两人也是谁也说服不了谁，最后也是属于太平天国的一个死去。安排亲兄弟间矛盾、冲突、对立直至其中一个死去，之所以要移借这个情节，大概是因为该情节具有深刻的寓意，隐喻清太双方本为兄弟，战争的结果肯定是兄弟的死亡，也就是太方的灭亡。

Ⅲ4ⅰ2话语移借，例：秦日纲说："宁可错杀一千，不可放走一个！"，[2]"宁可错杀一千，不使一人漏网"本是蒋介石的"名言"，作者把它稍微变一点样子，移借到了秦日纲身上，体现了再演义对太平天国成败叙事之外作品的移借，语言是思想的外在表现，该例暗示了秦日纲的反动本质，以及太平天国的不足。再例：吴长嵩"串联了一帮狐朋狗党，组成了以张继庚、吴长嵩为首的反革命集团"，[3]"军民一片鱼水情"，[4]这两例都是对流行话语的主动移借，前者中的"狐朋狗党""反革命集团"，后者中的"鱼水情"都是作品创作年代的社会流行语言。

Ⅲ4ⅰ3行为移借，例：罗泽南凭几饮酒，造成毫无防备的假象，诱敌深入，使敌人成为瓮中之鳖，战胜敌人，[5]该例中罗泽南的原型是《三国演义》中的诸葛亮，反映的是《孙子》上的智慧，目的是表现清朝将领卓越的指挥才华。再例：接见文武百官时，杨秀清先

---

[1] 陈也梅. 洪杨演义（卷二）[M]. 上海：中华图书局，1924：28.

[2] 彭道诚. 裂变——太平天国[M]. 台北：三民书局股份有限公司，2004：3.

[3] 郭存孝. 天京锄奸记[M]. 南京：江苏人民出版社，1979：80.

[4] 刘征泰原著，赫威刚改编. 陈玉成[M]. 郑州：河南人民出版社，1977：57.

[5] 陈也梅. 洪杨演义（卷一）[M]. 上海：中华图书局，1924：80.

向后者道辛苦，后者再反过来向他道辛苦，[1]该例移借国庆阅兵的行为方式，这一方式在表现天王的伟大、冯云山的威望、杨秀清的功劳、陈玉成的成就时都曾使用过；后者移借了当代文学中经常出现的公审地主恶霸事件。又例：《拜旗石举义》洪秀全的旗能自动升起来，[2]石达开的旗只要一拜就能升起来。[3]这两例的行为是相同的，到底这个动作是洪秀全的，还是石达开的对于叙事并不重要，想表现洪秀全时就是洪秀全的，想表现石达开时就是石达开的。

Ⅲ4ｉ4细节移借，例：石达开、张遂谋等人议事，一夜未眠，[4]“陈玉成教汪春海骑马，一直教到红日东升才回到主将衙内”，[5]罗泽南措置方毕，天已大明。[6]彻夜不眠是表现英雄的典型细节，不管塑造何方英雄，都可以安排他不睡觉外，或者不吃饭、不喝水，变成神仙一样的高人。再例：“萧三娘在灯下埋头缝衣服”，[7]欧阳夫人与儿媳一同纺纱，[8]《洪秀全传奇》中的萧三娘是萧朝贵的妹妹，杨秀清的妻子，欧阳夫人是曾国藩的妻子，两人身份都很尊贵，但作者们都为她们移借了亲自缝补衣服、亲自纺线的细节，该细节的原型在《列女传》中，作者们的目的是一致的，都想表现笔下女性的勤俭、朴素、

---

[1] 李晴. 天国演义[M]. 北京：中国文史出版社，2009：504.

[2] 陈棣生. 虎啸龙吟——太平天国故事选集[M]. 广州：花城出版社，1991：355.

[3] 广西壮族自治区科学工作委员会、壮族文学史编辑室. 关于石达开. 资料七十七. 原始资料. 油印本. 未出版，日期不详：3.

[4] 陈仕元. 洪秀全传奇[M]. 广州：花城出版社，1990：219.

[5] 刘征泰原著，赫威刚改编. 陈玉成[M]. 郑州：河南人民出版社，1977：39.

[6] 陈也梅. 洪杨演义（卷一）[M]. 上海：中华图书局，1924：80.

[7] 陈仕元. 洪秀全传奇[M]. 广州：花城出版社，1990：132.

[8] 费只园. 清代三百年艳史（第三卷）[M]. 长春：吉林文史出版社，1991：9.

贤惠。又例：洪冯久别重逢“紧紧地握着一双手，欢喜得要落下眼泪”，[1]激动地握手是一个非常有代表性的行为细节，它的本源在井冈山会师，在油画井冈山会师中，毛泽东与朱德深情地注视着对方，四只手紧紧地握在一起，施瑛移借这个细节目的是，树立洪秀全与冯云山形象，说明洪冯相逢的重要意义。

Ⅲ4ⅰ5思想移借，例：石达开认为打下南京后，全力北伐是上策，定都金陵、平定四方为中策、分兵北伐是中策，贪恋半壁河山是下策。[2]相对来说，在太平天国成败叙事中，石达开得到的美化最多，有些作品把他写成了重情、忠孝、仁义、聪慧、博学、英勇、武艺高强的完人，该例也在美化石达开，将罗尔纲关于太平军北伐的想法移借到石达开身上。[3]再例：胡以晃不愿仕进，而是以书剑自娱，以等待时机“以卫社稷”，所读之书为“儒家经史”及兵法武略书籍，[4]在太平天国成败叙事中洪秀全、冯云山、石达开、韦昌辉等都在不同的作品中都产生过鄙弃科举的思想，目的是为了表现他们卓越的见识，其实除了石达开之外，其他几人都曾经参加过科举考试，因为屡考不中才造反的，即使是石达开，也不一定就没有求取功名的理想，只是他参加起义时，年龄尚小，只有十几岁，如果不参加太平军的话，也难说他不会参加科举考试，厌弃科举代表有思想其实是作者们的主观判断。又例：杨秀清赞冯云山“为人礼仪重”，决定“问大同”，[5]杨秀清没上过学，没有文化，赞美起冯云

[1] 施瑛. 洪杨金田起义[M]. 上海：新鲁书店，1951：26.
[2] 李晴. 天京事变[M]. 广州：花城出版社，1981：54-55.
[3] 罗尔纲. 太平天国史[M]. 北京：中华书局，1991：34-37.
[4] 李晴. 天国演义[M]. 北京：中国文史出版社，2009：1633.
[5] 胡明树，李文钊，等. 金田起义（桂剧）. 广西省文联·广西省戏改会印. 油印本. 未出版，日期不详：7.

山来居然能自觉运用古代的重礼、大同的思想精华，其实质是作者有意将传统文化思想移借到他身上，以表现他的卓越见识。

移借是一把双刃剑，一方面使所有太平天国成败叙事构成一个整体，保持叙事的延续性，另一方面使每一个太平天国成败叙事与同类题材及不同题材的叙事都构成同文现象，每一个新叙事也都让读者感到似曾相识，使作品独创性减弱，也降低了作品的吸引力。

Ⅲ4ⅱ拼叙，是指将来自许多作品的思想、情感、角色、行动等简单地拼接在一个叙事中。《天国演义》第50页借鉴的是《虎啸龙吟——太平天国故事选集》中的观点，极力赞扬普通农村人的正直、善良、朴实、勇敢的品格。而在同一本书第623~624页，叙述者又借鉴了鲁迅批判国民性的主题，刻画、描摹、讽刺麻木、落后、无知、胆怯的中国人品性。两者都采用演述的方式，又都采用绝对化、一刀切的方法，都试图表现中国人的人性，这本来是两种不同的思考角度、两种方式，却被生拼硬凑在一个作品中，使作品内部产生了强大的张力，不能凝合成一个整体。[1]这是失败作品的一个表现，因为一个优秀的作品要有内部统一性，但拼叙而成的作品中有时会存在相互矛盾、冲突、冲撞之处，造成作品内部不统一。再例：《天朝悲歌》借鉴武侠小说的神秘元素和精彩对打场面，为洪宣娇安排来无踪去无影的师傅、和张遂谋的剑术比赛，又借鉴《列女传》的贤妻良母角色，让她安于包办婚姻，当萧朝贵背叛她时，她虽然气愤、虽然不想再和他生活在一起，但是并没有背叛过他，又借鉴张资平式多角恋爱的方式，为她安排情人张遂谋、石达开以及垂涎其美貌的洪秀全、杨秀清等，这些再加上她离奇的身世、卓越的见识构成了一个完美无缺、令所有男女心仪的女性形

[1] 李晴.天国演义[M].北京：中国文史出版社，2009：50.

象，她像一个女神一样，通体散发出耀眼的光芒。这是拼叙的另一个弊端，由于对同一倾向的叙事或其元素借鉴过多，使人物成为高大全形象，失去了个性和多面性，变成非人，同时使叙事显露出虚伪。

为了避免以偏概全，异向演义、同向演义、生发演义和融合演义中所举之例并非出自同一个叙事，但事实上每个叙事中都存在以上四种演义方式，这就为再演义带来了无法解决的问题，使其内部存在着无法克服的矛盾，既想反映真相，又想与众不同，既求真又想求异，而试图通过与众不同的方式反映历史真相的做法是自欺欺人的，也是没有任何意义的。作为拟现实主义叙事，再演义作品又由于作者缺乏实际生活于其中的经验，而成为主观臆测的产物，失去了叙事的“似真性”，不得不东拉西扯、到处移借，成为表面颜色光鲜、分量十足，实则装满回锅菜的拼盘，又由于人云亦云或者借题发挥，成为某种思想的传声筒。如果依然采用这些方法进行创作，那么即使再演义出来的作品再多也是毫无意义和价值的，只有改变、突破这些方式，再演义才可能重新焕发光彩。

直至今日，人为历史本体观在历史研究及历史叙事研究中依然存在，该观点不仅相信历史是客观存在的，而且认定历史能够被客观真实地认知、把握和书写，并且断定某人或某些人已经做到了这一点，从而将其观点及反映其观点的叙事作为作为判断历史叙事真实性及价值的标准。这种批评观起源非常早，虽几经变化，但以人为的历史作为本体没有变。[1]从太平天国成败叙事来看，这种观点

---

[1] 在历史学领域，司马迁编写《史记》时还没有形成人为历史本体观，他虽然推重《春秋》，但说它“垂空文以断礼义”，是宣扬礼义的“作”（（汉）司马迁．史记·太史公自序[M]．3440-3441），并不认为它是完全真实的，即使是《史记》，他也明言“略推三代”，

（接上注）“以拾遗补艺，成一家之言”（（汉）司马迁. 史记·太史公自序[M]. 3454），也没有说它是完全真实的。刘知几在《史通》中使用“正史”“正典”“伪史”的概念，标志着人为历史本体观的形成，他将司马迁的《史记》、范晔的《后汉书》、袁宏的《后汉纪》等称为正史，并用“直书”“文约而事丰”等为标准，批评《尚书》《春秋》等（参见刘知几. 史通. 古今正史、直书、曲笔、疑古等章节），刘知几的“正史”观一直延续到清末。20世纪初，梁启超尖锐地批判了封建史学，但他批判的是封建史学中的思想，希望代之以社会进化理论（参见梁启超.新史学[M]//于沛主编.20世纪中华学术经典文库·史学理论卷. 兰州：兰州大学出版社，2000：35-50），李大钊认为二十四史不是“史”，只是“史的材料”（李大钊.研究历史的任务.同上书第51页），认为“我们拿着新的历史眼光去观察数千年前的故书陈籍，的确可以得着新的见解，找出真确的事实”（同上书第53页），并认为这个“新的历史眼光”就是“唯物史观”（参见李大钊.唯物史观在现代史学上的价值.同上书第29-34页）。两人都解构了封建正史本体地位，同时试图确立新的本体，梁启超认为该本体是以进化论为基础的历史研究，李大钊认为是以“唯物史观”为指导的历史解释，都只是变换了人为历史本体观的本体而已。

在历史文学叙事研究领域，认为历史文学叙事应依据历史叙事的观点起源于明代对《三国演义》的评价，蒋大器肯定它“以平阳陈寿传，考诸国史”，“文记其实，庶几乎史”（蒋大器. 三国志通俗演义序[M]//朱一玄，刘毓忱. 三国演义资料汇编. 天津：百花文艺出版社，1982：269-270），清章学诚批评它“七分实事，三分虚构，以至观者往往为之惑乱”（转引自鲁迅. 中国小说史略. 鲁迅全集第九卷[M]. 北京：人民文学出版社，2005：143）。近代梁启超首创“历史小说”一词，将之定义为“专以历史上事实为材料，而用演义体叙述之”（梁启超. 中国唯一之文学报《新小说》[M]//邬国平. 中国文论选·近代卷（下册）. 南京：江苏文艺出版社，1996：341），并举《三国演义》为例，将之与《三国志》相比，可见其“历史事实”实则指历史叙事中的“事实”。吴趼人质问《封神榜》等“纵不惧重诬古人，岂不畏贻误来者耶？”（吴趼人.《两晋演义》序[M]//吴趼人. 近十年目睹之怪现状 新石头记 糊涂世界 两晋演义. 南昌：江西人民出版社，1988：565）。肯定其依据历史与批评它仍有“三虚”都以历史叙事为准绳。以上四论两个正面立论，两个反面批判立论，所说的“史”“历史”都专指“正史”，认定正史是“真实”的，理想的历史文学叙事应是正史的通俗化，而不应违背正史，即使是在历史学中批判“正史”的梁启超也这样认为。新文化运动后，在历史文学叙事创作中出现了许多新的倾向，其中之一则是历史研究本体论倾向，即不再盲目相信“正史”，也不盲目相信笔记、文书等史料，而是要对它们进行一番“去伪存真”的鉴别研究，然后用自己掌握的西方理论（女性解放理论、马克思主义理论等）去演义，郭沫若在《历史·史剧·现实》中说“历史并非绝对现实，实多舞文弄墨”，“因是虚妄的，所有叙事都是演义，演义的材料来自同一个角色行动库中的角色和行动，演义的方向和手段、处理时间和空间的方式、排列组合角色和行动的方法以及再演义方向和手段又都大致相同的，因此所有叙事在演义性这一点上都是相同的，其区别只有三点：一是所演之“义”（历史观、道德观、政治观、社会观、人性观、美学观、学术观等）的不同；二是所选的“演”义材料的差异；三是选用的“演”义手段的差别，其中第一点最为重要，起决定性作用。任何一个人为历史及其叙事都不具备作为本体的绝对资格，将某个人为历史及其叙事当做本体的行为也是一种意识形态行为，反映了行为主体对该人为历史及其叙事的主观认同。这样说并不是否定历史叙事中有历史真实，但是只有事件层面的真实，只有存在与否的真实，没有意义大小的真实；只有时间、地点的真实，没有是什么、为什么、表现了什么的真实；只有人物姓名、行踪的真实，

（接上注）有正确的研究而要推翻重要的史案，却是一个史剧创作的主要动机”，“故尔，创作之前必须有研究，史剧家对于处理的题材范围内，必须是研究的权威”（郭沫若. 郭沫若论创作[M]. 上海：上海文艺出版社，1983. 501-502），该观后来被称为“历史真实与艺术真实相结合”，成为历史文学创作主要标准，继而又成为历史文学批评的主要标准，茅盾在评价姚雪垠《李自成》时所持的就是这一观点（参见茅盾. 关于长篇历史小说《李自成》[M]//吴秀明. 历史小说评论选. 长沙：湖南人民出版社，1983：3）。除了以历史文学作者的历史研究为本体之外，还有一种以历史学研究为本体的观点，比如施瑛的《洪杨金田起义》参考了罗尔纲、范文澜、华岗等人的历史研究著作（参见施瑛. 洪杨金田起义[M]. 上海：新鲁书店，1951：自序）。除历史研究本体论外，20世纪还产生了一种可称为“虚构历史本质”本体论的批评观，即认为历史叙事中的历史只是表象，真实的、本质的历史存在于某些虚构叙事之中，王富仁、柳凤九先生说鲁迅的《补天》“不是比中国古代历史家所叙述的一切事实更真实的一部中国历史吗？”（王富仁，柳凤九. 中国现代历史小说论（二）[J]. 鲁迅研究月刊，1994，4：14），王彪认为“《灵旗》提供了一种全新的历史视角，从而使我们真正触及了历史内在的构造和本质”（王彪. 新历史小说选[M]. 杭州：浙江文艺出版社，1993：47）。正史、历史研究、虚构历史本质都是人为的历史，不管以谁为本体都可称为人为历史本体观。

没有人物举止、心理的真实。这样说也并不是想否定历史叙事，它与历史文学叙事毕竟不同，不会出现后者中经常出现的某些角色、行动，也不会采用后者经常采用的某些演义手段，虽然它不完全真实，但它能以极端“似真化”的方式演“义”，“认知化”较高，能以一种独特的题材和方式贯彻意识形态特别是政治意识形态，而且它在揭示事件层面的真实性上还具有不可替代的作用。这样说也并不是想抬高历史文学叙事，所谓以虚构的方式揭示了历史真相也是一种人为的拔高，历史文学叙事也是“演义”，既是演“义”，就带有意识形态性，就不可能完全揭示历史真相。不管是历史叙事，还是历史文学叙事都为各自所演之“义”而存在。

附录：历史成败叙事演义方式总表

演义方向及其实现方式

一、认知化

Ⅰ1ⅰ介绍

Ⅰ1ⅱ说明

Ⅰ1ⅲ举录

Ⅰ1ⅳ注解

Ⅰ1ⅴ过程化

Ⅰ1ⅵ议论

Ⅰ1ⅶ论证

Ⅰ1ⅷ图表化

Ⅰ1ⅸ解说

二、似真化

Ⅰ2ⅰ告知

Ⅰ2ⅱ假托

Ⅰ2ⅲ限制

Ⅰ2ⅳ实映

Ⅰ2ⅴ旁观

三、情感化

Ⅰ3ⅰ褒叙

Ⅰ3ⅰ1夸叙

Ⅰ3ⅰ1ⅰ夸赞

Ⅰ3ⅰ1ⅱ夸耀

Ⅰ3ⅰ1ⅲ夸张

Ⅰ3ⅰ2神化

Ⅰ3ⅰ3录叙

Ⅰ3ⅰ4叹叙

Ⅰ3ⅰ5引叙
Ⅰ3ⅰ6饰叙
Ⅰ3ⅰ6ⅰ敬称
Ⅰ3ⅰ6ⅱ开脱
Ⅰ3ⅰ6ⅲ转移
Ⅰ3ⅰ7难叙
Ⅰ3ⅱ贬叙
Ⅰ3ⅱ1骂叙
Ⅰ3ⅱ2揭叙
Ⅰ3ⅱ3讽叙
Ⅰ3ⅱ4责叙
Ⅰ3ⅱ5笑叙
Ⅰ3ⅱ6否叙
Ⅰ3ⅱ7无奈叙

四、形象化

Ⅰ4ⅰ演述化
Ⅰ4ⅱ人物化
Ⅰ4ⅲ外形化
Ⅰ4ⅳ言行化
Ⅰ4ⅴ情境化
Ⅰ4ⅵ细节化
Ⅰ4ⅶ心理化
Ⅰ4ⅷ传奇化
Ⅰ4ⅸ媚俗化
Ⅰ4ⅹ雅化

时空及角色演义

一、时空的延展交错

Ⅱ1ⅰ前叙
Ⅱ1ⅰ1融昔
Ⅱ1ⅰ2推前叙
Ⅱ1ⅰ3移前叙
Ⅱ1ⅰ4预叙
Ⅱ1ⅰ5导叙
Ⅱ1ⅱ后叙
Ⅱ1ⅱ1融今
Ⅱ1ⅱ2延后
Ⅱ1ⅱ3移后

二、人物与角色的搭配组合

Ⅱ2ⅰ添减
Ⅱ2ⅰ1加善/恶
Ⅱ2ⅰ2加智/愚
Ⅱ2ⅰ3加勇/怯
Ⅱ2ⅰ4加才/拙
Ⅱ2ⅰ5加勤/惰
Ⅱ2ⅰ6加胜/败
Ⅱ2ⅰ7加人
Ⅱ2ⅰ8减除
Ⅱ2ⅱ集中化
Ⅱ2ⅲ1系统化
Ⅱ2ⅲ2组群化
Ⅱ2ⅲ3区同化
Ⅱ2ⅲ4矛盾化

Ⅱ2iii5映衬化

Ⅱ2iv重复化

Ⅱ2iv1角色及行动重复

Ⅱ2iv2情节重复

Ⅱ2iv3语言重复

Ⅱ2v转变化

再演义：演义之树的生成

一、异向演义

Ⅲ1ⅰ逆反

Ⅲ1ⅰ1创作目的的逆反

Ⅲ1ⅰ2情感态度的逆反

Ⅲ1ⅰ3人物角色的逆反

Ⅲ1ⅰ4具体事件的逆反

Ⅲ1ⅱ改变

Ⅲ1ⅱ1人物的改变

Ⅲ1ⅱ2事件的改变

Ⅲ1ⅱ3艺术形式的改变

二、同向演义

Ⅲ2ⅰ延叙

Ⅲ2ⅰ1延续

Ⅲ2ⅰ2遥承

Ⅲ2ⅱ同一

Ⅲ2ⅱ1相同人物间同一

Ⅲ2ⅱ2不同人物间同一

三、生发演义

Ⅲ3ⅰ臆叙

Ⅲ3ⅰ1人物臆叙

Ⅲ3ⅰ2事件臆叙

Ⅲ3ⅰ3思想臆叙

Ⅲ3ⅱ蔓叙

四、融合演义

Ⅲ4ⅰ移借

Ⅲ4ⅰ1情节移借

Ⅲ4ⅰ2话语移借

Ⅲ4ⅰ3行为移借

Ⅲ4ⅰ4细节移借

Ⅲ4ⅰ5思想移借

Ⅲ4ⅱ拼叙

第三章　太平天国成败叙事的主要类型及模式

所有历史成败叙事都是演义，“义”是其意义目标，也是其核心和决定因素，既推动叙事的产生，又决定对角色、行动的选择和排列组合方式，既指引叙事主导方向，又指定实现叙事方向的手段，既规定对时空的处理原则，又指明再演义的方向和手段，并决定其能否被认可、传播和接受。对于太平天国成败叙事来说，演义的目标主要有五个：对清太双方及外方性质的界定、价值的评定、历史地位的确定、经验教训的总结；对各方人员的定位和评价；表现、弘扬某种道德与精神；探寻历史规律；愉悦读者（或观众、听众）。前四个目标受政治观、历史观、伦理观、文化观、人性观等特别是政治观影响，后一目标主要与审美观有关。

从太平天国成败叙事来看，时代对所演之“义”的影响非常大，产生于太平天国或其稍后时期的叙事的作者曾经历过太平天国运动，有耳闻目睹的实际经验，因此，这些叙事带有明显的亲历特征，可称为亲历历史叙事。由于太平天国运动是激烈对抗、你死我活的重大历史事件，有关它的亲历历史叙事都带有鲜明的政治倾向性，都属于政治化叙事。亲历历史叙事之外的其他叙事都产生于太平天国灭亡很长时间之后，作者都没有亲身经历过太平天国运动，即使有耳闻的经验（如孙中山[1]、鲁迅[2]、黄敬书[3]等），但年代的久远、经历的隔膜，也使这些叙事失去了亲身经历的特征，只能在一定史料或传闻的基础上、通过推想、设想、假想等方式叙事，可称为后设历史叙事。由于太平天国运动持续时间较长、规模较大、影响较广，加之20世纪中国政治复杂多变，关于太平天国成败的后设历史叙事中的大多数也像亲历历史叙事一样带有强烈的政治倾向性，而在政治相对稳定、意识形态控制相对宽松的时候，也有一些更关注消遣娱乐功能的叙事出现，因此后设历史叙事又可分为后政治化历史叙事和后娱乐化历史叙事。

除时代外，作者所处的地域、阵营、阶层及其文化水平、职业等对所演之“义”也有影响，根据这些方面的差异，亲历历史叙事、后政治化历史叙事、后娱乐化历史叙事又都可分为不同的演“义”类型，这些演“义”类型在人物与角色间的搭配组合及采用的叙事方法等方面都有各自的倾向，形成一定的叙事模式。由于太平天国成败叙事太多，叙事类型也很多，受篇幅所限，本书不可能将所有的叙事类型及其叙事模式全部描述出来，后娱乐化叙事留待以后再做讨论，本章将集中介绍亲历历史叙事和后政治化历史叙事的类型及其模式。由于叙事类型及其模式是从大量叙事中总结出来的，一个特征可能为许多叙事共有，所以在介绍每种叙述类型及其模式之

---

[1] 孙中山自言曾与“太平天国军中残败之老英雄”谈过话（参见孙中山. 孙中山全集（第一集）[M]. 北京：中华书局，1981：583）。

[2] 听保姆讲“长毛”，见鲁迅. 阿长与《山海经》[M]//鲁迅全集（第二卷）. 北京：人民文学出版社，2005：252.

[3] 黄敬书是石达开家乡的中医师，他在《关于石达开》中说“据老人传下来，一百多年以前……”（关于石达开，广西壮族自治区科学工作委员会、壮族文学史编辑室. 关于石达开. 资料七十七. 原始资料. 油印本. 1958）。

前，本章将先列出该类型涉及的文本，然后再做概括论述。

第一节 亲历历史叙事的六种类型及其模式

由于太方与清方、外方之间，以及后两者之间都发生过战争，太平天国时期的社会结构与和平时期迥然不同，从大处看，当时的社会成员可分为太方、清方、洋人和百姓，但由于真正独立于清方、太方、外方之外的百姓多不识字，那些看似百姓的知识分子自我确认的身份是“大清的子民”，所以现在能见到的叙事中，真正的百姓叙事是缺失的。在太方、清方、外方内部，掌权的与无权的、权位高的与权位低的作者笔下的叙事差别很大，这些差别使亲历历史叙事形成六种主要类型和模式。

一、反映普通文人爱国忧思的“罪责故事”

该类叙事数量众多，中国史学会编的《太平天国》第3~5册、上海市文物保管委员会与苏州市文物保管委员会合编的《苏松地区太平天国史料》中的所有叙事、《太平天国》第6册及南京大学历史系太平天国史研究室编的《江浙豫皖太平天国史料选编》中的大部分叙事属于该类，《镜山野史》《贼情汇纂》《遁鼻随闻录》《江南春梦庵笔记》《思痛记》等都是此类叙事。

该类叙事的作者都是普通文人，读过书，但没中过进士或举人，有一定文化基础，能够或勉强能够使用文字；多充当幕僚，有些连幕僚也不是；自称儒士，“忠义之忱”颇深，视自己为“食毛践土之伦”，想为皇帝分忧，为百姓解难。他们不是统治者，却与统治者保持同一视角，从其所演之“义”来看，“罪责故事”主要包括四个叙事成分：揭露祸害之源、谴责罪恶之助、推重弭祸之依、同情罹祸之民。

（一）揭露祸害之源

“罪责故事”认为太平天国是“犯上作乱”、罪大恶极，这是“罪责故事”首要的表现内容。它们不约而同地采用集中化手法，将大部分反面角色集中到太方人员身上，虽然也偶尔使用B中的个别行动，但使用的方式主要是Ⅰ3ⅱ1骂叙、Ⅰ3ⅱ7无奈叙，从而将其智慧变成狡诈、奸猾，勇气写成凶悍、兽行。

具体的“罪责故事”会选择若干个角色拼叙出太方人员的“丑恶嘴脸”，例如《遁鼻随闻录》说洪秀全、冯云山等人是社会渣滓，欺骗愚民，犯上作乱，当众奸淫，集体淫乱，私通乱伦，渔猎男色，嗜食鸦片，穷奢极欲，滥用酷刑，沿途烧杀抢掠、残害百姓，虐待内应，贪得无厌，掘地寻金。他们中有些人目不识丁却诡计多端、权诈百出，常趁清军不备，奇军偷袭，灭绝人伦，语言怪诞，愚顽可笑，被掳百姓一心思归、宁死不屈，太平军大头目天生面相凶恶，作战时天气突变，阻挠其胜利，天使其造不成钱、点不着炮火、升不起军旗等。

虽然《遁鼻随闻录》选择的反面角色及其行动只是“罪责故事”中太平天国角色的一小部分，却足以让读者感到太方人员的恶毒、残忍、狡诈、无耻、天怨人怒，足以激起读者对太平天国的深恶痛绝，读的“罪责故事”越多，憎恨越深，但憎恨只是揭露太平天国的目的之一，更为重要的是得“惩恶之义”，[1]“为知己知彼之

[1] 沈懋良. 江南春梦庵笔记[M]//中国史学会主编. 太平天国（四）. 上海：上海人民出版社，1957：448.

助”，[1]“望氓之蚩蚩，识其邪回，同德合志，保我室家”，[2]即通过书写太平天国的罪恶，使官民同仇敌忾；通过反映对方的狡诈，使官民做好长期战斗的思想准备；通过描写其无知无识无能以及失去民心、遭到天谴等，鼓舞官民斗志、坚定必胜信心，因而“罪责故事”是文字做成的炮弹和刀枪，自发充当清王朝的喉舌，是清王朝教育官民的工具，起着舆论宣传与鼓动的重要作用。

一般来说，“罪责故事”中太方人员的角色、行动的数量及特征与叙事反映的阶段有很大关系。以金田起义、定都天京、天京事变、天京陷落四个重大事件为分界点，整个太平天国历史可以分为七个阶段，金田起义前为酝酿阶段，金田起义到定都天京为兴起阶段，定都天京到天京事变为鼎盛阶段，天京事变为中落阶段，天京事变到天京陷落为中兴阶段，天京陷落为败亡阶段，天京陷落后为余波阶段。只反映酝酿阶段和兴起阶段的“罪责故事”中除民心背离者角色较多之外，太方人员的角色较少，主要包括$\overline{A}$1e残害人民者、$\overline{A}$1f虐待敌人者、$\overline{A}$2d犯上作乱者、B1f见解深刻者、B2a勇于抗争者、B2b勇入险境者、$\overline{D}$1天生丑陋者等。这是因为太平天国初兴，且神秘异常，连塞尚阿、向荣等亲临一线的清方将领都搞不清楚太平天国的头目是谁，这限制了文人对太方人员的想象。他们只知道造反的肯定不是“好东西”，于是想象太方人员残忍狠毒、虐待无辜百姓和清朝官兵；根据信奉的民本思想，预示害民者最后必将被消灭；无法解释百姓追随太平天国的原因，就归因于神秘力量；认

❶ 张德坚. 贼情汇纂[M]//中国史学会主编. 太平天国（三）. 上海：上海人民出版社，1957：27.

❷ 滌浮道人. 金陵杂记附续记[M]//中国史学会主编. 太平天国（四）. 上海：上海人民出版社，1957：610.

为百姓都应该憎恨太平天国，于是大力书写百姓逃跑、反抗、自杀等行为。

到了太方鼎盛阶段，随着双方接触日多，太方的许多内幕被清方获知，有些文人还被俘虏，获得了大量第一手资料，这为他们的想象提供了素材，与前一阶段的叙事相比，太方人员扮演的角色增加许多，最重要的有$\overline{A}$1a无情无义者、$\overline{A}$1b随心所欲者、$\overline{A}$1c待人不仁者、$\overline{A}$1d唯我独尊者、$\overline{A}$2e排斥异己者、$\overline{B}$1a不善读书者、$\overline{B}$1b知识贫乏者、$\overline{B}$1c拙于言语者、$\overline{B}$1d思想落后者、$\overline{D}$2天降灾异者、$\overline{D}$3天作祟者。前一阶段还没来得及叙述的男女关系成为太平天国之恶的首要表现，太方人员全成了淫棍，他们当众行淫、集体淫乱、叔嫂乱伦等。他们奢侈，衣必描龙画凤、食必山珍海味。头目间矛盾尖锐，他们相互倾轧，甚至大打出手。“罪责故事”采用揭叙手段，预言太平天国必将内乱，用讽叙、笑叙等方式把太方人员写成白痴，借以坚定官民必胜信心。由于天王府、东王府失火，文人们便借“天谴”证明太平天国罪大恶极，以解构洪秀全“天父之子”的神话。

天京事变是太平天国关起门的内斗，清方不知道内幕，因而“罪责故事”中没有直接反映天京事变的。天京事变后，新崛起的陈玉成、李秀成与清方展开了长达8年的拉锯战，双方互有胜负，最后清方占据上风，太方节节败退，直至灭亡，随着战争的深入、范围的扩大，受害的文人越来越多，因此这一阶段的“罪责故事”也最多。该阶段太平天国叙事的特点包括：第一，以亲身经历强化太方人员的残忍狠毒。在该阶段，太平天国建立了地方政权，许多文人被掳，所以许多叙事都从太平天国对待普通百姓包括自己的方式高度地表现太方人员的蛇蝎心肠。第二，增加了$\overline{B}$1f不善做事者、$\overline{B}$2b临险退缩者、$\overline{B}$2c不敢战斗者、$\overline{B}$2d不敢自杀者、$\overline{B}$2e不敢担责者、$\overline{B}$3d不堪一击者等角色及其行动，使太方人员既善于打仗，又不善打仗，既英勇无畏，又临阵退缩，既强悍不屈，又不敢自杀，既不易战胜，又不堪一击。这些看似相互矛盾的叙事与战争实际相符，相对来说对太方人员无能的描写远远多于对其能力的表现，因为文人们不愿承认太平天国胜利，只要写太方胜利，就会使用转移法书写其残忍狠毒，轻描淡写其智慧才华，而当清方胜利时，则大肆渲染太方人员的愚蠢、胆怯、无能。第三，增加了$\overline{D}$6天阻挠者、$\overline{D}$7天惩罚者等角色，往往在太方即将胜利之际，狂风暴雨突至，淋湿太方武器、烧着其营垒、破了其法术。叙述这些内容时，作者通常声明万目共睹或亲眼所见，造成强烈的似真效果，其目的是向读者灌输太方受到天谴、即将灭亡的观点。第四，有些作品承认太方并非全是罪恶滔天之人，比如《思痛记》中的李世贤不让士兵残害百姓。在前几个阶段，作者们只看到太方人员的群体共性，因而所有太方人员都是罪恶、奸诈、狠毒的化身，到了这一阶段，由于有些作者被掳，有了与太方人员朝夕相处的机会，太方人员不再是群体符号，而是活生生的人，其中有些人温厚善良。

在关于太方败亡和余波阶段“罪责故事”中，太方虽仍抵抗，但节节败退，其无能、胆怯得到充分表现，$\overline{B}$1、$\overline{B}$2、$\overline{B}$3中的所有亚角色及其行动都在太方人员身上发生，B角色全面消失。由于末日将临，他们越发放纵不羁，烧杀抢掠无所不用其极，因而$\overline{A}$中的大部分角色及其行动也在他们身上存在，与此相伴的是C角色及其行动，太方人员像落水狗一样被百姓痛打。该阶段不再需要借助天谴为官民增加胜利信心，所以太方人员的天心背离者角色减少了。

（二）谴责罪恶之助

“罪责故事”认为罪恶不是凭空产生的，清方的纵容、愚民的盲从、奸民的迎合是造成太方罪恶的助手，“罪责故事”对罪恶之助进行严厉谴责。在“罪责故事”中，最先受到谴责的是上至朝廷下至基层的部分清方将官。

在太方酝酿阶段，作为“罪恶之助”的将官承担的角色主要是$\overline{A}$1b随心所欲者、$\overline{A}$1e残害人民者、$\overline{A}$2b敷衍懈怠者、$\overline{C}$1民不认同者、$\overline{D}$2天降灾异者，这几个角色紧密相连，因为有权欲、钱欲，所以对上不忠、对下不仁，残酷剥削百姓，激起百姓反感，于是无情镇压，使民心背离，此时天降灾难，天下大乱，可见将官们是“乱”的根本原因。《镜山野史》中说“可恨者君明臣不贤……似此上下相蒙，理数应乱”，[1]《遁鼻随闻录》说“近年督抚多以纵庇叛逆粉饰太平为事……遂至酿成巨祸”。[2]作者们不愿也不敢对皇帝说三道四，又深知乱自上作的道理，于是他们把责任推到各级官吏身上，这是所有“罪责故事”的共同创作心理。该阶段叙事中除郑祖琛外很少提到具体官员的名字，多是大而化之的概述，因为一方面，在战争还没有爆发的时候，这些文人还要依附于官府、或是想走上仕途，他们不愿意在叙事中为自己结怨，概述不涉及具体官员，不会带来麻烦；另一方面，官员贪腐，残害百姓也是当时社会的共性，“天下乌鸦一般黑”，没有必要具体到某某官员。

在太方兴起和鼎盛阶段，“罪恶之助”将官的角色增加了A2b尽心竭力者、A2c宁死不屈者、$\overline{A}$2b敷衍懈怠者、$\overline{A}$2c苟安图活者、$\overline{A}$2e排斥异己者、$\overline{A}$2f掩饰欺骗者、$\overline{B}$1b知识贫乏者、$\overline{B}$1d思想落后者、$\overline{B}$1g不善做事者、$\overline{B}$2d勇于自杀者、$\overline{B}$2b临险退缩者、$\overline{B}$2c不敢战斗者、$\overline{B}$2d不敢自杀者、$\overline{B}$2e不敢担责者、$\overline{C}$1民不认同者、$\overline{D}$2天

[1] 李汝昭. 镜山野史[M]//中国史学会主编. 太平天国（三）. 上海：上海人民出版社，1957：3.

[2] 汪堃. 遁鼻随闻录[M]//中国史学会主编. 太平天国（四）. 上海：上海人民出版社，1957：353.

降灾异者。增加这么多角色与战争的爆发是分不开的，因为战争是试金石，不仅能试出官员、将领的智力与勇气，也能试出他们的思想与人格，在酝酿阶段大而化之、模糊不清的欺上瞒下、天怨人怒的官员形象被上述角色搭配组合成若干种类，每个种类都有一个异常突出的特征，许多人物又被指名道姓，比如争强好胜的乌兰泰、陷害向荣的塞尚阿、平庸无能的常大淳、临阵脱逃的陆建瀛等。该阶段对某些官员、将领的谴责非常严厉，比如《遁鼻随闻录》中说李星沅“情性乖张，不孚众望，到粤后拥兵自卫，纵贼不击，日事酣醉，妄自尊大，苛责仪节……畏罪暴殁”，[1]虽然使用的是概述的方式，不够形象，但是把他写成“罪大恶极”之人，以至几十年后，当简又文以之为据判断李星沅人格时引起其后人的强烈反感，专门查找文献为其辩诬。[2]同时，该阶段对某些将官批评得非常委婉，比如《武昌纪事》的作者虽然认为常大淳对军事一窍不通，但不直说，并且反复强调他为守城而费尽心机、指挥战斗直至从容殉难。《武昌纪事》作者的季父是常大淳的朋友，因而他使用减叙（减除常大淳不光彩的人格）、饰叙等方式为后者开脱、美化。由以上两例可见，“罪责故事”追究官员、将领罪责某种程度上是在泄私愤或拉关系。在太方后三个阶段，作为“罪恶之助”的将官有三个角色$\overline{A}$1e残害人民者、$\overline{A}$2f掩饰欺骗者、$\overline{D}$2天降灾异者被强化，有些人纵容兵勇烧杀抢掠，还美其名曰坚壁清野；有些人听说敌人将至，跑得比兔子还快，敌人撤离后，他们却厚颜无耻声称守

❶ 汪堃. 遁鼻随闻录[M]//中国史学会主编. 太平天国（四）. 上海：上海人民出版社，1957：356.

❷ 简又文. 关于李星沅死事之讨论[M]//简又文. 太平天国杂记. 上海：商务印书馆，1935：257-266.

土有功，邀功请赏，针对他们丑恶行径，作者借助天意愤怒声讨他们，让其主政地区母鸡司晨、猪生五蹄、竹子结子等怪异之事屡屡发生。

清方兵勇也是受到严厉谴责的人群，他们的角色集中在$\overline{A}$1e残害人民者、$\overline{A}$2b敷衍懈怠者、$\overline{A}$2c苟安图活者、$\underline{A}$2d犯上作乱者、$\overline{B}$2b临险退缩者、$\overline{B}$2c不敢战斗者、$\overline{C}$4被民憎恶者、$\overline{C}$5被民反抗者。他们在太方兴起阶段开始出现于“罪责故事”，与部分官员、将领一样承担着“剿贼”不力的责任，主要行动是“剿贼”时不听号令，临阵退缩，扰乱、动摇军心，致使围剿前功尽弃；防守时不尽力，在城楼上赌博，斩获敌人后擅离岗位，给敌人可乘之机，看到敌人进城，只顾自己性命，致使敌人横行无忌。在太平天国鼎盛、中兴、败亡、余波等阶段，他们又增加了害民、投降等行动。他们疯狂地烧杀抢掠；毫无忠孝观念，见到好处就投敌。在兴起阶段，文人们对兵勇还心存幻想，但是由于清方接连失败，文人们渐渐对兵勇们失望，对其缺点由忽视转向专注，由对能力的关注转向对人格的关注。

部分乡绅也是“罪责故事”中被谴责的对象，其主要角色为$\overline{A}$1e残害百姓者、$\overline{A}$2b敷衍懈怠者、$\overline{C}$4被民憎恶者、$\overline{C}$5被民反抗者。在太方兴起和鼎盛阶段，有些乡绅不愿捐资助饷，结果藏匿的财物被太方掳走；有些乡绅囤积居奇，结果资财被悉数没收；有些乡绅想用钱贿赂太方，结果惨遭屠戮；有些乡绅一心从贼，结果两头受气等。在太方中落、中兴和败落阶段，有些乡绅摇身变成太方乡官，助纣为虐。谴责乡绅的叙事通常会引用其他文本或者指名道姓地说明消息来源，以此证明自己绝没有污蔑这些人，但事实并非如此，以《遁鼻随闻录》来说，何绍基被写成一个一心从贼、反遭报复、下场可悲的恶劣乡绅，但据《太平天国》编者考证这些并非何绍基的行为，因为作者汪堃曾被何绍基弹劾，所以在该书中衔恨报复[1]，用集中化、狂欢化的手法把何绍基骂得狗血喷头，由此可见，亲历历史叙事也是真真假假，所谓信史，只是一种自我标榜。

最后一类被谴责的对象是愚民和奸民，在“罪责故事”中，民是指忠于清方的普通百姓，既不包括乡绅，也不包括愚民、奸民。愚民的主要角色是$\overline{B}$1b知识贫乏者和$\overline{B}$1d思想落后者，作者对这些人批判与同情兼备，哀其受害、怨其不明、怒其害人。奸民的角色主要是$\overline{A}$1e残害人民者、$\overline{A}$2d犯上作乱者，他们既是太方人员的前导，又是其同谋，还是其余孽。许多叙事运用导叙的方式提到李沅发、洪德元等天地会头目的造反行动及其被消灭过程，以之为太方人员的先导，使百姓认识太平天国的“罪恶”本质及其必然下场，鼓舞百姓斗志。在太方兴起之后的各阶段，有些奸民主动请求加入太平天国，他们袭击官府、抢掠百姓，比太方原有人员更加狠毒残忍。“罪责故事”的作者对奸民深恶痛绝，将之称为“奸人”“奸民”甚至“土匪”“贼匪”等。

（三）推重弭祸之依

“罪责故事”中的弭祸之依是指消灭太平天国的依靠，包括皇帝、有效抗敌的各级官吏、将领、兵勇、乡绅、心向清方的文人、百姓等。

虽然“罪责故事”认为太平天国造反与清政府统治不力有关，但只要写到皇帝就会赞美他或为他开脱，其总角色= A1e真心为民者+A2b尽心竭力者。在太平天国酝酿阶段，皇帝的形象主要靠开脱法形成，叙事者会说国家遭受天谴并不怪他，因为地方官员欺上

[1] 《太平天国》编者. 遁鼻随闻录附记[M]//中国史学会主编. 太平天国（四）. 上海：上海人民出版社，1957：429.

瞒下，他被蒙在鼓里，不知地方官残害人民，也不知“乱贼”已蠢蠢欲动，不知者不为罪，皇帝在这个阶段的责任就被擦抹掉了。在太方兴起阶段，既赞美皇帝，又为他开脱：听说太方造反后，皇帝震怒，当机立断处理了纵容贼寇的郑祖琛，然后调兵遣将，派出德高望重、令“贼寇”望风而逃的林则徐，可见皇帝知人善任，可惜林则徐中途病逝，于是皇帝改派塞尚阿，这一次，皇帝也是知人善任，因为塞尚阿身为朝廷重臣威望极高，但没想到塞尚阿不懂军事，净吃败仗，皇帝再次调兵遣将，但是官员、将领都很无能，兵败如山倒，一直倒到南京。在后面几个阶段，面对半壁山河，皇帝不拘常格，不受祖制所限，果断决定依靠汉人力量，重用曾国藩等汉族能人；此外深爱百姓，专门下诏“以云梯攻城，不许轰击，致伤居民”，令文人感叹“圣主仁民至矣哉”。[1]文人们认为只有臣错无君错，即使知道皇帝的缺点、不足也要有意隐瞒，此乃“春秋笔法”，何况这些叙事的作者多是中下层文人，无缘知道皇帝不足，因此皇帝在“罪责故事”中成了角色、行动虽少，但形象完美的人物，被视为胜利的希望和保障。

“罪责故事”中作为弭祸之依的各级将官的角色非常多，其角色总和= A1b严于律己者+A1c真诚待人者+A1d善待下属者+A1e真心为民者+A2a刚正不阿者+A2b竭尽全力者+A2c宁死不屈者+A2i以忠克情者+B1a好学善读者+B1b知识丰富者+B1e思想先进者+B2a勇于抗争者+B2b勇入险境者+B2c勇于战斗者+B2d勇于自杀者+B2e虽败尤勇者+B3a身体强壮者+B3b力大无比者+B3c身体灵活者+B3d武艺高强者+B3e杀敌迅猛者+B3f以弱胜强者+C1被民相信者+C2被民亲近者+C3

---

❶ 倪在田．扬州御寇录[M]//中国史学会主编．太平天国（五）．上海：神州国光社，1952：109.

被民投附者+C4被民帮助者+C5被民铭记者+D1天赐者+D3天启者+D4天助者+D8天化者。用如此多的正面角色塑造抗敌官员和将领形象，可见“罪责故事”对抗敌将官的热情赞美，用《遁鼻随闻录》序言的话说就是“鼓吹修明，导扬盛美”[1]，希望能使这些人青史留名。

作为弭祸之依的将官形象的阶段性特征不明显，其总体形象可概括为：能犯上进谏，忍辱行事；吃苦耐劳、拼死杀敌；宁死不屈，为国捐躯；不事张扬、谨慎自尊；尊重其他将官，帮助、营救、保护友军；对待下属宽容体恤、赏识重用，与其同甘共苦、身先士卒；真心为民，临死不忘百姓；宽待俘虏，化敌为友；敏而好学，讲求经世致用、擅长军事，有正宗功名出身或赫赫军功；了解敌人，思虑周全，不迷信鬼神；能有效调动军力，使各种力量团结协作；孔武有力，以一当十，能给敌人重创；受到百姓信任、迎接、慰问和帮助，被百姓思念、悲悼；在关键时刻能得到天的帮助从而战胜敌人。

“罪责故事”的作者游离于官员和百姓之间，虽然不是官员，但潜意识中把自己视为官员，有些作者甚至认为其德行与才华远远胜过某些将官，自己有权对这些人评头论足，谴责作为“罪恶之助”的将官是一种表现，褒扬作为弭祸之依的将官是另一种表现。由于自己没有权力，无法守卫疆土、打击敌人，于是就将心中理想将官的人格和能力转化成那些接近自己理想的将官的行动，所以“罪责故事”称赞将官实际是在宣扬作者的理想。由于实际生活中真正达到作者理想的将官几乎不存在，理想与现实存在很大落差，为了既表达理想，又兼顾将官们的实际，“罪责故事”频繁使用

[1] 姚际云. 遁鼻随闻录序[M]//中国史学会主编. 太平天国（四）. 上海：上海人民出版社，1957：1.

I 3 i 褒叙手法，极力夸大官员、将领的智慧、武艺、勇气、胆量、忠义、仁义等，比如《蒙难述钞》中说在江忠源的英明领导下，兵勇们先是“烧贼营一座，掳枪炮衣物等件，杀贼一名，伤贼数十名”，第二天又“烧贼营一座，伤贼数十名，割首级二个，掳贼银钱衣物枪炮甚多”，再隔两天，又“烧贼营两座，割首级一个，所掳军装器械不计其数”，❶乍一看会让读者觉得江忠源屡战屡胜，真是常胜将军！但稍一推敲就会发现这些胜利都是小胜，并没有给敌人造成致命伤害！读者之所以会产生江忠源能力非凡之感，秘诀就是反复夸耀而已！有些叙事过度使用夸叙，结果弄巧成拙，让读者感到虚伪和好笑。比如《武昌纪事》中某通判和女夫二人“执梃毙数贼”，❷“梃”是棍子，该通判并非练武之人，仅凭棍子就杀死狡悍的“数贼”，这肯定是作者的凭空捏造。该叙事又让梁星源对“贼”说“吾百姓无辜，若慎勿肆屠”，❸结果被敌人一枪戳死。梁星源明知敌人见官即杀，临死却卖弄文言，但文言在这里毫无意义，且荒唐好笑。作者并没有亲眼目睹梁星源的死，所谓“若慎勿肆屠”之言是他想象出来的，梁星源只是一个道具，被作者用来呈现理想中的“好官”形象。

除了夸叙外，“罪责故事”还用神化方式建构官员的神仙、道士形象，这类官员能使用法术破解灾难、呼风唤雨、预知未来、死后能化为神灵，比如《蒙难述钞》中说江中源“传令：‘今日巳时

---

❶　周邦福. 蒙难述钞[M]//中国史学会主编. 太平天国（五）. 上海：神州国光社，1952：53-54.

❷❸　陈徽言. 武昌纪事[M]//中国史学会主编. 太平天国（四）. 上海：上海人民出版社，1957：591.

天暗无雨，酉时云散复晴’”“至晚，果然天晴”，[1]这种叙事往往声称所记均为自己亲眼所见，但令读者怀疑的是既然官员如此有本领，为何连一座城也守不住呢？作者可能也想到了这一点，于是他们频繁采用开脱法加以补救，强调天命难违、兵勇不尽力、出现小人、敌人太狡悍等，形成一种固定模式，即先强调官员智慧了得、武艺高强、指挥有力、将士用心、接连取得多少胜利、俘获多少战利品，然后陡然一转，感叹天不作美，突降大雨、淋湿武器、风向突转、火苗反蹿，或者敌人援军到来，导致寡不敌众，或者兵勇突然倒戈、导致军心大乱等。之所以采用这种方式，是因为作者们不愿却又不得不接受清方失败的现实，要给近乎绝望的自己、读者保留一点希望。

作为弭祸之依的兵勇角色主要是A2b尽心竭力者、B2b勇入险境者、B2c勇于战斗者、B2e虽败尤勇者。这些角色主要集中在勇气和胆量方面，他们不怕牺牲、勇于战斗、勇闯敌营、主动请战、战斗到底。这样的兵勇在太方酝酿、兴起、鼎盛阶段比较少，正因为少，才格外引起关注，因此“罪责故事”没有让他们在叙事中被淹没，而是专门留有笔墨，突出表现他们英勇无畏的光辉形象，有些叙事也想通过他们反衬某些官员、将领的胆怯无能，比如《武昌兵燹纪略》中说川兵看见杨秀清带队而来，请求出战，“双福弗许”，[2]通过川兵的主动、无畏反衬了双福的畏葸无能。到了太平天国中落之后，清方胜利的机会越来越多，兵勇的英勇也就增加了几

[1] 周邦福. 蒙难述钞[M]//中国史学会主编. 太平天国（五）. 上海：神州国光社，1952：51.

[2] 佚名. 武昌兵燹纪略[M]//中国史学会主编. 太平天国（四）. 上海：上海人民出版社，1957：568.

分，以湘军头目为首的抗敌将领意气风发，无须退缩，于是兵勇也无须主动请缨。这些兵勇不再是作为罪责之助将官的对立面，而变成作为弭祸之依的将官的陪衬者，代表着战胜太方的重要希望。

在“罪责故事”中，部分乡绅也被当作“弭祸之依”的重要力量，他们的角色总和= A1b严于律己者+A1c真诚待人者+ A1d善待下级者+ A1e真心为民者+ A2a刚直不阿者+A2b尽心竭力者+A2c宁死不屈者+B1b知识丰富者+B1f见解深刻者+B1g视野开阔者+B1h善于做事者+B3疲弱者+C1民爱者+C2被民亲近者+C4被民帮助者+D4天助者。在作为“弭祸之依”的各种力量中，除将官外，乡绅所占的角色最多，而且除B3疲弱者之外，都是正面的，这是因为许多文人都出身于乡绅家庭，对自己的阶层都最熟悉、最有感情、最容易将其美化，叙述起来也最具真实感。

有些作者认为自己智力超过将官，言外之意是如果让他们统兵打仗，敌人早就消灭了，但国家没有给自己这个机会，只有徒叹奈何。《武昌纪事》的作者陈徽言、《转徙余生记》的作者方濬颐都属于此类，他们向当权者献计献策，但当权者不予采纳，结果大败，他们认为若采用自己的策略，那么胜利一定属于清方，其实他们的策略也不能保证必胜，但他们不会考虑这一点，因为他们一方面急于突出自己为国为民的忧思情怀和超凡能力，另一方面也委婉地表达对部分将官迂腐无能、刚愎自用的失望，对其尸位素餐的愤怒。

有些乡绅不幸被掳，为了生命，他们忍辱偷生，但身在曹营心在汉，最终如愿以偿。比如《思痛记》的作者李圭，由于身体羸弱被掳，被俘后只为太方抄写文书，绝不参与作恶，拒绝在太方娶妻，最后成功逃走。这类叙事有强烈的自爱自怜、自我开脱意味，因为他们做过太方的顺民，在忠君思想看来，这是大逆不道的，因此他们心存愧疚和不安，为了证明自己的忠心，他们都采用 I 3 i 7难叙手法，把自己的遭遇说得极凄惨，以表明自己从贼乃是迫不得已，自己并没有背叛朝廷，同时通过哭诉、哀泣，减弱负罪感。

也有些乡绅政治嗅觉灵敏，能及时发现不良苗头，采取针对性措施，招兵买马，兴办团练，与官兵的正面战场配合，在地方战场、侧面战场与敌人周旋，有些人还因此得到朝廷任命，成为正面战场的重要力量。在太方酝酿阶段，这类乡绅最先发现太方造反倾向并及时报告，如："生员胡某等十余人联名赴官出首"，❶据罗尔纲等人考证，出首者是王作新，对该叙事作者来说，谁是出首者并不重要，重要的是这种乡绅是存在的，因为他（或他们）的明智、敏锐正好能反衬出广西地方官员的弱智、祸国殃民。在太方兴起阶段，叙事中很少出现抗敌乡绅，因为在该阶段，乡绅们对清方正规军队还存在幻想，民团还没有真正建立。直到太方中兴和败亡阶段，乡绅抗敌力量才真正发挥作用，比如《湖变纪略》中的赵景贤，英勇善战，连战连胜，"两年之中，大小数百战，杀贼万计"，❷作者把他当作英雄来叙述，而且为他安排了在亲历历史叙事中很少出现的写诗填词情节，以表现他的才学和风雅，使之成为乡绅完美人格的代表。作者没有赵景贤的勇气、智慧和能力，因而羡慕具有这些能力的赵景贤，无偿为他树碑立传，使之成为乡绅的楷模、学习的榜样。

最后一类被"罪责故事"视为弭祸之依的是良民，即心理上认

---

❶ 汪堃．逋鼻随闻录[M]//中国史学会主编．太平天国（四）．上海：上海人民出版社，1957：354.

❷ 姚谌．湖变纪略[M]//中国史学会主编．太平天国（六）．上海：上海人民出版社、上海书店出版社，2000：747.

同清方、希望清方胜利、自觉为清方服务的百姓。良民的角色总和 = A2b尽心竭力者+A2c宁死不屈者+A2e不离不弃者+B1h善于做事者+B2a勇于抗争者+B2c勇于战斗者+B2d勇于自杀者+B2e虽败尤勇者+D1b天赐奇能者。其总体形象表现为敌人到来前能主动为清军通风报信，配合清军做好战争准备工作，能及时逃走或自杀，敌人到来时能与敌人打斗，被掳时不屈服、坚决反抗、守贞、伺机报复，会法术，能阻挠敌人行恶。

女性良民受到的称赞最多，她们不苟且偷生，敢于自刎而死；大义凛然，敢于责备抗敌不力的丈夫；聪明，利用敌人矛盾制敌于死命；仁义，丈夫背叛自己，依然悉心照顾婆婆……她们中有些人受到敌人虐待，被弄得求生不能、求死不得，令读者深深同情，她们既普通又伟大、既平凡又卓越，她们体现了普通文人的女性理想，反映了烈女节妇的观念，对她们的赞扬是对节烈的肯定和期望。

民间英雄也是受到高度赞扬的良民，他们不是乡绅，只是普通农人，但他们顽强抗敌，其代表是诸暨的包立身，其“日行数百里，后能望气，占吉凶，屡有奇验”，[1]善于托词誓师，每战必胜，即使强兵压境，也能大胜之，但最终瘟疫大作，包立身拔剑自刎。把包立身写成神仙一样的人物，表现了普通文人对具有超人智慧英雄的呼唤和依赖，在突出他超人才华的同时反衬了官员的无能。

（四）同情罹祸之民

对难民的同情也是“罪责故事”的重要内容。难民介于良民和愚民之间，他们没有坚定的政治立场和先入为主的政治观念，既不

---

[1] 镜澄氏. 包村纪事汇编[M]//江浙豫皖太平天国史料选编. 南京：江苏人民出版社，1983：262.

坚定地拥护清方，也不绝对地相信太平天国；他们抱着徘徊观望的态度，既不愿受太方统治、也不愿受清方统治，既躲避太方、又躲避清方，无法躲避时，谁有权就听谁的，谁对他们好就想跟随谁；他们没有智慧、勇气、力量，既不敢明确反抗太方，也不会坚决与官兵对抗，他们是文人叙事、清方叙事、太方叙事、外方叙事共同同情的对象。在“罪责故事”中，他们的主要特点是受苦受难、渴望逃归，在太方到来前，他们的家园被无能官员以坚壁清野名义毁掉，财物被无耻兵勇、地方官吏、乡绅敲诈勒索，太方到来后，他们又被迫将财物悉数进贡，本人还要被太平天国掳走，夫妇子女离散，为太方打仗送命，或者承担超负荷劳动，还时常挨饿挨打，遭受凌辱，苦不堪言，他们渴望被拯救，渴望回到清王朝统治地区。对这些难民的同情可以表现文人的悲悯情怀，同时在文人看来，拯救难民也是清方军事行动的根本目的之一，是确立清军合法性、合理性的重要基础，把难民写得越可怜，就越能凸显清方镇压太方的重要意义。

“罪责故事”揭露太方的残忍、狠毒、狡诈、奸猾、纵欲、低俗、愚笨、无能、遭到百姓唾弃、上天怨恨，追究部分将官、兵勇、乡绅、愚民奸民的责任，谴责他们欺上瞒下、纵贼不击、拥兵自重、见死不救、刚愎自用、好大喜功、畏葸不前、畏敌先逃、陷害忠良、贪于享受、冒功请赏、残害百姓、引狼入室、甘心事仇、助纣为虐等行为，盛赞皇帝的英明、仁义、心怀百姓，将官、兵勇、乡绅、良民的忠心耿耿、尽职尽责、英勇顽强、远见卓识、善于指挥、为国献身、不计名利、乐于助人，同情难民的悲苦，所有这些都体现了以“修身、齐家、治国、平天下”为终身理想的文人的独立精神和集体思想，他们将忠君等同于爱国，当君主的权威受到挑战时，他们痛恨挑战者，他们要去揭露这些人的罪恶，唤起百姓同仇敌忾的信念。作为知识者，他们有强烈的反省意识，这使他们带着审视的眼光重新观察社会，冷静地剖析社会自身的危机，在部分官员、将领、兵勇、乡绅、百姓身上找到了长在清王朝机体上的毒瘤，他们对毒瘤的存在充满担忧，认为正是毒瘤的存在才使清王朝的健康受到损害，他们没有能力割除这些毒瘤，但是可以将它们暴露出来，以便有权者将之割除。他们希望消灭太方，而自己又没有权力和机会，于是将希望寄托于皇帝以及优秀的官员、将领、乡绅、百姓身上，为他们树传立碑、歌功颂德。由于身处社会中下层，他们亲眼目睹百姓所受苦难，儒家的悲悯思想让他们对难民充满同情。因此可以说，“罪责故事”真切地反映了普通文人的爱国忧思。

二、歌颂湘淮军将帅的“功业故事”

“功业故事”以歌颂湘淮军将帅（包括湘军将帅曾国藩、胡林翼、左宗棠及淮军将帅李鸿章、程学启等）在抗击、消灭太平天国过程中的巨大作用、赫赫战绩、人格魅力、聪明才智为目的，作者一般是长期居于湘淮军中的幕僚，他们了解湘淮军抗敌过程，受到将帅特别是曾国藩、李鸿章的赏识、器重，感念其恩德，把为其歌功颂德当做义不容辞的责任。该类叙事数量不多，主要包括钱勖的《吴中平寇记》、王闿运的《湘军志》、王安定的《湘军记》。不重揭露太方罪恶、评判将官功过是非时感情浓烈、盛赞朝廷和湘淮军将帅、很少直接表达对难民的同情等是“功业故事”的主要特点。

（一）不重揭露太方罪恶

虽然也揭露太方罪恶，但只将其作为将帅们受命、崛起、成就功名的前提、背景和衬托，因此揭露的面要比“罪恶故事”窄得多，主要集中在与军事斗争有关的方面，包括太方将官的奸猾、狡诈、凶残、野蛮、人多势众、武器精良及其愚蠢、无能、胆怯、内斗等特点，通过前者来正衬，以强衬强、以智衬智、以勇衬勇、以人多衬智勇、以武器衬智勇，通过后者来反衬，以愚衬智、以拙衬能、以怯衬勇、以内斗衬团结。相对而言，用正衬法更能凸显湘淮军将帅的个人魅力，用反衬法较能现出太方实力的穷蹙。一般来说，“功业故事”对于轻易取胜的战役，多采用反衬法，对于艰难取胜的战役，多采用正衬法，轻易还是艰难的判断标准不是实际情况，而是作者的主观意愿和作者与主人公之间的关系，比如对于曾国荃打退李秀成苏常援军之事，王闿运认为并非多么艰难，因为“寇将骄佚，亦自重其死，又乌合大众，不知选将，比于初起时衰矣。十月，寇解去”，[1]而王安定认为曾国荃在遭受瘟疫的情况下，以“三万”人杀退李秀成“三十万”人，是绝大的胜利。[2]虽然王闿运曾经做过曾国藩的幕僚，但他是个狂狷不羁之人，因与曾国藩的矛盾而主动退走，他对湘军、对其他军队、对朝廷都有自己相对独立的评价、判断，[3]他没有否定曾国荃的功劳，但也没有将该功劳有意夸大，因此他的《湘军志》介于普通文人的“罪责故事”与歌颂湘淮军将帅的“功业故事”之间。而王安定长期做曾国荃的幕僚，对其言听计从，为维护曾国荃形象，就通过叙事有意拔高他的智能、忠勇。故而《湘军志》以简省的笔墨、用反衬法写曾国荃退敌，而王安定则以浓墨重彩和正衬法写同一件事。除军事外，“罪责故事”中太平天国的许多角色，如$\overline{A}$1a无情无义者、$\overline{A}$1b随心所欲者、$\overline{C}$1民不认同者、$\overline{C}$2被民远离者、$\overline{C}$3民不效力者、$\overline{C}$4被民憎恶者、$\overline{C}$5

[1] 王闿运. 湘军志［M］. 长沙：岳麓书社，1983：65.

[2] 王安定. 湘军记［M］. 朱纯点校. 长沙：岳麓书社，1983：122-123.

[3] 徐一士. 王闿运与湘军志.［M］. 长沙：岳麓书社，1983：168-180.

被民反抗者、$\overline{D}1$天生丑陋者、$\overline{D}2$天降灾异者、$\overline{D}3$天作祟者、$\overline{D}4$应天之谶者、$\overline{D}5$天劫者、$\overline{D}6$天阻挠者、$\overline{D}7$天惩罚者等都一带而过，或根本就没有出现，不再渲染太方将领纵情淫乐、不再强调他们奢侈浪费、纵酒吸烟、不再提及单个百姓对太方的舍死反抗，也不再编造神鬼祸害太方的奇谈，因为他们歌颂的是建立赫赫功业的朝廷命官，保家卫国、镇压叛乱是其职责，行动的正义性不需要依赖对敌人凶恶面貌的刻画，也不需要百姓和天意来认定。

（二）评判将官功过是非时感情浓烈

“功业故事”也谴责作为罪恶之助的将官、兵勇、乡绅、愚民、奸民，但是情感与“罪责故事”大不相同。与“罪责故事”相比，“功业故事”判断将官功过是非时的感情要浓烈得多。在湘淮军将领立功之前，基本采用集中法描述其他将官，一味弥缝、欺上瞒下、消极怠工、拥兵自重、见死不救、愚笨无能、胆怯畏葸、临阵脱逃等，使这些将领一无是处，这使叙事显得比较刻薄，不像“功业故事”即使写丧失城池的将官，也大多写他们的竭尽全力、保护百姓等优点。这样写是为塑造湘淮军将帅做好铺垫，以表明狂澜既倒，唯有湘淮军将帅才能挽救危亡，同时以其他将官的缺点反衬湘淮军将帅的优点，以前者的微不足道反衬后者的高大完美。“功业故事”很少用民心背离和天心背离表现其他官员，因为“功业故事”采用的不是民间、而是湘淮军将帅的视角，认为功过是判断将官的唯一标准，有功就有才有德，无功就无才无德，评价其他将官时根本不需要百姓和天意，因此“功业故事”叙述湘淮军将帅受命之前官员时，只写他们的失败、愚蠢、胆怯、欺诈、奸猾等。

在湘淮军将帅兴起初期，“功业故事”仍然会谴责其他将官，也仍然把这些将官说得一无是处，且增加了其他将官对湘淮军将帅的压制、排挤、打击、陷害等不仁不义行为，以湘淮军将帅的大度、忍让、克己、坚持来表现他的人格魅力。比如《湘军志》《湘军记》揭露并谴责了以张亮基、鲍起豹等为首的将官讽刺、挑衅、弹劾曾国藩等的丑行，曾国藩完全变成一个无辜者，在这种情况下，他忍气吞声、远离矛盾、以德报怨，借此盛赞他的肚量、胸襟、仁义、忠诚等卓越品质。

在湘淮军将帅建立大功、得到认可之后，“功业故事”也会不时谴责其他将官，他们大多不属于湘淮军，比如《湘军志》《湘军记》中的官文、向荣、多隆阿，《吴中平寇记》中的冯子材等人，对这些将官的谴责多集中于他们指挥不力、嫉贤妒能、搬弄是非、争抢功劳、见死不救等方面。也有少数将官是湘淮军一员，比如《湘军志》《湘军记》中的塔齐布、鲍超，《吴中平寇记》中的程学启、戈登等人，前两者属于湘军阵营，但塔齐布贪功好谄，鲍超生性残忍，后两者都属于淮军阵营，都受李鸿章节制，程学启出尔反尔，狠毒地杀死在苏州投降的郜永宽等太平军王爷，戈登胆怯畏葸、贪得无厌。与谴责阵营外的将官不同，“功业故事”对阵营内的受谴责将官都能一分为二地看待，在指出其不足的同时，仍然赞赏他们勇敢、顽强、有智慧等优秀品质，这样写一方面突出湘淮军将帅卓越的领导才华，使每个将领都能扬长避短；另一方面也表现了曾国藩、李鸿章的军事才华，听其令则胜，不听其令必败无疑。

与“罪责故事”相比，“功业故事”对兵勇的谴责也有明确指向，它们很少谴责湘淮军中的兵勇，因为这些兵勇都是湘淮军将帅的直系，也就相当于自己人，谴责他们就等于谴责湘淮军将帅，即使谴责，也多集中于湘淮军兴起阶段，这时湘淮军将帅的权威还没有完全建立，有些兵勇还像从前那样随便，比如曾国藩第一次带兵出战，兵勇见敌后退，曾国藩抽刀连杀数人，仍无法阻止，《湘军记》将此事记录下来，因为这可以表现曾国藩练兵的艰难，和其果敢、坚决、严格，并为凸显曾国藩练兵的成效做铺垫。当湘淮军将帅的功业建立以后，“功业故事”就很少再写兵勇的缺点了，即使存在明显不足，比如湘军士兵索饷哗变、鲍超军中存在大量会匪等，《湘军记》也予以开脱，说是有些居心不良者从中作怪，并非湘淮军将帅的责任。对于不属于湘淮军的兵勇，“功业故事”也很少反映他们烧杀抢掠行为，而是围绕军事活动，突出他们纪律涣散、胆怯畏敌等。

“功业故事”中受谴责乡绅的角色也不多，其行动主要集中在有钱不捐、见敌则退、没有智谋等方面，因为湘军、淮军其实都是地方团练势力，只是由于实力较强，功劳较大，得到皇室认可，成为与八旗、绿营并肩作战的军事集团，其粮饷大半是自筹的，因此极想从乡绅处捞到些金钱，特别是湘军初建时期，曾国藩想尽办法化缘，但是所得甚少，因此写乡绅有钱不捐是符合实际的，此外，这样写也有利于表现湘淮军将帅面对巨大困难并不灰心丧气的坚强意志、“忠君报国”的坚定信念以及最终克服困难所显现出的非凡才能。写乡绅们小气无谋，是为了反衬湘淮军将帅的聪明才智和湘淮军的生机和活力，借此暗示只有湘淮军将帅才能救清朝的观点。

“功业故事”对愚民仅仅一带而过。《湘军志》和《湘军记》对奸民的叙述比较多，因为湘军初建时，是通过镇压湖南各地的会党积累战斗经验的。两部作品也并非像“罪责故事”那样着力表现奸民如何通敌、如何残害百姓、如何挑衅官兵，而是简单交代一下某地有某会匪，官匪相通，这时湘军将领出面，一举剿灭会匪，或者写曾国藩亲审要犯，动用严刑，将某会匪一网打尽，“功业故事”并不一味谴责奸民，而是通过对奸民的成功镇压表现湘军的卓越功勋。

（三）盛赞朝廷和湘淮军将帅

由于湘淮军将帅与朝廷关系较为紧密，故“功业故事”对于朝廷的称赞并非局限于大而化之的议论或概述，而是非常具体的战略指挥、人员任免、功过评价与赏罚。经常采用的方式包括引叙和叹叙，《吴中平寇记》大量引用诏书，为了表示尊敬，抬头通常提前两格，引叙的目的是表现皇上、皇太后的英明果断、知人善任、从善如流、赏罚分明，比如“诏促公布置沪防，联络洋人，汰阅旧兵（按：笔者参阅的《吴中平寇记》中没有标点，凡本书中引用该文时的标点均为笔者所加）”，[1]这是李鸿章上任伊始，朝廷给李鸿章的指示之一，由于淮军的取胜离不开洋人的帮助，因此在李鸿章及其幕僚看来，联络洋人抗击太平军是英明举措，所以钱勖在此引述该诏旨，以颂扬朝廷的“英明领导”。之所以要颂扬皇帝、皇太后，一方面是湘淮军将帅及其幕僚们深受忠君思想影响，另一方面是湘淮军将帅与清王朝休戚相关，清王朝是湘淮军将帅的衣食父母，当然比具有一定独立性的普通文人更加卖力地为其大唱赞歌。由于曾国藩、李鸿章及其手下各级将领、幕僚对朝廷的许多做法并不认同，有时还认为完全错误，因此“功业故事”有时也会叙述朝廷指挥失误、倒行逆施、不近人情、自私自利等缺点，但是又会主动为其开脱，将责任推到其他将官身上，或者换一个角度，从正面来理解。比如，湘军上下都认为朝廷对曾国藩不公，手下的将领纷纷升官，只有他被削职，《湘军志》《湘军记》没有回避这类事情，但是它们处理得很巧妙，对其述而不评，一语带过，而在该事之前强调湘军之外的将官嫉贤妒能，屡次上书弹劾曾国藩，言下之

[1] 钱勖．吴中平寇记八卷[M]//《四库未收书辑刊》编委会．四库未收书辑刊（三辑·十三册）．北京：北京出版社，2000：129.

意就是皇帝受到某些小人蒙蔽，所以做出错误决定，因此是情有可原的。

湘淮军将帅是“功业故事”真正称赞的弭祸之依，其角色包括A1b严于律己者、A1c真诚待人者、A1d善待下级者、A1e真心为民者、A1f宽待敌人者、A2a刚直不阿者、A2b尽心竭力者、A2c宁死不屈者、A2e不离不弃者、A2g惩治奸逆者、A2h知错就改者、A2i以忠克情者、B1a好学善读者、B1b知识丰富者、B1c巧用语言者、B1e思想先进者、B1d见解深刻者、B1e视野开阔者、B1f善于做事者、B2b勇入险境者、B2c勇于战斗者、B2d勇于自杀者、B2e虽败尤勇者、B3a身体强壮者、B3e杀敌迅猛者、B3f以弱胜强者、C4被民帮助者、D2天亲者。

“功业故事”不以太方而以湘淮军将帅的活动为叙事线索，以湘淮军将帅建立功业的各个省市为结构框架进行叙事，比如《湘军志》包括湖北篇、江西篇、浙江篇、临淮篇等，《吴中平寇记》没有用标题明显地标出，但也围绕攻打苏州、常熟、无锡等城市进行叙事。空间框架构成叙事的表层结构，时间结构构成“功业故事”的深层结构。“功业故事”的叙事时间不与太平天国的成败相始终，而和湘淮军将帅在太平天国时期的活动时间相一致，根据湘淮军将帅的活动，“功业故事”被分为受命之前、受命及兴起、建立功业、功成名就之后四个阶段。

在受命之前，湘淮军将帅的主要角色是B1a好学善读者、B1b知识丰富者，“功业故事”强调他们有科举功名，有才学，已受到朝廷或名人赏识，只是时机未到，暂时没有腾飞而已。比如《湘军记》说“国藩官京秩，以理学、文章著。立朝謇諤，有大臣之言，中外想望”，[1]说左宗棠“刚明有智略，幼读书，究心舆地，夙以诸葛亮自负”，[2]《吴中平寇记》说李鸿章“公起于翰林”“曾公密言公可大用”。[3]

在受命及兴起阶段，湘淮军将帅的角色很多，包括：A1b严于律己者、A1c真诚待人者、A1d善待下级者、A1e真心为民者、A2a刚直不阿者、A2b尽心竭力者、A2g惩治奸逆者、A2h知错就改者、A1i以忠克情者、B1f善于做事者、B2b勇入险境者、B2c勇于战斗者、B2d勇于自杀者。他们接受皇帝命令，开始组建军队，对于曾国藩来说，接受任命就不能为母亲守孝，他需要牺牲孝来实现忠，《湘军志》说他起初因为孝顺不愿受命，“已而武昌陷，湖南大震”，[4]国家无人，他不得不以忠克孝，既表现他的孝，也凸显他的忠，还突出他无人能比的才华。为保家卫国，曾国藩要创办一支特殊的团练队伍，于是直陈八旗、绿营积弊，毫不掩饰对官军的失望之情，见解深刻、刚正不阿、以德报怨。为了维护团结，他离开省城，到其他地方练兵，由此可见他为了积蓄力量尽了最大努力，而且，真诚对待同僚。湘军练成后，他没有急于求成，坚持不出兵，可见他非常有主见，不唯上是从，惩治土匪时，他使用严刑峻法，对土匪绝不心慈手软，表现了他惩治奸逆的决心和手段的强硬。最初与太平军交战失利，他心急如焚，亲手斩杀后退兵勇，仍无法挽回败局时，他选择了自杀，这件事在一百多年后的叙事中常常被当作曾国藩无能的表现，以喜剧手法加以嘲弄，但《湘军志》和《湘军记》

---

[1] 王安定. 湘军记[M]. 朱纯点校. 长沙：岳麓书社，1983：9.

[2] 王安定. 湘军记[M]. 朱纯点校. 长沙：岳麓书社，1983：16.

[3] 钱勖. 吴中平寇记八卷[M]//《四库未收书辑刊》编委会. 四库未收书辑刊（三辑·十三册）. 北京：北京出版社，2000：129.

[4] 王闿运. 湘军志[M]. 长沙：岳麓书社，1983：19.

是不以为耻反以为荣的，它们认为这是曾国藩勇气、忠义、敬业的表现……从其手下将领来说，有些自顾自保、好勇恃强、不能与其他将领团结协作，曾国藩要统领各具特点的将领，使人尽其才，可见其知人善任、扬长避短的领导才能。当然曾国藩在兴起阶段遇到的也不全是倒霉事，他手下的将领很勇敢，敢于孤军对敌，死而不惧，如储玫躬身边只有18人时见到大股敌人，他没有逃跑，而是“遽前搏寇”，虽死却令敌人胆寒而退；[1]将领们也很有手段，能有效控制兵勇，比如塔齐布“杂用兵勇，皆得其死力，虽号奸猾者，隶其部下，勇毅恒先人”；将领们也受到百姓拥护，储玫躬战死当天，宁乡人就为他立祠，[2]塔齐布投宿民舍时，“老妪涕泣上食，为匿马稻秸中”。[3]李鸿章比曾国藩幸运得多，受命伊始，他不再需要面临无权无钱的窘境，供他支配的钱财非常多，有权聘任洋人、指挥江苏的军队，不需要费心寻觅有效的营制，所有征兵、练兵的方法都可以从曾国藩处直接借鉴，但是《吴中平寇记》还是摆出了他上任时的诸多困难，以此表现他的能力和才华。

在建立功业阶段，“功业故事”选取一些典型战例，浓墨重彩表现湘淮军将帅的忠肝义胆、卓越才华等。比如淮军与太平军之间的淞沪战役，《吴中平寇记》先说太平军狡猾，早已猜透清军意图，且人数众多，连营三四十座，程学启等人深夜带兵疾行，黎明即毁敌卡，李鸿章从容指挥，获得巨大胜利，“斩级三千余，解胁从数千人，获贼械数千件”，[4]程学启又与其他将领乘胜攻击，“尽毁

---

[1][2] 王闿运.湘军志［M］. 长沙：岳麓书社，1983：23.

[3] 王闿运，郭振墉，朱德裳. 湘军志 湘军志平议 续湘军志［M］. 长沙：岳麓书社，1983：28.

[4] 钱勖. 吴中平寇记八卷［M］//《四库未收书辑刊》编委会. 四库未收书辑刊（三辑・十三册）. 北京：北京出版社，2000：133.

其营数十”，其余敌人全部逃走，李鸿章奏请封赏程学启、张遇春等将官。这只是淮军的一个普通战役，叙事花了大量篇幅来叙述，可见“功业故事”对胜利战役的看重。从该段叙事可以看出“功业故事”描写胜利战役的方式，它们会强调敌人人多势众，“我方”势单力薄，这样做能提高胜利的分量、突出后者的智慧及勇气、显出后者的努力程度；强调统帅的军事布置情况，再让其一一变成胜利果实，这样能充分证明统帅的英明睿智；强调统帅亲临一线，以歌颂统帅不怕牺牲、与官兵同甘共苦的优秀品质；强调将领们相互配合，以表明统帅的统御、协调能力；强调敌人的狡猾、顽抗，以智衬智、以勇衬勇，突出“我方”超强智慧和勇气等。此外，有些胜利叙事还会强调天气不好，“我方”冒雨雪战斗；有些会强调瘟疫爆发，“我方”拖着病体打败敌人。这些叙事方法并非“功业故事”独创，“罪责故事”中也有，只是没有这么全面，而其源头则在《左传》和《史记》中，比如张遇春只身杀敌情节就借鉴了《史记·李将军列传》中塑造李广的方法。

在湘淮军将帅看来，他们打的胜仗是数不胜数的，“功业故事”不能把每一场战役都精心表现出来，这必须有详有略，这似乎是个叙事技巧，实际却是话语权问题，因为留下哪些战役、舍去哪些战役，详叙哪些战役、略叙哪些战役与湘淮军将帅是有切身关系的，每个将领都想让自己在叙事中所占的分量大一些，僧多粥少的情况下就会产生矛盾和竞争，最后就需要用话语权来解决。作者是故事的生产者，按说话语权应掌握在他的手里，但实际情况并非如此，在三个代表性“功业故事”中，相对来说，《湘军志》作者掌握的话语权较多一些，基本能以自己的判断来决定取舍详略。但是曾国荃、郭嵩焘等人看到自己在《湘军志》中没有得到突出便非常气愤，不仅严厉指责王闿运，而且将《湘军志》制版销毁，又命令王安定重写。[1]王闿运是“名副其实的学者”，不迎合权贵，对政治、历史有独立见解，[2]他认为在战争初期死去的储玫躬作用很大，因为他的死唤醒了湘军将官相互支援、知“荣战”而死的优秀品格，所以他花了很多笔墨叙述储玫躬之死，相反，曾国荃虽然是得到伯爵封号的权贵，又是曾国藩的弟弟，王闿运也认为攻下天京并不是多么了不起的胜利，因为太方已经是强弩之末，虽然兵员很多，但都是沿途裹挟而来的乌合之众，没有什么战斗力，所以天京之胜的根本原因是太平天国实力的下降，因此他没有精雕细刻这场战役。与王闿运不同，王安定完全听命于曾国荃，名为《湘军记》实际上就是曾家的功德录，除赞美曾国藩之外，还极力称赞曾国荃，为达目的费尽心机、极尽赞美之能事，对于攻占金陵，先写曾国荃见识高远、力排众议，坚持围攻金陵，继而写初战之捷，虽然敌人残忍无道地使用毒烟和沸汤抵御，但最终官军“焚其火药，歼贼无数”，与此同时，官军也付出巨大代价，“伤亡亦三千人”，三千这个数目表达的不仅是对伤亡者的哀悼，更是对曾国荃损失的惋惜和对曾国荃遇到的困难的渲染。接下来，《湘军记》强调朝廷令李鸿章会攻金陵，但曾国荃手下将领耻于借助外力，曾国荃以此激励将士，将士个个奋勇，这样写突出了曾国荃善于激励士气。曾国荃祈雨时，“须臾龙见，雨大至”，做梦有人催促，这是在表明曾国荃攻破金陵乃是天意，他本人是上天选中的英雄。曾国荃悬赏敢死队，手下将领争先恐后，冒着砖石，蚁附登城，第一个登上城墙的萧孚泗手刃数人，众将领从各门纷入，这显示了曾国荃

[1] 徐一士. 王闿运与湘军志[M]. 长沙：岳麓书社，1983：168-180.

[2] 刘善良. 陈澧俞樾王闿运孙诒让诗文选译[M]. 成都：巴蜀书社，1997：10.

手下将士渴望建功立业的豪情壮志与神勇，以强衬强，更加突出曾国荃的伟大。最后写到俘获玉玺、金印、洪仁达、李秀成，杀死大小头目三千人，击毙十余万人，“拔难民数十万”，这样写看似蜻蜓点水，实际很有分量，玉玺、金印是太平天国存亡的象征，洪仁达、李秀成一个代表皇亲，一个代表太方最高将领，俘获这些代表推翻了太方政权和主要力量，其他任何胜利在此面前都会相形见绌、微不足道。点出大小头目三千人，是在强调天京的军事实力是非常强的，军事人才比比皆是，由此显出这场胜利来之不易、曾国荃手下将士英勇善战。击毙十余万人，说明敌人之多，以与曾国荃手下将士之少形成对比，突出曾国荃功劳的巨大。“拔难民数十万”在《湘军志》中也没有，《湘军记》用这句话来表现曾国荃救国救民的形象。夸大功劳的同时，《湘军记》又掩盖曾国荃的缺点和由他产生的尖锐矛盾。《湘军志》说胜利后彭玉麟、鲍超等都要离开湘军，且左宗棠、沈葆桢等人怀疑江宁的财货都被曾国荃占有，曾国荃不得不托病回乡，并主动裁军，而《湘军记》重点写胜利后曾国藩、曾国荃等人得到朝廷封赏的情况，回避了彭玉麟、鲍超等与曾国荃的矛盾，将左宗棠、沈葆桢对曾国荃怀疑的内容改成李秀成没有被送京，说曾国荃回乡是急流勇退。《湘军记》对曾国荃的回护是显而易见的，不仅为他找托词，而且采用垫衬方法，通过贬低左宗棠和沈葆桢抬高曾国荃。可见《湘军记》的话语权完全掌握在曾国荃手中，《湘军记》对《湘军志》的改写和取代反映的是湘淮军将帅对普通文人话语权的抢夺和剥夺。与《湘军记》一样，《吴中平寇记》的话语权也不属于作者，而属于李鸿章，所有叙事都是围绕李鸿章展开的，因此“功业故事”是湘淮军将帅的御用叙事、庙堂文学、歌功颂德的文字。

在建立功业之后，《湘军志》和《湘军记》的叙述较少，主要是曾国藩、曾国荃等人主动裁军，把机会让给李鸿章、左宗棠等人。《吴中平寇记》与之不同，对李鸿章胜利之后的叙事较多，其一是合理处置戈登及其常胜军的问题。由于拥有世界上最先进的武器，洋人在太平天国后期的分量举足轻重，谁得到洋人帮助，谁就会掌握战争主动权。《吴中平寇记》竭力想表达的一个观点是洋人算不上淮军的联盟，只是淮军的工具、是淮军出钱聘用的工人，洋人的命运掌握在淮军手中，洋人听话就继续聘用，不听话马上解聘，这样写是为了洗清李鸿章及其淮军勾引洋人、出卖国家的恶名。叙事中绝口不提李鸿章与洋人间签订的政治经济协议，而是强调洋人的不足，写洋人在帮助清方时还帮助太方、不值得信任；贪得无厌；胆怯畏葸；残害无辜百姓，破坏淮军声誉；摆不正自己的位置，管得过宽，干涉淮军内部事务。《吴中平寇记》明言在没有最终获胜之前，李鸿章大人大量，不计较洋人缺点，但功业建立之后洋人没有收敛，反而得寸进尺，于是李鸿章果断决定裁撤洋人，维护了清王朝的主权和荣誉。通过叙述淮军功业建立之后洋人的行径以及李鸿章的措施，《吴中平寇记》赞颂了李鸿章的英明睿智。另一叙事重点是李鸿章主动裁军，与曾国藩嫌湘军暮气太重、曾国荃迫于压力不得已裁军不同，李鸿章裁军是为了节饷。同样是裁军，李鸿章的境界显得更高，是上为国家、下为将士，既忠且仁，所以《吴中平寇记》是三个“功业故事”中最能体现歌功颂德特征的一个。在功成名就之后，《吴中平寇记》中的李鸿章为死难将士建造昭忠祠，编制《昭忠录》，告慰死难者亡魂，充分显示了李鸿章的仁者之怀。最后又写李鸿章造福百姓，恢复乡试，给文人创造进身之阶，整顿吏治、减免赋税、兴办学校、兴修水利，使政通人和、民庆更生，这些虽然采用概述方式，但面面俱到，把李鸿章的“好官”形象充分表现出来。

除朝廷和湘淮军将帅及其手下将士外，“功业故事”也偶尔写到百姓的协助或上天的帮助，与“罪责故事”相比，这些叙事的分量已变得微不足道。因为打败、消灭太方是各种力量相互配合的结果，各种力量之间构成负函数关系，一种力量的作用越大，其他力量的作用越小，如果百姓的反抗非常有效或者上天的惩罚作用很大，那么曾国藩、李鸿章等人的价值就会很小，百姓的反抗、上天的帮助不光不能凸显他们的伟大，反而会降低其形象，因此“功业故事”中没有《武昌纪事》中在敌来时那种敢于骂敌、不屈被杀的女性，也没有《思痛记》中敢于对太方人员说“不”、宁愿被杀也不愿被掳的男性；既没有正杀得兴起，突然乌云翻滚、雷电交加的怪异天气，也没有神秘生物强奸太方女性的神奇传说，不仅如此，作者归结胜利原因时，还经常自问自答“岂天数耶？”“一二人谋力之所致也”，[1]通过减少、压抑民与天的作用来抬高湘淮军将帅的价值。但“功业故事”中也没有完全否定民与天，只是民与天必须通过为湘淮军将帅及其部下服务才能显示出其价值。比如为了表现塔齐布的优秀品格，《湘军志》安排一个老妪向他进献食物，帮他隐藏，这个老妪没有抗敌，但因为帮助了塔齐布而青史留名；曾国荃祈雨则雨至表现的也不是上天主动、明智地惩罚太方，必须曾国荃出面才能发挥威力，就像《西游记》中孙悟空呼风唤雨一样，表现的不是雷公公、风婆婆的魅力，而是孙悟空的超人本领。因此在“功业故事”中，民与天不再具有独立作为弭祸之依的作用，而成为湘淮军将帅的附庸，仅仅是湘淮军将帅的一件美丽外衣而已。

[1] 王安定. 湘军记[M]. 朱纯点校. 长沙：岳麓书社，1983：1.

（四）很少直接表达对难民的同情

“功业故事”没有细腻地描写惨死百姓残缺不全的身体、没有详细地叙述被掳者内心痛不欲生的感受、也没有血泪交加地痛骂太方、清方、洋人、土匪、乡绅等各方使百姓失去家园、流离失所的罪恶，因为它们所持不是民间立场，而是湘淮军将帅立场，这种立场更强调清王朝的整体利益和湘淮军将帅的赫赫功业，更关注丢失和收复了多少城池和土地，更留意丧失和夺取了多少物质财富，在湘淮军将帅眼中，难民充其量只是与金银财宝一样的物质而已，是不需要关注其感情的，只要能够把他们从敌人统治下救出来，就已经是他们的大恩人了。因此，“功业故事”中的难民是被物化的，经常被当成胜利的点缀、功业的证明，与俘获的武器、捣毁的营垒相提并论。

与“罪责故事”相比，“功业故事”只揭露太方在军事斗争方面的奸猾、狡诈、凶残、蛮悍、人多势众、武器精良及其愚蠢、无能、胆怯、内斗等特点，很少关注太方对百姓的残害，也很少写到百姓和上天对太方的怨恨、抵抗；“功业故事”谴责不属于湘淮军将帅势力范围的将官、士兵、乡绅、百姓等，对于湘淮军将帅内部的将士很少谴责，即使偶有谴责，也放在湘淮军将帅兴起之初，随着湘淮军将帅的崛起，这些将士成功转变为抗敌先锋、国家栋梁；“功业故事”仅仅把朝廷和湘淮军将帅及其手下将士作为弭祸之依，肆意夸大后者特别是曾国荃、李鸿章等人的功劳和人格魅力，减少其他将领的成绩，同时淡化、消解民与天的力量；“功业故事”对难民利用多于同情，很少写到难民的具体灾难，而是通过他们增加湘淮军将帅的功劳。为湘淮军将帅歌功颂德是“功业故事”的最终目的，“功业故事”反映的是湘淮军将帅的政治利益和青史留名的心理诉求。

三、太平天国自我神化的“拯救故事”

虽然政权、财物、土地、人民等是太清双方争夺的中心，但是太平天国叙事从不直说己方是为了政权、土地城池、金银财宝、美女娇娥而战，而是把自己伪装成上承天命、下顺民情的拯救者，从虚构的天父、天兄到天王再到首义各王直到各级将士构成一个完整的拯救者系列，给自己穿上一袭华美的神衣。出自太方的大部分叙事都属于这种自我神化的“拯救故事”，《太平天国印书》中的所有叙事都是“拯救故事”，比如《太平天日》《天情道理书》等。《英杰归真》有意模仿汉大赋手法，通过主客问答的方式将太方的意图、观点表现出来。文字上大多直白无文，但《建天京于金陵论》等少数文字故意使用华丽的词语、排比的句式，造成不容置辩的气势，而《天父诗》等又生造词语、故弄玄虚、难以理解。除太方的大部分叙事外，感情上亲近太方、以洪仁玕口述为基础写成的《洪秀全革命之真相》《太平天国起义记》等出自外国人之手叙事也属于该类。

“拯救故事”中的人物主要有五类，分别为天神（包括上帝、天兄、天母、天嫂等）、人神（包括天王、幼主、首义诸王）、其他各王及各级将领、百姓（包括良民、愚民、奸民）、妖魔（清方皇帝、将官、士兵、孔子、各种神灵）。对五类人物的叙事构成“拯救故事”的五个特征，即天神的人化、人神的天化、王爷将领的忠化、百姓的愚化、清方的妖化。

（一）天神的人化

所谓天神就是生活于天上的神，虽然太方的天神以西方基督教之神为基础，但实质上只是借用了天主教的神的名字而已，其塑造方法和精神实质完全不同于西方，反倒与中国古代原有的天神形象非常相似，一个非常显著的特征是他们不仅具有神性，而且具有人的外形和世俗人性。《太平天日》中天父的形象非常具体，“头戴高边帽，身穿黑龙袍，满口金须拖在腹上，相貌最魁梧，身体最高大，坐装最严肃，衣袍最端正，两手覆在膝上”，[1]“高边帽”“黑龙袍”代表至高无上，“金须”象征高贵，“魁梧”“高大”体现王者之尊，“严肃”“端正”代表王者威严，这个形象在天主教中不存在，除了金须之外，这个脸谱化的天父形象与玉皇大帝倒非常相似，[2]因此天父是洪秀全根据所见西方人形象结合中国人特征、传统、思维定式想象出来的。但是洪秀全并不说天父是他想象出来的，而是千方百计试图证明天父就是他描述的样子，因此他不断向别人述说这个形象，还和萧朝贵玩起了双簧，以问答的形式强化天父的外在形象，并证明自己所说为真，[3]以致他与别人都信以为真。其他天神，如天母、天兄等也颇有中国人特征的外在形象，反映中国人的审美理想，是带有中国人特征的天神形象。

外形描写使“拯救故事”中的天神具有了人的躯壳，性格表现更使天神带上人的内在特征。“拯救故事”中天神的性格首先表现在他们具有人的七情六欲，像人间的皇宫和神话传说中的天宫一样，洪秀全想象中的天父很喜欢美女，有许多美女相伴，她们就像

---

[1] 太平天日[M]//太平天国印书(上). 南京：江苏人民出版社，1979：36-37.

[2] “玉帝的塑像或画像，一般是身穿九章法服，头戴十二行珠冠华冕”（黎海波. 宗教史：人类对超自然的崇拜[M]. 武汉：湖北人民出版社，2006：24），洪秀全的天父与玉帝同样戴帽子，只是一个戴“高边帽”，一个戴“华冕”；同样穿长袍，只是一个穿“黑长袍”，一个穿“九章法服”；从画像上看玉帝也有胡子，只是颜色是黑的，而洪秀全的天父的胡子是金色的，因此说洪秀全的天父与玉皇大帝非常相似。

[3] 天兄圣旨[M]//王庆成. 影印太平天国文献十二种. 北京：中华书局，2004：28.

皇宫中的宫女，天宫中的仙女一样必不可少；[1]天父也有妻子，就像皇帝要有皇后、玉皇大帝要有王母娘娘一样；天父是一家之主，大事小事都要管，连儿媳妇也要“谆谆教诲”，而且专横霸道，说一不二，不容任何人置喙，还容易发脾气，动辄训人，和人间的皇帝、天上的玉皇大帝一个德性，充分体现了传统中国的家长制作风；天父也记仇，几千年前的仇恨都记得一清二楚，还因此而痛苦，要派自己的“儿子”下界“诛妖”，即为他复仇，他还睚眦必报，也像皇帝、玉皇大帝那样派天兵天将或降下灾难严厉惩罚其仇人，而且经常将惩罚扩大化，伤及无辜，比皇帝和玉皇大帝更加残忍，动辄让瘟疫泛滥或者使“有田无人耕”；天父也虚伪自私，照“拯救故事”中的说法，他派“亲儿子”洪秀全下凡，表面看是为人间“诛灭妖魔”，拯救百姓，实际是因为人间只顾“拜邪神”，把他忘了，不再供奉他、相信他、崇敬他，所以他的根本目的还是拉回信徒，重新树立自己的权威，可见他与人间的皇帝、天上的玉皇大帝、王母娘娘一样贪恋威权；天父也有儿子、儿媳，也需要传宗接代，这一点更像人间的皇帝，比玉皇大帝可要世俗多了。[2]

通过以上分析，可以看出“拯救故事”中天神的性格具有两面性，在《原道觉世训》中，一方面天父（该文中的天、皇上帝）是

---

[1] 韩山文转述洪秀全升天情形时说他见到天父宫殿“两旁聚集有无数高贵的男女敬礼而欢迎秀全”（[瑞典]韩山文. 太平天国起义记[M]//简又文译. 中国史学会主编. 太平天国（六）. 上海：上海人民出版社、上海书店出版社，2000）；画像中的“玉帝”“旁侍金童玉女”（黎海波. 宗教史：人类对超自然的崇拜[M]. 武汉：湖北人民出版社，2006：24），可见，“天父”与“玉帝”都需美女相伴。

[2] 太平天日[M]//太平天国印书(上). 南京：江苏人民出版社，1979.

人类的恩人，是他降生人类；另一方面“当挪亚时，皇上帝因世人背逆罪大，连降四十日四十夜大雨，洪水横流，沉没世人”。[1]这种大仁又大恶的性格是洪秀全及其拜上帝会精心设计的，通过强调天神性格的两面性，一方面教导普通人感恩天神，自觉敬拜天神；另一方面吓唬他们，警告他们不可背弃天神，否则将受到严厉惩罚，对其进行精神控制。天神是人神的对应物，天神具有两面性，人神理所当然也就具有两面性，因此塑造天神的两面性格也是塑造人神形象的需要，也是塑造各王及各级将领的需要，从天神到各级将领都是施行仁义与疯狂复仇的结合体。

通过让天父及其家族成员具有人特别是中国人的思想、感情，洪秀全成功地塑造了有血有肉的天神形象，他们不仅具有中国人的外在特征，而且与中国人的想法相同，中国人在其身上能看到自己的影子，所以会产生认同感、亲切感、真实感，愿意将之作为信仰，这对当时的中国人来说是非常方便的，只需将对灶神、门神、土地神等的敬仰、供奉改成对天父的颂扬就可以了；此外，洪秀全只说天父生活在天宫，却没有直说天宫在哪儿。这不知所处的天神更能有效控制迷信的中国人，他们会认为天神无处不在，如果得罪了天神，即使钻到地缝中也会被发现，天神又好报复人，一旦被其盯上，只有死路一条，这会让他们产生巨大的恐惧感，从而对天神在人间的代表——洪秀全及其拜上帝会言听计从。

“拯救故事”中天神性格的人间性中更为重要、分量更大的是对人神、各王、各级将领的密切关注、暗中帮助、神秘引导和对清方的阻挡、惩处等。从故事时间上来看，“拯救故事”都以太方

[1] 洪秀全. 原道觉世训[M]//中国史学会主编. 太平天国（二）. 上海：上海人民出版社，1957：17-18.

“拯救世人”的活动为时间线索，按拯救活动的进程，可以分为拯救前、拯救时和失败时三大阶段。拯救前可分为洪秀全升天前和升天及其后两个阶段，在第一阶段，天神的活动有三种叙述方式：第一种是从天主教再演义来的，主要包括天父“六日造成天地山海人物”；被普天下人感谢；用洪水沉没被邪魔淫秽的世人；被世人畏惧；救出敬畏他的犹太人；设十款天条；因人屡犯天条大怒，要灭尽世人；天兄基督为世人赎罪，为了拯救更多世人，天父又派次子洪秀全下凡。这种叙述以《太平天日》为代表。第二种是从中国历史附会而来，主要包括天父生民；在圣人时代受尊敬；少昊时，被妖魔抢走了信众；因秦始皇求仙，皇上帝被废弃；宋徽宗时被玉皇大帝名号亵渎，报复宋徽宗、宋钦宗，不为人间信仰；为了挽回世人，皇上帝派洪秀全下凡。这种叙述以《原道觉世训》为代表。第三种是将民族事务嫁接到天神身上，主要包括上帝是独一真神，造就神州，满洲是“妖”盘踞之处，上帝震怒于“满妖”，于是派洪秀全下凡救世。这种叙述以《奉天讨胡檄布四方谕》为代表。天父原本没有国籍，关注的是所有的世人，到了第二种叙述中，天父就非常关注中国了，好像他只属于中国似的，而在第三种叙述中，天父不仅是中国的，而且是密切关注时事的。从演义外国宗教到附会古书再到联系当前，可以看出太平天国对外国文化的接受路径，由全盘接受到中国化再到当前化、政治化，最后变成中西结合、不中不西、既中又西、文化与政治紧密结合的大杂烩。这些改变既是洪秀全传教的需要，也是现实政治的需要，只有让西方文化中国化，中国人才能接受；只有让传统的文化当代化，当代人才能产生切身感受；只有让文化问题政治化，才能名正言顺地夺取政权。

在第二阶段，“拯救故事”对于天神行动的叙述只有详略差别，而无本质差异，主要包括天父接洪秀全升天，天母为其洗除罪恶，天父向其指明妖魔，天父、天兄教其战妖之法，天父赋予其“诛妖”使命，授予其象征权力的金玺、宝剑、名号、神书等；庇佑洪秀全等顺利到达广西传教；在幼主出生时显示神迹；保佑黄为正出班房；通过洪仁玕启示洪秀全登天子位的时间；保佑身无分文的洪秀全顺利到达广西；天父降灵于东王；天兄降灵于萧朝贵等。在洪秀全升天前，天父虽然已经被中国化、当代化、政治化，但其关注的对象还不是个人，到洪秀全升天时，洪秀全就成为天父关注的重点。既为天神，就应该悲悯众生，而“拯救故事”中的天神只关心自己的“儿子”“兄弟”，给他种种好处，而且“惠及子孙”，连幼主也照顾到，并且与人沟通，借人发言，充分体现了“拯救故事”将天神人化的特征。

在拯救时，天神的主要功能是“默中使成”。胜利是“默中使成”的一种情况，只要是太平天国的胜利，都是天父“默中使成”的结果，比如贵县十个拜上帝会员将土民数千人打败，这次暗中使成的方式是惊扰敌人，使其“自相践踏”；[1]永安突围时，“妖魔数十万”“猖獗异常”，太平军虽然“粮草殆尽，红粉亦无”，但还是战胜了敌人，成功突围；金陵“城垣之高厚，地方之辽阔，实有倍于他省者”“孰知十日之间，一举而成”。该类叙述都强调敌人的实力强大，要么人数百倍于太平军，要么占据险要，固若金汤，从而强调非人力所能取胜，叙述完胜利之后，“拯救故事”还会大发议论“若非天父权能，何能捷易若此哉？此又可见天父排定之权能也”，进一步强化天父与太平天国的密切关系。天父“默中使成”的不仅有胜利，也有放弃，比如攻取桂林时，本可轻易取

[1] 洪仁玕自述[M]//中国史学会主编. 太平天国（二）. 上海：上海人民出版社，1957：850.

胜，只因得知城内没有粮草，故而撤围；攻长沙时“攻破城垣数次而又不遽进城”，原因是“若进长沙驻扎日久”，那么益阳等处船户将逃走，就不能得到百万舟楫顺流而下了。攻打桂林、长沙都历时很久、动用全部兵力、竭尽一切办法，最后都以失败而告终，但是“拯救故事”对开脱法驾轻就熟，根本不存在失败，存在的是放弃！开始时与胜利的叙述相反，强调的是太平天国的实力，让读者感到攻下桂林、长沙简直是小菜一碟，以强调不是不能而是不为，叙事结束时也议论“天父权能无所不知，无所不能，无所不在，岂桂林一城独攻之而不克乎？此皆天父默中使成，非人所易知耳”，与胜利叙述殊途同归，都归结到天父对太平天国的看顾上。考验也是“默中使成”的一种情况，比如在金田时，太平天国缺粮，原因是“天父欲试我们弟妹心肠，默使粮草暂时短少”，[1]本是得不到充足粮草，却说天父故意不让他们得到，在突出天父权能的同时为自己开脱，又加强了天父和太方的亲密关系。除以上这些外，“拯救故事”中天父对太方“默中使成”的还有唤醒误入迷途者、指出叛逆者、惩罚内奸等。除正面帮助太方外，天父还“默中”使清方遭受损失，比如“天意灭奴，诛咸丰之丧于黄土”，[2]把咸丰之死说成天父所为，使天父性格的人间性色彩更浓，他不仅爱太方所爱，而且恨太方所恨，完全成为太方独有的保护神。太方会给所有成员洗脑，使他们相信天父仁慈，相信只要真心祈祷，天父将特别善待自己，太方又让人们熟知“解罪规矩”、背

[1] 天情道理书[M]//太平天国印书(下). 南京：江苏人民出版社，1979：520-521.

[2] 诛妖檄文[M]//太平天国印书(下). 南京：江苏人民出版社，1979：734.

熟祈祷语言、反复模仿祈祷仪式，早晚、吃饭、灾病、打仗等时候都祈祷，反复强化，使人为语言变成天定语言、人为仪式变成天定仪式、人为思想变成天定思想，继而天定语言变成内心语言、天定仪式变成内心仪式、天定思想变成内心思想，于是太方成功地控制人们的思想，将祈祷、悔罪等变成人们的自觉行动，使许多人（特别是广西“老兄弟”）无所畏惧、奋不顾身。在控制别人的同时，洪秀全自己的思想也被控制，他把自己及手下们编造的谎言当成真事，以为天父真的会永远保护自己，天真地相信天父会派天兵天将帮助自己，直到灭亡。

大部分“拯救故事”只写到拯救时期，只有各王自述才涉及失败阶段。从这些自述可以看出，在失败阶段，天父仍然权能无限，但他对太方内部的分裂感到痛心，因此不再喜欢、眷顾、拯救太方，于是太方彻底失败了。《洪仁玕自述》强调李秀成不听命令、《赖文光自述》强调陈玉成不听建议，《石达开自述》指责东王、北王内讧，又谴责天王要杀石达开的罪恶，虽然每个人的判断不同，但都提到太平天国内部的不和谐因素，又都感叹“天败于予，又何惜哉！”[1]“得失生死，付之于天”，[2]把内部的矛盾与天对太方的惩罚结合起来，从反面强调天神对太方的密切关注。

太方称自己的政权为“太平天国”、京城为“天京”“小天堂”、人为“天人”，人神也被天化。人神的天化与天神的人化相反又合一，是指将生活于人间的、活生生的人看成神，能出入天

---

[1] 赖文光自述[M]//中国史学会主编. 太平天国（二）. 上海：上海人民出版社，1957：863.

[2] 洪仁玕自述[M]//中国史学会主编. 太平天国（二）. 上海：上海人民出版社，1957：847.

堂、能与天神交流、还能开口讲天话。人神的天化在中国古代叙事中早就存在，比如《封神榜》《西游记》等中亦神亦人的哪吒、孙悟空等形象都体现了人神的天化，但这些都存在于神魔小说中，它们不受“真”的约束，因此很玄、很虚幻。在强调“真”的历史叙事中，人神的天化仅仅停留在天物化成人、上天帮助人的阶段，比如《史记》中刘媪被蛟龙缠身，生下刘邦，或者某次战争，天突降大雨等，太方的“拯救故事”保留后者，摒弃前者，所有太平天国叙事中没有一处出现天王或其他各王由非凡生物或星宿化成的情节，因为太方认为他们是天父、上帝的儿子，由其他生物或星宿化成的都是妖怪。太方“拯救故事”使人神天化的主要手段是让人神与天神建立亲属关系，使人神与天神合一。

（二）人神的天化

“拯救故事”中的人神主要包括天王、幼主、东王、西王、南王、北王、翼王。在拯救世人之前，他们已经是天父派到人间的儿子、女婿或孙子，天王、东王、南王、北王、翼王都是天父的儿子，西王是女婿，幼主是孙子，他们的分工不同，天王传达福音，安心做主；幼主保持福音延续，坐稳江山；南王撒播福音，忠心扶主；东王替天父传言、代人赎过、统领全军；西王替天兄传言、斩妖除魔……与其特殊使命相一致，人神具有天神似的长相，比如天王“面形日角，眼若日轮，毫光映射，无敢仰视之者”，[1]从洪仁玕的描述来看，似乎天王比天父的形象更有“天性”，居然能“毫光映射”，这当然是故弄玄虚，目的还是神化洪秀全，是历次神化逐渐升级的结果。当年洪仁玕在香港时说洪秀全“身材高大，面部椭

[1] 钦定英杰归真[M]//太平天国印书(下). 南京：江苏人民出版社，1979：763.

圆，容貌甚美，鼻高，耳圆而小，声音清晰而洪亮”，[1]虽然此时洪仁玕已经极力美化洪秀全，但这个洪秀全还是人、不是神。随着拜上帝会的扩大、会众的增加，洪秀全变得越来越神秘，在《天兄圣旨》中，萧朝贵以天兄的名义屡次命令洪秀全到花洲、贵县等地“避吉”，与会众隔绝，罗尔纲认为这是杨秀清、萧朝贵在联手架空洪秀全，实际问题并非这么简单。在天兄第一次下凡时，洪秀全就与萧朝贵合演了一出关于天父相貌的双簧戏，可见洪秀全对于天兄降临于萧朝贵之身是知情的，所谓天兄下凡有可能就是两人共同设计执行的，萧朝贵每一次让他“避吉”，他从来没说过不去，所以“避吉”也是他神化自己的需要，或许他认为越神秘越能受人尊敬、越能被人膜拜，洪秀全的天神形象可能就在这时候产生，因为他从不轻易见人，连妻子们也不许抬头看他，以至于清方认为他早已死去，太方只供奉了他的牌位而已，不轻易见人说明他怕人看见自己与普通人没有多大差别的容貌，怕人识破他的谎言，怕人对他失望、不再信任他。如果仅仅把与世隔绝视为杨、萧对他的架空，就无法解释萧、杨相继死去后他依然与世隔绝这一事实，即使是李秀成见他都非常难。《英杰归真》写于太平天国后期，作者洪仁玕是洪氏四王最受洪秀全赏识的一个，他最了解洪秀全把自己天神化的想法，于是出现了“面形日角，眼若日轮”，眼睛能够发光的天神形象。天化的人神具有奇异才能，而且这些奇异才能越传越奇、越传越异，充分显示了生发演义的特点，拿洪仁玕眼中的洪秀全来说，当年在香港时，他说洪秀全“自幼即好学，七龄入塾读书，

---

[1] ［瑞典］韩山文．太平天国起义记［M］．简又文，译//中国史学会主编．太平天国（六）．上海：上海人民出版社、上海书店出版社，2000：844．

五六年间，即能熟诵四书、五经、孝经，及古文多篇”，[1]被俘后他又说洪秀全“天亶圣聪，目不再颂”，[2]前者强调洪秀全的勤奋，后者强调其天才。自秦始皇之后，许多皇帝都相信自己是天子，自己可以与天神相交流，于是让道士施行法术，以求人神沟通，但都没有实现。“拯救故事”却让天王、幼主、东王、西王等获得这种殊荣，天王被天父接上高天，不仅与天神们对话，而且与天上的妻子情意绵绵、难舍难分；杨秀清、萧朝贵都能出入人间、天堂两界，传达天神旨意。为了更好地体现人神的天化，“拯救故事”不仅人为建构了人神与天神合一的、中国式的、以男性为主、父子、兄弟俱全的大家庭，而且借鉴孟子的“天将降大任于斯人也，必先苦其心志”的思想，特意强调人神为拯救世人所遭受的巨大苦难，天王“天亶圣聪”，却屡试不中，被天父接上高天，连续昏迷四十日，差点死掉，去广西时又遇到强盗，身无分文；冯云山为传教“历山河之险，尝风雨之艰难……仆仆风尘，几经劳瘁”，[3]东王自小受穷，为了给世人赎病，“口哑耳聋，耳孔出脓，眼内流水，苦楚殆甚”。[4]

人神的天化在“拯救”的各个阶段都存在，构成人神叙事的最显著特征。在实施“拯救”这个中心议题上，“拯救故事”中的人神角色和行动构成明显的阶段性。

---

[1] ［瑞典］韩山文．太平天国起义记[M]．简又文，译//中国史学会主编．太平天国（六）．上海：上海人民出版社、上海书店出版社，2000：838.

[2] 洪仁玕自述[M]//中国史学会主编．太平天国（二）．上海：上海人民出版社，1957：847.

[3] 天情道理书[M]//太平天国印书(下)．南京：江苏人民出版社，1979：522.

[4] 天情道理书[M]//太平天国印书(下)．南京：江苏人民出版社，1979：520.

在拯救前和拯救前期，人神的角色主要有A1b严于律己者、A1d善待下级者、A1e真心为民者、A2a刚直不阿者、A2b尽心竭力者、A2g惩治奸逆者、A2i以忠克情者、A2j进献财物者、B1a好学善读者、B1b知识丰富者、B1c巧用语言者、B1e思想先进者、B1f见解深刻者、B1g视野开阔者、B1h善于做事者、B2a勇于抗争者、B2b勇入险境者、B2c勇于战斗者、B3e杀敌迅猛者、B3f以弱胜强者、C1民爱者、C2被民亲近者、D1天赐者、D2天亲者、D3天启者、D4天助者、D6天救者、D7天佑者、D8天化者等。

他们刚正不阿，敢于犯上进谏，也能从善如流，奉行“越吃苦越威风”的信条，冲锋在前；他们在上帝帮助下机智排查、镇压“反草变水”之人；他们拯救世人时不怕辛苦；他们赞赏重用下级，将功劳归于下级，哀悼纪念死去的下级；他们身正为范，品行端正；他们使百姓知道并获得“福音”，为百姓免除疾病与灾难，使其免受妖魔鬼怪的纠缠，带百姓进入“小天堂”“安福”，严禁士兵扰民，对百姓秋毫无犯；他们聪明睿智，若有机会读书，则过目成诵，即使没有机会读书，也能“作诗”，[1]他们“知识丰富”，[2]能撰写《原道醒世训》等“经典”，“出口成章”，他们“思想先进”，接受并传播“世上唯一真理”——拜上帝教义；他们有“大局眼光”“全局观念”，要建立“天下万国一统江山”；他们知己知彼，稳重冷静、善于利用天时、地利等有利条件；他们敢于争取权力，毫不畏惧强大的清王朝，敢于深入敌境，不怕炮火；他们杀

[1] 杨秀清、萧朝贵都不识字，将所做的顺口溜称为诗，故“作诗”加引号。

[2] 从《原道觉世训》来看，洪秀全对《诗》《书》的引用都是误引、误用，故“知识丰富”加引号。

敌迅猛，经常以弱胜强，获得奇迹般的胜利；他们被百姓相信、信服、崇敬、模仿，被民迎接。他们是上帝的宠儿，上帝赐予他们天神相貌、奇异才能，赐予其真理、名号、宝物、使命、祥瑞、胜利等，他们能见到天颜、受到天的信任、得到天的启示、获得天的帮助、解救和保佑。

关于拯救后期的“拯救故事”只有《天父下凡诏书》《洪仁玕自述》《石达开自述》《洪福瑱自述》等少数几个表现人神的性格特征。在这些叙事中，人神中也有一些正面角色，比如杨秀清敢于犯上直言、洪秀全能赏识重用下属、石达开受到委屈仍不背弃天国，并能舍命全三军，但是《天父下凡诏书》看似赞扬的叙述隐含着对杨秀清“犯上直言”实质的揭露，暗示杨秀清为女人和权力而打击天王；《洪仁玕自述》说洪秀全能赏识重用下属，但这个下属不是别人，而是洪仁玕自己，虽然他没有明说洪秀全任人唯亲，但也不得不承认天王因对自己的偏爱而封赏过度；所谓不背弃天国、舍命全三军，也只是石达开的自我美化。因此在拯救后期，正面角色几乎从人神身上消失殆尽，取而代之的是反面角色，包括$\overline{A}$1a无情无义者、$\overline{A}$1b随心所欲者、$\overline{A}$1c待人不仁者、$\overline{A}$1d唯我独尊者、$\overline{A}$2d犯上作乱者、$\overline{A}$2e排斥异己者、$\overline{B}$1f眼界狭小者、$\overline{B}$3a身体羸弱者、$\overline{D}$7天惩罚者。拿洪秀全来说，他占有八十八个女人、丝毫不尊重她们、对她们随便打骂，不仅杀死了韦昌辉，还要杀死石达开，当李秀成要迁都时，洪秀全刚愎自用、不予采纳，最后因生病而死。而杨秀清唯我独尊，冒犯洪秀全，随心所欲地惩罚洪秀全及韦昌辉，对上不忠，待下不仁，不可一世，终于遭到天谴而死。

从拯救的前后两个时期来看，“拯救故事”中的人神叙事虎头蛇尾、头重脚轻，前期连篇累牍、后期只言片语、欲说还休，前期把人神捧到天上，后期又将人神降成魔鬼，但由于关于前期的叙事远远多于后期，所以给读者的总体感觉是人神被天化。

（三）王爷将领的忠化

在太平天国两千多个王爷中，获得人神地位的毕竟是少数，其余各王及各级将领的能力、才华、德行虽然也被夸大，但还没有达到神的程度，他们只是忠臣良将。其角色包括：A1b严于律己者、A1c真诚待人者、A1d善待下级者、A1e真心为民者、$\overline{A}$1b随心所欲者、$\overline{A}$1c待人不仁者、A2a刚直不阿者、A2b尽心竭力者、A2c宁死不屈者、A2e不离不弃者、A2f维护团结者、$\overline{A}$2b敷衍懈怠者、$\overline{A}$2e排斥异己者、B1b知识丰富者、B1e思想先进者、B1h善于做事者、B2b勇入险境者、B2c勇于战斗者等。这些大多是正面角色，其中忠义者和能者角色最多，充分体现了他们作为忠臣良将的形象特征。当然，他们也不全是正面形象，也有少数反面形象，比如《洪仁玕自述》中的李秀成对待陈玉成很不友好，贪恋江南财富，拥兵自重，违约食言，导致陈玉成孤军深入，最终兵败而亡，而林绍璋则排斥异己，左右朝政，混淆视听。每个人的利害关系不同，看法不同，故而每个人笔下执行反面角色的人物也不同。总的来说，各王及各级将领很能吃苦、谨慎自尊、不计名利、相信、尊重、关心、照顾、帮助他人、主动承担责任，关心下级，严禁士兵扰民，敢于制定并提出有利于天国的政策措施、受到委屈仍努力做事，为杀敌费尽心机、对上级不离不弃，自觉维护同僚之间的团结，严肃惩处敌人，对敌人毫不手软，才能卓著、善于作战、思想先进、英勇无畏等。

各王及各级将领的行为中有几个经常出现，第一是各王及各级将领真诚地信仰并传播福音，洪仁玕自言当洪秀全将升天经历告诉他之后，“我于是将塾中孔子神像除下，并将家中偶像移出，而且常对父亲、兄弟、亲戚、朋友及一切交游之人讲解，教以真道”，[1]不仅表示对天王的信仰，而且将信仰化成行动。《绍天豫周诲醒四民》中先说“天父天兄大开天恩，命我主降凡宰治天下”，然后说“本爵恭奉 王命”，安抚黎庶，目的是使四民“钦崇正道，共习天国规条”，[2]绍天豫周是太平天国后期一个名不见经传的太方将领，他与洪仁玕一样自觉信仰天王，并主动将福音传给更多的人。第二是各王及各级将领聪明睿智或英勇善战，洪仁玕利用在香港漂泊时机考察各国政治、经济制度，完成《资政新篇》，洪秀全认为写得好，旨准颁行；李秀成对子侄说自己“日战日胜，城外妖穴一概扫平，杀死无数，活拿数千”。[3]第三是各王及各级将领对百姓进行正反两面教育，比如某安民告示，一方面“出示晓谕，以安民心”，保证“凡我兄弟不得讹诈子民”，另一方面声称如果百姓抗拒，“定按天法究治”。[4]与各王及各级将领有关“拯救故事”中很少提到百姓对他们的态度，直说他们对百姓的要求，然后对百姓进行恐吓，使其不敢抗拒自己，由此可见，太方对百姓的态度是以自我为中心、独断专行的。第四是各王及各级将领很少直接提到上天对自己的喜爱或帮助，而是说天父天兄派天王下凡诛妖或者“尊周攘夷”，自己执行天王及自己的上司交给的任务，放弃神化自己的

---

[1] [美]罗孝全．洪秀全革命之真相附米赫士跋[M]．简又文，译//中国史学会主编．太平天国（六）．上海：上海人民出版社、上海书店出版社，2000：823.

[2] 绍天豫周诲醒四民（贴朱家角）[M]//中国史学会主编．太平天国（二）．上海：上海人民出版社，1957：726.

[3] 李秀成谕子侄[M]//中国史学会主编．太平天国（二）．上海：上海人民出版社，1957：740.

[4] 安民告示[M]//中国史学会主编．太平天国（二）．上海：上海人民出版社，1957：703-704.

权利，让神化仅仅集中于人神身上。由此可见神化在太方是一种特权，是被严格控制的。第五是为了表示对天国的忠心，各王在被俘时多表示由于自己已经尽力，所以死而无憾，洪仁玕、赖文光等都是如此。

（四）百姓的愚化

在拯救前，大部分百姓是$\overline{B}$1d思想落后者、$\overline{B}$1f眼界狭小者、$\overline{B}$1g不善做事者、$\overline{B}$2c不敢战斗者、$\overline{D}$7天惩罚者。他们迷信“邪神”、尊崇神像、不知上帝才是“唯一真神”；他们不知华夷之别、安心做顺民，即使知道华夷之别，也从不敢造反；他们只顾此生，不知追求来世光荣；他们即使知道邪神害人，也不敢捣毁神像；由于他们拜邪神，违背了上帝的旨意，经常遭到天罚，变哑、变聋或生病，而且经常遇到瘟疫和自然灾害。太方认为百姓的愚昧无知、胆小无能都是由“邪神”或满族皇帝及各级“妖官”造成的，百姓是受害者，是有药可救的，夸张他们的愚昧无知、胆小无能可以一箭双雕，一方面说明“邪神”或满族皇帝及各级“妖官”该打、该杀，另一方面表现太方对百姓的关心、拯救与帮助，突出己方仁义形象。少数百姓是奸人，他们是$\overline{A}$1b随心所欲者、$\overline{A}$1c待人不仁者、$\overline{A}$1e残害百姓者。有些人为富不仁，如温姓富豪，欺负别人，挑拨百姓械斗；有些是盗贼，如苏三相、陈亚贵等打家劫舍、残害良民。“拯救故事”不像以阶级斗争为思想基础的太平天国成败叙事那样以财富判断人，其判断人的标准是宗教，信教的就是“天人”，韦昌辉、石达开、冯云山家里都很富有，不仅是“天人”，而且是被天化的人神，备受赞扬。相反，不信教的就是“妖人”，温姓富豪不是因为富裕而被批判，而是因为他挑拨离间，伤害了太方想要争取的百姓。对于苏三相等人的看法，“拯救故事”与清方的“罪责故事”“功业故事”以及以阶级斗争为思想基础的太平天国成败叙事完全相反，虽然后三者对苏三相等人的定位不同、称呼不同、态度也不相同，但是都把苏三相等人视为洪秀全的同类，将两者进行类叙。而“拯救故事”将苏三相等称为“寇”，与清方对太方的称呼完全相同，幸灾乐祸地说这些人全部被官府消灭，因为在拯救初期，洪秀全痛恨盗贼，将之列为第四不正，诅咒他们“聚党横行天不佑，恶贯满盈祸自随”，[1]后来有些“盗贼”主动请求加入拜上帝会，愿意信服太方的宗教，太方也就不再称他们为盗贼了，但那些没有加入拜上帝会的仍然被称为“盗贼”或“寇”。

在拯救过程中，百姓主要有三类，第一类是“真心向化”的，这些人“闻风信从”，打仗时奋勇当先，条件艰苦时毫不动摇。第二类是已经或可能“反草变妖”的人，是太方拯救的重点对象，他们并非真正信仰拜上帝教，遇到清方的诱惑，他们就会出卖天国，为了防止这种情况发生，《天兄圣旨》采用反复唠叨的方式，要已经入教的百姓“千祈宽草耐草”，《天情道理书》采用塑造反面典型的方式，夸大叙述周锡能反草被杀之事，从精神上威吓百姓，使其不敢有二心，至于清方叙事中出现的在脸上刺字等防范行为在“拯救故事”中没有出现过，这大概是太平天国维护自己形象的需要。第三类是奸民，他们不仅没有迎接“王师”，还抵抗太方，或逃避太方，这类百姓是最让“拯救故事”恼火、是最需要花功夫“拯救”的一类、也是最让太方感到束手无策的一类，为了“拯救”这些人，太方软硬兼施，既要求他们不要躲避、不要抵抗，又声称违背者将受到严厉惩罚。太方数量众多的《安民告示》《化民告示》都体现了与此大致相同的叙事倾向。

---

[1] 洪秀全. 原道救世歌[M]//太平天国印书(上). 南京：江苏人民出版社，1979：12.

（五）清方的妖化

出自洪秀全或洪仁玕之手或口的叙事及王爷自述没有或很少谴责清方，包括《原道救世歌》《原道醒世训》《原道觉世训》《天条书》《太平天日》《洪秀全革命之真相》《太平天国起义记》，洪仁玕、洪福瑱、黄文英、赖文光等的自述等。除了《洪秀全革命之真相》《太平天国起义记》隐隐谴责了清方科举制度不公平，导致“天才”洪秀全连秀才也考不上之外几乎没有批判、否定清方的言论，原因是这些叙事要么写于金田起义之前，要么写于太平天国败亡之后，即它们反映的是太方头尾两端。太方拯救的目标主要包括拯救世人和拯救中国人，在金田起义之前，其目标只有拯救世人这一个，不管洪秀全是由于精神病还是有预谋地编造了升天神话，他自己都是一心一意相信并试图履行上帝赋予他的救世任务的，这个任务就是将百姓从对邪神的崇拜中解脱出来，“修好练正”，以便死后能到天堂享福，这时的目标纯粹是宗教性的，太方给自己的定位是“好人”（洪仁玕语）而非造反者或民族英雄，他们不仅没有反抗清王朝的打算，还明确反对“聚党横行”，这可能因为他们真的只想传教，也可能因为他们当时还没有反抗清王朝的胆量，还可能因为他们以为与清王朝站在一条战线上就能得到其认可和保护，便于发展壮大自己，虽然现在还缺乏足够的证据证明到底是哪种情况，但无论出于哪种考虑，总之在金田起义之前他们都没有明确反对过清方。人最关心的通常是自己及自己的对立面，既然不以清方为对立面，叙事中也就不再反映清方了。到各王被俘之后，不管过去如何看待清方、与清方的关系如何，杀头或凌迟的命运已不可避免，无论攻击还是恭维清方意义都已不大，所以各王自述很少谈到清方，而且现在所能看到的自述大多不是原稿，有些关于清方的叙述可能已被删掉了。

在迄今所能见到的文献中，最早大量出现清方、并将之视为仇敌，进行无情批判和谴责的是杨秀清和萧朝贵联合发布的《奉天诛妖救世安民谕》《奉天讨胡檄布四方谕》等檄文，后来关于清方的叙述都以这些檄文为蓝本，都是对它们的生发演义。在这些檄文中，清方是$\overline{A}$1a无情无义者、$\overline{A}$1c待人不仁者、$\overline{A}$1d唯我独尊者、$\overline{A}$1f虐待敌人者、$\overline{A}$2d犯上作乱者、$\overline{B}$1d思想落后者、$\overline{C}$1民不认同者、$\overline{C}$4被民憎恶者、$\overline{C}$5被民反抗者、$\overline{D}$5天劫者。这些檄文追溯了满族的来源，说他们不是人，而是胡地“一白狐一赤兔交媾”而生的“妖胡”，“盗据华夏”“反盗神州”，淫乱中国女子，使饿殍遍地、贪官污吏横行，其罪行令上帝震怒，将使其“三七之妖运告终”。[1]这些叙述反映出的思维模式与清方“罪责故事”是相同的，它们都强调对方不是人而是妖怪，不是正人君子而是强盗流氓，不能得到天的保佑而要受到天的惩罚，虽然都属于政治叙事，但都从伦理的角度来贬低对方，政治好像要依赖于伦理，似乎不这样做就无法谈政治。另外双方都认为最“坏”的人是犯上作乱者、淫恶者，不光人厌恶他们，连天也憎恨他们，即使自己是犯上作乱者也要说自己身居正统，对方是在造反，即使自己妻妾成群也要说自己清白，而对方是淫虫，可见太方时期的人依然保持着中国古代评价判断人的封建正统与天理人伦观念。

天神的人化、人神的天化、王爷将领的忠化、百姓的愚化、清方的妖化构成“拯救故事”的五个主要特征，其最终目标都是为了证

---

[1] 杨秀清、萧朝贵.真天命太平天国 左辅正军师东王 杨 / 右弼又正军师西王 萧 为奉天讨胡，檄布四方.太平天国印书（上）.南京：江苏人民出版社，1979：109-110.

明自己“拯救者”的身份特征。

四、抒写李秀成内心纠结的“遗恨故事”

在太方叙事中，《李秀成自述》别具一格，它很少出现天父天兄字眼，即使出现也暗含讽刺；它没有反复宣扬洪秀全升天神话，即使写到也直言那是洪秀全的编造，由此可见李秀成不是拜上帝教的忠诚信徒。它否定“神”又相信“天意”“天命”“劫数”，说天意青睐太方，又说天命瞩意清方，说自己顺承天命，又说不知自己的天命；口口声声说自己没有才情，又反复强调自己才是天国的顶梁柱；说自己忠心可鉴，又把“我主”批判得一无是处；说自己死而无怨，又表示早就有心“反正”，希望为清方收齐太方残余势力；说自己仁义，又为自己不救陈玉成寻找托词，由此可见李秀成内心纠结的巨大矛盾。在《李秀成自述》中，李秀成把自己当成了仁义礼智信兼备的完美英雄，他为自己没有遇到明主而伤心痛楚、为自己才华不得重用而遗憾痛恨、为自己英雄末路而自哀自怜。《李秀成自述》是一个英雄失足、沉沦又忏悔的故事，是情感最真实、最复杂、最细腻的太平天国叙事，也是最能反映人的本性的太方叙事。

作为自传性的回忆文，《李秀成自述》基本按照李秀成一生的顺序叙述，只是偶尔使用倒叙、补叙、预叙等手法，因此它的故事时间和叙事时间基本一致。在叙事中，李秀成的一生大致可以分成参加太方前、天京事变前、天京事变及封王、从封王到被俘、被俘之后五个阶段，李秀成对自己、天王、首义各王、其他将官、清方、百姓、上天的态度、观点、情感都穿插于这几个阶段。

（一）参加太方前

《李秀成自述》强调两点，第一是家贫，“度日不能，度月格难”，听说太方给东西吃，就参加了太方。李秀成之所以反复强调自己家穷，目的是要为自己的“失足”开脱。作为阶下囚，他没有了当初称自己为“本爵”的豪气与自信，取而代之的是悔恨，他不再坚信自己所走的路是正确的，对信仰产生怀疑和否定，他把参加太方视为失足落水，一失足成千古恨，无法挽回，成为永远的污点、耻辱、罪过。《李秀成自述》有明确的读者对象，即曾国藩、曾国荃，强调自己家贫，是想让曾氏兄弟感觉他不是主动参加，也不是顽固地相信太方的，他只是迫不得已，因此不是罪大恶极、顽固不化、无药可救。第二是无知，李秀成说自己只读了两三年书，不明白道理，听太方说不信教就会被蛇虎咬伤，就“总怕蛇虎咬人”，于是“一味虔信”。这是想表白自己是不知者无罪，自己当初只是胆小怕事、无知无识，以致上了太方的当，自己并不知道太方的“狼子野心”，并不知道他们要犯上作乱，“祸国殃民”，言外之意，如果知道的话，自己就不会参加了。从另一个角度向曾氏兄弟表明他并没有真心信从过太方。

虽然李秀成声称自己在参加太方之前并不了解太方情况，但还是介绍了整个太方初期的情况，表达了被俘后的李秀成对太方初期情况的态度和看法。李秀成强调自己对洪秀全的了解仅限于洪秀全颁行的诏书内容，即尽管自己曾贵为忠王、全军统帅，但洪秀全从没有与自己有过亲密交往，两人没有私人交情，也说明洪秀全是个故弄玄虚、虚伪掩饰之人。虽然李秀成是在转述诏书中的内容，但是风格与情感与诏书迥异。在《李秀成自述》中洪秀全本来极为普通，突然有一天就死了，还魂后就讲“天话”，而诏书中的洪秀全非常风光，被天父接走、又被天母洗清罪恶、见到天宫的妻子、得到天父赐予的本领、名称和工具等。诏书中的洪秀全是被天化的，李秀成眼里的洪秀全只是神秘，他不能确定洪秀全到底有没有升天，不敢怀疑其真实性，他虽然在打仗方面很有智慧，但并不了解科学，他将这件事视为“劫数”，即无可奈何、不可避免。他又强调洪秀全天话的主要内容是“劝人修善”，如若不然，则蛇虎咬人，这样就为大多数太方人员（包括自己）开脱了，同时批判洪秀全，意思是太方人员都有善心，都是“好人”，加入太方是想“行善”的，至于后来没有行善反而行恶，那是洪秀全造成的，说明洪秀全当初就是骗人的，不光利用了百姓的善心，还利用了百姓对灾难、死亡的恐惧，肆意吓唬百姓，百姓是无辜的。除洪秀全外，李秀成认为其他首义各王都是很有才华之人。其中杨秀清与洪秀全一样很神秘，原本“并不知机”，后来竟能有效管理太方所有事务，李秀成认为他是“天意”化成，西王的特点是“勇敢刚强，冲锋第一”，其余各王也各有特长。但是把该叙述与《天情道理书》等“拯救故事”相比，就能看出李秀成减除了杨秀清、萧朝贵代表天父、天兄下凡的内容，可见他虽然承认天意，但对人神的天化不以为然。对于金田起义，李秀成认为那是团练逼迫的结果，把批判的矛头指向团练而非清王朝，这一点很有意思，清方的叙事不管是“罪责故事”还是“功业故事”都认为郑祖琛养痈遗患是造成太平天国造反的直接原因，而《洪仁玕自述》将矛头指向当地的土人，《李秀成自述》指向团练，都说太平天国是被逼起义，而且不是被官府、官员所逼，而是被一些小人物所逼，他们似乎在暗示：其实太平天国的起义并没有什么宏大的理想和意义，仅仅是被逼无奈的结果。从中可以看到立场与角度的不同对历史叙事的决定性作用，对太方来说，不镇压他们的清方官员是“好官”，与他们为敌才是“恶人”。对于金田起义，李秀成认为又是天意化成，因为他认为若干个地方同日起义不是一件容易的事，却居然成功了。金田起义之后，太方在军事上处于劣势，经常被动挨打，李秀成没有像“拯救故事”那样渲染上天帮助太平军，而是说太平军命好，每次都能绝处逢生、伺机出逃。对于太方初期的军纪，李秀成也没有吹嘘其秋毫无犯，而是说太方将百姓的粮食衣物全部取走，即使藏到深山中也要取走。

（二）天京事变前

李秀成先是继续为自己开脱，说自己与其他人一样参加太方后由于家被烧了，加之从没出过远门，后面又有追兵，因畏惧不敢逃回，强调身在太方并非其所愿，进一步向曾氏兄弟表明自己并非死心塌地信仰太平天国。随后，他开始对自己进行美化，说自己“勤劳学练，生性秉直，不辞劳苦，各上司故而见爱，逢轻重苦难不辞”，[1]这时他美化自己的重点是勤劳耐苦，意在表明自己是个踏实肯干之人，无论遇到哪个领导，都会为领导争光。李秀成认为太方之所以能从广西一直打到南京，主要原因是巧合，比如在永安时，没有一点火药，恰巧罗大纲从寿春兵那里“得火药十余担”，在湖南常德，本不想再走了，“忽抢得民舟数千”，后来又得到吴三桂的军器，李秀成无法解释这些巧合，统统认为是“天意”，该“天意”与洪秀全所说的“天父看顾”意义不同，含有不可预知、无能为力的无奈感，更接近于“劫数”，是冥冥之中注定、非人能决定的灾难，在李秀成笔下，这段时间太方将领没有过人的才能，清方将领也没有拙劣的计谋，胜负都是随机而定，打到哪儿也是随机而定，不像后世叙事中说太方早就制定了长远目标，先夺取南京建立小天堂，或者先到河南建立政权，再进军北京，统一全国，李秀成说太方没有任何打算，完全是流寇主义，即使定都南京也是机缘巧

[1] 李秀成自述[M]//中国史学会主编. 太平天国（二）. 上海：上海人民出版社，1957：793.

合，又一次证明他对太方的判断：劫数而已。建都南京之后，高度赞扬杨秀清使“事事严整”“上下战功利，民心服”，因为杨秀清是第一个保举提拔他的人。对自己参与的打破江南大营之事描述得很详尽，表现了他在这场战争中的勇气、胆量、委曲求全、尽心尽责等，其实当时参与的人很多，他独独强调自己的功劳，可见人总是对自己最为关注、对自己所做的事情最为熟悉、记忆最深刻、描述也最真切。

（三）天京事变

在政治、军事上是太方由胜转衰的开始，在心理上是太方的阴影、耻辱、伤疤，大部分“拯救故事”采用减除的办法使其从叙事中彻底消失，《石达开自述》则强调石达开的无辜、仁义、顾全大局，使其摆脱杀人干系，置身事外，变成纯粹的受害者，而在《李秀成自述》中，天京事变的四个主要人物：洪秀全、杨秀清、韦昌辉、石达开都难辞其咎，石达开也参与了诛杨密谋，只是他比韦昌辉善良一些而已。由这些叙事可以看出人们对于耻辱的叙事倾向，除非死去，当事人要么讳莫如深，要么把责任全部推给别人，使自己变得清白且高尚，而旁观者则会认为当事人没有一个“好人”，全都是“坏蛋”，不管是沉默、还是遮掩、抑或揭露，最终指向的都是人的“好”与“坏”，反映了中国人思维中道德的二元对立和至高无上。在《李秀成自述》中，天京事变不仅仅意味着领导层内部的争斗，还意味着李秀成作用的凸显以及自己的崛起，在所有太平天国叙事中，它是最详尽地描述陈玉成与李秀成封王过程的一个。它强调天京事变使将士们心灰意懒，“各有散意”，只是怕被官府处死，才不敢散去，再次向曾氏兄弟表明自己并非拜上帝教的虔诚信徒，而是早已渴望反正。在内忧外患，“全国”一片消沉的情况下，自己克服万难，发挥聪明才智，与各将密切配合，终于取得一些胜利，但天王倒行逆施，将“无尺寸之功”的洪仁玕封王，而对李秀成，不仅没有封赏，反而因为李昭寿事件而监视其行动，直到最后发现李秀成没有贰志，才封其为忠王。李秀成将该段叙述得非常详细，既表达了对洪秀全倒行逆施的极度不满，又极力把自己表现为A1b严于律己者、A1c真诚待人者、A1d善待下级者、A2a刚直不阿者、A2b尽心竭力者、A2f维护团结者、A2i以忠克情者、B1e思想先进者、B1f见解深刻者、B1g视野开阔者、B1h善于做事者、B2b勇入险境者、B2c勇于战斗者、B3f以弱胜强者等。

（四）从封王到被俘

该阶段在《李秀成自述》中所占的分量最大、叙述最详尽、心理表露也最直接。在该阶段，李秀成的角色增加了A1e真心为民者、A1f宽待敌人者、A2e不离不弃者、A2h改邪归正者、B1b知识丰富者、C1民爱者、C2被民亲近者、C3被民投附者、C4被民帮助者、C5被民铭记者、D1天赐者等。该阶段李秀成的特点是：常年在外带兵打仗，勤劳耐苦；每攻下一城，总是将之交给部下镇守，自己继续征战，为出京，将十万金交给天王，为救百姓，奉献自己私有财产；真诚待人，与陈玉成并肩作战；宽容下级，即使其犯错、投敌，自己也能原谅他们甚至为其奔走营救；严禁扰民、严肃惩处扰民者，救济难民，给农民种子、给商人本钱，使其富裕，减轻赋税，增加人民收入；从不伤害清方官员，想尽办法保全其生命，遇到未死将官，发钱送其回家，死去将官则购棺盛殓；屡次向天王陈述正确见解、主张，即使杀头也在所不惜；坚持指挥，即使兵权被削，仍组织天京留守者抗敌；忠义之情上可鉴天，虽然天王屡屡对不起他，他却能以忠克情，将母亲、家人留在天京，带幼天王逃命，并将自己的坐骑让给幼天王；他不是没有方正之心，只是没有人能够保证他的生命；知识丰富，善于利用天时、地利；见解深刻，听说陈玉成的行为方式就知道陈玉成必败无疑；他能制定切实可行的对敌策略，能以少胜多、反败为胜；敢于挑战、冒险，常孤军深入却能大胜敌人；受到人民的拥戴、爱护、帮助，苏州人民歌颂他，天京人民求他帮助，逃到方山还有百姓自愿保护他；他遇到神秘老人指点，七天七夜学会天象舆图。

李秀成在写自传时有浓重的自恋情结，他视自己为英雄，而且是天国独一无二的英雄，从他的叙事中可以看到他的矫情、虚伪、口是心非，比如他说陈玉成兵败是咎由自取，他早有预料，而且他对陈玉成仁至义尽，手下将领被陈玉成调用，他也没有阻拦，而根据《洪仁玕自述》，李秀成对于陈玉成之败应负重要责任，两人约好西征会面，结果李秀成贪恋江南繁华，又贪图石达开部将，没有如约，当陈玉成孤军对抗清军中最具战斗力的湘军时，李秀成见死不救，没有派兵救援，导致陈玉成最终兵败被杀。李秀成不仅减除了这些事情，而且没有对陈玉成之死表示同情，称陈玉成到寿春求援是“逃到寿春”，超级自恋的李秀成就是这样通过贬低陈玉成来抬高自己的。除了贬低别人，李秀成还经常直接表达对自己才华的自信，比如他说天王如果让他守卫天京，天京断不会丢掉；如果天王采纳他的意见，天国一定不会灭亡；如果不将坐骑送给幼天王，自己也一定不会被捉等。死到临头，仍然认为自己是天国的顶梁柱，充分表现了李秀成的自恋，自恋之人必然怕死，李秀成早已言明早在广西时期他就怕死，参加太方就是因为怕被蛇虎咬死；天京事变时，他也有散意，但清方对两广太平军毫不手软，因此不敢散；被俘后，死亡的问题再次摆到他的面前，他不想死，想起天王对自己的猜忌、伤害、压制等，觉得自己过去的忠只是“愚忠”，感到为天国送死没有意义，想活下来就要向曾氏兄弟证明自己是有价值的，他知道曾国藩提倡理学，于是他完全按照儒家仁者的标准塑造自己，以博取曾氏兄弟的同情和喜爱。李秀成的自我美化是一个有才华而受到委屈之人自恋的结果，又是畏死求活的结果，他为自己才华不得施展而感到委屈，为自己即将被杀感到遗恨无穷。

在这个阶段，李秀成眼中的天王形象也得到最充分的表现，他是$\overline{A}$1b随心所欲者、$\overline{A}$1c待人不仁者、$\overline{A}$1d唯我独尊者、$\overline{A}$1e残害人民者、$\overline{A}$2b敷衍懈怠者、$\overline{B}$1b知识贫乏者、$\overline{B}$1d思想落后者、$\overline{B}$1e见解庸劣者、$\overline{B}$1f眼界狭小者、$\overline{B}$1g不善做事者。他随心所欲，任人唯亲，逼走石达开，怀疑李秀成，封草包哥哥、无功之弟，重用无能的蒙得恩、无德的萧有和、祸害百姓的洪和元等人，远离忠心耿耿、拼死杀敌的陈玉成、李秀成；他懒惰无比，经常不升朝，即使是李秀成，也很难见他一面；他纵容洪仁发、洪仁达等人害民，使人民无法度日，天京将破，还不愿放人民逃生，欺骗人民用甜露代粮；贵为天王，本应为天父竭尽全力，但他一直敷衍懈怠，只从私心考虑问题；他根本不懂军事，还要乱指挥，使太方的军事陷入被动；他迷信落后，净讲天话，不切实际，只顾眼前，不顾长远，最终服毒自杀。与“拯救故事”中人神的形象相反，李秀成笔下的洪秀全简直一无是处，他既没有带兵打仗的本领，又没有宽大宏阔的肚量，既不能知人善任，又刚愎自用，他无德无能，根本不配做君主、教主，他的死是咎由自取、罪有应得！李秀成认为自己的失足、失去家园、英雄无用武之地是他造成的、被捉被俘也是他造成的，对他充满痛恨之情。从李秀成与洪秀全之间的关系看，前者对后者的谴责反映了一个受压抑者对长期压抑他的人的怨恨之情、反映了自恋者对否定其才能之人的反向否定、反映了屈居人下者对无能上司长期郁积的鄙夷。从李秀成的实际处境看，只有得到曾氏兄弟的允许李秀成才能活命，无论是洪秀全，还是曾氏兄弟，在李秀成看来都是主子，既然旧主子已经死去，没有必要为他殉葬，于是为了讨好曾氏兄弟，他极力贬低洪秀全。

除李秀成的弟弟李世贤、爱将谭绍光之外，《李秀成自述》中的其他将官都有不少缺点，即使陈玉成也不例外，这些缺点包括：$\overline{A}$1b随心所欲者、$\overline{A}$1c待人不仁者、$\overline{A}$1d唯我独尊者、$\overline{A}$1e残害人民者、$\overline{A}$1f虐待敌人者、$\overline{A}$2a巴结上司者、$\overline{A}$2b敷衍懈怠者、$\overline{A}$2c苟安图活者、$\overline{A}$2d犯上作乱者、$\overline{A}$2e排斥异己者、$\overline{A}$2f掩饰欺骗者、$\overline{A}$2g内奸、$\overline{B}$1b知识贫乏者、$\overline{B}$1d思想落后者、$\overline{B}$1e见解庸劣者、$\overline{B}$1f眼界狭小者、$\overline{B}$1g不善做事者、$\overline{B}$3d不堪一击者、$\overline{C}$1民不认同者、$\overline{C}$2被民远离者、$\overline{C}$3民不效力者、$\overline{C}$4被民憎恶者、$\overline{C}$5被民反抗者等。每一个将官都能对应着这些角色中的若干个，共同构成一个无知无识、无德无能的将官群像，因军事胜利和人民的爱戴而引起的自恋使李秀成从心理上看不起他们，认为如果不是自己，天国早就倒在这帮人手里了，反过来，如果不是这些人的祸害，他李秀成完全有能力将天国治理好，再次向曾氏兄弟证明自己不可替代的作用和才华。另外，现在还有许多将官逃逸在外，在李秀成看来，他们是一条条随时可能作恶的小龙，而自己是龙首，龙首在则龙齐聚行善、龙首被斩则群龙分散作恶，只有自己才能制伏他们，为最后请求收齐残余队伍做好铺垫。

从天京事变到太方灭亡，有些清方将官在《李秀成自述》中扮演$\overline{A}$2f虐待敌人者、$\overline{B}$1g不善做事者、$\overline{B}$3d不堪一击者等角色，他们不会使用计谋，即使拥有强大兵力，仍被李秀成打败，其中李鸿章非常残忍，杀死投降各王。但这些将官也有值得称赞之处，他们是A1e真心为民者、A2b尽心竭力者、A2c宁死不屈者，比如王有龄，临死前想给李秀成写信，让他保全百姓、张国梁等人勇敢选择自杀等。这些清方将官是李秀成形象的陪衬，也是曾氏兄弟的陪衬，他们是李秀成的手下败将，其有德无能衬托了李秀成的德能兼备，李秀成又是曾氏兄弟的手下败将，与那些清方将官相比，曾氏兄弟的德更大、能更强。李秀成极力称赞的清方将官是曾氏兄弟，虽然为他们所安的角色不多，仅仅包括A1e真心为民者、A1f宽待敌人者、B1g视野开阔者、B1h善于做事者、B2b勇入险境者、B2c勇于战斗者、D4天助者，但极尽恭维之能事，称曾国藩为老中堂、曾国荃为九帅，称赞曾国荃善于打仗、爱护人民，说曾国藩“智才爱众，惜士恩良”，这样做的目的是得到曾氏兄弟喜欢，保全生命。

外方在李秀成眼中是丑恶无比的，被称为“鬼”“鬼兵”或“洋鬼”，他们是$\overline{A}$1b随心所欲者、$\overline{A}$1c待人不仁者、$\overline{A}$1d唯我独尊者、$\overline{A}$1e残害人民者、$\overline{A}$2b敷衍懈怠者、$\overline{A}$2c苟安图活者、$\overline{A}$2g内奸，他们唯利是从，出尔反尔，既帮助清方也帮助太方，有些外国人还主动联合太方打击清方，他们到处为非作歹，烧杀抢掠，无恶不作，他们打仗并不尽力，打仗时仅仅依靠武器而已，从来不敢面对面战斗，遇到危险，常常溜之大吉，不顾友军死活。“洋枪队”“常胜军”都是广义的湘军所聘用的外国军队，但是不属于曾氏兄弟直接掌控，李秀成在自述中敢于历数外国兵的罪恶，自以为清方和太方虽然是仇敌，但都是中国人，两家打仗是兄弟相争，好比家庭内部纷争，再争也还是亲兄弟，外国人无论如何都是外国人，血统不同，肯定不如兄弟亲。他以为通过数落洋人，就能拉近自己与曾国藩兄弟之间的关系，但是曾氏兄弟并不以为然。

百姓在李秀成眼中是可怜的，需要怜悯和救济，同时大部分百姓也是仁义、有眼光的，他们能有效辨别“好人”“坏人”，亲近“好人”、远离“坏人”，李秀成就是他们公认的“好人”，他们知恩图报，李秀成所到之处，都齐心向化，在天国生死存亡的关头，他们全把希望寄托在李秀成身上，即使天国已经灭亡，他们依然自愿保护李秀成。从今天的眼光来看，笔下的这些“好百姓”非常可悲，李秀成与清方打仗，致使他们流离失所、无家可归、田园被毁、沦为难民，李秀成战胜了，给他们一点好处，解决一下他们的温饱、给点种子，他们就感恩戴德，有时李秀成的部下抢掠他们，使他们丢财丧命，李秀成再给他们一点好处，他们又开始感恩戴德，就好比被有权势的人打了一巴掌，然后又被他轻轻抚摸一下，马上就感激涕零一样。从史书上看，中国的百姓似乎一直都是这样的顺民，但实际情况是不是真是如此呢，并不见得，只是不管亲历历史还是后设历史采用的都是统治者眼光，只有这样的“好百姓”才能成为历史笔下的“良民”，李秀成虽然是失败者，但他仍站在“统治阶级”的立场上赞赏顺民，因为爱人者被人爱，李秀成要借百姓对自己的拥护、爱戴，表明自己不仅没有作恶，而且是仁者，是爱民如子的“好官”，并告诉曾氏兄弟自己秉承的是与后者相同的儒家民本思想，这共同的思想基础将是双方合作的前提。

李秀成认为“天”在这一阶段开始由“劫数”，变成“天福”，在他军事上节节胜利的时候，他认为天眼未开，不想使天国骤灭，时时帮助自己胜利，比如“攻破杭州，非人力实所天成”，从攻打青浦开始，天眼大开，想让天国灭亡，为清王朝清除劫数，于是设置种种障碍，使李秀成不得取胜，比如攻打上海万事俱备时，突然天降大雨，使兵马无法立身，太方因此不得不放弃。如果天国不灭、李秀成不被俘，李秀成对上述事件的看法将截然相反，“劫数”将成“天福”，反之亦然，“天”代表着“人心”，《李秀成自述》中的“天”反映了李秀成此时的清方立场，“天命难违”，他在借天意表达自己甘心投降的愿望。

（五）被俘之后

该阶段的叙事不多，主要表达了李秀成甘心投降、立功赎罪的愿望，他仍然非常自恋，认为只要自己出马，太方所有残余势力将烟消云散，认为自己对太方看得最为透彻、最能抓住其灭亡的根本原因。曾国藩的孙女曾证言“李秀成劝文正公（曾国藩）做皇帝，文正公不敢”，[1]这不是没有可能，但是从《李秀成自述》来看，即使李秀成有过这个行为，其动机也不是像后世猜想的由曾国藩当皇帝，由他本人收集太平天国残余势力，两者联合共同推翻清政府统治，以完成太方未竟事业，他一再声言，自己对天国、对天王只是“愚忠”而已，并没有什么理想的召唤，他也不认为太方有什么长远广大的目标，仅仅是上天强行降临到人间的一帮害群之马、乌合之众而已。他劝曾国藩自立为王，是因为他清楚地看到湘军是清政府唯一一支可用力量，有可能造反成功而已。李秀成虽然做了忠王，但他依然是凡人，不是神，他像凡人一样务实、惜命，又比一般凡人聪明机巧，他善于掩饰自己的不足，也善于夸大自己的长处，不管他如何夸大，他首先都是一个有欲望、对人世无法割舍的个体意义上的人，也是一个即将离开人世、内心充满悔恨、遗憾之人，他的自述写得很动感情，第一人称的手法很能引起读者同情，他希望能用它打动曾氏兄弟，让他继续活下去，他说得很有分寸，先表示自己愿为曾氏效劳，又说等效劳结束，曾氏不再需要他时，他甘愿受死，这给人一种错觉，认为他不畏死，于是有人说他希望活下去的目的仅是收齐部将、保全他们的性命，其实他这时只是一个穷途末路之人，想活下去并没有什么值得指责的，说他不想保全自己只想让别人存活，那只是由于对他的喜爱而对他人为地拔高。

五、利己第三者笔下的“荒诞故事”

每一场重大政治斗争并不仅是斗争双方的事情，关于其成败的叙事也不仅存在于斗争双方的笔下。由于太平天国时期中国政治的特

[1] 盛巽昌. 太平天国文化大观[M]. 南宁：广西民族出版社，2000：473.

殊性，许多外国人身居中国，他们中有各国驻华官员、传教士、商人、冒险者、逃犯等。这些外国人不属于清方、也不属于太方，是存在于清、太双方之外的第三者，但又不是与清、太双方没有一点关系的第三者，他们与清方关系密切、与太方也藕断丝连，有时宣布中立，声明坚决不帮助清方，有时又出兵帮助清方，他们既与清方官员书信往来，也主动与太方官员建立联系，所有这些相互矛盾的行为都是为了利益：各驻华官员为了保护侨民及各国在华商业利益，传教士为了想让更多中国人相信上帝，商人为了保住生意，冒险者和逃犯为了意外发财，因此这些第三者都是利己的第三者，他们兼具第三者的好奇心和利己者的自私，又以发达国家的文明人自命，这些都使他们的叙述与清、太双方截然不同。

与其心理相应，利己第三者的太平天国成败叙事具有三大功能，即满足好奇、进行决策和夸耀自我。作为生死存亡的当事人，清方和太方的叙事者都陷入清方和太方的泥淖中不能自拔，都不能跳出双方之外审视自己和对方，都怀着浓烈的感情，猛烈地谴责敌人或异己、热烈地颂扬自己，不能怀着轻松愉悦的心情谈论双方，他们叙述的不是“有意思”的事，而是“有意义”的事。与清太双方不同，利己的第三者们虽然有对自己利益受损的担心，但由于他们来自英、法、美等发达国家，对自己国家的政治、军事、宗教、经济等都有强烈自信，在中国人面前有强烈的优越感，认为不管是清方还是太方，只要敢于触及他们的利益，他们都能够毫不费力地将其征服，使其俯首帖耳，到那时，他们得到的将远远多于失去的。这种高中国人一等的心理使他们把清太双方视为同一低等文化的产物，双方并没有本质不同，连介于双方之间的老百姓都愚蠢、迷信、无能、胆怯、狡猾、奸诈、凶残、恶毒、狂妄、保守，清太双方的行为既是有趣故事，又是令人捧腹的笑话，既愚不可及，又罪恶滔天；双方之间的战争既是马戏团小丑的表演，又是荒唐可笑的滑稽剧，既装模作样，又惨绝人寰。

与清太双方“荒诞故事”并驾齐驱的是第三者的正义故事。不管是驻华官员，还是牧师、商人、冒险者，在“荒诞故事”中差不多都变成了仁慈者、正义者，他们摆出公正姿态，在批评太平天国、嘲笑清方的同时，明确说明自己对清太双方的担忧、顾虑、同情、劝告、甚至直接的武力“援助”，以表现其“人道主义”精神。太平天国时期出于外国人之手的“荒诞故事”非常多，英法美各国驻华公使、司令、领事如文翰、卜鲁斯、夏福礼等人的报告、函牍等、牧师巴夏礼、罗孝全、杨笃信等拜访太平天国的亲历记，戈登的家信，《北华捷报》《每日中国》《华盛顿邮报》《太平军纪事》的后半部分、《英国驻宁波领事夏福礼致北京英国公使卜鲁斯的信》《裨治文关于东王北王内讧的通讯报导》等都属于“荒诞故事”。

（一）清太双方一样荒唐可笑

在“荒诞故事”中，太方与清方都是被嘲笑、揶揄、讽刺、挖苦、揭露的对象，他们的角色包括$\overline{A}$1a 无情无义者、$\overline{A}$1b 随心所欲者、$\overline{A}$1c 待人不仁者、$\overline{A}$1d 唯我独尊者、$\overline{A}$1e 残害人民者、$\overline{A}$1f 虐待敌人者、$\overline{A}$2b 敷衍懈怠者、$\overline{A}$2c 苟安图活者、$\overline{A}$2d 犯上作乱者、$\overline{A}$2e 排斥异己者、$\overline{A}$2f 掩饰欺骗者、$\overline{A}$2g 内奸、$\overline{A}$2h 叛徒、$\overline{B}$1b 知识贫乏者、$\underline{B}$1c 拙于言语者、$\overline{B}$1d 思想落后者、$\overline{B}$1e 见解庸劣者、$\overline{B}$1f 眼界狭小者、$\overline{B}$1g 不善做事者、$\overline{B}$2b 临险退缩者、$\overline{B}$2c 不敢战斗者、$\overline{B}$2d 不敢自杀者、$\overline{B}$2e 不敢担责者、$\overline{B}$2f 败而犹怯者、$\overline{B}$3d 不堪一击者、$\overline{C}$1 民不认同者、$\overline{C}$2 被民远离者、$\overline{C}$3 民不效力者、$\overline{C}$4 被民憎恶者、$\overline{C}$5 被民反抗者。利己的外国人几乎把$\overline{D}$天心背离者之外的所有反面角色都安放在清太双方身上，之所以不写$\overline{D}$天心背离者，是因为这

些人早已接受科学教育，知道天意是不存在的，人的命运把握在自己手里，用天心背离者来塑造人是愚昧落后的表现，这是太平天国成败叙事中最早摒弃天意的一类叙事，在中国人笔下，不再依赖天意的作品直到现代简又文、罗尔纲等历史学家笔下才出现。

在“荒诞故事”中，洪秀全与咸丰一样不尊重女性，两人都是“多妻主义者”，许多叙事反复强调洪秀全有三十六个妻子，天宫中的女性有上千人，他霸占并残酷地虐待女人，双方的士兵也从不尊重女性，他们当众奸淫女性，将女性剖腹取子、割乳掏心以为玩乐，不仅玩弄女性，还玩弄幼童，名义上称为义子，实则以为男宠；清太双方一样懒惰贪逸，建都天京后，洪秀全就身居宫中，安于享受了，杨秀清也没有亲自带兵征战，而清方有的官员在奏折中竟然声称海上气候恶劣，如果缉捕海盗将不得不考虑自身安全，从而拒绝缉捕；清太双方一样奢侈浪费，东王、干王、忠王家中有无数的金器、银器、世界上最先进的、最精美的钟表等，而戈登在参与1860年的抢劫圆明园后强烈感叹清朝皇帝拥有的财宝真是太多了；虽然太方表面上禁止抽鸦片、喝酒，但实际上与清方一样，许多人都既抽鸦片又喝酒；他们张扬不知自忌，妄自尊大，清方自称天朝，太方自称天国，都以为自己是整个世界的统治者，都以带有侮辱性的“夷”来称呼外国人，一旦对其施加压力，他们又变得前倨后恭、卑躬屈膝，千方百计巴结讨好外国人，以便获得外国人的帮助和支持，有时又出尔反尔，奸猾狡诈，不遵守诺言，比如李鸿章说好不杀俘，却屡次违背诺言，残忍地将他们杀死，太方承诺文翰的船经过镇江时不会受到攻击，结果自食其言；清太双方都贪得无厌，借机敛财，清方官员以权换钱，办事时要收一半好处费，设立重重关卡重复收税，太平天国官员接受进贡，将掳掠来的财产据为己有；清太双方都待人不仁，上海小刀会起义时，清方统帅吉尔杭阿要强买外国人的大炮，态度蛮横霸道，戈登“帮助”李鸿章打仗，李鸿章却常常拖欠“常胜军”的工资；他们残害人民，清太双方的士兵都烧杀抢掠无恶不作，致使百姓丢弃家产，流亡逃命，有些还涌入外国人的“地盘”，与清太双方的叙事不同，外国人笔下的受害百姓不是无辜的，而是罪有应得的，他们奸猾、诡诈，给外国人带个路也要索取大量的钱财，他们麻木不仁，公开兜售人肉，在租界，他们过着猪狗不如的生活，却还抢劫外国人等，外国人一方面将他们称为“可怜虫”，来表示自己的“人道主义精神”，另一方面又憎恨这些人，希望将他们赶得远远的，因此外国人对中国难民并没有真正的关心和同情，事实上他们还故意隐瞒了其杀害中国人的罪行；清太双方都虐待敌人，方式野蛮落后，清军对太方俘虏采用野蛮的凌迟处死的方式，太方将死去的清方将领开棺戮尸，以泄其愤；他们敷衍塞责，从不尽力完成自己的本职工作，清方上至官员下至士兵在敌人没来之前就跑得远远的，太方连天王都不问正事，天王府的侍卫都无精打采；他们听说敌人到来就赶紧逃跑，实在逃不了也不想死，若被敌人抓住，不能痛痛快快地死去，即使寻死，也是怕皇帝报复其家人，一旦家人生死无忧，马上倒戈投降；清方当初窃取了汉族政权，现在汉族又在窃取清朝政权，清方经常有人为兵饷哗变，全国多处出现叛党，官员之间相互倾轧，太方杨秀清也犯上作乱，各王之间也矛盾重重，内部很不稳定；不管清方还是太方都喜欢夸大其词，把一点点功劳都大肆宣扬；清太上方内部都有对方的内奸，一旦被俘，许多人马上倒戈；清太双方都孤陋寡闻，清方竟然盛传包村的人能用邪术打败敌人，咸丰竟然求菩萨保佑他江山稳固，太平天国也只了解基督教的一鳞半爪，丝毫不懂真正的基督教义，还伪造天王升天的神话，愚昧地说他们见过天父的模样，他们是在中国的封建迷信披上了基督教的外衣，是对神灵的亵渎；清方和太平天国一样不了解世界，自以为是地认为中国是世界的中心，洪秀全臆测的万国地图上只有四个国家；清太双方都不懂军事，都不会使用现代武器，打大炮时竟然能从敌人的头顶飞过，丝毫伤不了敌人，他们打仗的策略还停留在古典时期，只会使用长围、偷袭等幼稚方法；他们都不懂外交，既想得到外国人的帮助，又在外国人面前狂妄自大，强行令外国人遵循他们丧失人格的跪礼，使外国人很反感；双方都不善于使用简洁、明了的汉语，咸丰的文章堆砌古代词汇、套话连篇，洪秀全的文章满口天话，不知所云；他们都品位低俗，洪秀全与咸丰一样酷爱龙，酷爱红黄两种颜色，不管是宫殿还是衣服上都镶着一条条张牙舞爪的龙；他们都愚昧迷信，真心相信天意，打仗时如果天降大雨，就自作多情地认为上天在帮助或惩罚自己；他们都因循守旧、抱残守缺，不接受正确意见；他们都见识低浅，咸丰不了解基层的腐败，也不知从何下手整顿吏治，对洪秀全的造反也束手无策，洪秀全不知道自己早已被杨秀清架空，直到被逼无奈，才借助韦昌辉除掉杨秀清，却没想到韦昌辉比杨秀清更加明目张胆地要篡权，平定了韦昌辉又连石达开也不相信，弄得朝政日落；他们都不善做事，比如与外方的关系，他们本来可以“很好”地处理，但偏偏要弄到兵戎相见；他们都胆小如鼠，见到敌人就逃，有时甚至还没见敌人就逃跑了，他们在战场上只能依赖武器，经常躲在掩体后面，不敢冲锋陷阵，也不敢与敌人面对面地对打，他们身体羸弱、肮脏、不堪一击；百姓既憎恨清方、也憎恨太方，不管听说哪一方到来，都赶紧逃走，有的村民自发组织了只有棍棒的民团，以便攻击太方和清方。

这些在外国人眼中都是非常有意思的故事，好像戏剧一样吸引人，是真的又好像是假的，他们怀着好奇的心情讲述着、品味着、欣赏着，觉得既荒唐又好笑。“荒诞故事”的特殊性不仅在于其将清太双方同类化，还表现在其叙事时的嘲笑、揶揄的口吻及讽刺、喜剧化、闹剧化等的叙述方式，比如晏玛太的《太平军纪事》中写清军与小刀会之间战斗的情景：

两方打仗共六十八次，但是并没有一次是认真打得厉害的，因为那一方面偶有一个人受伤即时不打了。他们从来未有站起来像真汉子般面对面的真干一下。双方的战士都是偷偷摸摸地躲藏在坟墓之后，或则捧着禾秆作战以作障蔽物。他们每由一个坟墓跳过别个以侧击敌人，但无时不在障蔽物之后……❶

打了六十八次，乍一听会感觉双方真够尽力的，但叙述者马上指出这么多次对仗没有一次是认真打的，之所以会打这么多次，原来不是尽力而是偷闲耍滑，只要有人受伤，他们就找到了借口，反讽的意义通过这几句话流露了出来。“偷偷摸摸”“躲藏”“捧着禾秆作战”“无时不在障蔽物之后”等语句使双方看起来是在演滑稽戏，目的是逗人发笑而非战胜敌人。

又如《太平天国初期纪事》中说：

我们勇敢的两广总督徐广缙仍旧不用别的炮弹，只用“银弹”。据说他仍旧躲在高州府，被叛军包围着，假使他们退去，让他离开此地，前往北京，他愿出三十万两银子，而且到了北京之后，他将有很多得意的报告上奏皇帝，说他已经平定了广西。❷

想说徐广缙用钱买功劳，却不直接说，而采用“银弹”这个名

❶ [美]晏玛太. 太平军纪事[M]. 简又文，译//太平天国（六）. 中国史学会主编. 上海：上海人民出版社、上海书店出版社，2000：929.

❷ [法]加勒利，伊凡. 太平天国初期纪事[M]. [英]约·第克森弗，译补，徐健竹，译. 上海：上海古籍出版社，1982：64.

称，委婉而又强烈地讽刺了徐广缙的荒唐行为，另外，叙述者强调他一直躲着不露面，想象他夸大其词，将根本没有的事说得如同真的一样。这段对徐广缙的想象性叙述揭露了徐广缙的无耻、胆怯、投机取巧等特点，叙述者认为徐广缙的荒唐在清方是很普遍的，通过讽刺徐广缙也就讽刺了清方。

（二）外方人员是完美无缺的人道主义者

在“荒诞故事”中清太双方都是有意思的、可笑的、荒谬的、荒唐的、怪诞的，与此相反，外国人大多都是正面角色，包括：A1b严于律己者、A1c真诚待人者、A1d善待下级者、A1e真心为民者、A1f宽待敌人者、A2a刚直不阿者、A2b尽心竭力者、A2e不离不弃者、A2f维护团结者、A2g惩治奸逆者、B1b知识丰富者、B1e思想先进者、B1f见解深刻者、B1g视野开阔者、B1h善于做事者、B2a勇于抗争者、B2b勇入险境者、B2c勇于战斗者、B2d勇于自杀者、B2e虽败尤勇者、B3e杀敌迅猛者、B3f以弱胜强者、C1民爱者、C2被民亲近者、C3被民投附者等。在利己外国人笔下，他们自己勤劳耐苦，额尔金、文翰、罗孝全等人冒着生命危险去探访太平军，以期获得作为政治或宗教行动之参照的第一手资料，戈登不辞劳苦，为清军训练士兵，即使是外国人并不很喜欢的华尔也非常勤劳耐苦；他们谨慎自尊，不好夸夸其谈；他们认为自己追求国家和商业利益是光明正大的，而不是贪图名利的，只有华尔、白齐文之流才一味想着升官、发财，自己是“人道主义者”，一心想帮助中国人、希望中国走向民主、富强。这是非常虚伪的，既想从中国获得利益，又说自己从不贪图名利，但是他们从不认为自己虚伪，而是底气十足地认为自己是最高尚的、最仁慈的；在宗教上，他们真心向中国人传授福音，希望中国人真正得到上帝的眷顾，在军事上，他们帮助中国人训练现代士兵，将武器转让给中国人，他们非常友善，与中国人并肩作战时从不推诿退缩，而是主动打前战，将危险留给自己，中国人遇到危险时，主动去解救，遇到“难缠”的中国人，如李鸿章、程学启之流，他们能有理有据有节地与之周旋，坚持“人道主义”立场，使其最终改正“过错”；他们善待下属，自己冲锋在前；他们不惜一切代价保护本国侨民的生命与财产安全，对中国百姓充满同情，设法为涌入租界的难民提供食物，为解救难民，将太平军赶走；他们宽待敌人，收留投降俘虏，当合作者大肆屠杀这些俘虏时，他们敢于指责这些非人行为，比如戈登；他们刚正不阿，敢于直陈意见和看法，敢于揭露不良现象；他们是“爱好和平”“维护团结”的；他们知识丰富，善于利用中国地形，他们在军事、外交、宗教上都比中国人高明；他们追求民主平等，寻求与中国的平等对话，他们并不想欺负中国人，只是要让中国“文明”起来，他们尊重中国的文化，对中国文化的毁灭表示痛心；他们认识问题比中国人深刻得多，做事时有大局眼光、长远打算；他们善于使用谋略，随机应变，果断敏捷，稳重冷静，思虑周全；他们敢于维护自己国家和人民的权益，对于有损国家形象和人民利益之事，一定会据理力争，甚至动用武力，直到对方让步为止；他们敢于深入敌境，遇到危险时不是后退而是勇往直前；他们敢于战斗，不怕牺牲；他们虽然不会武功，但是能够以少胜多；他们受到侨民们的信任和拥戴，也是中国老百姓心中的救星。

利己的外国人处心积虑、费尽心机地为自己涂脂抹粉，试图把自己写得像天使一样美丽与仁慈，但是欲速则不达，方式又不高明，美化的痕迹非常明显，让读者感到其虚伪，他们只是一群披着羊皮的狼而已。比如戈登在家信中说“由于我们的被俘人员在圆明园受到虐待，英军提督下令将该园焚毁，并贴出告示说明焚烧的理由”，[1]毫无人性、毁灭文化的罪恶是一张告示就能洗刷的？这张告示既是利己外国人的遮恶布，又是读者认识外国人罪恶的窗口，是其虚伪和骗人的罪证，它也是一个符号、代码、方式，为罪恶的侵略行为挂上正义的幌子，同时也让读者清楚地看到他们包装自己的拙劣方式。戈登将抢劫、火烧圆明园称为“野蛮”行为，认为它毁灭文化，但又说“离开圆明园时，军中每个人都获得值四十五镑以上的掠夺品。我没有像其他的人那样抢，但所得的东西也很不少”，[2]明明是五十步笑百步，还要装出自己高人一等的模样，好像他是正人君子一样。戈登的家信会让有良知的中国人非常反感，他侵犯中国的利益还要说让中国人“口服心服”，他坚持道德高高在上、利益滚滚而来的原则，他既是单个利己外国人的典型，也是英法美等西方国家的代表，他们一手拿着枪炮、一手高举着正义，最终目的却是利益和好处而已。从“荒诞故事”可以看出，亲历历史叙事并没有绝对中立的可能，每一种亲历历史叙事都是为了自己的叙事。

此外，外国人经常嘲笑清方或太方，其实他们和清、太双方也没有本质区别，比如他们说清太双方的将领都爱夸大胜利，言外之意就是他们从来也不夸大，但事实上他们不仅夸大，而且夸大的方式与清太双方也一样，比如昆山之战，从《戈登在中国》转述的情况来看，戈登先强调太平军人数之多、王爷之多，以及清军的失败，以这些作为“常胜军”上场的铺垫，结尾处再指出太平军伤亡的人数，以及“常胜军”微不足道的损失，以此来表现戈登的指挥得力、“常胜军”的英勇善战，这种方法与王安定写攻破天京是如出

[1][2]　[英]贺翼柯. 戈登在中国[M]. 黎世清，译. 上海：神州国光社，1954：148.

一辙的。

利己的外国人叙述太平天国成败时并不是想叙述成败本身，也并不是想充分表现清太双方，其目的是满足自己的好奇心，表现自己的正义与伟大、确定保护自己的方法，其叙事中首先区分的不是清方与太方，而是外国人与中国人，不管是清方、太方，还是中国老百姓首先都是中国人，只要是中国人都是“坏人”“恶人”“无能人”，如果有个别人勉强能得到外国人的赞赏，那肯定他个人的品质非常优秀；而外国人都是“好人”“善人”“能人”，即使有个别人做了不人道之事，那也是事出有因，而且多半是其个人品德有问题。由此可见，外国人关于历史成败的叙事采用的也是与中国人一样的德与能二元对立标准。

六、亲太派外国人笔下的“英雄受诬”故事

在出自外国人之手的亲历太平天国故事中，呤唎的《太平天国革命亲历记》、塞克斯的《太平天国问题通信》显得别具一格，叙述者们虽然也强调所在国的商业利益，但是明确反对所在国帮助清方镇压太方，他们公开声明对清军印象不好，同时表示同情太方。这类叙事的特点主要包括为太方辩诬并歌颂太方人员的英雄品格、揭露清方的邪恶无能、指责利己第三者诬蔑太方的险恶用心、表现自己的人道主义精神。

（一）为太方辩诬并歌颂太方人员的英雄品格

“英雄受诬故事”认为太方虽然被清方和外方诋毁、谩骂、嘲笑，但在叙述者心中他们是当之无愧的英雄，他们的事业神圣、精神崇高、品德优秀、能力卓越，虽然他们还有很多缺点和不足，但那是英雄成长过程中难免的错误，随着英雄的成熟，这些缺点和错误一定能被改掉。在“英雄受诬”故事中太方人员的正面角色=A1a有情有义者+A1b严于律己者+A1c真诚待人者+A1d善待下级者+A1e

真心为民者+A1f 宽待敌人者+A2a 刚直不阿者+A2b 尽心竭力者+A2c 宁死不屈者+A2e 不离不弃者+A2f 维护团结者+B1a 好学善读者+B1b 知识丰富者+B1c 巧用语言者+B1e 思想先进者+B1f 见解深刻者+B1g 视野开阔者+ B1h 善于做事者+C1 民爱者+C2 被民亲近者+C3 被民投附者+C4 被民帮助者+C5 被民铭记者+D1a 天赐贵相等。

值得注意的是，在亲历历史叙事中，“英雄受诬故事”是唯一一个使用A1a 有情有义者角色的，“罪责故事”中虽然有女子自杀的情节，但那只能称为殉节而不能称为殉情，赞扬的是女子的贞洁意识，与男子无关，与爱情也无关。但是在《太平天国革命亲历记》中，呤唎不仅写了自己与玛丽的生死相恋、埃尔与李秀成的女儿金好的离奇爱情，还虚构了陈玉成与洪仁玕侄女的一见钟情、至死不渝，把爱情叙事与革命叙事融合在一起，变成“革命+恋爱”的模式，以纯真的爱情来点缀崇高的革命，使爱情理想与革命理想交相辉映，用爱情悲剧来烘托革命悲剧。几对爱情故事的穿插使叙事显得生动、有趣、曲折、离奇，增加了可读性，它是太平天国成败叙事中爱情叙事的滥觞，含蓄、节制，不像后世的叙事那样泛滥成灾，中国人传统讲究男女授受不亲，爱情被封建礼教排斥，尽管也有一些表现男女爱情的戏曲、小说，但都被认为是诲淫的作品，被列为禁书，不管是清方的普通文人还是湘淮军将帅的幕僚，在文章中都要摆出谨遵封建礼教的样子，不然就会令人不齿；太平天国将男女分开，尽管后来准许“合辉”，也从不鼓励自由恋爱，叙事中当然也不会出现爱情叙事；另外不管清方、太方还是利己的第三者关注的都是利益，功利主义使他们没有闲情逸致抒情写爱。而呤唎参加太平军时还是一个热血青年，感情比较丰富也比较冲动，正好遇到不幸的玛丽，一段英雄救美的故事真实地发生了，后来玛丽牺牲，他们的爱成了震撼人心的悲剧。对爱情的美好回忆使呤唎很关心其他人的幸福，所以他记录下了他的朋友埃尔与金好的跨国奇缘，并为陈玉成虚构一段爱情佳话。

除有情有义外，“英雄受诬故事”中的太方人员大多勤苦耐劳，比如李秀成整日操劳，“外貌显得苍老憔悴”，[1]他们严格自律，不求奢华，呤唎第一次见到李秀成时见他穿得很朴素，他们无不良嗜好，严禁鸦片和烈酒；他们待人热情，李秀成贵为全军统帅，会见呤唎时非常谦虚亲切，完全尊重呤唎的习惯，普通太平军战士对外国人也非常友好，初次见到呤唎就邀请他到自己的住处去；太平天国格调高雅，衣着或简约美丽；太平军善待士兵，一场战斗结束后就令伤员回天京养伤；太平军对人民非常好，每到一处都会张贴安民告示，号召人民回家，税收只有清方的1/3，抢劫民财、掳掠民女的士兵将被杀头；太方尊重宽待敌人，虽然英法两国背信弃义，用大炮轰击太平军，但是太平军没有朝他们发过一枪；太平军尊重被俘清军，愿留则留，不愿留的则送走；除了打仗时杀人外，太方没有杀过一个人，也没有虐待过俘虏；太方比较民主，上级愿意接受下级意见，有意见时也敢直言进谏；太方将官大多因军功升职，能身先士卒；太方人员都爱国，即使被杀也不屈服；太方人员都忠心耿耿，真心相信天王，忠王也不顾自己的安危而将幼天王救出天京；太方人员大多密切协作，相互救助；天王、洪仁玕、陈玉成等都非常聪明，如果不是清政府腐败，他们都能考上秀才、举人等；太方人员并非孤陋寡闻，他们熟悉外交礼仪，能独立、有效、平等地与外方对话，愿意学习西方的科学、政治、宗教等；善于利用人民的迷信思想为革命服务，天王编造的升天神话并非对上帝的

[1] ［英］呤唎. 太平天国革命亲历记（全二册）［M］. 王维周，译. 上海：上海古籍出版社，1985：54.

亵渎，而是一个明智选择；太方人员尊重知识，忠王有时也向呤唎请教；他们见解深刻，对问题的看法很准确、到位，因看到了清方的腐败无能才发动太平天国革命；他们善于作战，考虑周全，关键时刻能当机立断；太方人员非常勇猛刚强，敢于深入险境，不怕牺牲；身强体壮、精神健康、乐观自信；经常打胜仗，一路从广西打到天京，势如破竹，往往以少胜多。

关于百姓，《太平天国革命亲历记》的看法与众不同，其含义首先是指与太方“拯救故事”中的民相同的良民，即自觉拥护太平军的人民，但是“拯救故事”中的良民成分复杂，既包括穷人、也包括富人，既包括清方投降者、也包括土匪强盗，而《太平天国革命亲历记》中的人民主要指穷人，即品行端正而贫穷的工人、商人、雇工等，“富有阶级”始终远离交战双方，或者跟随清军跑走。这是亲历历史中唯一一个明确用阶级来划分人民的叙事，后来以罗尔纲为代表的当代太平天国史专家非常看重呤唎的这部作品，阶级意识的相似是一个重要因素！在《太平天国革命亲历记》中，百姓们爱戴太平军，主动蓄发，革命初期，人民就涌入太平军，对天王深信不疑，即使柔弱的妇女也与太平天国并肩作战。《太平天国革命亲历记》写人民对太平天国的感情时没有套话，也没有夸张地说百姓愿为掩护太平军而死，显得比较真实。

在对待天意的问题上，呤唎的态度有点矛盾，一方面他受科学影响，不轻易相信天意，在他的笔下没有出现那种正打仗时天突然转变，以帮助太平天国战斗的可笑情节，另一方面由于同情太平天国，所以对太平天国的神化叙述将信将疑，于是保留了他认为比较有可能的D1a天赐贵相、D1d天赐使命，例如关于洪秀全、洪福瑱的神化，《太平天国革命亲历记》基本都在转述韩山文的说法，最能看出呤唎自己特色的是他对忠王的神化。他说忠王“显然有一种天生的领导者的高贵气度”，[1]“他的眉毛和眼睛一望而知这是一位伟大卓越的人物”，[2]意思是忠王之所以成为“所向无敌”的统帅是上天赐予的，他的高贵相貌和非凡使命都来自天意。很有意思的是，呤唎认为忠王的“高度气度”是因为他有“欧洲长相”，说他“看来不大像中国人的面貌”。[3]神化要让被神化的人高于普通人。洪秀全自我神化的方式是声称自己有升天的权力，洪仁玕说洪秀全的相貌出众，是“面形日角，眼若日轮”，洪秀全和洪仁玕的神化体现了中国哲学的玄学色彩，说得玄而又玄，无法查证。呤唎不是中国人，不会故弄玄虚，但是神化的原理是相同的，也要把忠王的相貌说得高人一等。在呤唎眼中，这高人一等的人是欧洲人，由此可见在呤唎心中，欧洲人是高于中国人的，忠王的“欧洲长相”在呤唎看来是一个象征，暗示着中国人只有像欧洲人才会成为“高贵”“伟大”的人、中国人只有向欧洲人学习才能够进步。虽然呤唎反对英法等国侵略中国，但无可否认，呤唎与其他欧洲人一样也具有强烈的民族优越感，他帮助太方是列夫·托尔斯泰式的“同情”，是强者中的逆子贰臣对弱者的怜悯和同情，他的行为虽然令弱者感动，但并不能从根本上改变弱者的处境。

“英雄受诬故事”是亲历历史故事中唯一一个从正面进行推前叙、将太平天国民族革命的目标推前到金田起义之前产生的，它继承了韩山文作品中洪秀全出身于古老世家的说法，又在此基础上进行生发演义，说在清朝入侵时为保护明太子而牺牲的大元帅就是洪

[1] [英]呤唎. 太平天国革命亲历记（全二册）[M]. 王维周，译. 上海：上海古籍出版社，1985：54.

[2][3] [英]呤唎. 太平天国革命亲历记（全二册）[M]. 王维周，译. 上海：上海古籍出版社，1985：55.

姓人，为英雄洪秀全增加了英雄的前身，而且说洪秀全的家族曾经“坚决拥护明朝的最后斗争”，并因此死了好多人，这样就把民族仇恨与家族仇恨有机结合了起来。虽然呤唎是欧洲人，早已脱离了封建家族制，但他很会联想，将中国比作封建时代的欧洲，与中国人家天下的思想取得了一致。在写完洪秀全升天神化后，呤唎说“他曾向洪仁玕表露了对于暴虐的满洲人的愤恨”，❶而这些在韩山文的作品中都是没有的。由此可见，呤唎也与中国人一样认为“好的”和“坏的”都应该“从来如此”。

呤唎以“亲历记”的形式，采用第一人称叙事方式，给读者一种真实感，但是他对太方的有意美化是显而易见的。在他笔下，太方人员特别是忠王及其部下全都完美无缺，实际上根据其他叙事，包括《李秀成自述》《洪仁玕自述》等，在太方后期其基层出现了很多不良现象，害民事件时有发生、官员之间的相互倾轧也很残酷、战士也不够英勇，经常出现叛徒和逃兵，但这些在呤唎的作品中都被有意减除了，“春秋笔法”在呤唎叙事中同样存在。

（二）揭露清方的邪恶无能

在“英雄受诬故事”中，清方的形象与在“荒谬故事”中的形象基本一致，具体角色与利己第三者眼中清太双方共同占有的角色没有什么两样，呤唎想借此表明清方确实像一般外国人所看到的那样无可救药，从皇帝、官员、士兵，直到百姓全都无才无德、荒谬绝伦、可鄙可笑，正因如此，太方才需要推翻清方，他们的革命才有了必要性和合理性，同时也让外方认识到清方根本不值得帮助，从而为自己劝说英国政府改变对华政策提供依据。为了达到这两个

❶ [英]呤唎. 太平天国革命亲历记（全二册）[M]. 王维周，译. 上海：上海古籍出版社，1985：33.

目的，呤唎在塑造清方形象时突出使用了Ⅱ4系统化方法，他把清方、太方和外方都进行了组群化处理，每个人都属于自己的阵营，截然分开、互不归属，互不交叉，特别是清方，连一个“好人”都没有，而且在每一章每一节都从不同角度重复叙述清方的“坏”和“无能”，从而强化清方的“恶人”形象，同时大量采用反衬方法，用清方来反衬太方、用太方来反衬清方，用清方来反衬外方、用外方来反衬清方，形成许多对比单元。比如有一次呤唎等人到太方做生意，路过清方占领区时，不断受到咒骂和抢劫，但到了太方受到了热情接待，[1]形成两组对比，一个是清方与太方的对比，清方贪财好利、为非作歹、狂妄自大、色厉内荏、愚蠢无能、胆小如鼠、言语粗俗、形象丑陋、少见多怪，而太方不贪财利、民主平等、和蔼可亲、谦虚谨慎、语言高雅、形象美观、不卑不亢，通过对比表现清方的“丑恶”和太方的“高尚”。另一个是清方与外方的对比，外方真心帮助清军把太平军赶走，但是清军侮辱和侵扰外国商人，外方把清军当“盟友”，清方却将外方视为“仇敌”，从而说明清方恩将仇报、出尔反尔、不守信用等“罪恶”本性，希望外国人不要再帮助他们。为了表达对清方的厌恶之感，呤唎还经常使用讽刺法，比如外方声称帮助清方会得到清方的感激，从而扩大在华贸易量，但呤唎在“感激”上加上引号，以反语的方式否定清方。

（三）指责利己第三者诬蔑太方的险恶用心

对于利己的外国人，“英雄受诬故事”以揭露和否定为主，否定他们所肯定的、纠正他们所歪曲的，揭露他们的阴暗心理，指出

---

[1] [英]呤唎. 太平天国革命亲历记（全二册）[M]. 王维周，译. 上海：上海古籍出版社，1985：45-46.

他们言论的荒谬，同时完成对他们形象的塑造。“英雄受诬故事”中利己的外国人包括与鸦片贸易有关的人、英国官吏、贪慕粮饷的雇佣兵、罗马天主教牧师、做买卖的商人，他们都是为了金钱和私利，正如塞克斯所批判的“我国一切侵略行动的真正动机，就在于迫使中国政府准许鸦片输入”。[1]他们信口开河地说太方杀人放火、无恶不作，实际上这些行为都是清方所做的；他们称太方是土匪，按照他们的逻辑，那么英美等国都是由土匪建立的；他们说太方背信弃义，事实上是他们自己背信弃义，自己撕破中立的假面，用炮弹轰击武器落后的太平军；他们说太方残忍地对待清兵和外国人，事实上，英国人在上海毫无理由地屠杀太平军官兵；他们指责洪秀全狂妄自大，事实上洪秀全并不比清朝皇帝更放肆、更狂妄；他们说太方被人民所痛恨，其实太方被人民视为救星；他们之所以对太方“友好”，是因为他们不满意清方，商人想使鸦片合法化，政治团体想任意摆布软弱无力的清政府，当发现目的无法达到，又战胜了清政府，取得了更多的权力时，他们就转而支持清方了；英国当局在有意误导人民，歪曲捏造谣言；外国兵残忍狠毒、滥杀无辜、无节制地奸淫妇女、劫掠财物；他们虽然取得了很多胜利，但那都是依赖先进武器的结果，其实他们非常胆怯；他们眼界狭窄，不知道如果太方胜利，一定会改进与外国人的关系，外国将会在中国获得更多的利益，他们也不知道对清政府进行军事训练的后果将是清政府转而变成他们的死敌。总体来看，“英雄受诬故事”中利己的外国人承担的角色包括：$\overline{A}$1b 随心所欲者、$\overline{A}$1c 待人不仁者、$\overline{A}$1d 唯我独尊者、$\overline{A}$1e 残害人民者、$\overline{A}$1f 虐待敌人者、$\overline{A}$2b 敷衍懈怠者、

[1] [英]塞克斯．太平天国问题通信[M]．梁从诫，译．北京：中华书局，1981：44.

$\overline{A}2e$ 排斥异己者、$\overline{A}2f$ 掩饰欺骗者、$\overline{B}1b$ 知识贫乏者、$\overline{B}1e$ 见解庸劣者、$\overline{B}1f$ 眼界狭小者、$\overline{B}1g$ 不善做事者、$\underline{B}2c$ 不敢战斗者等。

呤唎和塞克斯虽然抨击那些利己的外国人，但是并不贬低整个西方世界，也不否定从中国追求利益的愿望，在他们心目中，欧洲是最先进的，欧洲人拥有世界上最优良的武器、最先进的军事训练方法、最先进的思想、最优秀的民主政治、最优秀的宗教和最高雅的文化，欧洲人完全能够采用文明的方式在中国获得巨额利润，没有必要侵略中国或干涉中国内政，他们厌恶清政府，是因为清政府闭关自守，对他们不够友好，他们同情太方，是因为太方信奉基督教，与他们有共同之处，他们相信太方取胜后一定会对他们友好，他们与中国之间的贸易量会增加，所以归根结底，“英雄受诬故事”还是以外国人利益最大化为最终目的的。

（四）表现自己的人道主义精神

与其他类型的亲历历史故事一样，“英雄受诬故事”中也有一个“我”的存在。《太平天国革命亲历记》中的“我”既是叙述者，也是一个具有角色和思想的人物。“我”的角色包括：A1a 有情有义者、A1b 严于律己者、A1c 真诚待人者、A1e 真心为民者、A1f 宽待敌人者、A2a 刚直不阿者、A2b 尽心竭力者、A2e 不离不弃者、A2i 以忠克情者、B1b 知识丰富者、B1e 思想先进者、B1f 见解深刻者、B1g 视野开阔者、B1h 善于做事者、B2a 勇于抗争者、B2b 勇入险境者、B2c 勇于战斗者、B3e 杀敌迅猛者、B3f 以弱胜强者、C1 民爱者、C2 被民亲近者等。“我”的角色全是正面的，且数量非常多，“我”敢于说出“我”的看法，不畏权贵，“我”为正义事业献身，坚持到战争一线，率先冲入敌军阵营，“我”与爱人生死相恋，但为了事业，“我”克制对爱人的思念之情，“我”不怕吃苦，不求名利，“我”同情弱者，对于素不相识之人也愿伸出援助之手，“我”参加太平军没有任何功利目的，只是因为同情他们，“我”真心为他们服务，甘冒死的危险，毫不保留地向他们传授经验，“我”设身处地为他们着想，为他们出谋划策，“我”知道中国人遭遇的苦难，“我”与民亲近，和他们交朋友，“我”宽待敌人，只想让他们屈服，不想伤害他们，“我”知识丰富，不仅了解欧洲的历史、军事、科学、宗教、政治，而且了解中国的历史、军事、宗教、政治，“我”追求民主、平等，“我”明察秋毫，能准确判断敌人的心理和行动方向，“我”深藏不露、目光远大、善于指挥，带领其他人打了许多漂亮仗，“我”在太平军占领地区到处受到百姓热烈欢迎，等等。

第二节　后政治化历史叙事的五种类型及其模式

后政治化历史叙事是为了表达某种政治意识或为了现实政治斗争而进行的历史叙事，它们与政治关系密切，在每一场新的政治运动、政治斗争酝酿、兴起、高潮、危机、败亡时后政治化历史叙事都会成为热点叙事，无论新的还是旧的政治势力都会将某些或某个历史势力作为自己的先驱，通过讴歌先驱，间接、委婉地颂扬自己，同时极力贬低甚至谩骂被政治对手讴歌的历史势力，以影射的方式攻击政治对手。一般来说，越是有争议的历史事件就越容易引起政治势力的关注，关于它的叙事也就越多，分歧也就越大。太平天国运动是近代以来最有争议的历史事件之一，故而在政治风云频繁变化的20世纪，中国关于太平天国成败的后政治化历史叙事非常多，本节主要剖析反映清王朝皇家立场的“治乱故事”、资产阶级革命党人眼中的“封建性民族革命故事”、马克思主义视角下的“农民革命+民族革命故事”、满足“四人帮”批林需要的“反孔革命故事”、反构“革命故事”的“祸国殃民故事”五种类型及其模式。

一、反映清王朝皇家立场的“治乱故事”

辛亥革命后，清皇帝被赶下台，但革命的果实被袁世凯窃取。当时孙中山提出的“三民主义”已得到政界和知识界的广泛认同，抛弃民主选举，重新当皇帝是在开历史的倒车，于是袁世凯特设清史馆专门撰写清朝正史，一方面显示自己大度，为被推翻的人撰写历史，另一方面为将来自己称帝做一些舆论铺垫，委婉宣布自己将继承历代帝王的传统。虽然后来清史没有写完，袁世凯的皇帝梦就破碎了，但是他对皇权的迷恋影响了对编写者的选择，也影响了清史的整体立意。被选中的编写者们不是资产阶级革命家，也不是西方化的现代学者，而是清朝的遗老，他们接受的是忠臣孝子的传统教育，他们将清王朝视为父母，将爱国等同于爱皇帝，他们为清王朝的覆灭而痛心，为皇帝的下台而惋惜。他们的理想断裂，思想失去依托，修史能帮助他们重温破碎的残梦，表达对“国家”、皇帝的留恋与不舍，他们不会也不可能用现代民主思想作为编写清史的思想基础，而是以维护清王朝皇家利益为根本目标。这样的立场使他们将太平天国运动视为犯上作乱，清王朝的正统立场和叙事视角决定了他们从“治乱”的角度叙写这场运动。在他们笔下，太平天国运动只是清王朝的一个“治乱故事”。

（一）对太方的否定

在“治乱故事”中，太平天国运动只是众多叛乱中的一个，虽然规模比较大一点、终究被“伟大”的清王朝平定了。洪秀全等人只是比较顽恶的“贼”“匪”，只是跳梁小丑，不值一提。因而在《清史稿》中，关于太方的正面叙述很少，出现“太平天国”这个名称的只有两篇，即《文宗本纪》和《洪秀全列传》，后者虽为列传，但视角还是清方的，叙述者称清军为“我军”，称洪秀全为“伪天王”，其他篇章中虽然也会出现太方人员，但都只是一带而过，作为清方人员形象的垫脚石出现。最集中反映太方情况的还是《洪秀全列传》。在该传中，太方人员的角色包括：$\overline{A}$1b 随心所欲者、$\underline{A}$1c 待人不仁者、$\overline{A}$1d 唯我独尊者、$\overline{A}$1e 残害人民者、$\overline{A}$1f 虐待敌人者、$\overline{A}$2b 敷衍懈怠者、$\overline{A}$2c 苟安图活者、$\overline{A}$2d 犯上作乱者、$\overline{A}$2e 排斥异己者、$\overline{A}$2f 掩饰欺骗者、$\overline{B}$1h 善于做事者、$\overline{B}$1d 思想落后者、$\overline{B}$1e 见解庸劣者、$\overline{B}$1f 眼界狭小者、$\underline{B}$1g 不善做事者、B2b 勇入险境者、B2c 勇于战斗者、B2d 勇于自杀者、$\overline{B}$2b 临险退缩者、$\overline{B}$2c 不敢战斗者、$\overline{C}$1 民不认同者、$\overline{C}$2 被民远离者、$\overline{C}$3 民不效力者、$\overline{C}$4 被民憎恶者、$\overline{C}$5 被民反抗者等。

围绕这些角色，《清史稿》中的太平天国叙事形成以下特点。

第一，太方人员从小就不是“好东西”。其最高统治者“少饮博无赖，以演卜游粤、湘间”，[1]完全是个地痞无赖，起义前故弄玄虚，诈称有通天之能，欺骗众人。这个从来就“恶”的形象是吸收借鉴“罪责故事”的结果，反映了《清史稿》编者与普通文人的相通性，他们都想维护清皇权的尊严与威望，不愿采用有损皇权形象的材料，如果像洪仁玕那样说洪秀全是因为官场黑暗、英雄无用武之地才造反的，就有可能让读者产生清统治不力、英俊被埋没、官逼民反的心理，将洪秀全造反的责任推给了清朝，而采用传统文人的看法，就会让读者感到太平天国只是恶人造反，责任不在官府、不在朝廷，只在造反者本人。

第二，太方内部矛盾重重。太方内部勾心斗角，相互倾轧。从其高层来说，洪秀全懒惰异常，疏于政事，却唯我独尊，打压异己；

---

[1] 赵尔巽. 清史稿（第四十二册）[M]. 北京：中华书局，1977：12863.

杨秀清居功自傲，张扬不羁，打击同僚，欺压兄弟；韦昌辉无才无能，阳奉阴违，心狠手辣。由于各怀鬼胎，终于酿成天京事变的内乱。后期，洪秀全不相信李秀成，对李秀成的建议一概不予采纳，李秀成则一意孤行，竟至抗旨，两人的矛盾最终导致太方的灭亡。通过强调对方存在的矛盾，《清史稿》证明了它对太方是一群乌合之众、最终一定会灭亡的判断。

第三，太方人员既无能又“有能”。在《清史稿》中，太方人员很多时候是无能的，他们丝毫不懂军事，像流寇一样乱窜，没有固定的方向和目标，虽然人很多，但是胆怯异常，见到清军马上逃跑；有时候费尽脑汁，想出一个办法，但无济于事，仍被清军打得抱头鼠窜，即使被将领们杀头也不敢回头与清军作战；有的时候虽然获胜，但那只是侥幸的结果，不是遇上大雨，就是碰上干旱；有时得到武器，有时正好有土匪加入。这些都反映了《清史稿》不想承认太平天国胜利、清方失败的心理。比如说遇上大雨，道路泥泞，“官军无法行走”或者“官军武器尽湿”，明显是托词，大雨又不是仅仅淋清方，“官军无法行走”而太方行走如常，只能说明清方怕吃苦，根本没有尽力，《清史稿》好像没有想到这一点，一味为清方找借口，袒护清方。另外，《清史稿》中太方人员有时候又很有能力，比如杨秀清、石达开、陈玉成、李秀成等，或者“狡诈”异常、善于指挥，或者“凶悍”异常、杀人如麻，令清方人员不得不倍加小心。既写太方人员的无能又写他们的“有能”，看似矛盾，实则统一，写他们无能是出于对他们的憎恨，不愿承认他们有能力；作为获胜方的遗裔，《清史稿》的编者们又拥有藐视太方的心理优势，可以随意将太方的失败归结为他们能力欠缺，将他们塑造成不自量力的跳梁小丑。写太方人员“有能”，实际还是在表现太方的无德和清方的德才兼备，比如写杨秀清非常“奸猾”，成功指挥太方人员摧毁了向荣、张国梁的江南大营，但是紧接着就说杨秀清居功自傲，以为自己功高盖主，然后转入对天京事变的叙述，突出表现洪秀全、杨秀清、韦昌辉三人道德品行的恶劣，幸灾乐祸地说明这是太平天国由胜转衰的开始。再比如陈玉成非常“狡悍”，神出鬼没，让官军非常头疼，但是最后还是被湘军打败，两相比较，更加凸显了湘军的强大和无敌战斗力。从实际情况来看，从广西到天京时期，太平天国胜多，天京事变之后到陈玉成、李秀成崛起时清方胜多，陈玉成牺牲前，双方互有胜负，之后清方胜多直至完全胜利。有意思的是在《清史稿》中建都天京之前的太方人员非常无能，之后却非常有能力，即使到最后阶段，《清史稿》也渲染李秀成的智慧和才华。联系与太方对阵的清方人员可以看出，之所以这样写，除了上面分析的原因之外，还涉及对清方将领的评价问题，建都天京之前的太平天国如此之无能，竟然一路打到天京，后期太平天国如此“有能”，竟至于身死国灭，可见前期与太方对阵的将领比如赛尚阿之流多么无能，而后期如曾国藩、李鸿章等人多么伟大，遗老们延续清朝官方的看法，不仅直接称赞，还通过叙事委婉地赞扬他们。

第四，把“天意”视为清方的私有财产。中国皇帝历来自认为是“天子”，“天人合一”是符合帝王利益的中国哲学思想，清朝的皇帝相信“天意”，《清史稿》延续这种思想。比如“八月己酉朔，日有食之。壬子，福建官军收复宁化”，[1]将异常天气与官军胜利紧密相连，含蓄表明上天通过日食启示、保佑清方获得胜利。“治乱故事”把“天意”视为清方的私有财产，只准清方拥有“天意”，剥夺太平天国拥有“天意”的权力。一方面解构洪秀全的神

[1] 赵尔巽. 清史稿（第四册）[M]. 北京：中华书局，1977：744.

化，认为所谓的升天是个弥天大谎，其实并不存在，“真实”的情况是“辄卧一室，禁人窥伺，不进饮食，历数日而后出”，[1]所谓“天赐”玉玺，也是他自己伪造的。在这一点上，《清史稿》与“罪责故事”是相同的，都不相信洪秀全编造的神话。这是因为中国历史上这样的例子太多了，从周民族的始祖弃到刘邦再到黄巢再到白莲教，不管是胜利的还是失败的，每一个政治风云人物都会自造或他造出一些神话，以增加这些人物的神秘感、神圣感，由于这样的故事太多，以至许多人不再相信。另一方面否认导致太方获胜的天气是天意所为，将之视为巧合，看成偶然因素。比如双髻山之战，“我军追之，会大雨，军仗尽失”，仙回岭之战，“时大雨如注，乌兰泰提精卒入山，山路泞滑……”[2]这一点与“罪责故事”不同，后者会感叹“天命难违”，将之视为满清王朝的劫难，并归罪于地方官吏，认为是他们欺上瞒下才导致上天发怒，降下兵祸。两者的差异来自立场和心态的不同。“罪责故事”是亲历历史故事，在写作时，太平天国运动有可能还没有结束，文人们看不到希望、对清王朝的胜利没有信心，于是转而思考到底是谁造成了“匪乱之灾”，作为普通文人，他们耳闻目睹了地方官吏的罪恶行径，于是他们一定程度上承认“天意”在太平天国，以此谴责那些导致“天意”转向的贪官恶吏。“治乱故事”是后叙故事，写于太平天国运动失败之后，清方已经成为胜利者，《清史稿》的编者们再也不用担心太方取胜，这使他们的心态比较乐观。在他们看来，太方只是侵入清方健康机体的一个病毒，重要的是如何使用猛药将其杀死，而不是去憎恨受侵害的部位，因而他们很少谴责地方官吏，也不承

[1] 赵尔巽. 清史稿（第四十二册）[M]. 北京：中华书局，1977：12863.
[2] 赵尔巽. 清史稿（第四十二册）[M]. 北京：中华书局，1977：12865.

认太方拥有“天意”。此外，《清史稿》中也无神秘事物作祟太方的叙述，这一点显示了历史著作与文人笔记的差别，文人笔记可以写完全不真实的传说，历史著作却只能写似真化故事。

第五，保留了中国传统叙事中的“红颜祸水”观念。《清史稿》中的太方女性只有赖后一人，其行动也只有一个：在东王被杀后对洪秀全说：“除恶不尽，必留后祸”，劝洪秀全“诡罪昌辉酷杀，予杖，慰谢东党，召之来观，可聚歼焉”，[1]虽然只有这一个行动，但其罪恶是巨大的，她是教唆犯、杀人元凶，如果不是她，洪秀全就不会杀死那么多人，韦昌辉就不敢轻举妄动，天京惨剧就可避免。《清史稿》把赖后写成了妲己、杨贵妃一样的祸水。

第六，明确否定太平天国是民族革命。虽然杨秀清、萧朝贵在檄文中明确了反清目标，但是在清方数量众多的亲历历史故事中，没有一个提到这一点。比如曾国藩的《讨粤匪檄》只提“粤匪”对皇权的僭越、对百姓的欺骗，却不提民族矛盾。《清史稿》写作时的社会语境发生了变化，辛亥革命发生了，清朝灭亡了，编者们不用再忌讳这个问题了，但问题的关键是他们在民族革命已经成功的时期还要否定太平天国的民族革命性质，说它“严种族之见，人心不属”。[2]由此可见遗老们的保守倾向，虽然清王朝灭亡了，但他们仍眷恋着它，不愿承认它异族统治的性质，说明思想具有惯性，社会重大变革后总有人格外留恋逝去的社会形态。作为清朝遗老，否定太平天国的民族革命性质，也是委婉表达对辛亥革命的不满，因为辛亥革命也是民族革命，通过叙述历史表达了对现实政治的看法，体现了后政治化的倾向。

---

[1] 赵尔巽. 清史稿（第四十二册）[M]. 北京：中华书局，1977：12888.

[2] 赵尔巽. 清史稿（第四十二册）[M]. 北京：中华书局，1977：12966.

（二）完美无缺的君主

在关于清方的叙述中，“治乱故事”的主角是皇帝。虽然咸丰与同治都懦弱无能，但在《清史稿》中，他们是完美无缺的君主。他们的角色=A1b 严于律己者+ A1c 真诚待人者+ A1d 善待下级者+ A1e 真心为民者+ A2b 尽心竭力者+B1b 知识丰富者+ B1e 思想先进者+ B1f 见解深刻者+ B1g 视野开阔者+ B1h 善于做事者+ B2a 勇于抗争者+ D1 天赐者+D2 天亲者+ D3 天启者+ D4 天助者+D7 天佑者。拿咸丰来说，《清史稿》称赞他“遭阳九之运，躬明夷之会……能任贤擢材，洞观肆应。赋民首杜烦苛，治军慎持驭索。辅弼充位，悉出庙算”。[1]可见该书重点强调清皇帝的四个特征：上承天命、下爱细民、天亶圣聪、知人善任。

第一，上承天命，意谓君权神授，神圣不可侵犯，为强调这一点，《文宗本纪》第一句话就说“文宗协天翊运执”，[2]又说“十一月丁丑，上诣大高殿祈雪。庚辰，杨霈奏克复广济、黄梅”，[3]祈雪即是祈瑞，祈瑞则得瑞，仿佛天能听懂他的语言，能满足他的愿望。这样写是为了用清方的“真天意”驳斥太平天国的“假天意”，用“真天子”咸丰对抗“假天子”洪秀全。由此可见，清方与太平天国神化最高统治者的心理是相同的，方法是大同小异的，表面上运用了“天人合一”的哲学思想，实际上是谶纬迷信的变体，表面上是异向演义，实际上是同向演义。

第二，下爱细民，主要写咸丰爱百姓、体贴百姓、给百姓实惠。在《清史稿》中，咸丰的爱民行为包括：督责州县官员，指出他们

[1] 赵尔巽. 清史稿（第四册）[M]. 北京：中华书局，1977：697.
[2] 赵尔巽. 清史稿（第四册）[M]. 北京：中华书局，1977：711.
[3] 赵尔巽. 清史稿（第四册）[M]. 北京：中华书局，1977：732.

的不足，“多倚胥吏而朘闾阎，民生何赖焉？”[1]教导他们举荐贤能，维护民生；给人民好处，比如“诏东南两河勘筹民堰”，“免直隶、浙江、湖南等省六十七州县灾赋有差”。[2]《清史稿》中咸丰的爱民没有超出传统民本思想及其方式，他并没有还政于民，没有给人民当家做主的权利。只是像个奴隶主那样，当发现监工们虐待奴隶时出面稍稍干涉一下，让他们注意一下方式，或者当发现奴隶们快要饿死时施舍给他们一碗饭，让他们勉强活下去，以便继续为其服务而已。所以爱人民是幌子，根本还是爱自己。由此可见，《清史稿》虽然产生于民国时期，但是思想还停留在封建时期。

第三，天亶圣聪，是说天偏爱咸丰，使其拥有超常智慧，能发现其他人无法发现的问题，一眼看出问题的实质，抓住解决问题的关键。《清史稿》为了塑造咸丰的这一形象可谓费尽心机，比如安排咸丰在金田起义爆发前就提醒州县官员爱民，仿佛他有先见之明，已经知道如果官员们不收敛，人民就要造反，这样写既维护了咸丰的形象，又将害民责任推给了州县官员。再比如在《洪秀全列传》中安排他提议兴建湘军水师，“上以寇扰长江，非立水师不能治其死命，乃命在籍侍郎曾国藩练乡勇、创水师讨寇”，[3]而在《曾国藩列传》中又说曾国藩“尝与嵩焘、忠源论东南形势多阻水，欲剿贼非治水师不可”，[4]把这种远见卓识又赋予曾国藩，湘军水师既是湘军的骄傲，也是清王朝的骄傲，到底是谁最先提议创建的，是历史研究的问题，本书只想从该例说明《清史稿》基于清朝皇权思想对

[1] 赵尔巽. 清史稿（第四册）[M]. 北京：中华书局，1977：712.
[2] 赵尔巽. 清史稿（第四册）[M]. 北京：中华书局，1977：174.
[3] 赵尔巽. 清史稿（第四十二册）[M]. 北京：中华书局，1977：12874.
[4] 赵尔巽. 清史稿（第三十九册）[M]. 北京：中华书局，1977：11909.

于咸丰智慧的有意美化。

第四，知人善任，主要是指他具有天生的统御能力、知人善任，能够发挥每个人的优点，克服每个人的缺点；赏罚分明，使忠义者名垂千古，也使奸逆者得到应有下场；又能不拘一格降人才，使真正有才华的人平步青云，使无能者没有机会尸位素餐。这是《清史稿》塑造清朝皇帝的一个重要方面。《文宗本纪》中有大量关于官员任免情况的叙述，比如登基第一年就果断罢免祸国殃民、对洋人屈膝投降的穆彰阿、琦善，表现了他的魄力与手段；“恤广西死事副将阿尔精阿等世职”，[1]体现了他对下属的仁义；下诏切责失败的周天爵，表现了他的赏罚分明；曾国藩九江失败，“上疏请罪，诏旨宽免，谓于大局无伤也”，[2]表现了他的宽容。为了将咸丰知人善任的形象塑造得更完美，《清史稿》有意减除了《湘军记》《湘军志》中关于咸丰不予曾国藩实权的内容，后两者所站的立场是曾国藩的，而《清史稿》的立场是清朝皇家的，同一阵营的不同立场决定了叙事时对不同事件的选择和取舍。

此外，《清史稿》对于咸丰与洋人关系的叙述也很特别。《文宗本纪》中有两个细节：“桂良等奏英人之约于镇江、汉口通商，长江行轮，择地设立领事，国使驻京。上久而许之”，[3]“圆明园灾”。[4]前者“上久而许之”，表现的是一种矛盾而又无奈的心理，不像《吴中平寇记》恬不知耻地说清政府能够利用，并且有效控制洋人，让洋兵为清王朝服务，《清史稿》认为被洋人欺负是一种

[1] 赵尔巽. 清史稿（第四册）[M]. 北京：中华书局，1977：719.
[2] 赵尔巽. 清史稿（第三十九册）[M]. 北京：中华书局，1977：11910.
[3] 赵尔巽. 清史稿（第四册）[M]. 北京：中华书局，1977：747.
[4] 赵尔巽. 清史稿（第四册）[M]. 北京：中华书局，1977：761.

耻辱，所以当洋人强行要求“国使驻京”时，咸丰非常不情愿，但是考虑到实力悬殊，咸丰又不得不答应洋人的要求。所谓“圆明园灾”实际上是指1860年英法联军火烧圆明园，将被洋人烧说成“灾”，可以看出《清史稿》编者们的微妙心理，他们憎恨洋人，但如果说是洋人烧的，则显咸丰无能，这又是他们不愿做的，因此他们巧妙地将之写成“灾”，既回避了洋人问题，也为“尊者讳”，替咸丰遮了羞。

（三）光大清方将官的优点，忽视其缺点

太方“治乱”的配角是各级将官，与“罪责故事”和“功业故事”相比，“治乱故事”对他们的叙述以正面为主，除非被皇帝“逮治”“褫职”或弃重要城池逃跑的，比如郑祖琛、赛尚阿、陆建瀛等少数官员被作为负面典型外，其他都是或有胆有识、或有才有德、或两者兼备的，曾在“罪责故事”“功业故事”中被批判的乌兰泰、常大淳、和春等人都摇身一变，成为忠烈，好像“罪责故事”在有意挑剔将官们的毛病，很少看到其优点，而“治乱故事”在有意发现将官们的优点，忽略其缺点，好像“罪责故事”比较尖刻、“治乱故事”比较宽容，而“功业故事”则两者兼备，对主角阵营之外的将官比较尖刻，对主角阵营之内的将官比较宽容。“治乱故事”中将官们的角色与“功业故事”中主角阵营的角色相似，只是多了一个B1d兴致高雅者。“治乱故事”是来自清方的太方故事中较早出现这一角色的，当曾国藩被困南昌时，“遣将分屯要地，羽檄交驰，不废吟诵”，[1]困居祁门时“意气自如，时与宾佐酌酒论文”。[2]《清史稿》所持的是皇家整体立场，《湘军志》和《湘军

[1] 赵尔巽.清史稿（第三十九册）[M].北京：中华书局，1977：11910.

[2] 赵尔巽.清史稿（第三十九册）[M].北京：中华书局，1977：11912.

记》是专门为曾国藩及其湘军歌功颂德的，后者中的曾国藩理应被写得更高大些，但事实上两书中都没有出现上面两处细节，究其原因，大概与写作的时间有关。《湘军志》和《湘军记》都出现于太平天国胜利不久，作者们急于将曾国藩的功业记录下来，对著名战役的完整过程的描述非常多，没有过多的精力去关注曾国藩个人的闲情逸致，而《清史稿》写于20世纪，编者们有比较从容的心态多方面表现主人公，为其增加了诗文的雅兴，所占篇幅虽然不多，但是代表了一种趋势。《清史稿》之后的太平天国成败叙事中，像诗文雅兴这样与战争、胜负无关的叙事呈现出越来越多的趋势。

（四）借对方之口进行褒叙或贬叙

在叙事方法上，《清史稿》也有与清方亲历历史故事不同之处，那就是借对方之口进行褒叙或贬叙。当李秀成第一次占领杭州时，为了表现张玉良的愚蠢，让李秀成高兴地说“中吾计矣”。[1]当曾国藩派兵包围天京时，又让李秀成说“曾国藩善用兵，将士听命，非向、张可比。将来七困天京，必属此人”，[2]这些是根据《李秀成自述》的内容改写的，但《李秀成自述》是用自己之口夸耀自己，附带着夸奖曾国藩，即从己方视角表现自己和对方，而《清史稿》的改写就使视角由己方变成了对方，从对方的角度反观己方，就使叙事增加了一些“真实性”“客观性”。这种方式的使用一方面是由于《清史稿》写于太平天国成为历史之后，编者们能够接触到来自清、太双方的原始叙事，能够有选择地采用对方的资料；另一方面是由于后叙历史故事对自己“真实性”不自信，于是寻求貌似客观的叙事的结果，因为亲历历史叙事写的是自己亲身经历的事情，

[1] 赵尔巽.清史稿（第四十二册）[M].北京：中华书局，1977：12908.
[2] 赵尔巽.清史稿（第四十二册）[M].北京：中华书局，1977：12914.

无论采用的是哪一方、哪一阶层的眼光，作者们都非常自信地认为自己所写的就是“真实”的历史。但是《清史稿》的编者没有这个先天优势，于是装出了“客观公正”的样子，仿佛告诉读者“看，我没有撒谎吧，连李秀成都是这样说的！”《清史稿》的这个特点是许多后设历史叙事的共同特点，既包括历史叙事，也包括文学叙事，如罗尔纲的《太平天国史》、简又文的《太平天国全史》、张笑天的《太平天国》等。

（五）变丑为美的清方将官相貌描写

在人物外貌描写方面，《清史稿》与亲历历史故事不同。清方亲历历史故事对太方人员的外貌描写带有很强的想象色彩，类型化特征非常明显，不是眼露凶光，就是凶神恶煞，好像妖怪一样，同时很少对己方人员进行描写，即使描写也多采用套话。太方的亲历历史故事把己方人员写得像神，没有对对方相貌的描写，利己第三者的亲历历史故事将清方、太方都写成了又脏又俗的小丑，而亲太外国人的亲历历史故事强调太方人员与中国人不同的长相特征。《清史稿》中很少写太方人员的相貌，清方人员大多据实而写，但是会把不好的写成好的、把丑的写成美的，例如曾国藩被写成了“美须髯，目三角有棱”，若说“须髯”美倒是有可能，但是不管依据哪个时代的审美标准，“三角有棱”眼都不是美的标志，但是《清史稿》化腐朽为神奇，说“每对客，注视移时不语，见者悚然，退则记其优劣，无或爽者”，[1]此“三角有棱”眼摇身一变，成为智慧的象征，其间的有意美化就显而易见了。

二、资产阶级革命党人眼中的“封建性民族革命故事”

中国的20世纪是战争和革命的世纪，辛亥革命、五四运动、北伐

---

[1] 赵尔巽.清史稿（第三十九册）[M].北京：中华书局，1977：11917.

战争、抗日战争、解放战争、反右运动、“文化大革命”等一场场运动、战争、革命接踵而来，这本是现实政治问题，但中国人有强烈的历史情结，似乎不联系历史就不能证明自己的存在，于是太平天国历史就如影随形，像一条变色龙一样，随着革命的变化而不断变化，资产阶级革命党人[1]眼中的“封建性民族革命故事”就是一种变化形态。

孙中山对太平天国的看法代表了资产阶级革命党人对太平天国的整体意见，他一方面肯定太平天国运动是民族革命，认为洪秀全是“反清第一英雄”，[2]另一方面又认为太平天国运动仍然是封建社会内部的战争，指出太平天国失败“完全是由于大家想做皇帝”。[3]这是革命党人进行太平天国成败叙事的理论定位和思想基础，刘成禺的《太平天国战史》、黄世仲的《洪秀全演义》以及继承资产阶级革命党人思想的简又文的历史学著作《太平天国全史》等都将太平天国运动视为封建式的民族革命故事。早有学者指出，刘成禺的《太平天国战史》和黄世仲的《洪秀全演义》有强烈的虚构性，但是虚构往往更能体现作者的创作心理倾向。相比较来说，《洪秀全演义》叙事最充分，所以本书拟通过它来探究在20世纪初期、太平天国灭亡半个世纪左右的时候，在资产阶级革命党人的笔下，太平天国成败叙事的特征。

---

[1] 本书中的资产阶级革命党人指以孙中山在世时的兴中会、华兴会、国民党等革命党成员，不包括蒋介石执政时期的国民党员。

[2] 张尔嘉. 难中记[M]//中国史学会主编. 太平天国（六）. 上海：上海人民出版社、上海书店出版社，2000：24.

[3] 陈锡麒. 粤逆陷宁始末记[M]//中国史学会主编. 太平天国（六）. 上海：上海人民出版社、上海书店出版社，2000：83.

（一）民族、民本和忠义：衡量英雄的三重标准

《洪秀全演义》的作者黄世仲是资产阶级革命党人，深受孙中山三民主义影响，以“民族、民权、民生”为奋斗目标。从作品实际看，“民族主义”确实是衡量英雄的一大标准，但是“民权主义”很少在英雄们身上体现，“民生主义”变成了“民本主义”，失去了维护民生的具体措施，仅仅变成“吊民伐罪”“救民于水火”“出示安民”等。除“民族主义”和“民本主义”之外，“忠义”也成了英雄们的重要特征。只要是太平天国的英雄，一定是三者兼备的：洪秀全早就不剃发、不穿满式服装、隐居方外，念念不忘人民疾苦，起义后，始终忠于理想，一心北伐，驱除鞑虏；萧朝贵声称“匈奴未灭，何以家为”，欲“救民于水火”，希望推翻清朝的罪恶统治，同时坚决拥护洪秀全，直至死去；韦昌辉身为狱吏，为排满丢弃工作，也希望为民做事，为了防止杨秀清篡权，他私自杀死杨秀清，然后又自杀谢罪……

坚持这一标准，太方英雄的出身是各行各业都有，有目不识丁的农夫，也有清朝官员，还有乡绅，就是没有纯粹的农民，连萧朝贵也被处理成商人或官员的亲戚。李秀成虽然“躬耕南亩”，但那是诸葛亮式的寻机待变，而非为了生存而作。不管出于哪个行业，凡是具有民族、民本思想和忠义精神的就是英雄，就受到叙述者的赞扬，而且一好百好，除了思想境界高之外，他们还能力非凡。比如李秀成经常不费吹灰之力，大败敌人；如果不具备这两种思想，那肯定是无能之人，比如杨秀清，既没有排满想法，也不愿忠于洪秀全，更不为百姓而战，而是为了投机，为了做皇帝梦。《洪秀全演义》减除了“拯救故事”和“遗恨故事”中对杨秀清的指挥能力、行政能力等的肯定，说他感知粗疏、见识低浅、预言错误、轻信盲从、疏于防范、使用拙策、指挥不力等，结果净打败仗，成了太方

失败的罪魁祸首，是封建思想最主要的体现，他参加太方不是为了民族的解放、人民的安康，而是为了荣华富贵，因为洪秀全骗他说“瑞气祥符，将应在足下”，[1]因此他处心积虑想当皇帝，正因为此，正直的韦昌辉才将其杀死。将所有的责任都推到杨秀清一人身上，体现了历史叙事将历史简单化的倾向，好像历史是由个人意志决定的。

由于坚持民族、民本和忠义三重标准，《洪秀全演义》在评价清方官员时没有拘泥于民族主义，对于曾国藩、张亮基、胡林翼等具有民本和忠义思想的清方将官没有肆意攻击，既没称他们为“曾妖头”，也不称其为“汉奸”“走狗”，而且安排这些人扮演B1a 好学善读者、B1b 知识丰富者、B1c 巧用语言者、B1e 思想先进者、B1f 见解深刻者、B1g 视野开阔者、B1h 善于做事者等许多正面角色，使他们成为稍低于太方英雄的亚英雄。

在民族、民本和忠义这三重标准中，有两种明显属于封建社会的道德礼义标准，民族标准虽然是资产阶级革命党人的口号，但也早已存在于中国传统思想中。由此可见，中国传统思想的强劲影响，即使在社会剧烈变化、社会思想貌似彻底翻新的时期，总是能以或隐或显的方式呈现出来。

（二）精心打造太方多元英雄群像

“封建性民族革命故事”属于亲太后设历史叙事，其突出特征是太方多元英雄群像的建立。在“拯救故事”中，太方人员只有两类：奸贼和英雄，在“遗恨故事”和“英雄受诬故事”中，太方人员分为昏君、奸臣、英雄三类，其涉及的人员依然很少，特别是英雄形象，除了李秀成外都显得有些单薄。“封建性民族革命故事”

---

[1] 黄世仲. 洪秀全演义[M]. 北京：人民文学出版社，1984：34.

中太方英雄远远多于以往的叙事，并不局限于少数“王爷”，还包括黄文金、谭绍洸、陈开等亲历历史叙事中很少出现或一带而过的人物，构成一个英雄群像，该群像的角色包括：A1a 有情有义者、A1b 严于律己者、A1c 真诚待人者、A1d 善待下级者、A1e 真心为民者、A1f 宽待敌人者、A2a 刚直不阿者、A2b 尽心竭力者、A2c 宁死不屈者、A2e 不离不弃者、A2f 维护团结者、A2i 以忠克情者、A2j 进献财物者、B1a 好学善读者、B1b 知识丰富者、B1c 巧用语言者、B1e 思想先进者、B1f 见解深刻者、B1g 视野开阔者、B1h 善于做事者、B2a 勇于抗争者、B2b 勇入险境者、B2c 勇于战斗者、B2d 勇于自杀者、B2e 虽败尤勇者、B3a 身体强壮者、B3e 杀敌迅猛者、B3f 以弱胜强者、C1 民爱者、C2 被民亲近者、C3 被民投附者、C4 被民帮助者、C5 被民铭记者、D1 天赐者。

在亲历历史叙事中，太平天国英雄的角色从来没有这么多过，且出现了A1a 有情有义者角色。对萧朝贵来说，与洪宣娇的婚姻完全是爱情的结晶，对洪宣娇来说，这只是一场政治交易，但萧朝贵死后，洪宣娇并没有忘记他，不像《太平天国野史》那样将她写成荡妇，到天京后早就忘记了萧朝贵，与杨秀清私通。因此，《洪秀全演义》中的洪宣娇是个有情有义者。但是，《洪秀全演义》中的有情有义者数量非常少，因此还只能说它开启了有关太平天国成败的后设历史叙事中“革命+爱情”模式的先河。

A1f 宽待敌人者在亲历历史故事中只有《李秀成自述》重点强调过，其他叙事基本上都认为对敌人使用酷刑乃是天经地义之事。但在《洪秀全演义》中太方英雄都非常仁义，比如冯云山得到乌兰泰尸体后，没有糟践它，而是“命军士以礼厚葬之，并题其墓曰：

'清故都统乌兰泰之墓'”，[1]对于普通士兵，则“一一招降，皆用好言安慰”。[2]由于不是所写历史的当事人，后设历史叙事的作者已经没有当事人那种对敌人的切齿痛恨之情。在潜意识中，他们会认为无论出于什么原因，用残忍的方式对待敌人都是不仁义的、不道德的，因此，他们会在作品中有意减除掉自己所喜欢一方的虐敌行为，并为其增加宽待敌人的情节。

B1c 巧用语言者在亲历历史叙事中除洪仁玕的叙事外很少出现过，而在《洪秀全演义》中它成为太方英雄的重要角色。比如洪秀全成功劝说黄文金加入保良攻匪会，凭借的即是“三寸不烂之舌”，之后两人又乘兴而歌，[3]这两首诗歌在《太平天国印书》中并不存在，不是洪秀全与黄文金的作品，而是作者为他们而作，这种虚构的乘兴而歌使得英雄更兼才子，也使作品雅化，这种雅化也开启了后设历史叙事雅化的先河。

B1g 视野开阔者在《洪秀全演义》中也是一个非常重要的角色。英雄们大多目标远大，很早就树立远大的理想，为了理想宁愿抛家弃子或者干脆不成立家庭，并通过豪言壮语将理想清晰表达出来。比如萧朝贵、李秀成都声称“匈奴未灭，何以家为”。在后人看来，这种叙事显得有些做作、虚假，但在当时，这是非常有意义的叙事方式。因为《洪秀全演义》创作于辛亥革命之前，是为辛亥革命摇旗呐喊的叙事，黄世仲让英雄们说出的其实是“驱除鞑虏，恢复中华”的同义语，通过让不同英雄表达同一句话，是要通过不断重复的方式影响读者，使读者认同民族主义的目标，然后进行迁

---

[1] 黄世仲. 洪秀全演义[M]. 北京：人民文学出版社，1984：82.

[2] 黄世仲. 洪秀全演义[M]. 北京：人民文学出版社，1984：81.

[3] 黄世仲. 洪秀全演义[M]. 北京：人民文学出版社，1984：62-63.

移，从而接受辛亥革命的口号。

B1h 善于做事者是《洪秀全演义》中太方英雄们最重要的角色之一，他们具备知己知彼、善于谋划、精于指挥、随机应变、果断敏捷、实事求是、稳重冷静、思虑周全等优点。比如林凤翔先礼后兵，向百姓讲明界限，使百姓纷纷投诚，结果“不消一日，便得了蕲州”，[1]该叙述使太方英雄好像战无不胜、攻无不克、算无所遗一般。后设历史叙事的作者对所写历史没有切身感受，只能看到结果，原因和过程需要通过想象去填补，这使其叙事没有任何心理负担，可以随意发挥，因此叙事中经常出现以果为因、以后推前的情况。比如还没有出广西之前，钱江就说杨秀清“久后必不怀好意”，[2]这是根据天京事变而进行的推前叙述，因为天京事变前杨秀清曾想篡权，作者对他就有了偏见，然后把这种偏见安放在钱江身上，并安排他来预言，仿佛他能明察秋毫、神机妙算一样。

D1 天赐者是《洪秀全演义》中天意叙述的主要体现，主要包括D1a 天赐贵相和D1d 天赐使命。亲历历史故事中也存在脸谱化的问题，但数量不是太多。大量的、有差别的脸谱化是从《洪秀全演义》开始的，其脸谱化呈现出单边倒特点，对于人物相貌的描写基本集中于太方人员：洪秀全是“天庭广阔，地阁丰隆，眉侵入鬓，眼似流星，长耳宽颐，丰颧高准”；[3]石达开却是“头大如斗，口阔容拳，隆准丰颐，两目闪闪如电”。[4]这些人物的相貌完全出于作者的想象，他们长得一定很有特色，甚至很怪异，这些相貌是他们性

---

[1] 黄世仲. 洪秀全演义[M]. 北京：人民文学出版社，1984：191.
[2] 黄世仲. 洪秀全演义[M]. 北京：人民文学出版社，1984：122.
[3] 黄世仲. 洪秀全演义[M]. 北京：人民文学出版社，1984：10.
[4] 黄世仲. 洪秀全演义[M]. 北京：人民文学出版社，1984：76.

格的镜子，洪秀全的“天相”暗示了他的“天子”身份，石达开的怪异相貌暗示他超凡的能力和倔强不屈的性格。天赐使命在《洪秀全演义》中表现为：童谣，如多年以前已经有童谣暗示道光三十年将有兵祸；天象，如钱江“夜观天象，见南方旺气正盛”；祥瑞，如胡林翼出生时百鸟和鸣。这些关于天意的叙述与“拯救故事”不一样，既没有出现洪秀全升天之事，也没有杨秀清、萧朝贵代天父、天兄传言之说，相信天意，但减除掉洪秀全所说的天意，由此可以看出资产阶级革命党人对太平天国宗教性质的看法。他们认为太平天国革命自始至终都是一场推翻异族统治的政治运动，宗教仅仅是号召百姓的一个手段和方式，所以《洪秀全演义》中没有关于拜上帝教具体内容的描述，更没有其天神人化、人神天化的过程。一方面去除了拜上帝教式的天意，另一方面仍保留天意内容，童谣、望气、出生神话在历史书和历史文学中早已屡见不鲜，由此可见《洪秀全演义》对中国传统历史叙事中天命神授思想的继承。而后来的革命故事，不管是“农民革命+民族革命”故事，还是“文化大革命”故事，都去除了天意内容，对拜上帝教也进行了去神化处理，对天意的保留使得《洪秀全演义》显得很独特。

《洪秀全演义》也几乎采用了所有演义和再演义方式，特别是Ⅰ4ⅷ传奇化和Ⅱ4系统化。其传奇化的突出表现是战争的传奇化。《洪秀全演义》中的战争差不多都具有传奇性，比如曾国藩招降石达开，石达开立刻将之视为知己，于是从种族的角度入手，给曾国藩写了一封信，并附诗五首，曾国藩一看，“不觉诧异道：‘达开有文事而兼有武备，其志不凡，吾甚敬之。以大敌当前，而雍容整暇，其殆风流儒将乎。’遂传令退军二十里，让石达开过去”，塔齐布问他为什么这样做，曾国藩说，“达开虎将也，其部下皆能征惯战，实不易胜之”。[1]《石达开自述》中没有提到过这件事，其他亲历历史叙事中也没有出现过，所谓“石达开诗退曾国藩”乃是作者有意虚构，曾国藩想劝石达开反被石达开所劝，曾国藩被石达开的几首诗吓怕，战争没有了硝烟变成了文人雅士的交际，战争的传奇性可见一斑。《洪秀全演义》中的战争传奇化已达到非常高的程度，不仅数量多，而且是千变万化，绝无雷同之感，极大增强了作品的形象性、生动性、趣味性，后来出现的许多叙述历史叙事都有意借鉴该叙事中的战争叙事方法，因此《洪秀全演义》既开了后设历史叙事战争传奇化的先河，又代表着它的成熟。这与中国传统战争小说的发达有非常大的关系，《三国演义》《水浒传》《杨家将》等小说中都有大量关于战争的叙述和描写，都为《洪秀全演义》提供了模仿的范本。

由于太方英雄太多，《洪秀全演义》对他们进行了系统化处理。首先使他们组群化，钱江、冯云山、石达开、李秀成属于帅才，罗大纲、林凤翔、李开芳属于将才，萧朝贵、洪仁发属于将领，洪宣娇、萧三娘属于女将等。在组群化的基础上进行区同化，组群与组群之间存在差别，帅才智勇双全、能把握全局，将才智勇双全、但把握全局能力略逊一筹，将领有勇无谋，女将顾全大局。组群内部各英雄之间同中有异，比如钱江与李秀成，两人都属于帅才，都料事如神、能预知未来、有全局观念，但两人又有很大差别，钱江一开始就取得洪秀全的信任，而李秀成在“百骑下柳州”之后才得到洪秀全认可；钱江在第一次封王时就被封，而李秀成直到朝中无人才被封；钱江看不到希望后选择离开，而李秀成一直坚持到最后。除组群化、区同化外，《洪秀全演义》还经常使用矛盾化突出英雄

[1] 黄世仲．洪秀全演义［M］．北京：人民文学出版社，1984：286.

形象，比如洪仁发与林凤翔两人都想攻打蕲水、蕲州，谁都不愿让谁，结果天王令两人各攻一处，两人暗中较劲，洪仁发强攻、林凤翔用智，到任务完成时，洪仁发用五日、林凤翔用一日。[1]两人虽然有矛盾，但只是方式、性格上的差异，目的是相同的，因此写矛盾是赞扬太平天国英雄的一种方式，使英雄形象更突出、更有个性。这种方式也为后来的许多后设历史叙事借鉴和采用。

（三）清方英雄众多但徒叹奈何

除了《李秀成自述》外，亲历历史叙事都把敌方将领写得既无能又无德，好像纸糊的、草扎的一般。《洪秀全演义》没有像亲历历史叙事那样简单地贬低清方将领，清方将领中也有很多英雄，但是这些英雄都无法避免失败、出丑、死亡的命运。

清方英雄们的角色很多，包括A1c 真诚待人者、A1d 善待下级者、A2a 刚直不阿者、A2b 尽心竭力者、A2c 宁死不屈者、A2e 不离不弃者、B1a 好学善读者、B1b 知识丰富者、B1c 巧用语言者、B1e 思想先进者、B1f 见解深刻者、B1g 视野开阔者、B1h 善于做事者、B2a 勇于抗争者、B2b 勇入险境者、B2c 勇于战斗者、B2d 勇于自杀者、B3e 杀敌迅猛者、B3f 以弱胜强者等。

与太方英雄相比，清方英雄的重要特点是不受人民欢迎，不被人民喜爱，作者虽然也安排他们发表解救人民的豪言壮语，但实际上他们只忠于皇帝，为的是自己的功名利禄，并没有善待百姓的举措，所以百姓也不像加入太平军那样踊跃地加入清军。清方英雄另一特点是很少得到天赐，除胡林翼外，其他人都没有天赐的相貌和使命。不仅如此，作者还对传说中曾国藩的出生神化进行了去神化的嘲讽，使其变成一个自我吹嘘伪君子。由于没有人民的喜爱、

[1] 黄世仲. 洪秀全演义[M]. 北京：人民文学出版社，1984：191-193.

天意的垂青，清方将领虽然很有能力，却“始终斗不过”太方英雄。比如在江口之战中，乌兰泰星夜赶路，气势汹汹，准备全歼太平军，但洪秀全早已设好圈套，乌兰泰的部将张奋扬看出敌人的圈套，刚正不阿地进谏，却不为乌兰泰所用，只能在最后关头，带领五百人死力抵御，“竟力尽自刎而亡”，❶乌兰泰“逃得性命”后又受到冯云山伏击，最后中流弹而死。❷另一部将陈国栋虽忠心耿耿，对乌兰泰不离不弃，要舍命夺回乌兰泰的尸首，没想到太平天国又追至，只得落荒而逃。张奋扬、乌兰泰、陈国栋都不失为英雄，但是三个人在太方人员面前死的死、逃的逃，没有一个有好下场，即使是曾国藩这样的湘淮军将帅，在与石达开的对阵中，也只能甘拜下风。把清方将领也写成英雄，又安排他们难以抵挡太方英雄，以强衬强，更加突出地表现了太方英雄形象。

三、马克思主义理论视角下的“农民革命+民族革命”故事

任何新思想、新思潮在取代旧思想、旧思潮的过程中，不仅会力图改变人们对现实生活的认识，而且会试图改变人们对历史的评价。马克思主义理论传入中国之后，很快在现实生活领域产生了重要影响，在历史方面，中国历次农民起义得到了前所未有的重视，太平天国是其中最受青睐的一次。政治家毛泽东早在20世纪20年代就从意识形态的角度批评太平天国，❸历史学家罗尔纲先生早在30年代就用马克思主义理论研究太平天国史，戏剧家阳翰笙、欧阳予倩、陈白尘、阿英以马克思主义理论为基础，分别创作了《李秀成

---

❶❷　黄世仲. 洪秀全演义[M]. 北京：人民文学出版社，1984：81.

❸　毛泽东说“洪秀全起兵时，反对孔教提倡天主教，这是不迎合中国人的心理”（广州农民运动讲习所旧址纪念馆. 广州农民运动讲习所文献资料. 广东省内部刊物. 未出版，1983：100），否定了洪秀全的意识形态手段。

之死》《天国春秋》《忠王李秀成》《金田村》《大渡河》《洪宣娇》6部有关太平天国的历史剧。

中华人民共和国成立后，太平天国受到空前重视，被刻上人民英雄纪念碑，接受全国人民瞻仰。在历史学领域，马克思主义成为太平天国史研究唯一正确的指导思想，虽然历史学界有不少关于太平天国，特别是关于洪秀全的宗教和政治思想、天京事变性质、李秀成是否叛变、石达开是否是分裂主义者等问题的论争、争鸣，但论争各方所依据的都是马克思主义理论，区别仅在于论者对理论理解的差异、所依据材料的不同以及对同一材料的不同看法。历史文学总是跟在历史学之后，好像如影随形的小弟弟一般，当马克思主义视角下的太平天国史研究逐渐深入的时候，有关太平天国的历史文学在数量上也喜获丰收，从1951年施瑛的系列小说《洪杨金田起义》《太平天国定都天京》《太平军北伐西征》，到1981年顾汶光、顾朴光的《天国恨》，再到2009年李晴的长篇小说《天国演义》，以小说形式反映马克思主义视角下太平天国历史的作品达40部以上，总字数超过2000万；戏曲领域在20世纪五六十年代出现了新京剧《三世仇》、粤剧《洪宣娇》、桂剧《金田起义》《苏三娘》、晋剧《石达开》等多个关于太平天国的作品；话剧界重排了阳翰笙的《李秀成之死》、编写了《天京之变》《洪秀全》等新作；电视剧方面，排演了《石达开》《太平天国》等；以上文学形式中有许多作品被改编成连环画形式，比如《陈玉成》《李秀成大战杭州》《天京除奸计》等。除以上这些外，马克思主义视角下的太平天国成败叙事还包括一种特殊类型，即来自太平天国经过地区的传说、故事、歌谣等。

（一）阶级、民族、忠义：判断人物的三大标准

在现有的、有关太平天国成败的后设历史叙事中，马克思主义

视角下的叙事数量最多、体裁最多、角色也最多。这些叙事与“封建性民族革命故事”一样，也有三大标准，分别为阶级、民族、忠义。阶级是第一标准，根据历史唯物主义理论，经济基础决定上层建筑，具有不同经济基础的人分属于不同的阶级，人的阶级属性决定着人的思想性格，身处社会下层的农民、工人、城市贫民属于被压迫阶级，他们受尽苦难和非人折磨，却怀揣着金子般的心，他们相信真理、渴望解放、乐于助人、意志坚强，是最彻底、最坚决、最无畏的革命力量。各种社会权力均掌握在富人手中，富人包括官僚、地主、恶霸等，他们为富不仁、鱼肉人民、为非作歹、为所欲为、害怕真理、畏惧革命，是最反动、最无耻的反革命力量。按照阶级标准，太平天国成败叙事将太平天国时期的中国人分成两大阶级阵营，即贫民阵营和富人阵营，太方人员大多出身于穷人，清方人员全都出身于富人。外国人也被分成两类，即同情、帮助太平天国革命的国际友人以及与清方联合剿杀太平天国的刽子手。

在太平天国成败叙事中，民族是仅次于阶级的第二大标准。从中外关系上看，从1840年鸦片战争爆发到抗日战争结束，中国数次被列强欺负、凌辱，中国的主权被践踏、人民被蹂躏，勇敢顽强的中国人没有屈服，暂时搁置内部的民族问题，作为同一个中华民族，一致对外，书写了一曲曲爱国的壮歌。所以在近现代中国，民族革命战争有两层含义：推翻清朝统治、反抗外国人侵略。

忠义本是封建社会的道德要求，不是马克思主义理论的组成部分，但是当马克思主义中国化之后，忠义又出现在了太平天国成败叙事中。毛泽东认为杨秀清与洪秀全互不相让导致了天国败亡，因为“历史上领导多头总是要失败的”，[1]意思是说最高领导只能有

[1] 陈晋. 毛泽东之魂[M]. 北京：中央文献出版社，1997：370.

一个，国家大权只能维护一统，而杨秀清没有忠于代表一统的洪秀全，而洪秀全也没有出于对天国的忠诚为国让贤，因此两人都不具备忠义之情。20世纪50年代，为维护洪秀全的尊者形象，将天京事变称为杨韦内讧，将洪杨矛盾的矛头单纯指向杨秀清，批判他想篡权当皇帝，洪秀全迫不得已才采取行动镇压了这股逆流，结果韦昌辉又成为第二个杨秀清，也想篡权当皇帝，洪秀全再次迫不得已采取行动维护政权的稳定，结果政权还没有稳定，石达开又搞起个人主义，拉走天国大量人马，成了分裂主义者，这些研究关注的都是忠义问题。从忠义的角度来看，太方人员可分为忠臣和奸贼，清方人员则可分为忠实奴才和奸贼。

在马克思主义视角下太平天国成败叙事中，人物角色及性格的决定因素不是“真实的历史”，而是依据阶级、民族、忠义三个标准形成的人物定位。总体来看，大部分太方人员=穷人+民族英雄+爱国英雄+忠臣，少数太方人员=富人或穷人+民族英雄+爱国英雄+奸贼，中国穷人的主体是农民，因此太平天国运动被定位为农民革命+民族革命，[1]少数太方人员具有浓厚的封建思想，争权夺利，企图利用革命实现当皇帝的梦想，由于他们的存在，太平天国就成为具有浓厚封建性的“农民革命+民族革命”运动，关于它的叙事就成了农民革命+民族革命故事。赞扬大部分太方人员的优秀品质、反思少数太方人员的思想、行为是“农民革命+民族革命”故事的最重要内容。作为战争第三方，外方人员包括同情太方的国际友人、助纣为虐的清

[1] 关于太平天国革命的性质，在20世纪50年代以后，“农民战争”“民族革命”得到广泛认同，虽然郭毅生等提出过“资产阶级性的农民革命”（郭毅生. 略论太平天国革命的性质[M]//景珩，林言椒. 太平天国革命性质问题讨论集. 北京：生活·读书·新知三联书店，1962：74）论断，但影响不是太大，没有得到历史学界广泛认同。

方盟友、侵略者三种类型，他们不是封建性农民革命+民族革命故事的主要表现对象，通常只作为背景、陪衬、烘托人物出现。

（二）讴歌与反思：太平天国叙述的意义与方式

不管是历史学家，还是文学家，“农民革命+民族革命”故事的作者大多声称创作的目的是“真实地反映太平天国历史”，或者自己的作品写出了“真实的太平天国历史”，严格地说，他们的目的应是“真实地反映马克思主义视角下的太平天国历史”，他们的作品写出了“马克思主义视角下真实的太平天国历史”。

在这些故事中，受到颂扬的太方人员的角色几乎囊括所有太平天国成败叙事中的正面角色，其中A2a有情有义者是文学性较强的“农民革命+民族革命”故事中优秀太方人员的重要角色之一，特别是在20世纪80年代以后的作品中，仿佛被压抑了一百多年的太方男女之情终于得到喷发的机会，或纯真、或功利的爱情如雨后春笋般迅猛成长，不管是男性还是女性，都变成了“情种”，谈情说爱占据了大量篇幅，好像叙事的重点不是太方的成败而是谈情说爱一样。相比较而言，20世纪30~60年代，有情有义者比较单调，爱情与婚姻合一，情人就是爱人，绝不移情别恋，相恋的人多是在亲历历史故事中曾经出现过的人物，其行为无非是一见钟情、日久生情、并肩战斗、为情守身等少数几个。80年代后，越来越多的有情有义者变得非常复杂，多深陷于三角、多角恋爱或者爱情与礼教的矛盾之中，爱情与婚姻经常南辕北辙，许多婚姻是强扭的瓜，爱情是无花的果，虽然爱得轰轰烈烈，但终究只是一场梦，只能珍藏于内心，成为隐秘、凄美的痛楚，相恋之人不再局限于亲历历史故事中的人物，而是在原有人物基础上的生发、添加，人物的行为多而离奇，比如英雄救美、殉情而死、杀场婚礼等，例如《天国恨》中洪宣娇与石达开真心相爱，洪秀全为了天国的利益让洪宣娇嫁给暗恋她的萧朝贵，石达开顾全大局，做出让步，娶了暗恋自己的黄倩文；庐山的《忠王李秀成》中李秀成与宋夫人夫妻恩爱，天王派到李秀成身边的卧底清子却与李秀成彼此爱恋，宋夫人毫无妒意；张笑天的《太平天国》中天王爱上苏三娘，苏三娘却与罗大纲生死相恋等。60年代及其之前“封建性农民革命+民族革命”故事中的爱情是小点缀，80年代的是大装饰。因为60年代及其之前强调的是现实主义与革命浪漫主义结合的创作方法，革命+恋爱中的恋爱属于革命者之间的情义，是革命目标一致基础上的情投意合，对革命忠诚也要对爱情忠诚，只有对爱情忠贞不贰，才能留下足够的时间从事革命，现实生活中都是如此，何况历史文学创作，因而60年代之前叙事中爱情描写非常简单。80年代之后，人的自然情感被承认，爱情不再被视为资产阶级、小资产阶级标签，作者们感受时代氛围，不再满足于单纯的成败或是简单的革命+恋爱叙事方式，适应大众读者趣味，在历史叙事中加入了大量曲折、缠绵的爱情故事。

无论是历史叙事还是文学叙事，A1e 真心为民者、C1民爱者、C2被民亲近者、C3被民投附者、C4被民帮助者、C5被民铭记者都是最能体现太平天国农民革命故事性质的，这些角色中的民无一例外都是穷人，其中大部分是穷苦的农民。不管是全史型叙事，还是单个英雄叙事，在“封建性农民革命+民族革命”故事都会通过推前叙的方式追溯太平天国英雄人物的穷人身份和他们为穷人奋斗理想的确立，比如罗尔纲《太平天国史纲》第一章通过广叙方式写太平天国革命前夜豪富兼并、人口增加、金融外溢等造成“少数的地主富商过着‘席富厚，乐骄逸，诙调舞歌，穷园林亭沼倡优巧匠之乐’的豪华生活”，“大多数的贫农，则过着乐岁不免饥寒，凶岁填沟蹩的非人生活”，[1]又格外强调洪秀全出身于“小农人家”，[2]施瑛《洪杨金田起义》在其基础上渲染了佃农在岁末年尾被官府强行拉走的可怜处境，让洪秀全从小树立为穷人求取功名、解民倒悬的远大理想。强调太平天国英雄出身于穷人反映了以阶级出身论人的观点，潜在的意思是只有出身于穷人，才有可能真心为穷人服务，不出身于穷人，就不可能真心为穷人服务。虽然“拯救故事”“悔恨故事”“英雄受诬故事”“封建性民族革命故事”强调太方真心为民，但为民的方式比较传统也比较笼统，不外是通过告示安民、施舍难民、给人民一些实惠和好处。封建性农民革命+民族革命故事中有许多为人民服务的方式特别能体现将太方人员当做共产党进行叙述的倾向，比如陈玉成将土豪劣绅的财产分给穷苦老百姓、李秀成没收地主的土地重新分给穷苦农民、《虎啸龙吟——太平天国故事选集》中太方士兵为百姓割麦子、士兵为百姓挖井，《天国恨》中冯云山、杨秀清等人解救穷苦的三妹并为她报仇雪恨等。前两者从制度、政策层面保障、维护贫农的利益，基本是中国共产党打击土豪劣绅和土地改革政策的翻版，其实太平天国虽然颁布了《天朝田亩制度》，但是从来没有执行过，即使执行，也绝不会像中国共产党那样将土地全部分给穷人，因为《天朝田亩制度》维护的是封建土地所有制，贫民虽然分到了地，但只有使用权，没有所有权，而且只能留下收成的一小部分给自己支配，其余的全部要交给圣库，越实行《天朝田亩制度》，贫农就越贫穷，因此夸耀太方打倒土豪劣绅、均分土地都是作者们将中国共产党的所作所为嫁接到太方人员身上的。后两者从日常生活的角度给贫农以实惠，这些情节在其他

---

[1] 罗尔纲. 太平天国史纲[M]. 上海：商务印书馆，1947：5.

[2] 罗尔纲. 太平天国史纲[M]. 上海：商务印书馆，1947：38.

太平天国成败叙事中都没有出现过，也是从有关中国共产党的革命历史故事中移植过来的，既是中国共产党领导下人民军队的重要特征，也是“封建性农民革命+民族革命”故事中太平军的重要特征，当太平军真心为民的时候，穷苦的人民也真诚拥护太平军，其拥军的方式也是从有关中国共产党的革命历史故事中平移而来，比如《连环画陈玉成》中送孙子参军、《虎啸龙吟——太平天国故事选集》中送哥哥参军、《忠王李秀成》中老奶奶给太平军送鸡蛋、给太平军带路等情节都是如此。

由于过于关注清太双方的胜负，亲历历史故事很少有闲情逸致叙述太方人员的丰富知识、高雅趣味等。在“民族革命故事”中，这些内容在很大程度上得到体现，但将其全面展开的还是20世纪80年代之后的“农民革命+民族革命”故事。在这些故事中，太平天国优秀人员差不多都熟悉中国历史知识，都能够谈古说今，纵论千古得失，三国历史是他们最爱谈论的内容。遇到难题时，他们会以三国英雄为榜样；劝说上司时，他们会以三国人物为依据；做出决定时，他们会以三国英雄行为为参照。英雄具有语言天赋，对敌时，能写出令敌人闻风丧胆的檄文。他们经常忙里偷闲，吟诗作赋、抚琴高歌。这些都是战争之外的东西，知识丰富、趣味高雅不能使战争取胜，反之也不能使战争失败，但是80年代以后的长篇历史文学作品热衷于写这些内容，使太方英雄人物成为文才与武略兼备的完人。

在讴歌太方英雄形象的同时，“农民革命+民族革命”故事对太方的奸猾者进行抨击，站在太方立场对这些人物的存在进行反思。叙述者认为太方的失败就是奸猾者造成的，如果不是他们纵情声色、奢侈浪费、争权夺利、打击异己，清方即使依靠外方也打不过太方，“堡垒总是从内部瓦解的”，于是把他们视为革命失败的罪魁祸首。叙述者对太方奸猾者的感情是毫不原谅的痛恨，为此叙述者采用Ⅰ3ⅱ2揭叙、Ⅰ3ⅱ4责叙、Ⅰ3ⅱ6否叙等叙述方式对这些人进行声讨。到了80年代以后，在政治标准之外有了人性和历史的标准，“封建性农民革命+民族革命”故事中叙述者对太方的感情变成了同情和惋惜，普遍认为他们背离太平天国是有苦衷的，比如石达开，有的认为他是被洪秀全排挤，不得不离开天京的；有的认为石达开能力太强，没有必要屈居于无能者之下；有的认为他是对天国失望之后明智地离开等，主要采用的叙述方式是Ⅰ3ⅱ6否叙和Ⅰ3ⅱ7无奈叙。

太方的奸猾者有的是出身于大地主、大官僚的革命投机分子，如韦昌辉、石达开；有的是出身于贫农却被封建思想毒害、中途变质的，如篡权者杨秀清、土皇帝洪秀全、皇亲国戚洪仁发、洪仁达等；有的是革命意志不坚定、最后投降的革命叛徒，如李秀成等。对他们，太平天国成败叙事也是先定性质、后定角色，除天心背离者之外，其他所有反面角色都被集中到太方奸猾者身上，使读者感到他们与清方人员一样“可恨”，这与亲历历史故事有很大不同。在迄今发现的“拯救故事”中没有对天京事变的详细描述，不仅洪秀全方面没有，石达开方面也没有，对于杨秀清、韦昌辉、石达开等人，来自洪秀全方面的“拯救故事”少否定、多肯定。其官方印书《天情道理书》中盛赞杨秀清、韦昌辉、石达开为天国所做的贡献，《天父圣旨》中仍然称杨秀清为东王、石达开为翼王，只有韦昌辉被称为昌辉，即使如此，也没有直接批判、否定韦昌辉。此外，洪秀全还下令将杨秀清第一次代天父传言那一天称为“爷降节”，将其去世那一天称为“爷升节”，还把自己的儿子过继给东王，并将杨秀清的兄弟杨辅清封为“辅王”……仅从叙事来看，似乎太方比亲太的后人更宽容、亲太的后人比太方更刻薄一样，这种现象可称为当事人隐瞒叙事和后人曝光叙事。一般来说，当事人总是不想将自己阵营内部的矛盾公开化，从外部来说，他们害怕敌人利用矛盾将其推翻；从内部开说，他们也害怕“居心不良者”利用矛盾将其颠覆，还害怕普通人看到阴暗面后对他们失去信心。在有广播、电视、新闻、报纸的民主年代，当事人隐瞒事实真相时多少还有些顾忌，而在没有这些媒体的封建时代，当事人隐瞒事实时几乎没有任何心理负担。来自太方的有关太平天国成败的亲历历史叙事就是这样，太平天国从根本上来说是一个宗教政权，“拜上帝教”是太平天国成立的基础，也是其存在的精神支柱，天父、天兄、天王构成一个伟大家族，神圣不可侵犯，尽管存在你死我活的斗争，但是还要共同作秀欺骗教民。结果杨秀清违背了约定，洪秀全也毫不客气，借韦昌辉之手将其杀死。天京事变，死了几万人，洪杨矛盾公开化，此时杨秀清已死，再也不能站出来说话，按说洪秀全完全可以将责任全部推到杨秀清身上，但是洪秀全没有这样做，因为他还想让天国继续存在下去，这就需要让教民们继续信仰他的天话，如果天父和自己有矛盾，教民们不可能再相信他，于是他消泯了两人矛盾，高唱杨秀清的赞歌，祭奠、缅怀杨秀清，这些并非出自他的自愿，而是他的一种宣传策略，是一种为自己制造舆论的方法。而中华人民共和国成立后的作者们反思太平天国失败的原因，并以之作为现实政治的借镜，于是历史学采用论争的方式、文学采用虚构的方式将太平天国亲历历史叙事中隐瞒的内容充分曝光。

（三）丑化和嘲讽：清方人员的喜剧化

在对太方进行赞扬与反思的同时，“农民革命+民族革命”故事还对清方进行丑化和嘲讽。在“拯救故事”中，清方将领是消灭的主要对象，受到切齿痛恨，被称为“妖”，但由于太方并不了解清方每个将领的特点，也由于太平天国作为新兴政权，急于表达自己，因此“拯救故事”很少有关于清方将领的具体叙述。而《李秀成自述》由于写于李秀成成为阶下囚之时，胜败已成定局，为了活命，李秀成不仅没有攻击清方将领，反而对他们大加称赞。站在马克思主义理论的高度来看，历史发展是曲折的，是螺旋形向上发展的。违背历史潮流的有可能暂时胜利，但最终要被推翻，虽然清方把太方打败了，但那只是延长了清王朝“苟延残喘”的时间而已。果不其然，不到半个世纪之后，清王朝就土崩瓦解、烟消云散，镇压太方的成功最终变成了失败，镇压太方将官们行动的意义完全消失，不管是胜是负，清方将官们都成了无意义的喜剧角色。另外，由于能够接触到来自清方的“谴责”故事，太平天国时期普通文人们出于义愤嘲讽将官们的材料为“封建性农民革命+民族革命”故事的作者们提供了鲜活的素材，这些素材经过Ⅰ3ⅱ1骂叙、Ⅰ3ⅱ3讽叙、Ⅰ3ⅱ5笑叙等方式的编排，成为清方将官们的喜剧行动。

在“农民革命+民族革命”故事中，清方将官都成为喜剧人物，他们玩弄妓女，灰溜溜地逃跑；被寡妇喜欢，却不敢去爱；为了争夺小老婆而两败俱伤；小老婆与小舅子通奸，还被蒙在鼓里；贪吃壮阳药，结果吃死了；好吃懒做，身体胖得走不动；死到临头，还想过足烟瘾，结果命归黄泉；想敲诈勒索百姓，却被百姓打得哭爹喊娘；逢迎拍马，却拍到马蹄上，被贬又丢财；效忠于主子，却被怀疑、打击；拥有先进武器，发起炮来打到的却是自己；拥有强大兵力，却不敢前进；在战场上看到女人就忘乎所以，结果被女人打败；想捡地上的钱，却丢了性命；声称宁死不从敌，实际上是怕皇帝怪罪；玩弄文字游戏，明明是“屡战屡败”，却要写成“屡败屡战”；表面上学富五车，实际连写一篇檄文都要绞尽脑汁；迷信得可笑，竟然妄想让城隍帮他们打仗、用裸体的妓女退敌、用女人的秽血抵消掉“血光之灾”；毫无知识，竟然认为外国人用妖术才打败中国；信誓旦旦地抵抗敌人，还没见到敌人就扭头而逃；为了保全性命，竟然出钱请人为自己打仗；明知周围有很多人，还要跳水自杀；敌人弹尽粮绝时也不敢攻击，只会采用长围、放水等蠢笨方法；想招降对方，却被对方骂了个狗血喷头；兵败时，自以为有钱就会有人帮其逃跑，结果被百姓杀死等。

四、满足“四人帮”批林需要的“反孔革命故事”

不管是对是错，只要是政治运动就会同时在现实和历史两个领域推行自己的意识形态，“四人帮”不仅在现实中篡改、歪曲马克思主义理论、毛泽东思想，而且在历史领域推行其“反孔”谬论，掩盖太平天国农民革命性质，片面强调其“反孔革命”价值，使太平天国穿上“四人帮”思想的外衣，成为“四人帮”“古为今用”的政治工具。“四人帮”善于造声势，根本不需要像民国时期国民党那样通过立法的形式维护太平天国形象，[1]而是“充分发动群众”，让学校、工厂、农村等基层单位都讲述、编写、发表太平天国“反孔故事”。《广西日报》上有关于金田村开展深入学习太平天国反

[1] 1930年国民党曾批准《禁污蔑太平天国案》，内中称“洪杨事件为狭义之民族革命自应加以承认，现今各地修志及报章记载仍沿旧习加以蠛，殊于本党主义有背”，“禁止沿用‘粤逆’诸称而代以‘太平军’或相等之名称。”（禁污蔑太平天国案. 立法院编译处. 中国民国法规汇编[M]. 上海：中华书局，1934）。

孔精神的活动的报道，❶《广西教育》上有洪秀全的反孔革命故事，❷北京化工设备厂工人理论组与北京师范学院师训班理论学习小组联合编写《太平天国反孔斗争史话》等。由于“反孔革命故事”太过功利化，作者又大多是没有多少文化的农民、工人，所以这些故事大多采用概述型说教方式，枯燥乏味、形象性较差。

（一）角色虽少却形象完美的太方正面人物

从正面人物形象来看，其数量比“封建性民族革命故事”“农民革命+民族革命故事”都少得多，也就洪秀全、冯云山、洪仁玕、陈玉成等了了几人，其行为多是打破孔子圣像、焚毁学宫、烧毁孔孟之书等简单几个。正面人物形象中最重要的是洪秀全，其角色包括A1e真心为民者、A2b尽心竭力者、A2c宁死不屈者、B1e思想先进者、B1f见解深刻者、B1g视野开阔者、B1h善于做事者、B2a勇于抗争者、C1民爱者等。他是“深知农民疾苦的知识分子”，❸“他站在中国农民革命的立场”，改造基督教，“为了从精神上解放劳动人民”。❹他失去了“拯救故事”中的神性，多了些知性，他创立拜上帝教并非接受上帝的旨意，而是利用了人们的迷信心理，洪秀全不是“宗教迷”，而是“宗教利用者”。他能力非凡，能为穷人治

❶ 参见：不许把历史车轮拉向倒退！——桂平县金田大队贫下中农发扬太平天国敢于斗争的革命精神，深入批判林彪的“克己复礼”反动纲领[N]. 广西日报，1974-03-02.

❷ 《广西教育》1974年第3期刊登署名桂平县高中的《学习太平天国英雄们的反孔斗争精神》，同年第12期又刊登署名象州罗秀中学张球的《洪秀全怒打甘王》。

❸ 北京化工设备厂工人理论组，北京师范学院师训班理论学习小组. 太平天国反孔斗争史话[M]. 北京：北京人民出版社，1975：7.

❹ 北京化工设备厂工人理论组，北京师范学院师训班理论学习小组. 太平天国反孔斗争史话[M]. 北京：北京人民出版社，1975：10.

病、干活、教他们读书、练武，他的努力获得了百姓的认可，“男女老少都知道‘洪先生’”。[1]这个洪秀全角色虽然不多，却是个高大全式的完美英雄，他不像“谴责故事”中那样有众多妻子、沉迷于美色、不像“拯救故事”中那样脾气暴躁、对妻子拳打脚踢、也不像“悔恨故事”中那么刚愎自用、任人唯亲、倒行逆施、一味信天，其他叙事中出现的洪秀全的缺点在“反孔革命故事”中都被有意减除，之所以这样做，第一是因为洪秀全曾得到过毛泽东的夸赞，第二是“四人帮”推行“瞒和骗”的文艺观，对于他们认可的人物只准歌颂，不许暴露。

（二）标签化的太方反面人物

“反孔革命故事”中太方的反面人物主要包括杨秀清、韦昌辉、石达开、李秀成等，在“文化大革命”之前，这些人物已经被定性为“内奸”“分裂者”“叛徒”等，“反孔革命故事”继承对这些人物的看法，并将“孔孟之徒”的“罪名”加到这些人身上，使所有“坏人”一样“坏”，这反映了“四人帮”将人物标签化、简单化的倾向。

（三）谩骂清方人物

“反孔革命故事”中除咸丰、曾国藩之外很少出现具体清方人物形象，即使是咸丰、曾国藩，也是谩骂、挖苦多于形象塑造，说他们“演出了一幕幕的尊孔丑剧”，[2]称他们的思想是“洋奴哲学”。[3]

---

[1] 北京化工设备厂工人理论组，北京师范学院师训班理论学习小组．太平天国反孔斗争史话[M]．北京：北京人民出版社，1975：11.

[2] 北京化工设备厂工人理论组，北京师范学院师训班理论学习小组．太平天国反孔斗争史话[M]．北京：北京人民出版社，1975：25.

[3] 北京化工设备厂工人理论组，北京师范学院师训班理论学习小组．太平天国反孔斗争史话[M]．北京：北京人民出版社，1975：23.

总之，“反孔革命故事”是概念大于形象的叙事，其目的是用咸丰、曾国藩、韦昌辉、石达开、李秀成等来影射林彪，以对这些人物的攻击使全国人民增加对林彪的憎恨，同时抬高自己。因此相对其他革命故事来说，“反孔革命故事”是最直白、最浅薄、最外露的后政治化历史叙事。

五、反构“革命故事”的“祸国殃民故事”

迄今为止，关于一段历史的后政治化叙事都靠对/错、好/坏的伦理价值框架得以支撑，有说对的必定有说错的、有说好的必定有说坏的，对过之后必会错、好过之后必会坏，反之亦然。当太平天国被20世纪下半叶主流意识形态抬高到革命圣坛、描画成“革命故事”之后，一种针锋相对的看法悄悄酝酿、产生，并在20世纪90年代旗帜鲜明地亮出了自己的观点，其发难者及标志人物是当代学者潘旭澜，代表作为《太平杂说》，史式的《太平天国不太平》[1]、梅毅的《极乐诱惑：太平天国的兴亡》、盛巽昌的《太平天国文化大观》也属于此类叙事。这些叙事否定“半个多世纪以来，中国出版的许多关于洪秀全为首的太平军的史书和论著”，[2]也即以简又文、罗尔纲、范文澜、郭毅生等为代表的历史学家对太平天国的有意拔高。由于叙事者们认为自己的研究揭示了真实的历史，因此也属于人为历史本体观范畴。它们否定太平天国的“革命”性质，试图证明的是其“反文化”“反社会”“反人类”“反人性”的“祸国殃民”性质，是对“革命故事”的反面建构，可称为反构“革命故事”的

[1] 该书是对历代农民起义的回顾、分析、总结以及对20世纪歌颂农民起义的深层原因的剖析，除太平天国之外，还涉及陈胜吴广起义、黄巾军起义、宋江起义等内容，像“农民革命+民族革命故事”一样，该书也将太平天国作为农民起义的代表，因此有关太平天国的内容占该书的很大部分。

[2] 潘旭澜. 太平杂说[M]. 天津：百花文艺出版社，2000：1.

“祸国殃民故事”。

（一）否定太平天国的进步意义

“祸国殃民故事”认为天京是个“新耶路撒冷”，❶太平天国“不成其为国家”，仅仅是一个地方割据势力，不应被称为“太平天国”；❷太平天国不是推动社会前进的革命，而“打断了中国探求近代化的可能”；❸“不是具有近代先进思想的革命”，而是“利用宗教迷信发动起来的造反”；“不是为中国创造美好的前途，不是为广大农民谋福祉”，而是“为极少数人建立‘地上的天国’”；❹其纲领、口号并非发自内心，而是欺骗人民的谎言；其宗教并非具有悲天悯人精神的正教，而是“穿着基督教外衣的洪氏邪教”；❺它声称平等，却极不平等……

（二）采用历史随笔方式

目前“祸国殃民故事”数量较少，其中出现的人物全都是太平天国比较重要、且在亲历历史叙事中出现过的人物，历史学色彩较强，但文体以历史随笔为主，很少采用标注方式，即使是引用部分，也不注明出处，《太平杂说》《太平天国不太平》《极乐诱惑：太平天国的兴亡》《太平天国文化大观》都是如此，给人一种很随意的感觉，这是在形式上对20世纪历史叙事的逆反，意在表明原有的历史叙事只是在外表上看似历史叙事而已，实际并不具有历史学的品格，“真正”的历史叙事根本不需要历史叙事的外衣，就

---

❶ 赫连勃勃大王（梅毅）. 极乐诱惑：太平天国的兴亡[M]. 北京：华艺出版社，2008：36

❷ 潘旭澜. 太平杂说[M]. 天津：百花文艺出版社，2000：4.

❸ 潘旭澜. 太平杂说[M]. 天津：百花文艺出版社，2000：14.

❹ 潘旭澜. 太平杂说[M]. 天津：百花文艺出版社，2000：16.

❺ 潘旭澜. 太平杂说[M]. 天津：百花文艺出版社，2000：79.

能揭示“历史的真相”，当然这是虚妄的。“祸国殃民故事”虽然批判20世纪历史叙事观点先行，材料都是根据观点选择的，实际上它们自己也是如此。为批判、揭露太平天国，它们通常从被20世纪历史叙事否定的叙事中择取材料，所以也是观点先行的。另外，不注明出处让读者无从把握，特别是一些看似离奇的材料会让读者感到作者在信口开河，这在某种程度上降低了“祸国殃民故事”的真实性和可信度。

（三）一无是处的洪秀全形象

在“祸国殃民故事”中，洪秀全的形象最突出。虽然也有一些“农民革命+民族革命”故事承认洪秀全具有封建帝王思想、承认建都天京后他的生活腐化、荒淫，但百扬而否一，对他近似于全盘肯定。在“祸国殃民故事”中，洪秀全几乎是一无是处，其角色包括：$\overline{A}$1a 无情无义者、$\overline{A}$1b 随心所欲者、$\overline{A}$1c 待人不仁者、$\overline{A}$1d 唯我独尊者、$\overline{A}$1e 残害人民者、$\overline{A}$1f 虐待敌人者、$\overline{A}$2b 敷衍懈怠者、$\overline{A}$2e 排斥异己者、$\overline{A}$2f 掩饰欺骗者、$\overline{B}$1a 不善读书者、$\overline{B}$1b 知识贫乏者、$\overline{B}$1c 拙于言语者、$\overline{B}$1d 思想落后者、$\overline{B}$1e 见解庸劣者、$\overline{B}$1f 眼界狭小者、$\overline{B}$1g 不善做事者、$\overline{B}$2b 临险退缩者、$\overline{B}$2c 不敢战斗者、$\overline{B}$3 疲弱者、$\overline{C}$1 民不认同者、$\overline{C}$2 被民远离者、$\overline{C}$3 民不效力者、$\overline{C}$4 被民憎恶者、$\overline{C}$5 被民反抗者、$\overline{D}$1 天生丑陋者。

洪秀全承担的是大量反面角色，他对女人无情无义，一个人霸占八十八个妻子，还用数字为她们编号，丝毫不尊重对方，完全把她们当成泄欲的工具，稍不如意就对她们拳打脚踢，甚至在她们怀孕时也毫不手软；他随心所欲，造反前曾“日事赌博”，建都天京后，其天王府异常豪华，连马桶、夜壶都用纯金做成；他任人唯亲，封“两个乡巴佬哥哥”[1]为王逼走石达开，让只会逢迎拍马的蒙得恩节制陈玉成、李秀成，使无尺寸之功的洪仁玕“三级跳”般轻而易举获得王位；他掩过饰非，明明是他命令韦昌辉杀杨秀清，却掩盖事实，嫁祸于韦昌辉，使其成为替罪羊；他狭隘任性，不纳忠言；他迷恋功名，一心想考中秀才，曾四次参加科举考试不中，当了天王后，仍然有浓厚的“科举情结”。[2]他看重天王宝座，绝不允许他人觊觎，为此他杀死杨秀清、韦昌辉，逼走石达开，防范李秀成；他仗势欺人，霸占良家妇女；他唯我独尊，自称天王，把自己封闭在宫殿中，连杨秀清求见也要预约；为了保全自己，让韦昌辉滥杀无辜者；他残忍刻毒，与韦昌辉等共饮用杨秀清尸体做成的“羊肉汤”，又将韦昌辉寸磔；他利用“拜上帝教”恐吓、煽动、迷惑、欺骗一些人入伙，又随处裹挟百姓，掠夺其财产、断绝其后路，把南京变成一个“大军营”，剥夺百姓正常生活权利，强迫百姓为其兴建天王府，逼迫女人放脚并为其搬运重物、挖沟开渠，却经常让百姓饿肚子，百姓稍有反抗，即被施以重刑，有的竟被点天灯；他纵容部下虐待敌人，将被俘清方官员全部杀死；他排斥异己，明知罗大纲功劳赫赫，却一直排挤、打压、任意驱使他，杀死企图“篡权”的杨秀清、韦昌辉，逼走石达开，监视李秀成，罢免陈玉成；他根本不善读书，到了30岁，连个秀才也没考上，从其所作的“诗”来看，他考不上秀才实属正常；他不懂历史，将黄巢与朱元璋混为一谈，以刘邦为榜样，却不知道刘邦最终取胜的原因；他不懂艺术，审美水平低下，整个天京粗俗不堪；他

[1] 赫连勃勃大王（梅毅）. 极乐诱惑：太平天国的兴亡[M]. 北京：华艺出版社，2008：111.

[2] 潘旭澜. 太平杂说[M]. 天津：百花文艺出版社，2000：32.

不懂地理，仍把中国作为世界中心，根本不知道英法等西方国家所在；他不懂军事，从来没有指挥过一场胜仗，还乱弹琴、瞎指挥，最终败亡；他不知西方近代化的事实，一味关起门来做天王；他不懂外交，以“天下万国真主”自居，狂妄自大；他根本不懂基督教，竟然用狗肉敬天父；他不懂医学，把自己的神经病当成得到神启，异想天开用甜露代替食物；他言语粗俗，不会使用书面语，文书中充斥着大量口语、方言，让人莫名其妙，其所作的“诗”根本不是诗，只是顺口溜而已；他思想落后，被自造的宗教迷住心窍，“一味信天”；他思想停留在奴隶社会阶段，试图让中国倒退到奴隶社会；他因循守旧，不接受新思想，颁行《资政新篇》并非因为他真正接受了西方近代思想，而是想为洪仁玕树立威信；他排斥知识，“灭绝所不合他胃口的中国传统文化”，[1]造成文化的毁灭和倒退；他不辨忠奸、倒行逆施；轻信盲从，受奸佞、无能之辈哄骗；眼界狭小，占据一个小县城就迫不及待称王登极，到了南京就心满意足，安心享受了，纯粹是“过把瘾就死”的心理；为了防止李秀成权力过大，他将其部下纷纷封王，终至互不统属，指挥不动；他不善于做事，只是个傀儡而已，不会传教、不会打仗、不会用人、不能服众；他急躁冲动，遇到困难马上退缩；百姓害怕他，宁死也不愿被裹挟，连弱女子也想尽办法报复他，有文化的人坚决不为他服务，纷纷逃离；他并没有什么天生的贵相，相反他“高大虚胖”“相貌平平”，是个“再普通不过的广东男子”。[2]

---

[1] 潘旭澜. 太平杂说[M]. 天津：百花文艺出版社，2000：103.

[2] 赫连勃勃大王（梅毅）. 极乐诱惑：太平天国的兴亡[M]. 北京：华艺出版社，2008：1.

在“祸国殃民故事”中，洪秀全比咸丰更懒惰、比杨秀清更阴险、比韦昌辉更毒辣，是最恶毒、最残忍、最无能、最自私、最无情、最奸诈、最狡猾、最荒淫、最无耻、最腐败、最反动的人，是太平天国所有罪恶的总根子，是阻碍中国走向现代化的罪魁祸首。这些故事对洪秀全的批判是空前的，它们不仅综合了“罪责故事”“功业故事”“遗恨故事”“荒诞故事” “英雄受污故事”中洪秀全的所有缺点，而且站在20世纪末21世纪初的科学与民主立场上，从中国整个现代化进程的全局对他全盘否定、彻底否定，将骂叙、揭叙、讽叙、责叙、笑叙、否叙等各种贬叙方式几乎使用净尽，对他进行全方位的讽刺、挖苦，彻底颠倒了“革命故事+民族革命”故事中洪秀全的光辉形象。

人具有多面性，没有完全“坏”的人，也没有完全“好”的人，这些出自当代学者之手的“祸国殃民故事”却将洪秀全写得一无是处，究其原因，当是为了有效推翻部分“农民革命+民族革命”故事中的“洪秀全本位主义”，这是一种矫枉过正心理的体现，而这种心理普遍存在于历史研究、历史叙事中，许多叙事都是对前代某种叙事的逆反叙事，彻底否定曾被全面肯定的人物、全面肯定曾被彻底否定的人物成为许多历史叙事的共同特征。作为历史的后人，“祸国殃民故事”的作者们无缘亲见洪秀全，他们对洪秀全的看法与“农民革命+民族革命”故事一样来源于亲历历史叙事，他们选中的正是那些被“农民革命+民族革命”故事舍弃的叙事。从洪秀全的形象可以看出，凡是被“民族革命”及“农民革命+民族革命”歌颂的一定是被“祸国殃民故事”批判的，同样，凡是“民族革命”及“农民革命+民族革命”批判的一定是被“祸国殃民故事”歌颂的，咸丰、曾国藩、林则徐、李秀成、石达开等都是如此。

结 论

从太平天国成败叙事来看，历史成败叙事的构成元素不是情节功能，而是角色，它们是历史成败叙事稳定不变的因素。历史成败叙事的角色主要有四组，即善者/恶者、能者/拙者、民心所向者/民心背离者和天心所向者/天心背离者，第一组、第三组、第四组是道德角色，第二组是才艺角色。在叙事中，道德是历史成败叙事的灵魂，才艺服从、服务于道德。

成败与德才结合形成八种角色模式：有德有才的胜者、有德无才的胜者、无德有才的胜者、无德无才的胜者、有德有才的败者、有德无才的败者、无德有才的败者、无德无才的败者。不同模式代表不同的形象特征，表达作者对成败双方的不同感情，反过来作者对成败双方的不同感情会使他们选择不同的角色模式。所有的历史成败叙事都是道德判决后的德才演义。

从太平天国成败叙事来看，历史成败叙事演义的方向手段、时空处理及角色组合的方法、再演义的方式大致相同。

在演义的方向中，认知化是意义产生的直接手段。似真化是所有太平天国成败叙事的共同追求，每个作品都会使用一个或一些似真化的方法，但是无论使用多少方法，都不可能达到完全的真实，似真化只是想要读者相信的一种手段，“真”是虚假的，只是幻影而已。

情感不仅是叙事的决定因素，也是达到叙事目的的手段，完全不动感情的作品是不存在的。太平天国成败叙事中出现的情感主要包括两个相对的系列，即肯定性情感系列与否定性情感系列，情感与善恶褒贬密不可分，情感化很大程度上体现为褒叙和贬叙。

形象化能使刻板的历史变成生动的故事。武侠化体现在暗含武侠小说“平不平”“立功名”“报恩仇”三大主题、重单打独斗描写、重武艺表演等方面。

从演义方向及其实现方式来看，历史叙事与历史文学叙事并没有本质区别，两者都是在“演”，都将许多成败无关的情感、虚假的真实、臆想的形象等强加到成败身上，使原本就复杂的历史变得更加复杂。基本能够把历史叙事与历史文学叙事区分开来的是形象化，虽然历史叙事中也有人物形象，但主要采用的是外形化、言行化、细节化及心理化，一般没有演述化、人物化、传奇化、媚俗化、优雅化。历史文学叙事中热衷于人物化、传奇化、媚俗化的形象化方式。

太平天国成败叙事使用前叙、后叙、广叙、选叙等手法使时空延展交错，呈现出立体化、多层次、多角度特征，每个历史叙事是当代叙事、历史叙事与往昔叙事的综合体。

历史成败叙事中的人物不是单纯的符号，有确定的姓名和行为，其形象与角色及其行动之间存在一定关系，由角色及其行动搭配组合而成。从人物与角色、行动的搭配组合来看，历史叙事与历史文学叙事的差别主要集中于添减上。总体而言，历史叙事使用减的方式较多，而历史文学叙事可以使用各种添加方式。集中化、系统化、重复化、转变化是历史叙事与历史文学叙事共同使用的方式。

每个叙事中都存在异向演义、同向演义、生发演义和融合演义，这就为再演义带来了无法解决的问题，使其内部存在无法克服的矛盾。作为拟现实主义叙事，再演义作品又由于作者缺乏实际生活于其中的经历，而成为主观臆测的产物，失去了叙事的“似真性”，成为某种思想的传声筒。如果依然采用这些方法进行创作，那么即使再演义出来的作品再多，也是毫无意义和价值的，只有改变、突破这些方式，再演义才可能重新焕发光彩。

同一题材的所有历史成败叙事的区别只有三点：一是所演之“义”（历史观、道德观、政治观、社会观、人性观、美学观、学术观等）的不同；二是所选的“演”义材料的差异；三是选用的“演”义手段的差别。其中，“义”是演义的意义目标，也是其核心和决定因素。对于太平天国成败叙事来说，演义的目标主要有五个：对清太双方及外方性质的界定、价值的评定、历史地位的确定、经验教训的总结；对各方人员的定位和评价；表现、弘扬某种道德与精神；探寻历史规律；愉悦读者（或观众、听众）。前四个目标受政治观、历史观、伦理观、文化观、人性观等影响，其中政治观的影响最大，后一目标主要与审美观有关。

时代对所演之“义”的影响非常大，产生于太平天国或其稍后时期的叙事的作者曾经历过太平天国运动，是清方、太方或外方中的一员，有耳闻目睹的实际经历。因此，这些叙事带有明显的亲历特征，可称为亲历历史叙事，它们都带有鲜明的政治倾向性，都属于政治化叙事。亲历历史叙事之外的其他叙事均为后设历史叙事，它们又可分为后政治化历史叙事和后娱乐化历史叙事。

亲历历史叙事、后政治化历史叙事、后娱乐化历史叙事又都可以根据作者所处的地域、阵营、阶层及其文化水平、职业等分为不同的演“义”类型，这些演“义”类型在人物与角色间的搭配组合及采用的叙事方法等方面都有各自的倾向，形成一定的叙事模式。

亲历历史叙事主要有六种类型，即反映普通文人爱国忧思的“罪责故事”、歌颂湘淮军将帅的“功业故事”、太平天国自我神化的“拯救故事”、抒写李秀成内心纠结的“遗恨故事”、利己第三者笔下的“荒诞故事”、亲太派外国人笔下的“英雄受诬”故事。

反映普通文人爱国忧思的“罪责故事”的作者都是普通文人。从所演之“义”来看，“罪责故事”主要包括五个叙事成分：揭露祸害之源、谴责罪恶之助、推重弭祸之依、颂扬殉难之灵、同情罹祸之民，真切地反映了普通文人的爱国忧思。

歌颂湘淮军将帅的“功业故事”以歌颂湘淮军将帅（包括湘军将帅曾国藩、胡林翼、左宗棠及淮军将帅李鸿章、程学启等）在抗击、消灭太平天国过程中的巨大作用、赫赫战绩、人格魅力、聪明才智为明确目的，作者一般是长期居于湘淮军中的幕僚，以为湘淮军将帅歌功颂德为最终目的，反映的是湘淮军将帅的政治利益和青史留名的心理诉求。

太平天国自我神化的“拯救故事”把太平天国伪装成上承天命、下顺民情的拯救者。该类故事有五个特征，即天神的人化、人神的天化、王爷将领的忠化、百姓的愚化、清方的妖化。

《李秀成自述》是抒写李秀成内心纠结的“遗恨故事”，是一个英雄失足、沉沦又忏悔的故事，是情感最真实、最复杂、最细腻的太平天国叙事，也是最能反映人的本性的太平天国叙事。

利己第三者笔下的“荒诞故事”出自各国驻华官员、传教士、商人、冒险者、逃犯等笔下，此类故事具有三个功能：满足好奇、进行决策和夸耀自我，其采用的也是与中国人一样的德与能二元对立标准。

亲太派外国人笔下的“英雄受诬”故事虽然也强调叙事者所在国的商业利益，但是明确反对所在国帮助清方镇压太方，他们公开声明对清军印象不好，同时表示同情太方。这类叙事的特点主要包括为太方辨诬并歌颂太方的英雄品格、揭露清方的邪恶无能、指责利己第三者诬蔑太方的险恶用心、表现自己的人道主义精神。此类故事以外国人利益最大化为最终目的。

20世纪关于太平天国的后政治化历史叙事主要包括五类，即反映清朝皇家立场的“治乱故事”、资产阶级革命党人眼中的“封建性民族革命故事”、马克思主义视角下的“农民革命+民族革命”故事、满足“四人帮”批林需要的“反孔革命故事”、反构“革命故事”的“祸国殃民故事”五种类型及其模式。

《清史稿》的作者多是清朝遗老，将清朝视为父母，将爱国等同于爱皇帝，他们站在清朝皇家立场将太平天国视为犯上作乱，把太平天国运动视为清朝的一个“治乱故事”。资产阶级革命党人眼中的“封建性民族革命故事”以孙中山为对太平天国既是民族革命又是封建社会内部战争的看法为思想基础。该类叙事坚持用民族、民本和忠义三重标准衡量与表现英雄。马克思主义视角下的太平天国成败叙事将太平天国定位为“封建性农民革命+民族革命故事”。相对其他革命故事来说，“反孔革命故事”是最直白、最浅薄、最外露的后政治化历史叙事。

反构“革命故事”的“祸国殃民故事”是在太平天国被20世纪下半叶主流意识形态抬高到革命圣坛、描画成“革命故事”之后产生的，它们否定太平天国的“革命”性质，试图证明的是其“反文化”“反社会”“反人类”“反人性”的“祸国殃民”性质，是对“革命故事”的反向建构。

本书虽然归纳并描述了太平天国成败叙事的十一种类型，但远远未能穷尽太平天国成败叙事的所有类型，太平天国时期清方的诏书，曾国藩、向荣等人的奏稿、书信、日记，奕䜣主持编写的《剿平粤匪方略》、王韬的小说、清末及民国时期的地方志、20世纪三四十年代国民党文化运动中的太平天国成败叙事、20世纪外国人关于太平天国的研究、撰写的人物传记，以及20世纪以娱乐为目的的太平天国叙事等的叙事特征都还未涉及，由于文本太多，本书就此收尾，未尽问题留待以后再作讨论。

参考文献

[1] [匈]卢卡契.卢卡契文学论文集[一][M].北京：中国社会科学出版社，1980.

[2] 吴秀明.历史小说评论选[M].长沙：湖南人民出版社，1983.

[3] [美]王靖宇.《左传》与传统小说论集[M].北京：北京大学出版社，1989.

[4] [法]克劳德·列维-斯特劳斯.结构人类学——巫术·宗教·艺术·神话[M].陆晓禾、黄锡光，等译.北京：文化艺术出版社，1989.

[5] [美]丁乃通.中西叙事文学比较研究[M].陈建宪、黄家林，等译.武汉：华中师范大学出版社，1994.

[6] 高力克.历史与价值的张力——中国现代化思想史论[M].贵阳：贵州人民出版社，1992.

[7] 张京媛.新历史主义与文学批评[M].北京：北京大学出版社，1993.

[8] 朱学勤.道德理想国的覆灭[M].上海：上海三联书店，1994.

[9] 余英时.中国思想传统的现代诠释[M].南京：江苏人民出版社，1995.

[10] 李程骅.传统向现代的嬗变——中国现代历史小说与中外文化[M].南宁：广西教育出版社，1996.

［11］张京媛.新历史主义与文学批评[M].北京：北京大学出版社，1997.
［12］申丹.叙述学与小说文体学研究[M].北京：北京大学出版社，1998.
［13］陈晋.悲患与风流——中国传统人格的到的美学世界[M].北京：国际文化出版公司，1998.
［14］刘再复.性格组合论[M].合肥：安徽文艺出版社，1999.
［15］林洪亮.显克微奇——卓尔不群的历史小说大师[M].长春：长春出版社，1999.
［16］齐裕焜.中国历史小说通史[M].南京：江苏教育出版社，2000.
［17］许子东.为了忘却的集体记忆——解读50篇文革小说[M].北京：生活·读书·新知三联书店，2000.
［18］[英]伯克.历史学与社会理论[M].姚朋译.上海：上海人民出版社，2000.
［19］[美]柯文.历史三调：作为事件、经历和神话的义和团[M].杜继东，译.南京：江苏人民出版社，2000.
［20］[法]格雷马斯.结构语义学[M].蒋梓骅，译.天津：百花文艺出版社，2001.
［21］黄子平."灰阑"中的叙述[M].上海：上海文艺出版社，2001
［22］潘万木.《左传》叙述模式论[M].武汉：华中师范大学出版社，2001.
［23］关四平.三国演义源流研究[M].哈尔滨：黑龙江教育出版社，2001.
［24］杜晨贵.传统文化与古典小说[M].保定：河北大学出版社，2001.

[25] 纪德君.中国历史小说的艺术流变[M].北京：中国社会科学出版社，2002.
[26] 杨国荣.伦理与存在：道德哲学研究[M].上海：上海人民出版社，2002.
[27] 葛晨虹.中国特色的伦理文化[M].郑州：河南人民出版社，2003.
[28] [英]马克・柯里.后现代叙事理论[M].宁一中，译.北京：北京大学出版社，2003.
[29] [美]王靖宇.中国早期叙事文研究[M].上海：上海古籍出版社，2003.
[30] [美]海登・怀特.后现代历史叙事学[M].陈永国，张万娟，译.北京：中国社会科学出版社，2003.
[31] 欧阳健.历史小说史[M].杭州：浙江古籍出版社，2003.
[32] 韩进廉.中国小说美学史[M].保定：河北大学出版社，2004.
[33] [法]古斯塔夫・勒庞.革命心理学[M].佟德志、刘训练，译.长春：吉林人民出版社，2004.
[34] 段启明、张平仁.历史小说简史[M].太原：山西人民出版社，2005.
[35] 赵兴勤.古代小说与传统伦理[M].太原：山西人民出版社，2005.
[36] 欧阳健.古代小说与历史[M].太原：山西人民出版社，2005.
[37] 欧阳健.晚清小说简史[M].太原：山西人民出版社，2005.
[38] 萧相恺.宋元小说简史[M].太原：山西人民出版社，2005.
[39] 高小康.中国古代叙事观念与意识形态[M].北京：北京大学出版社，2005.
[40] 赵兴勤.古代小说与传统伦理[M].太原：山西人民出版社，

2005.
［41］马振方.在历史与虚构之间[M].北京：北京大学出版社，2006.
［42］[俄]弗·雅·普罗普.故事形态学[M].贾放，译.北京：中华书局，2006.
［43］陈娇华.祛魅时代的历史绘影——转型时期的历史小说艺术流变研究[M].郑州：河南人民出版社，2007.
［44］吴秀明.中国当代长篇历史小说的文化阐释[M].北京：文化艺术出版社，2007.
［45］许丽芳.章回小说的历史书写与想像——以三国演义与水浒传的叙事为例[M].台北：秀威资讯科技股份有限公司，2007.
［46］[法]米歇尔·福柯.知识考古学[M].3版谢强，马月，译.北京：生活·读书·新知三联书店，2007.
［47］龚鹏程.中国小说史论[M].北京：北京大学出版社，2008.
［48］[法]罗兰·巴尔特.写作的零度[M].李幼蒸，译.北京：中国人民大学出版社，2008.
［49］[美]周蕾.妇女与中国现代性——西方与东方之间的阅读政治[M].蔡青松，译.上海：上海三联书店，2008.
［50］[法]费尔南·布罗代尔.论历史[M].刘北城，周立红，译.北京：北京大学出版社，2008.
［51］[美]王斑.历史的崇高形象：二十世纪中国的美学与政治[M].孟祥春，译.上海：上海三联书店，2008.
［52］[美]刘剑梅.革命与情爱——二十世纪中国小说史中的女性身体与主题重述[M].郭冰茹，译.上海：上海三联书店，2009.
［53］吴淞亭.革命历史题材长篇小说创作散论[J].文学评论，1984(2).

［54］汪毅夫，姚春树.中国现代历史小说的初步考察[J].中国现代文学研究丛刊，1984(3).
［55］花建，胡从经.中国现代历史小说的形成与发展[J].理论与创作，1989(3).
［56］李程骅.中国现代历史小说理论批评描述[J].海南师范学院学报，1990(2).
［57］李程骅.中国现代历史小说的演进轨迹[J].黄淮学刊，1989(4).
［58］张炯.论新时期长篇历史小说及其观念[J].中州学刊，1987(2).
［59］王彪.与历史对话——新历史小说论[J].文学评论，1992(4).
［60］薛洪勣.对太平天国小说《起事来历真传》的一个解释[J].社会科学战线，1994(5).
［61］董之林.叩问历史　面向未来——当代历史小说创作研讨会述要[J].文学评论，1995(5).
［62］张志忠.当代性　文学观　人物图——当代历史小说三题[J].文艺研究，1996(4).
［63］刘起林.长篇历史小说热：转型期的尴尬与辉煌[J].理论与创作，1996(6).
［64］王富仁，柳凤九.中国现代历史小说论[J].鲁迅研究月刊，1998(3).
［65］张应斌.粤东诗歌中的太平天国[J].韩山师范学院学报，1999(12).
［66］郑春.试论当代历史小说的创新努力[J].文史哲，2000(1).
［67］夏春涛.太平天国妇女问题与电视剧[J].文史知识，2000(9).
［68］李运抟.当代历史小说审美意识论[J].中国文学研究，2002(3).
［69］傅书华.近期新历史小说研究述评[J].理论与创作，2002(5).
［70］刘起林.多元语境中无以类归的苍凉——90年代长篇历史小

说生存本相的透视[J].文学评论，2003(1).
[71] 韩元.历史的时空与叙述的时空——谈历史小说中的时空问题[J].当代文坛，2003(2).
[72] 黄海琴.新历史小说研究综述[J].当代文坛，2003(5).
[73] 巫小黎. “新历史小说” 论[J].文学评论，2003(5).
[74] 董之林.传统叙事方法的重现与再造——关于五十年代的革命历史题材小说[J].中国现代文学研究丛刊，2004(3).
[75] 王姝.现代历史小说的叙事演进[J].山西师大学报，2005(3).
[76] 王晓文.当代历史小说中历史观的流变[J].宁夏大学学报，2005(6).
[77] 菲戈. “新历史小说” ？ [J].世界杂志，2005(12).
[78] 胡良桂.历史观与叙述方式的变革——20世纪中国历史小说论[J].湘潭大学学报，2006(1).
[79] 韩元.悲剧性的历史与历史的悲剧——新时期历史小说的悲剧审美内涵[J].文学评论，2006(3).
[80] 陈娇华.对20世纪90年代后历史小说创作的审美新变考察[J].广西社会科学，2006(3).
[81] 王红.回应与反响：新历史小说多重叙事方式探析[J].当代文坛，2006(5).
[82] 李建国. “新历史小说” 的内涵和外延[J].山东社会科学，2006(5).
[83] 邵明. “新革命历史小说” 的意识形态策略[J].文艺理论与批评，2006(5).
[84] 刘复生.蜕变中的历史复现——从 “革命历史小说” 到 “新革命历史小说” [J].文学评论，2006(6).
[85] 闫立飞.演义与历史小说——传统演义的现代转化[J].天津大

学学报（社会科学版），2007(9).
［86］闫立飞.现代中国历史小说的发生——以吴趼人、曾朴为例[J].天津大学学报，2008(5).
［87］代顺丽.对王韬太平天国战争小说的再认识[J].湖北师范学院学报，2009(1).
［88］闫立飞.中国现代历史小说与《史记》文本[J].广西社会科学，2009(2).
［89］郭剑敏.革命·历史·叙事——中国当代革命历史小说（1949—1966）的意义生成[D].杭州：浙江大学，2005.
［90］王姝.多元哗变下的“史诗性”重构——20世纪90年代以来长篇历史小说研究[D].杭州：浙江大学，2006.
［91］蔡爱国.中国当代历史小说的叙事策略与文本分析[D].苏州：苏州大学，2006.
［92］权绘锦.转型与嬗变——中国现代历史小说研究[D].武汉：武汉大学，2006.
［93］王秀涛.历史的祛魅——论新世纪历史小说的边缘化特征[D].济南：山东师范大学，2008.